W0022653

Cilla & Rolf Börjlind • Kaltes Gold

Cilla & Rolf Börjlind

Kaltes Gold

Kriminalroman

Aus dem Schwedischen
von Susanne Dahmann und Julia Gschwilm

btb

Polizeipräsidium, Stockholm 1999

Arne Rönning mochte die Novemberdunkelheit nicht, sie drückte auf seine Stimmung, und er bekam Schlafstörungen, doch sowie es in den Dezember überging, besserte sich seine Laune wieder. Nun war es allerdings Mitte November, und draußen schüttete es.

Er wandte sich vom Fenster ab und betrachtete das dunkelhaarige Mädchen, das am Rand seines Schreibtisches saß: seine Tochter Olivia, zwölf Jahre alt. Sie hatte heute Morgen Halsschmerzen gehabt und konnte nicht in die Schule gehen. Ihre Mutter musste am Vormittag ins Gericht, und Arne wollte das Kind nicht allein zu Hause lassen. Also hatte er sie für ein paar Stunden ins Polizeipräsidium mitgenommen, Maria würde sie dann gegen Mittag abholen. Er wusste, dass in der Arbeit derzeit nicht allzu viel los war, deshalb würde es sicher kein Problem sein.

Olivia hatte seine Regale durchgeschaut und einen Band der Nordischen Kriminalchronik *herausgezogen, ganz einfach, weil das die einzigen Bücher waren, die dort standen. Ansonsten nur Aktenordner und Mappen. Jetzt saß sie da und blätterte darin. Arne hielt das nicht gerade für die geeignete Lektüre für eine Zwölfjährige, vor allem auch wegen der vielen Tatortfotos, die dort abgedruckt waren.*

»Aber ich will!«, hatte Olivia sofort protestiert.

Und dabei blieb es.

Er wollte nicht ausgerechnet hier und jetzt einen Kampf mit ihr ausfechten. Also durfte sie weiterblättern.

»Papa, was ist das da?«

Olivia zeigte auf ein Bild, und Arne beugte sich zu ihr hinüber.

»Das ist ein Dolch.«

»Das sehe ich. Aber warum liegt da ein Lineal drunter?«

»Damit man sehen kann, wie lang der Dolch ist.«

»Warum?«

Es klopfte laut, und die Tür wurde aufgerissen, was Arne vor weiteren Fragen bewahrte. Seine Chefin kam herein. Mette Olsäter. Sie trug das dicke, leicht grau melierte Haar offen und hielt ein Blatt Papier in der Hand.

»Hallo«, sagte sie mit Blick auf Olivia und wandte sich Arne zu. Im Grunde war es ihr nicht so recht, wenn ihre Mitarbeiter die Kinder mit zur Arbeit nahmen, doch in diesem Fall wollte sie eine Ausnahme machen.

»Es ist ein anonymer Brief aufgetaucht, der darauf hinzuweisen scheint, dass Kaldma gekidnappt wurde«, sagte sie.

Sie hielt Arne das Papier hin.

»Es werden fünf Millionen Kronen gefordert, ohne dass das genauer spezifiziert würde. Der Brief ist auf Spanisch geschrieben und kommt mir nicht ganz koscher vor.«

»Warum nicht?«, fragte Arne und nahm das Papier in Empfang.

»Er ist so ungelenk formuliert und enthält keinerlei Details, wie oder wann die Übergabe stattfinden soll. Aber immerhin werden die Empfänger davor gewarnt, Kontakt zur Polizei aufzunehmen.«

»An wen ging der Brief?«

»Er war an Kaldmas Firma adressiert. Ich glaube nicht, dass er uns Hinweise zu seinem Verschwinden liefert, aber wir müssen der Sache nachgehen. Die Technik ist gerade dabei, das Original zu untersuchen.«

»Gut.«

Da tauchte ein weiterer Kollege in der Tür auf, Arnes engster Mitarbeiter seit vielen Jahren: Tom Stilton. Heute sehr informell gekleidet, in blauem Pullover und Jeans.

»Gerade hat Boberg angerufen«, sagte er. »Sie haben im Schlafzimmer ein paar fremde Haare gefunden.«

»Inwiefern fremd?«, fragte Mette.

»Dunkel.«

»Okay.«

Stilton wandte sich dem Mädchen zu.

»Gehst du mit in die Cafeteria?«

»Gern!«

Olivia schlug das Buch zu und kam zu ihm. Stilton legte seinen Arm um ihre Schultern, und die beiden verschwanden durch die Tür. Mette und Arne sahen sich an.

»Er sollte sich mal eigene Kinder anschaffen«, bemerkte Mette.

»Das wird nicht passieren.«

»Warum nicht?«

»Weil er sich hier totarbeitet.«

Mette war sich nicht sicher, ob das gegen sie gerichtet war, und ging vorsichtshalber mal nicht darauf ein.

»In einer Stunde ist Besprechung«, sagte sie.

»Alles klar, ich komme.«

In der Tür drehte sich Mette noch einmal um.

»Glaubst du, dass wir ihn finden?«

»Früher oder später.«

Radtjafjället bei Arjeplog im August 2019

Er stand in einer grauen Stoffjacke und einem Paar dunkler Lederhosen draußen mitten im Kalfjället, der Berglandschaft oberhalb der Baumgrenze. Bedächtig strich er sich mit der Hand über die Stirn. Hier war es mehr als dreißig Grad heiß, jetzt, um ein Uhr mittags, brannte die Sonne schonungslos, und es gab nirgends Schatten. Er schaute über die karge, windstille Landschaft. Kein Mensch weit und breit. Dort hinten glitt ein Bussard über eine Felskante und verschwand, in der Ferne konnte er das Sarek-Massiv erahnen, glitzernde, schneebedeckte Gipfel.

So weit würde er nicht gehen.

Er packte seinen Holzwanderstab und setzte sich wieder in Bewegung. Kleine Mücken stürzten sich aus allen Richtungen auf sein Gesicht, doch das machte ihm nichts aus. Seine Haut war ledern, erinnerte an die grauen Flechten auf den Steinen. Das hier waren die Rentiergründe des Dorfes. Den Pfad, auf dem er ging, war schon sein Großvater gewandert, und danach sein Vater. Jetzt war er hier unterwegs, der Letzte in dieser Linie. Er selbst hatte keine Kinder. Einige Meter weiter blieb er stehen und beugte sich hinab. Die Finger waren mit den Jahren krumm und steif geworden, doch ein paar gelbe, reife Multbeeren konnten sie immer noch gut abpflücken. Ihr süßer Saft löschte für die nächsten Minuten den Durst und spendete ein wenig neue Energie. Bald würde er oben sein, das Rauschen war schon angeschwollen.

Das letzte Stück kam er langsamer voran, sein Gang wurde

schleppender, er wusste, was er gleich sehen würde, und es widerstrebte ihm schon jetzt, zumal er nichts dagegen ausrichten konnte. Er tat die letzten Schritte und betrachtete den breiten, wilden Strom vor sich. Das kristallklare Wasser warf sich zwischen die Steine und spritzte in die Luft hinauf, als würde es ausgelassen den Abhang hinunterspringen. So schön und so traurig. Früher floss hier im Sommer lediglich ein schmales Rinnsal, ein stiller, schmaler Bach, der sanft zwischen Zwergbirken und niederem Heidekraut zum großen Låddaure-See hinunterperlte.

Bevor sich alles veränderte.

Er sah zur Schattenseite des Berges hinauf, zu der Felsformation, die man im Samendorf Blauer Wolf nannte, dann wanderte sein Blick weiter nach oben zu der glitzernden Schneewechte in einer der Spalten, die einen Zufluss zu dem breiten Strom bildete. Als er klein war, lag die Wechte wie ein harter Gletscher vom Klima unbeeinflusst zwischen den Bergwänden. War der Sommer warm, dann lief etwas mehr Wasser herab, das war alles. Jetzt war das kein Gletscher mehr, sondern ein immer kleiner werdendes Schneefeld, das mit jedem Jahr schneller schmolz und einen richtigen Fluss speiste. Keinen stillen Bach, sondern einen rauschenden Strom. Als würde das Leben aus dem Berg herausfließen.

Er senkte seinen grünen Trinkbecher ins Wasser und schlürfte einen eiskalten Schluck daraus. Als er wieder zur Spalte hinaufschaute, sah er einige kleine dunkle Punkte, die sich auf dem Schnee abzeichneten. Er brauchte kein Fernglas, um zu erkennen, dass es sich um eine Gruppe seiner Rentiere handelte, die dort oben gern Abkühlung suchten. Vor allem in einem Sommer wie diesem, mit einigen der heißesten Tage, die er je erlebt hatte. Er ging auf seine Tiere zu.

Sie sahen ihn kommen und bewegten sich ein Stück weiter, als er sich näherte. Den Hund hatte er heute nicht dabei, der war krank. Doch er war auch nicht nötig. Bei solch einer Hitze trieb man die Tiere nicht. Als er an den Rand des Schneefeldes kam, sah er etwas weiter hinten ein Büschel herausragen. War der Schnee jetzt schon bis auf den Boden heruntergeschmolzen? Er ging näher heran, um zu erkennen, welche Pflanze es war. Vielleicht eine Netz-Weide oder ein kleiner Strauch? Es war keins von beidem. Es war eine Menschenhand, die aus dem Schnee ragte.

Ein Stück vom Ringfinger fehlte.

Olivia Rönning war glücklich.

Glücklich, verliebt und braun gebrannt. Sie hatte Rückenwind, und das sah man ihr an, als sie, frisch von einem Urlaub in Mexiko zurückgekehrt, an ihrem Arbeitsplatz in der NOA, der Nationalen Operativen Abteilung, im Polizeipräsidium Stockholm einschwebte. Sie grüßte fröhlich alle Kollegen, denen sie auf dem Flur begegnete, und es strahlte dermaßen um sie herum, dass einige von ihnen stutzig wurden. Hatte sie etwas geraucht? So konnte man völlig grundlos doch nicht einfach aussehen, schon gar nicht in diesen Zeiten. Als sie schließlich die Tür zum gemeinsamen Büro mit Lisa Hedqvist öffnete, empfing sie sofort der fragende Blick ihrer geschätzten Kollegin.

»Warum bitte siehst du so glücklich aus? Hast du gar kein schlechtes Gewissen? Wo bleibt deine Flugscham?«

Olivia grinste, hob die Hände und klopfte sich leicht auf die Ohren.

»Entschuldige, aber ich höre nicht so gut. Schlechter Empfang hier drinnen.«

»Wahrscheinlich ist dir so ein Korallentier ins Ohr geraten. Das soll lebensgefährlich sein, habe ich gehört. Aber zumindest *siehst* du gut aus.«

Lisa erhob sich von ihrem Stuhl und wickelte Olivia in eine große Umarmung ein, zusammen mit einer Wolke Parfüm, das sie sich offenbar neu zugelegt hatte. Vielleicht hatte sich auch eine leichte Spur Schweiß daruntergemischt. Was nicht weiter erstaunlich schien, denn die Luft im Raum war alles andere als kühl. Die Sonne knallte durch die ziemlich schmutzige Fensterscheibe, und der Luftzug der Umarmung ließ kleine Staubkörnchen auf den Strahlen tanzen. Olivia versuchte, ein Niesen in Lisas Ohr zu unterdrücken, was ihr nicht ganz gelang.

»Gesundheit und willkommen zurück. Hattet ihr es schön? Du warst supermies im Posten von Bildern.«

Lisa lockerte ihren Griff um Olivia, zog ihr Shirt nach unten und setzte sich wieder. Olivia hängte ihre Tasche an den Haken und rückte die Haarklammer zurecht, die ihr dunkles Haar in einem lässigen Knoten hielt.

»Es war einfach nur magisch«, sagte sie. »Und ja, ich weiß. Ich habe Insta ziemlich vernachlässigt, aber ich hätte massenhaft Bilder auf meinem Handy, mit denen ich dich quälen könnte.«

Sie ließ sich auf ihren Stuhl fallen, der plötzlich zu einem Fahrstuhl nach unten wurde, sodass sie mit dem Kinn fast auf die Tischkante knallte.

»Verdammt!«

Olivia sah zu Lisa hinüber, die sich vor Lachen krümmte.

»Du hast irgendwas losgeschraubt!«

»Nein!«

Lisas prustendes Lachen erfüllte den tristen grauen Raum, die Staubkörnchen, die zuvor getanzt hatten, sausten jetzt wie kleine Starfighter durch die Luft.

»Ich hab den Stuhl nicht angerührt, ich schwöre es.«

Olivia rappelte sich aus ihrer entwürdigenden Lage hoch und untersuchte den Bürostuhl, doch keiner der Hebel funktionierte. Am Ende gab sie es auf, schob ihn zur Seite und nahm sich einen Klappstuhl, der an der Wand lehnte. Der war etwas zu hoch, aber so musste es jetzt erst mal gehen. Lisa hatte sich von ihrem Lachanfall erholt und wischte sich ein paar Tränen aus den Augenwinkeln.

»Das war genau das, was ich gebraucht habe. Du hättest dein Gesicht sehen sollen!«

»Wie schön, dass ich dein freudloses Dasein ein wenig aufhellen konnte. Ist es hier drin nicht unglaublich heiß?«

»Der Hades ist nichts dagegen. Irgendwas stimmt mit der Klimaanlage nicht.«

Olivia trat ans Fenster und streckte die Hand nach dem Griff aus.

»Vergiss es«, sagte Lisa. »Das lässt sich nicht öffnen.«

»Was ist denn los hier? Kaum ist man mal weg, verfällt alles?«

»Yep.« Lisa lächelte. »Es war schließlich Ferienzeit, nicht nur für dich.«

»Ich weiß. Wie war es denn bei dir?«

»Doch, ganz gut, oder na ja, erst war ich bei meiner Mutter auf Åland, wo es ununterbrochen geschüttet hat, also habe ich mich dann für Malaga entschieden. Last Minute, zusammen mit einer Freundin.«

»Nett.«

»Ja, oder? Allerdings bei brütender Hitze. Fünfundvierzig Grad. Ich lag mehr oder weniger die ganze Woche über keuchend im Hotelzimmer, während es hier zu Hause dreißig Grad hatte und strahlenden Sonnenschein. Woran uns aber auch alle ständig mit geposteten Bildern von *herrlichen* Tagen am Steg, *wundervollen* Grillabenden und *unglaublich leckeren* Drinks im Gegenlicht erinnert haben.«

Um Olivias Mund zuckte es.

Lisa erhob drohend einen Stift gegen sie. »Das nennt man Schadenfreude.«

»Überhaupt nicht. Es ist einfach so wahnsinnig schön, dich wiederzusehen«, sagte Olivia. »Du hast mir gefehlt.«

Und das war die Wahrheit. Lisa war nicht nur ihre Kollegin, sondern auch eine Freundin geworden. Sie hatten ihre Kämpfe ausgefochten, die aber hinter sich gelassen. Jetzt, da Mette nicht mehr im Haus war, war Lisa für Olivia ein verlässlicher Anker bei der Arbeit, und nicht nur dort. Sie wusste, dass sie sich auf Lisa absolut verlassen konnte, das war Gold wert.

»Und wie läuft es hier so?«

»Na ja. Ich bin seit voriger Woche wieder da und hatte sofort Stress. Die Mordermittlungen zu der zerstückelten Leiche in Vårberg.«

»Ja, davon habe ich gelesen. Widerlich. Aber ihr habt ihn, oder?«

»Ja, er hat ja von sich aus angerufen. Nach der psychologischen Begutachtung kriegt er jetzt eine riesige Untersuchung auf Zurechnungsfähigkeit. Die Wahrscheinlichkeit ist groß, dass er bei den ganzen anderen Bekloppten in der Forensischen Psychiatrie landen wird.«

Lisas Blick flackerte. Olivia wusste, was sie dachte. Lukas Bengtsson, inzwischen *ihr* Lukas, hatte ebenfalls eine Reihe von psychologischen Untersuchungen über sich ergehen lassen müssen. Und war bei den anderen »Bekloppten« in Karsudden gelandet. Aber da hörten die Parallelen auch schon auf. Lukas war unschuldig verurteilt worden, und seine psychischen Störungen waren inzwischen unter Kontrolle.

»War nicht so gemeint …« Lisa biss sich auf die Lippe.

»Schon klar.«

»Geht es ihm immer noch gut?«

»Ja.«

»Und ihr habt es schön? Also, zusammen?«

Olivia lächelte. »Wir haben es sehr schön. Und selbst?«

Lisa entfuhr ein leichter Seufzer. »Frag nicht. Nee, das Thema habe ich fast schon aufgegeben. Du hättest mein letztes Date sehen sollen, er hatte …«

»Olivia Rönning.«

Olivia kannte die Stimme. Sie kam von der offenen Tür her und gehörte Klas Hjärne, ihrem neuen Chef. Nicht gerade ihr Favorit auf dem Posten. Aber die Lücke auszufüllen, die Mette Olsäter hinterlassen hatte, war auch keine Kleinigkeit.

»Haben Sie einen Moment Zeit?«, fragte Hjärne.

Olivia sah zu Lisa, die mit dem Rücken zu Hjärne ihr Gesicht verzog. Ihr Favorit war er auch nicht.

»Ja, natürlich. Hier, oder?«

Offensichtlich nicht. Hjärne hatte schon kehrtgemacht. Olivia erhob sich und folgte ihm.

Als sie sein Büro betrat, saß er bereits und wies auf den Stuhl ihm gegenüber. Hjärne war klein und fast kugelrund, nicht sonderlich durchtrainiert. Zur Polizei war er über die akademische Laufbahn gekommen. Olivia setzte sich. In diesem Raum war die Temperatur entschieden angenehmer, wofür es auch eine Erklärung gab: Ein kleiner Ventilator blies kühle Luft über den Schreibtisch.

»Ein langer Urlaub.«

Hjärne lehnte sich auf dem Stuhl zurück und zupfte auf Taillenhöhe an seinem Hemd, um es langzuziehen, sodass der Bauch nicht so sichtbar wäre, was ein sinnloses Unterfangen war.

»Ja?« Olivia wusste nicht recht, was er damit sagen wollte.

»Schön, sehr schön. Aber jetzt ist es an der Zeit, die Ärmel wieder hochzukrempeln.«

»Absolut.«

Olivia ging davon aus, dass sie bei derselben Ermittlung mitarbeiten würde wie Lisa. Das passte ihr wunderbar für den Einstieg nach dem Urlaub. Ein Fall, der schon lief und zu dem es außerdem schon einen Täter gab. Sie würde ihre Abende und Nächte nichts anderem widmen müssen als Lukas. Der perfekte sanfte Start.

»Ich möchte, dass Sie sich eines Falles oben im Fjäll bei Arjeplog annehmen«, sagte Hjärne.

»Was?«

Der Chef lächelte angesichts ihrer bestürzten Reaktion, wahrscheinlich, weil die genau so ausfiel, wie er sie haben wollte. Davon war zumindest Olivia überzeugt. Er beugte sich vor, legte die Arme auf den Schreibtisch und gestikulierte wie ein mediengeübter Fernsehmoderator, als er sagte: »Man hat in einer Bergregion dort eine Leiche gefunden, und ich möchte, dass Sie sich die mal ansehen.«

Als er »Sie« sagte, deutete er auf Olivia und lehnte sich dann schnell wieder zurück.

»Aha«, sagte Olivia. »Allein?«

»Ist das ein Problem?«

Auf Hjärnes Stirn tauchte eine Falte auf.

»Nein. Nur ein bisschen ungewöhnlich.«

»Sie werden Informationen und Unterstützung von der Polizei vor Ort erhalten, das sollte also in Ordnung gehen. Wir haben gerade ohnehin wenig Leute, und ich kann nicht rechtfertigen, dass wir noch mehr Mitarbeiter wegen eines alten Falls da raufschicken.«

»Ein alter Fall?«

»Ja, hatte ich das nicht gesagt?«

»Nein.«

»Offensichtlich lag das Opfer schon etliche Jahre da oben unter dem Schnee begraben.«

»Klingt, als wäre das eher etwas für die Cold-Case-Abteilung.«

»Da hat man alle Hände voll zu tun, die stehen nämlich kurz vor einem Durchbruch im Väsby-Mord, und davon abgesehen haben sie noch 193 weitere Fälle auf dem Tisch. Außerdem ist der Fundort frisch. Noch mal: Ist das irgendwie ein Problem für Sie?«

»Nein, überhaupt nicht«, log Olivia.

»Gut.«

Hjärne zog eine Mappe vom Schreibtisch zu sich heran und reichte sie ihr.

»Hier sind die Informationen, die wir haben. Momentan befindet sich die Leiche in der Gerichtsmedizin in Umeå. Ich schlage vor, Sie fahren mit dem Zug hinauf. Ein paar Stunden mehr oder weniger dürften in diesem Fall ja keine Rolle spielen.«

Olivia nahm die Mappe wie ein enttäuschtes Kind entgegen.

»Wann soll ich fahren?«

»Heute Abend. Anita hat Ihnen eine Fahrkarte für den Nachtzug nach Umeå gebucht. Wie Sie von da aus nach Arjeplog kommen, müssen Sie da oben dann selbst sehen. Aber rechnen Sie damit, zwei, drei Tage weg zu sein.«

»Okay.«

Hjärne klappte seine Lesebrille herunter, um das Ende des Gesprächs zu markieren. Olivia erhob sich. Sie nickte ihm zu, drehte sich um und ging hinaus. Bei dem Vorschlag, mit dem Zug zu fahren, ging es nicht um irgendwelche Umweltgesichtspunkte, da war sie ziemlich sicher, denn Hjärne war nicht gerade ein stadtbekannter Klimaschützer. Wahrscheinlich war es eher eine Taktik, um die periphere Bedeutung des Falles im Vergleich zu aktuellen Mordermittlungen zu unterstreichen. Außerdem handelte es sich auch gar nicht um einen Vorschlag, sondern um eine Anweisung, denn das Ticket war ja bereits auf ihren Namen gebucht.

Für Olivia war Zugfahren vollkommen in Ordnung. Sie hatte in den letzten Wochen lange genug in Flugzeugen gesessen und jede Menge Flugstunden zu kompensieren.

Auf dem Weg zurück zu ihrem Zimmer war ihre Haltung eine ganz andere als bei ihrer Ankunft im Polizeigebäude. Unter den alten Umständen, und wenn diese Anordnung, allein in den Norden zu fahren, von Mette gekommen wäre, dann hätte sie sich vielleicht auserwählt gefühlt und den Auftrag als Herausforderung begriffen. Doch in ihrem Leben herrschten keine »alten« Umstände mehr. Keine Mette mehr in der Arbeit, stattdessen ein Lukas zu Hause, von dem sie nicht länger als unbedingt notwendig getrennt sein wollte, weshalb sie das Ganze mehr als Bestrafung verstand.

Nach Arjeplog?

*

Die moderne Technik, auch »digitale Revolution« genannt, hatte ihre Vor- und Nachteile. Ein Vorteil war die Möglichkeit, sich wann auch immer über alles, was geschah, auf dem Laufenden zu halten. Wo auch immer. Was dazu führte, dass die Prostataprobleme, die den Mann dazu zwangen, viel öde Zeit auf der Toilette zu verbringen, dank des iPads, das zu bedienen er von seiner Tochter gelernt hatte, ein wenig erträglicher wurden.

In diesem Moment saß er auf einer beheizten Klobrille und verfolgte online die Meldungen auf einem Nachrichtenkanal. Die erste, die davon handelte, wie Donald Trump seinem Schwiegersohn versehentlich einen Golfball an den Kopf geschlagen hatte, ließ ihn kalt, auch wenn spekuliert wurde, ob es vielleicht nicht doch Absicht gewesen sein könnte. Die nächste Meldung interessierte ihn umso mehr. Sie kam direkt von einem Reporter, der sich in Arjeplog befand. In einer schmelzenden Schneewechte in der Radtja-Gegend war eine Leiche gefunden worden, von der man annahm, dass sie schon viele Jahre dort gelegen hatte. Die Lokalpolizei schloss einen Mord nicht aus.

Ein weiterer Vorteil der modernen Technik war die Möglichkeit, eine Person direkt vom iPad aus per Facetime anzurufen. Er erreichte seine Gesprächspartnerin in der Küche, wo sie gerade eine Lasagne aufwärmte. Es dauerte eine Weile, bis der Mann sein Anliegen erklärt hatte, und noch länger, bis die Frau begriffen hatte, was er wollte. Zu dem Zeitpunkt war ihr der Appetit vergangen, sie war schockiert.

Und starr vor Schreck.

*

Als Olivia von der Straße ins Treppenhaus trat, roch es nach Abendessen. Offenbar liebte jemand im ersten Stock Knoblauch und erinnerte Olivia daran, dass sie kein vernünftiges Mittagessen gehabt hatte. Der Duft verfolgte sie hartnäckig auf dem Weg bis in den dritten Stock. Sie eilte die Treppe hinauf und nahm zwei Stufen auf einmal, um wieder etwas in Schwung zu kommen.

Sie schnaufte, als sie die letzten, schon abgenutzten Marmorstufen zu Lukas' Wohnung hinaufstieg. Weil in dem Haus in der Högalidsgatan, in dem sie lebte, Balkons angebaut wurden, würde sie für ein paar Wochen bei ihm wohnen.

Sie kramte in ihrer Tasche nach dem Schlüsselbund. Aus der Wohnung war die Stimme von David Bowie zu hören, der sich fragte, ob es wohl Leben auf dem Mars gab. Wie von Zauberhand waren sie plötzlich da, die Schlüssel. Und erwiesen sich sogleich als unnötig, denn die Tür war nicht abgeschlossen.

Hier drinnen wurde kein Abendessen zubereitet. Hier roch es nach Öl und Terpentin, das in die Nase eindrang und alles bis in die Nebenhöhlen durchputzte. Olivia warf ihre Jacke auf einen Stuhl und durchquerte das Wohnzimmer zum Atelier. Oder zum Malerzimmer, wie Lukas es nannte. Um die Bezeichnung Atelier zu verdienen, war der Raum nicht groß genug, doch hier arbeitete er. Alle Flächen waren voll mit Bildern und Leinwänden, einige von ihnen mit der Heftpistole direkt an die Wand geschossen. Und mitten im Durcheinander stand Lukas, den Pinsel in der Hand und lediglich mit einer verwaschenen gelben Unterhose bekleidet, die aussah, als stamme sie aus den Siebzigerjahren. Hinten etwas ausgebeult.

Trotzdem.

Wie sie ihn liebte.

Keine Unterhose der Welt konnte das, was sie für ihn empfand, beeinträchtigen. Sie war wie Metallspäne um einen Magneten. Ein besseres Bild fiel ihr nicht ein. Sie wollte nichts mehr, als in sein starkes Kraftfeld gezogen zu werden und darin zu bleiben. Ihr Körper brauchte seinen auf eine Weise, wie sie es noch nie erlebt hatte. Er hatte sie ganz und gar okkupiert.

Und jetzt sollte sie rauf ins verdammte Norrland verbannt werden.

Auf Lukas' einer Schulter war ein Klecks Farbe gelandet,

und ein paar seiner langen dunklen Locken hatten rote Spitzen bekommen, als sie durch den Fleck gewischt waren. Er selbst war voll auf die Leinwand vor sich konzentriert. Das Gemälde zeigte einen magischen Moment in Cuatro Ciénegas, Mexiko. Ein nacktes Frauenbein im Vordergrund und ein in warme Farben getauchtes Hotelzimmer. Das Hotel hieß Xipe Totec. Und sie war das Bein. Olivia schlich sich an und legte ihre Arme um ihn. Erst erstarrte er, doch als sie ihn in den Nacken küsste, entspannte er sich.

»Ah, du bist es«, sagte er.

»Ja. Wer sollte es sonst sein?«

»Niemand, ich war nur so in … du hast mich nur erschreckt. Wie spät ist es?«

»Halb sieben.«

Olivia bohrte ihre Nase in seinen Rücken. Bowie fragte ein letztes Mal, ob es Leben auf dem Mars gebe, und Olivia dachte, das ist mir scheißegal, wenn ich nur hierbleiben könnte und nicht heute Abend noch in einem Zug hocken müsste. Lukas löste sich aus ihrer Umarmung und drehte sich um. Sein intensiver Blick fing ihren ein, und er nahm ihre Hände und spielte mit ihren Fingern.

»Ich will nur noch ein bisschen weitermachen«, sagte er, »dann können wir …«

Berührung. Was ein wenig Berührung doch auslösen konnte. Fingerspitzen berührten leicht die Haut, und Olivia betrat das Kraftfeld. Eisenspäne hieß es, dachte sie, nicht Metallspäne, und drückte ihren Unterleib gegen seinen.

»Ich muss nach Umeå fahren«, sagte sie.

»Warum denn das?«

»Entsendung. Oben im Fjäll ist eine alte Leiche gefunden worden, und mein Chef findet, ich sollte mich darum kümmern.«

»Wann fährst du?«

»Heute Abend. Der Zug geht um 21.12 Uhr vom Hauptbahnhof.«

Sie drückte sich noch näher an ihn.

»Dafür ist noch Zeit, aber dann muss ich packen. Und was essen.«

Lukas lachte. Er hob sie hoch und ließ sich mit ihren Beinen um seine Taille auf das alte Plüschsofa fallen. Sie landeten darauf wie ein Knäuel aus zwei Menschen, verwickelt und ineinander verschlungen. Zwei Menschen, die voneinander high waren.

»Wie lange bist du weg?«

»Etwa zwei Tage. Wenn ich ohne dich überlebe.«

»Das schaffst du nicht.«

Lukas küsste ihren Hals, und Olivia dachte, dass sie das vielleicht tatsächlich nicht schaffen würde. Sie wollte hierbleiben, hier, auf dem Sofa, mit Lukas in sich.

Um sich herum.

Für immer.

*

Der Mann war Stammgast auf der Trabrennbahn Solvalla in Stockholm und hatte sich im Laufe der Zeit einen Fenstertisch erobert, der immer für ihn reserviert war. So auch heute Abend. Er saß mit dem Rücken zum Restaurant und schaute auf die Bahn hinaus. Es fiel ein leichter Regen, und die Pferde befanden sich auf der gegenüberliegenden Geraden. Er beobachtete sie durch sein Fernglas. Es fand ein Qualifikationsrennen für den K.-G.-Bertmark-Gedächtnislauf statt, und er hatte ein paar Tausender auf Minnestads Ecuador gesetzt. Das war kein großartiger Einsatz, aber gerade heute Abend hatte er keine Lust auf zu viel Risiko. Als die Pferde auf die Bahn einliefen, stieg der Puls des Mannes. Er senkte den Feldstecher und verfolgte den Lauf direkt durchs Fenster. Bis zum Endspurt war es ein ausgeglichenes Rennen, die Jockeys schwangen ihre Peitschen voller Elan. Doch im Finish gelang es Minnestads Ecuador, mit anderthalb Längen Vorsprung die Ziellinie zu überqueren. Der Mann ballte die rechte Faust im Schoß. Seine Kasse würde sich füllen. Er drehte sich herum und fuhr zusammen. Ihm gegenüber saß unvermittelt eine Frau mit dunkler Sonnenbrille. Ray-Ban. Er nickte ihr zu. Vor ihr auf dem Tisch lag eine ausgebreitete Landkarte. Der Mann erkannte darauf einen Kreis und ein Kreuz. Die Frau drehte die Karte herum, damit er das Gebiet von seiner Seite aus sehen konnte.

Der angekreuzte Ort lag nördlich von Arjeplog.

*

Als Olivia den Zug am Hauptbahnhof bestieg, befand sie sich immer noch in ihrer Lukas-Blase. Sie setzte sich auf ihren Platz am Fenster. Wenigstens ein Liegewagen, so würde sie zumindest ein paar Stunden Schlaf bekommen, ehe sie in Umeå ankam. Außer ihr waren nur noch zwei weitere Personen im Abteil. Eine ältere Frau mit langen blonden Haaren, die sofort nach ihrem Smartphone griff, sich Kopfhörer in die Ohren steckte und auf dem Display herumzutippen begann. Olivia direkt gegenüber saß ein junges Mädchen mit dunklen, kurz geschnittenen Haaren, das sie auf siebzehn, achtzehn Jahre schätzte. Auf der Höhe von Karlberg lehnte sich das Mädchen zurück und holte überraschenderweise anstatt eines Handys ein Buch heraus. Wenn keine der beiden schrecklich schnarchte oder Albträume à la Stilton hatte, dann würde es eine ruhige Nacht werden.

Der Zug hatte Fahrt aufgenommen. Helenelund, Sollentuna und Häggvik rauschten in der rosafarbenen Abenddämmerung vorbei, und als sie gerade an Rotebro vorbeikamen, der Gegend, in der Olivia aufgewachsen war, piepste ihr Handy. Sie nahm es aus der Tasche und las die SMS: »Ist dir klar? Wie sehr ich? Über alles in der Welt?«, und dann drei rote Herzen. Olivia lächelte in sich hinein und merkte, wie die ältere Dame neben ihr sich streckte und einen Blick auf Olivias Handy warf. Versucht sie, heimlich meine SMS zu lesen? Olivia drehte das Display zu sich und antwortete: »Mir ist so was von klar, wie sehr. Über alles in der Welt. Weil ich ja auch. Über alles.« Und vier Herzen. Postwendend bekam sie zurück: »Jetzt versetze ich mich wieder in den Zustand von Cuatro Ciénegas und schalte das Handy aus. Hoffe, du kannst ein bisschen schlafen. Bis morgen!« Sie antwortete mit einem Daumen hoch und einem Herz. Dann lehnte sie den Kopf ans Fenster und schloss die Augen. Verschwand mit dem Takt des Zuges in sich selbst.

Verdiente sie überhaupt, so glücklich zu sein? Wie lange würde dieser Zustand, in dem sie sich befand, andauern? Es gab Dinge, die ihn bedrohten.

Viele.

Vor allem Lukas' Krankheit, das wusste sie. Eine dissoziative Identitätsstörung war keine Diagnose, die man auf die leichte Schulter nahm. Sie hatte dazu geführt, dass er unschuldig für ein Verbrechen verurteilt worden war. Doch seit seinem Klinikaufenthalt auf Karsudden war keine andere Persönlichkeit mehr zutage getreten. Nach seinem Freispruch hatten sie sich immer häufiger getroffen, und irgendwann waren sie unzertrennlich.

Mit Lukas zusammen zu sein, öffnete ihr ganz neue Welten. Einige ihrer Freunde hatten die Augenbrauen hochgezogen. Ein Künstler und eine Polizistin? Das klang nicht gerade nach einer naheliegenden Kombination. Vor allem nicht, wenn es sich um einen Künstler mit dokumentierter psychischer Erkrankung handelte. Sogar Maria, ihre Mutter, hatte ihrer Sorge Ausdruck verliehen. »Er nimmt doch hoffentlich keine Drogen?«, hatte sie gefragt. Und Olivia war wütend geworden. So wütend, dass sie sich eine Weile nicht gemeldet hatte, was zwischen ihnen beiden immer wieder mal passierte.

Mette und Mårten hingegen hatten sich vorsichtig optimistisch gezeigt und waren die Ersten gewesen, die Olivia und Lukas zum Abendessen eingeladen hatten. Für die Gastgeber, vor allem aber für Lukas war das in vielerlei Hinsicht seltsam. Immerhin war Mette diejenige gewesen, die ihn für einen Mord, den er nicht begangen hatte, ins Gefängnis gebracht hatte. Doch das Abendessen verlief gut. Als der erfahrene Therapeut, der er war, hatte Mårten Lukas sofort eingefangen. Er zeigte ihm sein besonderes Zimmer im Keller, wo sie versuchten, die Kellerspinne Kerouac mit verschiedenen alten Countrysongs hervorzulocken. Am Ende hatte sie sich gezeigt, das behaupteten die beiden zumindest, als sie wieder nach oben zu Mette und Olivia kamen. Die hatten in der Zwischenzeit viel zu viel Wein getrunken, weil jede von ihnen auf ihre Weise sehr nervös war.

Nach Mexiko zu reisen war Lukas' Idee gewesen. In der Klinik schrieb er ein Gedicht für sie.

ein andermal
wenn ich ich bin
werden wir nach Cuatro Ciénegas reisen
gemeinsam

Diese Gemeinsamkeit hatten sie schon bei ihrer ersten Begegnung entdeckt, denn bereits bevor sie sich kannten, waren sie jeder für sich durch Mexiko gereist und hatten sogar zufällig am selben Ort gewohnt. Im Hotel Xipe Totec in der kleinen Stadt Cuatro Ciénegas. Lukas trug den Namen auf der Brust eintätowiert. Nicht wegen des Hotels, sondern weil Xipe Totec in der aztekischen Mythologie der gehäutete Gott war, der seine Haut opferte, um den Menschen seinen Samen zu schenken. Eine Symbolik, die Lukas angesprochen hatte. Ein Gott wie eine Schlange, die sich häutet.

»So wie ich«, antwortete Lukas, als sie ihn danach fragte. »Auch ich bin manchmal ohne Haut, und dann werde ich ein anderer und wachse in die neue Haut hinein.«

Mittlerweile waren sie ein Paar, und seither war er kein anderer gewesen, sondern die ganze Zeit immer und ausschließlich Lukas. Und dafür war Olivia dankbar. Sie achtete darauf, dass er seine Medikamente nahm und regelmäßig zu seiner Therapeutin ging. Lukas kämpfte mit seinen Albträumen, und in Cuatro Ciénegas hatte sie ihm auch von ihren erzählt. Vom Schicksal ihrer biologischen Mutter an einem Strand auf Nordkoster. Und von ihrem biologischen Vater, der 24 Jahre später von derselben Hand getötet wurde. Davon, wie sie selbst mitten in der Mordermittlung gelandet war, ohne zu wissen, um wen es sich bei den Opfern handelte.

Und Lukas hatte zugehört, fasziniert, und sie hatten wieder in dem kleinen, aber schönen Hotelzimmer miteinander geschlafen, während ein alter, rostiger Deckenventilator die heiße Luft um ihre Körper gequirlt hatte. Sie erinnerte sich an den magischen Moment hinterher, als sie spürten, dass sie nun ganz und gar miteinander verschmolzen waren. Der Moment, den Lukas gerade zu Hause in seiner Wohnung auf die Leinwand zu bannen versuchte. Olivia sah ihn da in seiner gelben Unterhose stehen und merkte, dass sie ein bisschen dämlich grinste, als sich die Abteiltür öffnete. Ein Schaffner kam herein und half ihnen, die Betten auszuklappen. Die ältere Dame sorgte dafür, dass sie zuerst wählen durfte, wo sie liegen wollte. Das Mädchen nahm den Platz über ihr, und so bekam Olivia den ganz unten. Gegen sechs Uhr am Morgen würden sie ankommen. Olivia rollte sich auf die Seite und schloss die Augen. Jetzt brauchte sie ein paar Stunden Schlaf, um sich am nächsten Tag auf den Fall konzentrieren zu können.

Eine unbekannte Leiche im Fjäll.

Oberhalb von Arjeplog.

Sie stellte sich als Cathy Gudilsdotter vor und hielt Olivia die Tür auf.

»Hier wird gerade umgebaut, deshalb ist alles ein bisschen unordentlich.«

Ihr warmes Lächeln wirkte freundlich. Sie trug ein langes, dunkelblaues Kleid mit grünen Stickereien und hatte wuscheliges, leicht zerzaustes rotes Haar. Nicht direkt eine Frau, wie man sie in der Gerichtsmedizin in Umeå zu treffen erwartet, dachte Olivia positiv überrascht. Die Obduzentinnen, die sie bisher kennengelernt hatte – das waren allerdings nicht wirklich viele –, machten in der Regel einen sehr viel strengeren Eindruck und waren nicht sonderlich gesprächig.

Ganz anders Cathy.

Während sie sich zwischen Handwerkern und Baumaterial hindurchschlängelten, gelang es ihr zu erzählen, dass sie in der Gegend, in die Olivia nun fahren würde, aufgewachsen war und was sie dort erwarten würde.

»Waren Sie schon einmal dort? Im Arjeplog-Fjäll?«

»Nein.«

»Das ist so traurig.«

Wenige Minuten später hatte Olivia begriffen, was so traurig war: die Natur dort, oder besser gesagt das, was mit ihr geschah.

»Ich bin jedes Jahr da oben zum Fischen bei einem Camp am Miekak-See, da kann man einfach fantastisch angeln, und trotzdem bin ich mit jedem Jahr deprimierter. Die Veränderung ist so offenkundig. Das Unterholz kriecht immer weiter nach oben, und die Baumgrenze verschiebt sich stetig… erst kommen die Weidenbüsche, dann die Zwergbirken. Bald werden all die schönen Blumen im Dickicht verschwinden, Leimkraut und Ehrenpreis, das ist so bedauerlich. Ihr aus dem Süden des Landes denkt vielleicht nicht so viel über so was nach, aber für die Leute, die hier oben wohnen und die Landschaft lieben, ist das nur schwer zu ertragen.«

»Sind das die Klimaveränderungen, die…«

»Was sonst? Man kann es ja schon mit bloßem Auge erkennen. Viele jahrhundertealte Schneewechten und kleine Gletscher schmelzen jetzt einfach weg, einige davon sind schon fast verschwunden. Außerdem taut der Permafrostboden und senkt sich ab, die Moore kollabieren, und überall entstehen Feuchtgebiete. Wenn meine Kinder einmal Kinder bekommen, wird es womöglich kein Kalfjäll, also keine Berglandschaft ohne Baumbewuchs mehr geben. Zumindest nicht so, wie wir es jetzt kennen.«

Cathy hielt inne, öffnete die nächste Tür und lächelte.

»Aber jetzt kümmern wir uns mal um lustigere Dinge.«

Sie betraten den Kühlraum.

Olivia betrachtete die grauen Schränke entlang der Wand. Sie wusste, was sie enthielten. Cathy trat an eines der Fächer. Fast unmerklich veränderte sich ihr Tonfall, so als würde die Umgebung eine andere, korrektere Sprache verlangen.

»Ihm ist aus nächster Nähe zweimal in den Rücken und einmal in den Kopf geschossen worden«, sagte sie. »Eine regelrechte Hinrichtung.«

»Waren noch Kugeln im Körper?«

»Nein. Aber möglicherweise finden die Techniker am Fundort welche, da ist ja alles kräftig weggetaut.«

Cathy zog eine mit einem blauen Tuch bedeckte Bahre heraus, während Olivia ihr Handy aus der Tasche holte. Als Erstes fotografierte sie den Kopf der Leiche, der sichtbar wurde, als Cathy behutsam das Tuch wegzog. Er war erstaunlich gut erhalten, zwar eingesunken, aber dank der Kälte des Fundorts ziemlich unbeschädigt und immer noch mit dichtem rotem Haar bedeckt.

»Wenn Sie sich etwas vorbeugen, können Sie sehen, wo die Kugel in den Schädel eingetreten ist. Und da ist das Austrittsloch.«

Olivia sah es sich an und machte Fotos davon.

»Wie lange ist er unter dem Schnee begraben gewesen?«

»Das können wir noch nicht exakt sagen, aber es waren sicher einige Jahre. Wenn nötig, werden wir eine taphonomische Untersuchung anstellen und sehen, wie weit wir damit kommen.«

»Taphonomische …?«, fragte Olivia.

»Man untersucht die Zersetzung des toten Körpers, sozusagen die Ökologie des Kadavers, doch das ist nicht mein Spezialgebiet.«

Cathy hob eine Hand der Leiche an.

»Unter den Nägeln habe ich Hautablagerungen gefunden«, sagte sie.

»Von denen wir eine DNA nehmen können?«

»Ziemlich sicher, ich habe sie ans NFZ geschickt. Da liegen seine Kleider, ich habe sie heute Morgen rausgeholt.«

Cathy zeigte auf eine große, weiße Plastiktüte.

»Er hatte einen dicken Motorschlittenoverall an und feste Wanderschuhe.«

»Also wurde er im Winter ermordet?«

»Das ist wahrscheinlich.«

»Hatte er irgendwelche Papiere bei sich?«

»Nein, nichts«, sagte Cathy. »Das hier ist alles, was ich gefunden habe.«

Sie griff nach einer kleinen Plastiktüte.

»Eine der Taschen des Overalls war zerrissen, und das hier lag unten im Futter. Eine Münze, ein kleiner Zettel und eine Büroklammer.«

Olivia nahm die Plastiktüte und hielt sie hoch. Auf dem kleinen Zettel standen ein paar Zahlen.

»Keine Autoschlüssel?«, fragte sie. »Oder Skooterschlüssel?«

»Nein.«

»Vielleicht ein Raubmord?«

»Wohl kaum«, erwiderte Cathy. »Er trug eine dicke Goldkette um den Hals, die hätte in dem Fall auch weg sein müssen. Außerdem ist das da oben nicht gerade der Ort, an dem man Leute ausraubt.«

Cathy lächelte, aber Olivia dachte: Menschen können überall ausgeraubt und ermordet werden. Selbst oben im Fjäll.

»Haben Sie sonst noch irgendetwas Besonderes an der Leiche bemerkt?«, fragte sie. »Irgendwelche Narben?«

»Keine Narben, aber es fehlt ein Stück von seinem linken Ringfinger.«

Cathy nahm die Hand mit dem verkürzten Finger und hob sie hoch. Olivia machte auch davon eine Aufnahme.

»Können das irgendwelche Tiere gewesen sein?«

»Nein, die Haut ist über der Verletzung zusammengewachsen, das muss also schon eine ganze Weile, bevor er ermordet wurde, passiert sein.«

Cathy deckte das blaue Tuch wieder über die Leiche.

»Was meinen Sie, ist er da ermordet worden, wo er gefunden wurde?«, fragte Olivia. »Sind Fund- und Tatort identisch?«

»Das weiß ich nicht, das müssen Sie die Techniker fragen. Aber das wird schwer zu sagen sein, ehe Sie den Mörder finden.«

»Oder die Mörder.«

*

Jäkkvik ist ein kleines Dorf, gelegen in der Mitte zwischen Arjeplog und Nowhere. Oder Norwegen, genauer gesagt. Es besteht aus ein paar verstreuten Häusern an Seen und kleinen Flüssen und einem gut sortierten kleinen Laden mit Benzinzapfsäule. Die Nähe zum Kungsleden, dem bekannten Trampelpfad für naturhungrige Touristen, erhält den Laden am Leben. Und die Norweger. Sie kommen in Karawanen und beladen ihre Autos mit Süßigkeiten, weil in ihrem Heimatland eine Zuckersteuer erhoben wird.

Doch die beiden, die heute den Laden betraten und sich einen Plastikkorb nahmen, waren keine Norweger. Die Kassiererin, zu der Zeit allein im Geschäft, registrierte, dass sie wie klassische Fjällwanderer gekleidet waren, und ging davon aus, dass der Kungsleden das Paar lockte. Selbst war sie ihn noch nie gelaufen. Sie wohnte schließlich hier.

Ohne bewusst zu lauschen, kam sie doch nicht umhin zu bemerken, dass die beiden eine fremde Sprache sprachen. Welche es war, konnte sie nicht sicher sagen. Englisch war es nicht. Als sie an die Kasse kamen, ergriff sie die Gelegenheit. Auf Englisch.

»Gehen Sie in die Berge wandern?«

»Ja«, antwortete die Frau mit einem kleinen Lächeln.

»Das tun um diese Jahreszeit viele.«

Die Kassiererin tippte die Waren ein und schob sie, zusammen mit einer Tüte des Ladens, zu dem Mann hinüber, der alles hineinpackte. Die Tüte stopfte er dann in einen Rucksack, eine exklusive Marke, wie die Kassiererin bemerkte.

»Das erste Mal?«, fragte sie und bonierte die Bananen.

»Ja«, antwortete die Frau.

»Dann wird es sicher ein Abenteuer für Sie. Sie sind aber nicht aus England, oder?«

»Spanien.«

»Ui, da kommen Sie aber von weit her … wie schön! Meine Schwester war mal in Barcelona. Woher genau …«

»Nehmen Sie American Express?«

»Nein, tut mir leid.«

Die Frau lachte erneut und zog ein paar Scheine aus der Tasche. Als die Bezahlung erledigt war, stand auch der Rucksack gepackt da. Das Paar ging zum Ausgang.

»Das Wetter ist heute sehr unbeständig, das wissen Sie, oder?«, sagte die Kassiererin.

»Ja«, antwortete die Frau, ohne sich umzudrehen.

»Dann viel Glück! Ich hoffe, Sie sehen ein paar Elche!«

Das wünschte sie den beiden, weil sie wusste, dass Elche der ultimative Kick für Ausländer waren. Einen Elch zu Gesicht bekommen – oder wenigstens ein Schild, das vor Elchen warnte. Sie sah dem Paar durchs Schaufenster nach und wunderte sich.

Die gingen überhaupt nicht in Richtung Kungsleden, sondern setzten sich in ein Auto und fuhren den Silvervägen weiter in Richtung Norwegen.

*

Nach vier Stunden Fahrt in einem Mietwagen erreichte Olivia Arjeplog. Das Polizeigebäude war schnell gefunden, es lag auf der Storgatan in Tingsbacka. Sie betrat es durch die Eingangstüren aus Glas. Ein kleines Revier mit einem riesenhaften Einsatzgebiet. Jeder, der hier arbeitete, musste sich um so ziemlich alles kümmern: von Wildunfällen über Geschwindigkeitskontrollen bis hin zu dem ein oder anderen Einbruch. Die Frau, die Olivia begrüßte, hatte kräftig geschminkte Lippen und einen kleinen, angeleinten Hund bei sich. Lange, dunkle Locken umrahmten ihr Gesicht, sie trug eine Brille mit schwarzem Gestell.

»Marja Verkkonen«, sagte sie. »Polizeiassistentin.«

»Olivia Rönning.«

»Ich weiß. Sie kommen vom NOA, oder?«

»Ja.«

»Wir haben hier nicht oft Besuch von solchen wie Ihnen.«

»Da können Sie froh sein.«

»Sind wir auch. Aber trotzdem willkommen.«

Marja erwiderte Olivias Lächeln. Noch eine Frau ohne Kontaktschwierigkeiten. Langsam fing Olivia an, diesen Teil des Landes zu mögen.

»Der Hund gehört nicht mir«, erklärte Marja, »aber er ist freundlich. Sind Sie allergisch?«

»Nicht gegen Hunde.«

»Wie schön.«

Marja nahm Olivia mit in ihr Büro. Die Fenster gingen auf den weit ausgedehnten Hornavan-See hinaus, die Möbel waren funktional, und hinter dem Schreibtisch an der Wand hing ein seltsames Bild. Es stellte den kleinen Kinderbuch-Troll Plupp dar, der vor einem Feuer im Wald tanzte.

Marja sah sie an.

»Sie sind neu da unten, oder?«, fragte sie.

»Ja, ziemlich.«

»Ich habe ein paar Jahre im Drogendezernat gearbeitet, aber das war wohl, bevor Sie dort anfingen.«

»In Stockholm?«

»Ja, aber irgendwann war ich den ganzen Mist leid und habe mich hierher beworben.«

»Ist es hier ruhiger?«

»Ja, entschieden. Hier erschießen sie Elche, keine Teenager.«

Marja setzte sich an ihren Schreibtisch, und Olivia versank in einem Sessel genau gegenüber dem Plupp-Bild.

»Die Leiche«, sagte Marja und nahm ihre Brille ab.

»Ja.«

»Der Mann, der sie gefunden hat, ist Same. Janne Marklund, er gehört zum samischen Dorf Luokta-Mávas. Die Leiche ist in den Rentier-Gemarkungen des Dorfes im Radtja-Gebiet gefunden worden. Eine Schneewechte ist heruntergeschmolzen, und Janne Marklund hat eine Hand entdeckt, die daraus hervorragte. Es hat eine Weile gedauert, bis er Kontakt zu uns aufnehmen konnte, da oben gibt es kein Netz, deshalb sind wir erst ein paar Stunden später mit dem Helikopter dort gewesen. Anfangs dachten wir, es sei vielleicht jemand, der durch die Natur umgekommen ist, von einer Lawine überrascht wurde oder so, aber dann haben wir die Verletzungen gesehen.«

»Am Schädel.«

»Genau. Da konnten wir dann ziemlich sicher sein, dass er keines natürlichen Todes gestorben ist, wie man so sagt, und haben die Techniker hinzugerufen. Danach ist die Leiche nach Umeå gebracht worden.«

»Ich habe sie gesehen. Wie haben Sie den Fundort abgesichert?«

»Wir haben ihn abgesperrt, was allerdings leicht übertrieben ist, denn wir reden hier von einem Kalfjäll mitten in der

Wildnis, zig Kilometer vom nächsten Gebäude entfernt. Die Absperrbänder von der Polizei an einer Schneewechte oben im Radtja-Gebiet wirken schon ein bisschen komisch. Wollen Sie rauf und sich den Ort ansehen?«

»Morgen. Wie tief lag die Leiche?«

»Knapp unter der Schneeoberfläche. Aber wir wissen, wie viel da in den letzten Sommern weggeschmolzen ist, ursprünglich lag sie also sehr tief. Haben die in Umeå etwas gesagt, wie lange sie da schon liegt?«

»Nein. Aber auf jeden Fall lange. Haben die Techniker was Wichtiges gefunden?«

»Den Bericht kriege ich morgen. Wo werden Sie heute Nacht schlafen?«

»Im Hotel Silverhatten.«

Marja reagierte nur kurz, aber deutlich.

»Da wohnen ziemlich viele Jäger«, erklärte sie. »Bald geht die Schneehuhnjagd los.«

»Und?«

»Die halten sich nie weit vom Alkohol auf.«

Wie sich herausstellte, war das stark untertrieben. Die Männer in der Hotelbar liefen schon auf Hochtouren, als Olivia hereinkam. Sie hatte vor, sich nach dem Essen ein Bier zu gönnen, überlegte es sich aber schnell anders. Allerdings nicht schnell genug. Einer der Männer, ein blonder, kräftiger Typ mit rot kariertem Hemd und Camouflage-Hose entdeckte sie, ehe sie verschwinden konnte.

»He, hallo, du! Du Frau da! Ich lade dich ein!«

Da Olivia die einzige Person weiblichen Geschlechts im Raum war, bestand kein Zweifel, wen er meinte.

»Was nimmst du?«

»Nichts, danke.«

Olivia drehte sich um und war auf dem Weg zur Tür hinaus, als sie eine Hand auf ihrer Schulter spürte. Wie der Mann ihr so schnell nachgekommen war, wusste sie nicht, sie schüttelte ihn ab. Da packte er ihre Haare. Olivia war am Kopf nicht sonderlich schmerzempfindlich, es war etwas anderes, das ihre Reaktion auslöste. Blitzschnell schleuderte sie ihn gegen die Wand. Er verlor das Gleichgewicht und knallte auf den Holzfußboden. In der Bar wurde es mucksmäuschenstill. Alle Blicke richteten sich auf sie. Auf die scheinbar schwache Frau und den kräftigen Mann, der versuchte, sich wieder aufzurappeln. Was eine Weile dauerte. Er keuchte vor Anstrengung, als er wieder in der Senkrechten war. Olivia roch seinen sauren, alkoholgeschwängerten Atem und wich einen Schritt zurück.

»Sie sollten besser nichts mehr trinken«, sagte sie ruhig.

Der Mann fing ihren Blick ein und fixierte ihn ein paar Sekunden, er kaute auf seinen Lippen, dann senkte er den Kopf und sah zu Boden.

»Entschuldigung«, sagte er. »Entschuldigung, ich wollte Sie nur zu einem …«

Olivia machte auf dem Absatz kehrt und ging.

Olivia schlief tief, als der Handywecker erste hartnäckige Versuche unternahm, sie zu wecken. Langsam kam sie zu Bewusstsein, erinnerte sich, wo sie war, und dass sie nun vierzig Minuten Zeit hatte, um aufzustehen und zu frühstücken. Sie wälzte sich aus dem Bett und schlurfte ins Badezimmer. Die Dusche sorgte dafür, dass sie vollends wach wurde.

Ihr Rucksack mit dem Nötigsten für einen halben Tag im Fjäll war bereits gepackt. Die Dienstwaffe war auch dabei, die hatte Olivia in Stockholm ganz automatisch hineingesteckt, nicht weil sie glaubte, sie dort zu benötigen. Necessaire und ihre Kleider blieben im Zimmer, denn sie würde auf jeden Fall noch eine weitere Nacht im Silverhatten verbringen müssen, ehe sie nach Hause zu Lukas fahren durfte. Lukas.

Sollte sie ihn anrufen? Das Risiko, dass er noch schlief, war ziemlich groß. Aber dann würde sie sich erst nach ihrer Rückkehr am Nachmittag wieder melden können, und sie wollte ihm sagen, dass sie im Laufe des Tages nicht erreichbar wäre. Natürlich hätte sie ihm einfach auch eine SMS schicken können, aber die Sehnsucht, seine Stimme zu hören, errang sofort einen erdrutschartigen Sieg über ihre Bedenken, seinen Schlaf zu stören. Die Liebe ist nicht selten egoistisch.

»Ja, hallo?«

Seine Stimme klang klar und wach, als er ranging. Fast ein wenig zu wach. Oder? Und die Musik war auch superlaut. Bowie natürlich. »Changes«. Wie die Nachbarn das so früh am Morgen wohl fanden?

»Das klingt ja nicht so, als hätte ich dich geweckt«, sagte Olivia.

»Hast du auch nicht. Warte, ich mach mal eben leiser.«

Olivia ertappte sich dabei, wie sie auf weitere Stimmen im Hintergrund horchte. Feierte er eine Party? Was machte er?

»Ich male«, sagte Lukas, als würde er auf ihre Gedanken antworten. »Und es läuft so verdammt gut, ich bin in so einem Flow, hab die ganze Nacht nicht geschlafen.«

Nicht geschlafen? Das war nicht gut. Klang er nicht ein bisschen, als wäre er auf Speed? Olivia versuchte, das Gefühl der Unruhe, das sich aus ihrem Bauch nach oben schob, zu unterdrücken. Seit wann war sie denn so empfindlich?

»Okay, wie schön, dass es gut läuft«, sagte sie. »Ich will dich nicht stören, wollte nur hören, wie es dir geht.«

»Mir geht es super. Und dir?«

»Auch gut, ich setze mich gleich in einen Helikopter und werde mich erst heute Nachmittag wieder melden können. Im Fjäll gibt es kein Netz, deshalb. Ich wollte nur deine Stimme hören.«

»Und ich deine.«

Für einen Moment wurde es still.

»Du fehlst mir«, sagte Olivia.

»Du mir auch. Die ganze Zeit. So sehr, dass es durch den Pinsel bis auf die Leinwand schmerzt.«

»Aber du musst schlafen.«

Lukas lachte.

»Mach dir keine Sorgen, meine geliebte O., ich bin in mir selbst. Niemand sonst zu sehen.«

»Wirklich?«

»Ja, wirklich. Und jetzt lauf schnell zu deinem Helikopter, wir sprechen uns dann, wenn du zurückkommst.«

»Okay, ich rufe an, sobald ich wieder hier bin. Ich liebe dich!«

»Ich liebe dich auch.«

Olivia schob das Handy in die Tasche, warf sich den Rucksack über die Schulter und ging zum Frühstück nach unten. Die Gedanken wirbelten in ihrem Kopf herum, und sie versuchte, sie, so gut es ging, zu ordnen. Es gab keinen Grund, sich wegen Lukas Sorgen zu machen. Es ging ihm gut, und er liebte sie. Sie musste versuchen, ihren Kontrollreflex zu unterdrücken, der war nicht gerade charmant. Lukas kam tatsächlich auch ohne sie klar, zumindest ein paar Tage. Okay, vielleicht sogar noch länger. Jetzt musste sie sich auf die Arbeit konzentrieren, auf nichts anderes als die Arbeit, dachte sie in einem Versuch, hinter ihre nagenden Gedanken einen Schlusspunkt zu setzen. Ohne Erfolg. Denn er konnte schließlich auch von dem, was er tat, so verschlungen werden, dass er alles andere vergaß.

Also schickte sie ihm, als sie sich mit einer Tasse Kaffee und einem Butterbrot hinsetzte, eine SMS: »Vergiss heute Nachmittag die Therapeutin nicht.« Natürlich mit ein paar Herzen hinterher.

Dass Lukas sich vielleicht eher Sorgen um sie machen sollte, kam ihr nicht in den Sinn.

*

Zwei Überraschungen erwarteten Olivia, als sie sich mit dem Rucksack in der Hand dem blauen Polizeihubschrauber näherte. Die eine war, dass Marja mit dem Hund dort stand. Die andere war der Pilot. Ein blonder, kräftiger Mann mit rot kariertem Hemd und Camouflage-Hosen. Das war für beide ein recht seltsames Zusammentreffen. Peinlich für den einen, beunruhigend für die andere: Olivia fragte sich, ob der Mann nicht noch Restalkohol hatte.

»Das hier ist Pekka Karvonen«, erklärte Marja. »Er fliegt den Helikopter. Und das hier ist ...«

»Wir kennen uns bereits«, erwiderte Olivia und vermied es, ihm ihre Hand zu geben. »Aus dem Silverhatten gestern.«

»Ach so?«

Pekka sagte nichts.

Marja reichte Olivia eine Taschenlampe.

»Nehmen Sie die hier mit, man weiß nie, was im Fjäll passiert.«

Olivia griff nach der Lampe und wandte sich dem Helikopter zu. Pekka hatte eine Tür geöffnet und bedeutete Olivia, dort einzusteigen. Das tat sie nicht. Jedenfalls nicht sofort. Sie ging ein paar Schritte zur Seite und sagte mit gesenkter Stimme zu Marja: »Der war gestern ziemlich betrunken.«

»Oje, ja, das kommt vor, aber kein Problem. Er ist der erfahrenste Pilot von ganz Norrbotten, der würde sich niemals in die Maschine setzen, wenn er nicht fit wäre. Das hier ist übrigens sein Hund.«

Eine vollkommen irrelevante Information. Olivia schüttelte ein wenig den Kopf und bestieg mit ihrem Rucksack den fünfsitzigen Helikopter.

Etwas aus dem Gleichgewicht.

»Am besten klären wir das gleich«, sagte Pekka, kaum dass sich die Rotorblätter des Helikopters in Bewegung gesetzt hatten. »Ich habe mich gestern absolut beschissen benommen. Das war nicht meine Absicht. Ich bitte um Entschuldigung. Ich wollte dich nur auf was zu trinken einladen.«

»Du hast mich an den Haaren gezogen.«

»Ja, das war verdammt blöd. Hat es wehgetan?«

»Nein.«

»Gut.«

Damit war für Pekka die Sache offensichtlich geklärt. Er spannte den Sicherheitsgurt über Olivia fest, reichte ihr die Kopfhörer und zeigte ihr, wie man die Lautstärke regulierte.

»Hörst du mich?«, fragte er.

»Ja.«

»Auf geht's.«

Der Helikopter hob ab und steuerte Richtung Fjäll.

Olivia war bei Einsätzen schon ein paarmal Helikopter geflogen. Doch das war in der Großstadt gewesen. Das hier war etwas völlig anderes. Sie flogen sehr tief, sodass sie einzelne Hütten und kleinere Gruppen von Rentieren erkennen konnte, als sie über die kahle, felsige Landschaft fegten. Hier und da strömte blaugraues Wasser, unterbrochen von ruhigen grünen Flächen.

»Hier kann man gut angeln, normalerweise. Im Moment ist der Wasserstand ein bisschen zu hoch«, sagte Pekka. »Angelst du?«

»Nein.«

»Jagd?«

»Nicht auf Tiere.«

Pekka lächelte. Sein Atem hatte sich seit dem Abend zuvor entschieden gebessert.

»Leider werden sich die Süßwasserfische hier nicht halten«, sagte er.

»Ach so?«

Sie wusste nicht, was sie sonst sagen sollte.

»Das Wasser in den Seen wird viel zu warm, die Rotforelle hat

Probleme, sich zu ernähren … Man rechnet damit, dass in ein paar Jahren die Hälfte aller Fjällseen umgekippt sein werden.«

»Das klingt ja nicht so gut.«

»Das ist richtig beschissen … Schau, da unten liegen ein paar Elche und lassen es sich gut gehen.«

Pekka zeigte auf ein kleines Moorgebiet hinunter. Olivia konnte drei Elche ausmachen, die am Rand des Moors lagen. Einer von ihnen trug ein gewaltiges Geweih. Sie holte ihr Handy heraus und machte ein Bild. Das würde sie Lukas schicken, wenn sie wieder zurück war.

»Warst du schon mal hier oben im Fjäll?«, fragte Pekka.

»Noch nie.«

»Dann wird es spannend.«

»Inwiefern?«

»Ist alles ein bisschen anders hier …«

Was genau er damit meinte, wurde nicht klar, denn im Funkgerät knackte es. Pekka hielt die Hand an den einen Kopfhörer und lauschte.

»Verstanden.«

Er drehte an einem schwarzen Knopf am Armaturenbrett und sah zum Himmel hinauf.

»Was war das?«, fragte Olivia.

»Offensichtlich ziehen die Wolken schneller zu, als die Meteorologen dachten.«

»Und was bedeutet das?«

»Die Sicht wird schlechter. Wir müssen demnächst über ein paar Bergkämme, wenn da die Wolken zu tief hängen, kann es kritisch werden.«

»Inwiefern kritisch?«

»Dass wir nicht drüberkommen, aber das wird schon. Man findet immer eine Lücke.«

Schlagartig wurde Olivia bewusst, wie sehr sie diesem Mann und seiner Kompetenz ausgeliefert war. Sie saß in einer kleinen Blechdose hoch oben in der Luft und hatte keinen Einfluss auf gar nichts. Das fühlte sich nicht sonderlich gut an.

»Das ist das Schwierigste am Fliegen hier oben«, sagte Pekka.

»Was denn?«

»Die Wetterumschläge. Das geht so verdammt schnell. Erst Sonne und einfacher Flug – und fünf Minuten später bricht ein Unwetter herein mit harten Winden aus einer völlig anderen Richtung als vorhergesagt.«

»Aber du bist schon viel geflogen, oder?«

»Millionen Stunden. Aber dem Wetter ist das egal… Siehst du den See da ganz oben?«

Olivias Blick fand blaues Wasser weit oben zwischen den Fjällwänden.

»Ja.«

»Das ist der Pieskehaure, ein sehr großer See, die Quelle des Pieske-Stroms. Einer Legende nach liegt Gold auf seinem Grund, gestohlenes Nazigold, das bisher noch niemand hat finden können. Es kommen immer noch Schatzsucher vom Kontinent, die meinen, sie könnten es rausfischen… Und schau da.«

Pekka zeigte auf den Berg hinunter.

»Wieder Elche?«, fragte Olivia.

»Nein, das sieht aus wie zwei Fjällwanderer.«

Olivia lehnte sich zur Plexiglasscheibe vor. Die Sonne war verschwunden, und die Sicht verschlechterte sich rasch. Dennoch gelang es ihr, dort unten Bewegungen wahrzunehmen. Sie konnte nicht beurteilen, ob das Menschen waren, doch Pekka war sich seiner Sache offenbar sicher.

»Um diese Jahreszeit sind viele Touristen im Fjäll unterwegs, hauptsächlich Ausländer. Oft dürfen wir die dann aus unzugänglichen Gegenden holen, wenn sie sich verirrt haben und kurz davor sind zu verhungern. Sie haben nicht genug Respekt vor dieser Landschaft. Das kann gefährlich werden, wenn man nicht weiß, was man da tut.«

Olivia ging davon aus, dass Pekka wusste, was er tat. Sie selbst hatte keine Ahnung von der Fjällwelt. Aber sie würde ja auch nur dort aussteigen, ein paar Stunden bleiben und sich umsehen und dann wieder zurückgebracht werden.

»Wie ist es hier oben mit wilden Tieren?«

Sie hatte das Gefühl, dass man vielleicht trotzdem die Gelegenheit nutzen sollte, ein bisschen was über diese Landschaft zu erfahren.

»Hier gibt es fast alles... Wölfe, Bären, Luchse, Adler... letzte Woche habe ich oben am Radtja, wo wir jetzt hinfliegen, sogar Vielfraße gesehen. Das ist ungewöhnlich. Die sind sonst sehr scheu.«

»Sind das Aasfresser?«

»Ja, so wie die anderen auch... auf jeden Fall keine Tiere, denen man mitten in der Nacht begegnen möchte.«

Pekka sah wieder zum Himmel hinauf, ehe er sich Olivia zuwandte.

»Alles okay?«, fragte er.

»Mit uns beiden?«

»Ja?«

Was sollte sie darauf antworten? *Ich habe keine Ahnung, wer du bist, aber sorge doch bitte dafür, dass wir gut durch diese Wolke kommen.* Das sagte sie nicht, sondern nickte nur und rang sich ein Lächeln ab.

Der Spanisch sprechende Mann mit dem exklusiven Markenrucksack hatte das Motorgeräusch schon von ferne gehört.

Jetzt stand er mit einem Fernglas vor den Augen da und sah dem weiß-blauen Polizeihubschrauber nach. Zwar flog der nicht direkt über ihnen, dennoch zog er die Frau hinter einen großen Felsen.

»Glaubst du, sie haben uns gesehen?«, fragte sie.

»Möglich … aber sie fliegen weiter.«

»In die Richtung, in die wir auch wollen?«

»Ja.«

Sie waren ohne Probleme über den ersten Bergkamm gekommen. Die Wolken hingen tief, aber Pekka hatte eine Lücke entdeckt und war hindurchgeflogen. Wie er es versprochen hatte. Jetzt näherten sie sich dem zweiten Kamm. Der war bedeutend höher, und die Wolken hingen entsprechend tiefer. Der Wind hatte zugenommen und ließ den Helikopter hin- und herschwingen. Olivia spürte es im Magen. Außerdem hatte es angefangen, heftig zu regnen, das Wasser peitschte an die Scheiben des Hubschraubers. In der Ferne konnte Olivia Blitze sehen, ein Donnern war bislang nicht zu hören. Noch war das Gewitter ein Stück weg. Pekka hatte längere Zeit geschwiegen. Olivia nahm an, dass er sich aufs Fliegen konzentrierte. Plötzlich klopfte er mit dem Finger auf ein kleines, kreisrundes Display am Armaturenbrett, die Tankanzeige, vermutete sie. Als er den Kopf wieder hob, bemerkte Olivia eine Falte zwischen seinen Augen.

»Gibt es ein Problem?«

»Nein, alles in Ordnung.«

Das stimmte nicht, sie hörte es an dem kurz angebundenen Ton. Ihr war klar, dass er nichts sagen würde, das sie erschrecken könnte.

Als ob das irgendetwas bringen würde.

Ein Stück vor ihnen erhob sich jetzt der nächste Bergkamm. Olivia sah den Berg, aber nicht den Kamm. Der lag in tiefen, dunklen Wolken verborgen.

»Kommen wir da rüber?«, fragte sie und bemühte sich, ruhig zu klingen.

»Ich glaube schon.«

Ich glaube schon? Das war nicht das, was man von einem Piloten mit Millionen von Flugstunden hören wollte. Man wollte hören: *Kein Problem. Alles easy.*

»Und was machen wir, wenn wir nicht rüberkommen?«

»Fliegen außen rum.«

»Außen rum um was?«

»Um den Bergkamm. Und versuchen dann, von unten, vom Tal aus raufzufliegen.«

Olivia verstand nicht so recht. Sie wollte eben bei Pekka nachhaken, als eine Fallbö den Helikopter zur Seite schleuderte und nach unten drückte. Olivia schrie laut auf. Wenige Sekunden später hatte Pekka die Maschine wieder im Griff und steuerte weiter auf den Bergkamm zu. Olivia legte die Hand auf seinen Arm. Eine physische Berührung, die meilenweit von der Bar im Silverhatten entfernt war.

»Pekka. Mal im Ernst. Was ist hier Sache?«

Vielleicht war es die Berührung, die Pekka veranlasste, die Situation nicht weiter zu beschönigen. Er sah noch einmal zu den Wolken hinauf, dann sagte er: »Die Sache ist, dass wir nicht umdrehen können, denn dann werden wir nicht über den Bergkamm hinter uns kommen, und leider haben wir nicht genügend Benzin, um ganz runterzugehen und dem Tal nach oben zu folgen.«

»Das heißt?«

»Wir müssen hier rüber.«

»In einer Wolkenlücke?«

»Wenn wir eine finden.«

Pekka wischte mit dem Helikopter an der Seite des Berges hin und her, um eine kleine Öffnung in der Wolkendecke zu finden. Schließlich entdeckte er eine.

»Da!«

Er stieg schnell zu der Lücke hinauf, und Olivia presste die Hände auf ihre Oberschenkel. Sie würden rüberkommen.

Vielleicht hätten sie es geschafft, wäre da nicht der Blitz gewesen, der inmitten der schwarzen Wolken zwischen den Rotorblättern einschlug und den ganzen Helikopter herumwarf.

Augenblicke später krachten sie in die Bergwand.

*

Die Hand von Lukas zitterte, und der Pinsel landete falsch, als er einen hellen Reflex auf das Frauenbein setzen wollte, das er gemalt hatte. Olivias Bein. Das Bein seiner geliebten O. Er fuhr zurück und sah erstaunt auf seine Hand. Was war los? Gewiss, er hatte zu wenig geschlafen, doch normalerweise spürte er das nicht, solange er in seiner Kreativität gefangen war. Er ging in die Küche und trank ein Glas Wasser. Das Trinken hatte er vergessen, und das Essen auch. Vielleicht nicht weiter verwunderlich, dass der Körper ihn im Stich ließ. Aber trotzdem ... die Hand zitterte immer noch, und nahm wahr, wie es in seinen Beinen kribbelte. Kündigte sich da etwa ein Rückfall an? Nicht jetzt, alles läuft doch gerade so gut, konnte er gerade noch denken, ehe die Übelkeit durch seinen Körper schoss.

Ich bin nicht tot. Das war ihr erster Gedanke. Dann wirbelten ein paar Erinnerungsbilder vorbei: eine mächtige Flamme und das Krachen von zerberstendem Metall. Wir sind abgestürzt. Sie schlug die Augen auf. Direkt über ihr schütteten dunkle Wolken einen warmen Regen auf ihr Gesicht. Ihr Kopf schmerzte. Sie streckte eine Hand aus und strich sich eine zähe Feuchtigkeit von der Stirn. Das war kein Wasser. Pekka? Sie rollte sich auf die Seite. Ein Stück entfernt lag das zusammengeknüllte Wrack des Polizeihubschraubers. Die Regentropfen zischten, wenn sie auf die Wrackteile trafen. Sie versuchte, sich aufzusetzen. Alles tat weh. Wir sind abgestürzt, und ich habe überlebt, dachte sie. Wo ist Pekka? Sie stemmte sich hoch und schaute hinüber zum Wrack. Wo war er? Sie kletterte über ein paar zerborstene Plexiglasteile und näherte sich den Resten des Helikopters. Die Kabine war zusammengedrückt. Da war er nicht. Plötzlich kam wieder ein Blitz. Er riss die Dunkelheit auf, gefolgt von einem heftigen Donner, der zwischen den Bergen davonrollte. Aber dadurch konnte sie ihn erkennen, etwas weiter weg. Ein dunkler Körper auf dem Boden. Plötzlich machte sich ein Schmerz in ihrem Knöchel bemerkbar, der bisher von allem anderen überdeckt worden war. Sie näherte sich Pekka, der immer noch die Kopfhörer aufhatte und auf der Seite lag. Wagte kaum, ihn zu bewegen, ihn ein wenig zu drehen. Ging in die Hocke, streckte eine Hand aus und fühlte an seinem Hals. Er hatte Puls. Da bemerkte sie ein dunkles Rinnsal unter ihm. Sie klappte seine Jacke auf und sah einen schmalen Metallgegenstand aus seinem Bauch ragen.

Olivia brach in Tränen aus.

Weinend zerriss sie sein Hemd und legte die Metallschiene frei, die in den Bauch gedrungen war. Sie war keine Ärztin, sie war verzweifelt. Mit zitternden Händen begann sie, die Schiene rauszuziehen, während Pekkas Körper sich ein klein wenig wand. Aus der Stelle, wo die Schiene gesteckt hatte, pulsierte das Blut. Druckverband. Wie zum Teufel befestigte man hier einen Druckverband? Olivia riss ihr Shirt auseinander und drückte das Stoffstück über das Loch. Mit der anderen Hand löste sie Pekkas Gürtel, schob ihn unter seinem Körper hindurch und zog ihn über dem Stoffstück so fest zusammen, wie sie nur konnte. Bis zum letzten Loch im Gürtel. Dann ließ sie sich nach hinten fallen. Die Erde war nass vom Regen und weich. Sie wischte sich die blutigen Hände am Heidekraut neben sich ab.

Und jetzt?

Sie fuhr sich übers Gesicht. Was zum Teufel mache ich jetzt? Kein Netz. Das Funkgerät des Helikopters zertrümmert. Ein blutender Pilot, und ich habe keine verdammte Ahnung, wo wir sind.

Da spaltete ein weiterer blendend heller Blitz die Dunkelheit. Der Donner folgte den Bruchteil einer Sekunde später. Olivia presste die Hände auf die Ohren.

Ich muss Hilfe holen. Sonst stirbt er hier im Moos. Wie schnell werden die wohl begreifen, dass wir abgestürzt sind? Vielleicht denken sie, dass wir irgendwo notgelandet sind, um das Wetter abzuwarten. Können sie uns überhaupt finden? Immerhin haben wir eine andere Route genommen, als das Unwetter kam. Tausend Gedanken schossen ihr durch den schmerzenden Kopf, und alle führten sie zur selben Antwort. Sie musste Hilfe holen. Allein. Notraketen? Gab es im Helikopter Notraketen? Aber wer sollte die sehen? Dieses Paar draußen im Fjäll, das von oben wie Gestrüpp gewirkt hatte?

Olivia stand auf und fing an, nach ihrem Rucksack zu suchen. Er lag in der Nähe der Stelle, wo sie selbst zu sich gekommen war. Mit nassen Fingern zog sie die Öffnung auf und wühlte eine Karte und die Taschenlampe, die sie von Marja bekommen hatte, heraus. Sie faltete die Karte auf und versuchte, sich zu orientieren. Sie wusste, wohin sie unterwegs gewesen waren, wo sie abgebogen waren und wo in etwa sie am letzten Bergkamm abgestürzt waren.

Die Karte zeigte ausschließlich unbewohntes Gebiet.

Abgesehen von ein paar Fischerhütten am Miekak-See. Das musste das Fischercamp sein, von dem Cathy in Umeå erzählt hatte. Laut Karte lagen die Hütten in südlicher Richtung, direkt unterhalb ihres Absturzortes. Das sah gar nicht so weit aus. Vielleicht waren da Menschen, vielleicht gab es sogar ein Telefon mit Netz. Olivia checkte, ob der Kompass in ihrem Handy funktionierte. Das tat er. Gut. Sie fasste einen Entschluss. Viele Alternativen boten sich ihr ohnehin nicht. Pekka war schwer verletzt. Außerdem wollte sie selbst gern gefunden werden. Sie dachte an Lukas. Doch im nächsten Moment fielen ihr die Vielfraße ein, Aasfresser, die vermutlich bald die Witterung von Pekkas Blut aufnehmen würden. Das war alles andere als ein angenehmer Gedanke, doch sie schob ihn weg und ging zu dem Wrack. Zwischen den verbogenen Teilen entdeckte sie den Zipfel einer Decke. Sie zog sie heraus und riss noch ein Stück aus der Rückenlehne des Sitzes.

Pekka hatte sich ein bisschen weiter auf den Rücken gedreht. Sie beugte sich hinab, nahm ihm vorsichtig die Kopfhörer ab und schob das Stück von der Rückenlehne unter seinen Kopf. Die Decke breitete sie über ihn. Er lag mit geschlossenen Augen da.

»Ich versuche, Hilfe zu holen, Pekka.«

Er reagierte nicht. Sie strich ihm über die Wange und erhob sich. Mehr konnte sie im Moment nicht tun. Sie setzte ihren Rucksack auf und ging los.

Hinaus in die Wildnis.

*

Als sie den Raum betrat, spürte Marja sofort, dass irgendwas nicht stimmte. Einer der zwei Männer sah angespannt aus, der andere schien besorgt. Keiner von beiden trank Kaffee.

»Was ist los?«, fragte sie.

»Wir haben keinen Kontakt mehr zu Pekka. Die Leitung ist tot.«

»Wann hattet ihr den letzten Kontakt?«

»Als er zum Radtja rauf ist. Die sind mitten ins Unwetter geraten.«

»Vielleicht ist er notgelandet, um abzuwarten, bis es vorüber ist.«

»Dann sollten wir aber trotzdem Funkkontakt haben.«

Es wurde still. Alle im Raum begriffen den Ernst der Lage. Flüge im Fjäll bei schlechtem Wetter bargen immer ein großes Risiko, ganz gleich, wie routiniert der Pilot war. Im Laufe der Jahre waren schon eine Menge unangenehmer Dinge passiert.

»Sollen wir eine Suche starten?«, fragte Marja.

»Das macht im Moment keinen Sinn, wir würden niemals da raufkommen, zu starker Wind, zu schlechte Sicht, Gewitter.«

»Und von Bodø aus? Können die es nicht mit einem Rescue Hawk versuchen?«

»Ja, vielleicht, aber ich denke, wir sollten noch ein bisschen warten. Pekka ist schließlich Pekka.«

Marja nickte und dachte daran, dass er am Abend zuvor betrunken gewesen war. Laut Olivia. Aber er würde nie ein zu hohes Risiko eingehen, das wusste sie.

»Wie sieht der Wetterbericht aus?«, fragte sie.

»Beschissen. Das Unwetter soll über Nacht da oben hängen bleiben, am Morgen zieht es dann weiter. Im besten Fall.«

*

Das Problem bei Karten ist oft der Maßstab. Was wie ein Daumennagel aussieht, sind gerne mal mehrere Kilometer. In diesem Fall in unwegsamem Gelände. Das sollte Olivia in den kommenden Stunden zu spüren bekommen, vor allem, da ihr Knöchel verletzt war und bei jedem Schritt, den sie zwischen Steinen und Zwergbirken ging, schmerzte. Zu Anfang hinkte sie noch, doch dann gewöhnte sich der Körper an den Schmerz und überwand ihn. Stunde um Stunde im strömenden Regen. Bis sie an die erste steile Stelle kam. Sie wusste, dass sie hinuntermusste, mit den rauschenden Bächen, die zum Miekak-See und dem Fischercamp führten. Sie hatte keine Ahnung, wie weit es bis dorthin war, doch es ging nun heftig bergab und war verdammt schwer zu laufen. Vor allem auch, weil der Grund hier nur noch aus größeren und kleineren Steinen bestand, die mit nassen, rutschigen Flechten bedeckt waren. Sie musste jeden einzelnen Schritt genau setzen, und doch rutschte sie alle paar Meter ab und verlor den Halt. Wenn sie das Gleichgewicht wiedergefunden hatte, fegte ihr der Wind dünne Birkenreiser ins Gesicht. Nach einer gefühlten Ewigkeit, in Wirklichkeit wahrscheinlich nur zwanzig Minuten auf dem Abhang, war sie völlig fertig. Die Muskeln waren sauer geworden, und ihre Beine wurden zu tauben Stöcken. Sie konnte sie nicht mehr beugen, sondern war gezwungen, sie wie steife, fleischige Knüppel mühsam hochzuheben, um vorwärtszukommen. Am Ende konnte sie nicht mehr. Sie sank auf einen dunklen Baumstumpf und schrie.

Was nicht viel half.

Zu allem Überfluss wurde sie, sowie sie sich niedergelassen hatte, von einem Schwarm Mücken überfallen. Ihr schweißnasses Gesicht wurde Opfer einer Beißorgie unzähliger schwarzer, fleischfressender Flugobjekte, die ihr kleine Stückchen aus der Wangenhaut rissen. Sie wedelte mit den Händen, schrie noch lauter und stand wieder auf. Wütend zwang sie ihre steifen Beine, sich vorwärtszubewegen. Stein für Stein, Meter um Meter. Da kamen die Hagelkörner. Groß und hart prasselten sie auf ihre bereits durchnässte Jacke und zwangen sie unter einer Felskante in die Hocke. Sie schaltete ihre Taschenlampe ein und sah so etwas wie eine Öffnung, durch die sie sich hindurchschob. Sie fand sich in einem grottenähnlichen Raum wieder und ließ den Lichtkegel herumwandern. Der Raum war nicht groß. Auf dem Boden ein Bett aus Wacholderreisig und eine Feuerstelle. Von der Decke hing eine Kette mit einem Haken, direkt über der Feuerstelle. Olivia sank auf die Reisigmatratze und holte Luft. Sie rieb sich den schmerzenden Knöchel, während sie sich in dem dunklen Raum umsah. In einer Ecke konnte sie ein paar klein geschnittene Äste erkennen, vermutlich für das Feuer. Jetzt erst merkte sie, wie durchgefroren sie war. Und todmüde. Und hungrig.

Die Müdigkeit würde vorübergehen. Gegen den Hunger

konnte sie nichts tun. Aber sie konnte sich aufwärmen. Sie holte die Aststücke zur Feuerstelle, stellte sie in Form einer Pyramide auf und schob etwas Wacholderreisig darunter. Das Feuerzeug war im Rucksack. Schnell fing das Wacholdergestrüpp Feuer, das rasch auf die trockenen Äste übersprang. Die Felsen über ihr bildeten einen natürlichen Schornstein, der den Rauch durch eine Öffnung nach oben sog. Sie zog ihre Jacke aus und kauerte sich vor dem Feuer zusammen.

Die Wärme wirkte Wunder. Was ein einziger schrecklicher Kampf gegen kalten Wind, Wildnis und Hoffnungslosigkeit gewesen war, verwandelte sich rückblickend in eine einigermaßen erträgliche Wanderung. Ihre eisigen Finger tauten auf, sie rieb sich die Wangen, um sie zu durchbluten, und dachte an Lukas. Sie holte das Handy heraus und rief ein paar Bilder von ihm auf. Aus dem Atelier. Aus Mexiko. Danach schaltete sie das Handy komplett aus, um Akku zu sparen.

Ihre Gedanken gingen zu Pekka. Wie lange würde sein verletzter Körper da draußen in der Gewitterhölle überleben? Ich weiß es nicht, dachte sie. Aber ich muss tun, was ich kann. Ich muss weiter, zum Fischercamp, sobald der verdammte Hagel da draußen aufhört. Sie lehnte sich an die Steinwand hinter sich, ihre Augenlider sanken zu, und der Körper begann wegzugleiten.

Vermutlich hatte sie vor Erschöpfung in der Wärme ein wenig gedöst, doch reagierte sie sofort, als sie das leise, gurgelnde Knurren vernahm. Sie rappelte sich hoch und starrte zur Öffnung zwischen den Felsklippen. Reflexmäßig zog sie den Rucksack zu sich und riss die Pistole heraus. Sie hielt sie mit beiden Händen, direkt auf den Eingang gerichtet. Da draußen war es dunkel, das Gewitter grummelte, sie konnte nichts erkennen.

Ein Vielfraß? Ein Wolf? Was für ein Tier knurrte so? Sie verfluchte ihre nahezu völlige Unwissenheit über die Welt, in der sie sich gerade befand. Das hier ist doch Schweden! Das Land, in dem ich lebe! Warum habe ich überhaupt keine Ahnung von dieser Gegend? Sie griff nach einem der glühenden Äste und kroch damit auf die Öffnung zu. Tiere haben Angst vor Feuer, zumindest das wusste sie. Wahrscheinlich hatte sie es in irgendeiner Natursendung gesehen. Das hier war die Wirklichkeit. Sie blieb mit dem glühenden Holz in der Öffnung stehen. Das Knurren hatte aufgehört.

Genauso wie der Hagel.

Es regnete zwar noch, und zwischen den Bergen donnerte es leise, aber jetzt konnte sie weitergehen. Sie löschte das Feuer und zog ihren Rucksack aus der Grotte, die Pistole noch in der Hand. Man konnte ja nicht wissen, was hier um Steine und Felsen herumlungerte.

Bergab.

Das war das Einzige, woran sie sich vorerst halten konnte. Bergab würde sie auf Wasser stoßen, und sie hatte auch eine deutliche Vorstellung davon, in welche Richtung sie dann würde gehen müssen, um zu dem Fischercamp zu kommen. Wo es vielleicht Hilfe gab. Sie sah auf die Uhr. Vier Stunden war es her, seit sie Pekka zurückgelassen hatte. Sie ging schneller. Eine ganze Weile war das Gelände gut zu begehen, flach und nicht so unwegsam, und sie merkte, dass der Aufenthalt in der Grotte ihr neue Kraft gegeben hatte. Sie würde es schaffen. Im nächsten Augenblick schrie sie auf. Ein Schneehuhn war mit einem Rascheln vor ihr aufgeflattert. Natürlich wusste Olivia nicht, dass es sich um ein Schneehuhn handelte, sie erschrak nur furchtbar, weil das Tier sie so nah herangelassen hatte, ehe es aufflog. Sie wartete, bis ihr Puls wieder normal war, dann lief sie weiter durch leicht matschiges Moorgelände mit gelben, reifen Multbeeren, hinunter zum Fluss. Der musste eigentlich unmittelbar vor ihr liegen. Zwischen den hohen, dunklen Bergen.

Wenn sie aufgesehen und in die richtige Richtung geschaut hätte, dann hätte sie zwischen den Felsen möglicherweise Bewegungen wahrgenommen. Vielleicht hätte sie gedacht, das seien Rentiere, doch es waren keine. Diese Tiere hatten nur zwei Beine.

Endlich kam sie zu einem Wasserlauf, ein kleinerer Fluss, den sie überqueren musste. Er war nicht sonderlich breit, vielleicht drei Meter, und nicht sehr tief. Und direkt unter der Wasseroberfläche lagen Steine, über die sie laufen konnte. Sie trat ohne Schwierigkeiten auf den ersten Stein und zog das andere Bein nach. Mitten im Flussbett sah sie dann einen grauen, flachen Stein unter Wasser. Der lag perfekt. Sie streckte den Fuß aus und berührte ihn mit dem Schuh. Als sie gerade das Gewicht verlagern wollte, packte sie die Strömung. Völlig überraschend. Es war, als würde eine starke, nasse Hand ihr die Unterschenkel wegziehen. Sie schwankte und verlor das Gleichgewicht, fiel aber zum Glück in die richtige Richtung. Direkt ans andere Ufer, zwischen das Heidekraut. Sie arbeitete sich hoch in die Hocke und keuchte. Als ihr Atem sich wieder beruhigt hatte, konnte sie ein entferntes Grummeln hören. Das war nicht das Gewitter. Sie nahm die Karte heraus, und beim Blick darauf wurde ihr sofort klar, was sie da hörte. Der gewaltige Pieske-Strom, Zufluss zum Piteälven, dröhnte hier im Hintergrund. Und der verlief bis zum Fischercamp, wo er in den Miekak-See floss.

Aber das Camp lag, wie es aussah, auf der anderen Seite des Dröhnens.

Sie würde den Fluss durchqueren müssen.

In diesem Moment hätte sie fast aufgegeben. Eben war sie fast von einem winzigen Fluss von drei Metern Breite weggerissen worden, und nun sollte sie den gigantischen Strom, den Zufluss eines großen Sees, überqueren? Pekka, dachte sie, das hier geht schief. Doch dann sah sie zwei kleine schwarze Striche auf der Karte. Über dem Pieske, ein Stück vom Camp entfernt. Eine Brücke? Gab es da eine Brücke?

Die gab es, das wurde ihr klar, als sie sich durch eine Menge Birkengestrüpp kämpfte und dem Fluss näherte.

Allerdings handelte es sich nicht gerade um die Västerbron in Stockholm.

Was sie hier vor sich hatte, war eine graue Stahlbrücke, einen knappen Meter breit, sicherlich zwanzig Meter lang, die an Seilen aufgehängt war und unter der gewaltige Wassermassen hindurchschossen. Die Brücke wiegte sich leicht im Wind. Olivia stand an der Treppe und betrachtete das Konstrukt. Soll ich da wirklich rübergehen? Sie hatte keine Höhenangst, das war es nicht, die Brücke hing auch nur wenige Meter über den Wasserkaskaden. Das Problem war das Gitternetz, durch das man den reißenden Strom darunter sehen konnte und das ein wenig rostig wirkte. Sie wandte den Blick und sah die riesigen, völlig schwarzen Felsenwände, die sich neben der Brücke auftürmten. Glitzernd glänzend und schwarz, dort, wo der Strom wahrscheinlich seit Urzeiten unaufhörlich enorme Mengen Wassers aufgepeitscht hatte. Es war ungeheuer schön und dramatisch. Unter anderen Umständen hätte sie jetzt bestimmt viele Fotos gemacht. Von den Felswänden, dem Strom und der Brücke.

Aber dazu war es nicht die richtige Situation.

Sie sah noch einmal nach vorn über die Brücke.

Der Mann hatte sie schon vor einer Weile aus den Augen verloren. Als sie im Unterholz verschwunden war. Jetzt entdeckte er sie wieder, mit dem Fernglas, weit entfernt. Eine kleine dunkle Figur, die am Aufgang zur Brücke stand und über den Strom schaute. Will sie da rübergehen? Ist sie auf dem Weg zum Camp?

Er drehte sich zu der Frau um und schüttelte leicht den Kopf.

Problem, signalisierte er.

Olivia trat auf die Brücke hinaus. Einen Meter nach dem anderen bewegte sie sich vorsichtig voran, mit beiden Händen fest die Stahlseile an den Seiten umklammernd. Der Fluss schleuderte schäumendes Wasser durch das Gitter. Sie vermied es hinunterzusehen. Als sie in der Mitte stand, spürte sie das Schwanken, die Brücke im Wind schien mit ihr scherzen zu wollen. Sie rannte die letzten Meter, bis sie festen Boden unter den Füßen hatte, und holte tief Luft.

Jetzt war sie fast da.

Laut Karte musste sich das Camp hinter einem kleineren Felsvorsprung direkt vor ihr befinden. An einer Bucht des Miekak, des Sees, in den der Pieske-Strom floss. Wo er dann auch ruhiger wurde. Es konnte nicht mehr lange dauern, dorthin zu gelangen. Sie merkte, dass sie schneller ging, den schmerzenden Knöchel verdrängte sie. Bald wäre sie bei Häusern, Menschen, Essen und im günstigsten Fall einem funktionierenden Telefon.

Das erste Haus tauchte auf, als sie über den Rand der Klippe kam, dann sah sie weitere Dächer, die zu den Hütten des Camps gehörten. Kleine Hütten auf Hügeln im niedrigen Birkenwald. Aber keine Menschen.

Sie stieg auf ein paar Holzplanken, die als Weg durch das Gelände dienten, und steuerte die nächstgelegene Hütte an. Die Tür war verschlossen. Sie schaute durch das Fenster auf der Rückseite. Ein Zimmer, ein Stockbett, ein Tisch und eine schmale Sitzbank. Leer. Sie ging weiter zur zweiten Hütte. Dasselbe Bild. Es war niemand da. Sie schaute sich im Camp um, versuchte, sich einen Überblick zu verschaffen. Hatte man es komplett aufgegeben? Es war doch Mitte August, da müssten hier eigentlich jede Menge Fischer oder Jäger sein, oder nicht? Auf dem Boden war dagegen richtig viel los. Es wimmelte überall von Lemmingen, die unter den Planken auftauchten und wieder verschwanden. Einer von ihnen lief direkt über ihren Schuh. Sie machte einen raschen Schritt zur Seite. Hatte sie sich durch diesen finsteren Albtraum gequält, um hier nur auf Lemminge zu treffen?

»Hallo!«

Sie richtete sich auf, um laut zu rufen. Möglicherweise waren hier ja doch Leute, die sie nicht sehen konnte.

»Hallo!«

Ihre Rufe ertranken im Regen und waren vermutlich nur drei Hütten weit zu hören. Niemand antwortete. Sie ging hinunter Richtung Wasser. Dort stand eine bedeutend größere Hütte. Die gehört wahrscheinlich dem Betreiber des Camps, dachte sie. Vielleicht ist hier ja jemand? Sie erreichte das Häuschen und sah einen in Plastik gepackten Zettel an der Tür: WIR ÖFFNEN WIEDER MIT BEGINN DER SCHNEEHUHNJAGD AM 25. AUGUST.

Das Camp war geschlossen.

So einfach war das.

Geschlossen, verschlossen, verlassen.

Olivia sank auf eine Holzbank vor dem Haus, hielt sich die schmutzigen Hände vors Gesicht und spürte, wie alle Energie aus ihr entwich.

Was mache ich denn jetzt? Denselben Weg zurückgehen? Unmöglich. Niemals. Lieber sterbe ich. Sie nahm die Hände vom Gesicht. Ein fetter, gesprenkelter Lemming näherte sich der Bank und ließ sie aufspringen. Und da sah sie es. Drinnen im Haus hatte sich etwas bewegt. An einem der Fenster. Sie machte ein paar Schritte darauf zu und erkannte, was es war. Eine Gardine flatterte. Als sie näher kam, wurde ihr klar, dass das Fenster keine Scheibe hatte. Sie war rausgeschnitten worden.

Ein Einbruch?

Olivia war angespannt. Sie nahm den Rucksack vom Rücken, um die Pistole griffbereit zu haben, und schaute sich wachsam um. Immer noch keine Spur von anderen Menschen. Sie holte die Taschenlampe heraus und leuchtete in das Fenster hinein. Drinnen sah es aus wie in einem kleinen Einkaufsladen. Eine Bank, ein großer Kühlschrank und Regale voller Lebensmittel. Hauptsächlich Konserven. Sie zog die Bank zur Hauswand und stieg durch das Fenster hinein. Mit der Pistole in der Hand. Wenn sich hier drinnen Menschen befanden, dann waren es die falschen Leute.

Doch da war niemand. Das Haus war leer.

Sie sah ein paar Sachen auf dem Boden liegen, die aus den Regalen und einem Schrank gerissen worden waren. Jemand mit offenkundig illegalen Absichten war hier gewesen und wieder verschwunden.

Wer? Und wohin verschwunden?

Sie hatte nicht vor, das jetzt genauer zu erforschen. Denn sie befand sich hier unvermittelt in einem Haus, unter einem Dach, mit Lebensmittelkonserven und vermutlich auch irgendwo einer Heizung, die man würde einschalten können. Und womöglich einem Telefon! Ob es ein Telefon gab? Sie betrat einen engen, aber gemütlichen Raum neben dem Laden und ließ das Licht in jeden Winkel wandern. Bis sie es fand. An der Wand. Ein weißes Satellitentelefon. Aber ohne Empfang. Abgeschaltet. Alles geht schief, dachte sie.

Sie beschloss, erst einmal etwas zu essen, und mühte sich ab, an einen Dosenschinken heranzukommen. Mit Hilfe eines Messers, das sie in einer Schublade fand, kriegte sie die Büchse schließlich auf. Sie aß den Schinken direkt aus der Dose, mit Gelee und allem, unterdrückte ein paarmal ein Würgen und registrierte, dass ihre Hände zitterten, aus unterschiedlichen Gründen, aber vor allem vor Kälte. Sie machte sich auf die Suche nach einer Wärmequelle. Dann kam der nächste Rückschlag. Es gab zwar tatsächlich Heizkörper im Haus, sogar zwei, aber keinen Strom. Der floss hier bestimmt, wenn das Camp geöffnet war.

Aber nicht jetzt.

Dafür fand sie einen kleinen Arzneischrank voller Medikamente, unter anderem Schmerztabletten. Ibuprofen und Naproxen. Sie schnappte sich ein Glas, schloss die Eingangstür von innen auf und ging zum Seeufer. Erst zögerte sie kurz. Ob man das Wasser hier trinken konnte? Sie probierte es und merkte, wie kühl und gut es war, sauberer und klarer als irgendein Wasser, das sie je getrunken hatte. Sie schluckte zwei Ibuprofen und eine Naproxen und kehrte ins Haus zurück. Jetzt würde sie den Schmerz und alle anderen Misslichkeiten des Körpers für eine Weile los sein. Den anderen Schmerz, der mit Pekka und dem Absturz des Helikopters zu tun hatte, den würde sie nicht betäuben können.

Sie ging zurück ins Haus und fand in einem der Räume ein Doppelbett. Überall hier drinnen war es kalt und feucht, aber es gab Decken und einen Bettüberwurf. Sie zog ihre nassen

Kleider aus, hängte sie über die Stühle und wickelte sich nackt in alles ein, was sie finden konnte. Dann streckte sie sich auf dem Bett aus, mit der Pistole ganz nahe bei sich. Jetzt muss ich mir eine neue Strategie überlegen, dachte sie und fiel binnen weniger Augenblicke in einen tiefen Schlaf.

Taub für Geräusche und Bewegungen.

*

»Hallo, hier ist Lukas … Bengtsson, Entschuldigung, dass ich so spät anrufe, störe ich?«

»Ganz und gar nicht«, sagte Mette Olsäter.

Die große Jahrhundertwendevilla der Olsäters besaß neun größere und ein paar kleinere Zimmer. An diesem Abend saß Mette mit ihrem Mann Mårten in dem Raum, den sie gern den kleinen Salon nannte und der neben dem Afrikazimmer lag. Das Feuer brannte, beide hatten guten, würzigen Rotwein im Glas. Mette fand, dass sie ein Pflaster auf der Wunde brauchte. Genauer gesagt auf der Ferse, denn sie litt seit einiger Zeit unter einem Fersensporn, und der schmerzte. »Sogar, wenn ich sitze, nur, dass du es weißt.« Mårten wusste es. Er hatte selbst vor ein paar Jahren einen gehabt und wusste daher auch, dass es in dem Fall eine gute Idee war, sich zu bewegen, um den Fuß zu durchbluten. Doch das behielt er für sich. Mette sah auf die Uhr. Es war fast Mitternacht. Aber als Rentner musste man sich ja um keinen früh beginnenden Arbeitstag scheren, also störte Lukas nicht.

»Wie geht es dir?«, fragte sie.

»Doch, gut, aber ich wollte mal nachfragen, ob ihr was von Olivia gehört habt.«

»Nein. Die ist doch in Arjeplog, oder?«

»Ja. Sie wollte heute ins Fjäll fliegen und sich dann heute Abend melden, wenn sie zurück ist, da im Fjäll gibt es offenbar kein Netz.«

»Stimmt, das ist meistens ziemlich schlecht. Und sie hat nicht angerufen?«

»Nein.«

»Dann hat sie es vielleicht noch nicht geschafft.«

»Es ist aber schon zwölf, sie müssen doch seit ein paar Stunden zurück sein.«

»Ja. Aber sie … vielleicht gibt es da dringende Dinge, die sie erledigen muss.«

»Ja. Vielleicht. Aber dann hätte sie trotzdem kurz angerufen. Sie hätte angerufen, sowie sie wieder Netz hatte, das weiß ich.«

»Woher weißt du das?«

Das ging Mette eigentlich nichts an, und sie verstand natürlich, warum Lukas das sagte. Olivia und er befanden sich in jener Phase der Beziehung, in der man ein akutes Bedürfnis nach emotionaler Bestätigung hatte. Am besten rund um die Uhr. Über alle möglichen Kanäle.

Darüber waren Mårten und sie schon lange hinaus.

»Hast du versucht, ihr eine SMS zu schicken?«, fragte sie.

»Ja.«

»Möchtest du herkommen?«

Mårten sah Mette schräg an. Lukas? Doch Mette wusste, dass Lukas auf die Einladung nicht eingehen würde, es sich aber vielleicht gut für ihn anfühlen würde, dass sie für ihn da waren. Wenn es ihm schlecht ging. Immerhin hatte er ja einen schwierigen Hintergrund.

»Danke, Mette, das ist sehr nett, aber nein danke. Du könntest ja … also, wenn sie sich meldet, dann kannst du sie ja vielleicht bitten, mich anzurufen? Ich bin die ganze Nacht auf und male.«

»Das machen wir natürlich. Pass auf dich auf.«

»Tschüss.«

Mette legte auf und nahm einen Schluck Wein. Mårten fuhr sich mit der Hand durch sein dünnes graues Haar und erkannte, dass er sie jetzt besser nicht störte.

Sie würde jetzt andere stören.

Trotz der späten Stunde herrschte auf dem Polizeirevier in Arjeplog uneingeschränkter Betrieb. Marja war nach wie vor da, und außer ihr etliche andere, darunter auch Ragnar Klarfors, der Polizeichef vom Dienst. Pekkas Verschwinden mit dem Helikopter hatte alle aufgescheucht. Und jetzt rief auch noch eine Frau aus Stockholm an und verlangte Informationen.

»Wer ist denn dran?«, fragte Marja.

»Eine Mette Olsäter.«

»Oh, gib sie mir!«, rief Ragnar und streckte die Hand nach dem Telefon aus. Er hatte im Laufe der Jahre viele Male mit Olsäter zusammengearbeitet.

»Hallo, Mette, hier ist Ragnar! Wie geht es dir? Bist du inzwischen in …«

»Ja, bin ich. Aber du bist noch da?«

»Ja, ein Jahr noch. Was kann ich für dich tun?«

»Olivia Rönning von der NOA. Sie ist oben bei euch, um sich eine Leiche anzusehen, die ihr gefunden habt, weißt du davon?«

»Ja.«

»Sie hat sich heute Abend nicht gemeldet, was sie laut ihres Freundes aber unbedingt hätte tun müssen. Ist sie bei euch auf dem Revier?«

Das war nicht die Frage, die Ragnar sich wünschte. Am

allerwenigsten von Mette Olsäter. Er wusste, dass es ebenso sinnlos wie unverantwortlich gewesen wäre, ihr etwas vorzumachen. Das konnte leicht nach hinten losgehen. Also sagte er, wie es war.

»Sie ist heute Morgen ins Fjäll geflogen. Nach einer Weile haben wir den Kontakt zum Helikopter verloren. Da oben tobt ein verdammtes Unwetter, und wir wissen nicht, was passiert ist.«

»Seit heute Morgen?«

»Seit dem Vormittag. Ja.«

»Und warum seid ihr nicht da oben und sucht?«

»Weil man da oben gerade nicht fliegen kann.«

Es wurde ein paar Augenblicke still. Mette wusste, dass es die Wahrheit war. Wenn Ragnar sagte, dass man dort jetzt nicht suchen konnte, dann war das so.

»Wann rechnet ihr damit…«

»Sobald es sich einigermaßen beruhigt, das Unwetter soll in der Nacht oder am Morgen abziehen, und dann schicken wir alles rauf, was wir haben, sowohl von hier aus als auch aus Bodø von den norwegischen Kollegen. Möglicherweise sind sie irgendwo notgelandet und in ein Funkloch geraten… das hoffen wir.«

»Okay… bitte halte mich auf dem Laufenden.«

»Das tue ich, Mette. Mach's gut.«

Mårten sah es ihr sofort an. Das war kein gutes Gespräch gewesen. Mette sank in sich zusammen und zupfte an einem Stück Hornhaut am Daumen.

»Olivia war also nicht da?«, fragte er nach einer Weile.

»Nein. Nicht in Arjeplog. Sie ist verschwunden, mit einem Helikopter oben im Fjäll… in einem Unwetter.«

Mårten strich Mette über den Arm, um ein bisschen Kontakt zu ihr zu bekommen.

»Wirst du Lukas anrufen?«

»Nein.«

*

Sie wurde von etwas außerhalb des Hauses geweckt.

Wahrscheinlich waren es nicht nur die Schmerztabletten, die bewirkten, dass sie sich die ersten zwanzig Sekunden komplett groggy fühlte. Sie hatte die Decken abgeworfen, lag nackt in der Dunkelheit und hatte keine Ahnung, wo sie sich befand. Erst als sie die Pistole an ihrer Hand fühlte, kehrte die Wirklichkeit in kurzen, chaotischen Fragmenten zurück. Das Fjäll, die Leiche mit der Schussverletzung im Kopf, das Helikopterwrack, das Camp, eine schwingende Stahlbrücke, ich liege im Haus, die Scheibe rausgeschnitten, schweinekalt, unter dem Bett Lemminge.

Sie setzte sich in der Dunkelheit auf und versuchte, all die Bilder und irrationalen Gedanken, die ihr Gehirn überfluteten, zu sortieren. Ihr Herz pochte wie wild. Sie holte ein paarmal tief Luft und sah auf die Uhr. Der Mond schien herein, daher konnte sie das Zifferblatt auch ohne Taschenlampe erkennen. Es war halb drei. Die Wolfsstunde. Mondschein? War das Unwetter verschwunden?

Sie wickelte sich die Decke eng um den Leib und ging zur Eingangstür. Was hatte sie geweckt? Draußen war es totenstill. Sie schob die Tür mit dem Fuß auf. Es hatte aufgehört zu regnen.

Ich bin nicht allein hier, dachte sie und schob die Tür noch ein Stück weiter auf. Jemand ist hier eingebrochen. Vor Kurzem. Jemand, der sich vielleicht noch in der Nähe aufhält. In einer Hütte? Sie sah den Dampf ihres eigenen Atems. War jemand im Haus gewesen, während sie schlief, und hatte an ihrem Bett gestanden? Sie hielt den Atem an und horchte. Das Rauschen des Flusses war schwächer, das Rascheln in den Birken verstummt, keine Lemminge piepsten mehr. Sie trat einen Schritt von der Tür weg und sah bei einer der anderen Hütten einen Lichtschein. Ein Stück entfernt, aber deutlich. Im selben Augenblick, als sie ihre Lampe dorthin richtete, verschwand der Schein. War das eine Reflexion gewesen? Wovon? Sie schaltete die Taschenlampe aus, umklammerte die Pistole und schlich ein paar vorsichtige Meter auf die Hütte zu. Der Mond teilte den Weg in Stücke, manchmal stand sie im Dunkeln, dann wieder in kaltem, blauem Licht. Endlich erreichte sie die Hütte. Sie hob die Pistole, während sie mit der anderen Hand die Decke zusammenhielt, in die sie eingewickelt war. Keine ideale Position. Sollte sie um die Hütte herumschleichen und hineinleuchten? Und einen Schuss in die Stirn riskieren? Sie wich ein Stück zurück und lauschte. Totenstille. Ich gehe zurück, dachte sie, ziehe mich an, komme wieder hierher und trete diese verdammte Tür ein. Die Pistole auf die Hütte gerichtet, schlich sie rückwärts den Weg zu ihrem Haus zurück. Als sie am Eingang ankam, sank sie auf die Veranda, am ganzen Leib zitternd. Sie hob den Kopf und sah die Sterne, die am Nachthimmel funkelten, und dachte an Pekka. Mit letzter Kraft schleppte sie sich zum Schlafzimmer und ihren Kleidern. Sie setzte sich auf die Bettkante, nahm ihre Hose und fiel dann rückwärts aufs Bett.

Als sich die Wetterverhältnisse gebessert hatten und es hell wurde, fand der Militärhelikopter vom Rettungsdienst in Bodø den Unglücksort sehr schnell. Er ging auf einem flachen Vorsprung, ein Stück von dem abgestürzten Wrack entfernt, herunter. Der Pilot lag etwas weiter weg. Der Sanitäter stellte schnell fest, dass der Mann kaum mehr Puls hatte, stark unterkühlt war und einen Eiltransport in die Notaufnahme benötigte. Die andere Person, die an Bord der verunglückten Maschine gewesen war, befand sich nicht in der Nähe. Der Helikopter hob mit Pekka ab und donnerte über den Låddaure-See.

Diesmal erwachte Olivia von einem Geräusch, das sie schnell identifizieren konnte. Ein Helikopter. Sie war mit der Hose in der Hand auf dem Bett eingeschlafen, jetzt lief sie halb nackt zur Tür und riss sie auf. Draußen schien eine strahlende Sonne. In der Ferne, weit hinten zwischen den Radtja-Bergen, sah sie den norwegischen Helikopter von der Gegend, wo Pekka und sie abgestürzt waren, davonschweben. Ihr war klar, dass es keinen Sinn hatte zu winken. Und ihr war auch klar, dass Pekka wahrscheinlich gefunden worden war. Ob tot oder lebendig, wusste sie nicht, ihre Hilfe brauchte er jedenfalls nicht mehr.

Eine Seife? Sie meinte, in einem der Zimmer ein Stück gesehen zu haben. Da lag auch eine Haarbürste, und sie erlaubte es sich, damit ein paarmal durch die Haare zu fahren. Dann befühlte sie ihre Kleider. Immer noch halb nass. Sie wickelte sich die Decke wie einen Sari um den Leib, nahm Kleider und

Seife und ging hinaus. Da fiel ihr die Nacht wieder ein. Dass sie von etwas geweckt worden war und einen Lichtschein gesehen hatte. War das ein Traum gewesen? Nein, kein Traum. Bei der anderen Hütte schien sich nichts zu bewegen. Sie ging hinüber und blieb ein ganzes Stück davor stehen, aber doch nah genug, um zu sehen, was neben der Tür an der Wand hing. Ein paar Metallhaken an einer Langleine. Hatten die in der Nacht geblinkt? Sie ging weiter. Auf dem Weg zum Camp hinunter war sie an einem kleinen Teich vorbeigekommen, der nicht weit entfernt lag. Sie ging barfuß dorthin, in der Sonne, und plötzlich waren die Lemminge ganz süße kleine Tiere, beinahe wie Hamster. Harmlose kleine Fellbällchen, die hin und her sausten.

Der Teich war von glatten Felsklippen umgeben, am Ufer blühte Gletscher-Hahnenfuß mit seinen hübschen weißen Blütenblättern. Sie breitete ihre Kleider zum Trocknen auf den sonnenbeschienenen Felsen aus und streckte eine Zehe ins Wasser. Warm war es nicht, aber Olivia hatte in ihrer Kindheit jeden Sommer in den Schären verbracht und war frisches Meerwasser gewohnt. Das hier war schön! Sie glitt an einem flachen Felsvorsprung hinein und ließ sich treiben. Mit sanften Bewegungen begann sie all das eingetrocknete Blut, allen Dreck und die ganze Schwermut abzuwaschen. Sie hatte überlebt. Sie würde Lukas wiedersehen. Es war nur eine Frage der Zeit. Sie würde gefunden werden. Spätestens, wenn die Schneehuhnjagd begann. Bis dahin hatte sie ein Dach über dem Kopf, Dosenschinken und Zeit zum Nachdenken.

Mehrere Minuten lag sie flach auf dem Rücken und ließ sich vom Wasser tragen. Um sie herum erhoben sich majestätische Berge, hier und da mit kleinen Schneefeldern dazwischen, und sie spürte, wie klein sie war. Ein winziger, zu vernachlässigender Punkt in diesem ewigen, großen und mächtigen Panorama, das es schon tausend Jahre vor ihr gegeben hatte und das noch tausend Jahre, nachdem sie verschwunden war, dieselbe Sonne verdecken würde. Die Stille. Die Schönheit. Das Erhabene.

Einige magische Momente lang gelang es Olivia, die ganze Hölle zu verdrängen, die in dieser Umgebung auch existierte, wenn man sich zur falschen Zeit mit der falschen Ausrüstung unter den falschen Bedingungen hier befand.

Nur in Mexiko hatte sie den gleichen wunderbaren Kontakt zur Natur gespürt. Lukas und sie waren durch eine unendliche Wüste gefahren, die Linie des Horizonts nur von grünen, dreiarmigen Saguaro-Kakteen durchbrochen, und am Ende waren sie an eine Schlucht gekommen. Ein kilometerbreiter Einschnitt in die Landschaft, und ganz unten ein blauer Fluss. Keine Menschen, kein Laut der Zivilisation, nur sie und er und die Stille.

Lukas.

*

Ragnar saß vor dem Polizeirevier mit einem Pappbecher voller Kaffee in der einen und seinem Handy in der anderen Hand. Die Sonne schien, aber das half nicht viel. Ihm graute vor diesem Gespräch.

»Mette Olsäter.«

»Hallo, hier ist Ragnar.«

»Habt ihr sie gefunden?«

»Wir haben den Helikopter gefunden, abgestürzt, oben in der Radtja-Gegend in der Nähe des Fundorts der Leiche. Der Pilot ist schwer verletzt, sie haben ihn nach Umeå gebracht.«

»Und Olivia?«

»Die war nicht da.«

Mette saß im Morgenmantel am Küchentisch und sah genauso fertig aus, wie sie sich fühlte. Und das lag nicht am Wein von gestern. Sie hatte diese Nacht nicht viel geschlafen. Mårten, der am Herd stand und versuchte, etwas Rührei zustande zu bringen, ebenso wenig.

»Sie war nicht da?«, echote Mette.

»Nein. Sie mussten sofort mit dem Piloten weg, deshalb konnten sie nicht die ganze Gegend absuchen, aber in der unmittelbaren Umgebung war sie nicht.«

»Und? Was schließt du daraus?«

Ragnar nippte ein wenig am Kaffee, der schon kalt geworden war.

»Ich glaube, dass sie überlebt hat und losgezogen ist, um Hilfe zu holen.«

Das klang für Mette ganz nach Olivia. Sie spürte, wie das Stahlband um ihre Brust sich ein wenig lockerte.

»Aber dann werdet ihr sie doch sicher schnell finden, oder?«, meinte sie.

»Möglich.«

»Wie, möglich?«

»Du weißt doch, wie unzuverlässig das Wetter hier oben ist, vor allem in den Bergen. Heute Morgen hatten wir ein paar Stunden lang klarblauen Himmel, aber von Norden her rollt schon wieder ein verdammtes Scheißwetter heran.«

»Was heißt das?«

Ragnar kannte Mettes Art. Wie ein lebender Schlagbohrer.

»Das heißt, dass wir uns jetzt noch mal auf die Suche nach ihr machen, aber nicht wissen, was passiert, wenn es zu stark zuzieht.«

»Ragnar.«

»Ja?«

»Finde sie.«

Mette drückte ihn weg und sah zu dem Mann mit dem Rührei.

»Der Helikopter ist abgestürzt, und sie hat überlebt«, erklärte sie.

»Aber? Du siehst nicht so aus, als wärst du in Feierlaune.«

»Sie wissen nicht, wo sie ist.«

Da klingelte Mettes Handy erneut. Sie hoffte, dass es Ragnar mit einer guten Nachricht wäre. Doch es war Lukas.

»Hallo«, sagte er. »Hast du was gehört?«

»Ja und nein.«

Eine verdammt dumme Antwort, das merkte sie sofort. Auch wenn es stimmte. Zum Teil.

»Sie haben eben aus Arjeplog angerufen. Olivias Helikopter ist gestern abgestürzt. Sie haben ihn heute gefunden. Der Pilot war schwer verletzt, und ...«

»Ist sie tot?«

Er sagte es mit sehr beherrschter Stimme, so, als hätte er die ganze Nacht auf etwas anderes verwandt als das Malen. Als hätte er sie darauf verwandt, sich auf Olivias Tod einzustellen.

»Nein, sie ist nicht tot. Aber sie wissen im Augenblick nicht, wo sie ist.«

»Erklär mir das.«

Immer noch dieselbe beherrschte Stimme.

»Sie glauben, dass sie den Unglücksort verlassen hat, um Hilfe zu holen«, sagte Mette.

»Aber dann kann es ja wohl nicht so schwer sein, sie zu finden, oder? Wenn sie schon den Piloten gefunden haben.«

»Das hoffen wir.«

Sie musste ihn nicht mit den neuen, von Norden hereinziehenden Unwettern belasten. Die Ungewissheit genügte.

»Ich rufe dich an, sobald ich mehr weiß«, versprach sie.

*

Olivia lag nackt auf einem Felsen am Teich und trocknete sich in der Sonne. Ab und zu wehte noch ein kühler Wind herein, aber die Sonne spendete eine angenehme Wärme. Das tat gut, nicht nur dem Körper. Auch ihre angeschlagene Psyche kam wieder ins Gleichgewicht. Sie schloss die Augen und dachte an nichts. Das tat gut. Als sie wieder aufsah, erblickte sie einen dunklen Vogel, der hoch oben am Himmel schwebte. Sie verdeckte die Sonne mit einer Hand. Der Vogel senkte sich in großen, langsamen Kreisen immer weiter herunter. Und wurde größer und größer. Die Flügel bewegten sich langsam und kraftvoll durch die Luft. Das musste ein Adler sein, dachte Olivia. Ein Steinadler. Sie drehte sich um, holte das Handy aus der Hosentasche und fuhr es hoch. Ein kleiner Funken Akku war noch übrig. Heute wollte sie Fotos machen. Sie blieb auf dem Rücken liegen, schoss ein paar Bilder und betrachtete den stattlichen Raubvogel, dessen Spannweite beinahe furchteinflößend war. Plötzlich stürzte er geradewegs auf den großen See beim Camp hinunter. Sie verlor ihn aus den Augen und richtete sich ein wenig auf. Da sah sie ihn wieder, wie er sich mit einem Seevogel, einem kreischenden Sterntaucher zwischen den Klauen von der Wasseroberfläche erhob. Ebenso langsam, wie er hinabgeglitten war, stieg er nun mit seiner Beute hinauf zu den Bergen. Olivia ließ sich zurück auf den Rücken sinken. Die ganze Szene war fast feierlich gewesen.

Das würde sie nicht vergessen.

Da sah sie ein Stück entfernt einen weiteren Vogel, nicht ganz so hoch oben, aber ebenso dunkel und schwebend, auf dem Weg zum Camp. Ein paar Augenblicke später vernahm Olivia ein leises Brummen. So klang kein Vogel. Definitiv nicht. Sie schirmte ihr Gesicht wieder mit der Hand von der Sonne ab und sah, was es war. Eine Drohne. Sie blieb eine Weile in der Luft stehen, um sich dann direkt über ihr abzusenken. Instinktiv riss sie die Kleider an sich, bedeckte ihren Körper und wurde wütend. Filmt mich da einer nackt in der Wildnis? Verdammter Idiot! Sie stand auf, starrte die Drohne an und verspürte den Impuls, nach ihrer Pistole zu greifen. Da fiel ihr ein: Vielleicht suchen sie ja nach mir? Schließlich bin ich verschwunden. Sie streckte den Arm aus und winkte der Drohne.

»Hallo! Ich brauche Hilfe!«

Sie wusste, dass die Kamera an der Drohne sowohl Bild wie Ton aufnahm. Zumindest, wenn sie einigermaßen auf dem neusten Stand war.

»Hallo!«

Im selben Moment drehte die Drohne ab und verschwand über den See.

Olivia zog sich die Kleider an und machte sich auf den Rückweg zur Hütte. Sie hatte eine ungefähre Vorstellung von der Reichweite von Drohnen, so an die acht Kilometer, schätzte sie. Keine lange Strecke in der Fjällandschaft. Die Leute, die die Drohne steuerten, konnten überall in diesem Umkreis sein. Hatten sie ihren Ruf gehört, und würden sie ihr helfen? Oder waren es die, die hier eingebrochen waren und sich ganz und gar nicht für ihre missliche Lage interessierten?

Auf dem Weg zum Camp hinunter fielen ihr zwei Dinge auf: Die Sonne war weg, und die Bergkämme waren erneut hinter

Wolken verschwunden, die aber wenigstens noch hell waren. Und dann bemerkte sie am anderen Ende des Sees eine schmale Rauchsäule. Sie betrat die Hütte, öffnete eine Dose Würstchen und nahm einen Feldstecher von der Wand. Mit dem Fernglas in der einen und der Würstchendose in der anderen Hand setzte sie sich auf die Bank Richtung Wasser und sah über den See. Der Rauch schien aus dem Dach eines Hauses zu kommen, das fast völlig im Wald verborgen war. Dort befanden sich also Menschen. Die vermutlich eine Drohne besaßen. Olivia aß das letzte kalte Würstchen und entschied sich. Wenn es gute Menschen waren, dann würde ihr geholfen werden. Wenn nicht, würde sie damit umgehen müssen.

Der Mann in der Hütte hielt den Film der Drohne an, fuhr ihn zurück und zoomte das Bild heran. Die Frau beugte sich über die Kamera in seiner Hand. Die andere Frau, die auf dem Display, die nackt und mit geschlossenen Augen auf einer Klippe lag, war nicht das, worauf sich ihr Interesse richtete. Sondern das, was direkt neben der Frau auf einem Haufen ausgebreiteter Kleider lag. Eine Pistole.

Der Mann deutete darauf.

Die Frau nickte und schälte eine Banane.

Beim Steg des Camps lagen ein paar einfache Kunststoffboote am Ufer. Die Motoren befanden sich wahrscheinlich in dem größeren Schuppen, der direkt darüber stand. Ein Schuppen mit einem aufgebrochenen Vorhängeschloss an der Tür. Der Einbruch war also nicht auf die Hütte beschränkt gewesen. Sie drückte die Tür auf und leuchtete mit der Taschenlampe hinein. Auf Böcken mitten im Schuppen hingen einige Zweitakter, und hinten in einer Ecke standen kleine Plastikkanister ordentlich aufgereiht. Gefüllt mit Benzin. Sie fand sogar eine Plastiktüte für die Pistole. Sollte es anfangen zu regnen, so würde diese trocken bleiben. Sie schob sich die Tüte unter den Pullover.

Olivia brauchte eine Weile, um eines der Boote ins Wasser zu schieben und den Motor anzubringen. Zweitakter kannte sie von ihrem Sommerhaus. Sie nahm auch ein Paar Ruder mit, und eine Schwimmweste, die im Schuppen hing. Als sie das Benzin eingefüllt hatte, drückte sie den Choke und zog am Anlasser. Der Motor sprang sofort an. Vermutlich war es nicht lange her, dass er im Wasser gewesen und von den Fliegenfischern des Camps benutzt worden war. Sie schnallte sich die Schwimmweste über die Jacke und steuerte aus der Bucht hinaus.

Die Wolken hatten sich tiefer über die Berge gesenkt und waren zudem bedenklich dunkel geworden. Der Wind war aufgefrischt, und auf den Wellenkämmen stand schon Gischt. Aber sie würde ja nicht weit fahren. Nur bis zum anderen Ende des Sees.

Der Regen kam ungefähr auf halber Strecke, doch nicht das war ihr Problem, sondern die starke Strömung. Der Miekak-See ist ein natürlicher Stausee mit den kräftigen Zuflüssen des Lådda- und des Pieske-Stroms an einem Ende und einem großen Wasserfall, dem Sartafallet, am anderen. Dazwischen fließt das Wasser mit immer stärkerer Kraft, je näher es dem Wasserfall kommt.

Das spürte Olivia. Die Hütte, die sie gesehen hatte, lag links vom Wasserfall, und dorthin lenkte sie. Sie musste Vollgas geben und gegenhalten, um nicht vom Kurs abzukommen.

Da blieb der Motor stehen.

Tot.

Sie riss an der Schnur des Anlassers, zog und zog, doch nichts passierte. Abgesehen davon, dass das Boot schneller und schneller auf den Wasserfall zutrieb. Sie zog noch einmal, doch nichts tat sich. Die Ursache war einfach und lag auf der Hand: Sie hatte vergessen, die kleine Entlüftungsschraube aufzudrehen, die ganz oben am Motor saß. Ohne die wurde die Benzinzufuhr nach einer Weile abgeklemmt. Ein Missgeschick, das auch schon dem ein oder anderen Fliegenfischer unterlaufen war.

In Olivias Fall war es ein verhängnisvoller Fehler.

Sie griff schnell nach den Rudern und versuchte, aus der stärksten Strömung herauszukommen. Vor sich sah sie nur eine schäumende Kante, hinter der das Wasser mit einem ohrenbetäubenden Donnern verschwand. Rasch begriff sie, dass es ihr niemals gelingen würde, hier wegzurudern, der Sog des Wasserfalls war viel zu stark. Sie stieg auf eine der Bänke und warf sich ins Wasser. Verzweifelt versuchte sie, zu ein paar Steinen zu schwimmen, die herausragten. Die Schwimmweste hielt sie leidlich an der Oberfläche, doch die Arme konnten nicht mehr. Die Muskeln. Sie schluckte eine Menge Wasser und bemühte sich, den Kopf über Wasser zu halten. Die Strömung zerrte an ihrem Körper. Da spürte sie etwas an den Füßen. An ihren Schuhen. Der Grund. Das musste der Grund sein! Neue Kraft durchfuhr sie, und sie kämpfte sich nach oben, schleppte sich vorwärts, die Füße bekamen mehr und mehr Halt, nach wenigen Metern hatte sie den halben Körper aus dem Wasser. Als sie sich umdrehte, sah sie das Boot über die Kante des Wasserfalls stürzen und verschwinden.

Sie arbeitete sich an Land, klatschnass und eiskalt, und ging dann in Richtung der Hütte. Da musste es doch zumindest Wärme geben? Mit klappernden Zähnen bewegte sie sich langsam zwischen den Bäumen hindurch. Sie wusste ungefähr, wo die Hütte lag, ein paar hundert Meter entfernt musste sie noch sein, nicht weit von der Uferlinie. Der Rauchgeruch half ihr, sich zu orientieren.

Auf einer kleinen Lichtung erschien eine graue Holzbude mit einer schmalen Veranda ohne Anstrich.

Sie blieb im Wald zwischen den Bäumen stehen. Die Fenster zu ihrer Seite hin waren dunkel. Der Größe der Hütte nach zu schließen brannte auch nirgendwo sonst Licht. War niemand da? Aber was war mit dem Rauch, der aus dem Schornstein kam? Sie zog die Plastiktüte unter dem Pullover heraus und befühlte die Pistole. Sie war einigermaßen trocken. Für den Fall, dass sie sie benutzen musste. Sie verstaute die Pistole wieder unter dem Pullover und ging auf die Hütte zu. Diesmal würde sie nicht rufen. Vorsichtig schlich sie zum Fenster und versuchte hineinzuschauen. Das ging nicht, es sah aus, als würde drinnen genau vorm Fenster ein Schrank stehen. Sie ging um das Haus herum auf die Veranda. Klopfte ein paarmal vernehmlich an. Keine Antwort. Sie probierte die Tür. Nicht verschlossen. Sie schob sie Stück für Stück auf. Dann trat sie ein.

Der Raum – es gab nur einen Raum – war leer. In einem kleinen Eisenkamin in der Ecke glühten ein paar Holzscheite und verbreiteten ein schwaches Licht. Ausreichend, um die Drohne zu erkennen, die auf dem Fußboden bei einem Tischbein lag. Das Deckenlicht wollte sie nicht einschalten, damit sie von draußen nicht gesehen würde, und verfluchte sich dafür, die Taschenlampe nicht mitgenommen zu haben. Aber das Feuerzeug hatte sie noch in der Tasche. Es gelang ihr, ihm ein kleines Flämmchen zu entlocken, und sie ging zum Tisch. Da lagen Bananenschalen und eine ausgebreitete Karte von exakt dem Gebiet, das auch auf Olivias Karte war. Das war nicht weiter erstaunlich, sie befanden sich ja genau dort. Seltsam und unbehaglich mutete jedoch der Kreis an, der von Hand auf der Karte eingezeichnet war, um exakt denselben Ort, den sie selbst auch markiert hatte.

Der Fundort.

Die Schneewechte, in der die alte Leiche entdeckt worden war.

Auf dieser Karte war außerdem ein Stückchen unterhalb des Kreises noch ein kleines Kreuz. Das gab es auf ihrer Karte nicht.

Sie beugte sich darüber und konnte sich noch ein paar Momente fragen, was das Kreuz bedeutete, ehe sie niedergeschlagen wurde. Von hinten. Hart und brutal. Schon bevor sie den Boden berührte, war sie ohnmächtig.

*

Er stand vorn am Fenster und überlegte, ob er sich ein wenig hinlegen sollte. Es war noch lange nicht Schlafenszeit, aber er war müde. In der Nacht hatte er ungewöhnlich schlecht geschlafen, schlechter als sonst, vor Sorge hatte er sich im Bett herumgeworfen. Ein paarmal war er aufgestanden und durch das Zimmer gewankt und hatte an sie gedacht. An das, was er von ihr verlangt hatte. Er wusste, dass er sie auf eine ebenso unerhörte wie gefährliche Mission geschickt hatte, und war unsicher, ob er recht daran getan hatte. Aber sie war die Einzige, der er vertraute. Er wusste, dass sie in schwierigen Situationen eiskalt sein konnte.

Hätte ich selbst mitfahren sollen?, fragte er sich. Schließlich ist ja alles meine Schuld. Hätte ich die ganze Sache schon längst vorhersehen müssen?

Doch jetzt war es, wie es war.

Er betrachtete den glatten Siegelring aus Gold, den er am kleinen Finger trug, langsam begann er ihn zu drehen, Runde um Runde. Ein paarmal hatte er erfolglos versucht, Kontakt zu ihr zu bekommen, sowohl gestern als auch heute. Das konnte daran liegen, dass es kein Netz gab, das wusste er, doch im schlimmsten Fall war der Grund ein anderer.

Im schlimmsten Fall waren noch mehr Leute in der Gegend.

*

Vermutlich war Olivia nicht sonderlich lange bewusstlos gewesen, aber doch lange genug, dass man ihr eine Plastiktüte über den Kopf stülpen und die Hände hinter dem Rücken fesseln konnte. Sie lag vor dem Eisenofen auf dem Bauch und spürte, wie es in ihrem Hinterkopf pochte. Durch das Pulsieren und die Dunkelheit hindurch konnte sie Stimmen vernehmen. Ein Mann und eine Frau sprachen Spanisch – eine Sprache, die sie fließend beherrschte. Doch bei dem, was sie hörte, wäre es ihr fast lieber gewesen, es nicht verstanden zu haben. Denn die Frau sagte: »Erschieß sie.«

»Das ist keine gute Idee.«

»Erschieß sie.«

Auf die eiskalte Stimme folgte Schweigen. Olivia hörte das Knistern eines fallenden Holzscheits im Ofen und spürte, wie ein Fuß sie trat.

»Es ist unnötig«, sagte der Mann nach einer Weile.

»Sie hat uns gesehen.«

»Einen Scheiß hat sie gesehen. Wir hauen jetzt ab.«

»Wir hauen ab, wenn sie tot ist. Gib mir die Pistole!«

Olivia hörte, wie etwas über den Boden schrammte, und

kniff die Augen zusammen. Als würde das helfen, wenn man erschossen wird.

Soll ich hier sterben?, dachte sie und sah einen Sandstrand vor sich, einen braun gebrannten Mann, der ihr eine kleine Blechdose mit einer Haarsträhne darin reichte.

Dann kam der Schuss.

Olivia schrie laut auf und warf sich herum. Nichts geschah. Wurde ich getroffen? Müsste es dann nicht wehtun?

Da hörte sie, wie eine Tür zuschlug. Ich bin am Leben. Sie sind abgehauen. Oder?

Sie atmete, so gut es in der Plastiktüte ging, es war mehr ein Keuchen, zum Glück war die Tüte nicht komplett zugeschnürt. Der Knall des Schusses klingelte ihr in den Ohren.

Lange lag sie mucksmäuschenstill, denn sie wollte nicht riskieren, dass diese furchtbare Frau an der Tür stand und wartete, um sie dann doch noch zu erschießen. Schließlich richtete sie sich auf. Kein Laut. Sie sind nicht mehr da, dachte sie und robbte an den Ofen heran. Ihr war klar, dass der fürchterlich heiß sein würde, aber er hatte einen vorstehenden Griff. Da konnte sie die Plastiktüte einhaken und aufreißen.

Das gelang ihr, auch wenn sie sich dabei die Wange verbrannte.

Die Drohne war verschwunden, ebenso die Karte, das sah sie sofort, als sie auf die Beine kam. Sie hievte sich auf eine Bank. Ihre Hände waren mit einem dünnen Seil zusammengebunden, nicht mit Kabelbindern. Darüber war sie froh, denn ein Seil würde man durchwetzen können. Zum Beispiel an der Metallleiste der Bank.

In diesem Moment bemerkte sie das Loch in der Wand. Die Holzsplitter. Ziemlich weit oben. Ein Schreckschuss.

Sie hasste diese Frau.

Es dauerte einige Zeit, aber schließlich riss das Seil. Olivia rieb sich die Handgelenke und suchte nach einem Messer, einem Meißel oder einem anderen scharfen Gegenstand, mit dem sie die Kugel aus der Wand kratzen könnte. Mit einem Korkenzieher gelang es ihr schließlich. Die Kugel steckte sie sich in die Hosentasche. Als sie versehentlich auf die Plastiktüte trat, die über ihren Kopf gestülpt gewesen war, bemerkte sie, dass die aus einem Supermarkt in Jäkkvik stammte. Also stopfte sie die Tüte in ihre andere Tasche. Sie war auf der Jagd. Sie war attackiert, niedergeschlagen und fast erschossen worden. Und man hatte sie nackt gefilmt.

Doch das Entscheidende war die Karte der Spanier mit einem Kreis um den Fundort und einem Kreuz ein Stück darunter. Das war kein Zufall. Das Paar war auf den Weg zu demselben Ort, zu dem sie selbst wollte, ehe Pekkas Helikopter abgestürzt war. Mit ihr drin.

Ein bisschen zu schnell rannte sie aus der Hütte. Der Knöchel jaulte auf und schickte Schmerzsignale durch den ganzen Körper. Außerdem tat ihr der Hinterkopf schrecklich weh.

Die Tabletten.

Hoffentlich hatte die Aktion am Sartafallet nicht alle aufgeweicht. Nein, die meisten hatte zum Glück die Blechschachtel geschützt. Sie schob sich ein paar in den Mund, spülte sie mit einer Handvoll Seewasser herunter und erhob sich.

Sie wusste, in welche Richtung sie gehen musste.

*

In der Notrufzentrale in Arjeplog reagierte man schnell auf den neuerlichen Wetterumschwung. Ragnar Klarfors organisierte zwei Helikopter, die er in die Radtja-Region schickte, um nach der verschwundenen Polizistin Olivia Rönning zu suchen. Den Norwegern gab er die Suchmeldung ebenfalls durch. Es würden noch mehr Unwetter kommen, und die Lage könnte extrem schwierig werden, wenn man die Frau nicht bis dahin gefunden hätte.

Nun wusste man wenigstens ungefähr, in welchem Radius man suchen musste.

Wenn der auch groß war.

*

Olivia glaubte, einen gewissen Vorteil zu haben. Schließlich war sie diese Strecke erst vor Kurzem gelaufen. Zwar in die andere Richtung, aber trotzdem. Das Terrain war ihr nicht mehr ganz unvertraut. Außerdem tobte jetzt kein Gewitter, auch wenn es leicht regnete. Gestern war es viel schlimmer gewesen. Andererseits hatte sie keine Ahnung, was die Spanier über die Gegend wussten. Vielleicht waren sie ja schon oft hier gewesen. Vielleicht wussten sie etwas über den Toten in der Schneewechte. Oder über den Mord. Obwohl das so viele Jahre her war? Sie hatten jedenfalls die Stelle auf ihrer Karte eingekringelt.

Leider hatte sie die Gesichter der beiden nicht gesehen, und die Stimmen hatten ihr nicht viel über das Alter verraten.

Es war mitten am Tag, und die grauen Wolken ließen genug Licht durch, um ungehindert vorwärtszukommen, soweit das in einem solchen Gelände mit Felsblöcken und kleinen Schluchten und Wasserläufen überall überhaupt möglich war. Olivia ging davon aus, dass sich das Paar nicht allzu weit vor ihr befand. Sie hatte die Hütte maximal eine halbe Stunde nach ihnen verlassen. Zwar mit schmerzendem Knöchel, doch die ausgewachsene Wut in ihr war stärker und schenkte ihr die dringend erforderliche Energie. Wichtig war nur, dass sie nicht entdeckt wurde. Sie musste das Paar sehen, ehe sie von ihnen bemerkt wurde.

Als sie über einen Felsen kam, sah sie in der Entfernung vor sich eine Person im dunklen Parka mit Kapuze auf dem Kopf und eine andere mit schwarzer Strickmütze. Beide marschierten vorwärts, ohne sich umzudrehen. Das mussten sie sein. Olivia folgte ihnen. Sie konnte fast sicher sein, dass die beiden sie nicht bemerkt hatten, die Entfernung war zu groß. Und sie sorgte die ganze Zeit dafür, dass sie sich rasch hinter irgendetwas in der Nähe verstecken konnte. Felsen. Unterholz.

Oben auf einem Felsplateau blieb das Paar stehen. Sie holten ihre Karte heraus. Olivia ging in die Hocke. Sie hatte ihre eigene Karte nicht dabei, nahm aber an, dass die beiden nach dem Kreis suchten. Dem Fundort. Oder nach dem Kreuz, was auch immer das markierte.

Es konnte jetzt nicht mehr weit sein.

Sie hatte einen großen Schritt über einen murmelnden Bach gemacht und war in einem dichten Birkenwald gelandet. Hier verlief ein schmaler Pfad, der nach oben führte. Wahrscheinlich war dies ein Weg, den die Fliegenfischer benutzten. Sie hatte das Paar jetzt schon eine Zeit lang nicht mehr gesehen, das Gebiet war zu dicht bewaldet. Ein Stück vor ihr wurden die Birken jedoch lichter, und der Pfad führte in eine offene Felslandschaft. Sie ging langsamer und horchte.

Alles, was sie hörte, waren Fjällgeräusche. Gurgelndes Wasser und Wind, vereinzelte Vogelschreie. Keine Stimmen. Sie musste auf die kahle Fläche hinaus, die vor ihr lag, um die beiden wiederzufinden. Dort gab es allerdings nicht viel, hinter dem man sich verbergen konnte. Sie lief in der Hocke etwas schneller an niedrigen Felskanten vorbei.

Das hier konnte auch schiefgehen.

Als sie über einen größeren Stein geklettert war und sich aufrichtete, war das Paar weniger als dreißig Meter vor ihr. Die beiden hatten bei einer alten Schutzhütte für Rentierhüter Halt gemacht. Weil sie mit dem Rücken zu ihr standen, konnte sie schnell wieder hinter den Stein abtauchen. Sie versuchte, ihren Atem zu beruhigen, und unterdrückte einen leichten Hustenanfall. Jetzt durfte sie auf keinen Fall entdeckt werden.

Langsam schob sie den Kopf wieder über die Kante und sah zu der Hütte hinunter. Die war von Rentiergattern umgeben, die meisten davon umgefallen. Ganz offensichtlich aufgegeben. Was hatten die zwei dort vor? Markierte das Kreuz diese Hütte? Olivia senkte den Kopf und sah zum Fjäll hinauf. Hoch oben konnte sie die Reste einer Schneewechte erkennen. Und sie sah, dass über dem Schnee etwas flatterte. Wahrscheinlich das Absperrband. Der Fundort der Leiche. Das war ihr ursprüngliches Ziel gewesen, und jetzt war sie hier. Nach einigen beträchtlichen Hindernissen auf dem Weg. Vorsichtig spähte sie wieder über die Kante. Die Frau war nicht mehr zu sehen, wahrscheinlich war sie in die Hütte gegangen. Der Mann hatte die Kapuze heruntergeklappt und hielt eine Pistole in der Hand. Olivia zog ihre eigene Pistole heraus und scannte gleichzeitig die Gegend vor sich ab. Auf dem Weg zur Hütte hinunter gab es mehrere Felsblöcke, hinter denen sie sich würde verstecken können. Schwierig war nur, sich dazwischen zu bewegen, ohne entdeckt zu werden.

Der erste Felsbrocken lag nur wenige Meter vor ihr, den sollte sie erreichen können, sowie der Mann ihr den Rücken zudrehte. Jetzt. Sie rannte ein paar Schritte hinauf und dann geradewegs auf den Felsen zu. Doch sie hatte nicht mit den Schneehühnern gerechnet, die ohne Vorwarnung einen Meter vor einem hochschossen und davonflatterten. Obwohl sie ihnen schon einmal begegnet war. Das Schneehuhn, das sie eben aufgescheucht hatte, veranlasste den Mann mit der Pistole, sich sofort umzudrehen. Und sie zu sehen. Er hob seine Pistole und sie die ihre. Beide schossen gleichzeitig. Seine Kugel schlug in dem Felsen neben ihr ein, ihre traf direkt in die Stirn des Mannes. Er stolperte rückwärts, und während er fiel, flog seine Waffe hinters Haus. Der Widerhall des Schusses erstarb zwischen den Schluchten. In der Stille hörte Olivia das Geräusch eines Helikopters. Sie hockte sich hinter den Felsen, zu dem sie auf dem Weg gewesen war. Die Frau war immer noch nicht zu sehen. Entweder befand sie sich in der Hütte – oder dahinter.

Dort, wohin die Pistole geflogen war.

Viele Möglichkeiten gab es nicht.

Olivia überlegte nur kurz. Da unten war die Frau, die sie hatte ermorden wollen. Sie richtete sich auf und lief dann gebückt von Felsblock zu Felsblock. Auf die Hütte zu. Ein paar Meter von dem Haus entfernt lag ein Stapel grauer, halb morscher Bretter, altes Holz vom Rentiergatter. Sie verbarg sich dahinter. Jetzt konnte sie auch die Rückseite der Hütte sehen. Da war niemand. War die Frau im Haus? In diesem Augenblick flatterte direkt hinter ihr das nächste Schneehuhn hoch. Olivia reagierte im Reflex auf das Geräusch, warf sich mit der Pistole herum, sah das Schneehuhn verschwinden und wandte sich wieder nach vorn.

Da kam der Schuss.

Aus dem Haus. Eine Kugel, die Olivia frontal erwischte und sie in den Bretterstapel schleuderte. Das Blut lief ihr über die Jacke. Die Frau, die mit der Pistole in der Hand aus der Tür stürzte, war voll und ganz auf den Helikopter konzentriert, der immer näher kam und offensichtlich auf dem Weg zur Hütte war. Sie rannte den Hang zu den großen Felsen hinauf und verschwand zwischen den Klippen.

»Da unten liegt jemand!«

Der Hubschrauberpilot sah es zuerst. Die Frau neben ihm schaute, wohin er zeigte, und sah die Person, die vor der Hütte lag.

»Ist sie das?«

»Das sieht aus wie ein Mann.«

Der Helikopter landete ein Stück neben der Hütte. Drei Personen sprangen heraus, der Pilot blieb sitzen. Die Person, die zuerst ankam, stellte fest, dass es in der Tat ein Mann war. Mausetot. Warmes Blut lief ihm vom Kopf. Die beiden anderen gingen in das Haus. Es war leer. Sie kamen wieder heraus und sahen sich um. Es dauerte eine Weile, bis sie zu dem Bretterstapel kamen und sahen, dass da noch jemand lag. Eine Frau, mitten zwischen den Brettern. Mit Schussverletzung. Voller Blut.

Das klinisch kalte Licht war auf den verletzten Brustkorb gerichtet, ein Skalpell schnitt in ein graues Weichteil, die Klammer klemmte eine Ader ab, der blaue Faden wurde vorsichtig durch eine dünne Gewebemembran gezogen, die Herzfrequenzen auf dem Bildschirm zeichneten grüne, alpenähnliche Muster, weiße Stoffstückchen nahmen den Blutfluss aus den durchtrennten Venen auf, der Sekundenzeiger der Wanduhr glitt lautlos über die Zwölf, ein eierschalenfarbener Plastikhandschuh reichte eine silberne Zange herüber, und eine blutverschmierte Kugel landete mit einem Pling in einer Schale aus rostfreiem Stahl.

Das Licht wurde ausgeschaltet.

Tom Stilton lachte.

Das Lachen kam tief aus dem Bauch und war vollkommen ungebremst. Verwundert sah Luna ihn an. Sie hatte Tom noch nie so lachen hören. Wenn sie ihn überhaupt schon mal hatte laut lachen hören.

Der tiefere Grund für Stiltons hemmungsloses Gelächter blieb den Damen, die neben ihm saßen, seiner Freundin Luna und seiner Halbschwester Aditi, weitgehend verborgen. Doch es hatte offenbar mit einem abgehalfterten Drogendealer zu tun, dem Tom hie und da im Leben begegnet war. Leif Minqvist, genannt »der Nerz«. Anscheinend war der Nerz mit dem ein oder anderen Auftrag, den er für Stilton vor hundert Jahren während dessen Zeit als Polizeikommissar übernommen hatte, glorreich gescheitert, was genau daran aber so ungeheuer witzig war, erschloss sich den beiden Frauen nicht.

»Das glaubt ihr nicht!«, prustete Stilton.

»Nein«, erwiderte Aditi.

»Da steht der in Unterhosen und mit einem Regenschirm in der Hand da und versucht, den Verkehr an der Kreuzung Kungsgatan ...«

»Möchtest du noch etwas Tee?«, unterbrach ihn Luna.

»Gern.«

Allein schon das. Nicht genug, dass er lachte, er trank auch noch Tee. Und war braun wie eine rasierte Kokosnuss. Und durchtrainiert, fast muskulös. In diesem Moment saß er im Lotussitz da, die Beine überkreuzt und die Füße auf den

Oberschenkeln. Noch vor einem Jahr hätte er das unmöglich hinbekommen. Er hatte eine beträchtliche Zeit hier in Aditis Retreat in Thailand verbracht, in Mae Phim, und eigentlich war es ihm noch nie besser gegangen. Redete er sich zumindest ein. Mit der Frau, die er liebte, an seiner Seite, und die Vergangenheit sorgfältig verpackt in Erkenntnis und Vergessenheit. Er war, wie man so schön sagt, am richtigen Ort angekommen.

Da brummte sein Telefon.

»Stilton.«

»Hallo, hier ist Mette.«

»Ist was passiert?«

Mette gehörte nicht zu den Leuten, die anriefen und fragten, wie es denn so um die Sonnenbräune stand. Man hörte ihr an, dass es einen Anlass gab.

»Olivia ist angeschossen worden. Sie liegt auf der Intensivstation. Es ist nicht sicher, ob sie …«

»Wer hat sie angeschossen?«

»Weiß nicht. Sie war oben im Fjäll und sollte eine …«

»Ich komme nach Hause. Ich rufe vom Flughafen aus an. Tschüss!«

Stilton faltete sich mit erstaunlicher Geschmeidigkeit aus seiner Lotusstellung.

*

Der Mann mit den Prostataproblemen war auf der Toilette eingeschlafen und davon aufgewacht, dass sein Kopf gegen die Tür vor ihm knallte. Jetzt war er auf den Beinen und spülte seine jüngste Ernte hinunter. Das iPad lag unter dem Handwaschbecken auf dem Boden, und er hörte das Surren erst, als die Spülung verstummt war. Facetime. Er klickte das Gespräch an, klappte den Klodeckel herunter und setzte sich. Die Frau auf dem Bildschirm war kurz angebunden, wie immer. Es hatte Komplikationen im Fjäll gegeben, sie hatte es nicht geschafft, ihr Ziel zu erreichen. Ein Helikopter war aufgetaucht, und sie war geflohen. Sie sahen sich ein paar Augenblicke lang an, dann drückte der Mann das Gespräch weg.

Die Frau war mit ihrem Auftrag gescheitert.

Das konnte alles aufs Spiel setzen.

*

Stilton hatte in Bangkok ein Lieblingslokal, Suzys Bar. Eine Bruchbude in einer heruntergekommenen Gegend. Mit einer Wirtin, die nie mehr sprach als unbedingt nötig.

Und selbst das kaum.

Zurzeit war sie leider in Chiang Mai und besuchte ihre Tochter, weshalb ihr jüngerer Bruder Lek sich um die Kneipe kümmerte. Der Nachteil bei ihm war, dass er nicht so war wie seine Schwester. Er redete. Das konnte Stilton momentan am allerwenigsten gebrauchen. Lek versuchte, ihn auf unterschiedliche Weise für Dinge zu begeistern, die ihn überhaupt nicht interessierten. Er wollte nämlich nur ein Bier, um die Stunden bis zum Abflug totzuschlagen.

»Ich kann eine Elefantenshow organisieren, fantastische Elefantenshow, Tickets fast umsonst! Du sitzt quasi auf den Rüsseln!«

Stilton markierte sein Desinteresse, indem er das Handy herausholte und eine Nummer eingab. Das hatte er in der vergangenen halben Stunde schon mehrmals getan. Erst die von Mette. Keine Antwort. Dann die von Mårten. Keine Antwort.

Jetzt versuchte er es mit Abbas el-Fassi. Ehemals auf der dem Gesetz abgewandten Seite unterwegs, jetzt zum Croupier umgeschult und ein enger Freund. Auch da keine Antwort. Damit waren seine Quellen so ziemlich erschöpft. Zumindest die informellen. Oder die, zu denen Kontakt aufzunehmen er sich vorstellen konnte. Er hätte noch Maria anrufen können, Olivias Mutter, doch sie hatten schon lange keinen Kontakt mehr gehabt, und die letzten Male hatte sich der auch nicht sonderlich angenehm gestaltet. Aus unterschiedlichen Gründen. Stilton mochte keine unangenehmen Gespräche, zumindest nicht auf der privaten Ebene. Das wurde oft recht kompliziert, und dann war er gezwungen, sich um Sachen herumzuwinden, die er nicht formulieren wollte.

Also nahm er noch ein Bier und dachte an Olivia. Die Tochter eines seiner besten Mitarbeiter aus der Kripozeit, Arne, der an Krebs starb, als Stilton gerade zwischen den Ratten in einem Müllraum herumkroch. Weit entfernt von Yoga und Lotussitz.

Olivia.

Angeschossen.

Zum tausendsten Mal seit Mettes Anruf drehte es ihm den Magen um.

Er sah sie vor sich. Sie hatten in den letzten Jahren ziemlich viel zusammen durchgemacht. Sie hatte ihn gerettet, und er sie. Mehr als einmal. Im Laufe der Zeit hatte er gelernt zu respektieren, was ihm an einem Menschen am wichtigsten war: Vertrauen. Und Olivia konnte er vertrauen. Wenn es brannte oder wenn es um etwas ging, das tief in ihm selbst verborgen war.

Jetzt war auf sie geschossen worden, und alles konnte aus sein.

Er lenzte das Bier.

Als Lek mit einem Seidenhemd kam, das Stilton seiner Meinung nach gut stünde, wenn man nur die Ärmel etwas verlängerte, ging er.

*

Das Paar, das aus dem Eingang des Krankenhauses kam, wirkte älter, als es war. Natürlich waren sie alt, und einer von beiden litt an einem Fersensporn, doch waren weder Alter noch Fersensporn der Grund dafür, dass sie so in sich zusammengesunken wirkten. Das lag an Olivia, oder besser gesagt an dem Besuch. Sie hatten ihr Zimmer nicht betreten dürfen. Ihre Mutter war da, und mehr Besuch durfte sie momentan noch nicht haben. Also mussten sie wieder gehen.

Jetzt liefen sie in der kühlen Dämmerung dicht nebeneinander. Mårten hatte seinen Arm unter den von Mette geschoben, sie hielt ihr Handy vor sich und warf einen Blick darauf.

»Tom ist auf dem Weg nach Hause«, sagte sie leise.

»Gut.«

Mette schob das Telefon wieder in die Tasche und drückte sich noch enger an Mårten. Sie hatten beschlossen, mit den Öffentlichen nach Hause zu fahren. Das war Mårtens Idee. Er meinte, es sei für Mettes Fuß besser, wenn sie sich ein wenig bewegte. Mette hatte keine Einwände. Normalerweise war sie ein Taximensch, jetzt war sie mit ihren Gedanken ganz woanders.

»Wie hat Abbas es aufgenommen?«, fragte sie.

»Er hat nicht viel gesagt, aber er wollte mitkommen, wenn wir sie noch mal besuchen. Er hatte Angst.«

»Wie kommst du darauf?«

»Er war extrem kurz angebunden, ist dir das nicht aufgefallen?«

»Nein.«

Keiner von ihnen wollte das Unaussprechliche formulieren. Es lag nicht in Mettes Natur, Tragödien zu prophezeien, Mårten gab schon mal den Fatalisten, wenn nötig. Doch worauf wir keinen Einfluss haben, damit müssen wir uns auseinandersetzen, wenn es so weit ist. Immer eins nach dem anderen.

»Sollen wir nicht doch ein Taxi nehmen?«, fragte Mette. »Ich will jetzt ein Glas Wein.«

»Gut, dann machen wir das.«

*

Lukas zupfte an einem hellgelben Farbfleck auf seinem Hemd. Es war der Fleck, den seine zitternde Hand verursacht hatte. Die Farbe, die ein Lichtreflex auf der Leinwand hatte sein sollen, die aber dann als Spritzer auf dem Hemd landete. Lukas war überzeugt davon, dass sein Körper genau in dem Moment reagiert hatte, als Olivia mit dem Hubschrauber abgestürzt war. Oder vielleicht, als sie angeschossen wurde. Oder beides. Er wusste nicht genau, wann oder wie das alles passiert war, aber das, was er von Mette gehört hatte, bestärkte ihn in dieser Auffassung. Er hatte Olivias Schmerz gespürt, das war für ihn offensichtlich und glasklar. Und jetzt lag sie im Krankenhaus mit einer Menge Schläuche im Körper. Er liebte Olivia. Das war alles einfach nur schrecklich. Als würde das Leben ihn jedes Mal bestrafen, wenn er endlich mal zur Ruhe kam und es ihm gut ging. Als hätte er es nicht verdient. Geliebt zu werden.

»Lukas?«

Seine Therapeutin versuchte, seine Aufmerksamkeit einzufangen, und das gelang ihr auch. Er hörte auf, an dem Farbfleck herumzuzupfen. Der sollte einfach bleiben, wo er war, als Erinnerung an das Geschehene. Oder als Beweis. Er würde ihn Olivia zeigen, wenn sie, falls sie … aber das würde sie ja bestimmt. Wieder aufwachen.

»Ja, Entschuldigung«, sagte er.

»Waren Sie im Krankenhaus?«

»Nein. Sie stand unter Narkose, und ich …«

Die Therapeutin wartete ab, um zu sehen, ob er verstummte, weil er nach Worten suchte. Nach einer Weile verstand sie, dass das nicht der Fall war. Sie rückte ihre Brille zurecht und beugte sich vor.

»Und Sie?«, hakte sie nach.

»Was?«

»Sie haben mitten im Satz abgebrochen. ›Und ich‹, haben Sie gesagt.«

»Ja.«

Lukas senkte den Blick und schwieg lange, ehe er fortfuhr: »Sie wissen, dass ich das mit Krankenhäusern nicht so gut kann. Ich habe es nicht fertiggebracht hinzugehen. Es erinnert mich daran, wie … ja, Sie wissen schon …«

Die Therapeutin lächelte ihn an.

»Ja, ich weiß«, sagte sie. »Aber ich frage mich, wie es Ihnen mit dieser ganzen Situation geht. Zu hören, was mit Olivia passiert ist, muss doch ein Schock gewesen sein, und wir wissen ja, dass ein Schock oder Trauma Ihre Problematik triggern kann. Also: Wie geht es Ihnen?«

Lukas schaute sich im Zimmer um. Er mochte Sanna, die Therapeutin, aber sie hatte wirklich keinen sonderlich guten Geschmack, was Einrichtung anging. Sie saßen einander in zwei sehr hässlichen, wenn auch gemütlichen Drehsesseln aus weißem Leder gegenüber. Auf dem Fensterbrett standen einige weiße Orchideen aus Plastik, und an den Wänden hingen billige Drucke von Sonnenuntergängen und Blumen. Auf dem Boden lag ein zerschlissener grauer Webteppich, der aussah, als wäre er bereits ein paar Jahrzehnte dabei. In den waren sicher schon die Probleme vieler Patienten eingesickert. Lukas verzog den Mund. Er sah dieses Einsickern vor seinem inneren Auge. Wie Fäden unterschiedlicher Länge von den Sesseln hingen. Wie der schmutzig graue Teppich gierig aufsog, was heruntertropfte. Die Probleme, die Schicksale. Wie so ein Putzerfisch im Aquarium.

Ein Algenfresser.

»Wie alt ist eigentlich dieser Teppich?«, fragte Lukas.

»Was?«

Ein Anflug von Verwirrung huschte über Sannas Gesicht, das bemerkte Lukas, ehe sie ihre Miene korrigierte und wieder die geduldige Zuhörerin wurde.

»Na ja, ich meine, haben Sie den schon, seit sie als Therapeutin angefangen haben?«

»Warum fragen Sie das?«

Sanna lehnte sich zurück. Der Sessel knackte ein wenig.

»Der hat schon ganz schön viel gehört«, meinte Lukas.

»Ja … allerdings weiß ich nicht, wie gut das Gehör eines Teppichs ist, aber wenn wir mal davon ausgehen, dass er eins hat, dann hat er schon ziemlich viel mitbekommen.«

Sanna lächelte, dachte aber: Er hat das, was geschehen ist, noch nicht begriffen. Überhaupt nicht. Er hüllt sich ein, um es auszuhalten. Ich muss sehr behutsam vorgehen.

*

Eben hatte die Krankenschwester die Jalousien heruntergezogen und das Licht ausgeschaltet, die einzige Lichtquelle war eine rote Lampe neben der Tür. Der schwache Schein reichte nicht bis zu der Frau an der Wand. Maria. Sie saß mit gefalteten Händen im Dunkel und hielt den Atem an. Sie hatte keine Tränen mehr.

Vorsichtig zog sie den Stuhl ein Stück heran und betrachtete ihre Tochter im Bett. Das hatte sie schon so viele Male zuvor getan, wenn die Gutenachtgeschichte zu Ende und das Kind eingeschlafen war. Diesmal war es anders. Olivia war angeschossen worden. Die Kugel hatte die Aorta nur um einen Zentimeter verfehlt und dann in der Schulter gesteckt. Jetzt schlief Olivia mit einem Schlauch in der Ellenbeuge, der zu einem Plastikbehälter führte. Das leise Schlürfen des Schlauchs kam und ging, das Geräusch wanderte durch das stille Zimmer. Maria richtete sich auf und betrachtete den weißen Apparat neben dem Bett. Dort wurde der Herzschlag ihrer Tochter als Kurve angezeigt. Die Ärzte sagten, die Operation sei gut verlaufen. Die Kugel war entfernt worden. Olivia würde überleben. Das hatte Maria schon gewusst, bevor sie das Zimmer betrat.

Sie beugte sich vor und streckte die Hand aus. Unter der grünen Decke konnte sie Olivias Fuß spüren. Er bewegte sich nicht. Sie streichelte ihn vorsichtig.

»Wie geht es Pekka?«

Maria fuhr zusammen. Die Stimme, die vom Kopfende kam, war schwach und trocken. Sie sah, dass Olivia die Augenlider wenige Millimeter geöffnet hatte. Ihre Blicke begegneten sich für einen Moment.

»Wer ist Pekka?«, fragte Maria.

Olivias Augen fielen wieder zu.

In manchen Situationen war Stilton genauso direkt wie Mette. Von Arlanda nahm er ein Taxi geradewegs nach Kummelnäs, zu der großen, leicht heruntergekommenen Villa. Dort stürzte er aus dem Taxi, riss das Gartentor auf und marschierte mit riesigen Schritten zur Eingangstür. Mårten öffnete und streckte die Hand zum Gruß aus.

»Hallo!«, rief Stilton. »Ich muss mal aufs Klo.«

Er rauschte an Mårten vorbei in die Diele und dann gleich nach rechts zur Toilette. Mette tauchte in der Küchentür auf.

»War er das nicht?«

»Doch, aber er ist auf dem Klo.«

Mette verstand. Wenn Stilton flog, wurde er manchmal von akutem Durchfall heimgesucht. Irgendwas in seinem Magen kam mit dem Druck in der Kabine nicht klar. Sie ging in die Küche und zündete die Kerzenleuchter auf dem großen Holztisch an. Mårten sah erstaunt zu. Wollte sie hier für eine Totenwache decken? Doch das sagte er nicht.

»Entschuldigt, der Magen.«

Stilton stand in der Tür, und Mette bat ihn mit einer Geste zum Tisch. Fast ein wenig formell. Stilton ging auf sie zu und umarmte sie. Er hielt sie so lange fest, dass Mette merkte, wie ihr die Tränen kamen. Zum Glück ließ er sie los, ehe sie loskullerten.

»Bist du müde?«, fragte Mårten.

»Wie geht es ihr?«, fragte Stilton und setzte sich an den Tisch.

Auch Mette ließ sich nieder, während Mårten begann, Rotwein in die drei Kristallgläser einzuschenken, die dort bereitstanden. Das Reden überließ er Mette.

»Sie hat um Haaresbreite überlebt, die Kugel hat die Aorta um etwa einen Zentimeter verfehlt und ist dann im Schulterblatt stecken geblieben. Sie haben sie rausoperiert.«

»Und?«

Stilton wusste, dass es danach noch ein paar unangenehme Varianten gab. Er war selbst ein paarmal angeschossen worden, die Kugel loszuwerden war nur die halbe Rettung.

»Die schlimmste Krise ist vorüber«, erklärte Mårten. »Die Lage ist stabil.«

Stilton nickte und nahm einen Schluck aus dem Glas. Olivia würde überleben. Prio eins. Prio zwei kam, als er den zweiten Schluck genommen hatte.

»Warum ist sie angeschossen worden?«

»Sie war auf dem Weg ins Fjäll oberhalb von Arjeplog, um den Fundort einer Leiche aufzusuchen«, berichtete Mette. »Der Helikopter ist in einem Unwetter abgestürzt, der Pilot war schwer verletzt, und Olivia ist los, um Hilfe zu holen. Das glauben wir zumindest.«

Jetzt trank auch Mette einen Schluck Wein.

»Und dann?«

»Das wissen wir nicht. Der Pilot wurde gefunden und gerettet, aber er kann sich an nichts erinnern, das nach dem Unglück vorgefallen ist.«

»Wurde sie in der Nähe des Helikopters gefunden?«

»Nein. Sie lag vor der Schutzhütte eines Rentierhüters irgendwo im Fjäll, ziemlich nahe an der Stelle, wo diese Leiche gefunden worden war. Und ein Stück von ihr entfernt hat man einen Mann entdeckt. Erschossen.«

Stilton sah Mette an. Er kriegte das alles nicht recht zusammen, und das ging wahrscheinlich jedem so, der nicht dabei gewesen war.

»Sie muss irgendwie von diesem Mann angeschossen worden sein«, sagte Mårten. »Vielleicht hat der zuerst geschossen. Bevor ihn eine Kugel traf.«

»Und wer war er? War sie nicht mitten in dieser Lappenhölle da oben?«

»Man benutzt das Wort ›Lappe‹ nicht mehr.«

Es war Mette, die darauf hinwies. Stilton goss sich nach. Er merkte, dass er zu lange in Thailand gewesen war.

»Übernachtest du hier?«, fragte Mårten.

»Nein, ich will noch kurz bei Abbas vorbei.«

*

Abbas hatte eines seiner Lieblingsstücke aufgelegt, Miles Davis mit »Blue in Green«, saß zusammengesunken auf dem grauen Ledersofa und inhalierte die disparaten, sanften Trompetenstöße. Es dauerte ein paar Augenblicke, bis er merkte, dass bestimmte Laute nicht Teil der Musik waren, sondern von der Eingangstür kamen.

»Hallo. Kann ich reinkommen?«

Eine Höflichkeitsfloskel ohne jede Bedeutung in dieser Situation. Stilton stand vor der Tür, und Abbas machte sogleich kehrt und ging ins Zimmer zurück, um die Lautstärke runterzudrehen. Er glaubte nicht, dass Miles nach Stiltons Geschmack war.

»Olivia?«

Abbas fragte, noch ehe Stilton die Schuhe ausgezogen hatte.

»Sie ist angeschossen worden, aber das weißt du, oder?«, meinte Stilton.

»Ja.«

Stilton trat ein und bemerkte, wie wenig sich in Abbas' Wohnung verändert hatte. Es war sehr lange her, seit er hier gewesen war, da lag ganz Thailand dazwischen, aber im Großen und Ganzen sah alles gleich aus. Ebenso aufgeräumt, minimalistisch, elegant, fast alles in Grau und Weiß gehalten, ein ganz anderer Geschmack als der Stiltons.

Was für einen Geschmack er auch immer hatte.

»Sie wird überleben«, sagte Stilton und ließ sich auf dem grauen Sofa nieder. »Ich war eben bei Mette und Mårten.«

»Einen GT?«

»Unbedingt.«

Abbas trat an die schicke, goldfarbene Anrichte und begann, die Drinks zu mischen. Stilton hatte bereits eine Reise über den Kontinent in den Knochen und ein paar Gläser teuren Weins im Blut, die er bei den Olsäters getrunken hatte. Ein Drink obendrauf konnte also nicht schaden.

»Hast du es auch so mit der Angst gekriegt wie ich?«, fragte Abbas, schnitt ein winziges Zitronenscheibchen ab und entließ es ins Glas.

»Mindestens. Sie hat mich von Thailand nach Hause gebracht.«

»Prost! Auf Olivia!«

Abbas reichte Stilton ein Glas und schenkte sich selbst ein.

Stilton war unsicher, worauf genau sie tranken.

»Prost. Du meinst, weil sie überlebt hat?«, sagte er.

»Na klar, was sonst? Backgammon?«

In diesem Moment begriff Stilton, wie sehr Abbas ihn vermisst hatte.

»Wirst du wieder zurückgehen?«, fragte Abbas und klappte den Spielplan auf.

»Früher oder später.«

»Es gefällt dir da unten?«

»Ja.«

»Warum?«

Eine etwas seltsame Frage, fast aggressiv, aber Stilton lächelte und legte die Spielsteine auf.

»Man lebt da preiswert. Luna ist dort. Keiner wird erschossen.«

»Trotzdem bist du nach Hause gekommen.«

»Du weißt ja, warum.«

Abbas nickte. Schon in dem Augenblick, als er von Mette hörte, dass Olivia angeschossen worden war, hatte er gewusst: Tom würde nach Hause kommen. Das war keine Frage gewesen. Und nun wollte er, dass Stilton hierblieb.

Er vermisste ihn.

Abbas hatte nicht viele enge Freunde. Mette und Mårten und deren Tochter Jolene. Und Olivia. Dann wurde es schon dünn. Abends und nachts arbeitete er im Casino, ansonsten trainierte er mit seinen Messern, las Sufi-Dichter und saugte Staub. Die Frauen, mit denen er in Kontakt kam, blieben flüchtige Begegnungen ohne echte Substanz.

Er hatte eine Wunde, die nicht heilte.

»Du bist am Zug«, sagte Stilton.

*

Die *Sara la Kali* lag im Dunkeln am Långholmskai, die nächstgelegene Straßenlaterne war kaputt. Aber Stiltons Augen hatten sich inzwischen an die Dunkelheit gewöhnt, glaubte er. Bevor er halb über die Reling stolperte. Er hatte alle drei Partien gegen Abbas verloren. Die erste absichtlich, die beiden anderen, weil er nicht mehr klar denken konnte. Das funktionierte auch jetzt nicht. Als er den Schlüssel kaum ins Schloss der Kajüte bekam, begriff er, was los war.

Der Jetlag.

Das war der einzige plausible Grund, der ihm einfiel.

Er schaltete das Licht auf dem Kahn ein und fand in der Kombüse eine Dose Pulverkaffee. Ansonsten war der Schrank leer und roch muffig. Er setzte Wasser auf und sank auf eine der Wandbänke im Salon. Luna? Wie spät war es denn jetzt da drüben? Es dauerte eine Weile, das auszurechnen, und wahrscheinlich vertat er sich um ein paar Stunden, aber er rief trotzdem an.

»Hab ich dich geweckt?«, fragte er.

»Ja, aber ich wollte sowieso …«

»Olivia hat überlebt.«

»Wie gut. Hast du sie gesehen?«

»Nein, ich bin erst vor ein paar Stunden angekommen, ich fahre morgen früh hin.«

An der Art, wie er »morgen früh« aussprach, merkte Luna, dass er nicht mehr ganz nüchtern war.

»Wie geht es dir?«, fragte sie.

»Gut. Wieso?«

»Bist du auf dem Schiff?«

»Ja.«

»Ich hab Sehnsucht nach dir.«

»Wie schön. Abbas will nicht, dass ich zurückgehe.«

»Fuck Abbas.«

Luna lachte, und dieses Lachen fuhr ihm direkt ins Herz. Er vermisste sie ungeheuer. Zum Glück pfiff der Wasserkessel, bevor er sich in etwas verhedderte, in das er sich nicht verheddern wollte.

»Sekunde«, sagte er. »Kaffee.«

Er legte das Handy beiseite und goss sich eine Tasse auf. Stark, an der Grenze zu bitter. Perfekt, dachte er und verbrannte sich die Zunge.

»Und wie lange wirst du bleiben?«, fragte eine lachende Stimme, als er das Handy wieder aufnahm.

»Ich weiß nicht, ich will mit Olivia reden und sie fragen, was zum Teufel da oben passiert ist. Wer auf sie geschossen hat.«

»Aber, das ist doch wohl nicht … Willst du dich da einmischen?«

Luna kannte die Antwort schon, ehe sie die Frage stellte. Sie war mit einem Mann zusammen, der in vielerlei Hinsicht recht einfach gestrickt war, vor allem war er ein Mann mit einem Rückenmarksreflex wie ein Krokodil. Er schnappte zu, ohne nachzudenken. Jemand hatte Olivia angeschossen, und das war vermutlich das Einzige, was in diesem Reptiliengehirn derzeit existierte. Plus eine beträchtliche Menge Alkohols.

»Das weiß ich nicht«, sagte Stilton. »Ich habe eigentlich nicht vor zu bleiben.«

»Doch, das hast du, erzähl keinen Unsinn.«

Und natürlich hatte Luna recht.

Er war da. Zumindest körperlich anwesend. Hielt ihre Hand. Und er sah. Sah, dass sie erschöpft war, aber froh, dass er da war. Er war auch froh, dass sie so aussah, als würde es ihr ziemlich gut gehen, dafür, dass es so knapp gewesen war. Ein Zentimeter, hatte sie erzählt.

Geflüstert.

Lukas schwitzte, die Hand, die ihre hielt, war total nass, und er konnte mit seiner Aufmerksamkeit nicht richtig bei ihr bleiben, nicht so, wie er es eigentlich wollte. Stattdessen wanderte sein Blick etwas ziellos im Zimmer umher. Registrierte die tristen, ausgeblichenen Vorhänge, die Jalousie, die schief hing. All die Apparate. Das Krankenhausbett, in dem sie lag. Die verwaschene grüne Decke auf ihrem Körper. Er versuchte, sich auf die festen Gegenstände zu konzentrieren, einen nach dem anderen. Das brauchte er, um das Abgrundtiefe im Griff zu behalten, das die Umgebung in ihm wachrief, brauchte es, um die Tatsache zu verdrängen, dass er nahe daran gewesen war, die Frau, die er liebte, zu verlieren.

Was bedeutete, dass er Olivia nichts geben konnte.

Außer Schweiß.

Olivia wiederum war nicht in der Lage zu verstehen, warum er so weit weg wirkte. Abweisend. Sie war vollauf damit beschäftigt, den Schmerz zu kontrollieren, der sie trotz der starken Medikamente quälte. Doch sie spürte die Kluft. Spürte, dass sie unbeholfen miteinander waren. Verirrt in der Situation. Sie ertappte sich bei dem Gedanken, dass er vielleicht eine andere kennengelernt hatte, schob den Gedanken aber gleich fort. So lange war sie nicht weg gewesen.

Auch wenn es sich so anfühlte.

»Was macht das Malen?«, fragte sie.

»Gut. Richtig gut, wirklich.«

Lukas' Miene hellte sich bei dieser Frage auf, und er sah sie tatsächlich an.

»Ich bekomme eine eigene Ausstellung bei Bohman-Knäpper.«

Das sagte Olivia nicht viel, aber ihr war immerhin klar, dass es sich dabei um eine Galerie handelte.

»Mein Gott, wie toll, Glückwunsch!«

»Danke!«

Dann erlosch Lukas' Blick wieder, und es wurde still. Olivia war zu erschöpft, um die Konversation wieder ins Laufen zu bringen. Sie fand, dass er jetzt mal dran war. Schließlich war sie fast gestorben. Sie unternahm einen Versuch, sich im Bett aufzurichten, aber der Schmerz siegte über die Idee, und das Ergebnis war eine hässliche Grimasse. Lukas registrierte Olivias Miene nicht, er hatte den Blick gesenkt und betrachtete ihre Hände, die ineinander verflochten auf der Decke lagen. Er kämpfte damit, die Kontrolle zu behalten. Der Schweiß rann ihm von der Stirn.

»Findest du es hier drinnen nicht ziemlich heiß?«, fragte er.

»Doch, kann sein.«

Langsam zog er seine Hand aus ihrer und wischte sich übers Gesicht.

»Findest du es anstrengend?«, fragte Olivia in einem letzten tapferen Versuch, ein echtes Gespräch zu führen. Über wichtige Dinge. Damit sie sich nicht völlig verloren.

»Mit der Hitze?«

»Nein, hier zu sein. Dass ich hier bin.«

»Nein. Doch, natürlich ist es anstrengend, dass du hier bist, aber schön, dass du … ja, dass es dir gut geht und so.«

Er streichelte etwas lahm ihre Hand. Mehr schaffte er nicht. Die schwarzen Schwingen der Panik flatterten, schlugen wild, und bald würde sie ihre widerlichen scharfen Klauen in ihn schlagen. Lukas' Geste zerriss Olivia das Herz, sie war so weit von der Berührung, die sie von ihm gewohnt war. Als würde er seine alte Oma streicheln. Doch sie sagte nichts, sondern schloss stattdessen die Augen, damit er nicht sah, wie ihr die Tränen der Enttäuschung hineinschossen.

»Du bist müde«, sagte er.

Olivia nickte mit geschlossenen Augen. Lukas griff nach seinem Handy. Um sich abzulenken. Das Rauschen nahm jetzt zu. Die Schwingen näherten sich. Die Klauen waren geschärft.

»Ich muss sowieso gehen«, fuhr Lukas fort. »In einer halben Stunde treffe ich mich mit dem Galeristen.«

Er stand auf und schenkte ihr noch ein Oma-Streicheln, gab ihr einen raschen Kuss auf die Stirn.

»Liebe dich«, brachte er immerhin noch heraus.

Wenngleich auch das in Olivias Ohren wie eine reine Höflichkeitsfloskel klang. Deshalb nickte sie nur als Antwort. Lukas ging zur Tür.

Und Olivia ließ ihren Tränen freien Lauf, sobald er das Zimmer verlassen hatte.

Stilton war vor der Glastür zu Olivias Krankenzimmer stehen geblieben. Sie hatte Besuch. An ihrem Bett saß ein Mann in ihrem Alter und hielt ihre Hand. Stilton hatte keine Ahnung, wer das war. Kein Arzt jedenfalls. Vielleicht dieser Lukas, von dem sie gesprochen hatte? Er trat ein wenig zur Seite und spähte hinein. Olivia sah blass aus, mit dunklen Ringen unter den Augen und einem Schlauch im Arm. Aber sie lebte. Plötzlich hatte er einen Kloß im Hals, und seine Augen wurden feucht. Was nicht weiter erstaunlich war, denn Olivia war ihm so nah wie eine Tochter, so nah wie sonst niemand in seinem Leben.

Er trat einen Schritt beiseite, als der Mann hinauseilte, und wartete noch ein wenig. Dann stellte er sich in die Tür.

»Hallo«, sagte er.

Olivia sah auf, erkannte ihn, wischte sich ein paar Tränen ab und schaute wieder auf die Decke. Tom lebte seit einiger Zeit in Thailand. Jetzt war er hier. Sie begriff, warum, und hob erneut den Blick.

»Hallo«, sagte sie. »Du bist ja richtig braun.«

»Du auch.«

»Mexiko.«

»Mit dem, der da grade gegangen ist?«

»Lukas. Ja. Wie geht es Luna?«

»Wie geht es dir?«

»Angeschossen. Aber sonst alles gut.«

Stilton lächelte. Er ging zu ihr und strich ihr über die Wange. Olivia schloss die Augen, als sie seine Hand spürte. Als würde die zärtliche Geste sie an einen anderen Mann erinnern, der ihre Wange gestreichelt hatte, als sie sehr klein war.

Papa.

»Wer hat auf dich geschossen?«, fragte Stilton und setzte sich neben das Bett.

Er ist schon hier, dachte Olivia. In voller Fahrt, absolut konzentriert. Sie begann zu erzählen. Berichtete kurz von dem spanischen Paar in der Hütte, der Plastiktüte über dem Kopf, der Frau, die sie erschießen wollte, und wie sie es geschafft hatte, sie an der Schutzhütte einzuholen, wo es zum Schusswechsel kam.

»Hast du ihr Gesicht gesehen?«

»Nein.«

»Aber du hast den Typen erschossen?«

»Ja. So wie es aussieht, habe ich die Frau verfehlt. Leider.«

Stilton wusste, dass Olivia mit diversen Beruhigungs- und Schmerzmitteln vollgepumpt war, trotzdem war er etwas bestürzt. Sie hatte einen Menschen erschossen und beklagte sich, dass sie nicht noch einen zweiten erwischt hatte. Das war nicht die Olivia, die er kannte. Soweit er wusste, war es das erste Mal, dass sie jemanden getötet hatte. Da wäre eigentlich eine andere Reaktion normal gewesen. Doch darauf wollte er jetzt nicht eingehen, also wechselte er das Thema.

»Dieser Fall, mit dem du dort befasst warst, worum ging es da genau? Mette meinte, um einen alten Mord?«

»Ja. Das Opfer war ein Mann. Mit drei Schüssen hingerichtet. Ewig her.«

»Keine Ahnung, von wem?«

»Nein, bisher nicht. Ich habe die Leiche gesehen. Das einzig Außergewöhnliche war der linke Ringfinger. Von dem fehlte die Hälfte. Außerdem hatte der Tote rote Haare.«

An dieser Stelle hätte in Stiltons Kopf eine Glocke läuten können. Doch das tat sie nicht.

Sie läutete viel später, mitten in der Nacht, auf dem Schiff.

Lukas stürzte aus dem Krankenhauseingang. Er musste raus. Schnell. Er tastete mit der Hand in seiner Tasche. Da hatte er eine Notfalltablette. Er knipste sie aus dem Blister und schluckte sie. Dann setzte er sich auf eine Bank, lehnte sich zurück und schloss die Augen. Horchte, wie das Geräusch der schlagenden Flügel ganz langsam verklang. Dann fing er an am ganzen Leib zu zittern. Warum hatte er nicht einfach gesagt, wie es war? Dass ihn die Umgebung krank machte. Dass er sie so sehr vermisste, dass es wehtat. Dass er einfach nur wollte, dass alles wieder war wie früher. Er schaute auf seine Beine, die auf und ab hüpften und sich in Muskelkrämpfen wanden. Als er hochsah, blickte er in ein Paar Kinderaugen. Ein kleines Mädchen, vielleicht drei, vier Jahre alt, war vor ihm stehen geblieben. Mit dem Daumen im Mund und zwei kleinen Dutts auf dem Kopf sah es ihn aus klaren, braunen Augen an.

»Tut dir was weh?«, fragte sie.

»Nein«, antwortete Lukas und versuchte ein Lächeln.

»Aber wenn doch, dann kannst du da reingehen und dir Pflaster holen, da wird man gesund von«, sagte das Mädchen und zeigte auf den Eingang zum Krankenhaus.

»Danke«, sagte Lukas, »das werde ich mir merken.«

Das Zittern nahm langsam ab, nur die Wadenmuskeln zuckten noch gelegentlich. Er entspannte sich. Das Mädchen blieb stehen, als wollte es sich vergewissern, dass es ihm auch wirklich gut ging.

»Jetzt ist alles wieder in Ordnung«, sagte er.

»Okay«, sagte das Mädchen, schob sich erneut den Daumen in den Mund, machte auf dem Absatz kehrt und lief zu einer Mutter, die mit dem Kinderwagen ein Stück entfernt stand und in ihr Handy sprach.

»Mama, er braucht kein Pflaster«, hörte er die Kleine zu ihrer Mutter sagen.

Lukas lächelte. Er würde sie anrufen. Olivia. Das Ganze erklären. Alles würde wieder gut werden.

*

An diesem Abend hatte er kein Problem, das Schloss zum Salon aufzubekommen. Stilton war stocknüchtern. Als er das Licht einschaltete, sah er etwas, das er am Abend zuvor nicht bemerkt hatte: ein bisschen Erde in einer Ecke in der Plicht, und ein paar magere, eingetrocknete Pflanzenreste. Spuren von denen, die den Kahn in seiner Abwesenheit gemietet und hier eine Art Gemüseanbau betrieben hatten. Der Nerz und seine Dame. Bettan. Ihre Beziehung war vor einer Weile zu Ende gegangen. Oder, wie der Nerz es ausdrückte: »Die hat mich wie eine verdammte Laserfrau durchschaut!« Bettan hatte ihn verlassen, der Kahn war geräumt, und der Nerz hatte sich in seinen alten Kiez in Kärrtorp zurückgezogen und sich mit Drogen getröstet.

Das war so ungefähr, was Stilton wusste.

Fühlte sich nicht gerade gut an.

Doch er musste nun über andere Dinge nachdenken. Über die Person, die Olivia angeschossen hatte. Eine eiskalte Frau, die Spanisch sprach.

Da lag sein Fokus.

Dann, plötzlich, als er an der Reling stand und auf seinen schwankenden Urinstrahl zum Wasser hinunterschaute, fiel es ihm ein: Ringfinger? Ein abgeschnittener Ringfinger? Er sah auf die Uhr. Kurz nach zwei. Wahrscheinlich war Mette schon lange im Bett, aber er rief trotzdem an.

»Hallo, hier Tom. Du hast schon geschlafen, oder?«

»Nein, ich übe gerade mit meinem Fersensporn ein paar Ballettschritte, um meinem Mann Lust auf Sex zu machen. Weißt du, wie spät es ist?«

»Der Leiche im Fjäll fehlte ein halber Ringfinger. Ich weiß, dass wir es vor langer Zeit in einer unserer Ermittlungen mit einem halb abgeschnittenen Ringfinger zu tun hatten. Erinnerst du dich?«

»Nein. Gute Nacht.«

Mette legte auf, und Stilton pinkelte weiter.

Er wusste, dass er recht hatte.

Mårten war in der Stadt und betrieb Ahnenforschung, eine der Beschäftigungen, auf die er sich als Rentner verlegt hatte. Eine andere war Musik und eine dritte seine Frau. Die stand jetzt gerade zu Hause am Herd und quirlte etwas warme Milch, um den perfekten sanften Geschmack für ihren Morgenkaffee zu bekommen. Der Stilton überhaupt nicht interessierte. Er saß am Küchentisch und trommelte mit den Händen ein wenig auf den Knien herum. Er hatte mies geschlafen auf dem Schiff und außerdem ein schlechtes Gewissen, weil er Mette mitten in der Nacht geweckt hatte. Obwohl sie in Rente war. Außerdem hatte sie, seit er da war, kaum etwas gesagt, abgesehen von: »Musst du nicht auf die Toilette?« Ein Satz, der vor Sarkasmus nur so triefte.

Jetzt drehte sie sich mit ihrer Tasse sorgfältig zubereiteten Kaffees in der Hand herum und sagte: »Du hattest recht.«

»Mit dem Finger?«

»Aber an den Zusammenhang erinnerst du dich nicht?«

»Nein.«

»Du, Arne und ich, 1999. Wir haben im Vermisstenfall eines Geschäftsführers ermittelt.«

»Fredrik Kaldma ...« Plötzlich war Stiltons Erinnerung glasklar. »Dem fehlte ein Glied an einem Ringfinger«, sagte er.

»Ich glaube, am linken.«

»Aber der ist doch hier in Stockholm verschwunden, oder nicht? Wie zur Hölle ist der in einer Schneewechte oben im Fjäll von Arjeplog gelandet?«

»Das werden wir herausfinden müssen.«

»Hatte er rote Haare?«, fragte Stilton.

»Ich erinnere mich nicht mehr. War das Opfer rothaarig?«

»Olivia sagt das.«

»Dann überprüfen wir das. Willst du einen Kaffee?«

»Gern. Aber ohne das Gequirle.«

Mette wandte sich der Kaffeemaschine zu, und Stilton nutzte die Gelegenheit, um zu fragen: »Wer zum Teufel ist dieser Lukas?«

»Olivias Freund? Hast du ihn getroffen?«

»Ich habe ihn im Krankenhaus gesehen, er war bei ihr drin. Wer ist er?«

»Das ist der, den sie fälschlicherweise für die Explosion bei den Browalls verurteilt haben, ehe wir Frövik festgesetzt haben. Olivia hat erwirkt, dass er freigesprochen wurde.«

»Und jetzt ist sie mit ihm zusammen?«

»Ja.«

Stilton nahm die Kaffeetasse entgegen. Er pustete ein wenig auf das Getränk, um sich nicht wieder die Zunge zu verbrennen.

»Ist er gut für Olivia?«, fragte er.

»Das ist ja wohl ihre Sache, oder?«

»Und was ist *deine* Meinung?«

Darauf hatte Mette keine rechte Antwort, also sagte sie: »Ich hoffe es.«

*

Anders als in der freien Wirtschaft oder der Schwedischen Akademie war es bei der Polizei nicht üblich, Ölporträts von herausragenden Amtsvorgängern auf dem Revier aufzuhängen, doch wenn es üblich gewesen wäre, dann hätte das von Mette Olsäter sicher einen goldenen Rahmen bekommen. Sie hatte eine bemerkenswerte Karriere im Haus hingelegt und die Arbeit hier deutlich geprägt, sowohl in ihrer aktiven Zeit als auch in den Jahren danach. Jetzt marschierte sie durch einen langen Korridor mit leeren Wänden und vermisste es. Nicht das Ölgemälde, sondern ihre Jahre als aktive Polizistin. Mitten im Vulkan. Sie liebte es, wenn alles brodelte und explodierte und ihre sämtlichen Ressourcen gefordert waren.

In jeder Hinsicht.

Mittlerweile beschränkte sich ihr Dasein weitgehend auf die ein oder andere unförmige Tonschale, die sie im Keller töpferte – und auf einen Mann, der sich ständig Sorgen um ihr Herz machte. Der könnte sich mal ein bisschen mehr um meinen Fersensporn kümmern, dachte sie und überlegte, ob sie vielleicht etwas mehr hinken sollte.

»Hallo! Wir haben es gefunden!«

Es war Bosse Thyrén, der sie so begrüßte und ihr dabei die Tür aufhielt, einer ihrer besten Mitarbeiter während der letzten Dienstjahre. Er und Lisa Hedqvist. Was sie gefunden hatten, waren ein Karton und eine Reihe alter Ordner mit Unterlagen zu dem verschwundenen Geschäftsführer Fredrik Kaldma.

Mette ließ sich am Tisch nieder und zog eine Lampe heran. Rasch blätterte sie sich zu dem Detail vor, das sie gesichert haben wollte: An Kaldmas linkem Ringfinger fehlte ein Glied. Und er hatte rote Haare.

Dann gönnte sie sich schnell noch ein paar nostalgische Momente. Sie las nach, wie sie und Tom und Olivias Vater Arne alle möglichen Theorien ventiliert und in unterschiedliche Richtungen ermittelt hatten, ohne jedoch zu einem Ergebnis zu kommen.

Arne, dachte sie. Was für ein guter Mann du warst! Wie du dich damals um das kleine Baby gekümmert hast, das aus dem Bauch seiner ermordeten Mutter geschnitten wurde. Du hast sie adoptiert und ihr ein gutes Leben gegeben. Du und Maria.

Sie erhob sich.

»Ich werde mit Hjärne reden.«

Schon als Mette das Zimmer von Hjärne betrat, war es zu spüren. Er begrüßte sie nicht ganz selbstverständlich und natürlich, sondern eher so, als bekäme er Besuch von einer Ikone.

Das würde sie ausnutzen.

»Mette Olsäter!«, sagte er. »Was für eine Überraschung. Wir sind uns noch nie persönlich begegnet, glaube ich.«

»Nein. Daran würden Sie sich bestimmt erinnern.« Sie fügte ein Lächeln hinzu, das die Bemerkung als Scherz markieren sollte, von Hjärne allerdings unbemerkt blieb.

»Bitte, setzen Sie sich doch!«

Hjärne wies auf den Stuhl vor dem Schreibtisch, er selbst blieb an der Tischkante stehen und wand sich ein wenig.

»Wie schön, dass Sie hier vorbeikommen«, sagte er lächelnd.

Mette nickte, dann kehrte Stille ein. Sie wollte ihn ein wenig schmoren lassen. Bosse und Lisa hatten einige kurze Bemerkungen über Hjärne fallen lassen, und die waren nicht uneingeschränkt positiv. Auf der anderen Seite wusste sie, dass er sich in einer Position befand, die schnell Kommentare hinter hervorgehaltener Hand mit sich brachte.

Sie hatte selbst auf diesem Stuhl gesessen.

»Ich gehe davon aus, Sie haben alle Hände voll zu tun«, sagte sie. »Schießereien in Råcksta und Nacka?«

»Ja, mehr als genug. Aber so war das hier wahrscheinlich schon immer, nehme ich an.«

»Absolut. Wollen Sie sich nicht setzen?«

Hjärne richtete sich ein wenig auf und nahm dann Mette gegenüber Platz. Es war ihm nicht ganz recht, dass dieser Vorschlag von ihr kam, aber immerhin hatte er *die Olsäter* bei sich im Zimmer.

Was ihm bald in vollem Umfang bewusst werden sollte.

»Bei der Leiche, die kürzlich in der Radtja-Gegend gefunden wurde, handelt es sich höchstwahrscheinlich um den Geschäftsführer Fredrik Kaldma. Das habe ich von Olivia Rönning im Krankenhaus erfahren. Und eben habe ich die Akten zu der betreffenden Ermittlung durchgesehen, die ich 1999 leitete. Dort finden sich Details, die diese Vermutung stützen«, sagte sie.

Hjärne verarbeitete diese Information einige Augenblicke und begriff dann, was Mette gesagt hatte.

»Ja, aber das ist ja großartig. Sie meinen, damit ist das Opfer identifiziert?«

»Nicht endgültig, aber ich glaube, dass es Kaldma ist.«

»Gut. Ausgezeichnet, dann können wir ja …«

»Ich schlage vor, dass Olivia Rönning sich der Sache annimmt, sowie sie wiederhergestellt ist. Das wird sehr bald der Fall sein. Bei dem Mord handelt es sich um einen Cold Case, damit hat er aktuell nicht die höchste Priorität. Außerdem ist die Cold-Case-Abteilung im Moment wahrscheinlich auch gut beschäftigt, oder?«

»Ja, das stimmt. Aber Rönning hat bisher noch keine Mordermittlung geleitet. Sie ist ziemlich frisch hier.«

»Ich weiß, aber ich denke, dass sie dafür reif ist. Außerdem ist sie ja bereits mit dem Fall vertraut, und ich bin mir sicher, sie wird sehr viel Energie in die Ermittlungen stecken.«

»Schon, absolut, aber …«

»Sie gehört zu meinen vielversprechendsten Talenten, und ich würde es begrüßen, wenn sie auch als solches behandelt wird.«

Etwa an diesem Punkt entfaltete das Ölporträt seine maximale Wirkungskraft. Hjärne nickte und erkannte, dass die Sache nicht mehr zur Diskussion stand. In der Tür drehte sich Mette noch einmal um, aber Hjärne war schneller.

»Das hier bleibt unter uns«, sagte er.

»Unbedingt.«

*

Olivia saß in ihrem Krankenhausbett und trommelte mit den Fingern auf den Laptop. Sie hatte eben ihren Bericht für Hjärne zu den Ereignissen in Arjeplog abgeschlossen, oder zumindest zu dem, woran sie sich erinnerte. Jetzt kribbelte es in ihr. Sie fühlte sich gesund und wollte hier weg. Sie wollte wieder loslegen, wollte herausfinden, was ihr da passiert war.

Sie wollte aus der Klinik entlassen werden.

Da betrat Mette mit einem Aktenordner unter dem Arm das Zimmer.

»Hallo! Gut, dass du kommst!«, begrüßte Olivia sie. »Ich versuche gerade rauszukriegen, wo meine Kleider abgeblieben sind, die ich anhatte, als ich angeschossen wurde. Niemand scheint richtig …«

»Wieso, was ist denn mit den Kleidern?«

»In der einen Hosentasche hatte ich eine Kugel, die ich in der Hütte aus der Wand geholt habe, und in der anderen eine Plastiktüte von einem Supermarkt in Jäkkvik, wahrscheinlich waren sie da nämlich zum Einkaufen, dadurch kommen wir vielleicht an eine Personenbeschreibung, oder vielleicht an DNA von der Tüte und …«

»Olivia.«

»Ja? Außerdem muss es in der Hütte noch andere Spuren von den beiden geben, die wir finden sollten und …«

»Genug jetzt.«

»Was ist denn?«

»Du liegst im Krankenhaus. Du bist frisch operiert. Du musst …«

»Aber ich fühle mich so verdammt unruhig!«

»Dann kannst du dich stattdessen hiermit beschäftigen.«

Mette streckte ihr den Aktenordner hin.

»Was ist das?«

»Das Konzentrat einer Ermittlung, mit der Tom und ich und dein Vater 1999 beschäftigt waren. Es geht um einen verschwundenen Geschäftsführer namens Fredrik Kaldma.«

»Und warum sollte ich das lesen?«

»Weil Tom und ich glauben, dass er es ist, der oben im Fjäll gefunden wurde.«

Olivia blieb der Mund offen stehen, und sie ließ den Ordner auf die Bettdecke sinken.

»Das wäre ja krass …«, sagte sie. »Wenn das wirklich so ist.«

»Nicht wahr?«

»Aber ich darf trotzdem bestimmt nicht damit weitermachen.«

»Wieso nicht?«

»Ich kriege keine positiven Signale von Hjärne.«

Mette erhob sich.

»Ich werde Bosse und Lisa bitten rauszukriegen, wo deine Kleider sind«, sagte sie. »Jetzt beruhige dich mal ein bisschen. Du hörst von mir.«

»Okay … danke für den Ordner.«

Mette nickte und verließ das Zimmer. Als die Tür zufiel, klingelte Olivias Handy.

»Rönning.«

»Hallo, hier ist Pekka … der Pilot.«

Olivia schwieg einen Moment. Pekka?

»Ich bin so froh, dich zu hören. Wie geht es dir?«, sagte sie dann.

»Es ist, wie es ist, ich hab es geschafft … dank deiner Hilfe.«

»Ich hab gar nicht viel gemacht.«

»Offensichtlich genug, um mich am Leben zu erhalten. Danke noch mal. Und du bist dann angeschossen worden, habe ich gehört. Oben im Fjäll?«

»Ja, da hätte ich dich gebrauchen können.«

Es wurde wieder still in der Leitung.

»Aber du bist auf dem Weg der Besserung, oder?«, fragte Pekka.

»Ja, das bin ich tatsächlich. Wahrscheinlich werde ich bald entlassen. Wir können ja in Kontakt bleiben, oder?«

»Unbedingt. Melde dich, wenn du mal wieder in Arjeplog bist.«

Olivia war nicht sicher, ob das vielleicht ein Scherz sein sollte. Als Pekka lachte, wurde ihr klar, wie er es gemeint hatte. Aber so völlig abwegig war es ja nicht.

Sie hatte das Gefühl, nicht das letzte Mal in Arjeplog gewesen zu sein.

In Schweden schlich sich der Herbst ein. Olivia Rönning erholte sich, und Greta Thunberg segelte wie eine junge Jeanne d'Arc in die Welt hinaus. Das Land litt unter jungen Männern, die sich gegenseitig erschossen, und Politikern, die die Debatte vulgarisierten. Einfache Worte wie »Anstand« und »Rücksicht« wurden aus dem Dialog gestrichen und durch »wir« und »sie« ersetzt. Es war eine düstere Zeit, eine Zeit, in der eiskalte Echos aus der Vergangenheit widerhallten.

Aber auch düstere Zeiten müssen durchlebt werden.

Es gibt nicht so viele Möglichkeiten.

Eine davon ist, sein Bestes zu geben.

Olivia nahm ein Taxi zu Lukas.

Sie hatte beschlossen, dass sie sich das wert war. Zu Lukas hatte sie gesagt, er bräuchte sie nicht abzuholen, sie würde selbst zu ihm fahren. Sie wollte nur, dass er zu Hause war. Und er hatte geantwortet: »Na klar, natürlich bin ich da!« Er klang so froh, sagte, er sei hammermäßig glücklich, dass sie endlich nach Hause käme. Das angespannte und etwas seltsame Treffen im Krankenhaus hatten sie schon lange bereinigt. Sie verstand, wie er sich gefühlt hatte, und er hatte um Verzeihung gebeten.

Heute nahm sie nicht die Treppe.

Kondition würde sie sich später wieder antrainieren müssen.

Als der alte Aufzug langsam in Lukas' Stockwerk hinaufratterte, hörte sie Musik. Olivia lächelte. Zur Abwechslung mal nicht Bowie. Es schien ihr eher wie »Hotel California« zu klingen. Das hätte sie vielleicht als Omen betrachten sollen. Doch das tat sie nicht, vielmehr sah sie vor ihrem inneren Auge Lukas in diesen alten Unterhosen, malend.

Sie brauchte nicht zu klingeln oder den Schlüssel herauszuholen. Die Wohnungstür war unverschlossen. Wie üblich. Sie musste ihn immer wieder daran erinnern abzusperren, er war so schlampig in diesen Dingen. Sie öffnete die Tür. Jetzt hörte sie auch Stimmen. Von Menschen. Vielen Menschen. Und dröhnende Musik: »Such a lovely place, such a lovely face.«

Olivia blieb stehen. Sie wusste nicht, was sie tun sollte. Hatte er sich im Tag geirrt? Sie irgendwie missverstanden? Da kam Lukas mit einem strahlenden Lächeln im Gesicht und einem Weinglas in der Hand in den Flur. Vollständig angezogen, glücklicherweise.

»Willkommen daheim, meine Liebste!«

Er umarmte sie und küsste sie auf den Mund. Olivia nahm den Geschmack von saurem Rotwein wahr, der auch seine Lippen blau gefärbt hatte. Nichts davon war in irgendeiner Weise charmant.

»Ich hab ein Willkommensfest organisiert!«

Er sagte es mit Stolz, war tatsächlich der Meinung, etwas Gutes getan zu haben. Olivia stand da wie angewurzelt, umklammerte die Tasche mit ihrer Kleidung und erwiderte weder seine Umarmung noch den Druck seiner blau gefärbten Lippen auf ihre.

»Fest?«

»Ja, komm und sag Hallo!«

Ich werde aus dem Krankenhaus entlassen, und er glaubt, ich will feiern? Olivia spürte, dass sie wegmusste. Aber wohin? Ihre eigene Wohnung war voller Baustaub und vermutlich auch voller Handwerker. Mette und Mårten? Sie würden sie mit offenen Armen empfangen, das wusste sie. Aber gleichzeitig würde es sich wie eine Niederlage anfühlen.

»Was ist? Freust du dich nicht? Komm mit!«

Lukas legte den Arm um ihre Taille und schob eine widerstrebende Olivia ins Wohnzimmer. Eine ganze Menge Leute, bekannte und unbekannte Gesichter, wandte sich ihnen zu. Jemand drückte ihr ein Glas mit irgendeinem weißen Schaumwein in die Hand, und Lukas drehte sich zu ihr um.

»Prost, auf die einzige Polizistin, die ich liebe!«

Vereinzeltes Kichern. Alle im Raum erhoben ihre Gläser in ihre Richtung und prosteten ihr fröhlich zu. Gehorsam hob auch sie ihr Glas. Viele davon waren ja auch ihre Freunde. Sie musste den Schein wahren und höflich sein. Lukas lächelte ihr freudestrahlend zu und bemerkte weder die Schwärze, die in ihrem Blick wuchs, noch, dass sie keinen Tropfen aus dem Glas trank.

»In der Küche gibt es Essen, ich hab ein Chili gemacht. So ähnlich wie das, das wir in diesem kleinen Restaurant in Cuatro Ciénegas gegessen haben, du weißt schon.«

Er sah sie an wie ein Kind, das gelobt werden wollte.

»Danke, aber ich muss mich jetzt erst mal hinlegen.«

Olivia löste sich aus seinem Arm und ging zum Schlafzimmer. Lukas kam hinter ihr her.

»Ja, natürlich musst du müde sein. Entschuldige, du klangst so frisch und munter, als wir zuletzt telefoniert haben, also hab ich mir gedacht …«

Olivia wandte sich um und schloss die Tür hinter ihnen.

»Ja, was zum Teufel hast du dir denn gedacht?«, fauchte sie. »Kapierst du eigentlich gar nichts? Ich komme aus einem Krankenhaus, Lukas, nicht von irgendeinem verschissenen Wellness-Wochenende.«

Sie spuckte die Worte aus, und sie landeten in Lukas wie Nadeln. Stachen ihn.

»Das weiß ich doch.«

Er nuschelte auf einmal ein bisschen, weniger wegen des Weines als vielmehr vor Verwunderung. Sie hatte doch gerade noch gelächelt und ihnen zugeprostet. Lukas sah sie an. Diese Olivia kannte er nicht.

»Und besoffen bist du auch«, sagte sie. »So dermaßen unsensibel.«

»Ich bin nicht besoffen, ich hab nur ein bisschen was getrunken, als ich das Essen …«

»Es ist mir so was von scheißegal, wann oder wie du getrunken hast, aber besoffen bist du.«

»Aber, verdammt noch mal, Olivia. Ich bin doch nur glücklich. Jetzt komm schon.«

Lukas streckte die Arme nach ihr aus. Olivia stieß ihn weg. Nicht fest, nur, um zu markieren, dass sie seinen weingetränkten Atem nicht in ihrem Gesicht haben wollte. Ihn eigentlich überhaupt nicht in ihrer Nähe haben wollte. Sie war enttäuscht und wütend und hatte das Bedürfnis, sich in diesen Gefühlen zu suhlen. Allein. Lukas erstarrte.

»Was machst du da?«

»Hau ab«, zischte sie. »Hau ab zu deinem beschissenen Fest und lass mich in Ruhe.«

Lukas wich zurück. Dann öffnete er die Tür und ging, ohne ein Wort zu sagen. Olivia warf sich aufs Bett wie ein verzweifelter Teenager und schlug mit den Fäusten auf das Kissen.

Wie konnte nur alles so verdammt falsch sein? Wie konnte er nur? Und warum hatte sie … das war vielleicht dumm gewesen. Aber sie musste doch wohl das Recht haben, ihre Gefühle zu zeigen? Kapierte er denn gar nichts?

Sie hörte, wie die Musik verstummte und die Leute zu gehen begannen. Laute, lachende Stimmen hallten durchs Treppenhaus und unten in der Straße. Okay, gut. Er hatte seinen Fehler eingesehen. Das musste sie ihm lassen.

Nach einer Weile öffnete sie die Tür und schaute hinaus.

»Lukas?«

Das Wohnzimmer war leer, bis auf die Hinterlassenschaften des abgebrochenen Festes. Die Küche ebenfalls. Blieb noch das Atelier. Das Malerzimmer. Als sich auch das als leer erwies, begriff Olivia. Er war ebenfalls gegangen und hatte sie zwischen halb leer gegessenen Tellern und halb ausgetrunkenen Weingläsern allein gelassen. Na wunderbar! Sie kehrte ins Schlafzimmer zurück und warf sich wieder aufs Bett. Jetzt hatte sie Schmerzen, nicht nur in der Seele, sondern auch an der Schusswunde. Selbst wenn sie gewollt hätte, sie konnte im Augenblick nicht einfach die Wohnung verlassen.

Völlig ausgelaugt weinte sie, bis sie einschlief.

Sie erwachte, wie sie eingeschlafen war: in ihren Kleidern. Und kein Lukas neben ihr. Gut. Sie wollte ihn absolut nicht sehen. Nicht jetzt. Vielleicht nie mehr. Sie blickte auf die Uhr neben dem Bett. Zehn nach sieben. Okay. Sie würde jetzt hier abhauen. Duschen, und dann in die Arbeit. Vielleicht konnte sie eine Weile bei Mama wohnen, nur, bis ihre Wohnung fertig war. Das würden sie ja wohl hoffentlich beide aushalten. Sie fühlte sich entschlossen. Die Lukas-Blase war geplatzt, jetzt wollte sie sich auf ihre Arbeit konzentrieren, nur auf ihre Arbeit. Dieses Miststück finden, das sie angeschossen und das ganze Chaos verursacht hatte, das damit verbunden war.

Ihr Ziel klar vor Augen stieg sie aus dem Bett, schritt resolut zur Wohnzimmertür und öffnete sie. Bereit, sich zu verteidigen und das Durcheinander zu ignorieren, das sie dort erwartete.

Aber das Durcheinander war weg.

Komplett.

Anstelle des Geruchs nach abgestandenem Zigarettenrauch und alten Weinresten empfingen sie der Duft und der Anblick von Blumen. Eine Unmenge von Blumen: weiße Lilien, Garten-Levkojen, Rosen und etliche andere Sorten, deren Namen sie nicht kannte. Alle sorgfältig in Vasen, Flaschen und höheren Gläsern aufgestellt. Erleuchtet von der Morgensonne, die großzügig durchs Fenster flutete, badete das ganze Zimmer in Blumen. Vor Olivia erhob sich eine üppige, intensive Duft- und Bilderwand, die sie mitten im Schritt innehalten ließ. Sie blieb stehen, völlig aus der Fassung gebracht. Es war so schön, dass ihr Gehirn die Entschlossenheit jäh auf Pause stellte. Und dasselbe passierte mit ihrem Herzen, als sie die Buchstaben auf dem Boden vor sich sah. Krakelig, in verschiedenen Farben mit Kreide direkt aufs Parkett geschrieben: »ENTSCHULDIGUNG!!«

Mittendrin lag Lukas und schlief. Auf dem unbequemen Samtsofa, halb zugedeckt mit einer alten grünen Wolldecke, von der sie wusste, dass er sie hasste, weil sie kratzte.

Lukas.

Im einen Moment wie taub, und im anderen einfühlsam und überschwänglich. Das Leben mit ihm würde nie eintönig werden, das war Olivia schon jetzt klar, und vielleicht hatte genau das sie von Anfang an angezogen. Aber war es auch wirklich das, was sie auf lange Sicht wollte? Würde sie es auf Dauer aushalten, gefühlsmäßig Achterbahn zu fahren und gleichzeitig im Job Leistung bringen und das Leben im Allgemeinen meistern zu müssen?

Sie wusste es nicht.

Sie hatte absolut keine Ahnung, als sie dastand, an den Türpfosten gelehnt, und widerwillig spürte, wie die Tränen in ihr hochstiegen. Sie nahm einen tiefen Atemzug, und dann noch einen, bevor sie die Pausetaste wieder löste und langsam auf das Sofa zuging, auf dem er lag. Sie achtete darauf, die Kreidebuchstaben nicht zu verwischen. Vor dem Sofa blieb sie stehen. Sah ihn an. Den schlafenden Lukas. Die dunklen Locken, die über sein Gesicht fielen, die gerade Nase und den perfekt geformten Mund, der im Übrigen auch nicht mehr blau vom Wein war. Olivia wand sich. Ihre Arme und Beine wussten nicht recht, wohin sie wollten. Sollte sie? Nein. Scheiße noch mal. Warum bin ich nicht einfach gegangen, dachte Olivia in der Sekunde, in der er ihre Hand nahm. Dafür war sie nicht wirklich bereit. Schließlich hatte es so ausgesehen, als würde er schlafen. Aber als er sie dann aufs Sofa hinunterzog, leistete sie keinen Widerstand, sondern setzte sich neben ihn. So weit, sich zu ihm zu legen, war sie noch nicht. Saß nur ein bisschen auf der Kante, so, dass sie die Distanz noch wahren konnte. Bereit zur Flucht, falls es nötig werden sollte.

»Verlass mich nicht«, sagte er.

Sie lächelte, sie konnte einfach nicht anders. Aber sie zog ihre Hand zurück und breitete die Decke etwas weiter über ihn. Die kratzige.

»Bist du in einen Blumenladen eingebrochen?«, fragte sie.

»Ja.«

»Ernsthaft?«

»Vielleicht«, antwortete er. »Oder ich kenne jemanden, der in der Großmarkthalle arbeitet. Das darfst du dir aussuchen.«

»Wie heißt er denn, dieser Jemand?«

»Louise.«

Etwas zog sich in Olivias Körper zusammen. Der Eifersuchtspunkt, wo auch immer er lag. Und das musste nach außen sichtbar gewesen sein, denn Lukas lachte auf. Was Olivia störte, sie wollte die Oberhand nicht verlieren, die sie zu haben glaubte. Auf die sie ein Recht zu haben glaubte. Also setzte sie zum Aufstehen an, was völlig missglückte, weil Lukas schneller war. Wieder. Diesmal zog er sie ganz aufs Sofa hinunter, und in einem halbherzigen Versuch, sich zu wehren, landete sie mit dem Ellenbogen direkt auf seiner Brust.

»Autsch!«

Lukas griff sich ans Herz und bekam keine Luft mehr. Olivia versuchte, ihren Körper wieder zu sortieren und sich aufzurappeln, um zu sehen, wie es ihm ging. Da nahm er ihr Gesicht in seine Hände und sah sie an. Saugte sie in seinen Blick. Die intensiven Augen, gegen die man sich unmöglich wehren konnte.

»Ich weiß, dass ich manchmal in die falsche Richtung presche, aber ich liebe dich. Bitte, Olivia, verzeih mir das Fest.«

Und da gab sie auf.

Einfach so. Irgendwann musste man sich ja entscheiden, und das tat Olivia jetzt. Warum es so unnötig schwer machen? Sie liebte ihn doch auch. Und gestand sich insgeheim ein, dass auch sie gestern anders hätte reagieren können. Aber das sagte sie ihm nicht, stattdessen beugte sie sich hinunter und küsste ihn.

Lang und innig.

Sie zog die kratzige Decke weg und legte sich neben Lukas.

*

Bosse stellte gerade eine schmale Vase mit ein paar Rosen auf Olivias Schreibtisch. Er hatte sie nicht in der Klinik besucht und hatte deshalb ein leicht schlechtes Gewissen. Lisa vergewisserte sich, dass Olivias Stuhl nicht wieder einen halben Meter nach unten sacken würde. Beide waren etwas angespannt.

»Hallo, ihr Lieben!«

Olivia stand in der Tür und lächelte. Sie war nicht richtig ausgeschlafen und wusste, dass man das sehen würde. Aber Lisa und Bosse interpretierten ihre müden Augen als Ausdruck ihres Gesundheitszustands, schließlich war sie vor nicht allzu langer Zeit angeschossen worden. Olivia umarmte Bosse kurz und Lisa ein bisschen länger.

»Danke, dass du ins Krankenhaus gekommen bist«, flüsterte sie.

Lisa hatte sich kaum aus der Umarmung gelöst, als Olivia auch schon loslegte: »Wie sieht's mit meinen Kleidern aus? Habt ihr sie hergekriegt?«

»Ja«, sagte Lisa. »Die Kugel aus deiner Hosentasche ist gerade bei den Technikern, sie vergleichen sie mit der Kugel, die du abgekriegt hast.«

»Gut. Und die Plastiktüte?«

»Die wurde zur Polizei in Arjeplog geschickt. Sie werden der Sache dort nachgehen, und dann durchforsten ihre Techniker diese Hütte, in der du niedergeschlagen wurdest.«

»Gut, gut, gut. Dann können wir …«

»Hast du mal eine Minute?«

Bosse unterbrach sie, und Olivia verstand nicht ganz, was er meinte.

»Ja? Was denn?«

»Wie geht es dir?«

»Bestens. Und dir?«

Bosse sah Lisa an. Irgendetwas an Olivias Tempo fühlte sich nicht richtig an.

»Mir geht's gut«, sagte Bosse. »Du dagegen wärst fast gestorben, ich hab mir ziemliche Sorgen gemacht. Hast du daran mal gedacht?«

»Entschuldige, tut mir leid …«

Bei Olivia fiel der Groschen. Bosse stand ihr nahe, nicht am nächsten, aber doch so nahe, dass sie sich für ihre Nonchalance schämte. Natürlich, er hatte sich um sie gesorgt. Das musste sie ernst nehmen. Sie setzte sich hin und sah ihre beiden Kollegen an. Die helle und den dunklen.

»Ich hab es vielleicht selbst noch gar nicht richtig kapiert«, sagte sie, »alles ist so schnell gegangen. Was passiert ist, ist wie ein … also, es fühlt sich an wie ein Katapult. Ich will einfach schnell mit der ganzen Geschichte weiterkommen. Entschuldigt noch mal … ich werde ein bisschen herunterfahren. Wollen wir vielleicht heute Abend ein Bier trinken gehen?«

Da öffnete Hjärne die Tür.

Olivia musste auf demselben Stuhl Platz nehmen, auf dem Mette ein paar Tage zuvor gesessen hatte. Aber davon ahnte sie nichts. Hjärne saß ihr gegenüber. Olivia rutschte auf dem Sitz hin und her, bis er lächelte.

»Ich habe Ihren Bericht über das Drama im Fjäll gelesen«, sagte er. »Klar und präzise. Die Abteilung für interne Ermittlungen hat ihn bekommen, aber so wie ich das sehe, wird es keine Probleme geben.«

»Wie schön.«

»Wie fühlen Sie sich?«

Olivia war von der persönlichen Frage überrumpelt. Sie sah Hjärne gar nicht ähnlich.

»Gut«, sagte sie.

»Sie hatten kein Interesse an einem entlastenden Gespräch, soweit ich das verstanden habe?«

»Nein. Ich habe im Krankenhaus mit einem Sozialarbeiter gesprochen, wieso?«

»Na ja, Sie haben da oben ja ziemlich dramatische Dinge erlebt, das kann Spuren hinterlassen.«

»Es geht mir gut.«

»Auch körperlich?«, fragte Hjärne.

»Ja. Ich nehme noch Tabletten, aber ansonsten bin ich frisch und munter.«

»Was für Tabletten?«

Warum wollte er das wissen?

»Vor allem Schmerzmittel, nichts, was ...«

»Sie fühlen sich also in Form?«

»Ja. Warum?«

»Weil ich darüber nachdenke, Ihnen die Leitung der Ermittlungen zum Mord an Fredrik Kaldma zu übertragen.«

Es wurde still. Olivia hörte zwar, was er sagte, doch es dauerte ein paar Sekunden, bis es zu ihr durchgedrungen war.

»Ich soll ...?«, brachte sie heraus.

»Ja. Oder fühlt sich das gerade noch zu gewaltig an? Würde Sie die Aufgabe aktuell überfordern?«

»Nein, absolut nicht. Nein, nein ... das mache ich gerne!«

Olivia fiel es schwer, die Gefühle zurückzuhalten, die in ihr hochstiegen und die sie auf keinen Fall vor Hjärne bloßlegen wollte.

»Wie schön«, sagte er.

»Darf ich mir mein Team selbst zusammenstellen?«

»Wen hätten Sie denn gern dabei?«

»Lisa Hedqvist und Bosse Thyrén, in erster Linie.«

»Kein Problem, das sind gute Leute.«

»Und dann möchte ich die externe Hilfe von Mette Olsäter nutzen.«

»Selbstverständlich … wenn Sie sie mit ins Boot bekommen, ist der halbe Fall vermutlich schon gelöst.«

Hjärnes eigentümliches Lächeln war schwer zu deuten. Meinte er es ironisch? Oder bewunderte er Mette?

»Und dann will ich noch Stilton dabeihaben«, fuhr sie fort.

Hjärnes Lächeln verschwand.

»Tom Stilton?«

»Ja. Ich nehme an, Sie kennen ihn?«

Olivias Antwort kam blitzschnell, und Hjärne erinnerte sich schlagartig daran, dass sie Mettes vielversprechendes Talent war.

»Warum gerade ihn?«, brachte er heraus.

»Er ist gut. Außerdem war er dabei, als 99 in dem Fall ermittelt wurde.«

Hjärne riss sich ein paar kleine Haare aus dem rechten Nasenloch und sammelte sich. Er hatte das Spiel gemacht und Goodies verteilt, und jetzt musste er sich geschlagen geben.

*

Für Olivia begann nun eines langen Tages Reise in die Nacht. Die Ersten, mit denen sie sprach, waren natürlich Lisa und Bosse. Ihr spürbarer Eifer, als sie sie fragte, ob sie an den Ermittlungen mitarbeiten wollten, war die einzige kleine dunkle Wolke für Bosse. Er sagte natürlich Ja, sofort, spürte jedoch auch, dass es eine harte Reise werden konnte. Er mochte Olivia. Aber er wusste, mit welcher Entschiedenheit sie bereits ihren Platz eingenommen hatte, als sie neu in die Abteilung kam. Sie wich vor nichts und niemandem aus, wenn sie einmal in Fahrt war.

Auch Lisa sagte Ja.

»Wer soll denn sonst noch ins Team?«, fragte sie.

»Mette und Tom, natürlich extern.«

»Ist Tom denn in Schweden?«

»Ja.«

»Aber wohnt er jetzt nicht in …«

»Er ist meinetwegen nach Hause gekommen. Ich muss jetzt weiter!«

Lisa und Bosse sahen ein, dass sie das Bier heute Abend vergessen konnten.

*

Ihre nächste Station war Kummelnäs. Sie platzte mitten ins Abendessen, lehnte jedoch dankend ab, sich mit an den Tisch zu setzen. Sie war viel zu aufgeregt.

»Und weißt du, was Hjärne dann gesagt hat?«

Die Frage war an Mette gerichtet, und die wusste natürlich die Antwort.

»Nein, keine Ahnung«, sagte sie.

»Er hat mich gebeten, die Ermittlung zum Fjällmord zu leiten!«

»Das ist ja toll! Super. Gratuliere!«

Mette umarmte Olivia. Mårten beobachtete die Szene vom Tisch aus.

Was für eine Schauspielerin dem Theater da durch die Lappen gegangen ist, dachte er.

»Ich hab dann Lisa und Bosse vorgeschlagen, im Haus«, berichtete Olivia. »Und dich und Tom extern.«

Mette zuckte leicht zusammen.

»Was hat Hjärne zu deinem Vorschlag mit Tom gesagt?«

»Er sah aus, als hätte er in eine Zitrone gebissen, aber ich hab gekriegt, was ich wollte. Er war sehr nachgiebig, seltsamerweise.«

Mårten fing Mettes Blick auf und begriff, dass er weiter mitspielen sollte.

»Hast du schon mit Tom gesprochen?«, fragte Mette.

Das hatte sich Olivia bis zuletzt aufgehoben.

Besser gesagt zu vorletzt. Der Letzte war Lukas. Sie war gerade auf dem Rückweg von Kummelnäs gewesen, da kam eine Nachricht von ihm, und sie hatte Lukas geantwortet, dass sie erst etwas später nach Hause kommen würde. Und hoffte, dass er dann noch wach war.

Das versprach er.

Als sie sich dem schlecht beleuchteten Kahn näherte, schaltete sie ein paar Gänge runter. Tom war eine andere Nummer. Sie konnte nicht einfach in den Salon stürzen und ihm eine Ermittlung ins Gesicht schleudern. Das wusste sie. Also dachte sie über das Wie nach. Er hat Luna in Thailand, er fühlt sich dort wohl, er ist nach Hause gekommen, weil ich angeschossen wurde, jetzt bin ich gesund. Warum sollte er nicht zu dem zurückkehren, was er mag?

Weil er so ist wie ich, dachte Olivia.

Er wollte Leute hinter Gitter bringen, die auf andere schossen. Vor allem, wenn seine Freunde betroffen waren. Daher würde sie den Fokus auf die Spanisch sprechende Frau legen. Die auf sie geschossen hatte. Mit dieser Frau konnte sie Tom ködern, nicht mit der Leiche im Fjäll.

Als sie in den erleuchteten Salon hinabstieg, hatte sie sich ihre Strategie zurechtgelegt.

»Ich fahre so in einer Woche zurück«, war einer von Stiltons ersten Sätzen.

»Schon?«

»Willst du ein bisschen Whisky?«

»Nein. Lieber Cola, hast du eine?«

»Ja.«

Stilton kam mit einer kalten Cola zurück und stellte sie Olivia hin. Das hier wird nicht leicht, dachte sie.

»Warum schon so früh?«, fragte sie.

»Warum nicht?«

»Weil ich die kriegen will, die mich angeschossen hat, und dafür brauche ich deine Hilfe.«

»Ich arbeite nicht mehr bei der Polizei.«

Nein, das stimmt wohl. Und was machst du genau?, dachte Olivia. Herumsitzen und dein Leben verschleudern, indem du in irgendeinem komischen Yogaschuppen in Thailand abhängst. Aber sie sagte:

»Ich weiß. Und du fühlst dich da unten wohl?«

Jetzt klingt sie langsam schon wie Abbas, dachte Stilton.

»Ja, total. Komisch, dass die Leute ein Problem damit haben. Macht es denn Spaß, hier zu leben?«

»Wenn man die Leute oben im Fjäll fragt, ist es traurig. Aber wir wohnen nun mal hier, ich zumindest, und ich bin Polizistin, genauso wie du eigentlich Polizist bist, auch wenn du davor wegrennst.«

»Wie, wegrennst?«

Olivia nahm einen Schluck Cola, und Stilton leerte fast auf Ex ein kleines Glas Whisky. Beide spürten, dass ein Kräftemessen im Gange war. Eine Art Hahnenkampf. Wobei Hahnenkampf etwas war, woran Stilton lieber nicht erinnert werden wollte.

»Kann Luna nicht einfach nach Hause kommen?«, schlug Olivia vor.

»Momentan nicht. Ich glaube nicht, dass sie schon so weit

ist. Sie muss zuerst finden, was sie sucht, bevor sie nach Hause kommt.«

»Und was ist das?«

Stilton antwortete nicht, weil er nicht wusste, wonach Luna suchte. Er hatte den starken Verdacht, dass sie es selbst nicht wusste.

Aber das war eine Sache zwischen ihnen beiden.

»Folgendes, Tom«, sagte Olivia und stellte das Glas ab. »Ich wurde gebeten, die Ermittlungen zu der Leiche im Fjäll zu leiten. Das ist meine erste Mordermittlung. Ich bin absolut überzeugt, dass die Frau, die auf mich geschossen hat, etwas mit diesem Fall zu tun hat, und deshalb geht das auch dich etwas an.«

»Warum denn?«

»Weil du damals mit Papa und Mette bei Fredrik Kaldmas Verschwinden ermittelt hast. Ihr habt Hintergrundwissen, das ich brauchen werde.«

»Wenn es sich bei der Leiche wirklich um Kaldma handelt.«

»Das ist Kaldma. Und wenn wir die Antwort auf die Frage finden, wer ihn ermordet hat, dann finden wir auch die Frau, die mich angeschossen hat. Willst du sie denn nicht finden?«

Stilton füllte sein Glas auf. Er hatte sich im Laden für Singleton entschieden, der hatte die perfekte Balance zwischen Weiche und angenehmer Schärfe. Was ihm nicht gefiel, war, wie sich dieses Gespräch entwickelte.

»Wie schön, dass du eine Mordermittlung leiten darfst«, sagte er und nahm einen Schluck.

»Danke. Lenk nicht vom Thema ab.«

Doch genau das hatte Stilton vor. Ablenken. Er hatte jahrzehntelang Vernehmungen geleitet. Einiges davon war noch fest in seiner misshandelten DNA verankert. Er stand auf und drehte das Licht im Salon eine Spur herunter. Bettan und der

Nerz hatten einen Dimmer installiert, und jetzt kam ihm das gelegen. Er setzte sich wieder auf die Bank an der Wand und sah Olivia an.

»Als ich zum ersten Mal einen Menschen erschossen habe, war ich 29«, begann er. »Eine Suicide-by-Cop-Situation, ein Typ kam mit einer Pistole aus einer Reihenhaustür und feuerte direkt los, wir hatten sein Haus umstellt, und ich hab ihn erschossen. Es war ein gezielter Einsatz, und alles lief nach Vorschrift ab. Aber ich habe ihn getötet. Ein zweifacher Familienvater, der auf die schiefe Bahn geraten war, Drogen, du weißt schon, und sein Leben nicht mehr auf die Reihe gekriegt hat. Das hat damals Spuren bei mir hinterlassen.«

»Inwiefern?«

»Schlafprobleme. Ich hab ständig die Kinder vor mir gesehen, um die wir uns hinterher kümmern mussten. Den ganzen Mist. Aber vor allem einfach die Tatsache, dass ich einen Menschen getötet hatte. Ich hatte ein Leben ausgelöscht. Es ist mir eine ganze Weile schwergefallen, damit umzugehen.«

Stilton verstummte, und Olivia begriff.

»Du denkst an den Kerl, den ich im Fjäll erschossen habe?«

»Ja. Du hast keine Schlafprobleme?«

»Überhaupt nicht.«

Stilton betrachtete Olivia. Sie kannten einander so gut – und dann doch wieder nicht.

Wie es im Grunde immer war.

Hat sie es nur verdrängt, oder ist sie einfach anders gestrickt als ich?, überlegte Stilton.

Olivia dachte an den Mann, den sie erschossen hatte.

»Er war drauf und dran, mich umzubringen«, sagte sie. »Er hat geschossen, um mich zu töten. Das ist der Unterschied. Ich hab nicht geschossen, um ihn zu töten.«

»Aber du hast ihn getötet.«

»Ja. Was hätte ich denn tun sollen?«

Stilton wusste nicht, ob er das Thema weiterverfolgen sollte. Schon seit einer Weile spürte er, dass das Gespräch auf etwas zulief, gegen das er sich wehrte und innerlich abschottete, seit es passiert war.

Den Mord, den er selbst begangen hatte.

Vielleicht war es der Singleton, vielleicht auch etwas ganz anderes, das ihn schließlich sagen ließ:

»Niemand sonst weiß das hier … aber ich habe einen Menschen ermordet.«

»Getötet.«

»Ermordet. Das ist nicht in jedem Fall das Gleiche. Ein Mord ist eine mehr oder weniger absichtliche Handlung, vielleicht im Affekt ausgeführt, dann wäre es ein Totschlag, aber trotzdem mit der Absicht zu töten.«

»Wen hast du ermordet?«

»Cosmina Basescu. Die Organfrau. Ich hab sie bei einem Hahnenkampf in Puerto Galera aufgespürt, einem Kaff auf den Philippinen, wir haben einiges getrunken, sie wollte einen Bungee-Sprung von einer Brücke machen. Als sie gesprungen ist, habe ich die Sicherheitsleine gelöst, und sie ist an den Felsen zerschellt.«

Jetzt war es gesagt. Das, was niemand anders wusste. Nicht einmal Luna. Mette hatte es geahnt, aber nicht mehr. Jetzt hatte er es Olivia erzählt.

Olivia leerte ihre Cola.

»Cosmina war ein Schwein«, sagte sie.

»Ja. Aber man kann nicht alle Schweine ermorden, die einem über den Weg laufen. Nicht, wenn man Polizist ist.«

Olivia nickte. Sie verstand die Tragweite dessen, was Tom

ihr anvertraut hatte, was es ihn gekostet haben musste, es zu tun. Auf eine Art war sie ein bisschen stolz darauf, dass er es gerade ihr erzählt hatte, aber andererseits war sie auch Polizistin. Ein zwiespältiges Gefühl. Wie das Ganze allerdings mit ihrem eigenen Drama im Fjäll zusammenhing, war ihr nicht ganz klar.

»Hast du immer noch Schlafprobleme?«, fragte sie. »Deswegen?«

»Nein. Ich bin bei Aditi in Thailand darüber hinweggekommen.«

»Wie schön. Vermute ich zumindest.«

Olivia stand auf. Des langen Tages Reise begann, sich zur Nacht zu neigen. Sie hatte gesagt, was sie zu sagen hatte, sie hatte um Hilfe gebeten, mehr konnte sie nicht tun.

Auf dem Weg hinaus wandte sie sich zu Stilton um.

»Du bedeutest mir sehr viel. Nur, damit du's weißt.«

Es fiel Regen. Kein harter, kalter Regen, mehr ein Nieseln, das man im Schein der Straßenlaternen als bewegliches Muster sah. Sie ging auf menschenleeren Straßen unterhalb der Högalidskirche vorbei, der Gehsteig war nass. Es war noch ein gutes Stück bis zu Lukas, aber ihr war nach Laufen. Denken. Alleinsein. Ihre ganze aufgedrehte Stimmung hatte auf dem Kahn einen Dämpfer bekommen. Tom hatte einen Menschen getötet. Auch sie hatte jemanden erschossen. Warum liege ich nicht nachts wach und grüble darüber nach? Sie kickte eine plattgewalzte Bierdose weg, das Echo hallte durch die Varvsgatan. Es ist sogar eher umgekehrt, dachte sie. Ich bin vor allem frustriert, weil ich es zugelassen habe, angeschossen zu werden.

Sie erreichte die Hornsgatan. Draußen vor einem Pub sangen ein paar besoffene Jugendliche Fußballhymnen.

Sollte ich nicht auch unter Schlafproblemen leiden? Endlos grübeln? Panikattacken haben? Wäre das nicht natürlich? Dann dachte sie an die Schießereien zwischen Gangs. Die tödlichen Eskalationen im Zentrum von Malmö und den Vororten von Stockholm. Das Morden. Haben diese Mörder Schlafstörungen? Vermutlich nicht. Bin ich also wie sie? Ist es mir egal, ob ich jemanden erschieße?

Als sie die Kreuzung am Ringvägen erreicht hatte, wollte sie ein Bier. Sie wollte nicht mit diesem Durcheinander im Kopf zu Lukas nach Hause kommen.

Sie wollte ihre Situation klären.

Das tat sie dann nach dem zweiten Bier im Pub Southside. Sie hatte eine freie Nische gefunden und saß an einem Tisch mit einem Teelicht im roten Glas. Während des ersten Biers starrte sie in die Flamme und grübelte über die Dinge nach, über die sie schon nachgegrübelt hatte, seit sie den Kahn verlassen hatte. Das führte zu nichts. Als das zweite Bier die Wogen geglättet und sie ein wenig geöffnet hatte, brachte sie Ordnung in das Chaos. Ich bin nicht wie er. Ich bin nicht wie Tom. Und der nächste Gedanke war: Vielleicht bin ich wie Arne? Zwar nicht mein biologischer Vater, aber mein richtiger Vater. Der Polizist. Vielleicht lag auch er nicht schlaflos im Bett, wenn er jemanden erschossen hatte? Wenn er keine andere Wahl gehabt hatte?

Da Arne schon lange tot war, konnte sie ihn nicht danach fragen, also beschloss sie einfach, dass sie die Tochter ihres Vaters war. Sie nahm ihn als Rechtfertigung für ihre Reaktion nach der Schießerei.

Da schrieb Lukas wieder: »Wo bist du?« Und sie antwortete: »Näher, als du denkst.«

Olivia hatte ein paar Tage mit überflüssigen Dingen verbracht, so empfand sie selbst es jedenfalls. Ein Termin in der Abteilung für interne Ermittlungen, ein Kontrollbesuch im Krankenhaus, ein kurzes Gespräch mit einem administrativen Angestellten, die Lokalitäten für die kommende Ermittlung betreffend, und ein neues Treffen mit Hjärne. Er wollte von ihr ein System für Rückmeldungen über Ermittlungsresultate. Das bekam er. Als das alles geklärt war, rief sie Mette an. Es war Zeit loszulegen, und im Vorfeld gab es einige organisatorische Probleme zu lösen. Mette wollte nicht im Polizeigebäude sitzen, Tür an Tür mit Hjärne, also schob sie es auf ihren Fersensporn. Und Olivia wollte die Gruppe nicht schon am Anfang auf verschiedene Orte aufteilen. Die Lösung war das Afrikazimmer in Kummelnäs, ein Raum, der mit Skulpturen und Stoffen und allerhand hübschen wie bizarren Gegenständen eingerichtet und dekoriert war, die die Hauseigentümer von ihren Reisen durch den riesigen Kontinent mitgebracht hatten. Es war groß, es gab freie Wände, die sie für die Arbeit nutzen konnten, es war von der Umwelt abgeschirmt.

»Und dann haben wir noch einen Laufburschen, der sich um die praktischen Dinge kümmern kann«, verkündete Mette.

Glücklicherweise war Mårten nicht in der Nähe, als sie das sagte. Auch wenn er nichts dagegen hatte, Gäste mit dem ein oder anderen zu unterstützen, sah er sich wohl nicht gerade als »Laufburschen« in seinem eigenen Heim.

»Ich hole Lisa und Bosse ab, dann kommen wir in der Mittagspause rüber«, kündigte Olivia an. »Wir nehmen das ganze alte Material mit und unsere eigenen neuen Akten.«

Mette schaffte Platz im Afrikazimmer, suchte Blöcke und Stifte zusammen, stellte Getränke bereit und lüftete. Das Kaminfeuer des kleinen Salons hatte die Tendenz, auch hier einen etwas strengen Aschegeruch zu verbreiten. Als es an der Tür klingelte, fand sie, sie hatten ein mindestens genauso funktionelles Ermittlungszimmer wie die, mit denen sie sich jahrelang im Polizeigebäude herumgeschlagen hatte. Hier gab es wenigstens ein bisschen Farbe an den Wänden und hier und da einen illegalen Affenschädel, auf dem man seinen Blick ruhen lassen konnte. Anstelle eines Kopierers wie in den Räumen im Büro.

Mårten öffnete die Tür. Er freute sich auf die ganze Sache nicht unbedingt mit überschäumendem Enthusiasmus, aber er wusste, was es Mette bedeutete. Er hatte ein Ermüden ihres Lebensfunkens bemerkt und wollte ihn gerne wieder etwas mehr glühen sehen. Auch wenn das mit Polizeiarbeit einherging.

Die sollte ja immerhin hier im Haus stattfinden, wo er ihre Herzfunktionen im Blick hatte. Außerdem mochte er es, dass das Haus sich mit Menschen füllte, die er gern um sich hatte. Lisa und Bosse hatte er schon viele Male getroffen und wusste, wie sehr Mette sie schätzte.

Das reichte.

»Kommt rein!«

Mårten trat zur Seite und ließ drei Mordermittler mit den Händen voller Tüten, Ordner und Kartons ins Haus.

»Wir tagen im Afrikazimmer«, erklärte er. »Olivia weiß, wo das ist.«

Olivia registrierte, dass er »wir« sagte, und lächelte ein bisschen. Er war offenbar noch nicht über seine Rolle als Laufbursche aufgeklärt worden.

Die Gruppe breitete ihr Material auf dem Tisch und dem Boden aus und setzte sich. Mårten blieb in der Tür stehen. Olivia schlug vor, dass sie sich an den Kopf des Tisches setzte. Immerhin war es ihre Ermittlung.

»Wann kommt Tom?«, wollte Bosse wissen, der neben Mette Platz genommen hatte.

»Ich weiß ehrlich gesagt nicht, ob er auftaucht«, antwortete Olivia. »Er hat sich dazu nicht klar geäußert.«

»Er wird auftauchen«, sagte Mette.

»Woher willst du das wissen?«

»Weil du angeschossen wurdest und fast gestorben wärst. Glaubst du, da fährt er wieder nach Thailand, legt sich in einen Liegestuhl und lässt sich die Füße massieren? Ohne zu wissen, wer auf dich geschossen hat?«

Da klingelte es an der Tür. Mårten stand auf und ging hinaus. Mette lächelte.

»Siehst du? Er kommt.«

»Das ist die Pizza, die ich bestellt habe!«, rief Mårten aus dem Flur.

So hatte sich Olivia den Beginn ihrer Ermittlungsarbeit eigentlich nicht vorgestellt, mit einem Tisch voller Pizza kauender Mitarbeiter. Zudem hatte sie selbst keinen Appetit. Also trommelte sie ein wenig auf der Tischkante herum und wartete darauf, dass Mette das letzte Stück ihrer Calzone verdrückte.

»Meint ihr, wir können jetzt anfangen?«

Mette wischte sich den Mund ab und lächelte in sich hinein. Olivia war hochmotiviert. Gut. Sie wusste, wie viel Energie das freisetzen konnte.

»Wo willst du, dass wir anfangen?«, fragte sie.

»Als Erstes will ich sagen, dass das, was passiert ist, als ich angeschossen wurde, und die Leiche im Eis mit allergrößter Wahrscheinlichkeit zusammenhängen. Wie, weiß ich nicht, aber ich bin absolut überzeugt davon.«

»Also, wo fangen wir an?«, wiederholte Mette.

»Am Anfang. Fredrik Kaldma. Erzähl.«

»Entschuldigung…«

Bosse streckte einen Finger in die Luft.

»Ja?«

»Wir wissen doch noch nicht hundertprozentig, dass die Leiche Kaldma ist, oder?«

»Nein«, erwiderte Olivia. »Nicht hundertprozentig. Die DNA der Leiche wird gerade mit der DNA verglichen, die damals im Zusammenhang mit Kaldmas Verschwinden genommen wurde. Aber das dauert eine verdammte Ewigkeit unten in Linköping. Bist du da dran, Lisa?«

Lisa nickte. Vor allem, um Olivia zufriedenzustellen. Sie wusste, und das wussten alle am Tisch, dass es nichts half, wenn man versuchte, die Forensiker unter Druck zu setzen. Es sei denn, es ging um einen extremen Mordfall. Und ein solcher lag hier nicht vor, aus deren Perspektive.

»Auch wenn das noch nicht abschließend bestätigt ist, ist die Leiche für mich Fredrik Kaldma«, sagte Olivia. »Mette?«

»Und der Zahnabdruck?«

Wieder unterbrach Bosse sie. Olivia schluckte ihren Ärger hinunter.

»Auch der wird gerade überprüft. Können wir jetzt loslegen?«

Mette schob ihren Stuhl ein Stück nach hinten und verschränkte die Hände. Sie liebte das.

Abzuliefern.

»Fredrik Kaldma wurde 1963 geboren«, begann sie. »Sein Vater war Geschäftsmann mit estnischem Ursprung, daher sein Nachname. Seine Mutter war Personalchefin. Beide Eltern sind bei der *Estonia*-Katastrophe ums Leben gekommen. All das steht in den alten Ermittlungsakten, du kannst ...«

»Ich will es gerne von dir hören«, fiel ihr Olivia ins Wort.

»Okay ... Kaldma ging auf die Handelshochschule und wurde Anfang der Neunzigerjahre beim Bergh-Konzern angestellt, das ist ein großes internationales Firmenkonglomerat, bei dem auch seine Mutter gearbeitet hatte, bevor sie starb. Er arbeitete sich hoch und wurde nach ein paar Jahren Chef in einer der Tochterfirmen, GER, Global Environment Rescue.«

Olivia nahm ein Foto aus dem alten Ermittlungsmaterial, auf dem Fredrik Kaldma zu sehen war. Ein Mann zwischen dreißig und vierzig, rothaarig, braune Augen, etwas höhere Wangenknochen, breite Lippen. Nicht unattraktiv.

»Er war auch auf dem Aktienmarkt erfolgreich«, fuhr Mette fort. »Innerhalb weniger Jahre baute er ein beträchtliches Vermögen an der Börse auf. 1996 heiratete er eine erfolgreiche schwedische Schauspielerin, Anette Bostam. Du kennst sie vielleicht, sie ist immer noch aktiv.«

»Ja, ich weiß, wer das ist. Erzähl weiter.«

»Das Paar hatte ein reges Sozialleben, bewegte sich in der High Society, sowohl in Schweden als auch im Rest Europas, richtete große, vielgerühmte Feste aus und war oft in der Klatschpresse zu sehen. Einige Zeit gab es Gerüchte über Drogen, aber sie führten nie zu irgendwelchen Konsequenzen. Eines Tages verschwand Kaldma. Am 17. November 1999. Er war damals 36 Jahre alt. Vier Tage später wurde er von seiner Frau Anette als vermisst gemeldet.«

»Warum erst nach vier Tagen?«

»Sie war auf Tournee mit dem Staatstheater und bemerkte es erst, als sie nach Hause kam.«

»Hatte sie vier Tage lang keinen Kontakt zu ihm?«

»Offenbar nicht.«

»Seltsam. Was ist dann passiert?«

»Ein anonymer Brief tauchte auf, der nahelegte, dass Kaldma entführt worden war. Das Schreiben war auf Spanisch verfasst, und die Verfasser forderten ein Lösegeld in Höhe von fünf Millionen. Der Brief war allerdings nicht ganz ernst zu nehmen, das war unser Eindruck damals.«

»Warum nicht?«, fragte Olivia und dachte an das spanische Paar im Fjäll.

»Er war so unbeholfen formuliert und enthielt keinerlei Angaben darüber, wie die Kontaktaufnahme erfolgen sollte. Allerdings wurde davor gewarnt, die Polizei einzuschalten.«

»Wer hat den Brief bekommen?«

»Er war an Kaldmas Firma in der Styrmansgatan adressiert. Die Techniker haben ihn überprüft, ohne brauchbares Ergebnis, und danach kamen keine Briefe mehr.«

»Okay. Noch mehr?«

»Wir haben ein paar dunkle Haare im Schlafzimmer des Paares gefunden. Kaldma war rothaarig und Bostam blond, aber das muss ja nicht viel bedeuten.«

Mette machte eine Pause. Mårten tauchte in der Tür auf und nutzte die Gelegenheit.

»Will jemand Kaffee?«

Er hatte nicht direkt gelauscht, aber nebenan in der Küche an seiner Ahnenforschung gesessen und mehr als nur ein halbes Ohr im Arbeitszimmer gehabt.

»Gern«, sagten drei der Ermittler unisono.

Olivia sagte:

»Habt ihr von diesen Haaren im Schlafzimmer eine DNA-Analyse gemacht?«

»Nein.«

»Warum nicht?«

»Einerseits war es damals noch ziemlich schwierig, die DNA zu extrahieren, und sehr teuer, andererseits ging es hier um ein Verschwinden, nicht um einen Mord.«

»Nachlässig.«

Das war ein Kommentar, den sowohl Lisa als auch Bosse erstaunt zur Kenntnis nahmen. Ein Urteil über Mette, das die vermutlich nicht gewohnt war. Betreten schauten sie auf ihren Block hinunter.

»Ja, rückblickend betrachtet war es nachlässig«, erwiderte Mette ruhig.

»Dann müssen wir veranlassen, dass das jetzt nachgeholt wird«, sagte Olivia. »Ich hoffe, die Haare sind noch da.«

»Das hoffe ich auch.«

»Noch eine andere Sache«, fuhr Olivia fort. »Habt ihr damals die Verbindungslisten von seinem Handy angefordert?«

»Ja. Die meisten Telefonate standen im Zusammenhang mit der Arbeit, soweit ich mich erinnere. Wir haben nichts Verdächtiges oder Auffälliges gefunden. Das Material ist in einem Ordner, falls ihr es noch mal durchgehen wollt, aber ich glaube nicht, dass ...«

In diesem Moment klingelte es erneut an der Tür. Olivia zuckte zusammen und sah Mårten an, der gerade mit einem Kaffeetablett hereinkam.

»Noch mehr Calzone?«, fragte sie.

Die Calzone trug eine dünne Wildlederjacke, war braun gebrannt, unrasiert und sah ein wenig müde aus. Als Stilton den

Raum betrat, stand Olivia auf und ging auf ihn zu. Ihr wurde warm ums Herz. Sie ließ ihre Führungsrolle komplett fallen, legte eine Hand auf seine Brust und sagte leise:

»Danke, dass du gekommen bist.«

Stilton nickte zum Tisch hin, zog den Stuhl neben Lisa heraus und setzte sich. Mårten verteilte die Kaffeetassen und begann, aus einer schwarzen Thermoskanne einzuschenken. Olivia nahm wieder den Vorsitz ein.

»Mette hat uns gerade über Fredrik Kaldmas Hintergrund informiert«, sagte sie an Stilton gewandt. »Alles Wichtige bis zu seinem Verschwinden. Was hattet ihr für Hypothesen?«

»Willst du, oder soll ich?«, fragte Stilton Mette.

»Mach du weiter, ich hab schon einen trockenen Mund.«

»Okay.« Stilton öffnete den obersten Knopf an seinem Hemd. »Eine davon war Entführung. Wir hatten den Brief, der darauf hinwies. Aber es kamen keine weiteren Briefe, wir nahmen also an, dass er von einem Trittbrettfahrer geschickt worden war ... Dann haben wir noch die Drogenspur verfolgt. Wir wussten, dass das Ehepaar Kaldma in gewissem Umfang Drogen konsumierte, aber wir haben nie irgendwelche Verbindungen gefunden, die ein Verschwinden motivieren konnten.«

»Selbstmord?«, schlug Olivia vor.

»War auch dabei.«

»Selbstgewähltes Verschwinden?«

»Ja, auch das war im Gespräch, aber wir konnten kein Motiv dafür finden. Keine Schulden. Keine psychischen Probleme.«

»Allerdings«, mischte sich Mette ein, »gab es Anzeichen für ein Untreuedrama. Wir bekamen drei anonyme Hinweise, dass Anette einen anderen hatte, aber das ließ sich nie beweisen. Sie selbst hat es geleugnet.«

Mette nahm einen Schluck Kaffee, wie um zu markieren,

dass es nicht viel mehr zu sagen gab. Da lehnte sich Stilton ein Stück nach vorn über den Tisch und sah Olivia in die Augen.

»Das Einzige, was uns aufhorchen ließ, war eigentlich eine Aussage von Kaldmas Vorgesetztem, Sven Bergh. Er hatte den Eindruck, dass Kaldma in den Tagen vor seinem Verschwinden sehr gestresst wirkte.«

»Inwiefern?«, fragte Olivia.

»Wir haben versucht herauszufinden, warum, aber es ist uns nicht gelungen.«

Olivia nickte und zeichnete eine Null auf ihren Block.

»Also habt ihr eigentlich nicht viel herausgefunden«, stellte sie fest.

Das war ein ziemlich unnötiger Kommentar, das merkte Olivia. Um den Tisch wurde es still, und Mette war nahe daran, Olivia darüber aufzuklären, wer dafür gesorgt hatte, dass sie diese Ermittlung leitete. Doch stattdessen schluckte sie und sagte:

»Sein Verschwinden konnte nicht aufgeklärt werden. 2009 wurde Fredrik Kaldma für tot erklärt und seine Frau Anette erbte ein ordentliches Vermögen. Bis seine Leiche aufgetaucht ist, war das alles, was wir wussten.«

Stilton registrierte den etwas steifen Unterton in Mettes Stimme. Er ahnte, woran das lag, sah Olivias Augenausdruck und ihre Körperhaltung. Sie war nicht besonders zufrieden.

»Na dann«, sagte Olivia. »Danke für die Info. Machen wir jetzt mit der Gegenwart weiter. Lisa?«

Lisa hatte sich vorbereitet. Sie hatte zur Orientierung ein Dokument vor sich liegen. Trotzdem fühlte sie sich durch Olivias Blick etwas unter Druck gesetzt.

»Fredrik Kaldma wird am 17. August im Fjäll nördlich von Arjeplog erschossen aufgefunden«, begann sie. »Zwei Schüsse in den Rücken und einer in den Kopf aus geringer Entfernung. Die reinste Hinrichtung. Die Techniker haben in der Nähe des Fundorts einige Kugeln gefunden, die zu den Verletzungen passen. Das Kaliber ist 9 Millimeter Parabellum, und die Kugeln stammen von einer Luger Po8.«

»Luger o8?«, wiederholte Stilton.

»Ja.«

»Merkwürdig … das ist doch eine alte Sammlerpistole.«

»Wurde so eine nicht auch verwendet, als vor ein paar Jahren in den Alpen diese britische Familie erschossen wurde?«, fragte Mette.

»Ja, richtig, und da war es genauso merkwürdig.«

»Kann ich weitermachen?«, fragte Lisa. »Das Opfer hatte keine Papiere bei sich, das Einzige, was gefunden wurde, waren drei Dinge, die im Futter seines Motorschlittenoveralls lagen.«

Lisa hielt das kleine Plastiktütchen hoch, das Olivia von Cathy bekommen hatte.

»Eine Münze, eine Büroklammer und ein Zettel mit ein paar Zahlen drauf. Da steht … *13 11 48* und *17 41 55* auf dem Zettel.«

»Könnten das Telefonnummern sein?«, überlegte Stilton. »Oder irgendwelche Positionskoordinaten?«

»Ja, vielleicht.«

»Ich überprüfe das.«

Stilton streckte die Hand aus und nahm das Tütchen entgegen.

»Was war das für eine Münze?«, wollte Mette wissen.

»Ein norwegisches Ein-Kronen-Stück«, sagte Lisa. »Von 1942.«

»Okay …?«

Mette machte sich eine Notiz.

Lisa blickte auf ihr Dokument und fuhr fort:

»Der Fundort war eine schmelzende Schneewechte im Arjeplogsfjäll, in der Radtja-Gegend. Sie gehört zum Gebiet des samischen Dorfes Luokta-Mávas. Der Zeitpunkt des Mordes ist unsicher.«

»Wissen wir, ob der Tatort mit dem Fundort identisch ist?«, fragte Stilton.

»Noch nicht«, antwortete Olivia.

»Der Mord kann also lange nach dem Verschwinden des Opfers aus seiner Wohnung am 17. November 1999 passiert sein«, konstatierte Mette.

»Wie meinst du das?«

»Dass wir wissen, wann er verschwunden ist, aber nicht, wann er ermordet wurde. Theoretisch kann er nach seinem Verschwinden noch mehrere Jahre gelebt haben. Wir wissen auch nicht, ob er gegen seinen Willen verschwunden ist. Es gab zum Beispiel keine Spuren von Gewalt in seiner Wohnung. Er kann entführt und einige Zeit gefangen gehalten worden sein, bevor er erschossen wurde.«

»Okay ... Wie auch immer, der Täter unbekannt, jedenfalls bisher. Aber laut der Gerichtsmedizin in Umeå gab es Hautablagerungen unter den Nägeln des Opfers. Wenn wir die DNA haben, können wir sehen, was wir dazu in den Registern finden.«

»Und sie mit den Haaren aus Kaldmas Wohnung vergleichen«, sagte Mette.

»Von denen ihr keine DNA genommen habt.«

Mette ignorierte den Kommentar.

»Wenn wir Glück haben, ist es dieselbe«, ergänzte sie.

Allmählich spürte Mette, dass sie nicht mehr so in Topform war wie früher. Ihr Kopf fühlte sich an wie eine zähe Masse. Für ihren Teil hätte sie jetzt gerne abgebrochen.

»Vielleicht sollten wir weitermachen, wenn …«

»Ich würde gern eure Hypothesen von 1999 unter die Lupe nehmen und auf ihre Substanz prüfen. Schauen, was sie heute noch hergeben«, unterbrach Olivia sie.

Sie dachte nicht einmal daran, Schluss zu machen.

»Jetzt, da wir wissen, dass es Mord ist und kein Verschwinden«, fuhr sie fort.

Stilton nickte, und Mette schenkte sich noch einen Kaffee ein.

»Kidnapping?«, sagte Olivia. »Könnte immer noch relevant sein.«

»Aber warum kidnappt man jemanden in Stockholm und verschleppt ihn in eine unzugängliche Bergregion?«, fragte Bosse.

»Außerdem war er ja fürs Fjäll gekleidet, als er erschossen wurde, oder?«, ergänzte Lisa.

»Er trug einen Motorschlittenoverall und Bergstiefel. Er war für die Umgebung gekleidet, in der er ermordet wurde, ja«, sagte Olivia.

»Was er wohl kaum gewesen wäre, wenn er in Stockholm gekidnappt worden wäre«, fügte Stilton hinzu.

»Nein, aber er könnte ins Fjäll gebracht, dort gefangen gehalten und zu einem späteren Zeitpunkt erschossen worden sein. Wie Mette gesagt hat.«

»Warum kamen dann keine weiteren Lösegeldforderungen mehr?«, entgegnete Lisa.

Es wurde still.

Für ein paar Sekunden, dann setzte Olivia erneut an.

»Die Hypothese, dass die Sache mit Drogen zu tun haben könnte, ist noch im Rennen. Vielleicht ging es um nicht bezahlte Drogenschulden. Selbstmord können wir ausschließen, dasselbe gilt für freiwilliges Verschwinden. Die Hinweise auf ein Untreuedrama sind dagegen nach wie vor interessant. Anette Bostam hat von ihrem Mann ein Vermögen geerbt und hatte zum Zeitpunkt seines Verschwindens möglicherweise einen Liebhaber.«

»Sie war mit dem Staatstheater auf Tournee, als er verschwand«, wandte Mette ein.

»Sie könnte den Mord an ihm in Auftrag gegeben haben.«

Olivias Handy vibrierte. Sie hatte alle gebeten, ihre Handys auszuschalten, als sie sich zusammengesetzt hatten, aber ihr eigenes vergessen. Wären sie beim Film gewesen, hätte sie sämtliche Anwesenden auf einen Champagner einladen müssen. Stattdessen nahm sie mit einer entschuldigenden Geste ab, hörte zu und legte auf.

»Das war Arjeplog. Die Techniker haben Fingerabdrücke auf einer Tasse in der Hütte am Miekak-See gefunden und sie nach Umeå geschickt. Sie stammen nicht von dem erschossenen Mann.«

»Könnten also von der Frau sein«, stellte Stilton fest.

»Wenn wir Glück haben.«

Bosse streckte noch einmal seinen Zeigefinger nach oben.

»Was wir uns vielleicht ansehen sollten, wenn wir mehr wissen: Wie ist Kaldma ins Fjäll gekommen?«, schlug er vor. »Hatte er ein Auto?«

»Ja, einen neuen Chevrolet Tahoe, dunkelgrün«, sagte Mette. »Er verschwand zeitgleich mit ihm und wurde nie gefunden.«

»Wenn wir also die Entführungstheorie erst mal außer Acht lassen, könnte er theoretisch in seinem eigenen Auto hingefahren sein.«

»Er hatte keine Autoschlüssel bei sich, als er gefunden wurde«, entgegnete Olivia.

»Die kann der Mörder an sich genommen haben.«

»Können wir seine Benzinkäufe überprüfen?«, fragte Lisa. »Über die Kreditkarte? Er muss ja auf dem Weg dorthin getankt haben, wenn er mit dem Auto gefahren ist?«

»An solche Informationen kommen wir nicht mehr heran«, sagte Mette. »Seine Kreditkarte wurde in Stockholm zum letzten Mal verwendet, am Tag seines Verschwindens, in einem Zeitungsladen, wenn ich mich recht erinnere. Danach war nichts mehr registriert.«

An dieser Stelle stand Stilton auf. Einerseits, um sich die Beine zu vertreten, vor allem aber, weil er den Blickwinkel wechseln wollte. Er schielte in die Küche hinüber und sah, dass Mårten schnell auf seine Papiere hinunterblickte. An einer Wand des Afrikazimmers stand ein langes, schmales Holzrohr. Stilton griff danach und drehte das Rohr um. Er wusste, dass es mit grob gemahlenen Skelettteilen gefüllt war, die ein rasselndes, gleichförmiges Geräusch erzeugten, wenn sie zum anderen Ende des Rohrs herunterrannen, ein Rauschen wie von tropischem Regen. Das Geräusch brachte alle dazu, ihn anzusehen.

»Wir haben jetzt einiges über Kaldma durch die Mangel gedreht«, sagte er. »Vielleicht sollten wir auch mal über dieses Spanisch sprechende Paar reden. Wer waren sie? Was haben sie am Fundort gemacht? Oder zumindest ganz in der Nähe?«

»Wissen wir schon irgendwas über die Identität des toten Mannes?«, fragte Mette.

»Nein, noch nicht«, antwortete Olivia.

»Und es gibt auch keine Beschreibung der Frau?«

»Nein. Ich hab sie nur von hinten gesehen, in einer Jacke mit Kapuze, und eine Millisekunde, kurz nachdem sie geschossen hat und aus dem Haus gerannt kam. Vielleicht kriegen wir etwas mehr Info von diesem Supermarkt in Jäkkvik.«

»Wenn sie dort waren«, sagte Stilton.

»Die Tüte war von dort.«

»Die können sie auch sonst wo bekommen haben.«

»Im Hochgebirge?«

Mette spürte, dass sie sich im Leerlauf befanden. Nicht nur für sie wurde es langsam zäh, das war deutlich.

»Olivia«, begann sie.

»Ja?«

»Wir brechen hier ab.«

Mette sagte es auf eine Art, die Olivia von früher kannte. Als Mette das Zepter in der Hand gehabt und sie gehorcht hatte. Das tat sie auch jetzt.

»Okay«, lenkte sie ein. »Klar. Aber wenn ich noch kurz zusammenfassen darf – ich finde, wir sollten uns auf zwei Spuren konzentrieren. Kaldmas Ehefrau Anette und ihre eventuelle Untreue. Und die Drogenspur. Ich kümmere mich um Anette, Tom übernimmt die Drogensache.«

Stilton sagte nichts, er kam lediglich für sich zu der Erkenntnis, dass Luna recht hatte, wie immer. Er würde eine Zeit lang hierbleiben.

»Und ich?«, fragte Mette. »Was mache ich?«

»Denken und analysieren. Darin bist du die Beste von uns allen.«

Mit diesem Kompliment gelang es Olivia, einen großen Teil der Fauxpas dieses Tages wieder wettzumachen.

Auf dem Weg in den Flur las sie eine Nachricht von Lukas. »Du kommst doch zur Vernissage, oder?« Und sie antwortete: »Natürlich! Ich bin schon auf dem Weg.«

*

Die kleine Galerie in der Sturegatan war voller Leute, und Olivia hatte zuerst Probleme, Lukas zu finden. Schließlich entdeckte sie ihn in einer Ecke des hinteren Raums mit einem Glas Wein in der Hand und einer Entourage um sich herum. Vor allem Frauen, konstatierte sie rasch. Frauen, die laut über etwas lachten, das er sagte. Etwas zu laut. Dann sah er sie und strahlte. Bahnte sich den Weg zu ihr.

»Entschuldige, dass ich so spät dran bin«, sagte sie etwas gestresst. »Der Bus hatte Verspätung, und ...«

»Jetzt bist du ja da, das ist die Hauptsache.«

Lukas legte ihr beruhigend die Hände auf die Schultern. Zog sie in eine Umarmung.

»So viele Leute«, staunte sie, die Wange an seine Schulter gedrückt.

»Ja, krass, oder?«

Sein Griff um sie lockerte sich. Er sah sich um.

»Warte, ich besorg dir was zu trinken.«

Bevor sie etwas einwenden konnte, drängte er sich zu einem Tisch durch, der mit Wein und Snacks gedeckt war. Als er ihn erreichte, bemerkte Olivia, dass eine der Frauen, die vorhin so laut gelacht hatten, wie zufällig wieder neben ihm auftauchte. Hübsch, mit kurz geschnittenem, blondem Haar, roter Baskenmütze und einer pinken Hose mit großem Marimekko-Blumenmuster. Olivia sah an sich hinunter, auf ihre schwarz-graue Jeans und ihr weißes Hemd, in dem sie den Tag über geschwitzt hatte. Normalerweise war ihr das egal, aber jetzt fühlte sie sich unglaublich langweilig und deplatziert zwischen all den bunten Kulturmenschen. Die sich darüber hinaus alle zu kennen schienen.

Eine Polizistin zwischen Pfauen.

Die Marimekko-Hose beugte sich zu Lukas' Ohr vor und

sagte etwas. Berührte dabei leicht seine Schulter. Lukas antwortete nicht, soweit Olivia sehen konnte. Er nahm ein Glas Wein vom Tisch, hielt es hoch und wandte sich zu Olivia. Lächelte ihr zu. Und sie lächelte zurück. Da kam noch eine Frau auf ihn zu. Dunkelhaarig, etwas älter, mit knallrotem Lippenstift. Diese Frau kannte Olivia. Die Galeristin. Lukas' Gesicht hellte sich auf, als er mit ihr sprach, er nickte und lachte. Blieb stehen. Olivia trat von einem Bein aufs andere und sah sich im Raum um, der Geräuschpegel war hoch, und die Luft enthielt fast keinen Sauerstoff mehr. So viele Leute, und sie kannte niemanden außer Lukas. Warum hatte sie nicht Lisa gebeten, hierher mitzukommen? Dann hätte sie nicht herumstehen und genauso verlassen aussehen müssen, wie sie sich fühlte.

Sie schlängelte sich zu ein paar Bildern durch, um es so aussehen zu lassen, als bewunderte sie sie – was sie natürlich auch tat, sie liebte Lukas' Bilder, aber sie kannte sie schon und hatte mit ihnen gelebt; was hier die Wände zierte, war nicht wirklich neu für sie. Sie war ganz eingenommen von dem akuten Gefühl, außen vor zu sein, und gleichzeitig verblüfft darüber. Und über die Eifersucht, die sie unter der Oberfläche brodeln spürte. Obwohl sie keinerlei Grund dafür hatte.

»Hier.«

Lukas war endlich zurück und hielt ihr ein Weinglas hin.

»Danke.«

»Und zum Wohl!«

Sie stießen an. Die Gläser klirrten. Olivia sah, dass einige sich umdrehten und sie ansahen. Sie registrierten. Sie beurteilten, hatte sie den Eindruck. Sie riss sich zusammen. Er war der natürliche Mittelpunkt des Raumes, und sie war seine Freundin. Zwar ohne farbenfrohe Hose, aber trotzdem. Also lächelte und strahlte sie, so gut sie konnte, um zu zeigen, dass es nicht auf die Kleidung ankam.

»Später gibt's noch ein Abendessen«, sagte Lukas.

»Ach so?«

»Du kommst doch mit?«

»Ich muss morgen verdammt früh aufstehen.«

Seine Schultern senkten sich enttäuscht, und Olivia fühlte sich auf einmal kleinlich. Es war schließlich sein Abend. Und er wollte, dass sie ihn mit ihm teilte.

»Klar komme ich kurz mit«, korrigierte sie sich.

Und spürte gleichzeitig, wie komplett ausgelaugt sie war, sowohl körperlich als auch geistig. Die Sitzung bei Mette hatte sie viel Energie gekostet. Am liebsten wollte sie nach Hause, sich aufs Sofa verkriechen.

Das Abendessen im Sturehof entwickelte sich genau so, wie sie befürchtet hatte.

Es war eine große Gesellschaft, und alle wollten mit Lukas reden, der sich in die Mitte des langen, reservierten Tisches setzte. Sie selbst fand irgendwo am Rand einen Platz, neben einem ziemlich betrunkenen Regisseur, der ihr unentwegt irgendwelche Dinge aus seinem ereignisreichen Leben erzählte. Sie versuchte, höflich zu sein und zuzuhören, aber der Geräuschpegel im Raum und die Tatsache, dass er so nuschelte, hatten zur Folge, dass Olivia nur Bruchstücke von dem mitbekam, was er sagte. Auf jeden Fall gab es viel »ich« und eine Menge Namedropping in der Geschichte.

Lukas war in Höchstform.

Und das durfte er ja auch sein. Die Vernissage war ein Erfolg gewesen, und er hatte schon ein paar Bilder verkauft. Also hielt er Hof. Olivia freute sich für ihn, aber je länger der Abend währte und je betrunkener und lauter die ganze Gesellschaft, sie selbst ausgenommen, wurde, desto häufiger ertappte sie sich dabei, wie sie ihr Wasserglas hin und her drehte und auf die Uhr schielte. Langsam musste sie ihre Zeit doch abgesessen haben? Der Regisseur hatte in der Frau gegenüber ein neues Publikum gefunden und hielt einen langen, umständlichen Monolog über die Bedeutung der Kunst in der modernen Gesellschaft, in dem er sicherheitshalber alles dreimal wiederholte.

Olivia stand auf und ging zur Toilette. Sie brauchte eine Pause, um in Ruhe zu überlegen, wie sie sich ausklinken konnte, ohne Lukas zu verletzen. Als sie zurückkam, hatte sich das Problem zu ihrer Erleichterung von selbst gelöst. Die Gesellschaft hatte begonnen, sich in Bewegung zu setzen, und Lukas kam ihr entgegen, mit etwas unsicherem Gang, aber einem strahlenden Lächeln auf den Lippen.

»Wir feiern jetzt bei Claes weiter.«

Kein Problem löst sich von selbst, das hätte sie eigentlich wissen müssen, stattdessen entstehen neue.

»Aber jetzt muss ich wirklich nach Hause«, sagte Olivia, ohne sich darum zu bemühen, es diplomatisch zu verpacken, und ohne einen Schimmer zu haben, wer von der bunten Truppe Claes war.

»Ach bitte, komm doch noch kurz mit!«

Lukas legte den Arm um sie.

»Für mich«, bat er.

»Tut mir leid, ich kann nicht mehr. Aber geh du! Du musst ja morgen nicht früh aufstehen, ich dummerweise schon.«

»Lukas!«

Die Galeristin stand in der Tür und rief nach ihm. Der Rest der Gesellschaft wartete vor dem Restaurant darauf, dass ihr Mittelpunkt wieder auftauchen würde.

»Bist du sicher?«, fragte Lukas. »Bist du nicht sauer, wenn ich allein mitgehe?«

»Natürlich nicht.«

»Ich liebe dich«, sagte er auf dem Weg zum Ausgang.

»Ich weiß«, erwiderte sie und lächelte.

Die Galeristin hielt ihnen die Tür auf. Draußen auf dem Stureplan war es deutlich kühler geworden, und ein leichter Nieselregen fiel vom dunklen Herbsthimmel. Olivia zog ihre Jacke fester um sich, verabschiedete sich von Lukas und denen aus der lärmenden Schar, die sich für sie interessierten. Was auf die Galeristin und noch zwei Leute zutraf.

Dann gingen sie in verschiedene Richtungen.

Sie zur U-Bahn, und die anderen zur versprochenen After-Vernissage-Party.

Nach einer Weile blieb sie stehen, wandte sich um und sah ihnen nach: eine Menschentraube, die sich wie eine unförmige Masse die Birger Jarlsgatan hinunterbewegte. Zigarettenrauch ringelte sich aus Mündern und bildete Rauchwolken, die über den Köpfen aussahen wie Sprechblasen. Jemand stolperte, und es wurde laut gelacht. Sie grinste in sich hinein, als sie sie in eine Querstraße einbiegen sah, Lukas und seinen Schwanz von Bewunderern. Sie gönnte ihm jeden einzelnen.

Was sie nicht sah, war, dass sich der Gruppe auf dem Weg noch ein paar weitere Leute angeschlossen hatten – und dass eine lachende blonde Frau mit roter Baskenmütze hartnäckig versuchte, Lukas einzuholen.

Das hätte sie ihm vermutlich nicht gegönnt.

*

Stilton war mitten in der Jagd auf einen Mörder gelandet. Das hatte er so nicht geplant, aber es störte ihn auch nicht. An diesem Abend ging er langsam, über Straßen und Plätze, die er sehr lange nicht besucht hatte. Nebenstraßen auf Södermalm, Durchgänge und Toreinfahrten und kleine, grüne Oasen, in denen er sich früher häufig verkrochen hatte. Er war sich nicht richtig klar darüber, was ihn auf diese Route drängte, seine Beine bewegten sich fast von allein, als würden die Füße den Spuren seiner Vergangenheit folgen, der Zeit, als er ganz am Boden war.

Wer war ich damals?

Er hatte in den letzten Jahren ein gutes Stück zu sich selbst gefunden, dank seinen Freunden. Jetzt ging er mit seinem früheren Ich an seiner Seite. Das war ein seltsames Erlebnis, ihm war fast, als könnte er den Kopf drehen und sich selbst neben sich sehen. Den Mann ohne alles.

Er schlüpfte zwischen ein paar Eichenstämme und sank in der Dunkelheit auf den Boden hinunter. Die Stellung saß ihm im Rückenmark, eine körperliche Erinnerung, die seine Beine zittern ließ. Wie oft hatte er so dagesessen? Genau hier? Er blickte zur Kreuzung hinüber, einzelne Autos glitten vorbei, junge Menschen in kleinen Gruppen lachten und verschwanden.

Lange Zeit saß er still da, den Blick auf eine weggeworfene Bierdose gerichtet.

Schließlich richtete er sich auf und bemerkte, wie gelenkig er war. Das war er definitiv nicht gewesen, als er zuletzt hiergesessen hatte. Seine neue Geschmeidigkeit brachte einen kleinen Schuss Wirklichkeit in seine Melancholie und erinnerte ihn an den Zweck dieses Spaziergangs.

Er war nicht nur hier, um in Nostalgie zu versinken, er hatte ein Ziel.

Den Nerz.

Die Person, die ihm eventuell Informationen zu der Drogenspur liefern konnte. Und die sich eventuell in dieser Gegend herumtrieb, wenn das Wetter passte.

Stilton ging auf die Götgatan hinaus.

Olivias Handy weckte sie um halb sieben. Das Bett neben ihr war leer. Hatte Lukas auf dem Sofa geschlafen? Wann war er eigentlich nach Hause gekommen?

Sie schlich hinaus. Alles leer. Still, bis auf den starken Regen, der unermüdlich gegen das Fenster trommelte. Er war überhaupt nicht nach Hause gekommen? Eine leichte Welle von Übelkeit glitt durch ihren Körper. Unruhe. War etwas passiert? Sie holte ihr Handy, um zu sehen, ob er ihr in der Nacht geschrieben hatte. Keine Nachricht. Jetzt kam wieder die Eifersucht angeschlichen, umkreiste sie.

Da klickte die Wohnungstür, und Lukas stolperte in den Flur. Komplett durchnässt und nicht ganz nüchtern. Alles andere als nüchtern.

»Hallo«, nuschelte er. »Du bist wach?«

»Es ist halb sieben«, sagte Olivia trocken. »Hattest du Spaß?«

Lukas schleppte sich mühsam zum Sofa und ließ sich darauffallen.

»Ich bin ein bisschen besoffen.«

»Ein bisschen ist stark untertrieben.«

»Riesenspaß. Hatte ich. Jedenfalls. Und du?«

Die Worte kamen einzeln aus seinem Mund, langsam und sorgfältig artikuliert, so, wie nur ein sternhagelvoller Mensch spricht, um unglaublich nüchtern zu wirken. Gleichzeitig sah er zu ihr auf, versuchte, seinen Blick zu fokussieren, so gut es ging, bis er schließlich aufgab und zur Sicherheit lieber die Augen schloss.

Olivia antwortete nicht, sie stand nur da und betrachtete ihr Wrack von einem Freund mit verschränkten Armen. Sie kämpfte.

Mit sich selbst.

Wo war er gewesen? Bis jetzt auf dieser Feier? Oder? Aber es gab ja kein Oder, das wusste sie gleichzeitig. Wenn es etwas gab, dessen sie sich sicher war, dann war es seine Liebe. Und sie musste zur Arbeit. Mit klarem Kopf. Sie hatte keine Zeit für eine nervenaufreibende Szene. Er war trotz allem zu Hause, sah verhältnismäßig vollständig aus und hatte einen Riesenspaß gehabt. Und er war offenbar eingeschlafen, sobald er die Augen geschlossen hatte, denn aus seinem halb offenen Mund rann etwas Speichel.

Leise näherte sie sich dem Sofa und zog die kratzige alte Decke über ihn.

Ein bisschen sollte er doch leiden dafür, dass er ohne sie einen »Riesenspaß« gehabt hatte.

*

Als Olivia ins Polizeigebäude kam, saß Lisa an ihrem Schreibtisch, Bosse war noch nicht am Platz. Olivia schloss die Tür und ging zu Lisa hinüber. Sie hatte es geschafft, die Gedanken an Lukas und sein nächtliches Abenteuer zu verdrängen und war völlig auf das konzentriert, worum es an diesem Ort ging.

»Neuigkeiten?«, fragte Olivia, schälte sich aus ihrer Jacke und umarmte Lisa.

»Ja«, sagte Lisa. »Du hattest die ganze Zeit recht. Der Tote ist Fredrik Kaldma.«

»Yes!« Olivia machte eine Siegesgeste. »Wie zum Teufel hast du sie dazu gebracht, die DNA jetzt schon …«

»Zahnabdruck.«

»Ach so? Na gut. Aber jetzt wissen wir's!«

»Ja.«

»Noch irgendwas?«

»Die Techniker haben das Kaliber der Kugel bestimmt, die dich getroffen hat. Es stimmt mit dem der Kugel überein, die du in der Hütte am Miekak-See aus der Wand gepult hast.«

»Was zu erwarten war. Welche Pistole?«

»Wieder eine Luger 08.«

»So eine wie die, die Kaldma getötet hat?«

»Ja.«

»Kamen die Kugeln aus derselben Waffe?«

»Das prüfen sie gerade.«

Olivia reagierte ungefähr so, wie auch Lisa reagiert hatte, als sie die Information bekam.

»Kann das ein Zufall sein?«, sagte sie. »Dass sowohl auf ihn als auch auf mich mit einer, wie Tom sagte, alten Sammlerpistole geschossen wurde? Mit zwanzig Jahren Abstand?«

»Nur, wenn nicht die Frau, die auf dich geschossen hat, auch in den Mord an Kaldma verwickelt war.«

»Oder zumindest die Pistole, falls es tatsächlich dieselbe ist.«

*

Das Wort »Splitter« hat viele Synonyme. Fragment, Bruchstück, übrig gebliebener Teil von etwas. So gut wie alle trafen auf das Geschöpf zu, das am späten Vormittag auf der Bank im Blecktornspark am Ringvägen lag.

Der klägliche Rest eines Menschen.

In diesem Fall der von Leif Minqvist, genannt der Nerz. Früher einmal ein Jongleur von Rang und Namen, ihm selbst zufolge. Jetzt eine bleiche, abgemagerte Gestalt mit zitternden Händen und Inseln von grauen Bartstoppeln im Gesicht, in das ein paar rote Pickel etwas Farbe brachten.

»Was machst du da?«

Der Nerz verwendete einen großen Teil der Energie, die er noch übrig hatte, darauf, den Kopf zu heben und den Mann anzusehen, der die Frage gestellt hatte. Als er erkannte, wer es war, sank er zusammen wie eine löchrige Lunge.

»Hast du hier gepennt?«, fragte Stilton.

Eine unnötige Frage.

Stilton setzte sich auf die Kante der Bank und zog den Nerz in eine aufrechte Haltung. Es war, als würde er eine Stoffpuppe bewegen. Ungefähr dasselbe Gewicht.

»Bist du high?«

Der Nerz wiegte den Kopf, in einer der Bewegungen streifte sein Blick Stiltons Gesicht.

»... Scheiße, wie braun du bist, biste inner Bratpfanne eingeschlafen?«

Dann fiel er wieder zur Seite um. Silton zog ihn erneut nach oben.

»Komm«, sagte er.

Die Parkwächterin, die am Söder Mälarstrand eine Pause machte, beobachtete das Paar auf der anderen Seite des Wassers. Zwei Alkis, die einander auf dem Weg zur Reling eines großen Kahns stützten. Was sie nicht sah, weil sie zu weit entfernt saß, war, dass der eine Alki stocknüchtern war und der andere weinte.

Das war der Nerz.

Er weinte noch immer, als Stilton ihn in den Salon hinuntergezerrt hatte und ihn auf eine der Bänke an der Wand setzte. Er weinte, weil alles zum Teufel gegangen war, aber vor allem, weil Tom ihn gefunden hatte. In diesem Zustand. Mitten in seiner Misere war doch noch ein Funken Stolz in ihm. Den nahm Tom ihm gerade.

Der Nerz wischte sich die Tränen aus dem Gesicht und legte sich auf die Bank. Nicht so gut. Aus dieser Perspektive sah er ein paar von Bettans vertrockneten Pflanzenschösslingen auf dem Boden und fing sofort wieder an zu weinen.

»Reiß dich jetzt zusammen, Nerz. Setz dich auf. Hier ist ein bisschen Tomatensuppe.«

Stilton stellte einen Teller vor den Nerz auf den ovalen Tisch. Er wusste genau, in welcher Lage der Nerz war. Er war selbst in dieser Situation gewesen. Nicht wegen Drogen, aber wegen ein paar anderer Dinge.

»Iss ein bisschen.«

Der Nerz richtete sich auf und sah Stilton an.

»Thailand«, sagte er.

»Ja. Das liegt in Asien. Iss.«

Der Nerz beugte sich vor, nahm den Löffel neben dem Teller und legte ihn wieder hin.

»Wann bist du wieder hier aufgekreuzt?«

»Neulich. Wann hast du zuletzt was gegessen?«

»Essen wird überschätzt.«

Der Nerz war dabei, wieder auf die Bank hinunterzurutschen.

»Nerz!«

Der Ton brachte den Nerz dazu, seinen Körper unter Kontrolle zu bekommen und ihn wieder in die Vertikale zu bewegen. Stilton deutete auf den Löffel. Der Nerz ergriff ihn und tauchte ihn in die Suppe.

»Ist die warm?«, fragte er. »Ich mag keine kalte Suppe.«

»Ich scheiß drauf, was du magst, jetzt schau, dass du was davon in dich reinkriegst, du bist ja total am Ende.«

Der Nerz hatte keine Einwände gegen diese Beschreibung und nahm einen Löffel Suppe.

»Du hast nicht zufällig ein Bierchen?«, fragte er.

Stilton dachte kurz nach. Er hatte welches, er hatte gutes, kaltes Bier im Kühlschrank. Gut für den Nerz in dieser Situation? Vermutlich. Er holte eins heraus, und der Nerz trank die halbe Flasche, ohne Atem zu holen.

»Verdammt gutes Bier. Thailändisch?«

»Wie kaputt bist du eigentlich?«

»Auf einer Skala?«

»Nein. Bist du den ganzen Tag breit?«

Der Nerz kippte die andere Hälfte des Bieres hinunter, rülpste und sah Stilton an.

»Das geht dich ja wohl nen Scheißdreck an.«

Stilton stand auf und holte ein Bier für sich selbst. Er musste sich beherrschen. Der Nerz war ihm nicht egal, als Mensch, sie hatten eine gemeinsame Geschichte, der Nerz hatte ihn mal aus einer lebensgefährlichen Situation gerettet. Das war tief verankert. Außerdem brauchte er ihn jetzt. Er musste sein Reptiliengehirn also in Schach halten.

»Die Sache ist die«, sagte er und setzte sich mit dem Bier in der Hand hin. »Ich hab dich gesucht, um dich um etwas zu bitten.«

»Und einen Kadaver gefunden.«

»Ja. Aber du weißt, dass ich weiß, wer wir sind. Wir haben beide unsere Trips hinter uns. Jetzt bist du gerade auf einem, und ich bin für dich da.«

»Und willst was von mir. Wenn du nichts wollen würdest, wäre ich schneller verrottet, als die Leichenwürmer blinzeln können.«

Stilton trank ebenfalls fast die halbe Flasche in einem Zug. Er wusste, dass der Nerz recht hatte. Der Nerz war in erster Linie eine Informationsquelle für ihn. Das war er immer gewesen. Mit der Zeit waren andere Bande zwischen ihnen entstanden, aber der Kern war genau das, was der Nerz sagte.

Er wandte sich an den Nerz, wenn er etwas wollte.

»Hast du noch ein Bier?«

Der Nerz wedelte mit der leeren Flasche, und Stilton holte noch ein Bier. Plus eines für sich selbst. Als er wieder hereinkam, war die Tomatensuppe vom Teller des Nerz verschwunden. Er nahm an, dass er sie gegessen hatte.

Gut.

»Prost!«, sagte der Nerz und verzog sein leichenstarres Gesicht zu einem Lächeln.

»Prost.«

Dann schüttete der Nerz abermals den Großteil der Flasche in sich hinein. Was eine Wirkung auf das ausgemergelte Wesen hatte. Eine merkliche Wirkung. Der Nerz lehnte sich an die Wand, strich sich über das Gesicht und streckte die Arme aus. Als wäre er wieder auf der Bahn.

»Tom Stilton, gerade aus Asien heimgekehrt, braun wie ein Morgenjoint, womit kann dieser Kadaver dir behilflich sein?«

Stilton ergriff die Gelegenheit. Deshalb hatte er ihn schließlich aufgesucht.

»1999 warst du doch mittendrin in der Drogenszene, oder?«

»Hart, aber wahr«, lächelte der Nerz und nahm noch einen Schluck. »Was willst du denn wissen?«

»Wer Fredrik Kaldma und Anette Bostam damals mit Stoff versorgt hat. Weißt du, wer das war?«

»Ja.«

»Wer war der Dealer?«

»Koks.«

»Ja. Koks. Aber wer hat's ihnen verkauft?«

»Koks«, wiederholte der Nerz.

»Reiß dich zusammen.«

»Koks, so nannten wir ihn. Karl-Oskar Hansson, ein verdammter Promi-Dealer, er hatte sich total auf die High Society eingeschossen, rannte mit getönter Brille rum und hatte eine Telefonliste, auf der so gut wie alle Musiker und Schauspieler dieser Zeit standen. Er hat die halbe Spy Bar auf Stelzen gehen lassen!«

Der Nerz lachte, als wäre er selbst auf Stelzen gegangen. Was vermutlich auch so war.

»Erzähl mehr«, sagte Stilton.

Er spürte, dass er den Moment ausnutzen musste, bevor er vorbei war. Morgen konnte der Nerz schon wieder in der Versenkung verschwunden sein.

»Du meinst, über Koks?«

»Ja? Wer war er?«

»Keinen blassen Schimmer, keiner wusste, wo er herkam, er war einfach da und hat Reibach gemacht, aber er war verdammt … wie zum Teufel sagt man das, der Typ war ein Magnet, er hat die Leute angezogen.«

»Inwiefern?«

»Ausstrahlung, du weißt schon, wie ein verdammter Uranstab, die Frauen waren komplett verrückt nach ihm. Er konnte trockenen Fußes auf Bräuten bis nach Möja gehen.«

»Weißt du, wo er heute ist?«, fragte Stilton.

»Nein, aber Scheiße noch mal, das kann ich ratzfatz rausfinden!«

Sagte der Nerz, während er wieder auf die Bank hinuntersank und in unbekannte Gefilde abdriftete. Stilton schüttelte den Kopf. Er hatte vom Nerz einen Namen bekommen, mit mehr konnte er vermutlich gerade nicht rechnen. Er stand auf, holte eine Decke und legte sie über seinen kleinen Spitzel.

Oder Informanten, wie der Spitzel selbst immer gern betonte.

*

Natürlich wusste Olivia einiges über Anette Bostam, Fredrik Kaldmas Frau. Schauspielerin, über die Jahre mit einer Vielzahl von größeren und kleineren Rollen in Film- und TV-Produktionen. Kein Superstar, aber im Kulturleben respektiert. Heutzutage tauchte sie nur noch selten in der Klatschpresse auf, sie mischte sich nicht mehr so oft unters Volk. Hatte zwei Kinder und war verheiratet mit einem etwas jüngeren Baumpfleger aus Dalarna.

Aber sie war immer noch aktiv in ihrem Beruf.

Olivia hatte im Lauf des Tages mehrmals vergeblich versucht, sie zu erreichen, und beschlossen, sie an ihrem Arbeitsplatz aufzusuchen.

Dem Königlichen Dramatischen Theater, genannt Dramaten.

Heute Abend wurde ein surrealistisches deutsches Stück aufgeführt, das viel Lob und wenig Publikum bekommen hatte. Olivia war eine der wenigen im Zuschauerraum. Sie saß ganz hinten, an einem der Ausgänge; sie wollte die Möglichkeit haben, sich unauffällig zu verdrücken, falls es zu zäh wurde.

Das wurde es.

Nach dem ersten Akt beschloss Olivia, in der Bar nebenan zu warten, mit einer Flasche Zitronenwasser und ein paar gesalzenen Nüssen. Sie überlegte, warum sie hierhergekommen war. Wollte sie sich die Frau ansehen, die vielleicht ihren Mann getötet hatte? Oder dafür gesorgt hatte, dass es passierte? Einen Eindruck gewinnen, bevor sie sie befragte?

Vermutlich.

Olivia klopfte an die Tür zu Bostams Garderobe.

»Wer ist da?«

»Olivia Rönning, von der Polizei.«

Das war vermutlich nicht das, was Bostam erwartet hatte. Daher das Schweigen und die relativ lange Zeit, die es dauerte, bevor die Tür sich öffnete und Bostam den Polizeiausweis in Olivias Hand in Augenschein nahm.

»Polizei?«

»Kann ich reinkommen?«

Bostam wandte sich zu ihrem Schminktisch, und Olivia trat ein.

»Ist was passiert?«, fragte Bostam mit merklicher Unruhe in der Stimme.

Vermutlich dachte sie an ihre Kinder, oder eventuell an den Ehemann, der noch am Leben war.

»Wir haben Fredrik Kaldma gefunden.«

Das Dramaten hatte eine Personalkantine mit Fenstern zur Nybrogatan. Heute Abend waren dort die Lichter aus, nur der schwache Schein der Straßenlaternen, der roten und grünen Ampeln sowie die Geräusche der Autos an der Kreuzung fanden ihren Weg zwischen die Tische. Bostam saß an einem der Fenster, Olivia ihr gegenüber. Ihre Schatten fielen weit über den Steinboden.

Olivia hatte Bostam etwas Zeit gegeben, sich abzuschminken und umzuziehen, bevor sie gemeinsam hierherkamen.

Auf den Vorschlag der Schauspielerin hin. Die ersten Minuten hatte Olivia damit verbracht, zu berichten, wo ihr Exmann gefunden wurde und wie er gestorben war.

»Erschossen?«

»Ja. In den Rücken und den Kopf.«

Bostam sah verständlicherweise schockiert aus.

»… oben im Arjeplog-Fjäll?«

»Ja.«

»Wie ist er denn da gelandet?«

»Das wissen wir nicht. Haben Sie eine Ahnung?«

»Nein?«

Olivia sah, wie die eine Hand Bostams unkontrolliert den Handrücken der anderen streichelte. Sie konnte es verstehen.

»Können Sie mir sagen, was damals passiert ist, als er verschwand?«, fuhr Olivia fort.

Bostam schluckte und blickte nach draußen. Menschen schlenderten zum Nybroplan hinunter, ein Mann hob ein kleines Mädchen hoch, es hielt einen grünen Luftballon in der Hand und lachte. Bostam fuhr sich mit der Hand über die Augen und sah auf den Tisch hinunter. Ihre Stimme war sehr weit von der Kraft entfernt, die vorhin den Theatersaal erfüllt hatte.

»… das ist sehr lange her …«

»Es war am 17. November 1999.«

Olivia wollte so konkret wie möglich sein, um den Fokus zu behalten, sie wollte nicht, dass Bostam auf die falsche Art in der Vergangenheit versank.

»Ich war auf Tournee mit dem Staatstheater«, sagte Bostam. »Als ich nach Hause kam, war er fort.«

»Sie wussten also nicht, dass er verschwunden war, bis Sie nach Hause kamen?«

»Nein.«

»Wie kommt das? Hatten Sie keinen Kontakt zueinander, als Sie …«

»Wir hatten uns direkt vor meiner Abreise gestritten und beschlossen, uns nicht zu sprechen, während ich auf Tournee war.«

»Worüber hatten Sie gestritten?«

»Das … tja, das weiß ich nicht mehr. Wir haben uns oft gestritten, ich bin ziemlich melodramatisch. Oder ich war es … damals.«

Olivia nickte. Sie lebte ja selbst mit einem Mann zusammen, der ebenfalls melodramatisch sein konnte. Sie verstand also.

»Fredrik wurde ermordet«, sagte sie. »Gibt es jetzt, da wir das wissen, irgendetwas, das Sie sich als Grund dafür vorstellen könnten? Irgendein Motiv?«

Bostam blickte wieder nach draußen und schüttelte langsam den Kopf.

»Nein«, antwortete sie schließlich und wandte sich Olivia zu. »Ich weiß nicht so recht, wie ich das ausdrücken soll, aber irgendwie fühlt es sich wie eine Erleichterung an.«

»Was?«

»Dass er ermordet wurde.«

»Wieso das?«

»Weil er sich nicht umgebracht hat.«

»Gab es denn einen Grund für Sie, das zu glauben?«

»Man macht sich ja seine Gedanken … je mehr Zeit verstrichen ist, ohne dass es eine Spur von ihm gab … man überlegt in alle Richtungen … ging es um mich? Um unseren Streit? Um unser Sexleben? Oder darum, dass er sich unter Druck gefühlt hat?«

»Hat er das?«

»Das hat er gesagt, ein paar Tage vor meiner Abfahrt. Ich nahm an, es hatte mit seinem Job zu tun, er hatte oft Stress, viele Entscheidungen, die er schnell treffen musste und solche Sachen, wie es eben in der Geschäftswelt zugeht.«

»Er hat nicht konkreter gesagt, worum es ging?«

»Ich hab mich nicht so dafür interessiert, ich sollte auf Tournee gehen und hatte ganz andere Dinge im Kopf.«

»Wie war Ihre Beziehung?«

Bostam blickte auf ihre Hände hinunter, gealtert, aber schön, am kleinen Finger trug sie einen diskreten Jadestein.

»Zuerst hatten wir Sex, dann hatten wir Spaß, dann ist es wohl ein bisschen ins Stocken geraten ... wie es immer so ist.«

Wie es immer so ist.

Olivia schob diese Erfahrung von sich.

»Sie hatten keine Kinder zusammen?«, fragte sie.

»Ich hatte ein halbes Jahr vor seinem Verschwinden eine Fehlgeburt, weiter sind wir dann nicht mehr gekommen.«

Bostam wandte sich wieder zum Fenster, es quälte sie offensichtlich, in der Erinnerung zurückgeworfen zu werden.

»Er hatte ein Goldkettchen um, als er gefunden wurde«, sagte Olivia.

»Tatsächlich? Er hat eines von mir zur Hochzeit bekommen, vielleicht ist es das.«

»Das können Sie sicher bald zurückhaben.«

Bostam nickte, das Kettchen schien nicht so wichtig zu sein.

»Wissen Sie, ob Fredrik mal in Norwegen war, in der Zeit, bevor er verschwand?«, erkundigte sich Olivia.

»In Norwegen? Nein, er hatte meistens mit Südeuropa zu tun, im Mittelmeerraum. Warum fragen Sie?«

»Er hatte eine alte norwegische Münze bei sich, als man ihn gefunden hat.«

»Aha …«

Bostam glitt wieder fort, Olivia sah, wie sie in ihren Gedanken versank. Beide saßen eine Weile schweigend da.

»Seltsam …«, sagte Bostam schließlich und schüttelte langsam den Kopf.

»Was denn?«

»Dass er dort oben ermordet wurde …«

»Ja, vielleicht. Denken Sie an etwas Besonderes?«

»Nein, aber seine Großeltern kamen ja dorther.«

»Aus Arjeplog?«

»Nein, nicht direkt, etwas weiter oben aus den Bergen, ich weiß nicht genau, sie waren ja Samen …«

»Fredrik hatte samische Vorfahren?«

»Ja, seine Mutter und seine Großeltern … sie waren allerdings schon verstorben, als wir uns kennengelernt haben.«

Ein samischer Hintergrund? Diese Information war bisher noch nicht aufgetaucht. Möglicherweise sollte sie weiterverfolgt werden, dachte Olivia. Andererseits war dieser Teil der Verwandtschaft offenbar schon lange tot.

»Haben Sie das Stück gesehen?«, fragte Bostam.

»Das halbe.«

Bostam lächelte, und Olivia dachte darüber nach, wer die Frau war, der sie da gegenübersaß.

*

Es war ein langer Tag gewesen, der mit einem betrunkenen Lukas angefangen und mit einem Theaterbesuch geendet hatte. Jetzt war Olivia müde. Lukas hatte ihr am Nachmittag eine Nachricht geschickt, als er wieder zu den Lebenden zurückgekehrt war, besorgt, dass sie stinksauer sein könnte, weil er nicht mehr wusste, wann und wie er nach Hause gekommen war. Olivia hatte ihn angerufen, ihn beruhigt und ihm auch gleich mitgeteilt, dass es später werden konnte. Als sie in den Flur trat, erwartete sie also nichts weiter als einen verkaterten Lukas auf dem Sofa vor einer Netflix-Serie.

Aber er überraschte sie, wie so oft, mit einem schön gedeckten Tisch und brennenden Kerzen.

»Fischsuppe«, sagte er und schüttete eine Schüssel geschälte Krabben in einen Topf.

Olivia ging zu ihm. Sie lehnte den Kopf an seinen Rücken und legte die Arme um seine Taille.

»Wie geht's dir?«

»Wie ich es verdiene. Aber ich vertrage verdammt noch mal keine Wolle. Schau mal, was für einen Ausschlag ich von dieser ekligen Decke bekommen hab.«

Er drehte sich um und zeigte auf ein paar rote Flecken an seinem Hals.

»Oje, du Armer«, sagte Olivia. »Juckt es?«

»Wahnsinnig.«

Sie beugte den Kopf etwas nach unten, um ihr Lächeln zu verbergen.

Nach dem späten Abendessen sanken sie jeder in eine Ecke des Sofas, die Beine sorgfältig ineinander verflochten. Lukas mit einem Glas Cola und Olivia mit ihrem Handy und einer Tasse Tee. Lukas stupste sie mit seinem Fuß am Bein. Wollte Aufmerksamkeit.

»Du?«

»Mhmm?«

»Kannst du das jetzt nicht mal weglegen?«

»Muss nur noch kurz Mama antworten.«

Da summte sein eigenes Handy. Er nahm es, warf einen Blick darauf und legte es wieder ihn. Schnell. Aber Olivia konnte gerade noch eine vage Reaktion in seinem Gesicht erkennen.

»Was war das?«, fragte sie.

»Nichts.«

»Natürlich war was.«

»Nichts, was wichtiger wäre als du.«

»Hör auf.«

Er schob sein Handy noch ein Stück weiter weg, als Zeichen.

»Was wollte deine Mama?«

So gelang es ihm, das Gesprächsthema zu wechseln, und sie ließ ihn. Sie hatte keine Kraft mehr für Nörgeleien, sie war zu müde.

»Sie will, dass wir am Wochenende nach Tynningö rauskommen.«

»Super!«

Olivia sah ihn ungläubig an.

»Findest du?«

»Na klar! Ich war ja noch nie dort.«

»Aber jetzt ist es da draußen total herbstlich und regnerisch und langweilig.«

Lukas stieß sie wieder mit dem Fuß an.

»Was ist da eigentlich zwischen dir und deiner Mama?«

»Wieso? Was hat das denn damit zu tun?«

»Na ja, sobald es irgendwie um sie geht, findest du alles anstrengend.«

»Stimmt doch gar nicht«, sagte Olivia.

»Doch. Da ist immer ein Widerstand bei dir, wenn sie dich um etwas bittet oder sich treffen will.«

»Vielleicht hat das ja einen Grund.«

»Welchen denn?«

»Sie war eben nicht gerade immer eine Traummutter.«

»Inwiefern?«, fragte Lukas.

Olivia fühlte sich nicht ganz wohl in der Ecke, in die er sie gedrängt hatte.

»Jetzt bist du anstrengend«, sagte sie.

»Nein, ich will nur, dass du dich formulierst. Warum war sie keine Traummutter?«

»Weil immer Papa derjenige war, der … ja …«

»Der was?«

»Der da war, wenn ich ihn gebraucht habe. Sie nie.«

»Nie?«

»Vielleicht nicht nie, aber Papa war …«

Olivia zögerte.

»Schneller?«

»Nein, nicht nur das, er war aufmerksamer, liebevoller, all das.«

Lukas musterte sie.

»Sie war eher, wie soll ich sagen, abwartend«, erklärte Olivia. »Unnahbar. Hab ich mich jetzt genug formuliert?«

»Du hast nie darüber nachgedacht, warum?«

»Wieso warum? Sie ist eben so ein Mensch. Du hast sie doch kennengelernt. Sie hat ja nicht unbedingt eine herzliche und einnehmende Persönlichkeit.«

»Oder sie hat sich nie getraut, ihren Gefühlen für dich freien Lauf zu lassen.«

»Und warum?«

»Weil sie nicht wusste, ob irgendwann ein unbekannter Vater auftauchen würde, der dich zurückhaben wollte«, sagte Lukas. »Was weiß ich?«

In diese Richtung hatte Olivia noch nie gedacht. Für einen Moment war sie sprachlos.

»Aber Papa ist doch auch damit klargekommen.«

»Er hat es sich vielleicht nicht so schwer gemacht wie sie. Die Menschen sind verschieden.«

Olivia sah Lukas an. Er nahm ihre Hand.

»Sie saß an deinem Bett im Krankenhaus und hat Wache gehalten«, sagte er. »Sie sucht ständig Kontakt, macht sich Sorgen. Ich sage nur, dass du eine Mutter hast, die lebt und der du etwas bedeutest, und da muss man sie vielleicht so nehmen, wie sie ist. Ihre Unzulänglichkeiten akzeptieren.«

»Du bist ein verdammter Amateurpsychologe, weißt du das?«

»Kein Amateur, meine Liebe, ich habe mein halbes Leben mit Therapeuten verbracht, ich habe also ausgelernt.«

Olivia musste lachten. Es war so befreiend, dass er darüber Witze machen konnte. Dass er auf einer Ebene so heil und ganz war, so unzerstört, obwohl er auf einer anderen so kaputt war.

»Also fahren wir nach Tynningö?«, fragte Lukas.

»Wir werden sehen. Wahrscheinlich muss ich am Wochenende arbeiten.«

Lukas antwortete mit lauten Schnarchgeräuschen.

»Wir werden sehen, hab ich gesagt!« Olivia schubste ihn mit dem Fuß.

Lukas richtete sich auf.

»Weißt du, was ich an dir liebe?«, fragte er.

»Das meiste«, antwortete Olivia.

»Das auch, aber am allermeisten liebe ich es, wie du ein bisschen zu schielen anfängst, wenn du müde wirst. Dann bist du so unglaublich hübsch.«

Olivia lächelte. Sogar ihre Komplexe legte er zu ihrem Vorteil aus. Sie richtete sich ebenfalls auf, sodass sie sich gegenübersaßen. Versuchte sich sattzusehen. Er hob die Hand und berührte sanft ihre Wange. Sie lehnte ihren Kopf gegen seine Hand. Da vibrierte sein Handy erneut, und sie erstarrte.

»Scheiß drauf«, murmelte Lukas und küsste sie.

Und schob das Handy unter die Decke.

*

Sie betrachtete sich selbst im Spiegel. Ihr dunkles Haar fiel in weichen Locken über ihre Schultern, die Augenbrauen wölbten sich in einem hübschen Bogen unter dem Pony. Sie hatte ihr Aussehen immer gemocht. Selbstfixiert, absolut, aber das war auch ein Teil ihrer Triebkraft. Sie hatte sie dorthin gebracht, wo sie heute war, eine Frau, die ihren Platz einnahm und keine Rückschläge gewohnt war. Das war der Grund, weshalb es ihr jetzt nicht so gut ging. Schon seit ihrer Kindheit hasste sie es zu scheitern. Dieses Mal hatte sie es getan, auf der ganzen Linie, und das quälte sie. Es hatte einen loyalen Freund das Leben gekostet. Jetzt musste sie eine Weile die Füße stillhalten und zusehen, dass ihre Arbeit davon unberührt blieb. Aber sie würde ihren Fehler wiedergutmachen, auf die eine oder andere Art. Sie wusste, was von ihr erwartet wurde.

Und sie wusste, wen sie ins Visier nehmen musste.

Und wo diese Person wohnte.

Olivia wachte viel zu früh auf, um halb sechs, und sah nach ein paar Minuten ein, dass sie nicht wieder einschlafen würde. Ihr Kopf hatte sich sofort eingeschaltet, die Gedanken blitzten vorbei. Sie nahm ihre Kleider, schlich aus dem Schlafzimmer, duschte und steckte einen Apfel ein. Sie wollte zu Fuß zum Polizeigebäude gehen.

Die Sonne hatte gerade begonnen, ihr Licht in die Innenstadt zu schicken, der Morgenverkehr verdichtete sich allmählich. Sie ging gemächlich zu Slussen hinunter und versuchte, sich zur Skeppsbron vorzuarbeiten. Die riesige Baustelle zwang sowohl Fußgänger als auch andere Verkehrsteilnehmer zu ausgedehnten Schlangenlinien, doch schließlich erreichte sie den Kai und konnte am Wasser entlangspazieren. Sie war selten hier, zu Fuß, und war beeindruckt, wie schön es war. Was für eine fantastische Innenstadt!

Als sie zum Schloss kam, bog sie in Richtung Norrbron ab, sie wollte zum Tegelbacken hinüber und dann weiter auf der Hantverkargatan bis zum Polizeipräsidium. Auf der Brücke merkte sie, dass sie völlig allein war, jedenfalls auf ihrer Seite. Sie blieb in der Mitte stehen und blickte aufs Wasser hinaus. Ein paar frühe Fischer standen am Kai unterhalb des Operakällaren und hofften, Meerforellen zu fangen. Sie schaute ihnen eine Weile zu und dachte an das Fischercamp oben im Fjäll. Es fühlte sich an, als wäre das alles schon eine Ewigkeit her. Als sie sich wieder zum Gehen wandte, sah sie aus dem Augenwinkel ein Stück entfernt jemanden auf der anderen Seite der Brücke.

Sie warf einen Blick hinüber und nahm wahr, dass die Person stehen blieb. Warum? Olivia ging weiter. Am Ende der Brücke verlangsamte sie ihre Schritte und drehte sich um. Die Person, eine Frau, war näher gekommen, befand sich aber immer noch auf der anderen Seite. Und blieb wieder stehen, als Olivia es tat. Olivia überquerte die Straße und dachte darüber nach, ob sie auf die Frau warten sollte. Sie stand ein paar Sekunden still, bevor sie ihren Weg fortsetzte.

In Richtung Tegelbacken.

Sie hatte andere Dinge zu tun.

Olivia kaufte sich ein paar Sandwiches und war als Erste im Büro. Kurz darauf kam Bosse. Dass Olivia vor ihm da war, war kein gutes Zeichen, sie war in der Regel diejenige, die etwas später kam. Jetzt saß sie an ihrem Schreibtisch und sah frisch und neugierig aus. Ob es heute wohl wieder so forciert wird?, dachte er.

»Wie geht's?«, fragte Olivia.

»Gut. Und dir?«

»Haben wir was aus Arjeplog gehört?«

Sie war sofort beim Thema. Bosse hängte seine Jacke auf und setzte sich, fast provozierend langsam. Er hatte nicht vor, sich von Olivia das Tempo vorgeben zu lassen. Heute nicht.

»Ja«, antwortete er. »Ich hab gestern Abend einen Bericht bekommen.«

»Warst du da noch hier?«

»Ja. Wir arbeiten doch momentan mit Volldampf?«

Er sah, dass Olivia leicht die Stirn runzelte. Sie wusste vermutlich nicht, wie sie seinen Kommentar deuten sollte. Das verschaffte ihm einen kleinen Vorsprung.

»Willst du's gleich hören?«, sagte er. »Oder sollen wir warten, bis Lisa kommt? Falls du befürchtest, dass wir sonst Zeit verlieren, wenn ich es zweimal erzähle?«

Jetzt gab es keinen Zweifel mehr, dass Olivia den Subtext verstand.

»Hetze ich zu sehr?«, fragte sie.

»Wie empfindest du es denn selbst?«

»Ich weiß nicht. Ich hab noch nie eine Mordermittlung geleitet. Ich hab keine Erfahrung damit. Ihr müsst Bescheid sagen, wenn es sich nicht gut anfühlt.«

»Okay. Jetzt im Moment fühlt es sich gut an.«

Bosse lächelte und zog den Bericht von gestern zu sich heran.

»Die Polizei dort oben hat mit einer Kassiererin aus dem Supermarkt in Jäkkvik gesprochen. Wo die Tüte herkam. Sie hat bestätigt, dass ein Spanisch sprechendes Paar dort war und Essen eingekauft hat. Die zwei haben offenbar behauptet, sie wollten den Kungsleden gehen.«

»Hat sie uns eine Personenbeschreibung gegeben?«

»Ja, aber du weißt ja, wie das immer ist, der Mann war dunkelhaarig, die Frau auch, normale Größe, keiner hatte eine Brille ... hat sie zuerst gesagt, dann wurde sie unsicher, vielleicht hatte doch einer eine. Und so weiter.«

»Aber wir haben immerhin eine Augenzeugin, die vielleicht die Frau identifizieren kann, wenn wir sie kriegen. Haben sie mit Karte bezahlt?«

»Nein, in bar«, sagte Bosse.

»Scheiße ... konnte sie sich erinnern, an welchem Tag das war?«

»Sie hat auf den Kassenquittungen nachgesehen. Es war am Tag, bevor du mit dem Helikopter hochgeflogen bist.«

»Also am Tag, nachdem die Nachricht von dem Leichenfund öffentlich gemacht wurde.«

»Ja.«

»Zufall?«, fragte Olivia.

»Wohl kaum, wenn man bedenkt, wohin sie unterwegs waren.«

Olivia nickte und stand auf. Sie wollte gerade anfangen, im Zimmer auf und ab zu laufen, als sie an Bosses Kommentar von vorhin denken musste. Sie wollte nicht gehetzt wirken und setzte sich wieder hin.

»Aber was zum Henker wollten sie da oben?«, sagte sie. »Irgendwas müssen sie ja vorgehabt haben. Man steigt doch nicht ohne Grund mit einer Karte vom Fundort und einer Pistole auf die Berge dort.«

»Es war ja noch ein Kreuz auf der Karte, oder?«

»Ja, bei dieser verfallenen Schutzhütte für Rentierhüter. Haben wir dazu noch mehr Informationen?«

»Da bekommen wir noch einen Bericht von den Technikern dort oben«, erklärte Bosse.

»Okay.«

Jetzt stand Olivia doch auf und begann, hin und her zu gehen. Egal, was Bosse dachte. Als Lisa den Raum betrat, kollidierte Olivia deshalb mit der Tür und sprang zur Seite. Lisa bat um Entschuldigung.

»Macht nichts«, erwiderte Olivia. »Wollt ihr Kaffee?«

»Gern«, antwortete Lisa.

Olivia verschwand nach draußen, und Lisa sah Bosse an.

»Heute ist es besser«, sagte er.

*

Stilton hatte von früher noch ein paar Kontakte zu Drogenfahndern. Typen, mit denen er immer wieder eng zusammengearbeitet hatte. Jetzt saß er mit einem von ihnen, Niklas Forsman, an einem Tisch vor einer Kneipe auf der Dalagatan. Die Sonne war untergegangen, aber die Heizstrahler hielten die Temperatur oben. Beide hatten ein Bier vor sich.

»Karl-Oskar Hansson?«, sagte Niklas.

»Ja. Klingelt da was bei dir?«

»Sofort. Er wurde in der Stadt Koks genannt.«

»Das hab ich gehört. Hattet ihr ihn unter Beobachtung?«

»Ja. Wir wussten, was er tat, aber wir konnten ihn nie einlochen. Er war zu geschickt. Warum interessierst du dich für ihn?«

»Er hat damals offenbar Drogen an Fredrik Kaldma und Anette Bostam verkauft.«

»Das stimmt sicher.«

»Kaldma ist gerade erschossen im Fjäll aufgefunden worden.«

»Ach du Scheiße. War er nicht verschwunden?«

»Seit 1999. Jetzt ist er wieder aufgetaucht. Ermordet.«

»Und du glaubst, es könnte was mit Drogen zu tun haben?«

»Keine Ahnung. Das ist eine der Spuren, die wir verfolgen.«

Niklas nahm einen Schluck Bier und schielte zu Stilton hinüber.

»Arbeitest du wieder als Bulle?«

»Nein. Sie haben mich als Berater engagiert.«

Niklas fing an, laut zu lachen, so lange, dass Stilton schließlich selbst zu lachen begann. Zum zweiten Mal innerhalb kurzer Zeit.

»Was ist denn so lustig daran?«, fragte er, als Niklas aufgehört hatte zu lachen.

»Nichts. Vom Kommissar zum Penner zum Berater. Und was kommt dann?«

»Das weiß man nie«, lächelte Stilton. »Staatsminister?«

»Keine blöde Idee.«

»Aber ernsthaft jetzt, weißt du, was Hansson heute macht? Ist er noch in der Drogenszene?«

»Das ist wahrscheinlich eine Frage der Definition. Er hat die Sache auslaufen lassen und ist aus der Stadt verschwunden, war eine Zeit lang in Spanien, in Marbella, dann ist er vor ein paar Jahren plötzlich hier in der Fitnessbranche aufgetaucht, hat wohl als Personal Trainer gearbeitet, jetzt scheint er außerdem noch Teilhaber eines etwas obskuren Nachtclubs zu sein, hab ich gehört.«

»Welcher Club ist das?«

»Night Light, in der Västmannagatan.«

»Verbindungen zu Drogen?«

»Soweit ich weiß, nicht, aber ich bin ja nicht mehr draußen auf der Straße unterwegs.«

»Was machst du denn dann?«

»Auf meinem Arsch sitzen. Prost. Reicht das Beraterhonorar für eine neue Runde?«

Stilton nickte, und während Niklas eine Kellnerin zu sich winkte, dachte Stilton ein paar Sekunden über die Honorarfrage nach.

Das war ihm gar nicht in den Sinn gekommen.

Er würde mit Mette darüber sprechen.

*

Mårten saß im kleinen Kaminzimmer und rieb sich die Augen. Er war dieser Tage mal mit einem, mal mit zwei und mal mit drei Ohren bei dem Gespräch des Ermittlerteams im Arbeitszimmer gewesen. Zumindest eines dieser Ohren, sein linkes, hatte mehrfach den Namen Fredrik Kaldma herausgehört. Ein ungewöhnlicher Name, fand Mårten und schrieb ihn auf.

Wie es seine Gewohnheit war, saß er nun da und durchforstete seine Spezialregister. Ahnenforschungsregister.

Er musste sich entspannen, wieder etwas herunterkommen.

Er hatte gestern Nacht einige Stunden unten im Keller verbracht, im Musikzimmer, mit extrem hohem Puls. Der Grund war die Dunkelheit. Die Dunkelheit, die sich seiner Meinung nach gerade über die Nation senkte. Die Christdemokratin Ebba Busch Thor hatte sich mit Jimmie Åkesson, dem Vorsitzenden der Sverigedemokraterna, verbrüdert. Mit ihm zu Mittag gegessen, wie die Umschreibung lautete. Die rechtsradikalen Sverigedemokraterna waren dabei, genauso groß zu werden wie die Sozis, Åkesson genoss unter allen Parteichefs das größte Vertrauen.

Dunkelheit.

Mårten hatte eine Flasche Wein entkorkt, einen Gram-Parsons-Song aufgedreht und versucht zu verstehen, was da gerade passierte. Wurde das Undenkbare in diesem Land auf einmal denkbar? Sogar normal? Hatte man die Vergangenheit gelöscht? Aus dem Gedächtnis getilgt? Waren Rassisten plötzlich stubenrein? Sogar willkommene Gesprächspartner? Für ihn war das so unbegreiflich wie beängstigend.

Er hatte sein Gehirn mit Rotwein durchgespült und seinen Laptop herausgeholt. Er wollte einen Leserbrief an *Dagens Nyheter* schreiben. Das hatte er in seinem Leben bisher ein einziges Mal getan, als die Gemeinde die Mittel für das Heim in Skå-Edeby kürzen wollte, um eine Bingohalle zu fördern. Er hatte mit Nachdruck erläutert, wie wichtig es war, junge, psychisch gestörte Menschen zu unterstützen und ihnen dabei zu helfen, ihr Leben zu verändern, es zu gestalten. Eine Investition in die Zukunft. Der Leserbrief hatte Wirkung gezeigt, und Skå-Edeby behielt sein Budget.

Jetzt ging es um etwas anderes.

Die Nation.

Er begann zu schreiben, hämmerte geradezu in die Tasten, änderte und schrieb um, verschwand völlig im Text.

»Was machst du?«

Mårten zuckte zusammen. Mette war hinter ihm aufgetaucht. Sie setzte sich in den Sessel neben ihm und schielte auf den Bildschirm auf seinem Schoß.

Und las.

Und begriff.

Sie kannte ihren Mann, sie wusste, von welcher Welt er geträumt hatte, und verstand, was er vor seinen Augen zerfallen sah, Stück für Stück, Tag für Tag. Sie verstand seine Wut.

»Willst du das abschicken?«, fragte sie.

»Ja. Wieso?«

»Es ist im Affekt geschrieben.«

»Ich bin im Affekt.«

»Sehr viele in diesem Land sympathisieren mit den Sverigedemokraterna.«

»Und weißt du, warum? Weil die einen geschniegelten Parteichef mit Dreitagebart und schicker Frau haben. Aber wenn du einen Meter dahinter schaust? Was sind das für Leute, die ihn mögen? Kaputte, bildungsresistente Trullas mit Pudding im Hirn und ihre Männer, weiße Vogelscheuchen mittleren Alters, die sich am Freitagabend mit ein bisschen Hate-Speech im Internet einen runterholen. Åkesson ist hochgefährlich. Bald isst er wahrscheinlich auch noch mit Kristersson zu Mittag.«

Mette nahm zur Kenntnis, dass ihr Mann im Augenblick kein Meister der Nuancen war, sondern im Gegenteil sogar ziemlich voreingenommen. Obwohl er mit seiner Aussage über Kristersson sogar recht haben konnte. Sie selbst hatte ein gewisses Vertrauen zu dem Konservativen Fredrik Reinfeldt gehabt, er war geradeheraus und deutlich, aber inzwischen wurde seine Partei von einem pathetischen Fähnchen im Wind geleitet.

Fand sie.

Aber sie wollte Mårtens Affekt nicht verwässern, also küsste sie ihn auf die Wange und erinnerte ihn daran, die Mülltonnen hinauszustellen, weil morgen die Müllabfuhr kam.

Als sie gegangen war, klappte Mårten den Bildschirm herunter und schloss die Augen, lange … Langsam ging der Affekt in Verzweiflung über, und zum Schluss löschte er den Text.

Aber das war gestern Nacht gewesen.

Jetzt saß er mit müden Augen am Kamin und versuchte, sich auf Fredrik Kaldmas Ursprung zu konzentrieren. Er war bereits ein paar Generationen in der Zeit zurückgegangen. Da tauchte bei einer Nebenrecherche etwas sehr Interessantes auf.

Etwas Unerwartetes.

Ich frage mich, ob sie davon wissen, dachte er.

*

Olivia verließ gerade mit zwei Tüten voller Lebensmittel den Supermarkt an der Ecke Skånegatan/Östgötagatan. Sie war heute mit Kochen dran. Wenn man es so nennen wollte. Kochen war ja nie ihre große Stärke gewesen, aber sie hatte im Internet ein Rezept für Pasta mit grünem Spargel gefunden, das nicht allzu viel Können und Zeit erforderte. Sie war also zufrieden. Als sie die Skånegatan überquerte, warf sie einen Blick zu dem gelben Eckhaus auf der anderen Seite hinauf. Dort hatte sie die ersten Jahre gewohnt, nachdem sie zu Hause ausgezogen war. Ab und zu vermisste sie die Wohnung, vor allem aus nostalgischen Gründen, aber auch, weil sie die Lage mochte. Sie fühlte sich hier heimisch, mit den Menschen, den Restaurants und Geschäften. Dem kleinen Platz, Nytorget. Dem lebendigen Treiben, der Bewegung. Es hatte eine Zeit gedauert, bis sie sich am Hornstull genauso wohl fühlte, auch wenn sich dort in den letzten Jahren einiges getan hatte. Vom zugigen Platz zum hippen Ort. Von Messer zu Hummerbesteck.

Im positiven wie im negativen Sinn.

Sie bog in die Katarina Bangatan in Richtung Nackas Hörna ein. Auf dem Gehsteig saß eine Krähe, die sich an einem alten Stück Brot gütlich tat und Olivia kaum eines Blickes würdigte, als sie sie verscheuchen wollte. Als sie zu Ronny Redlös' Antiquariat kam, stellte sie die Tüten ab und spähte durchs Schaufenster, doch drinnen war alles dunkel, und ein kleines, handgeschriebenes Schild in der Tür informierte sie darüber, dass für heute geschlossen war. Sie war ein bisschen enttäuscht, es wäre schön gewesen, Ronny und Benseman zu treffen. Es war lange her. Bescheuert, dachte sie. Warum war ich nie mit Lukas hier, wo es doch ganz in der Nähe ist?

Das Antiquariat war ein Knotenpunkt, wie man ihn heutzutage in der Innenstadt – oder vielleicht überhaupt – nur noch selten fand. Es gehörte zu der Sorte von Geschäft, für die es meist keinen Platz mehr gab, weil ihre Rentabilität nicht in Geld gemessen werden konnte. Aber auf menschlicher und kultureller Ebene war es Gold wert. Ein Treffpunkt und Schmelztiegel, wo sich Literaturliebhaber der feineren Gesellschaft und abgerissene Obdachlose mischten. Ronnys Herz aus Gold war weithin bekannt. Und seine Leseabende für die sozial Ausgegrenzten waren ein stehendes Event, das viel Publikum anzog, nicht zuletzt, weil dort etwas zu essen und zu trinken serviert wurde, aber trotzdem. Er brachte sie zum Zuhören und animierte sie zu Diskussionen, zu denen sie sich selbst nie für fähig gehalten hatten. Wie er es schaffte, seinen Laden trotz der hohen Mieten in der Gegend zu halten, war ein Rätsel, auf das nur wenige die Antwort kannten. Olivia wusste es nicht sicher, aber Tom hatte irgendwann einmal etwas über eine steinreiche Verwandtschaft fallen lassen. Vielleicht gehörte das Gebäude jemandem aus der Familie?

Ronny selbst verlor kein Wort darüber.

Sie nahm ihre Tüten wieder hoch.

Dann also ein andermal.

Das Laub wirbelte durch die Allee, während sie auf die andere Straßenseite hinüberging. Die Krähe, die sich inzwischen satt gefressen hatte, vertrieb sich nun die Zeit damit, einen Hund zu attackieren. Einen großen Hund. Das Bild, das der Vogel von sich selbst hatte, stimmte vielleicht nicht so ganz mit der Wirklichkeit überein, aber er hatte den Vorteil, fliegen zu können, und entkam auf diese Art den scharfen Zähnen des Hundes. Olivia ging quer über die Straße zu Lukas' Haustür.

»Hallo?«

Die unverschlossene Tür und das Handy auf dem Flurtischchen verrieten, dass er zu Hause war. Sie schälte sich aus der Jacke und wollte gerade wieder nach ihren Tüten greifen, als das Handy »Pling« machte und aufleuchtete. Sie warf einen Blick darauf. Konnte eine Nummer erkennen, keinen Namen, aber ein rotes Herz, das sich in ihre Netzhaut ätzte wie ein Laser. Dann erlosch der Bildschirm.

»Lukas?«

»Ja. Ich bin hier!«

Seine Stimme kam aus dem Malerzimmer. Und dann kam er selbst heraus, mit einem Lappen in der Hand und wirrem

Haar, Farbe auf der grauen Jogginghose und einem Lächeln auf den Lippen. Normalerweise völlig unwiderstehlich. Normalerweise.

»Dein Handy«, sagte sie und reichte ihm das Telefon.

Sie hielt es zwischen zwei Fingern, als wäre es ein schleimiger Fisch. Kein Ansatz zu einer Umarmung. Er legte den Lappen weg, nahm das Handy und sah ein wenig verwirrt aus.

»Du hast eine SMS bekommen«, erklärte sie.

Lukas sah sich kurz die SMS an und drückte sie genauso schnell wieder weg. Olivia, die komplett darauf fokussiert war, auch nur die geringste Reaktion aus seinem Gesicht abzulesen, konnte absolut nichts erkennen. Bevor sie sich die Schuhe ausgezogen hatte, war er schon mit den Einkaufstüten auf dem Weg in die Küche.

»Von wem war sie?«

Sie konnte das Herz nicht einfach so durchwinken, das spürte sie. Er hatte die Person offenbar nicht in seiner Kontaktliste, denn dann hätte sie einen Namen gesehen. Eine unbekannte Person, die ihrem Freund Herzen schickte. Na und? Herzen in SMS wurden ja inzwischen inflationär gebraucht. Das war eigentlich keine große Sache.

Oder?

Hatte er in letzter Zeit nicht extrem viele Mitteilungen bekommen?

Sie folgte Lukas in die Küche. Er packte das Essen aus und hielt den Spargel hoch.

»Soll der in die Pasta?«, fragte er.

»Ja. Warum antwortest du nicht?«

»Worauf?«

Was sollte das? Stellte er sich dumm? Oder verstand er es wirklich nicht? Vielleicht sollte sie die ganze Sache einfach auf sich beruhen lassen und nicht an der verkrusteten Wunde kratzen.

»Worauf?«, wiederholte Lukas und legte den Spargel auf die Arbeitsfläche. »Hallo?«

Er schnipste mit den Fingern. Suchte ihren Blick.

»Ich hab nicht gehört, was du gefragt hast.«

Das Ganze zu ignorieren war jetzt nicht mehr möglich. Sie musste es wissen. Es aus dem System herauskriegen. Das Laserherz.

»Von wem war die Nachricht?«, fragte sie.

»Niemand, den du kennst.«

»Der Herzen schickt?«

»Woher weißt du das?«

Er hielt mitten in einer Bewegung inne. Seine Hand war noch in der Einkaufstüte, während er sich zu ihr umwandte. Diese intensiven, strahlend blauen Augen, die jetzt fragend aussahen. Fragten, ob sie ihm nachspionierte. Olivia machte einen betont lässigen Schritt auf die Arbeitsfläche zu, griff nach dem Spargel und wusste nicht, warum sie ihn auf einmal in der Hand hielt. Um die Handlung zu motivieren, holte sie ein Schneidebrett und legte den Spargel darauf. Das fühlte sich etwas logischer an.

»Handys leuchten eben auf, wenn man Mitteilungen bekommt, und ich hab es zufällig gesehen.«

»Zufällig?«

»Ja, zufällig.«

Lukas nahm die Nudeln und hielt sie ihr hin. Lächelte er ein bisschen? Fand er das hier lustig?

»Okay«, sagte er.

Sie griff nach der Nudelpackung und legte sie neben den Spargel, holte einen Topf aus dem Schrank und begann, ihn mit Wasser zu füllen. Wartete auf eine Erklärung. Lukas beobachtete sie noch immer, das spürte sie, obwohl sie ihm den Rücken zugewandt hatte.

»Sie war von einer Stalkerin«, sagte er schließlich, als der Topf voll war.

Olivia fing an, mit einem Messer die Spargelenden abzuschneiden.

»Nein, so macht man das!« Lukas stellte sich neben sie, hielt eine Stange Spargel hoch und bog sie, bis sie mit einem Plopp auseinanderbrach.

»Dann weiß man genau, wie viel wegmuss.«

»Ehrlich? Eine Stalkerin?«

Plopp.

»Vielleicht nicht so richtig, eine Frau eben.«

Plopp.

»Was für eine Frau?«

Plopp.

»Bist du eifersüchtig?«, wollte Lukas wissen.

»Hab ich einen Grund dazu?«

Plopp. Plopp. Plopp. Sie hatte sich jetzt zu ihm umgewandt.

»Nein, überhaupt nicht«, sagte er. »Wir hatten vor ein paar Jahren mal was miteinander, und dann ist sie auf dieser Party aufgetaucht. Soll da nicht auch noch geriebene Zitronenschale rein?«

»Doch, ja. Welche Party? Nach der Vernissage?«

Die Polizistin in ihr hatte übernommen. Lukas nahm eine Zitrone aus der Schüssel auf dem Tisch.

»Ja.«

Er ließ die Zitrone aus der Hand in die Armbeuge rollen, von wo aus er sie in die Luft schleuderte und mit der Hand wieder auffing.

»Und?«, fragte Olivia.

»Was, und?«

»Warum schickt sie dir jetzt massenhaft Herzen?«

»Sie mag mich wohl.«

Seine unbeschwerte und provokant scherzhafte Art zu antworten reizte Olivia. Irritierte sie. Nervte sie. Es war, als würde er mit Stollenschuhen auf ihren Nerven herumtrampeln. Jetzt sah er es auch. Wie es in ihr gärte.

»Komm schon, Olivia, sie bedeutet mir überhaupt nichts. Das muss dir doch klar sein!«

Er breitete versöhnlich die Arme aus. Sie ließ sich nicht hineinfallen. Trat stattdessen einen Schritt zurück, weg von ihm, und sah, dass etwas in seinen Augen erlosch. Er wandte sich um und zog an einer Schublade. Etwas zu fest. Es klirrte ordentlich. Holte einen Zestenreißer heraus.

»Sag nicht, dass es die mit der roten Baskenmütze ist«, sagte Olivia.

»Doch, sie hatte eine rote Baskenmütze auf. Wieso?«

Sein Tonfall klang hart, und er begann, gleichzeitig ungestüm Zitronenschale zu reiben. Sie beobachtete seine Bewegungen. *Sie* hatte das Recht, wütend zu sein, nicht er. Fand sie. Der Topf auf dem Herd hatte zu dampfen begonnen, bald mussten die Spaghetti hinein.

»Wirst du ihr antworten?«, fragte sie.

»Vielleicht, mal sehen.«

Die Nonchalance in seiner Antwort war der Tropfen, der das Fass zum Überlaufen brachte. Olivia wandte sich um und ging hinaus.

Aus der Küche.

Aus der Wohnung.

Die Treppe hinunter.

Auf die Straße.

Dort blieb sie stehen und blickte zur Haustür zurück. Ob er auftauchen würde. Das tat er nicht. Die Sache kümmerte ihn also nicht weiter? Na dann.

Sie fing an zu laufen.

Planlos.

Um sich zu sortieren.

War sie zu kontrollierend? Zu hitzig? Sowohl in der Arbeit als auch zu Hause? Aus dem Gleichgewicht? Bosses Seitenhieb am Morgen hatte sie getroffen, und Lukas' Art, mit ihrer Eifersucht umzugehen, tja, was gab es dazu zu sagen? Er nahm sie nicht ernst. Und warum nicht? Weil es keinen Grund dafür gibt, sagte eine sanfte Stimme in ihr. Um abzulenken, sagte eine andere. Die härtere. Herrgott noch mal, ich denke in Polizeimanier. Was mache ich denn da? Es ist doch Lukas. Wann bin ich bloß so eine verdammte Dramaqueen geworden? Einfach so rauszustürmen?

Sie zog die Kapuze ihrer Jacke hoch. Sie war nicht die Einzige, die stürmte, die Bäume in der Katarina Bangatan schwankten bedenklich. Die letzten Blätter, die sich eigensinnig an den Zweigen festgeklammert hatten, mussten schließlich aufgeben. Loslassen. Tanzten durch die Luft.

Ein Totentanz.

Sie setzte sich auf eine Parkbank unweit des Antiquariats. Tastete ihre Tasche ab. Sie hatte ihr Handy nicht mitgenommen. Sie lehnte sich zurück und beruhigte ihren Kopf. Versuchte, alle möglichen Dinge zu verstehen. Über sich selbst. Über Lukas. Über ihre Beziehung. Sie hatte in ihrem Leben mehrere kürzere und eine längere Beziehung gehabt. Alle waren zu Ende gegangen, aus unterschiedlichen Gründen. Eifersucht war keiner davon gewesen. Sie empfand sich selbst nicht als eifersüchtigen Menschen, hatte es nie getan. Bis jetzt. Das war eine neue und unangenehme Entdeckung. Wie sollte sie damit umgehen? Würde sie ihre erste eigene Ermittlung auf die Reihe kriegen, wenn sie sich gleichzeitig mit einem stürmischen Privatleben herumschlagen musste? Voll von Eifersucht?

Da tauchte die Krähe mit dem schrägen Selbstbild wieder auf. Schlug mit den Flügeln, bevor sie sich auf einen Ast setzte, der sich sowohl unter dem Gewicht des Vogels als auch der Kraft des Windes bedenklich bog. Krächzte zu Olivia hinunter. Sie krächzte zurück. Das hätte sie nicht tun sollen, denn jetzt hob die Krähe ab und setzte zum Sturzflug an. Direkt auf Olivias Kopf. Sie spürte, wie ihre Kapuze von den Klauen und Flügeln nach unten geschoben wurde.

»Was zum Teufel!«

Krah. Sie sprang auf und sah der Krähe verblüfft nach. Die ließ sich nun auf einem stabileren Ast nieder. Bereitete vermutlich die nächste Attacke vor. Olivia blickte sich um. Die Allee war leer. Vor einem der Restaurants etwas weiter weg bewegten sich ein paar Menschen, ansonsten waren da nur sie und die Krähe. Das ist doch albern, dachte sie, begann jedoch trotzdem zu gehen, ziemlich schnell, mit gebeugtem Kopf, in Richtung Lukas' Wohnung.

Die Krähe blieb sitzen.

Sie war für dieses Mal zufrieden.

Als sie vorsichtig in den Flur trat, duftete es nach Zitrone und gebratenem Spargel. Sie nahm ihr Handy, das in der Tasche im Flur lag. Mehrere Anrufe in Abwesenheit. Von Lukas. Mehrere Nachrichten. Mit Herzen. Ihr kamen die Tränen, sie konnte nichts dagegen tun. Lukas selbst saß in der Küche und aß. Hatte auch für sie gedeckt. Kerzen angezündet. Er sah so einsam und traurig aus, dass es ihr ins Herz schnitt. Sie ging zu ihm. Umarmte ihn von hinten, vergrub ihr Gesicht in seinem Haar.

»Entschuldige«, sagte sie.

*

Das Night Light lag in der Västmannagatan, mit einem schlichten roten Neonschriftzug über dem schwarzen Eingang und ein paar benutzten Kondomen im Rinnstein ein Stück weiter. Stilton trat ein und blieb einige Sekunden stehen, um seine Augen an die Dunkelheit zu gewöhnen. Für diese Art von Etablissement war es noch früh am Abend, die Tische vor der geschwungenen Bar waren leer. Doch die Bar selbst war besetzt. Eine Frau mit guter Figur und kräftigem, schwarzem Haar, das zu einem Pferdeschwanz gebunden war, stand hinter dem Tresen. Sie hatte ein Handy zwischen Kopf und Schulter geklemmt, während sie gleichzeitig mit einem blauen Geschirrtuch ein Bierglas abtrocknete. Stilton fielen zwei Dinge auf. Zum einen, dass die Frau ihm den Rücken zukehrte, als er sich näherte, und zum anderen, dass sie Spanisch in ihr Handy sprach. Er erreichte die Bar und klopfte auf den Tresen. Die Frau beendete das Gespräch, ohne sich umzuwenden.

»Wir haben eigentlich noch nicht geöffnet«, sagte sie und warf über die Schulter einen Blick auf Stilton.

»Wie gut. Ich suche Karl-Oskar Hansson, ist er da?«

»Glaub ich nicht.«

»Kennen Sie jemanden, der es weiß und nicht nur glaubt?«

Jetzt drehte sich die Frau um und sah Stilton an. Ein paar Sekunden lang. Dann begriff sie, dass die Sache ernst war.

»Fragen Sie Leopold.«

»Und wo finde ich Leopold?«

Die Frau deutete mit einem Kopfnicken nach links, von der Bar aus gesehen. Stilton folgte der Richtung und kam zu einem kleinen Alkoven mit einem niedrigen, ovalen Tisch, an dem fünf Männer saßen. Einer davon, der Mann in der Mitte, aß etwas Undefinierbares von einem Teller, der vor ihm stand. Die anderen saßen zurückgelehnt auf roten Sofas. Eine merkwürdig asymmetrisch geformte Lampe hing über dem Tisch und beleuchtete den Teller, der Rest lag im Dunkeln. Stilton blieb ein Stück entfernt stehen und betrachtete die Gruppe. Sein alter Bullenreflex sprang sofort an. Das hier waren keine Typen, die einen Job im Kindergarten hatten.

»Leopold?«, fragte er und wusste bereits, dass es der Mann mit dem Teller war.

Auch das ein Effekt des Reflexes.

Der Mann in der Mitte blickte mit der Gabel in der Hand auf. Er hatte eine gut gepflegte Schifferkrause und klare, blaue Augen. Und klar lackierte Nägel, wie Stilton feststellte.

»Ja?«, sagte er.

»Ich suche Karl-Oskar Hansson.«

»Und ich esse gerade.«

»Was isst du?«

Leopold ließ die Gabel sinken und warf einen Blick auf einen der Männer neben sich, bevor er antwortete: »Eingeweide. Bist du hungrig?«

»Karl-Oskar Hansson. Du weißt, wer das ist?«

»Ja. Das ist mein großer Bruder. Das da ist seine kleine Schwester.«

Leopold zeigte mit der Gabel auf einen Mann im Schummerlicht, einen ziemlich großen Mann mit dunklem, kräftigem Bart und Augen, die im Schatten lagen. Stilton machte einen Schritt auf den Tisch zu.

»Weißt du, wo Karl-Oskar ist?«, fragte er Leopold.

»Wieso willst du das wissen?«

»Ich will mit ihm reden.«

»Worüber?«

»Mit *ihm*.«

»Bist du Bulle?«

»Gewesen.«

»Haben sie dich rausgeschmissen?«

Leopold schob sich die Gabel in den Mund, während die Männer im Dunkeln leise lachten.

»Nein«, antwortete Stilton. »Ich hab aufgehört und bin ein paar Jahre abgestürzt, dann hab ich jemanden getötet und bin untergetaucht, jetzt bin ich wieder aufgetaucht, um mit Karl-Oskar zu sprechen.«

Kompaktes Schweigen ist eine Unmöglichkeit in einem Nachtclub, der gerade öffnet, doch das Einzige, was man jetzt vernehmen konnte, war ein leichtes Klappern aus der Bar. Im Alkoven war kein Geräusch zu hören, bis Leopold die Gabel auf den Teller legte. Da nahm Stilton die Gelegenheit wahr, einen kleinen Zettel auf den Tisch fallen zu lassen.

»Wenn du ihn siehst, sag ihm, er soll anrufen.«

Stilton drehte sich um und ging in Richtung Bar.

»Wie heißt du?«, ertönte es hinter seinem Rücken.

»Tom Stilton«, antwortete er, ohne sich noch einmal umzuwenden.

Als er an der Bar vorbeiging, war die Frau mit einem neuen Bierglas zugange.

»Schönen Tag noch, Tom«, sagte sie, den Blick auf das Glas gerichtet.

Viele Villen im idyllischen Kummelnäs hatten einen hohen Marktwert, vor allem die mit Meerblick. Die Straßen luden zu Spaziergängen ein, die Gärten waren in der Regel groß und gut gepflegt. Mette und Mårten wohnten seit Ewigkeiten hier, besser gesagt gute drei Jahrzehnte. »Das Haus ist unser Herz und der Garten unsere Lunge«, rutschte es Mårten manchmal vor dem Kaminfeuer heraus. Sie fühlten sich nach all den Jahren noch immer wohl hier, auch wenn es Wolken gab, die heraufzogen, Wolken finanzieller Art.

Aber das wurde bis auf Weiteres unter den Teppich gekehrt.

Heute regnete es in Kummelnäs, ein milder Herbstregen, der von rot gefärbten Eichenblättern und Hainbuchen tropfte. Olivia hatte die Gruppe bei Olsäters zusammengerufen. Die dezimierte Gruppe: Mette, Tom und sie selbst. Sie wollte sie nur ungern als den inneren Kern bezeichnen, aus Respekt für Lisa und Bosse, aber genau das war ihr Gefühl. Bei Mette und Tom war sie sicher. Bei den anderen musste sie eine Rolle einnehmen, mit der sie sich noch nicht ganz wohl fühlte. Außerdem hatten sie die Arbeit aufgeteilt: Lisa und Bosse sollten den Fokus auf den Angriff auf Olivia im Fjäll setzen. Der Mann, den sie erschossen hatte, war noch nicht identifiziert. Sie selbst, Tom und Mette wollten sich mit dem Mord an Kaldma beschäftigen.

Das Trio hatte sich für zehn Uhr verabredet. Stilton war schon um neun da. Einerseits, weil er nichts zum Frühstücken auf dem Kahn hatte, andererseits, weil er mit Mette reden wollte, bevor Olivia kam.

Über das Honorar.

Mårten hatte Eier und Speck gebraten und Brot geröstet. Außerdem Avocado und dünne Streifen Blauschimmelkäse aufgeschnitten. Stilton aß alles, was vor ihn hingestellt wurde. Mette nahm eine Scheibe Avocado und ein Glas Wasser.

»Hast du dich nie nach Hause gesehnt?«, fragte sie und legte sich die Scheibe auf die Zunge.

»Nein«, log Stilton. »Ich finde, es läuft gut da unten.«

»In der Hängematte? Mit einer Eidechse zwischen den Zehen?«

Stilton schob den Teller etwas von sich weg. Inzwischen war er solche Kommentare gewohnt und wusste, wie er ihnen begegnen musste. Das Problem war, dass Mette einen wunden Punkt traf. Er hatte sich nicht direkt nach Hause gesehnt, so war er nicht gestrickt, aber er hatte Dinge von zu Hause vermisst. Vor allem das Beisammensein mit seinen Freunden, davon hatte er in Thailand nicht so viele. Aber auch andere Dinge, die schwieriger zu fassen waren. Kulturell bedingt, würde Mårten sagen. Seinen Stammplatz auf der Erde. In Stiltons Fall in erster Linie Rödlöga. Die Insel, auf der er mit Großvater und Großmutter aufgewachsen war und von der er inzwischen einen ansehnlichen Teil geerbt hatte. Durch die Insel, oder die Teile, die er davon verkauft hatte, konnte er sich versorgen. Er hatte es noch nicht dorthin geschafft, seit er nach Schweden gekommen war, aber es stand auf seiner Liste.

»Ich komme nach Hause, wenn ich nach Hause komme«, erklärte er.

Womit Mårten und Mette völlig einverstanden waren. Tom

konnte man zu nichts drängen. Dafür brauchte es schon eine angeschossene Olivia.

»Was ganz anderes«, fuhr Stilton fort. »Das Honorar.«

»Honorar?«, sagte Mette.

»Ist es so gedacht, dass ich das hier alles auf ideeller Basis mache?«

»Ja. Brauchst du Geld?«

»Nein. Wirst du denn bezahlt?«

»Ja. Aber nicht in Form von Geld.«

»Sondern?«

Mette sah Stilton an, und nach ein paar Sekunden konnte er den Blick deuten. Er war zugleich ruhig und herablassend.

»Dein Lohn ist, dass du Olivia hilfst?«, fragte er.

»Einzig und allein.«

Mårten hustete ein bisschen und tat so, als hätte er ein Stück Speck in den falschen Hals bekommen. Mette warf ihm einen Blick zu. Einen etwas zu harten Blick diesmal. Mårten legte die Gabel nieder und sah Mette an.

»Du kannst ja wohl trotzdem zugeben, dass es auch darum geht, dass du wieder Polizistin spielen darfst?«

»Wieder Polizistin spielen« war nicht der diplomatischste Ausdruck in dem Zusammenhang. Aber er war ein wenig sauer auf seine Frau. Ihre edlen Motive waren mit einer gehörigen Portion Egoismus garniert, und das, fand er, konnte sie auch zugeben.

Stilton, der zwischen seinen ältesten Freunden saß, schenkte sich einen Schluck Wasser ein und war neugierig, wie sich die Sache entwickeln würde.

Leider klingelte in diesem Moment Olivia an der Tür, und Stilton musste einsehen, dass sich die Fortsetzung dieses kleinen Familiendramas vermutlich in seiner Abwesenheit abspielen würde.

Die drei setzten sich an den großen Tisch. Mettes Laune war wieder auf dem Höhepunkt. Der Zwischenfall am Küchentisch war vergessen, zumindest vorübergehend. Nun wurde es ernst mit »Polizistin spielen«.

»Du zuerst, Olivia.«

Olivia informierte sie über ihr Treffen mit Anette Bostam und Bosses Bericht von der Polizei in Arjeplog, ohne darüber nachzudenken, dass Mette heute das Heft in die Hand genommen hatte. Sie war immer noch daran gewöhnt.

»Und du, Tom?«, fragte Mette.

Stiltons Info war kurz. Karl-Oskar Hansson. Der Dealer des Paars Bostam-Kaldma. Heute Personal Trainer und Teilhaber des Nachtclubs Night Life. Es war ihm nicht gelungen, ihn zu erwischen.

»Ich hab ein paar Typen gebeten, die Augen offen zu halten. Wenn er auftaucht, erfahre ich das.«

»Gut.«

Er vermied es, die Barkeeperin zu erwähnen, die Spanisch gesprochen hatte.

»Dann hab ich noch diesen Zettel überprüft, der in Kaldmas Overall war«, fuhr er fort. »Es scheint keine Telefonnummer zu sein. Wenn es Positionskoordinaten sind, geben sie einen Ort mitten im Atlantik an, vor der Küste von Gambia.«

»Im Atlantik?«

»Ja.«

»Seltsam, warum hatte er so einen Zettel bei sich? Oben im Fjäll?«

Eine rhetorische Frage, die Stilton mit einem Achselzucken beantwortete.

»Er lag ja im Futter«, sagte er. »Dort kann er ja sonst wie lange gelegen haben.«

Olivia machte sich eine Notiz zu Stiltons Information und wandte sich an Mette.

»Und wie ist es bei dir gelaufen?«

»Die DNA der Hautablagerungen unter den Fingernägeln der Leiche ist nicht in unseren Registern«, berichtete Mette. »Ich habe Europol mit einbezogen. Sie stimmt auch nicht mit der des erschossenen Mannes überein.«

»Dann können wir ihn als Mörder streichen«, stellte Stilton fest.

»Wenn sie nicht zu zweit waren«, wandte Olivia ein. »Die Frau. Sie könnte Kaldma im Beisein des Mannes ermordet haben. Die Ablagerungen könnten von ihrer Haut stammen.«

»Völlig korrekt«, sagte Mette.

»Und wir wissen immer noch nicht, wer der Mann ist?«, erkundigte sich Stilton.

»Nein.«

Da klingelte es an der Tür. Es war Lisa. Mårten ließ sie herein, und sie blieb in der Tür zum Arbeitszimmer stehen.

»Hallo, entschuldigt, dass ich störe, aber ich hab vorhin eine Mail von der Ballistik bekommen, die ziemlich merkwürdig war.«

»Inwiefern denn?«, wollte Olivia wissen.

»Die Kugel, die dich getroffen hat, stammte aus derselben Waffe, mit der Kaldma erschossen wurde. Die Kugel in der Hütte auch. Sie hatten identische Spurrillen.«

Eine wirklich erstaunliche Information, das war allen am Tisch anzumerken.

»Die Frau, die auf mich geschossen hat, ist also die Mörderin?«, sagte Olivia.

»Nicht unbedingt«, entgegnete Mette. »Zwei Personen könnten dieselbe Waffe verwendet haben.«

»Im Abstand von zwanzig Jahren?«

Es wurde still.

»Jemand steht draußen am Gartentor«, ließ Mårten sich aus der Küche vernehmen.

Er ging zur Haustür, und alle am Tisch warteten auf die Fortsetzung. Sie traten ja ohnehin gerade ein wenig auf der Stelle.

»Tom!«, rief Mårten aus dem Flur.

Stilton stand auf.

Mårten deutete aus der Haustür ins Freie.

»Er meinte, er will mit dem Thailänder sprechen, ich nehme an, das bist du?«

Stilton blickte zum Gartentor hinüber und sah den Kadaver von gestern. Er war auf den Beinen, hatte eine farbenfrohe Schirmmütze auf dem Kopf und eine zottelige dunkle Jacke über die Schulter geworfen. Der Nerz. Er hielt sich zwar am Gartentor fest, aber er stand aufrecht.

»Hi, Tom! Wie läuft's? Ich hab News!«

Stilton wägte ab. Rein oder raus. Rein, beschloss er.

»Komm rein!«

Der Nerz öffnete das Tor und bewegte sich mit leicht steifem Gang auf die Haustür zu. Stilton realisierte, dass er high war.

»Wie zum Henker konntest du wissen, dass ich hier bin?«, fragte Stilton.

»Magic!«

Stilton ging einen Schritt zur Seite, der Nerz betrat den Flur. Mårten streckte zur Begrüßung die Hand aus, und der Nerz schüttelte sie übertrieben lange.

»Verdammt geile Hütte, die du da hast! Zwanzig Mille, garantiert! Ich könnte sie morgen verhökern! No holdbacks! Nennen wir sie … ›funktionalistisch‹?«

»Na ja, es geht wohl mehr in die nationalromantische Richtung.«

»Analromantik verkauft sich, believe me! Wir beide müssen …«

»Nerz!«

Stilton packte den Nerz und zog ihn in Richtung Arbeitszimmer.

»Hi, Süße!«

Die Süße war die Frau, die die Mordermittlung leitete und gerade ihren Augen nicht traute. Der Nerz war ihr wohlbekannt, seit mehreren Jahren, mit Erfahrungen im Plus- wie auch im Minusbereich. Momentan überwog definitiv das Minus. Sie blickte Stilton an, der leicht mit den Schultern zuckte. Ihm war selten etwas unangenehm. Er wusste, dass der Nerz nicht hergekommen wäre, wenn er nichts abzuliefern hätte. Er war neugierig darauf, was. Mit dem Rest mussten die anderen klarkommen.

Mette dagegen war entzückt. Sie liebte schräge Vögel und hatte ihre Freude, als der Nerz sich über dies und das und noch mehr ausließ. Doch als er sich dann auf den Tisch setzte und die Gemeinsamkeiten zwischen seiner Wenigkeit und Petter Stordalen erörtern wollte, war Schluss. Das sah der Nerz an Stiltons Miene.

»Hier, für dich.«

Mårten versorgte den Nerz mit einer Tasse starkem Kaffee, während Stilton sich setzte. Stilton hatte die Vorstellung des Nerz eine Weile genossen. Es war wie in alten Zeiten. Aber jetzt war es genug.

»Karl-Oskar Hansson«, sagte er. »Ich nehme an, du bist seinetwegen hier.«

»Exakt.«

Der Nerz trank fast die ganze Tasse Kaffee aus, wischte sich über den Mund und legte seine farbenfrohe Schirmmütze auf den Tisch. Als er Stilton ansah, war er ganz bei der Sache. Bei dem, was er abliefern wollte.

»Ich glaube, beziehungsweise ich habe einen ziemlich guten Grund zu der Annahme, dass Koks und diese Anette sich noch mit was anderem beschäftigt haben als Drogen.«

Die Stille um den Tisch brachte mit sich, dass Mårtens knurrender Magen zu hören war.

»Wie meinst du das?«, fragte Stilton. »Beschäftigt?«

»Ficken. Die Damen, entschuldigt die Wortwahl, aber sie fühlt sich gerade adäquat an. Sie haben miteinander rumgemacht. Du weißt schon, Muschi und Schwanz, krasse Kombo.«

»Woher weißt du das?«, fragte Olivia.

»Wissen und wissen, das ist so eine Sache, ich hab's nicht mit eigenen Augen gesehen, aber ich hab mit Typen gesprochen, die es wissen ... oder es jedenfalls behaupten. Koks ist nach Partys oft mit ihr nach Hause gegangen, wenn er, also ihr Macker, im Ausland war. In ihre Wohnung. Da sind sie ja wohl nicht hin, um Dias anzuschauen! Oder? Ich hab dir ja erzählt, wie er war. Superheiß zwischen den Beinen.«

Stilton nickte.

»Ja, meine Damen und Herren, mehr hat der Nerz heute nicht zu bieten. Hoffe, es kann von Nutzen sein. Man lebt nur zweimal!«

Der Nerz glitt vom Tisch herunter, und Mårten begleitete ihn hinaus. An der Haustür blieb der Nerz noch mal stehen.

»Denk an das Ding mit dem Haus«, sagte er.

»Wir haben momentan keine Pläne, es zu verkaufen.«

»Das glaubst *du* ...«

Der Nerz lächelte und verschwand in den Garten. Mårten blickte ihm nach. Aus irgendeinem Grund fühlten sich seine letzten Worte wie ein Omen an.

Um den langen Holztisch war eine Weile gekichert worden, während der Nerz das Haus verließ. Als die Tür zuschlug, übernahm Olivia das Kommando.

»Okay, dann sieht es also folgendermaßen aus. Angenommen dass …«

»Olivia.«

Mette hasste die Formulierung »Angenommen …«, ein Politikerphänomen, das sich wie eine Nacktschnecke über das Land ausgebreitet hatte.

»Unter der Voraussetzung, dass das, was der Nerz erzählt, wahr ist, sind die Drogenspur und die Untreuespur nun zusammengelaufen. Karl-Oskar Hansson war nicht nur der Dealer des Ehepaars Kaldma-Bostam, sondern wahrscheinlich auch Bostams Liebhaber. Ihr habt ja gesagt, im Zuge der alten Ermittlung hätte es anonyme Hinweise gegeben, dass Bostam einen anderen hatte, und eine eurer Hypothesen war, es könnte sich um ein Untreuedrama handeln.«

»Richtig«, bestätigte Stilton, sichtlich zufrieden mit dem, was der Nerz doch noch abgeliefert hatte. Seiner farbenfrohen Schirmmütze zum Trotz.

»Folgefrage«, sagte Olivia. »Könnte Bostam diesen Koks engagiert haben, um ihren Mann loszuwerden? Wir wissen, dass sie unglaublich viel Geld von ihm geerbt hat, ein Vermögen. Hat sie Hansson dazu gebracht, gegen einen Teil dieses Vermögens den Mord auszuführen?«

»Frag sie«, schlug Stilton vor. »Schau ihr in die Augen, dort liegt oft die Antwort.«

Diesmal trafen sie sich nicht im Theater. Es war kurz nach Mittag, und Anette Bostam war zu Hause, ihr Mann beschnitt irgendwo einen Baum. Die hübsche gelbe Villa lag mitten in Bromma. Sie hatte Sprossenfenster in der Küche, wo sie saßen, draußen schoben sich gerade Wolken vor die Sonne.

»Leider hab ich keinen Kaffee, er ist heute früh ausgegangen«, sagte Bostam. »Wollen Sie ein bisschen Saft? Oder etwas anderes?«

»Danke, alles gut.«

Olivia hatte sich ein strenges graues Jackett angezogen, nicht ganz ihr Stil, sie hatte es sich von Lisa ausgeliehen. Aber es war bequem. Bostam hatte einen roten Morgenrock an, so einen, wie man ihn in gewissen Kreisen den ganzen Tag über tragen kann.

»Ich wollte Sie nur zu etwas fragen, das Sie gesagt haben, als wir uns im Theater unterhalten haben«, begann Olivia. »Zu dem letzten Mal, als Sie ihren damaligen Mann Fredrik gesehen haben, bevor Sie auf Tournee gingen.«

»Ja?«

»Sie hatten sich gestritten?«

»Gestritten ... ja, wir hatten uns wohl gekabbelt.«

»Ging es um einen anderen Mann?«

»Einen Mann?«

»Karl-Oskar Hansson. Der Sie zu dieser Zeit mit Drogen versorgt hat.«

Bostams Beruf war es, sich zu verstellen. Zu verbergen. Sie war darauf trainiert. Trotzdem nahm Olivia die mikroskopische Zuckung in ihrem Auge wahr.

»Wer hat das behauptet?«

»Es geht mir nicht um ihr Drogenleben von damals, ich bin auf der Suche nach einem Motiv für den Mord an Ihrem damaligen Mann. Hatten Sie beide Schulden bei Hansson?«

»Nicht, dass ich wüsste … aber ich hatte da bei Fredrik auch keinen so großen Einblick.«

»Haben Sie mit Karl-Oskar Hansson geschlafen?«

Eine erneute mikroskopische Zuckung. Bostam richtete sich kerzengerade auf und zog den Morgenrock etwas fester um sich.

»Sind Sie jetzt nicht ein bisschen sehr anzüglich?«, sagte sie sanft.

»Ja, vielleicht, Mordermittler sind oft nicht so übermäßig pietätvoll.«

»Ich habe nicht mit Karl-Oskar geschlafen.«

»Haben Sie noch Kontakt zu ihm?«

»Nein. Er hat, wie Sie sagen, Fredrik und mir ein paarmal Kokain verkauft, Schluss, aus. Ich habe keinerlei Kontakt mehr zu ihm.«

»Gehen Sie manchmal ins Night Light?«

»Nein. Ich habe zwei Kinder und lebe ein … Für wen halten Sie mich eigentlich?«

Für eine sehr gute Schauspielerin, dachte Olivia.

Sie war auf dem Rückweg von Bromma, als Lisa anrief. Sie hatte einen guten Job gemacht.

»Ich hab Karl-Oskar Hansson überprüft, soweit es ging«, sagte sie. »Laut Handelsregister hat er sich 2009 ins Night Light eingekauft. Im selben Jahr, in dem Kaldma für tot erklärt wurde.«

»Und Anette Bostam sein Vermögen geerbt hat.«

»Ja.«

»Super, Lisa! Und danke für das Jackett. Ich erzähl dir morgen von Bostam. Grüß Bosse.«

Sie legte auf und blickte in das graue Herbstwetter. Ich mag das, dachte sie. Eine Ermittlung leiten. Resultate erzielen. Wenn Papa mich jetzt sehen könnte, wie stolz wäre er!

Sie hatte nicht vorgehabt, Polizistin zu werden, solange Arne noch am Leben war, eher im Gegenteil. Jetzt liebte sie es.

Und bekam einen Kloß im Hals, als die Erinnerung an Arne zu viel Raum einnahm.

*

Stilton hatte das Licht im Salon gedimmt. Er hatte bemerkt, dass er das mochte, die leicht gedämpfte Beleuchtung. Bald kaufe ich wohl auch noch Blumen, dachte er. Luna, was hast du mit mir gemacht?

»Hallo!«

Olivia kam mit Pappschachteln zu ihm herunter. Thai-Essen zum Mitnehmen. Sie dachte, das würde Tom freuen. Zusammen deckten sie den Tisch.

»Hast du ein paar Teelichter?«, fragte Olivia.

Da war bei Stilton die Grenze.

»Nein … aber ich hab das Licht gedimmt.«

»Super. Ich liebe diesen Kahn wirklich.«

»Ich auch.«

Beide setzten sich und begannen zu essen.

»Schmeckt gut«, sagte Stilton.

»Schön. Du hast ja den Vergleich.«

Wenn sie jetzt nur nicht wieder damit anfängt, dachte Stilton und sagte: »Wenn dieser Mist hier vorbei ist, dann komm uns doch mal in Thailand besuchen! Luna vermisst dich.«

»Gern.«

»Und bring diesen Lukas mit, wenn du willst.«

Olivia war gerade dabei, die Gabel zum Mund zu führen,

und brachte die Bewegung zu Ende. Aber sie dachte: *diesen?* Das klang etwas herablassend, fand sie.

»Ich liebe Lukas«, erwiderte sie.

»Wunderbar. Na, dann kann er doch mitkommen?«

Olivia spürte eine aufgesetzte Fröhlichkeit in Toms Stimme. Er wollte es wissen. Sie verstand das.

»Keine Ahnung, wie viel du über den Hintergrund weißt, Lukas' Geschichte, wie dieses Gerichtsverfahren gelaufen ist, all diese Dinge, aber für mich ist das vorbei. Ich lebe jetzt. Wir lieben uns. Er ist Künstler.«

Warum sie Letzteres gesagt hatte, wusste sie nicht. Als eine Art Provokation? Auf welcher Ebene? Kindisch. Stilton nickte und kratzte die Reste aus seiner Pappschachtel.

»Ich hab ihn im Krankenhaus gesehen, er sah nett aus«, sagte er.

»Das ist er.«

»Ist er aufmerksam?«

»Einerseits und andererseits.«

Olivia spürte, dass Tom und sie gerade an einem Punkt waren, an den sie nicht so oft kamen. Ein paarmal vielleicht bisher, in Bukarest oder anderen sensiblen Situationen. Situationen, in denen beide völlig offen zueinander waren. Wie jetzt.

»Was ist einerseits, und was ist andererseits?«, fragte Stilton.

»*Einerseits* ist, wenn wir auf derselben Wellenlänge sind, wenn nichts anderes existiert… und *andererseits*, ja, das ist komplizierter. Wir sind zwei Menschen mit Gepäck.«

Stilton nickte. Zwei Menschen mit Gepäck, das konnte er gut nachvollziehen. Also sagte er: »Bring ihn mit.«

Olivia lächelte und leerte ihre Pappschachtel.

»Ich hätte gern ein Bier, wenn du eins hast.«

Stilton holte zwei Bier. An diesem Abend servierte er es keinem Kadaver. Er servierte es einer Person, die fast so etwas wie seine Tochter war.

»Hast du Bostam getroffen?«, erkundigte er sich und öffnete die Flasche.

»Ja.«

»Und?«

»Ich hab sie gefragt, ob sie mit Hansson geschlafen hat. Ihr eines Auge hat leicht gezuckt, dann sagte sie nein.«

»Sie hat mit Hansson geschlafen.«

»Vermutlich.«

»Was es umso dringlicher macht, ihn zu finden«, stellte Stilton fest.

»Vielleicht ist er untergetaucht, als die Leiche gefunden wurde.«

»Vielleicht.«

»Ich lasse seine Wohnung observieren … und Bostams auch, falls er mit ihr Kontakt aufnehmen sollte.«

Vielleicht ist die Grundlage dafür etwas mager, dachte Stilton. Aber er fand es gut, dass Olivia dranblieb.

Beide hatten Hansson im Fokus.

»Wie fandest du den Nerz heute?«, fragte er und nahm einen Schluck Bier.

»Als Unterhaltung?«

»Er hat abgeliefert.«

»Zweifellos. Ist er dafür bezahlt worden?«

»Nein. Bei dieser Ermittlung wird kein Honorar gezahlt, wir arbeiten einzig und allein für dich.«

Olivia sah Tom an, blickte in seine Augen, wie sie es gelernt hatte. Sie waren völlig unergründlich.

Auf dem Heimweg vom Kahn stieß Lukas auf Höhe des Mariatorget zu ihr. Er war mit ein paar Freunden ein Bier trinken gewesen. Zusammen gingen sie die Götgatan hinunter zum Medborgarplatsen. Hand in Hand. Unterhielten sich über den Tag. Sahen sich ein paar Schaufenster an. Olivia entdeckte eine Jacke, die sie schön fand. Eine Winterjacke, und sie brauchte wirklich eine neue. Ihre alte war buchstäblich dabei, sich aufzulösen.

»Dann kaufen wir sie morgen«, sagte Lukas.

»Die ist bestimmt schweineteuer.«

»Ich bezahle. Ich bin reich.«

Olivia lachte. Das war eine leichte Übertreibung, das wusste sie. Das Geld, das er für die Zeit, in der er unschuldig im Gefängnis saß, bekommen hatte, hatte er mehr oder weniger verprasst. Zusammen mit ihr. In Mexiko, unter anderem. Lukas war nicht der sparsame Typ. »Hier und jetzt« war das, was galt. In dieser Hinsicht waren sie unterschiedlich.

Auch.

»Aber es ist wahr!«, beteuerte Lukas. »Ich hab fast alle Bilder verkauft.

Olivia blieb stehen und zwang Lukas damit, dasselbe zu tun. Ein älterer Mann hinter ihnen musste jäh abbremsen und brummte ärgerlich.

»Und das hast du bis jetzt für dich behalten?«

»Ich hab es erst heute Abend erfahren.«

»Das ist ja absolut großartig! Gratuliere! Ich bin so stolz auf dich!«

»Danke.«

Lukas sah fast etwas peinlich berührt aus, und Olivia schlang die Arme um ihn.

Da sah sie sie.

Blond mit roter Baskenmütze.

Sie kam auf ihrer Straßenseite auf sie zu. Heute keine geblümte Marimekko-Hose, sondern eine weite schwarze. Olivia erstarrte und umarmte Lukas weiter. Sie beobachtete den roten Punkt, der sich unerbittlich näherte. Was sollte sie tun? Sie wollte absolut nicht gezwungen sein, diese Frau zu grüßen. Dazustehen und gute Miene zum bösen Spiel zu machen. Lukas war ahnungslos, er stand in die andere Richtung. Da blieb die Baskenmütze vor einem Restaurant stehen. Jemand winkte ihr von innen, und sie ging hinein. Olivia atmete auf, die Frau hatte sie offenbar nicht gesehen. Sie ließ Lukas los und schaute zu ihm auf.

»Ich finde, das sollten wir feiern«, sagte sie.

»Jetzt?«

»Ja.«

»Aber du musst doch früh raus?«

»Schon, aber es ist noch nicht so spät. Und ein Glas Prosecco bist du schon wert, finde ich.«

Gesagt, getan.

Sie setzten ihren Spaziergang fort und beschlossen, ihren Drink an der Bar des La Vecchia Signora in der Åsögatan zu nehmen. Es war Olivias Vorschlag. Lukas fand, es war ein Umweg, protestierte aber nicht. Für Olivia war es eine strategische Wahl, aus ihrer Sicht war es ausreichend weit von der Götgatan entfernt; sie würden nicht riskieren, dort auf die Baskenmützenfrau zu treffen.

Als sie das Restaurant verließen – sie, nachdem sie die ganze Zeit an ihrem Glas Prosecco genuckelt hatte, er nach zwei oder vielleicht auch drei Gläsern – wollte Lukas durch den Vitabergsparken nach Hause gehen.

Die Sofiakirche war an diesem dunklen Herbstabend schön beleuchtet. Zudem senkte sich das Licht des Vollmonds auf die Szenerie und machte die Stimmung perfekt. Sie hielten einander fest im Arm, als sie langsam die kleinen Wege entlangliefen. Blieben stehen, um etwas oder einander anzusehen. Lukas war glänzender Laune, übersprudelnd und glücklich über nahezu alles. Das Leben konnte nicht besser sein. Er redete und lachte, machte Zukunftspläne, und Olivia war bei ihm, wurde mit in seine Blase aus Glück hineingezogen.

Ihre gemeinsame.

»Komm«, sagte er und zog sie mit sich.

Er ließ ihre Taille los und nahm ihre Hand. Zusammen schlenderten sie den Hügel vor der Kirche hinunter und blieben vor einem großen Baum mit einer Statue davor stehen. Elsa Borg: die erste richtige Sozialarbeiterin. Dort löste er sich von ihr und kletterte den Baum hoch, setzte sich auf einen Ast und blickte zu ihr hinunter.

»Ich liebe dich, Olivia Rönning!«, schrie er.

Sie lachte. Sah sich um. War da jemand, der das als nächtliche Ruhestörung empfinden konnte? Nein, alles war leer, bis auf ein Frauchen, das in einiger Entfernung seinen Hund Gassi führte und sich nicht einmal umwandte.

»Komm doch auch rauf!«

Lukas kletterte ein Stück nach unten und reichte ihr die Hand. Sie zog sich hoch. Und da saßen sie auf dem Baum, in der Dunkelheit, und hielten sich in den Armen.

»Wir müssen im Frühling herkommen, wenn er blüht«, sagte Lukas.

»Blüht?«

Olivia hatte keine Ahnung, auf was für einem Baum sie da saßen. Lukas lachte.

»Das ist eine Magnolie. Sie blüht im Frühling ganz fantastisch. Auf nackten Zweigen. Genau wie du.«

»Ich blühe nicht nur im Frühling.«

»Ich weiß«, sagte Lukas. »Und weißt du was?«

»Nein.«

»Wir sollten heiraten.«

Sein Lächeln reichte tief in sie hinein. Überzeugte sie davon, dass es wirklich so werden konnte. Und keine Krähe kam und zerstörte den Moment.

*

Mette saß unten in ihrer Keramikwerkstatt und betrachtete den Tonklumpen auf der rotierenden Scheibe vor sich. Sie wartete auf Mårten. Sie wusste, dass er herunterkommen würde. Was morgens in der Küche keinen Abschluss gefunden hatte, musste geklärt werden. Mårten konnte nicht einschlafen, wenn Spannungen zwischen ihnen waren.

Ihr fiel das leichter.

Ihre Hände waren gerade in den weichen, lauwarmen Ton gesunken, als er in der Tür stand. Sie spürte es, ohne aufzusehen.

»Polizistin spielen«, sagte sie und erhöhte die Drehzahl ihrer Töpferscheibe etwas.

»Das war unglücklich ausgedrückt. Unbedacht.«

»Es klang, als käme es von Herzen.«

»Es kam aus einer gewissen Irritation«, erklärte Mårten.

Mette verlangsamte die Drehscheibe, behielt aber eine Hand am Ton.

»Du findest also nicht, dass ich Olivia helfen sollte?«, sagte sie.

»Im Gegenteil, ich finde es gut, dass du das tust. Mir hat nur die Art nicht gefallen, wie du es dargestellt hast.«

»Wie denn?«

»Als wäre es eine reine altruistische Wohltätigkeit, die nicht auch ein großes Maß an persönlicher Befriedigung mit einschließen würde.«

Mette nahm die zweite Hand wieder dazu und begann, den Ton zu formen. Sie wusste, dass er recht hatte, und er wusste, dass sie es wusste.

Eine Ewigkeit verheiratet.

»Schließen nicht alle Wohltätigkeiten ein gewisses Maß an persönlicher Befriedigung mit ein?«, wandte sie ein.

»Sicher. Aber dann kann man es auch zugeben. Zumindest vor seinen engsten Freunden.«

»Tom?«

»Du hast ihn dazu gebracht, sich gierig zu fühlen«, sagte Mårten.

»Das war nicht meine Absicht.«

Weiter gedachte Mette nicht zurückzurudern. Sie beschleunigte die Drehscheibe vor sich, ohne aufzusehen. Mårten blieb stehen.

»Dieser Nerz will das Haus verkaufen«, bemerkte er nach einer Weile.

»Unseres?«

»Ja.«

»Vielleicht nicht der erste Makler, an den ich mich wenden würde.«

Beide lachten, und Mårten spürte, dass die Sache zwischen ihnen geklärt war. Er war auf dem Weg hinaus, um im Musikzimmer Kontakt mit der Spinne Kerouac aufzunehmen, als Mette fragte: »Aber du findest es gut, dass ich mitmache, sagst du? Bei der Ermittlung?«

»Ich glaube, du brauchst das.«

»Wofür?«

»Als Ausgleich zu mir und unserem Rentnerleben. Du brauchst wieder einen kleinen Funken.«

Mette hielt die Töpferscheibe an und sah ihren Mann an.

»Ich liebe dich«, sagte sie.

»Ich weiß. Aber die Liebe befriedigt nicht alle Bedürfnisse. Weder bei dir noch bei mir. Ich betreibe Ahnenforschung.«

»Ist das deine Art, den Funken am Leben zu erhalten?«

»Eine davon. Ich erhalte auch einen Sauerteig am Leben.«

*

Sie hatte das Handy auf einen kleinen Hocker neben dem Bett gelegt und stumm geschaltet. Sie wollte, dass es an war, aber nicht, dass es Lukas weckte. Allerdings passierte genau das Gegenteil.

»Olivia ... du ...«

Lukas musste sie kräftig schütteln, bevor sie reagierte.

»Dein Handy«, sagte er.

Olivia setzte sich auf, wandte sich zum Hocker um und blickte das vibrierende Handy an. Sie kannte die Nummer nicht.

»Willst du nicht rangehen?«

Olivia nahm ihr Smartphone.

»Rönning, mitten in der Nacht«, meldete sie sich.

»Marja Verkkonen hier, Polizei Arjeplog.«

»Ah, hallo.«

»Entschuldigung, dass ich ...«

»Einen Moment, Marja.«

Olivia stieg aus dem Bett, ging nackt ins Wohnzimmer, schloss die Tür zum Schlafzimmer und senkte die Stimme.

»Ja, entschuldige, nein, kein Problem, dass du anrufst. Ich nehme an, es ist wichtig.«

»Ich glaube schon. Wir, besser gesagt ich, haben den Mann identifiziert, den du an der Schutzhütte erschossen hast.«

»Den Spanier? Das ist ja super!«

»Er heißt Karl-Oskar Hansson.«

Olivia hatte noch in der Nacht an drei aus der Ermittlungsgruppe Nachrichten geschrieben, ihnen Marjas Info weitergegeben und ein Treffen um acht Uhr in Kummelnäs anberaumt.

Bei Stilton hatte sie gleich angerufen.

»Hansson?«, sagte er. »Ernsthaft?«

»Ja, offenbar.«

Viel länger war das Gespräch nicht. Olivia würde den Rest am nächsten Morgen erzählen.

Als Stilton das Handy sinken ließ, tauchte der Alkoven im Night Light in seinem Kopf auf. Olivia hatte Karl-Oskar Hansson erschossen. Das würde seinem kleinen Bruder Leopold nicht gefallen. Und auch sonst keinem von den Kindergärtnern aus dem Alkoven.

Vor allem nicht seiner kleinen Schwester, dem Mann mit dem Schatten über den Augen.

»Setzt euch.«

Olivia wies auf den großen Tisch im Afrikazimmer. Alle waren da. Sie selbst stellte sich hinter den Stuhl an der Stirnseite, die Hände auf der Rückenlehne.

»Heute Nacht um kurz nach zwölf hat mich also Marja Verkkonen von der Polizei Arjeplog angerufen. Sie hatte den Mann identifiziert, den ich im Fjäll erschossen habe. Karl-Oskar Hansson.«

»Wie?«, fragte Bosse.

»Wie ich ihn erschossen habe?«

»Nein. Wie hat sie ihn …«

»Ein Foto. Sie hat eines der Bilder gesehen, die die Techniker vom Tatort gemacht hatten, und Hansson von ihrer Zeit als Drogenfahnderin in Stockholm wiedererkannt.«

»Warum hat sie sich nicht früher gemeldet?«

»Sie war nicht mit im Fjäll, die Leiche wurde direkt in die Gerichtsmedizin nach Umeå gebracht. Gestern Abend ist sie den Bericht der Techniker durchgegangen, inklusive der Bilder. Und hat ihn erkannt.«

»Hansson …«, murmelte Stilton vor sich hin.

»Ja«, sagte Olivia und nahm Anlauf. »Das ist das Szenario: Der Drogendealer Karl-Oskar Hansson und eine unbekannte Frau begeben sich ins Fjäll, an exakt den Ort, an dem Fredrik Kaldma vor zwanzig Jahren ermordet wurde. Kurz nachdem die Medien berichtet hatten, dass dort ein Toter gefunden wurde. Da Hansson vermutlich ein Verhältnis mit Kaldmas Frau hatte, bevor Kaldma umgebracht wurde, und das Paar außerdem eine Zeit lang mit Drogen versorgt hat, ist es natürlich kein Zufall, dass er sich kurz nach dem Leichenfund hoch oben in einer unwegsamen Berggegend in der Nähe des Fundortes befand. Er war sicher nicht zum Fliegenfischen dort.«

»Oder um den Samen Koks zu verkaufen«, warf Stilton ein.

»Also, warum zum Teufel war er dort?«, fragte Lisa.

Bosse und Olivia horchten auf. Flüche kamen selten aus Lisas Mund, zumindest nicht im beruflichen Zusammenhang.

»Und wer war die Frau, die er dabeihatte?«, fuhr Lisa fort. »Die Spanierin?«

»Sie muss ja keine Spanierin sein«, sagte Olivia. »Hansson hat Spanisch gesprochen und ist Schwede. Sie haben vielleicht

Spanisch gesprochen, um zu verbergen, wer sie sind. Beide. *Usted baila como una llave inglesa.*«

»Und das heißt?«

»Du tanzt wie ein Schraubenschlüssel.«

»Sehr nützlich«, sagte Stilton.

»Wen hatte er also dabei?«, fragte Bosse. »Könnte es Anette Bostam gewesen sein?«

»Keine Ahnung«, sagte Olivia.

»Aber hättest du nicht ihre Stimme wiedererkannt? Du hast ja jetzt ein paarmal mit ihr gesprochen?«

»Ja, vielleicht, aber sie ist Schauspielerin, sie kann sicher die Stimme verstellen, wenn sie will. Außerdem hat die Frau in der Hütte nur ein paar Worte gesagt. Als mein Kopf in einer Plastiktüte steckte.«

Lisa stand auf und ging mit dem Handy in der Hand in die Küche, gerade, als Mette beschloss, ein bisschen auszuholen.

»Die zentrale Frage ist doch, warum Hansson und die Frau dorthin gefahren sind«, sagte sie. »Eine Möglichkeit ist, dass sie eventuelle Spuren des Mordes an Kaldma verwischen wollten, falls er bei dieser Schutzhütte passiert ist. Die Täter sind sicher davon ausgegangen, dass die Leiche nie gefunden wird, und als es doch so kam, haben sie vielleicht kalte Füße bekommen. Gab es noch Spuren des Mordes in der Hütte? Blut? DNA? Fingerabdrücke? Die sie vernichten mussten? Vielleicht wollten sie die Hütte auch anzünden. Sie hatten sie ja mit einem Kreuz markiert. Sie haben vielleicht gedacht ...«

»Aber die Techniker der dortigen Polizei haben die Hütte ja untersucht«, entgegnete Bosse. »Es gab dort keine Spuren außer denen, die mit dem Schusswechsel in Verbindung gebracht werden konnten, an dem Olivia beteiligt war. Sonst nichts.«

»Okay, war nur ein Gedanke«, sagte Mette. »Irgendeine Absicht müssen sie ja gehabt haben, als …«

»Sie war es nicht.« Lisa, in der Türöffnung stehend, das Handy in der Hand, unterbrach Mette. »Anette Bostam hatte Vorstellungen am Theater, als du in den Bergen warst.«

Sie sah Olivia an, die nickte und sich zum ersten Mal während ihrer Teambesprechung hinsetzte.

»Also war eine andere Frau mit ihm unterwegs«, stellte sie fest.

»Und hat auf dich geschossen«, ergänzte Stilton.

Olivia schloss das Treffen mit einer Zusammenfassung der Ermittlungslage ab. Alle waren sich darüber einig, dass sie sich weiterhin auf Karl-Oskar Hansson und sein seltsames Auftauchen im Fjäll konzentrieren sollten. Und dass sie alles versuchen mussten, um die Person zu finden, die er dabeihatte. Die ihm gesagt hatte, er solle die Frau erschießen, die mit einer Plastiktüte über dem Kopf auf dem Boden lag.

Dann brachen sie auf, alle außer Olivia. Stilton verließ das Haus, ohne ihr von seinem Treffen mit den Männern im Alkoven erzählt zu haben.

Olivia schrieb eine Nachricht an Lukas. Es würde etwas später werden.

Sie bekam keine Antwort.

*

Die Frau mit dem schwarzen Pferdeschwanz, die im Übrigen Luciana hieß, hatte einen Strohhalm, der bis zu dem Schnapsglas unter der Bar reichte. Weil das Glas vom Tresen aus nicht sichtbar war, ging sie davon aus, dass niemand mitbekam, was sie trank.

Oder es war ihr egal.

Es war sowieso niemand sonst da, jetzt, zur Mittagszeit, nur sie und Leopold, und der saß im Alkoven. Er war in der letzten Zeit grässlicher Laune gewesen, hatte alle angefaucht und aufgehört, Stammgäste zu begrüßen. Sie hatte den Verdacht, dass er sich eigentlich Sorgen um Karl-Oskar machte. Weil Karl-Oskar sich nicht meldete und nicht erreichbar war. Wie vom Erdboden verschluckt. Aber das war Leopolds Problem, sie war nicht mit den Brüdern verwandt. Sie nahm ihr iPad, um die Tipps der Trabrennexperten für das Samstagsrennen zu lesen. Sie verließ sich hundertprozentig auf die Experten, hatte jedoch noch nie etwas gewonnen. In der Sekunde, als sie die Website aufrufen wollte, sah sie, wie zwei Männer den Raum betraten. Bullen. Ohne jeden Zweifel. Sie richtete sich auf und lächelte. Es konnte sich ja um einen privaten Besuch im Etablissement handeln.

»Willkommen«, sagte sie und blickte auf die Polizeiausweise, die sie vorzeigten.

Es war kein Privatbesuch.

»Ist Leopold Hansson hier?«, fragte einer der Polizisten.

»Worum geht es?«

»Machen Sie's nicht so kompliziert. Ist er da?«

Leopold saß an seinem Platz im Alkoven und versuchte, seine Nerven unter Kontrolle zu halten. Er hatte gerade festgestellt, dass sie in nicht unbeträchtlichem Umfang rote Zahlen schrieben, und es möglicherweise Zeit war zu expandieren. Vielleicht auf Södermalm? In der Timmermansgatan? Als er aufblickte, sah er Luciana kommen. Das war er gewohnt, aber die Männer, die sie flankierten, waren neue Gesichter. Er brauchte nur einen Moment, um zum selben Schluss zu kommen wie Luciana. Was wollten die Bullen?

»Leopold Hansson?«, sagte einer von ihnen.

»Ja?«

»Wir müssen Ihnen leider mitteilen, dass Ihr Bruder Karl-Oskar tot ist.«

Es dauerte ein paar ausdruckslose Sekunden, bis Leopold reagierte.

»Wie ist er gestorben?«, fragte er leise.

»Ein Feuergefecht mit einem Mitglied der Polizei.«

Leopold verzog keine Miene. Tom Stilton. Das war das Einzige, was ihm in diesem Augenblick durch den Kopf schoss.

»Wann ist er gestorben?«, wollte er wissen.

»Am 22. August.«

Lange bevor Stilton hier war und nach ihm gefragt hat, dachte Leopold und konnte sich keinen Reim darauf machen.

»Wo ist es passiert?«

»Oben in Arjeplog. Die Leiche liegt in der Rechtsmedizin in Umeå.«

Luciana zog sich langsam aus dem Alkoven zurück.

*

Der Mann und die Frau waren lange Seite an Seite spazieren gegangen, warm angezogen, die Luft war kühl. Jetzt standen sie dicht nebeneinander und blickten auf die Waldlichtung hinaus. Sie wusste, dass er ihr nie Vorwürfe machen würde, nicht mit Worten, trotzdem spürte sie das Unausgesprochene zwischen ihnen. Was passiert, wenn alles auffliegt? Eine Katastrophe. Aber momentan konnte sie nicht viel dagegen unternehmen. Sie hatte es versucht und war gescheitert. Jetzt hoffte sie, eine neue Chance zu bekommen, wenn sich alles wieder beruhigt hatte. Bis dahin machte sie sich vor allem Sorgen wegen der

Frau, die überlebt hatte. Wie viel hatte sie gesehen? Würde sie sie wiedererkennen, wenn sie sich träfen?

Sie musste es herausfinden.

Sie hakte sich bei dem Mann unter, langsam gingen sie zurück in den Wald.

*

Olivia saß allein an dem großen Tisch. Mårten stand in der Tür zur Küche und sah sie an. Sie hatte Lukas gerade zum dritten Mal eine Nachricht geschrieben, ohne eine Antwort zu bekommen. Jetzt schlug sie einen Ordner auf und begann, sich Notizen zu machen. Mårten ging zu ihr.

»Willst du zum Essen bleiben?«, fragte er.

»Danke, aber ich hab gerade keinen Appetit«, antwortete sie, ohne aufzusehen.

Mårten betrachtete sie, ihre Körperhaltung, ihre Augen, ihre Hand, die den Stift umklammerte.

»Sollen wir ein bisschen runter ins Musikzimmer gehen?«

Das Musikzimmer im Keller war Mårtens privates Refugium in dem großen Haus. Hierher zog er sich zurück, um mit Dingen in Kontakt zu kommen, die hinter ihm lagen. Mit der Vergangenheit. Ein Raum für Nostalgie und Erinnerungen. Hier verbrachte er Zeit mit dem, der er seinem Empfinden nach wirklich war. Im tiefsten Inneren. Der noch keine grauen Haare und keinen Bauch hatte und der keine chemische Hilfe brauchte, um einen hochzukriegen. Hier war er der, mit dem er in Verbindung bleiben wollte. Der einen inneren Kompass hatte, der nicht von dem beeinträchtigt werden konnte, was den Wert eines Menschen heutzutage bedrohte.

Dachte er manchmal.

Jetzt gerade dachte er an Olivia. Sie setzte sich in einen der beiden bequemen braunen Sessel, die vor einer großen Musikanlage standen. Das Zimmer war niedrig und hatte weiß gekalkte Wände. In einem kleinen Spalt in der Wand wohnte die Spinne Kerouac.

»Wie geht es dir?«, fragte er.

»Ja, gut… Bisschen müde gerade, aber das ist wohl…«

»Vielleicht gibst du ein bisschen zu viel Gas«, sagte Mårten und sank in den Sessel neben ihr.

»Wie meinst du das?«

»Dass du von einem extrem traumatischen Erlebnis, bei dem du einen Menschen getötet hast und fast selbst das Leben verloren hättest, direkt zu einer Mordermittlung übergegangen bist. Von dir selbst geleitet, in einem fast schon manischen Tempo.«

Olivia schwieg. Drückte sie zu sehr aufs Gas? Vielleicht, aber dafür gab es ja einen Grund, dachte sie. Oder mehrere.

»Du musst aufpassen, dass du nicht gegen die Wand fährst«, fügte Mårten nach einer Weile hinzu.

»Bitte… ich hatte schon oft extreme Stresssituationen, hier und im Ausland, ich hab mich ganz gut im Griff.«

»Aber du hast noch nie einen Menschen getötet.«

»Nein. Da drückt also der Schuh?«

»Hast du mit jemandem darüber geredet?«

»Nein. Doch, mit den internen Ermittlern und mit Tom. Und mit einem im Krankenhaus, bevor ich entlassen wurde.«

»Was hat Tom gesagt?«

»Er hat gefragt, ob ich Schlafprobleme habe.«

»Und, hast du welche?«

»Nein, überhaupt nicht. Jedenfalls nicht deshalb.«

Mårten stand auf und ging zur Musikanlage. Eine Instrumentalversion von Claptons »Layla« strömte aus den Lautsprechern. Nostalgie. Als er sich wieder setzte, legte er eine Hand auf Olivias Arm. Sie spürte die Hand. Sie berührte sie.

»Was soll ich denn …«, begann sie und brach wieder ab.

»Ja?«

»Was soll ich denn fühlen? Was wird von mir erwartet, worauf wollt ihr hinaus?«

»Das kann ich nicht sagen. Die Menschen sind verschieden. Das Einzige, was ich … oder vielleicht nicht das Einzige, aber mit die größte und wichtigste Erfahrung, die ich als Psychologe gemacht habe, betraf die Fähigkeit des Menschen zur Verdrängung. Und die Probleme, die dadurch entstehen.«

»Sublimierung.«

»Du kennst dich aus.«

»Ich hab es neulich nachgeschlagen, ich lebe mit einem Typen zusammen, der eine ganze Menge verdrängt hat.«

»Vermutlich.«

»Ich hatte nicht den Eindruck, dass es auf mich zutrifft.«

»Das tut man selten, wenn man daran leidet.«

»Aber ich leide nicht. Ich funktioniere genau wie immer. Vielleicht gebe ich ein bisschen viel Gas, wie du gesagt hast, aber das hat andere Gründe.«

»Zum Beispiel?«

»Zum Beispiel, was mir im Fjäll passiert ist. Und dass es meine erste eigene Ermittlung ist. Das hat nichts mit Verdrängung zu tun. Ich will einfach einen guten Job machen.«

Mårten nickte. Vielleicht hatte sie recht. Vielleicht hatte das Erlebnis an der Berghütte keine tieferen Spuren hinterlassen. Das war im Bereich des Möglichen.

»Ja«, sagte er. »Ich nehme an, du willst Hjärne und Mette beweisen, dass du es kannst.«

»Klar. Ist das denn falsch?«

»Nein. Verausgabe dich nur nicht zu sehr.«

»Versprochen.«

»Okay«, erwiderte Mårten.

Aber überzeugt war er nicht.

»Wenn wir schon mal davon reden, wie die Menschen auf so was reagieren«, fuhr Olivia fort. »Wie hat Arne reagiert? Du kanntest ihn doch, er muss doch auch mal gezwungen gewesen sein, jemanden zu töten? Im Dienst?«

»Ja, ein Mal.«

»Und? Was hatte das für Auswirkungen?«

»Er wurde krankgeschrieben. Über den Rest musst du mit Maria reden.«

Mårten stand auf und drehte die Lautstärke hoch, um sie sofort wieder runterzudrehen. Er stand regungslos vor den Boxen, die Schultern waren eine Spur nach unten gesunken. Olivia betrachtete ihn.

Hatte sie etwas Falsches gesagt?

*

Auf dem Weg zum Bus spukte ihr das Gespräch mit Mårten im Kopf herum. Er hatte angedeutet, dass sie Dinge verdrängte, mit denen sie sich auseinandersetzen sollte. So interpretierte sie es. Die Schießerei. Dinge, die Tom auf seine Weise ebenfalls angedeutet hatte. Aber ich funktioniere eben auf meine Art, dachte sie. Die offenbar nicht Arnes Art war. Krankgeschrieben? Sie musste ihre Mutter bei Gelegenheit danach fragen.

Sie stieg in den Bus und setzte sich ganz nach hinten ans Fenster. Draußen regnete es. Sie folgte der grauen Bordsteinkante mit den Augen und dachte darüber nach, ob sie sich noch einmal bei Lukas melden sollte.

Da gab ihr Handy einen Signalton von sich.

Es war eine Nachricht von Lisa: »Hallo! Hab ein altes Radio-Interview mit Fredrik Kaldma von 1998 gefunden. Liebe Grüße!« Gefolgt von einem Link zu der Sendung.

Olivia setzte ihre Kopfhörer auf und klickte auf den Link.

Fast den ganzen Weg in die Stockholmer Innenstadt hörte sie Kaldmas angenehmer Stimme zu. Er war engagiert und klar in seinen Aussagen. Kurz vor Slussen war sie am Ende der Sendung angekommen.

»Diese Sendung ist nun fast vorbei, und ich habe viel über unsere Umwelt gesprochen, unsere Natur, unsere Erde – und was wir damit machen. Viele von uns, nicht nur ich, sind sehr beunruhigt über die Entwicklung. Um nicht zu sagen: Sie macht uns Angst. Letztes Jahr wurde das Kyoto-Protokoll verabschiedet, in dem sich die reichen Industrieländer dazu verpflichten, ihren Ausstoß an Treibhausgasen bis 2012 um fünf Prozent zu verringern. Wenn sie das nicht einhalten, könnten wir vor einer Katastrophe stehen. Ich will nicht wie ein Weltuntergangsprophet klingen, aber wenn wir unsere Emissionen nicht kontrollieren, wird sich unsere Erde für immer verändern, das ist leider unausweichlich. Der Meeresspiegel wird steigen, weil die Eisberge schmelzen, niedrig gelegene Länder wie die Malediven könnten versinken und für immer verschwinden, die Klimaveränderungen werden starke Wetterschwankungen mit sich bringen, an manchen Orten extreme Hitze mit heftigen Bränden, an anderen Überschwemmungen, all das mit großen Bevölkerungsbewegungen als Folge. Es tut mir

leid, dass ich mit dieser düsteren Perspektive enden muss, aber leider könnte sie wahr werden. Vielen Dank fürs Zuhören.«

Olivia nahm ihre Kopfhörer ab. Seit der Sendung waren zwanzig Jahre vergangen. Was war seitdem passiert? War er ein Weltuntergangsprophet gewesen? Sie dachte an die Gletscher, die im Fjäll schmolzen. Deutliche Anzeichen für das, wovon er gesprochen hatte? Natürlich. Und auch all das andere Elend auf der ganzen Welt. Wie hätte er sich gefühlt, wenn er überlebt hätte? Verzweifelt, vermutlich. Oder hätte er bis zuletzt dafür gekämpft, dass sich etwas änderte?

Sie war berührt und überrascht, dass Kaldma so engagiert gewirkt hatte. Sie hatte ein vollkommen anderes Bild von ihm gehabt. Drogen, Promipartys, Aktienspekulationen. Aber sie hatte auch einiges über seine Arbeit im Bergh-Konzern gelesen. Anfang der 1990er-Jahre schuf der Konzern eine Unterabteilung, die den Zweck hatte, einen Beitrag zu einer besseren Umwelt zu leisten: Global Environment Rescue – GER. Ziemlich schnell wurde sie bekannt und respektiert für ihre Umweltarbeit, vor allem für die Überwachung internationaler Unternehmen und deren oft illegaler Emissionen. 1995 wurde Kaldma Chief Operating Officer von GERs europäischer Abteilung.

Offenbar ein komplexer Mensch. Ermordet. Aber warum? Was war das Motiv? Sie war überzeugt davon, dass dort die Lösung lag. Wenn sie das Motiv fanden, würden sie auch den Mörder finden.

Sie schaute in den grauen Nebel hinaus, am Danvikstull wurde die Brücke geöffnet, um Schiffe durchzulassen, und der Bus stand still. Sie beugte sich hinunter und holte einen Ordner aus ihrer Tasche. Es war Mettes alte Zusammenfassung zu den Ermittlungen über Kaldmas Verschwinden. Sie ließ ihren Blick über die Zeilen des Dokuments gleiten. Kurz vor dem Ende der Seite blieb er hängen: *Kaldmas Vorgesetzter Sven Bergh hatte den Eindruck, Kaldma habe in den Tagen vor seinem Verschwinden gestresst und unter Druck gewirkt. Warum, konnte nie geklärt werden.* Olivia ließ den Ordner sinken. Mette hatte darüber bereits bei ihrer Besprechung berichtet. Und Bostam hatte im Theater dasselbe zu ihr gesagt. Dass sie ihren Mann als gestresst empfand.

Was war der Grund dafür gewesen?

*

Olivia hastete die Treppe hinauf. Sie war irritiert, dass Lukas nicht reagiert hatte, weder auf Anrufe noch auf ihre Nachrichten. Als sie die Wohnungstür erreichte, hörte sie klassische Musik aus der Wohnung. Ungewöhnlich. Aber dann war er ja offenbar zu Hause. Sie drückte die Klinke hinunter, um zu öffnen, aber die Tür war verschlossen. Gut. Aber ebenfalls ungewöhnlich. Sie grub in der Tasche nach dem Schlüssel. Und fand ihn tatsächlich.

»Hallo?«

Sie zog sich eilig Jacke und Schuhe aus und ging in Richtung Musik zum Malerzimmer. Und da stand er. Mit dem Rücken zu ihr. Beim Malen, mit Wagner auf maximaler Lautstärke.

»Hallo«, sagte sie, »warum gehst du nicht ans Telefon?«

Lukas wandte sich langsam um. Sah sie an, betrachtete sie mit seltsam neutralem Blick.

»Hast du einen Schlüssel zu meiner Wohnung?«

Olivia lachte auf. Ihr Lachen klang merkwürdig. Nervös.

»Äh, ja, natürlich, das weißt du doch.«

Sie machte einen Ansatz, sich ihm zu nähern, hielt jedoch inne, als er ihr den Rücken zukehrte und weitermalte.

»Lukas?«

Keine Reaktion. Olivia wurde eiskalt. Sie fror buchstäblich ein. Irgendetwas stimmte hier überhaupt nicht. Aber sie wollte sich nicht eingestehen, dass es *das* sein könnte.

Das, was sie befürchtet hatte.

Schließlich drehte er sich wieder zu ihr um.

»Bist du immer noch da? Was willst du?«

Da sah sie das Bild. Die Farben waren dunkel, gedeckt, düster, und das Motiv wie ein Schrei aus dem Abgrund. Und sie sah die Schnittwunde an seinem rechten Arm. Die kleinen Blutstropfen, die zu Boden fielen. Das brachte sie zurück. Sie begriff, dass es ernst war. Bilder aus seiner Zeit in der geschlossenen Anstalt, sediert und abgestumpft, tauchten in ihrem Kopf auf. Die Gedanken rasten wie in einem Teilchenbeschleuniger. Als würde ihr Kopf zerspringen. Nicht das. Nicht jetzt. Langsam zog sie sich aus dem Zimmer zurück. Ließ ihn in Ruhe. Und er kehrte wieder zu seinem Bild zurück, wie in Trance, als gehörte ihm sein Körper gar nicht.

Als er außer Hörweite war, rief sie Mårten an und erklärte ihm die Lage. Ihre Stimme zitterte merklich. Angstvoll. Sie hatte diese Situation mit Lukas schon einmal erlebt, aber das war, bevor sie ein Paar wurden. Jetzt war Liebe mit im Spiel und alles für sie deutlich gefühlsgeladener.

Das begriff Mårten.

»Hat er einen Schub?«, fragte er.

»Ich glaub schon.«

»Ich komme.«

Nur eine halbe Stunde später stieg Mårten aus einem Taxi. Sie empfing ihn vor der Haustür. Unruhig.

»Was machen wir jetzt?«, fragte sie.

»Lass mich mit ihm reden«, sagte Mårten. »Weißt du, ob etwas Besonderes passiert ist, das den Schub ausgelöst haben könnte?«

Olivia dachte nach, aber ihr fiel nichts ein.

»Nein, im Gegenteil, eigentlich. Er ist in letzter Zeit sehr fröhlich gewesen. Hat Bilder verkauft. Alles war okay.«

»War er regelmäßig bei seiner Therapeutin?«

»Ja.«

»Und er nimmt seine Medikamente.«

»Ja. Ich hab da allerdings in letzter Zeit nicht immer ein Auge drauf gehabt. Ich hab ja einiges um die Ohren, wie du weißt.«

Mårten legte eine Hand auf ihre Schulter.

»Ja, das weiß ich, Olivia. Und es ist auch nicht deine Aufgabe, das im Auge zu haben, ich hoffe, das ist dir klar. Er muss selbst damit zurechtkommen.«

Tränen stiegen in Olivia auf.

»Es ist nicht deine Schuld«, sagte Mårten. »Verstehst du das?«

Olivia nickte. Mårten schloss sie in seine langen Arme.

»Alles wird wieder gut.«

Als sie in die Wohnung hinaufkamen, schlüpfte Olivia ins Badezimmer, um sich das Gesicht zu waschen, während Mårten zu Lukas hineinging. Sie hörte, wie die Musik leiser gedreht wurde, während sie im Schrank unter dem Waschbecken nach seinen Medikamenten suchte. Hatte er bei der Einnahme geschludert? Zum Schluss fand sie ein paar Blister mit Tabletten, konnte aber keine Schlüsse daraus ziehen. Es standen ja keine

Wochentage darauf. Was könnte den Schub sonst noch ausgelöst haben? Sein Handy, dachte sie. Hat er irgendeine Nachricht bekommen? War etwas passiert, das sie verpasst hatte oder wovon er nichts erzählen wollte? Aber durfte sie darin herumschnüffeln? War das nicht übergriffig? Sie war in dem Fall seine Freundin, keine Polizistin.

Sie fand es in der Küche. Lukas' Handy. Sie sah es an. Wog Für und Wider ab. Olivia kannte den Code, sie hatte viele Male gesehen, wie er ihn eingegeben hatte. Sie konnte ihn einfach eintippen und nachsehen. Sie fingerte am Bildschirm herum. Er leuchtete auf, aber das Einzige, was sie sah, ohne den Code eingeben zu müssen, waren ein paar Push-Mitteilungen. Da kam Mårten in die Küche.

»Er ist ruhig, aber ich denke, er braucht Hilfe, und er ist einverstanden.«

»Ist er immer noch in ...«

»Seiner anderen Persönlichkeit, ja. Aber er ist zur Kooperation bereit. Ich hab mit Danderyd gesprochen, sie können ihn dort aufnehmen.«

»Muss er da wirklich hin? Er hasst Krankenhäuser. Er hat eine totale Phobie. Als er mich in der Klinik besucht hat, hat er eine Panikattacke bekommen.«

»Lukas, ja, aber momentan ist es nicht Lukas, mit dem ich kommuniziere. Ich weiß, dass das schwer ist, Olivia, aber wir müssen es tun. Für ihn. Hast du die Nummer seiner Therapeutin?«

»Nein, aber die ist in seinem Handy.«

Olivia nahm das Handy vom Tisch.

»Kannst du sie herausfinden?«

»Ja.«

»Gut. Schaffst du es, sie anzurufen? Oder soll ich lieber?«

»Ich ruf sie an.«

So kam es, dass Olivia Lukas' Handy schließlich doch aktivierte, die Nummer fand und Sanna, seine Therapeutin, anrief. Die versprach, sie in Danderyd zu treffen. Als sie das Gespräch beendet hatte, überlegte sie noch einmal kurz, bevor sie den Ordner mit den Nachrichten öffnete. Es waren keine drin, außer den letzten, die sie selbst im Lauf des Tages geschrieben hatte. Alle anderen waren gelöscht.

Lukas löschte sonst nie Nachrichten.

*

Abbas traf sich mit Stilton vor dem Casino Cosmopol, als seine Schicht vorbei war. Stilton war derjenige gewesen, der vorgeschlagen hatte, dass sie sich sehen sollten. Sie waren nach einem kurzen Zwischenstopp bei Burger King ein Stück durch die Vasagatan geschlendert, als Stilton auf das zu sprechen kam, worauf er hinauswollte.

»Ich glaube, Olivia könnte in der Scheiße landen.«

Abbas schwieg. Einerseits, weil er den Mund voll hatte, Hamburger, das hasste er normalerweise wie die Pest, aber es stillte zumindest seinen bohrenden Hunger. Andererseits, weil er wusste, dass noch mehr kommen würde.

»Sie hat doch im Fjäll diesen Typen erschossen ...«, fuhr Stilton fort.

»War das dieser Hansson, den du erwähnt hast?«

»Ja, und er hat einige Kumpels, die darauf reagieren werden, glaube ich. Einen kleinen Bruder, von dem ich nicht weiß, ob es ein Bruder ist, und einen anderen Typen, der aussieht wie ein Frontalzusammenstoß, der Prototyp eines Auftragsschlägers. Schwere Jungs, da bin ich mir ziemlich sicher.«

»Wissen die, dass Olivia diejenige war, die ihn erschossen hat?«

»Jetzt vielleicht noch nicht, aber das herauszufinden ist eine Kleinigkeit, das weißt du.«

Sie gingen weiter in Richtung Hauptbahnhof. Die Gehwege waren in beiden Richtungen voller Leute, mit oder ohne Rollkoffer.

»Aber wie jetzt«, sagte Abbas. »Du meinst, sie nehmen Olivia ins Visier? Sie ist doch Polizistin?«

»Diese Typen werden in ihrer Verbohrtheit eher keine Rücksicht darauf nehmen, wer oder was sie ist. Du weißt, ›ein Bruder für einen Bruder‹, dieses infantile Geschwätz. Ja, ich glaube, jemand von denen könnte auf die Idee kommen, Olivia ins Visier zu nehmen.«

»Und was machen wir dagegen? Weiß sie davon?«

»Noch nicht. Sie hat gerade nur ihre Ermittlung im Kopf.«

»Wie läuft es damit?«

»Es geht voran. Der Fokus liegt auf dem, was im Fjäll passiert ist, und auf Karl-Oskar Hansson. Drogen, Untreue … aber ich hab irgendwie das Gefühl, es könnte um etwas ganz anderes gehen.«

Da Abbas' Fuß in diesem Moment fast von einem Rollkoffer überfahren wurde, kam er nicht dazu, »Was denn?« zu fragen, bevor Stilton sagte: »Etwas viel Größeres.«

»Warum glaubst du das?«

»Bauchgefühl. Es gibt zu viel, was nicht stimmt.«

*

Es war hart gewesen, aber jetzt war Lukas eingewiesen. Bekam Hilfe. Seine Therapeutin war noch da, und dafür war Olivia unendlich dankbar. Sie selbst musste jetzt versuchen loszulassen. Im Moment konnte sie nicht mehr tun. An Mårten gelehnt ging sie Richtung Ausgang. Er war ein Fels in der Brandung, in jeglicher Hinsicht, physisch und psychisch.

»Willst du heute Nacht bei uns schlafen?«, fragte er.

»Danke, aber ich denke, ich fahre nach Hause.«

Es war verlockend, in dieser Situation Ja zu sagen. Gesellschaft zu haben, umsorgt zu werden. Aber Olivia spürte, dass es Grenzen gab, wie viel sie von Mette und Mårten verlangen konnte. Sie wusste, dass sie gerade Jolene zu Besuch hatten, die jüngste Tochter der Familie Olsäter, und dass Mårten für sie und Lukas ein gemeinsames Abendessen unterbrochen hatte.

Da sah sie eine vertraute Gestalt durch den Eingang kommen.

Maria. Mama.

Sie hatte angerufen, als sie im Taxi nach Danderyd gesessen hatten, und wieder gefragt, ob sie nicht nach Tynningö kommen wollten. Olivia hatte sie ein bisschen angeblafft, aber dann gesagt, was los war – dass Lukas krank war und sie gerade in die Klinik fuhren. Aber sie hatte nicht gesagt, welche Klinik. Oder was er hatte. Olivia sah Mårten fragend an. Er zuckte mit den Schultern.

»Sie hat wohl Mette angerufen«, meinte er.

Maria fuhr Mårten nach Hause, den ganzen Weg bis nach Kummelnäs, und dann fuhr sie Olivia heim. Sie hatte gefragt, ob Olivia bei ihr schlafen wollte, aber Olivia blieb dabei, dass sie nach Hause in Lukas' Wohnung wollte.

Dort schlafen.

Aber als Maria fragte, ob sie noch kurz Gesellschaft haben wolle, antwortete Olivia zu ihrer eigenen Verwunderung mit Ja. Der Grund dafür war Marias Zurückhaltung während der

Autofahrt. Sie hatte nicht versucht sich aufzudrängen, nicht das Kommando übernommen und verkündet, was ihrer Ansicht nach in dieser Situation das Beste für Olivia war, sondern nur zugehört. Vorsichtig. Respektvoll. Hatte relevante Fragen gestellt. Sie nicht wie ein Kind behandelt. Wie das Kind, in das sich Olivia in ihrer Gesellschaft sonst allzu oft verwandelte. Heute Abend hatten sie nicht ihre gewohnten Rollen eingenommen, sondern sich einander wie erwachsene Menschen genähert, und dafür war Olivia dankbar.

Vielleicht war auch das Mårtens Verdienst.

Maria war über Lukas' Problematik nicht im Bilde gewesen, Olivia hatte ihr vorher nichts davon erzählt, aus Angst vor vorgefertigten Meinungen. Aber jetzt hatte sie die Diagnose von Olivia und Mårten erklärt bekommen: Lukas litt an einer dissoziativen Identitätsstörung. Für den Betroffenen war das so, als übernähme jemand anders die Kontrolle über den eigenen Körper. Oder als würde man von seinem Körper oder seiner Umgebung abgekoppelt. Zugrunde lag meistens ein Trauma. In Lukas' Fall waren die Ursache sexuelle Übergriffe, denen er in seiner Kindheit durch den Therapeuten ausgesetzt gewesen war, der ihm eigentlich helfen sollte. Die Krankheit kam in Schüben, ausgelöst durch bestimmte Trigger, aber weshalb sie gerade jetzt gekommen war, nachdem er so lange symptomfrei gewesen war, wussten weder Olivia noch Mårten.

Olivia machte eine große Kanne Tee, während Maria sich in der Wohnung umsah. Sie fand ihre Mutter im Malerzimmer und reichte ihr die Tasse.

»Er ist wirklich begabt«, sagte Maria. Sie stand vor einem Gemälde, das Lukas an der Wand befestigt hatte. »Er malt sehr suggestiv.«

»Ja, er ist fantastisch.« Olivia schielte zu dem Bild auf der

Staffelei. An dem Lukas vorhin noch gearbeitet hatte. Der Schrei aus dem dissoziativen Abgrund. Sie wollte es nicht an sich heranlassen. Es war zu schmerzhaft.

»Komm, wir setzen uns ins Wohnzimmer«, schlug sie vor.

Sie machten es sich auf dem Sofa bequem, und Olivia lehnte sich zurück. Sie spürte, wie die Müdigkeit kam und ihren Körper fast lahmlegte. Sie schloss die Augen.

»Wenn du ins Bett gehen willst, dann tu das«, sagte Maria. »Ich lege mich hier aufs Sofa, wenn das okay ist.«

»Danke.« Olivia streckte die Hand nach ihrer Mutter aus, die sie mit beiden Händen ergriff. »Ich muss nur kurz die Augen zumachen.«

»Hast du keinen Hunger? Ich kann dir was machen, wenn du willst.«

»Nein danke. Mårten hat mir in Danderyd ein Sandwich aufgezwungen. Ich bin immer noch pappsatt.«

Maria streichelte ihre Hand, und Olivia ließ sie gewähren. Unter den geschlossenen Augenlidern wirbelten die Ereignisse des Tages herum wie in einem Kaleidoskop. Immer wieder tauchte Lukas' leerer Blick vor ihr auf. Sie war gezwungen, die Augen wieder zu öffnen, um ihn nicht mehr sehen zu müssen. Sie musste ihr Gehirn irgendwie dazu bringen, damit aufzuhören und sie nicht mehr mit diesen Bildern zu foltern. Lukas war krank, und jetzt war er an einem Ort, wo man sich auf die bestmögliche Art und Weise um ihn kümmerte. Es war richtig gewesen, Mårten anzurufen. Sie trug keine Schuld. Und sie musste stark sein, für Lukas und für sich selbst. All die anderen Dinge bewältigen.

»Kannst du dir nicht morgen freinehmen?«, fragte Maria.

»Nein«, antwortete Olivia schnell.

»Du musst an dich denken.«

»Genau das tue ich.«

Olivia zog ihre Hand zurück. Etwas brüsk, was nicht wirklich ihre Absicht gewesen war, aber jetzt reagierte der Teenager in ihr. Das Sag-mir-nicht-was-ich-zu-tun-habe-Kind, das plötzlich wieder auftauchte. Sie bereute es sofort.

Maria tat, als hätte sie nichts bemerkt. Sie füllte das nachfolgende Schweigen damit, ihre Haarklammer im Nacken auf eine Art zurechtzurücken, die Olivia ein Lächeln entlockte. Die Geste hätte genauso gut von ihr selbst stammen können. Und das Resultat ebenfalls. Sogar der ordentlichen Maria entgingen ein paar Haarsträhnen, die herausstanden.

»Woran denkst du?«, fragte Maria.

»An dich«, sagte Olivia. »Ich bin froh, dass du hier bist.«

Marias Augen blitzten auf.

»Und ich bin froh, hier zu sein, auch wenn die Umstände traurig sind.«

Dann wurde es wieder still. Sie zögerten, wie sie es immer taten, wenn sie über etwas Wichtiges reden wollten, aber nicht wussten, wo sie anfangen sollten. Sie warteten einander ab.

»Mama«, begann Olivia schließlich. »Wenn er wieder gesund ist, verspreche ich, dass wir nach Tynningö rauskommen. Er will so gern hinfahren.«

»Ja, aber sicher, das steht noch, das weißt du. Aber willst du es denn?«

»Ist doch klar.«

»Ist es das?«

Jetzt war Maria diejenige, die ihre allzu schnelle Frage bereute.

»Es war nicht so gemeint, wie es klang«, sagte sie, »aber manchmal fühlt es sich so an, als wolltest du nicht dort sein. Als würde ich dich nur immer dazu drängen.«

»Doch, ich will. Aber …«

Olivia verstummte. Dachte nach. Sie liebte Tynningö. Was löste denn eigentlich diesen Widerstand aus? Sie hatte eine Ahnung, hatte sie aber bisher nie formuliert, nicht einmal für sich selbst. Hatte sich nicht getraut.

»Aber was?«, wollte Maria wissen.

»Ich finde es ehrlich gesagt immer noch anstrengend, dort zu sein, weil mich alles so sehr an Papa erinnert. Und ich finde es schwer, dich und Thomas dort zusammen zu sehen. Ich weiß, das ist albern und kindisch, aber so ist es.«

Jetzt war es also heraus. Thomas, Marias neuer Mann, bekam den Schwarzen Peter. Ungerecht, aber wahr. Maria nahm einen Schluck Tee, um hinunterzuspülen, was sie direkt ins Herz traf, blieb jedoch ruhig. Jedenfalls an der Oberfläche.

»Es ist ja dein Haus«, sagte sie. »Ich hab es nur leihweise.«

Das wusste Olivia nur allzu gut. Tynningö war Papas Eigentum gewesen, und als er starb, hatte Maria lebenslänglichen Nießbrauch bekommen. Aber Olivia war diejenige, die es geerbt hatte.

»Was ich meine, ist, dass du es verkaufen kannst, wenn du willst.«

Tynningö verkaufen? Das seit hundert Jahren in Papas Familie war? Das kam für Olivia nicht infrage.

»Nie im Leben«, protestierte Olivia. »Das will ich auf keinen Fall.«

»Was willst du dann?«

Ja, was wollte sie? Dass Lukas gesund wurde, dass Papa immer noch am Leben war und dass sich der Fall im Handumdrehen löste, am besten schon morgen. Und nichts davon würde passieren. Olivia spürte, wie ihr die Tränen kamen, und Maria sah ihren Fehler ein.

»Entschuldige«, sagte sie, »ich wollte dich nicht unter Druck setzen. Vor allem nicht jetzt.«

Sie strich Olivia über den Rücken, was dazu führte, dass Olivias Tränen noch heftiger flossen. Aber es war schön. Schön loszulassen. Zuzulassen, dass ihre Mutter sie hielt und tröstete, denn das tat Maria jetzt. Ihre Tochter halten.

Und so blieben sie lange sitzen.

Maria spürte, wie Olivias Körper sich immer mehr entspannte, je länger sie weinte, und verstand, dass sich vieles aufgestaut hatte.

Natürlich.

Sie hatte in letzter Zeit Dinge erlebt, die zu einem totalen Zusammenbruch führen konnten. Bei jedem. Olivia war beinahe gestorben, hatte einen Menschen erschossen, und jetzt das mit Lukas. Also ließ Maria sie weinen, versuchte, sie nicht mit Worten zu trösten. Hielt sie nur fest. War da. Tat das, was ihr nicht gelungen war, als Arne gestorben war, weil sie so mit ihrer eigenen Trauer beschäftigt gewesen war. Was viele Jahre lang eine große Kluft zwischen ihnen geschaffen hatte. Jetzt konnte sie eine Stütze sein. Die Mutter sein, die sie sein wollte.

Sich auszuweinen wird unterschätzt, dachte Olivia. Und spürte es. Schließlich versiegten die Tränen, und sie sammelte sich in typischer Olivia-Manier wieder. Alles hatte seine Zeit. Zusammenbrechen und weitergehen. Sie hob ihren Kopf von Marias Schulter. Wischte sich die Tränen ab und sah ihre Mutter mit rot geränderten Augen an.

»Wie hat Papa es damals genommen, als er einen Menschen erschossen hat?«

Maria war überrumpelt, auf diese Frage war sie nicht vorbereitet gewesen.

»Warum willst du das wissen? Oder besser gesagt, woher weißt du das? Dass er jemanden erschossen hat?«

»Mårten hat es mir erzählt.«

Maria nickte und holte tief Atem.

»Du gehst doch sicher in Therapie wegen dem, was passiert ist?«, sagte sie.

»Es wurde mir angeboten, es ist aber bisher nichts draus geworden.«

»Olivia, du musst ...«

»Später, wenn ich Zeit habe«, unterbrach Olivia ihre Mutter. »Ich hab kein Bedürfnis danach gehabt. Deshalb frage ich mich, wie Papa damit umgegangen ist.«

Maria sah Olivia besorgt an.

»Nicht dieser Blick«, sagte Olivia. »Er macht mich wahnsinnig.«

Maria wandte ihre Augen zum Tisch. Sie hatte nicht vor, sich von Olivias Stimmungsschwankungen provozieren zu lassen.

»Ich wollte dich nicht stressen, Mama. Ich bin nur neugierig.«

»Und das verstehe ich, aber du musst auch verstehen, dass ich mir Sorgen um dich mache. Es fühlt sich so an, als würdest du versuchen, vor allem wegzulaufen, was dir passiert ist.«

»Aber das ist ja das Seltsame, ich habe überhaupt nicht das Gefühl, dass ich davor weglaufe. Ich fühle gar nichts.«

»Du hast gerade erst geweint.«

»Wegen Lukas, nicht deswegen. Wie ist es Papa damals gegangen?«

»Er wurde krankgeschrieben.«

»Das weiß ich, das hat Mårten mir erzählt, aber wie hat er sich gefühlt?«

»Furchtbar. Er war völlig deprimiert.«

»Wie alt war ich da?«

»Vier, fünf Jahre.«

»Ich hab keine Erinnerung daran.«

»Das ist sicher gut. Wir haben versucht, es vor dir zu verbergen, so gut wir konnten.«

Maria bemühte sich zu lächeln, aber es widerstrebte ihr. Weil sie deutliche Erinnerungen hatte. Schlimmere. Sehr schmerzhafte.

»Es war eine harte Zeit.« Sie nahm einen Schluck von dem inzwischen fast kalten Tee. »Es ist anstrengend, mit Schuldgefühlen zu kämpfen. Wie Arne es getan hat.«

»Das ist komisch«, sagte Olivia. »Ich fühle mich gar nicht schuldig. Ich bin vor allem wütend, dass sie versucht haben, mich zu töten.«

Maria strich ihr über den Arm. Sie wusste nicht, was sie sagen sollte. Ihr erklären, dass auch weit später noch eine Reaktion kommen konnte, wollte sie nicht. Und auch nicht darauf eingehen, wie schlecht es Olivias Vater wirklich gegangen war. Das sollte Olivia niemals erfahren.

»Lukas löscht nie seine Nachrichten auf dem Handy«, entfuhr es Olivias plötzlich.

»Nicht?«, antwortete Maria etwas verwirrt.

Wie Olivias Assoziationsketten verliefen, war für Maria manchmal schwer nachzuvollziehen. Aber jetzt gerade war sie dankbar, dass nicht noch mehr Fragen zu Arne kamen.

»Heute hat er es getan«, sagte Olivia.

Dann stand sie unvermittelt auf und ging ins Badezimmer. Maria blieb sitzen. Versuchte, all das zu sortieren, was gesagt und nicht gesagt worden war. Es fühlte sich an, als würde Olivia gerade auf einem schmalen Grat balancieren. Viel zu viel stürmte auf sie ein, aus unterschiedlichen Richtungen. Wie viel würde sie verkraften? Sollte sie sich darum kümmern, dass

Olivia eine Weile freibekam, oder würde sie sich damit zu sehr einmischen? Die Grenze, was man als Elternteil eines erwachsenen Kindes sagen und tun durfte oder nicht durfte, war schwer zu ziehen. Und Maria wusste aus Erfahrung, dass Olivia extrem empfindlich war. Unzählige Male hatte sie die falschen Dinge zum falschen Zeitpunkt gesagt. Hatte ihre Autorität als Mutter bei völlig falscher Gelegenheit behauptet, mit dem Resultat, dass sie mehrere Wochen keinen Kontakt gehabt hatten. Das wollte Maria jetzt auf keinen Fall riskieren.

»Willst du auf dem Sofa schlafen?«

Olivia trat einen Schritt ins Wohnzimmer, die Zahnbürste im Mund.

»Willst du, dass ich das mache?«

»Gern, wenn du kannst. Ich muss morgen früh raus, aber du wahrscheinlich auch?«

Olivia bewegte sich wieder in Richtung Bad. Maria hörte, wie sie sich die Zähne fertig putzte.

»Bist du dir sicher, dass du morgen in die Arbeit musst?«, versuchte sie es noch einmal.

»Ja. Ich muss. Und außerdem will ich. Muss auf andere Gedanken kommen.«

Olivia ging ins Schlafzimmer und kam mit Kissen, Decke und Laken für Maria zurück.

»Ich bin froh, dass du da bist, Mama, belassen wir es doch dabei.«

Und das tat Maria, auch wenn sie sich nicht sicher war, ob es das Beste war.

Värmdö war eine Klassengesellschaft in Miniaturformat. Sozial Benachteiligte in den Mietwohnungen in Gustavsberg, Hausbesitzer in angemessener Entfernung zum Zentrum, auf verschiedenen Stufen der Skala, von Reihenhäusern bis hin zu größeren Holzvillen, und dann die richtige Oberklasse entlang der Küste. Diejenigen, deren Reichtum einer Erbschaft, Aktienspekulationen oder erfolgreichen Unternehmen entstammte.

Der repräsentative Sitz des Bergh-Konzerns draußen bei Fågelbro war ein Symbol für die Kombination aus all dem. Der Nestor der Familie, Aron Bergh, hatte Mitte des letzten Jahrhunderts eine kleine, im Familienbesitz befindliche Papierfabrik übernommen, den Betrieb durch harte Arbeit und mutige Investitionen ausgebaut, geschickte Mitarbeiter und tüchtige Nachkommen hatten ihn verwaltet. Heute war die Firma ein weltweit erfolgreiches Konglomerat, geleitet von Arons ältestem Sohn Sven Bergh, mit Schwerpunkt auf dem Energiesektor in unterschiedlichen Formen. Ein Teil der Unternehmensgruppe beschäftigte sich mit der Verarbeitung von Lithium, was von der Umweltbewegung nicht immer geschätzt wurde, während andere Teile ihren Fokus klar auf Energielösungen mit positiven Klimavorzeichen setzten.

Der Widerspruch war kein Problem, man verdiente an beiden Enden Geld.

All das wusste Olivia, als sie in der Einfahrt zum Gutshof der Berghs aus dem Dienstwagen stieg. Das Familienanwesen.

Sie hatte sich heute Morgen umfassend informiert. Und ihr Kommen angekündigt. Kriminalpolizistin der NOA. Was sie allerdings nicht wusste, war, dass sie mitten in eine Feier platzen würde. Es war ein ungewöhnlich warmer Herbsttag, und als sie langsam den gepflasterten Weg zum Gut hinunterging, bemerkte sie all die Luftballons und Wimpel, die in den Bäumen der Allee befestigt waren. Sven Bergh hat die sicher nicht dort aufgehängt, dachte sie. Das Nächste, was ihr auffiel, waren die vielen Menschen, verstreut über die Wiesen, die bis zum Wasser hinunterreichten, umschwirrt von weiß gekleideten Bedienungen mit kleinen Tabletts in den Händen. Sie ahnte, was serviert wurde. Auf der einen Seite des großen Hauses parkte ein Helikopter.

»Willkommen. Wen darf ich melden?«

Der Mann, der ihr kurz vor dem großen Springbrunnen entgegenkam, trug einen legeren, dunklen Anzug. Er hatte ein kleines Stück roten Lachs im Mundwinkel. Vermutlich ist er für die Schnittchen verantwortlich, dachte Olivia, und hat sie probiert. Oder sich einfach eins geklaut.

»Olivia Rönning, Polizei, ich möchte zu Sven Bergh.«

Der Mann wischte sich sorgfältig das Lachsstückchen aus dem Mundwinkel, das verschaffte ihm ein paar Sekunden.

»Erwartet er Sie?«

»Ja.«

Der Mann nickte und steuerte auf eine größere Menschenansammlung auf dem Rasen zu. Olivia knöpfte ihre blaue Jacke auf und ließ ihren Blick umherschweifen, er glitt an den kleinen Statuetten entlang, die durch das Wasser des Springbrunnens glänzten, und hinauf zu dem großen Haus mit seinen langen Reihen von stillen, stummen Fenstern. Sie erinnerten sie an die Reihen ähnlich stummer Fenster in der psychiatrischen

Klinik, in der Lukas behandelt wurde, als er richtig krank gewesen war. Jetzt war er wieder krank. Sie spürte, wie die fast schlaflose Nacht sie herunterzog. Sie musste sich zusammenreißen. Sie ging zum Springbrunnen, beugte sich darüber und spritzte sich kaltes Wasser ins Gesicht. Vorsichtig, denn sie hatte sich zum ersten Mal seit sehr langer Zeit geschminkt, hauptsächlich, um ihre müden, geschwollenen Augen zu verbergen.

»Frau Rönning?«

Olivia fuhr herum, während sie sich Wasser von den Wangen wischte. Der Mann, der mit ausgestreckter Hand auf sie zutrat, war braun gebrannt. Sein Hemd war ein Stück aufgeknöpft, um den Hals trug er ein dünnes grünes Lederband mit kleinen Knoten. Ein sehr ähnliches hatte Olivia selbst einmal in Mexiko gekauft. Der Mann hatte ein paar graue Strähnen im Haar, eine aufrechte Haltung und einen schlanken Körper. Und ein einnehmendes Lächeln. Ein eleganter Mann in ausgezeichneter Verfassung für seine 69 Jahre.

»Sven Bergh?«, sagte Olivia und nahm seine Hand.

»Sagen Sie Sven. Wollen Sie etwas zu trinken? Zu essen? Wir haben ...«

»Danke, alles gut. Ich bin kein großer Fan von Schnittchen.«

»Ich auch nicht. Magenfüller. Sollen wir ...?«

Sven wies mit einer freundlichen Geste auf eine herbstliche Laube ein Stück weiter hinten. Offensichtlich wollte er das Gespräch ein wenig entfernt von der übrigen Gesellschaft führen. Sie gingen auf die Laube zu, und Olivia sah aus dem Augenwinkel, wie der Mann mit dem Lachsstückchen im Mundwinkel ihnen nachschaute.

»Fredrik Kaldma.«

Sven kam direkt zum Thema, als sie das schattige Plätzchen

erreicht hatten. Die Laube war ein wenig zugewachsen, daher standen sie ziemlich nah beieinander, und Olivia konnte sein Aftershave riechen. Lukas benutzte nie Aftershave. Er duftete nach Terpentin.

»Schreckliche Tragödie«, sagte Sven. »Schockierend. Ich habe ja nur in den Medien davon gelesen, aber ich und die ganze Familie, wir sind völlig am Boden zerstört.«

Wenn das irgendein anderer gesagt hätte, hätte Olivia es als Floskel abgetan. In seinem Fall nicht. Er wirkte absolut aufrichtig. Sven Bergh war betroffen über das, was Kaldma passiert war.

»Sie standen sich nahe«, sagte sie. »Wie ich das verstanden habe.«

»Ja, sowohl privat als auch beruflich. Wir kannten Fredrik seit Kindertagen und haben ihn irgendwann in den Neunzigerjahren in die Firma aufgenommen, er war ein unglaublich engagierter Mitarbeiter. Und sehr fähig.«

Olivia zog einen zusammengefalteten Zettel aus der Innentasche.

»Im Zusammenhang mit Fredriks Verschwinden steht in der Ermittlungsakte von 1999: *Kaldmas Vorgesetzter Sven Bergh hatte den Eindruck, Kaldma habe in den Tagen vor seinem Verschwinden gestresst und unter Druck gewirkt.* War das so?«

»Wie?«

»Dass er unter Druck stand, bevor er verschwand.«

Sven trat einen Schritt zurück, was ihn ein wenig in die Pflanzenwand zwang, während er einen Blick auf den Eingang der Laube warf.

»Das ist doch inzwischen überholt.«

»Für uns nicht. Wir haben einen Mord und müssen einen Mörder finden. Warum stand er unter Druck?«

Sven hob die Hand und zog ein bisschen an seinem Truthahnkinn, die dünne Haut dehnte sich ein paar Zentimeter.

»Er hatte eine Information bekommen, von der er nicht wusste, wie er damit umgehen sollte.«

»Worüber?«

»Das hat er nicht gesagt.«

»Wovor hatte er Angst?«

»Dass es Leute gab, die wussten, dass er diese Information bekommen hatte.«

»Ging es um die Firma?«, fragte Olivia. »Ihre Firma?«

Sie sah aus dem Augenwinkel, wie der Lachsmann mit einem Silbertablett an der Laube vorbeiging. Sven sah es ebenfalls und sprach ein wenig leiser.

»Können wir uns morgen in der Operabaren treffen?«

»Wann?«

»Mittags. Um eins?«

Olivia nickte und steckte den Zettel wieder ein. Auf dem Weg aus der Laube fragte sie: »Was wird eigentlich hier gefeiert?«

»Mein Vater. Er hasst es eigentlich, aber Traditionen sind in dieser Familie wichtig.«

Sven hatte die Stimme gesenkt, als er das sagte. Vielleicht, weil sich ein älterer Herr mit einem zierlichen Kristallglas in der Hand näherte. Schon bevor er sich vorstellte, wusste Olivia, wer es war. Die scharf geschnittene Gesichtsform und das tiefe Grübchen im Kinn hatte er seinem Sohn vererbt.

»Aron Bergh«, sagte der Mann und streckte seine Rechte aus.

Olivia nahm sie und spürte den festen Griff.

»Olivia Rönning.«

»Ich möchte Sie nicht aufhalten«, sagte Aron mit einer tiefen, melodischen Stimme. »Aber ich habe gehört, dass Sie bei uns auftauchen würden, und wollte Ihnen nur viel Glück bei der Suche nach Fredriks Mörder wünschen. Ich hoffe zutiefst, dass Sie ihn dingfest machen können. Fredrik hat mir viel bedeutet. Ich war sein Taufpate.«

Bergh senior verbeugte sich leicht und ging weiter in Richtung Springbrunnen.

*

Stilton war gerade mit einer Plastiktüte in der Hand auf dem Weg über den Kai zum Kahn. Er hatte einiges an Renovierungswerkzeug gekauft und wollte sich nun der Pflege widmen. Nicht seiner, sondern der des Kahns. Wollte einige Stellen mit böse aussehenden Rostangriffen an der Reling angehen und abgeplatzte Farbe am Vordeck abschleifen. Ein Ewigkeitsjob. Er hatte mit Luna über den Kahn gesprochen, was sie damit machen sollten. Er gehörte Luna und war nicht beliehen, das war es nicht, aber ein Schiff dieser Größe musste instand gehalten werden. Sie hatten darüber diskutiert, es wieder zu vermieten, an jemanden, der sich darauf einließ, den laufenden Unterhalt zu übernehmen, aber diesbezüglich noch keinen Entschluss gefasst. Bei einer Gelegenheit hatte Luna auch vorgeschlagen, den Kahn zu verkaufen. Stilton hatte sich widersetzt. Wenn sie ihn verkaufte, durchschnitt sie das letzte Band nach Schweden. Dann gab es nur noch Thailand. Er selbst hatte ja noch seine Immobilie draußen auf Rödlöga, aber damit konnte man Luna nicht locken. Der Kahn war trotz allem ein gemeinsamer Punkt für beide.

Er wollte diesen Punkt behalten, auch wenn es sich gerade im Moment, mit all der Arbeit vor sich, nicht so anfühlte.

Er nahm einen Schaber aus der Tüte und nahm sich die

Stellen mit abblätternder Farbe auf dem Deck vor. Es ging nicht wirklich schnell voran, und er spürte es ziemlich bald im Rücken und in den Knien. Als sein Handy klingelte, war er dankbar für die Unterbrechung.

»Ja? Stilton?«

»Du hast Besuch«, sagte eine Männerstimme.

Das Gespräch brach ab. Stilton sah auf sein Handy, dann blickte er über den leeren Kai. Als er das Handy wieder in die Hosentasche steckte, fiel ihm etwas auf, das er nicht bemerkt hatte, als er gekommen war – die Tür zum Salon hinunter stand einen Spalt offen. Er stand auf und ging darauf zu. Als er sie aufschob, sah er, dass unten im Salon Licht brannte. Er rannte die Treppe hinunter, zwei Stufen auf einmal nehmend.

»Tom Stilton«, sagte Leopold Hansson.

Er saß auf der Bank im Salon mit einer dunklen Schirmmütze auf dem Kopf. Auf dem Tisch vor ihm waren einige Spielkarten ausgelegt, in der anderen Hand hielt Leopold ein Kartenspiel.

»Ich hab die hier in einer Kiste gefunden«, sagte er. »Ich liebe Patience.«

Stilton ließ die Situation auf sich wirken. An der einen Schotte stand der bärtige Mann, den Leopold »kleine Schwester« nannte, an der Tür zur Kombüse stand sein Freund, der Schlägertyp. Drei Männer, alle vermutlich bewaffnet.

Sie waren klar in der Überzahl.

»Was machst du hier?«, fragte er in Richtung Bank.

Leopold legte das Kartenspiel auf den Tisch.

»Mein Bruder Karl-Oskar wurde vor Kurzem erschossen«, sagte er. »Das ist dir bekannt?«

»Ja.«

»Von einem Polizisten. Weißt du, von wem?«

»Nein. Warum willst du das wissen?«

»Weil Karl-Oskar mich immer beschützt hat, die ganze Kindheit und Jugend über.«

Leopold nahm das Spiel wieder auf und legte eine Karte auf den Tisch. Stilton sah, wie der Schlägertyp an der Tür die Hand unter seine Jacke steckte.

»Niemand durfte mir etwas tun«, fuhr Leopold fort. »Er war da, was auch immer geschah. Er war mein Schild. Jetzt ist er tot. Erschossen. Von wem? Einem Schatten? Das reicht mir nicht. Ich will einen Namen und ein Gesicht. Ich will wissen, wer meinem Bruder das Leben genommen hat. Ist das so seltsam?«

Stilton antwortete nicht. Er versuchte, alle drei Männer im Blick zu behalten.

»Du bist zu mir gekommen und wolltest mit Karl-Oskar reden«, sagte Leopold, ohne vom Kartenspiel aufzusehen. »Da war er schon tot. Was wolltest du von ihm?«

»Er hat in den Neunzigern Drogen an ein paar Leute verkauft, die in einer Mordermittlung aufgetaucht sind.«

»Ich dachte, du hättest als Polizist aufgehört?«

Leopold legte das Kartenspiel weg und stand auf. Erst jetzt bemerkte Stilton, wie klein er war, einen Kopf kleiner als seine Handlanger, mindestens. Leopold machte ein paar Schritte auf die Treppe zu und sah Stilton an.

»Ich weiß, dass du weißt, wer meinen Bruder erschossen hat. Du weißt auch, dass ich rauskriegen werde, wer es war. Mit oder ohne deine Hilfe.«

Leopold ging an Stilton vorbei und blieb an der Treppe stehen. Er winkte die beiden anderen mit einer Geste vor ihm hinauf. Dann stieg er selbst ein paar Stufen nach oben und blickte auf den Salon hinunter.

»Wohnst du hier?«, sagte er in Stiltons Richtung.

»Ja.«

»Hast du Feuermelder?«

Stilton lächelte und folgte Leopold mit dem Blick, als er auf dem Vordeck verschwand. Dann setzte er sich auf die Bank an der Wand und blickte auf die Patience, die sein ungebetener Gast gelegt hatte. Ich hatte recht, dachte er.

Olivia könnte Probleme kriegen.

*

Als Olivia in Lukas' Zimmer kam, saß er auf dem Bett, den Kopf gesenkt. Doch sobald er ihn hob und sie ansah, stellte sie fest, dass er zurück in sich selbst war. Unglücklich und sicherlich vollgepumpt mit Medikamenten, aber zurück.

»Wie geht's dir?«, fragte sie vorsichtig.

»Scheiße.«

Sie spürte, wie ihr Herz fast zersprang. Lukas, der vor ein paar Tagen noch so glücklich gewesen war. Von einem Magnolienbaum geschrien hatte, dass er sie liebte. So viel Kraft gehabt hatte. Und jetzt saß er da wie eine zersprungene Scherbe in seinem viel zu großen Krankenhauspyjama. Sie setzte sich neben ihn. Legte ihre Hand auf seine.

»Entschuldige«, sagte er.

»Wofür?«

Er spielte ein wenig mit ihren Fingern.

»Dass ich dir das hier antue.«

»Du kannst doch nichts dafür.«

»Ich dachte, das Belastende wäre verschwunden, deine, unsere Liebe hätte es zum Verschwinden gebracht, aber ich bin verdammt noch mal einfach kaputt.«

»Bist du überhaupt nicht.«

Lukas sah zu ihr auf. Olivia wollte ihn so viel fragen. Ob etwas passiert war, warum es gerade jetzt gekommen war, ob er vergessen hatte, seine Medikamente zu nehmen, warum er seine SMS gelöscht hatte.

Aber sie wagte es nicht.

Sie spürte, dass es zu früh war, hatte Angst, ihn erneut in einen kritischen Zustand zu stoßen, wenn er sich bedrängt fühlte. Also küsste sie ihm stattdessen eine Träne von der Wange. Lächelte ihn an.

»Du zerstörst gar nichts«, sagte sie. »Du bist der beste Mensch der Welt und kämpfst gegen deine Krankheit.«

Lukas blickte auf ihre Hände hinunter. Flocht seine Finger in ihre.

»Weißt du, was ›dissoziativ‹ bedeutet?«, fragte er.

»Nicht genau.«

»Auflösen, was zusammengehalten hat.«

Lukas löste seine Hand von ihrer.

»Das ist es, was meine Krankheit tut«, sagte er. »Zerstören, was mir etwas bedeutet, und das ist so verdammt unfair.«

Olivia atmete tief ein. Was sollte sie sagen? Sie musste versuchen, ihm Kraft zu geben, mit den richtigen Worten. Musste ihn dazu bringen zu kämpfen.

»Ja, es ist unfair. Aber du hast nichts zerstört.«

Sie ergriff seine Hand von Neuem. Lukas wandte das Gesicht ab, doch Olivia berührte es mit ihrer anderen Hand und drehte es zurück. Sah ihm direkt in die Augen.

»Du musst das begreifen, Lukas. Ich bin da, und deine Krankheit ist nicht tödlich, auch wenn sie schmerzhaft ist. Aber du musst mir helfen, dagegen zu kämpfen … und das tust du nicht durch Selbstmitleid.«

Etwas zog sich in Olivia zusammen, als sie Letzteres sagte. Vielleicht ging sie zu weit. Sie war unsicher. Unsicher, was half und was kaputt machte. Sie wusste nicht, was in Lukas' Kopf vorging. Sie konnte es sich nicht einmal vorstellen, weil sie selbst niemals auch nur in der Nähe dessen gewesen war, was er durchmachte.

»Ich will nur, dass du gesund wirst«, sagte sie.

Sie nahm seine Hand und legte sie vorsichtig an ihre Wange. Lehnte den Kopf gegen seine Handfläche. Dachte, dass körperlicher Kontakt vielleicht helfen würde. Dem Körper helfen, sich zu erinnern. Sich an das Schöne zu erinnern. Sie hielt die Hand weiter fest, doch sie sah Verzweiflung in seinem Blick aufflackern. Und dann etwas Schwarzes, das hineinschoss und den Blick übernahm.

»Das werde ich hier sicher nicht«, sagte er. »Gesund. Das weißt du.«

Er löste sich ruckartig von ihr, stand auf und spuckte die Worte aus.

»Warum habt ihr mich hergebracht? Warum habt ihr mich nicht zu Hause bleiben lassen?«

Olivia war schockiert über seinen schnellen Stimmungswechsel.

»Du warst damit einverstanden«, erwiderte sie. »Du hast mit Mårten gesprochen und verstanden.«

»Das war doch nicht ich, das weißt du. Ich hasse diese verdammte Atmosphäre hier. Sie bringt mich um, ich verrotte von innen, kapierst du das nicht?«

Lukas donnerte die Hand so fest gegen die Wand, dass Olivia zusammenfuhr. Dann drehte er sich zu ihr um. Das Schwarze in seinem Blick war noch da. Seine Panik.

»Ich muss weg von diesem verdammten Ort!«

Er hob erneut den Arm, suchte etwas Neues, gegen das er schlagen konnte. Um den Schmerz zu kanalisieren, der in ihm aufwallte. Da schaltete Olivias Gehirn um. Von der zärtlichen Freundin zur Polizistin. Zu einem Profi, der eine Situation deeskalieren musste, die ausarten konnte. Blitzschnell war sie bei Lukas, nahm ihn mit festem Griff und setzte ihn wieder aufs Bett. Hielt ihn mit ihrem Gewicht nach unten.

»Was machst du da?«, rief er. »Lass mich los!«

»Wenn du dich beruhigst.«

Sie hielt ihn weiter fest. Sie würde nicht zulassen, dass er sich wehtat. Sie hielt und hielt ihn, damit die Panik ihn aus ihren Klauen ließ. Schließlich entspannte sein Körper sich, und sie konnte ihren Griff lockern. Sein Kopf lag an ihrer Brust, und sie spürte, wie seine Tränen ihr Shirt durchnässten.

»Ich liebe dich«, sagte sie. »Es ist wichtig, dass du das weißt. Und ich werde alles tun, was ich kann, damit du so schnell wie möglich nach Hause kommst. Aber du musst mir dabei helfen.«

Da summte Olivias Handy. Sie machte keine Anstalten, es herauszuholen, sondern hielt ihre Arme weiter um Lukas geschlungen und lehnte ihren Kopf an seinen.

»Geh ruhig ran«, sagte Lukas. »Ich bin jetzt okay.«

Olivia ließ ihn mit einem Arm los und nahm ihr Handy aus der Tasche. Sie sah, dass es Tom war und hob ab.

»Ja?«

»Störe ich?«, kam es aus dem Hörer.

»Ehrlich gesagt, ja. Kann ich dich in ein paar Minuten zurückrufen?«

»Klar, aber es ist wichtig, das solltest du wissen.«

»Aha?«

»Ich glaube, du könntest ernste Probleme kriegen«, sagte Stilton.

Kriegen?, dachte Olivia und sah Lukas an, der sich langsam aufs Bett legte. Sie zog sich in Richtung Tür zurück, damit er Stiltons Stimme nicht durchs Telefon hörte.

»Probleme womit?«, fragte sie.

»Mit den Leuten um Hansson. Willst du immer noch zurückrufen?«

Olivia blickte noch einmal zu Lukas hinüber. Er streckte die Hand nach den Tabletten aus, die in einer kleinen Plastikschale neben dem Bett lagen, und spülte sie mit einem Schluck Wasser hinunter.

»Nein, warte nur kurz«, sagte sie zu Stilton und hielt den Hörer zu, während sie sich an Lukas wandte.

»Was hast du genommen?«

»Nur ein Beruhigungsmittel, ich bin okay.«

»Ich muss nur schnell das Gespräch beenden, dann komme ich wieder.«

»Tu das, ich verspreche, dass ich nicht verschwinde.«

Olivia lächelte ihn an, bevor sie zur Tür hinausschlüpfte.

»Was für Leute um Hansson?«, fragte sie, als sie das Handy im Krankenhausflur wieder ans Ohr gelegt hatte. »Warum glaubst du das?«

»Ich habe sie getroffen. Einer von ihnen, Leopold, ist Karl-Oskars kleiner Bruder. Ich glaube, er und seine Handlanger sind gerade stinksauer.«

»Glaubst oder weißt du?«

»Sie waren hier auf dem Kahn und wollten wissen, wer Karl-Oskar erschossen hat. Sie wissen, dass ich es nicht war, aber es wird nicht besonders schwierig für sie sein, herauszufinden, wer es war. Du.«

Eine Krankenschwester mit einem Essenstablett kam durch den Korridor. Ein Geruch nach Fertigkartoffelbrei und Frikadellen stieg Olivia in die Nase, und sie sah ein paar grüne Erbsen auf dem Teller herumrollen, als die Krankenschwester vor Lukas' Zimmertür stehen blieb, anklopfte und hineinging.

»Und dann? Was passiert dann?«, fragte sie.

»Dann könnte es Probleme geben.«

»Du denkst, sie könnten mich bedrohen?«

»Ja.«

»Okay«, sagte Olivia. Eine kurze, trockene Feststellung.

Sie hörte, wie Stilton auf der anderen Seite der Leitung tief Luft holte.

»Okay?«, wiederholte er schließlich. »Ist das alles? Du klingst merkwürdig ruhig.«

»Ich bin schon öfter bedroht worden.«

»Das weiß ich, das sind wir alle, aber das hier sind Typen, die über ein ziemlich großes Gewaltpotenzial verfügen, wie es heutzutage heißt. Wenn sie sich in den Kopf setzen, Karl-Oskar zu rächen, ist es ernst.«

»Und? Was soll ich deiner Meinung nach machen? Mich umschauen, wenn ich nach Hause gehe?«

»Du wohnst gerade nicht zu Hause, oder?«

»Ich wohne bei Lukas.«

»Gut. Bleib da noch eine Weile. Wir hören uns.«

Stilton legte auf, bevor Olivia Tschüss sagen konnte.

Dann saß er noch eine Weile mit dem Handy in der Hand im Salon und dachte nach. Er machte sich Sorgen, auch wenn Olivia es nicht zu tun schien. Er hätte sie gerne etwas mehr unter Aufsicht gehabt.

Aber darauf würde sie sich niemals einlassen.

*

Als Olivia die dunkle, leere Wohnung betrat, fühlte sie sich plötzlich schrecklich allein. Allein mit allem. Obwohl sie wusste, dass sie so viele Menschen um sich hatte, denen etwas an ihr lag. Stilton, der sich Sorgen machte. Mette und Mårten, die ihr beide Nachrichten geschickt hatten, um zu hören, wie es Lukas ging. Und Maria, die angeboten hatte, noch eine Nacht bei ihr zu schlafen. Aber Olivia hatte abgelehnt, gesagt, sie wolle für sich sein.

Sie legte ihre Tasche ab, schaltete das Licht an und beugte sich hinunter, um ihre Doc-Martens-Stiefel aufzuschnüren. Da sah sie den Zettel. Er lag etwas zerknittert schräg unter dem Briefschlitz. Ein Stück Papier, aus einem Notizbuch gerissen, wie es aussah. Und es stand etwas darauf.

Gemäß ihrer Polizistengewohnheit zog sie sich zuerst einen Handschuh an, bevor sie das Blatt an einer Ecke hochhob. Es konnte ja ein Drohbrief von jemandem aus Hanssons Freundeskreis sein.

Das war es nicht.

Es war etwas viel Schlimmeres.

Fand zumindest Olivia, als sie es las.

Du kannst dich unerreichbar machen, aber unserer Liebe kannst du niemals entkommen. Ich werde dich immer finden, wenn du dich verlaufen hast. Und das weißt du. S.

Olivia sank zu Boden. Genau das, was sie jetzt am wenigsten brauchte. Dass S. die Baskenmützenfrau war, stand für sie außer Frage. Und dass sie an Lukas interessiert war, war auch klar, aber was war Lukas' Part in der ganzen Geschichte? War er völlig unschuldig? So hatte er es Olivia gegenüber dargestellt, aber war vielleicht auf dieser After-Vernissage-Party etwas zwischen ihnen passiert? Er war ja erst am Morgen nach Hause gekommen. Vielleicht trafen sie sich heimlich? Konnte sie sich überhaupt auf Lukas verlassen? Irgendetwas in ihr schrie Ja. Und sie wollte darauf hören, aber es gab so viele andere Stimmen, die ihr die gegenteilige Antwort gaben. All diese SMS, die er bekam. SMS mit Herzen. Die Nachrichten, die er verbarg, indem er sie gelöscht hatte. Ihre eigene schwelende Eifersucht.

Olivia lehnte den Kopf gegen die Wand. Das Schlimmste war, dass sie Lukas nicht zur Rede stellen konnte. Jedenfalls nicht in der derzeitigen Situation. Was sollte sie also tun? Olivia versuchte, ihre Gedanken zu sammeln, um nicht auseinanderzufallen. Was konnte sie ganz konkret gegen ihre Situation tun? Weiter vorwärtsgehen, rational denken. Nicht alles immer wieder durchkauen. Nicht in Selbstmitleid versinken. Das führte zu nichts. Herausfinden, wie S. hieß und wer sie war. Das konnte sie. Und das würde sie. Aber nicht heute Abend. Heute Abend war das Beste, was sie tun konnte, sich um sich selbst zu kümmern. Also knotete sie das Schuhband, das sie gerade geöffnet hatte, wieder zu, stand auf und ging hinaus.

Sie landete im Shanti, einem indischen Restaurant in der Katarina Bangatan, rappelvoll wie immer, aber mit Platz für eine einsame Olivia. Sie bestellte ein Palak Paneer und ein Kingfisher. Sie fand, sie musste sich zumindest *ein* Bier gönnen.

Im Lokal war es warm und laut. Durch all die Menschen, die da saßen und Spaß hatten, fühlte sie sich merkwürdigerweise weniger einsam. Sie lauschte heimlich den Gesprächen um sich herum, während sie aß. Das war eine gute Methode, um ihre eigenen Gedanken zu zerstreuen. Sie vertrieb sich die Zeit damit, zu erraten, was das Paar neben ihr für eine Beziehung zueinander hatte, und kam ziemlich schnell zu dem Schluss, dass es sich um ein erstes Date handeln musste, nachdem das Gespräch ein wenig zögerlich und forschend war. Als schließlich Tinder erwähnt wurde, hatte sie die Bestätigung, dass sie völlig richtiglag. Es fühlte sich nicht so an, als passten die zwei wirklich zusammen. Sie bekam mit, wie das Gespräch mangels gemeinsamer Themen versiegte, und litt mit ihnen, als beide krampfhaft ihre Handys herauszogen, wie einen Rettungsring, um sich nicht mehr unterhalten zu müssen. Mein Gott, ein Glück, dass ihr das erspart blieb. Der ganze Dating-Wahnsinn. Trotz all dem Mist hatte sie Lukas. So empfand sie es jedenfalls, jetzt, wo das Bier sie etwas dösig gemacht hatte und sie versuchte, diesen elenden Zettel zu verdrängen.

»Hi, Süße.«

Olivia blickte auf. Vor ihr stand der Nerz mit einer Plastiktüte in der Hand. Barhäuptig und ohne Jacke. Die Arme schlenkerten ein wenig. Olivia nahm wahr, dass eine der Kellnerinnen ihn beobachtete.

»Was zum Teufel ist mit dir los?«, fragte er. »Du siehst ja aus wie sieben Tage Scheißwetter?«

Tue ich das?, dachte Olivia. Sieht man das so deutlich?

»Hallo«, sagte sie. »Willst du ein Bier?«

»Nein, ich dachte, wir könnten eine Runde spazieren gehen.«

»Warum das?«

»Um zu reden, ein bisschen privater.«

Der Nerz machte eine Geste, um zu signalisieren, wie voll es hier war. Zu voll. Olivia trank ihr Bier aus und stand auf, während sie gleichzeitig über die erstaunliche Fähigkeit des Nerz nachdachte, herauszufinden, wo man gerade war. Hätte sie gefragt, hätte er ihr sicher einen langen Vortrag darüber gehalten, dass manche Menschen eben mit einem sechsten Sinn geboren waren, allerdings hätte er vom siebten gesprochen.

Sie traten auf die Katarina Bangatan hinaus. Es war dunkel, und es waren kaum Leute unterwegs. Der Nerz deutete mit dem Kopf nach rechts und lief los. Olivia folgte ihm und holte ihn ein. Als sie gerade fragen wollte, was er wollte, sagte er leise: »Du warst diejenige, die Koks umgelegt hat, hab ich gehört?«

Olivia wurde langsamer.

»Wo hast du das her?«

»Ein Vogel hat es mir ins Ohr gepinkelt.«

»Ernsthaft, Nerz, wer hat das erzählt?«

»Sorry… hast du schon mal was von Quellenschutz gehört?«

Der Nerz ging weiter, die Tüte am einen Bein entlangschwingend. Olivia wurde langsam sauer. Wer glaubte er eigentlich, dass er war? Bevor ihr einfiel, wer er war. Der Mann, der immer dachte, er hätte die Fäden in der Hand, auch wenn er von nichts eine Ahnung hatte. Also schluckte sie und lief ihm hinterher.

»Worüber wolltest du reden?«, fragte sie, als sie ihn eingeholt hatte.

»Auf der Bank.«

Die Bank befand sich mitten auf dem Nytorget und war leer. Der Nerz setzte sich und zog die Tüte auf seinen Schoß. Olivia zögerte, bevor sie Platz nahm. Die Dunkelheit umschloss sie, ein Stück weiter knirschte der Kies unter den Füßen eines kräftigen Wachmanns. Als das Knirschen verhallte, wurde es still.

Der Nerz zog die Situation in die Länge, er hatte einen gewissen Hang zum Theatralischen. Schließlich sah er Olivia an, dass es Zeit war.

»Du bist doch diejenige, die die Sache unter ihrer Fuchtel hat«, sagte er und lehnte sich etwas zu ihr hinüber. »Die Ermittlung.«

»Ja.«

»Es ist so, ich war neulich draußen auf der Trabrennbahn,

du weißt, ich bin der geborene Gewinner, ich hab im dritten Rennen ein paar Kröten auf einen Gaul gesetzt und …«

»Nerz, komm zum Punkt.«

»Okay, entschuldige, liegt es am Ton?«

»Was willst du?«

»Ich kann auch gehen, wenn es dir zu viel ist.«

Olivia stöhnte kurz, bis sie einsah, dass sie vergessen hatte, wie man Leif Minqvist behandelte. Mit dem Respekt, den er seines Erachtens verdiente. Ein Jongleur und Informant. Also sagte sie so demütig, wie sie es fertigbrachte: »Hat es etwas mit der Ermittlung zu tun?«

»Das musst du entscheiden.«

»Was schwer ist, solange ich nicht weiß, worum es geht.«

»Es geht um Karl-Oskar Hansson … Den Typen, den du erledigt hast.«

Olivia rückte etwas zur Seite, hauptsächlich wegen Minqvists Atem, aber auch als Reaktion auf das, was er gesagt hatte.

»Okay? Erzähl.«

Der Nerz richtete sich auf und raschelte mit seiner Tüte. Olivia fragte sich, was er darin hatte. Karl-Oskar Hanssons Überreste?

»Ja, wie ich schon sagte, bevor ich unterbrochen wurde, ich war in Solvalla und hab mit Skånska Lasse n Bierchen getrunken, und da kamen wir auf Karl-Oskar. Der hat ja ganz gern mal gespielt und ziemlich oft da draußen rumgehangen, und beim zweiten Bier hat Lasse erzählt, dass er Karl-Oskar an einem Fensterplatz im Restaurant gesehen hat, ein paar Tage bevor ihr da oben im Fjäll rumgeschossen habt. Lasse saß an einem Tisch ein Stück weiter hinten und wollte schon rübergehen und ein bisschen quatschen, als plötzlich eine Dame kam und sich zu Karl-Oskar setzte.«

Olivia reagierte sofort.

»Wie sah sie aus? Hat er das gesagt?«

»Sie hatte irgendeine Lederjacke an, dunkelhaarig, mit großer Sonnenbrille. Es war ja Abend, also hatte diese Brille irgendwas von, du weißt schon, Show-off.«

»Hat er gehört, was für eine Sprache sie gesprochen haben?«

»Sprache? Keine Ahnung, er saß wie gesagt ein Stück entfernt, warum willst du das wissen? Wieso Sprache?«

Olivia überlegte, sie wollte nicht zu viel preisgeben. Besonders nicht einem Typen gegenüber, der für einen kleinen Trip seine eigene Mutter verkaufen würde. Also sagte sie: »Würde dieser Skånska Lasse, würde er sie wiedererkennen?«

»Weiß ich nicht, Lasse ist manchmal ziemlich diffus, wenn du verstehst, was ich meine. Aber bei dieser Dame war er sich total sicher.«

Olivia blickte auf den Kies hinunter. Hansson trifft in Solvalla eine dunkelhaarige Frau mit Sonnenbrille, ein paar Tage, bevor er oben in Lappland auftaucht. Mit einer Frau. Derselben?

»Hi, Leffe! Haste was dabei?«

Olivia sah auf. Ein sehniger Mann mit Jeansjacke und spärlichem Schnurrbart schlenderte an der Bank vorbei.

»Nix«, sagte der Nerz.

Der Mann ging weiter.

»Leffe?«, fragte Olivia.

»Ein Insiderwitz. Was meinst du?«

»Wozu?«

»Der Info? Lasses? Könnte sie was wert sein?«

»Das weiß ich jetzt noch nicht. Bist du auf Geld aus?«

»Immer.«

Olivia nickte. Warum sollte der Nerz gratis arbeiten? Na ja, was hieß arbeiten, aber Informationen rausgeben?

»Ich hab kein Bargeld dabei«, sagte sie.

»Geht auch über Paypal.«

Olivia lachte auf und brachte den Nerz dazu, in das Lachen einzustimmen.

»War nur Spaß«, sagte er. »Das hier mach ich für dich. Ich weiß, was du da oben durchgemacht hast, Tom hat's erzählt, Scheiße, das hätte echt ins Auge gehen können.«

»Ja.«

Sie sahen einander an, und Olivia musste an die andere Seite des Nerz denken. Die, die sich um kaputte Kumpels kümmerte und für misshandelte Frauen einsetzte. Als der Nerz jetzt also eine Hand auf ihren Arm legte, war das völlig in Ordnung.

Solange sie dort blieb.

»Haben sie Kameras in diesem Restaurant?«, fragte Olivia, damit die Intimität nicht in die falsche Richtung glitt.

»Ich glaub schon, soll ich das abchecken? Ich kann's googeln.«

Der Nerz holte sein Handy heraus.

»Nicht nötig«, erwiderte Olivia. »Das machen wir schon.«

»Du willst diese Frau schnappen?«

»Ich will wissen, wer sie ist … hatte Hansson eine Freundin? Ich weiß, dass er nicht verheiratet war, aber war er mit jemandem zusammen?«

»Früher war er mit jeder Ische zusammen, die ihm über den Weg gelaufen ist, wie das in letzter Zeit war, weiß ich nicht. Aber ich glaub nicht, dass er viele Abende am Stück allein eingeschlafen ist.«

»Du kannst dich ja ein bisschen umhören. Kennst du seinen kleinen Bruder?«

»Leopold? Ich weiß, wer das ist, unguter Kerl.«

»Inwiefern?«

»Ach, du weißt schon ... zu dicke Waffen, zu dicke Autos, alles zu dick. Ist der Typ, der ein lebendiges Kaninchen auf den Grill schmeißt. Hattest du mit ihm zu tun?«

»Nein.«

»Gut. Er ist vermutlich verdammt pissed off.«

Olivia nickte und blickte zur Renstiernasgatan hinüber. Autos fuhren beiseite, und ein Krankenwagen donnerte in der Dunkelheit vorbei. Lukas, dachte sie und versank kurz in ihren Gedanken.

Der Nerz sah sie an. »Jetzt ist bei dir wieder Scheißwetter«, sagte er.

Die Operabaren lag am Kungsträdgården, einen Steinwurf von der Statue Karls XII. entfernt. Ein beliebter Tummelplatz für Menschen, die sehen und gesehen werden wollten. Sven Bergh hatte einen Tisch für zwei Personen reserviert, eine kleine Nische gegenüber dem Bartresen. Er saß bereits dort, als Olivia hereinkam. Sie blieb in der Tür stehen und ließ den Raum auf sich wirken, sie war noch nie dort gewesen. Das Lokal war klein, sehr schön und voll besetzt. Sven sah sie und stand auf. Er trug einen legeren, weichen Anzug, der an den richtigen Stellen eng anlag. Hellgelb, vermutlich maßgeschneidert.

»Hallo«, sagte er.

Olivia nickte und ging zu ihm. Der Geräuschpegel war hoch, an ein paar Tischen hatten die Gäste sich in Stimmung getrunken und versuchten, sich gegenseitig zu übertönen.

»Entschuldigung«, sagte Sven. »Es ist ein bisschen laut hier, das hätte ich bedenken sollen. Wir sollten uns vielleicht etwas Ruhigeres suchen?«

»Das wäre wahrscheinlich gut.«

»Mein Auto vielleicht? Es steht gleich draußen.«

»Klar.«

Olivia wandte sich wieder zur Tür.

»Mögen Sie Pilzomelett?«, fragte Sven.

»Sicher.«

Sven trat an die Bar, und Olivia ging zur Tür hinaus.

Gleich gegenüber, am Jacobs Torg, stand ein großer schwarzer BMW mit getönten Scheiben. Bei Autodieben äußerst begehrt. Auf dem Fahrersitz saß ein dunkel gekleideter Mann. Olivia war sich nicht ganz sicher, ob es das richtige Auto war, also blieb sie stehen und wartete. Es hatte zu nieseln begonnen.

»Kommen Sie«, sagte Sven.

Er öffnete eine der Vordertüren und beugte sich hinein. Olivia hörte nicht, was er sagte, aber sie sah, wie der dunkel gekleidete Chauffeur auf der anderen Seite des Wagens ausstieg und einen Regenschirm aufspannte.

»Bitte sehr.«

Sven hielt eine der Hintertüren auf, und Olivia setzte sich hinein. Er selbst stieg auf der anderen Seite ein. Der schwarze, mit Leder bezogene Rücksitz war breit und bequem, mit reichlich Platz für die Beine.

»Haben Sie ein Auto?«, fragte Sven und zog seine Tür zu.

»Ich hatte einen Mustang, den ich im Frühjahr verkauft habe.«

»Tolle Autos.«

»Ja, und teuer im Unterhalt.«

»Vor allem in diesen elektrifizierten Tagen.« Sven verzog ein wenig den Mund zu einem leichten Lächeln, lockerte seine Krawatte und öffnete die oberen Knöpfe seines grauen Hemdes. Olivia sah das grüne Lederband um seinen Hals.

»Darf ich Sie was fragen?«, sagte sie. »Dieses grüne Band, wo haben Sie das her?«

»Ist das Teil der Ermittlung?«

»Nein, ich wollte nur …«

»War nur ein Scherz. Ich habe es vor langer Zeit in Mexiko gekauft. Warum fragen Sie?«

»Ich habe selbst ein sehr ähnliches.«

»Auch aus Mexiko?«

»Ja.«

»Da sieht man mal wieder, die Welt ist klein. Was haben Sie in Mexiko gemacht?«

Sie hatten das Treffen anberaumt, um über Fredrik Kaldma zu sprechen, nicht über Mexiko. Trotzdem fühlte Olivia keine Eile.

»Meine Mutter kam dorther«, antwortete sie.

»Ach so? Das sieht man Ihnen sogar an. An den Augen. Sie haben sehr schöne Augen.«

Sven lächelte, als er das sagte. Sie saßen auf dem Rücksitz seines Wagens, der getönte Scheiben hatte, und Olivia nahm es einzig und allein als Kompliment.

»Danke«, sagte sie. »Und was haben Sie in Mexiko gemacht?«

»Ich habe Freunde getroffen und mit ihnen auf eine Art und Weise Zeit verbracht, wie es damals hierzulande nicht so einfach möglich war.«

Olivia nickte. Da klopfte es auf Svens Seite an der Fensterscheibe. Er ließ sie heruntergleiten. Ein Kellner hielt ihm zwei Teller mit silbernen Servierglocken hin. Sven nahm sie entgegen.

»Vielen Dank! Entschuldigen Sie bitte, dass wir solche Umstände machen.«

Der Kellner verbeugte sich kurz und verschwand. Sven reichte Olivia einen der Teller und hob die Servierglocke ab. Darunter kam das Pilzomelett zum Vorschein. Daneben lag Besteck.

»Wie gut das riecht«, sagte Olivia.

»Der Duft ist das halbe Erlebnis.« Sven sog das Aroma mit geschlossenen Augen ein.

Als er sie wieder öffnete, war Olivia gerade dabei, sich den ersten Bissen in den Mund zu stecken.

»Fredrik hatte eine Information bekommen, die hochsensibel war«, begann Sven plötzlich, ohne Olivia anzusehen.

Sie hätte gerne noch eine Weile auf privater Ebene weitergeredet, aber das war nicht der Grund, weshalb sie hiersaßen. Also zog sie mit.

»Worüber?«

»Das hat er nicht gesagt, er wollte mich da wohl nicht mit reinziehen. Aber er stand ganz offensichtlich unter Druck.«

»Wie war er an die Information gekommen?«

»Er hatte einen Spanier getroffen, der ihm Dinge erzählt hat, die offenbar erschütternd waren.«

»Aber Sie wissen nicht, worum es ging?«

»Nein, leider.«

»Was war das für ein Spanier?«

»Er arbeitete bei ETG. Wissen Sie, was das ist?«

»Ich hab den Namen schon mal gehört, irgendein spanisches Unternehmen.«

»Das ist eine recht bescheidene Beschreibung. España Transporte Global ist ein Konzern in der Größe unseres eigenen Unternehmens, ihre Reederei ist eine der größten der Welt im Bereich Containerverkehr.«

»Warum wurde gerade Fredrik kontaktiert?«

»Er war der Europachef von GER und hatte in dem Jahr schon vorher sensible Nachrichten bekommen, die ETG betrafen.«

»Worum ging es?«

»Darum, dass sie auf illegale Weise Müll entsorgt hatten«, sagte Sven. »Leider hatte er nicht sehr viel in der Hand, er war etwas zu eifrig, und das hat Probleme verursacht.«

»In welcher Hinsicht?«

»Er konnte seine Behauptungen nicht beweisen, und wir

wurden zu einem sehr kostspieligen Vergleich gezwungen, um einen Prozess zu vermeiden. Das war ziemlich unangenehm.«

Olivia wurde aufmerksam. Darüber stand nichts in der alten Ermittlungsakte.

»War die Sache allgemein bekannt?«

»Nein. Der Vergleich wurde hinter verschlossenen Türen geschlossen … Wie ist das Omelett?«

»Sehr gut. Dieser Spanier könnte also eine Art Whistleblower gewesen sein?«

»Möglicherweise.«

»Und hatte brisante Informationen, die ETG betrafen?«

»Es spricht einiges dafür.«

»Aber Sie haben nie herausgefunden, worum es ging?«

»Nein. Fredrik ist ja verschwunden.«

»Er wurde ermordet. Und Sie wissen auch nicht den Namen des Spaniers?«

»Nein«, antwortete Sven.

»Wann hat Ihnen Fredrik von der Sache erzählt?«

»Zwei Tage bevor er verschwunden ist.«

»Wissen Sie, ob er von diesem Whistleblower irgendwelche Dokumente bekommen hat?«

»Das glaub ich nicht, davon hat er nichts gesagt.«

Olivia schluckte einen Bissen Omelett hinunter und blickte durch die Frontscheibe. Der Chauffeur stand neben der Motorhaube des Autos unter dem Regenschirm und rauchte, bläuliche Kringel kräuselten sich über seinem Kopf nach oben.

»Könnte er seiner Frau davon erzählt haben?«, mutmaßte sie. »Anette?«

»Das müssen Sie sie wohl selbst fragen.«

Olivia nickte und sah Sven an.

»Warum haben Sie das 1999 nicht erwähnt?«

»Weil Fredrik verschwunden war, eventuell gekidnappt, wir haben einen Erpresserbrief bekommen, wenn ich mich recht erinnere, und ich wollte ihn nicht gefährden, ich wusste ja nicht, wo er war, oder mit wem. Das war natürlich dumm, im Nachhinein betrachtet, aber damals hat es sich richtig angefühlt.«

Sven drehte den Kopf und blickte durchs Seitenfenster in den Regen hinaus.

»Es ist so traurig … so eine Verschwendung …«, sagte er leise.

Olivia legte ihr Besteck ab und saß still da, sie spürte, dass Sven noch nicht fertig war.

»Fredrik hat sich unglaublich für Umweltfragen engagiert, das war einzigartig, er hat dafür gebrannt und unter der globalen Entwicklung gelitten. Seine Arbeit bei GER war innovativ und mutig, in vielerlei Hinsicht bahnbrechend. Er hätte so viel erreichen können, und dann ist er einfach verschwunden. Mitten im Schritt in die Welt hinaus. Das ist so tragisch.«

Olivia nickte.

»Ich hab diese Radiosendung mit ihm gehört«, sagte sie. »Sie war sehr intensiv. Ich verstehe, dass Sie ihn vermissen.«

»Nicht nur ich, die ganze Familie. Er war ja beinahe ein Familienmitglied.«

»Er war samischen Ursprungs, richtig?«

»Ja, mütterlicherseits. Eine vom Unglück verfolgte Familie, sein Großvater Juhan Ruong ist bei einem Lawinenunglück gestorben, und seine Mutter ist zusammen mit seinem Vater mit der *Estonia* in der Tiefe versunken … und dann wird er selbst ermordet.«

»Wie kommt es, dass Ihr Vater Fredriks Pate war?«

»Er war früher mal ein enger Freund von Fredriks Großvater. Als Juhan verunglückte, hat er der Familie über all die Jahre geholfen, finanziell, Fredriks Mutter war wie ein Kind im Haus, bevor sie heiratete. Auf ihren Wunsch wurde Aron Fredriks Pate.«

Svens Blick wanderte wieder durchs Seitenfenster zur Operabaren hinüber, der Regen hatte nachgelassen.

»Was halten Sie von Anette?«, fragte Olivia.

Die Frage war plötzlich in ihrem Kopf aufgetaucht, und sie stellte sie ohne Hintergedanken.

»Sie ist ein guter Schauspieler. Oder Schauspielerin, sollte man wohl sagen.«

Eine sehr diplomatische Antwort. Sven zog die Armbanduhr an seinem Handgelenk etwas nach vorn, eine dünne, elegante Manschettenuhr aus Gold, die zu seinem glatten Siegelring passte. Er fuhr mit dem Finger über das Glas, fast ein wenig abwesend. Olivia schaute ihren Teller an. Er war leer.

»Wie fanden Sie denn das Omelett?«, erkundigte sie sich.

Sven hatte das Essen kaum angerührt, vorsichtig stocherte er mit der Gabel darin herum.

»Vermutlich ist es sehr gut«, antwortete er, ohne aufzusehen.

Er war in der Trauer um Fredrik Kaldma gefangen. Olivia öffnete die Autotür. Als sie ausstieg, sagte Sven: »Sie können mich doch auf dem Laufenden halten, falls in der Ermittlung etwas über diesen Whistleblower herauskommt?«

»Versprochen. Vielen Dank für das Omelett.«

»Ich danke Ihnen. Und noch etwas!«

Sven bückte sich und zog einen Stoffbeutel aus dem Fußraum. Er enthielt ein großes, schön aufgemachtes Buch.

»Das ist ein Band über die Geschichte des Bergh-Konzerns, von den Fünfzigerjahren bis heute. Vielleicht interessiert es Sie.«

»Absolut! Danke.«

Nerja, Málaga, 13. November 1999

Die Seitenstraße in Nerja war menschenleer. Vom Meer zog eine kühle Brise auf und wehte eine ausgerissene Zeitungsseite in die Luft, ein Hund lag regungslos an einer grauen Steinmauer. Kein Geräusch war zu hören. Die Neonlichter der Nacht färbten die ockergelbe Fassade des Hotels rot, ein Strahl davon reichte bis zu dem jungen Paar hinüber. Die beiden gingen langsam den holprigen Gehsteig entlang, eng umschlungen. Kurz vor dem Hotel küssten sie sich. Blieben stehen und küssten sich erneut. Das Mädchen vergrub sein Gesicht am Hals des Jungen. Er blickte auf und sah einen dunklen Körper von einem Balkon fallen, hoch oben am Hotel. Die Zeit stand still. Der Junge hielt den Kopf des Mädchens an seinen Hals gedrückt. Es schien ihm, als fiele der Körper eine Ewigkeit. Als er auf die Straße aufschlug, versuchte das Mädchen, den Kopf zu drehen, doch der Junge hielt ihn fest. Er blickte auf das Blut, das in den braunen Sand lief. Ein Stück weiter stand der Hund auf und tappte zu dem Körper hin.

Es war kurz nach Mitternacht.

Olivia ging von der Operabaren weiter zum Dramaten. Sogar bei leichtem Regen eine Entfernung, die zu Fuß zu bewältigen war. Sie hatte angerufen, nach Anette Bostam gefragt und erfahren, dass sie sich um kurz nach drei zur Probe dort einfinden sollte. Auf dem Weg zum Nybroplan dachte Olivia über das nach, was Sven Bergh über Kaldmas Konflikt mit dem spanischen Unternehmen ETG gesagt hatte, den Vorwurf, sie hätten illegal Müll entsorgt. Hing damit dieser mystische Zettel aus seinem Motorschlittenoverall zusammen? Der vielleicht die Positionskoordinaten eines Ortes draußen im Atlantik enthielt? Sie kam beim Theater an und stellte sich vor den Bühneneingang in der Nybrogatan.

Bostam ließ auf sich warten.

Olivia lief zur Straßenecke und betrachtete die Statue von Margareta Krook. Aus Bronze. Sie hatte gehört, dass sie beheizt wurde. Sie legte die Hand an Krooks Jackett. Es war kalt.

Ein Whistleblower?, dachte sie. Ging es in diesem Fall vielleicht um etwas völlig anderes als um Karl-Oskar Hansson und Drogen und Untreue? Aber Hansson war doch am Fundort im Fjäll gewesen. In Gesellschaft einer Frau, die möglicherweise Spanierin war. Gab es eine Verbindung zwischen dem spanischen Unternehmen und ihr? Aber welche Rolle sollte Hansson dabei spielen? Er konnte ja wohl kaum der Whistleblower sein.

»Hallo?«

Anette Bostam sah leicht verwundert aus, als sie sich vom

Nybroplan aus dem Bühneneingang näherte und Olivia sah. Vermutlich war sie nicht gerade erfreut, aber sie hielt die Fassade aufrecht.

»Hallo«, sagte Olivia. »Ich muss Ihnen noch ein paar …«

»In einer Viertelstunde fängt meine Probe an.«

»Es geht schnell. Erinnern Sie sich, ob Fredrik kurz vor seinem Verschwinden Kontakt zu einem Spanier hatte?«

»Nein.«

»Erinnern Sie sich nicht oder hatte er keinen?«

»Ich erinnere mich nicht«, sagte Bostam.

»Konnte Fredrik Spanisch?«

»Ja, ziemlich gut, er hatte ja viel mit Leuten von dort zu tun.«

»Können Sie Spanisch?«

»Nein. Wieso? Warum fragen Sie das?«

Ja, warum?, dachte Olivia. Bostam hatte ja ein Alibi für den Tatzeitpunkt.

»Haben Sie zu dieser Zeit die Familie Bergh getroffen?«, wechselte sie das Thema.

Bostam warf ihr Haar über die Schulter nach hinten und signalisierte deutlich, wie komplett uninteressant die Frage war.

»Das ist recht oft vorgekommen, ja, Fredrik war gern mit den Berghs zusammen. Aber jetzt entschuldigen Sie mich bitte, ich …«

»Ich habe gerade mit einem aus der Familie gesprochen, Sven, er hat dasselbe gesagt wie Sie, als ich Sie das erste Mal befragt habe. Dass Fredrik gestresst und unter Druck war, bevor er verschwunden ist. Ich versuche herauszufinden, warum.«

»Sie meinen, es könnte etwas mit dem Mord zu tun haben?«

»Vielleicht.«

Bostam wandte den Blick von Olivia ab und sah zum Nybroplan hinunter. Olivia versuchte, in ihrem Gesicht zu lesen. Das war schwierig.

»Das ist alles so lange her«, sagte Bostam und öffnete die Tür zum Bühneneingang.

*

Das Team versammelte sich bei den Olsäters. Olivia hatte alle gebeten, so schnell wie möglich dorthinzukommen. Es war kurz nach fünf Uhr. Sie hatte in der Küche mit Mette und Mårten ein paar Minuten privat über Lukas gesprochen. Sie hoffte, er würde morgen entlassen werden.

Als alle am Tisch saßen, sogar ein müder Stilton, fasste sie zusammen, was sie von Sven Bergh in seinem Auto mit den abgedunkelten Scheiben erfahren hatte.

»Ein spanischer Whistleblower?«, fragte Bosse.

»Möglicherweise.«

Lisa schüttelte leicht den Kopf.

»Du meinst, Kaldma wurde vielleicht ermordet, weil er sensible Informationen über dieses spanische Unternehmen bekommen hatte?«, sagte sie.

»Ja, eventuell. Zumindest könnte das ein Motiv sein.«

»Und was hatte das mit Karl-Oskar Hansson zu tun?«, wollte Mette wissen.

»Keine Ahnung. Ich sage nur, was ich herausgekriegt habe.«

Stilton saß schweigend da. Was Olivia berichtete, bestätigte das Bauchgefühl, das er schon seit ein paar Tagen hatte. Dass es um etwas anderes ging. Etwas Größeres. Also sagte er: »Wir sollten uns vielleicht diesen Whistleblower schnappen.«

»Sven Bergh hatte keinen Namen«, sagte Olivia. »Bostam auch nicht.«

Da wurde es still. Ein anonymer spanischer Whistleblower von vor zwanzig Jahren. Nicht so leicht zu finden.

»Wie war denn dieser Sven?«

Die Frage kam von Mette. Sie war Sven Bergh selbst begegnet, als sie 1999 wegen Kaldmas Verschwinden ermittelten. Er hatte sie durch sein elegantes Auftreten bezaubert. Sie hatte das Treffen damals mit einem Anflug von Sehnsucht verlassen. So konnten Männer also auch sein.

»Er war sehr zugänglich«, antwortete Olivia. »Offen, traurig über das, was mit Fredrik passiert ist.«

»Als ich ihn damals getroffen habe, war sein großer Kummer, die Bergh-Dynastie nicht weiterführen zu können«, erzählte Mette. ›Das muss ich meinen Schwestern überlassen‹, hat er gesagt. Wie alt ist er heute? Siebzig?«

»69«, berichtigte Olivia. »Aber er hat sich gut gehalten.«

Mette lächelte und schielte zur Küchentür hinüber, wo Mårten mit einem Kaffeetablett in den Händen auftauchte.

*

Sie wusste nicht, ob die Polizistin, auf die sie geschossen hatte, ihr Gesicht gesehen hatte. Das Risiko bestand. Was sie jedoch wusste, war, dass die Polizistin überlebt hatte. Das war ein Fehler. Sie nahm die Luger vom Handtuch. Sie hatte sie auseinandergenommen und die Teile ordentlich gereinigt, sie wollte die Waffe in dem Zustand zurückgeben, in dem sie sie bekommen hatte.

Am Ende.

Sie steckte die Schachtel mit Munition in ihre Tasche. Das Magazin war gefüllt.

Auf dem Weg auf die Straße hinaus überlegte sie, ob sie ein Taxi nehmen sollte, beschloss jedoch, öffentlich zu fahren.

Mit der Stadt zu verschmelzen.

*

Die Besprechung hatte sich in die Länge gezogen, bis spät in den Abend hinein. Verschiedene Thesen und Hypothesen waren hin und her gewendet worden, alle waren voll bei der Sache gewesen. Sie hatten Hanssons Kontaktnetz und die Suche nach der unbekannten Frau zur Priorität erklärt. Der Name des Whistleblowers erschien ihnen ebenfalls hochinteressant, aber an welchem Ende sollten sie da beginnen? Mette hatte einige Ideen, über die sie noch einmal schlafen wollte. Olivia hatte die Besprechung mit einem Detail abgerundet, das sie vorher vergessen hatte zu erwähnen: Aron Bergh war Kaldmas Pate.

Jetzt lag Mette mit Mårten neben sich im Bett. Sie war müde nach der intensiven Diskussion und versuchte, in den Schlaf zu finden. Mårten bemerkte es nicht.

»Du, ich hab ein bisschen Ahnenforschung betrieben«, sagte er.

»Was ganz Neues.«

»Bei Fredrik Kaldma.«

»Hmm …«

»Wusstest du, dass er samische Wurzeln hatte? Mütterlicherseits?«

»Ja. Schatz, ich muss …«

»Das ist wirklich interessant, wenn man etwas über den Konflikt zwischen dem Samendorf Giljas und dem Staat liest, wer das Recht hat, …«

Mettes erstes Schnarchen beendete Mårtens Ausführungen

über den Konflikt. Er beugte sich über sie und knipste ihre Nachttischlampe aus. Als er seine eigene ausgeschaltet hatte und auf sein Kissen gesunken war, dachte er: Ist es nicht trotz allem etwas eigenartig, dass Kaldma gerade auf dem Gebiet seiner eigenen samischen Familie gefunden wurde?

*

Olivia fuhr nach Hause in ihre Wohnung in der Högalidsgatan. Es war schon nach zwölf, aber sie wollte die Post holen und sehen, wie es mit dem Balkonbau voranging. Als sie den engen Flur betrat, fielen ihr zwei Dinge auf. Unter dem Briefschlitz lagen ein beträchtlicher Haufen Werbung und ein paar Kuverts. Und das Abdeckvlies zu den neuen Balkontüren war weg. Wie schön! Die Arbeiten näherten sich also dem Ende. Sie nahm den Papierstapel vom Boden und schaltete das Licht in der Küche ein. Sie liebte ihre Küche. Schwarz-weiße Kacheln über der Arbeitsfläche, offene Regale aus dunklem Holz, ein stylischer Kühlschrank und ein paar einfache, klare Farbposter an den weißen Wänden. Die Lukas austauschen wollte. Was Wanddekoration betraf, hatten sie nicht wirklich denselben Geschmack. Sie warf die Werbebroschüren in den Müll und legte die Kuverts auf den Küchentisch. Im Kühlschrank stand eine kalte Cola. Sie nahm sie heraus, ging ins Wohnzimmer und sank auf das große graue Sofa. Nach ein paar Schlucken spürte sie, dass sie hier schlafen wollte. Zu Hause. Diese Nacht. Das hatte sie schon lange nicht mehr getan. Sie streckte sich der Länge nach aus und schob ein weiches Kissen unter ihre Wange.

Als sie endlich das Gefühl hatte, den Kopf von Gedanken geleert zu haben, gereinigt, bereit für den Schlaf, glitt plötzlich ein Auto in ihr Bewusstsein und machte alles zunichte. Fredrik Kaldmas Auto. Das gleichzeitig mit ihm verschwunden war. Ein einziger Gedanke reichte. Sie fing an, über das Auto und ein paar andere Dinge nachzugrübeln, so intensiv, dass sie sich aufsetzte, ihr Handy nahm und Google Maps aufrief.

Dann rief sie Tom an.

»Hast du schon geschlafen?«

»Dann wäre ich nicht rangegangen.«

»Gut. Oder sorry, aber ich muss was mit dir durchsprechen.«

»Arbeit?«

»Ja.«

Sie hörte, dass Tom ein leichtes Stöhnen von sich gab, aber er war selbst schuld, er hatte schließlich abgehoben.

»Fredrik Kaldmas Auto wurde nie gefunden, oder?«, begann sie.

»Nein.«

»Und er hatte keinen Autoschlüssel bei sich, als er gefunden wurde. Mein Gedanke ist also: Wenn er in seinem Auto nach Lappland gefahren ist, eventuell in der Gesellschaft seines Mörders, und dann mit einem Motorschlitten weiter ganz hinauf ins Fjäll, was ist mit seinem Auto passiert? Vielleicht hat sich der Mörder darum gekümmert und es verschwinden lassen? Um die Spuren zu verwischen?«

»Ja.«

»Und nachdem wir jetzt wissen, wo er ermordet wurde, sollte es doch möglich sein, ungefähr herauszufinden, bis wohin man mit dem Auto fahren konnte, bevor man auf den Motorschlitten umsteigen musste?«

»Was du bereits überprüft hast.«

»Ja. Laut Karte ist der nächstgelegene Platz, an dem man sein Auto lassen kann, wenn man weiter in die Radtja-Gegend will, ein Ort, der Tjärnberg heißt. Zehn, zwanzig Kilometer nördlich von Arjeplog.«

»Ein Dorf?«

»Ich weiß nicht, scheint sehr klein zu sein.«

»Du bildest dir ein, das Auto könnte noch dort stehen?«

»Nein, sei nicht albern, aber ich meine, es wäre doch vielleicht einen Versuch wert, dort in der Gegend zu suchen? Wenn wir jetzt schon wissen, dass sein Auto dort gewesen sein könnte? Das wussten wir vor zwanzig Jahren nicht. Der Mörder hat es vielleicht in der Nähe in einen See gefahren oder so?«

»Er ist im Winter ermordet worden. Da sind die Seen dort zugefroren.«

»Okay, unk du nur weiter herum. Er hat das Auto vielleicht da oben in irgendein unwegsames Gelände gefahren? Es ist nicht gerade dicht besiedelt da. Eher das reinste Ödland. Ich war dort.«

Stilton schwieg am Telefon.

»Bist du eingeschlafen?«, fragte Olivia.

»Nein, ich … ja, du könntest recht haben. Ist wahrscheinlich einen Versuch wert.«

»Schön. Fühlt sich gut an, deine Unterstützung zu haben.«

Sie sagte es mit einem gewissen Unterton.

»Ich rufe morgen die Polizei in Arjeplog an«, fügte sie hinzu.

»Tu das. Bist du bei Lukas?«

»Nein, ich schlafe heute in meiner Wohnung.«

»Das solltest du besser nicht machen. Ich hab doch gesagt, dass …«

»Ach, komm schon … wenn jemand beschlossen hat, mich zu erschießen, irgendwann, irgendwo, kann ich das sowieso nicht verhindern. Ich kann mich nicht den ganzen Tag verstecken. Schlaf gut.«

Olivia legte auf, bevor Tom protestieren konnte. Sie ging mit der leeren Colaflasche in der Hand in die Küche und setzte sich an den Küchentisch. Der Stapel Kuverts lag vor ihr. Sie öffnete zwei, die von der Hausverwaltung waren, ein drittes enthielt eine Stromrechnung … und das vierte etwas völlig anderes.

Eine Pistolenkugel.

Aber das war noch nicht das Unangenehmste.

Marja Verkkonen, Polizei Arjeplog.«

»Hallo, hier ist Olivia Rönning.«

Es dauerte nicht lange, bis Olivia erklärt hatte, was ihr Anliegen war. Eine Suche oben in Tjärnberg und Umgebung, nach einem Chevrolet Tahoe von 1999. Sie gab Marja das Kfz-Kennzeichen.

»Aber das war ja vor zwanzig Jahren …«, sagte Marja.

»Ja. Es ist ein Schuss ins Blaue, aber *wenn* sein Auto dort oben abgestellt wurde, muss es ja irgendwo sein, egal, in welchem Zustand, oder?«

»Doch, natürlich. Welche Farbe hatte es?«

Komische Frage, dachte Olivia. Wie viele Tahoes von 1999 glaubte sie denn, dass sie finden würden?

»Dunkelgrün. Damals.«

»Dann wissen wir Bescheid.«

»Wie geht es Pekka?«

»Gut, er darf wieder fliegen.«

»Ach, das ist ja toll! Sag ihm, ich melde mich bei ihm.«

»Mach ich. Pass auf dich auf!«

Olivia legte auf und rief Tom an. Ein Gespräch, das sie vor sich hergeschoben hatte, seit sie am Küchentisch das Kuvert mit der Kugel geöffnet hatte.

Stilton ging die Katarina Bangatan entlang, er war auf dem Weg zu Ronny Redlös' Antiquariat, oder, wie Ronny es gerne nannte, »einem Hohlraum voller Schätze«. Als er dort ankam, sah er den kleinen Zettel an der Tür. »Bin draußen und lüfte meinen Kopf. Komme gleich wieder.« Stilton lächelte und lehnte sich an die Hauswand. Er freute sich darauf, Ronny zu treffen. Und Benseman. Er hatte schon lange keinen Kontakt mehr mit ihnen gehabt. Vieles andere war dazwischengekommen. Ronny und Benseman waren zwei Gründe dafür, dass er Stockholm vermisste. Dass er etwas vermisste, was mit seiner Vergangenheit zu tun hatte.

Da rief Olivia an.

»Hallo, wo bist du?«, fragte sie.

»Auf dem Weg nach Thailand.«

»Tom …«

»Ich bin bei Ronny, allerdings ist er nicht da. Er kommt gleich wieder. Was gibt's?«

»Ich hab einen Brief mit einer Pistolenkugel bekommen … er lag in meiner Wohnung, als ich gestern Nacht dort war.«

»Nur eine Kugel?«

»Ja. Aber das war nicht das Unangenehmste.«

Stilton wartete ab, er hörte, wie Olivia ein bisschen heftiger atmete.

»Die Kugel lag in einem weißen Kuvert«, fuhr sie fort. »Unfrankiert und nicht beschriftet. Kein Name drauf.«

Stilton begriff sofort, was daran unbehaglich war. Jemand hatte persönlich vor Olivias Tür gestanden und das Kuvert in ihren Briefschlitz gesteckt.

»Was, wenn ich zu Hause gewesen wäre?«, sagte sie. »Vielleicht hat diese Person zuerst geklingelt, und dann, als keiner da war, diesen Gruß hinterlassen. Was wäre passiert, wenn ich die Tür aufgemacht hätte?«

Stilton hatte keine Lust, darüber zu spekulieren, deshalb sagte er: »Hast du sie der Technik gegeben?«

»Ja. Glaubst du, das waren Karl-Oskars Bruder und diese Typen vom …«

»Ja. Wer sonst? Warum hast du das heute Nacht nicht erzählt?«

»Da hatte ich den Brief noch nicht geöffnet. Ist doch jetzt auch egal …«

Stilton ließ sein Handy sinken, in der Ferne sah er, wie Ronny und Benseman auf dem Weg zum Laden an der Skulptur von Nacka Skoglund und dem silbernen Tor mit dem Ball in der Ecke vorbeigingen.

»Wir können uns ja später treffen«, sagte er.

»Ja. Ich hab Arjeplog auf das verschwundene Auto angesetzt.«

»Okay. Dann drücken wir mal die Daumen. Mach's gut.«

Stilton richtete sich auf. Die beiden Männer hatten ihn entdeckt. Einer von ihnen beschleunigte seinen Schritt merklich. Benseman, ein ehemaliger Bibliothekar aus Boden, der auf die schiefe Bahn geraten war und immer noch mit den Folgen zu kämpfen hatte. Als er bei Stilton ankam, zögerte er eine Sekunde, dann umarmten sich beide. Normalerweise war ihm das unangenehm, jetzt empfand er es als Zuneigungsbekundung. Die Umarmung war beendet, bevor Ronny ankam, dem Stilton die Hand hinstreckte.

»Hallo«, sagte er.

»Hallo auch! Du bist zu Hause?«

»Ja.«

Ronny nickte und sperrte die Ladentür auf. Benseman vollführte eine einladende Geste und ließ Stilton den Vortritt. Das hier war hoher Besuch. Was hieß hoch, es war ein Obdachlosenkumpel, der zu Besuch kam, aber einer, der sich aufgerappelt hatte und wieder auf den Beinen war. Außerdem gut durchtrainiert.

»Ein Glas Wein?«, fragte Ronny und hängte seinen Mantel auf.

»Nein, danke, alles gut«, sagte Stilton. »Wie läuft's bei euch?«

»Mit den Büchern läuft es gut, die Leute sind ganz scharf auf Dinge, die man sonst nicht mehr bekommt, na ja, was heißt die Leute … der verschwindend geringe Teil der Menschheit, den der Begriff ›Menschheit‹ noch immer interessiert.«

Stilton nickte. Er wusste einiges über Ronnys Kampf, die Menschen zum Lesen zu bringen, dazu, zu verstehen, den eigenen Horizont zu erweitern. Heutzutage Mangelware.

»Und außer den Büchern?«

»Ist es traurig.«

Der Satz kam von Benseman. Er hatte es sich in einem der beiden abgewetzten Lesesessel bequem gemacht, die eingequetscht zwischen all den Regalen und Bücherstapeln standen.

»Warum?«

»Es sterben ja alle. Neulich sind wir auf dem Katarina-Friedhof am Grab von Gösta Ekman vorbeigekommen, so schön, ein kleiner Bronzevogel an einem Fenster … er war oft hier, manchmal hat er zwei Exemplare vom selben Buch gekauft, um eines verschenken zu können … alle sterben, alle, die am Leben interessiert sind.«

»Aber dir geht es gut?«

Stilton wollte das Thema wechseln. Alle starben, das war der Schmerz der Überlebenden. Damit musste man umgehen. Als eine enge Freundin von Benseman und ihm selbst, die gequälte und ausgebeutete Muriel, erschossen wurde, hatte das ein Stück von Stiltons Herz herausgerissen. Und von Bensemans.

Das wusste er.

»Mir geht's momentan ganz gut«, sagte Benseman. »Aber dann stirbst du, und es ist wieder dieselbe Leier, und dann kommt irgendein Virus, und alle sterben.«

Ronny lachte. Er hatte ein paar Bücherstapel weggeschoben und sich auf einen Tisch gesetzt.

»Wann bist du nach Hause gekommen?«, erkundigte er sich.

»Vor einer Weile, Olivia wurde angeschossen, und ich bin hergeflogen.«

Ronny und Benseman erschraken, beide kannten Olivia.

»Wie geht es ihr?«, wollte Benseman wissen.

»Gut. Sie hatte Glück. Sie ist auf den Beinen, alles in Ordnung.«

»Wollt ihr nicht doch ein bisschen Wein?«, fragte Ronny.

Stilton zögerte. Er dachte an die Tageszeit, es war kurz nach Mittag, und an das Treffen mit Olivia in ein paar Stunden. Der Ermittlungsleiterin.

»Ein kleines Glas kann nicht schaden«, sagte er schließlich.

Endlich hellte sich Bensemans Miene auf. Seine ehemals so kaputten Zähne hatten eine Rundumrenovierung bekommen, vermutlich auf Ronnys Kosten. Benseman half ihm von Zeit zu Zeit im Antiquariat, bekam ein bisschen Geld und las alles, was er zwischen die Finger kriegte. Das war seine Rettung.

»Bleibst du jetzt hier?«, fragte er.

»Ja, eine Weile, ich helfe Olivia, die Frau zu finden, die auf sie geschossen hat.«

»Es war eine Frau?«

»Ja.«

»Ist das nicht sehr ungewöhnlich?«

Darüber hatte Stilton noch nicht nachgedacht. Eine Frau, die auf eine Frau schießt. Darüber hinaus auf eine Polizistin. Allerdings wusste die Frau, die geschossen hatte, das vielleicht nicht? Trotzdem.

»Ja, das ist es wahrscheinlich«, sagte er.

Und nahm seinen Plastikbecher mit Rotwein entgegen.

Als er eine Stunde später den Laden verließ, spürte er, wie sehr er das vermisst hatte. Bei ein paar Freunden vorbeischauen, die Vergangenheit aufleben lassen und Witze über den Tod machen. Das konnte er unten bei Luna und Aditi nicht.

Er holte sein Handy heraus und rief Abbas an.

»Hallo. Bist du noch gar nicht in der Arbeit?«

»Nein. Ist was passiert?«

»Olivia hat gestern einen Briefumschlag mit einer Pistolenkugel bekommen«, sagte Stilton.

Es wurde für ein paar Sekunden still.

»Sollten wir ein Auge auf sie haben?«, fragte Abbas.

»Ja. Wie zum Henker wir das auch immer machen sollen, du weißt, wie sie ist.«

»Ich weiß.«

Abbas legte auf, und Stilton steckte das Handy weg. Eigentlich hatte er geplant, morgen nach Rödlöga rauszufahren, aber das musste wohl warten.

*

Olivias Wunsch hatte auf der Polizeiwache in Arjeplog nicht gerade Begeisterung ausgelöst. Nach einem Auto suchen, das 1999 verschwunden war! Aber der Auftrag kam von der NOA und musste natürlich erledigt werden.

»Um Tjärnberg?«, fragte Ragnar Klarfors.

»Da glauben sie, dass er das Auto vielleicht gelassen hat, bevor er zum Radtja raufgefahren ist«, sagte Marja.

»Wenn es in Tjärnberg gewesen wäre, hätten wir es schon lange gefunden.«

»Aber vielleicht wurde es da auf irgendeinem kleinen Seitenweg abgestellt.«

»Dann hätten wir es inzwischen trotzdem entdeckt, die Leute bewegen sich ja in der Gegend dort oben, nicht zuletzt im Sommer.«

»Wir sollten vielleicht trotzdem mal einen Rundflug mit dem Helikopter machen?«

»Halte ich für sinnlos … aber klar, wir müssen ja dokumentieren, dass wir irgendwas getan haben.«

»Soll ich Pekka bitten?«, schlug Marja vor.

»Tu das. Er muss mal wieder fliegen.«

Eine Stunde später saß Pekka in einem neuen Helikopter, mit einem Auftrag, der mit seinem vorigen Flug in Verbindung stand. Als er abhob, dachte er an Olivia.

Daran, dass sie ihm das Leben gerettet hatte.

*

Die Frau, die Pekka das Leben gerettet hatte, saß gerade in der U-Bahn auf dem Weg zur Klinik in Danderyd. Lukas hatte angerufen und froh berichtet, dass er nach der Nachmittagsvisite nach Hause durfte. Olivia freute sich natürlich für ihn, für sie beide. Trotzdem hatte sie gemischte Gefühle, als sie ihn jetzt abholen fuhr. Dass es sie ein paar Stunden Arbeitszeit kostete, machte in der momentanen Situation nichts. Lisa und Bosse hielten die Stellung, das wusste sie. Auch die Pistolenkugel war nicht das, was sie am meisten beunruhigte. Auch wenn es vielleicht so hätte sein sollen.

Es war das, womit sie sich bisher noch nicht hatte auseinandersetzen wollen.

»S.«

S. wie Sofia, Stina, Siri, Sara oder irgendetwas ganz anderes. Olivia hatte keine Ahnung. Sie hatte auch keine Ahnung, ob sie in einer Beziehung war, auf die sie ihre Hoffnung setzen konnte oder nicht.

Das war das Problem.

Sie hatte einen labilen Freund, von dem sie nicht wusste, ob sie sich auf ihn verlassen konnte. Aber vielleicht hatte sie auch einen geheilten Freund, der sie liebte. Sie lehnte ihren Kopf ans U-Bahn-Fenster. Sah an der Universität Menschen aus- und einsteigen. Bald war sie da. Sie hatte die Wahl.

Dachte sie.

Als sie Lukas' Krankenzimmer betrat, saß er bereits vollständig angezogen auf dem Bett. Lächelte sie vorsichtig an, als sie zu ihm ging. Wenn man bedachte, wo er sich befand, war das ein fantastischer Fortschritt.

»Oh, du bist schon fertig?«, sagte sie und umarmte ihn.

Er hielt sie fest. Lange. Bohrte seine Nase in ihr Haar und sog ihren Duft ein. Olivia spürte, wie sie langsam wieder in sein Magnetfeld gezogen wurde, und dass die Wahl ganz einfach werden würde. Wenn sie überhaupt jemals eine gehabt hatte. Sie zweifelte daran. Sie, die sich als rational denkenden Menschen betrachtete, musste einsehen, dass sie das in bestimmten Situationen überhaupt nicht war. Sie war verliebt. Schrecklich und hoffnungslos verliebt in diesen Typen, diesen Mann. So war es einfach. Und sie würde an ihn glauben und für ihn kämpfen. Für ihre Beziehung.

»Ich würde so gern sagen, dass alles gut wird«, flüsterte er ihr ins Ohr. »Aber das kann ich nicht. Das Einzige, was ich sagen kann, ist, dass es mir sehr viel besser geht, und am allerbesten, weil du da bist. Ich verstehe, dass es hart für dich war, dass ich es dir schwer gemacht habe.«

Sie umarmten sich noch eine Weile. Als würden sie dadurch

ein bisschen mehr heilen. Olivia ließ ihre Finger durch seine schönen dunklen Locken gleiten.

»Ich liebe dich«, sagte sie.

»Und ich dich«, sagte er.

»Was kommt jetzt?«

»Wir fahren heim und leben glücklich bis ans Ende unserer Tage.«

Olivia lachte und ließ ihn los.

»Auf jeden Fall, aber haben wir nicht vorher noch irgendeine Besprechung mit deiner Ärztin?«

»Doch, sie müsste in ungefähr fünf Minuten hier sein, denke ich.«

Olivia nahm den Schal ab, den sie um den Hals geschlungen hatte, öffnete ihre Jacke und setzte sich neben Lukas aufs Bett. Da sah sie den Strauß, der auf dem Tisch stand. Hübsche, zarte Stängel von lilafarbenen Klematis schlängelten sich zwischen kräftigen roten Rosen und gelbgrünem Frauenmantel empor.

»Was für schöne Blumen. Von wem hast du die?«

Lukas drehte sich zur Blumenvase um.

»Von dir.«

Sie stieß ihn in die Seite.

»Hör auf!«

»Wieso ›hör auf‹?«

»Ich hab dir keine Blumen geschickt!«

Was sie vielleicht hätte tun sollen, schoss es ihr durch den Kopf. Warum hatte sie nicht daran gedacht?

Lukas sah sie fragend an. »Also, ich war felsenfest davon überzeugt, dass sie von dir sind!«

Ich finde dich immer, wenn du dich verirrt hast, dachte Olivia und spürte ein Ziehen in der Magengegend.

»Die Krankenschwester hat gesagt, sie wären von meiner Freundin«, fuhr Lukas fort.

Da klopfte es, und Lukas' Psychiaterin erschien in der Tür.

*

Pekka trat in seinem Flugoverall ins Polizeigebäude von Arjeplog. Seine Suche mit dem Helikopter war ergebnislos gewesen. Kein dunkelgrüner Chevrolet Tahoe von 1999 oben in der Gegend um Tjärnberg.

Was zu erwarten gewesen war.

»Also, was machen wir jetzt?«, fragte Marja.

Sie spürte, dass Olivia Rönning gehofft hatte, sie würden etwas liefern können, und wollte nicht gern diejenige sein, die ihre Hoffnungen enttäuschte. Da kam Klarfors mit ein paar Papprollen unter dem Arm zur Tür herein.

»Was ist denn das?«, wollte Pekka wissen.

»Mir ist eingefallen, dass es da oben in der Gegend einige verlassene, stillgelegte Militärbauten gibt, alte Verteidigungsanlagen und Tunnel und solcher Mist aus dem Zweiten Weltkrieg, ich hab beim Militär Zeichnungen davon angefordert.«

Er legte die Rollen ab und breitete die erste Skizze auf einem der Schreibtische aus. Marja sah sie sich an, und Pekka ging hinaus, um seinen Hund Gassi zu führen.

»Wir könnten beim Jutisdamm anfangen«, sagte Marja und deutete auf die Zeichnung.

Olivia wurde vom Klingeln ihres Handys geweckt und begriff sofort, dass sie länger geschlafen hatte als geplant. Deutlich länger. Wohlverdient, aber absolut ungelegen. Sie sollte längst in der Arbeit sein, und Lukas, der neben ihr lag, hatte in fünfundvierzig Minuten einen Termin bei seiner Therapeutin. Sie stieß ihn an, während sie nach dem Telefon angelte, und gab dem verschlafenen Lukas durch Gesten zu verstehen, dass es schon viel zu spät war.

»Ja, Olivia«, meldete sie sich.

Sie versuchte, so munter zu klingen, wie sie nur konnte.

»Hier ist Bosse. Störe ich?«

»Überhaupt nicht, ich arbeite nur am Vormittag ein bisschen von zu Hause aus, gehe Ermittlungsmaterialien durch und so.«

Lukas prustete los. Olivia streckte die Hand aus und legte sie über seinen Mund, um ihn zum Schweigen zu bringen. Er schnappte nach ihren Fingern.

»Diese Kugel, die du in dem Umschlag bekommen hast«, sagte Bosse. »Sie haben sie jetzt identifiziert.«

»Okay. Warte kurz, ich muss nur schnell was auf dem Computer speichern.«

Olivia verließ das Bett und ging ins Wohnzimmer, sie wollte keine weiteren unpassenden Geräusche von Lukas riskieren, außerdem sollte er das Gespräch nicht mithören. Er wusste nichts von einer Pistolenkugel, und ihr war daran gelegen, dass das auch so blieb.

»So«, sagte sie. »Jetzt. Was ist denn herausgekommen?«

Sie warf einen Blick zum Schlafzimmer hinüber. Lukas hatte sich gerade aus dem Bett gequält.

»Es ist die gleiche Sorte Munition, die Kaldma getroffen hat«, berichtete Bosse. »Und dich.«

»Ist das wahr?«

Olivia zog sich noch ein Stück weiter ins Wohnzimmer zurück und legte die hohle Hand über das Telefon, um nicht so laut sprechen zu müssen. »Aber da die Kugel nicht abgefeuert wurde, können wir sie nicht mit der Mordwaffe in Verbindung bringen«, fuhr sie fort. »Richtig?«

»Ja, genau.«

Olivia atmete tief ein. Sie wusste ja selbst instinktiv, dass die Kugel ganz klar von jemand kommen musste, der Kontakt mit dem Mörder hatte. Oder von dem, der in Besitz der Mordwaffe war. Was sonst?

»Aber das ist natürlich das Wahrscheinlichste, dass da eine Verbindung besteht«, fuhr Bosse fort. »Wir sollten vielleicht noch mal etwas eingehender über deine Sicherheit sprechen.«

Olivia trat einen Schritt näher ans Fenster und blickte auf die Straße hinunter. Der Mörder kannte ihre Identität und ihre Adresse, aber nicht die von Lukas. Hier sollte sie sicher sein.

»Okay«, sagte sie. »Wir sehen uns in einer Stunde bei Mette.«

Sie legte auf und blieb mit dem Handy in der Hand stehen. Lukas kam und schmiegte sich von hinten an sie.

»Warum schleichst du dich weg?«

»Das war Bosse, ich musste … ich konnte dich nicht kichernd im Hintergrund haben. Wir haben ganz fürchterlich verschlafen.«

»Ist doch okay.«

»Nein, ist es nicht. Du musst dich beeilen, du musst in vierzig Minuten bei Sanna sein, du darfst den Termin nicht verpassen, das weißt du.«

Sie drehte sich zu ihm um. Sein Haar stand in alle Richtungen, und der Bademantel war offen und entblößte seinen nackten Körper.

»Das schaffen wir noch«, sagte er.

»Nein, das schaffen wir nicht mehr«, erwiderte sie und zog seinen Bademantel zu, um widerstehen zu können.

Als sie in der Dusche unter dem warmen Wasserstrahl stand, dachte sie an die Spanisch sprechende Frau im Fjäll. Hatte sie irgendeine Verbindung zu Leopold und den anderen um Karl-Oskar Hansson? Den Typen, vor denen Stilton sie gewarnt hatte? Und wenn ja, welche? Sollten sie die Drohung dieser Frau in die Tat umsetzen? Olivia war überzeugt davon, dass nicht die Frau irgendein Anhängsel von Hansson war, sondern eher umgekehrt. Das hatte sie bei ihrem kurzen Aufeinandertreffen feststellen können. Die Frau hatte das Kommando gehabt, Hansson war ihr Handlanger gewesen. Aber Stilton hatte keine Frau erwähnt.

Als sie aus der Dusche stieg und sich ein Handtuch schnappte, hörte sie ihr Handy erneut klingeln. Es lag noch im Wohnzimmer. In das Handtuch gewickelt tappte sie mit nassen Füßen aus dem Bad und hob ab. Sie schaffte es gerade noch, bevor sich die Mailbox einschaltete. Es war Marja Verkkonen aus Arjeplog.

»Hallo! Wir haben das Auto gefunden!«

*

Olivia war die Letzte, die ins Wohnzimmer der Olsäters kam. Sie ging zu ihrem Stuhl und konnte sich gerade noch hinsetzen, bevor Mette losplatzte: »Sie haben Kaldmas Auto gefunden?«

»Ja«, bestätigte Olivia.

»Wo?«, fragte Stilton. »Wie?«

Olivia erzählte, was Marja berichtet hatte.

»Zuerst haben sie mit dem Hubschrauber das Gebiet um Tjärnberg abgesucht, aber dabei ist nichts rausgekommen. Dann kam einer der Älteren im Revier, ich glaube, er hieß Klarfors, auf die Idee, dass …«

»Ragnar«, unterbrach sie Mette. »Ich kenne ihn. Guter Mann.«

»Wie auch immer, er ist auf jeden Fall offenbar darauf gekommen, dass es da oben einige stillgelegte Militärbauten gibt, alte Verteidigungsanlagen aus dem Zweiten Weltkrieg, unterirdische Befestigungen, Tunnel, alles Mögliche, also hat er sich Unterlagen von den zuständigen Behörden besorgt, und davon ausgehend haben sie angefangen zu suchen. Und da haben sie es gefunden, in einem Bereitschaftsdepot, ganz hinten in einem ziemlich kurzen Tunnel über dem Jutisdamm. Anscheinend seit Jahrzehnten gesperrt und verrammelt.«

»In welchem Zustand war das Auto?«, erkundigte sich Bosse.

»Das weiß ich nicht genau, es war wohl rostig und etwas mitgenommen, aber sie haben es nach Arjeplog gebracht. Ich werde wohl hinfliegen.«

»Warum das?«, fragte Mette.

»Weil ich dabei sein will, wenn sie es durchsuchen.«

Olivia wandte sich an Lisa. »Würdest du mitkommen?«

Lisa war etwas überrumpelt. Warum gerade sie? Warum nicht Stilton? Das eingespielte Team?

»Gerne! Wann fliegen wir?«, antwortete sie.

»Morgen früh. Ist das okay?«

»Klar.«

»Aber das ist ja eigentlich unglaublich«, rief Mette. »Wir

haben Kaldmas verschwundenes Auto gefunden. Nach zwanzig Jahren!«

»Und was könnten wir darin finden?«, entgegnete Bosse, der auch gern gefragt worden wäre, ob er mitkommen wollte. Vor allem aus Prinzip.

»Keine Ahnung«, sagte Olivia. »Kommt wahrscheinlich auf den Zustand an. Vielleicht alte DNA. Oder etwas ganz anderes. Jedenfalls ist es wohl kaum von Kaldma selbst in diesen Tunnel gefahren worden, sondern eher von seinem Mörder.«

Damit war die Besprechung beendet, und alle brachen auf. Mette machte sich im Kopf eine Notiz, dass sie sich bei Ragnar Klarfors melden und ihm danken wollte.

Auf dem Weg aus dem Zimmer nahm Olivia Stilton beiseite. Sie hob das rasselnde Skelettrohr und ließ die Teilchen nach unten rinnen, bis alle anderen den Raum verlassen hatten.

»Die Kugel aus dem Briefkuvert gehört zu einer Luger 08«, sagte sie leise. »Jedenfalls ist es das gleiche Kaliber … 9 Millimeter Parabellum.«

Stilton blickte über Olivias Schulter in die Küche. Diesmal sah er Mårten nicht am Küchentisch sitzen. Eine alte Luger? Das passte absolut nicht zu den Herren vom Night Light. Also zog er denselben Schluss wie Olivia und Bosse am Morgen.

»Dann hat der Mörder sie dir geschickt?«, murmelte er in sich hinein.

Olivia zuckte mit den Schultern.

»Warum zur Hölle sollte er das tun?«, fuhr Stilton fort. »Oder sie? Die Typen vom Night Light haben ein Motiv, du hast Leopolds Bruder erschossen, aber die rennen doch niemals mit so einer uralten Waffe herum?«

»Unwahrscheinlich. Irgendjemand will mir wohl Angst einjagen.«

Stilton sah Olivia an und legte einen Arm um sie. Sie spürte, dass sie das jetzt brauchte.

*

Nun kam die schwierigste Aufgabe. Lukas zu erzählen, dass sie wieder nach Arjeplog musste. Das letzte Mal wäre sie beinahe in einem Leichensack von dort zurücktransportiert worden. Ihr war klar, dass das schwer für ihn werden würde. Und für sie auch. Er war ja gerade erst aus der Klinik entlassen worden. Das Timing war nicht das beste.

Olivia saß in der Küche, wartete auf ihn und fühlte sich unruhig. Sie zuckte zusammen, als es im Schloss klapperte und er den Flur betrat.

»Hallo«, rief sie.

»Hallo, bist du schon zu Hause?«, antwortete er aus dem Flur.

»Lisa hat mich heimgefahren.«

Sie erwähnte nicht, dass Lisa von Stilton außerdem den Auftrag bekommen hatte, sie bis zur Wohnungstür hinaufzubegleiten.

»Okay, und ich wollte dich mit Spaghetti Vongole überraschen.«

Lukas kam mit zwei vollen Einkaufstaschen in die Küche, stellte sie auf den Tisch und holte eine Papiertüte aus der einen. Daraus zog er ein blaues Netz voller Venusmuscheln.

»Schau, wie schön die sind, superfrisch, die haben sie heute reinbekommen«, sagte er, ohne Olivia dabei anzuschauen.

Lukas legte die Muscheln auf die Arbeitsfläche, nahm einen Topf, füllte ihn mit Wasser und streute etwas Salz hinein. Olivia stand auf und begann, die anderen Lebensmittel in den Kühlschrank zu räumen. Keine Umarmung, kein Blickkontakt. Das verhieß nichts Gutes.

»Lief es gut bei der Therapeutin?«, erkundigte sie sich zaghaft.

»Ja, doch.«

Lukas schnitt das Netz auf und schüttete die Muscheln ins Wasser. Dann blieb er vor dem Topf stehen. Hielt ihn mit beiden Händen fest, den Rücken zu Olivia gewandt. Als würde er sich sammeln.

»Versuchst du, sie zu hypnotisieren?«, fragte sie.

»Was?«

»Du stehst da und starrst die Muscheln an.«

»Ach so. Nein.«

»Was ist los?«

»Nichts, gar nichts … nichts Besonderes.«

Zu diffus. Das war nicht die Antwort, die Olivia hören wollte. Sie sah ja, dass etwas nicht stimmte.

»Geht es dir nicht gut?«

»Doch, wieso meinst du?«

Sie ging zu ihm. Legte die Arme um ihn. Erstarrte er ein bisschen? Oder bildete sie sich das ein?

»Weil du nicht herkommst und mich leidenschaftlich küsst, wie du es sonst immer machst«, versuchte sie, die Stimmung aufzulockern.

Es funktionierte überhaupt nicht. Lukas wandte sich um und sah sie mit einem etwas traurigen Lächeln an.

»Setz dich«, sagte er. »Ich muss dir was sagen.«

Olivias Blut sackte direkt in ihre Füße. Jetzt kommt es. Jetzt will er Schluss machen. Erzählen, dass er eine andere kennengelernt hat. Und sie wusste schon, wen. Ihr wurde schwindelig, sie fiel fast auf den Stuhl.

»Ich …«, begann Lukas und setzte sich ihr gegenüber.

Er sprach nicht weiter, rang nur die Hände. Das reizte Olivia. Dass er nicht einfach mit dem rausrücken konnte, was er sagen wollte. Sie wollte nur noch schreien, blieb jedoch ruhig, ein bisschen Würde wollte sie sich noch bewahren.

»Ja?«

»Es ist schwierig«, sagte er.

»Es ist was mit ihr, der roten Baskenmütze, oder? Deinem Techtelmechtel?«

»Ja. Du hast's erfasst.«

»Ich bin nicht bescheuert, Lukas.«

»Es ist etwas kompliziert.«

»Wieso? Wie kann das kompliziert sein?«

Olivia holte den Zettel heraus, der mehrere Tage lang in ihrer Hosentasche gelegen und gebrannt hatte. Warf ihn vor ihm auf den Tisch.

»Hier. Sie ist ja nicht gerade diskret. Weiß sie überhaupt, dass ich hier wohne?«

Lukas nahm den zerknitterten Zettel. Las ihn.

»Sie war doch nicht etwa hier?«, fragte er. »Ihr habt doch nicht …«

»Und schickt dir Blumen ins Krankenhaus«, unterbrach ihn Olivia. »Sie waren also schon von deiner Freundin, nur eben von deiner anderen Freundin.«

Lukas sah verwirrt aus.

»Ich wusste nicht, dass sie von ihr waren«, beteuerte er.

»Nicht?«

»Ich schwöre es. Beruhig dich doch ein bisschen.«

Olivia beugte sich zu ihm hinüber.

»Ich bin vollkommen ruhig. Wie heißt sie?«

»Sara.«

»Wie lange trefft ihr euch schon?«

»Wie, treffen? Ich hab ja versucht, ihr aus dem Weg zu gehen, das ist ja das Problem. Kannst du dir nicht erst mal anhören, was ich zu sagen habe, bevor du irgendwelche Schlüsse ziehst?«

Olivia lehnte sich auf dem Stuhl zurück und verschränkte die Arme. »Okay. Ich hör dir zu. Erzähl. Ihr hattet vor ein paar Jahren was miteinander, so viel weiß ich schon.«

»Ja, und ich hab mich damals ziemlich schnell wieder aus der Sache rausgezogen, weil sie … ja, einen kleinen Knacks hatte.«

»Knacks, das ist ein ziemlich weiter Begriff.«

»Dann eben psychische Probleme. Sie auch. Vielleicht fühlt sie sich deshalb irgendwie mit mir zusammengehörig. Oder eher besessen davon.«

»Okay. Und dann?«

»Sie ist aus meinem Leben verschwunden. Ich weiß nicht, was sie gemacht hat … bis sie plötzlich auf der Vernissage aufgetaucht ist. Und dann auf der Feier danach, besser gesagt auf dem Weg dorthin. Sie hatte draußen vor dem Sturehof gewartet.«

»Und was ist auf der Feier passiert?«

»Nichts, wenn du das meinst, zwischen uns ist gar nichts passiert.«

Olivia warf Lukas einen skeptischen Blick zu. »Sicher?«

»Ich hab mich ein bisschen mit ihr unterhalten, um nicht unhöflich zu sein. Dann war sie irgendwann besoffen und wurde richtig nervig, also hat Claes sie in einem Taxi nach Hause geschickt. Aber danach hat sie angefangen, mich zu terrorisieren.«

Er sah Olivia unglücklich an.

»Ich werde sie nicht los, sie ist wie Kaugummi, der in den Haaren festklebt.«

»Leg dir ne Schere zu«, sagte Olivia trocken.

Sie traute seinen traurigen, unschuldigen Augen nicht. Überhaupt nicht.

»Du kannst manchmal so hart sein«, sagte Lukas. »Aber ja, faktisch hab ich mich falsch verhalten. Ich war feige. Ich dachte, sie würde es schon kapieren, wenn ich ihre Nachrichten und Anrufe einfach ignoriere. Sie würde irgendwann aufgeben. Aber dann ist sie auf einmal vor meiner Tür aufgetaucht, als ich rausging, und saß eines Tages im Treppenhaus, als ich nach Hause kam. Und …«

»Warte mal«, unterbrach ihn Olivia. »Wenn das stimmt, warum erzählst du mir das erst jetzt? Du hast ja vor ein paar Wochen sogar versucht, das Ganze mit einem Scherz abzutun!«

»Ich hab den Kopf in den Sand gesteckt. Und ich wollte dich nicht mit reinziehen, du hattest so viel anderes um die Ohren. Aber heute in der Therapie hat Sanna gesagt, ich muss es dir erzählen, weil es so weit ging, dass ich nicht mehr damit umgehen konnte. Und wieder krank geworden bin.«

Er streckte seine Hände nach ihr aus, versuchte, sie zu erreichen, auf allen Ebenen. Sie behielt ihre verschränkt. Strengte sich an, sich nicht erreichen zu lassen, auf keiner Ebene.

»Was ist also passiert? Hast du mit ihr geschlafen, um nett zu sein?«

Lukas schüttelte den Kopf und zog seine Hände zurück.

»Du glaubst immer noch, ich hätte dich betrogen?«

»Ehrlich gesagt weiß ich nicht, was ich glauben soll.«

»Nein, wir haben nicht miteinander geschlafen. Aber sie stand plötzlich hier in der Küche und hat gekocht. Ich vergesse ja öfter abzuschließen, wie du weißt.«

Das wusste Olivia nur allzu gut. Sie erinnerte sich auch daran, dass die Tür an dem Tag, an dem er krank wurde, abgesperrt gewesen war. War Saras Eindringen der Grund dafür gewesen?

»Wie?«, fragte sie. »Sie stand hier drin?«

»Ja. Und ich hab versucht, sie aus der Wohnung zu kriegen, sie dazu zu bringen, dass sie es endlich kapiert. Da ist sie ausgerastet und hat mich mit einem Messer bedroht.«

Olivia fiel die Schnittwunde an seinem Arm wieder ein, das Blut, das auf den Boden getropft war, als er vor der Leinwand stand. Sie hatte gedacht, er hätte sich selbst verletzt.

»Hat sie ... diese Wunde am Arm, war das sie?«

Lukas nickte.

»Aber warum zur Hölle hast du mir das nicht erzählt?«

»Weil das Ganze damit endete, dass ich einen Schub bekommen hab. Mein Körper und mein Kopf reagieren so. Ich sperre alles aus, wenn ich es nicht mehr ertrage. Dann übernimmt jemand anders das Kommando. Wenn es zu viel wird. Ich habe keinerlei Erinnerung daran, was passiert ist. Weiß nicht mehr, wie ich sie hier rausgekriegt habe. Oder wie du nach Hause gekommen bist. Und auch nicht mehr, dass wir ins Krankenhaus gefahren sind. Ich kam erst dort wieder zu mir.«

Lukas verstummte und sah Olivia an.

»Du musst mir glauben, Olivia. Ich verstehe, dass das jetzt viel für dich ist, aber du musst mir glauben.«

Seine Augen glänzten. Olivia spürte, wie sie weich wurde. Sie fing an, ihm wieder zu vertrauen.

»Hast du noch mal was von ihr gehört? Außer den Blumen, meine ich.«

»Ja, sie hat ständig angerufen und wie eine Verrückte Nachrichten geschrieben, hat mir gedroht und war verzweifelt, hat mich gebeten, sie zurückzunehmen. Sie glaubt ernsthaft, dass wir eine Beziehung haben, dass wir immer eine hatten.«

»Aber weiß sie von mir?«

»Ja. Sie sieht dich als Parenthese in unserer großen Liebesgeschichte, ihrer und meiner. Ich bin ›nachts auf Abwege geraten‹, schreibt sie, und dafür hat sie Verständnis. Ich erfinde das nicht. Hier, schau!«

Lukas hielt ihr sein Handy hin. Zeigte ihr die letzten Nachrichten dieses Tages. Es waren mindestens zwanzig Stück. Die hatte er nicht gelöscht. Olivia las, erschrak und verstand die Tragweite der Bedrohung.

»Meine Güte, du musst sie anzeigen, Lukas. Wie heißt sie mit Nachnamen?«

»Eriksson.«

»Weißt du, wo sie wohnt?«

»In Årsta, glaub ich, falls sie nicht umgezogen ist.«

»Du darfst die Nachrichten nicht löschen. Sie sind Beweismaterial. Wir müssen ein Kontaktverbot erwirken.«

Jetzt streckte sie die Hand nach ihm aus.

»Ich werd dir dabei helfen. Das verspreche ich. Sobald ich wieder nach Hause komme, nehmen wir die Sache in Angriff. Oder ich kann morgen ein bisschen recherchieren, und dann kannst du es selbst anzeigen. Oder willst du, dass ich dabei bin?«

»Warte mal, wieso nach Hause kommen?«

»Ich muss für circa zwei Tage weg.«

»Wann denn?«

»Morgen.«

»Wohin?«

Sie wand sich. Vertauschte Rollen. Jetzt war sie diejenige, der es schwerfiel, mit der Wahrheit herauszurücken.

»Arjeplog. Sie haben da oben das alte Auto des Mordopfers gefunden. Ich fliege mit Lisa hin.«

»Kann das nicht jemand anders machen?«

»Das ist mein Job, Lukas, ich will es selbst sehen. Aber ich werde nicht mehr mit dem Hubschrauber fliegen, falls du dir deshalb Sorgen machst.«

»Verdammt noch mal, natürlich mach ich das!«

Und das konnte Olivia verstehen. Aber jetzt war es gesagt.

Und vieles andere auch.

Sehr vieles andere.

Für Olivia fühlte sich das Timing der Reise jetzt noch schlechter an. Sie machte sich ja genauso Sorgen um ihn wie er sich um sie. Sie saßen noch eine Weile da und sprachen die Situation durch. Es musste umgehend Anzeige erstattet werden, sie würde sich darum kümmern, dass Lukas morgen Hilfe dabei bekam. Würde ihre Fäden bei der Polizei ziehen. Und Lukas musste ihr versprechen, dass er darauf achtete, die Tür abzusperren.

Als sie schließlich die Spaghetti Vongole aßen, fiel Olivia plötzlich etwas ein.

»Aber woher wusste sie, dass du in der Klinik warst?«

»Wie?«

»Sie hat ja Blumen geschickt, oder sie dorthin gebracht, was auch immer. Woher wusste sie, dass du dort warst?«

Lukas blickte sie an.

»Daran hab ich noch gar nicht gedacht. Ich weiß es ehrlich gesagt nicht.«

Doch irgendetwas in seinen Augen flackerte auf. Das sah Olivia.

»Du wirst es ihr ja wohl nicht erzählt haben?«, sagte sie.

»Nein, ich nicht.«

Er holte mit der Gabel den Inhalt aus einer Muschel und legte die Schale weg.

»Wer dann?«

Lukas sah wieder unglücklich aus, und Olivia bereute fast, dass sie gefragt hatte, als sie die Antwort bekam.

»Vielleicht der, der ich geworden bin. Der andere. Ich weiß nicht.«

Beide Frauen hatten steife Glieder, als sie in Arjeplog aus dem Polizeiauto stiegen. Der Weg vom Flughafen in Arvidsjaur hierher war von Rentieren gesäumt gewesen, mehr als einmal mussten sie bremsen und warten, bis das ein oder andere Männchen mit imposantem Geweih, das auf die Idee gekommen war, mitten auf der Straße herumzuspazieren, die Fahrbahn wieder verließ. Aber es war eine schöne Fahrt gewesen. Die Sonne stand tief, das schräg einfallende Licht erleuchtete die Berge in der Ferne, die vielen Wasserläufe durchbrachen den Wald wie blaue, stille Zungen. Lisa war noch nie hier oben gewesen, Olivia hatte das Gefühl, die Landschaft zu kennen. Sie spürte sogar eine Art Zugehörigkeit, die sie nicht erklären konnte.

So schnell konnte es gehen.

»Es steht hier drüben«, sagte Marja Verkkonen.

Sie und Ragnar Klarfors hatten die beiden willkommen geheißen und führten sie nun zu einer großen Maschinenhalle aus grauem Wellblech. Die Halle war so gut wie leer, bis auf das Auto, das mitten auf dem Betonboden stand. Ein dunkelgrüner Chevrolet Tahoe aus dem Jahr 1999. In einem Zustand, in dem ihn nicht einmal der gewiefteste Gebrauchtwagenhändler zum Verkauf hätte anbieten können. Das grelle Neonlicht in der Halle enthüllte schonungslos den Rostbefall der Karosserie, die Räder standen auf den Felgen, die Scheiben waren von schwarzgrünem Schmutz bedeckt, eine davon war zersprungen. Olivia konnte nur ahnen, wie der Wagen aussähe, wenn er nicht in einem Tunnel gestanden hätte. Die Türen waren offen, und zwei Techniker arbeiteten an den Sitzen. Olivia blieb ein paar Meter vom Kofferraum entfernt stehen und machte mit dem Handy ein paar Fotos von dem Fahrzeug. In diesem Auto ist Fredrik Kaldma also hierhergefahren, dachte sie. Allein oder in der Gesellschaft seines Mörders. Seine Leiche wurde in einer Schneewechte vergraben und das Auto in einem Tunnel versteckt. Was, wenn er nie gefunden worden wäre? Wenn das Eis nicht geschmolzen wäre? Dann wäre das Auto vermutlich auch nie zum Vorschein gekommen. Und wenn doch, dann hätte niemand eine Ahnung von seiner makabren Geschichte gehabt. Sie trat zu einer der Türen und nickte einem der Techniker zu.

»Hallo. Olivia Rönning, NOA. Das ist Lisa Hedqvist. Wir sind gerade vom Flughafen gekommen. Wie läuft es?«

Der Techniker kroch aus dem Auto. Er hatte weiße Gummihandschuhe an und hielt eine schmale Lampe mit blauem Licht in der Hand.

»Habt ihr was gefunden?«, fragte Lisa.

»Einiges, wir wissen aber noch nicht, wie relevant es ist, es muss noch analysiert werden.«

»Okay.«

Olivia war ein wenig enttäuscht. Sie hatte Lisa bis hierher geschleift, für etwas, das ihnen vielleicht gar nicht weiterhelfen würde? Aber was hatte sie eigentlich erwartet?

»Aber das hier könnte interessant sein.«

Der Techniker war zu einem Metalltisch gegangen, der vor der Motorhaube stand. Er hob eine durchsichtige Tüte hoch und hielt sie Olivia hin.

»Was ist das?«

»Ein Aufnahmegerät, wie es zur damaligen Zeit üblich war. Es lag im Handschuhfach, in einer Plastiktüte.«

Olivia nahm die Tüte entgegen und öffnete sie vorsichtig.

»Hier.«

Der Techniker reichte ihr ein Paar Gummihandschuhe. Olivia zog sie an und holte das Aufnahmegerät heraus. Es war ein kleines Panasonic. Sie bekam eine Gänsehaut. Genau das Gleiche hatte sie selbst einmal bekommen, von Papa. Sie erinnerte sich nicht mehr, in welchem Jahr, aber sie hatte es geliebt. Dass es gebraucht gewesen war, störte sie nicht. Abends vor dem Einschlafen sprach sie lange Geschichten darauf. Sie fand es damals faszinierend, ihre eigene Stimme zu hören. Es war, als würde jemand anders sprechen.

»Eine Kassette ist auch drin«, sagte der Techniker.

Jetzt wurde es richtig interessant.

»Meinst du, man kann sie abspielen?«, fragte Lisa. »Könnte da noch aufgezeichnetes Material drauf sein?«

»Das weiß ich nicht, aber das könnt ihr leicht überprüfen. Ihr habt ja da unten ein paar mehr Ressourcen.«

Vielleicht nicht gerade wir, dachte Lisa, aber im NFZ gibt es Forensiker, die auf Tontechnik spezialisiert sind.

Vielleicht schaffen die es.

Olivia und Lisa sollten im Hotel Silverhatten übernachten. Ihr Rückflug ging am nächsten Tag um kurz vor zwölf. Beim Abendessen im Restaurant erzählte Olivia von ihrem ersten Besuch hier. Dem Treffen mit dem Betrunkenen, der sich als der Hubschrauberpilot Pekka herausgestellt hatte. Lisa konnte sich vor Lachen kaum halten. Da rief Marja an.

»Störe ich?«

»Gar nicht, wir essen nur kurz etwas«, sagte Olivia.

»Wir wollten uns nur noch mal melden.«

»Okay?«

»Wollen wir uns nachher an der Bar treffen?«

»Klar … wer ist wir?«

»Wir«, das waren Marja, Ragnar und Pekka.

Olivia hatte versucht, Pekka zu erreichen, als sie in der Maschinenhalle fertig gewesen waren, aber er war nicht ans Telefon gegangen. Jetzt kam er an ungefähr derselben Stelle der Bar auf sie zu wie beim letzten Mal, aber diesmal bedeutend nüchterner. Sie umarmten sich lange.

»Geht's dir gut?«, fragte Pekka.

»Ja. Und dir?«

»Ach ja, ich kann nicht klagen. Ich fliege wieder.«

»Warst du dabei, als sie das Auto gefunden haben?«

»Nein, das haben sie vom Boden aus gemacht.«

Pekka legte einen Arm um ihre Schultern, und diesmal ließ sie es zu. Sie gingen zum Tresen. Auf den paar Metern dorthin schossen Olivia etliche dramatische Szenen durch den Kopf. Sie kannten einander eigentlich kaum, aber sie hatten etwas erlebt, das ihre Leben auf eine Art miteinander verflocht, die keiner von ihnen je vergessen würde.

»Ihr seid eingeladen«, sagte Ragnar.

Da ergriff Olivia die Gelegenheit, von Mette zu grüßen, was Ragnar sehr freute.

»Es war immer spannend, sie zu treffen«, sagte er. »Man musste die ganze Zeit auf Zack sein, aber sie brachte das Optimum in jedem zum Vorschein. Sie wird da unten sicher schwer zu ersetzen sein.«

»Ja«, bestätigte Olivia und wechselte einen Blick mit Lisa. »Aber wir geben unser Bestes.«

Olivia spürte eine Hand auf ihrem Arm.

»Weißt du, wer das ist?«

Pekka hielt ihr ein kleines Foto hin, das eine sehr alte Frau in samischer Tracht zeigte.

»Nein? Irgendeine Verwandte?«

»Nicht von mir, von Fredrik Kaldma. Das ist die Schwester seines Großvaters, Nanna Ruong.«

»Lebt sie noch?«

»Ja. Sie ist alt, fast neunzig, glaub ich, aber noch frisch und munter. Wir heben manchmal einen zusammen. Also, einen Fisch aus dem Wasser.« Pekka lächelte. »Sie wohnt oben in Harrok.«

Olivia sah an Lisas Gesichtsausdruck, dass das eine Information war, die sie vielleicht noch weiterverfolgen sollten.

*

Sie kamen frühzeitig am Flughafen von Arvidsjaur an. Olivia und Lisa waren beide ausgeschlafen und zufrieden. Die Reise hatte gute Ergebnisse gebracht. Sie hatten eine alte Kassette in Kaldmas Auto gefunden, die gerade schon bei den Forensikern angekommen war, das hatte Lisa überprüft. Ob auf dem Band etwas war, wussten sie nicht, aber ihnen war versprochen worden, dass man das sofort untersuchen würde.

»Auch wenn auf dem Band etwas drauf ist, wissen wir natürlich noch nicht, ob es etwas von Interesse ist«, sagte Lisa und setzte sich im Wartebereich neben Olivia.

»Nein, das ist klar.«

Olivia hielt ihr Handy nach oben, um zu sehen, ob sie hier irgendwo Netz bekam. »Schlechter Empfang«, seufzte sie. »Du scheinst keine Probleme zu haben?«

»Nein, mein Handy funktioniert, willst du es dir ausleihen?«

»Danke, ist schon okay. Ich hab Lukas geschrieben, als wir vorhin in Arvidsjaur waren, da hat es funktioniert. Er muss warten, bis ich in Arlanda bin.«

Lisa sah Olivia an. Sie hatte ihre Freundin noch nie so gesehen, so von einem Typen eingenommen, wie sie es von Lukas war. Sie schickte ihm die ganze Zeit Nachrichten oder bekam Nachrichten von ihm. Lisa wusste, dass Lukas ein paar Tage vor ihrem Abflug im Krankenhaus gewesen war, aber sie wusste nicht, wie ernst es gewesen war, vermutlich nicht ganz so schlimm, nachdem er jetzt wieder zu Hause war.

»Machst du dir Sorgen um ihn?«

Olivia begegnete ihrem Blick.

»Nein. Oder doch. Aber anders, als du glaubst.«

»Und was glaube ich?«

»Wegen seiner Diagnose. Dass er labil ist. Das ist es nicht.«

»Was denn dann?«

Da erzählte Olivia Lisa von Sara, der Stalkerin, die Lukas jetzt angezeigt hatte.

»Ich hab sie überprüft. Sie steht in unseren Registern, wegen leichter Körperverletzung, Diebstahl und ein paar anderen Sachen. Kleinigkeiten, aber trotzdem, wir wissen ja nicht, ob sie plötzlich wieder auftaucht. Und wie gefährlich sie werden kann. Ich kann mir vorstellen, dass sie in Richtung Borderline geht, auch wenn ich nichts darüber gefunden hab.«

»Meine Güte, was für ein Schlamassel! Aber ist nicht deine Wohnung bald fertig, sodass ihr dahin ziehen könntet?«

»Die ist im Prinzip schon jetzt fertig, aber ich glaub nicht, dass Lukas so scharf darauf ist, dort zu wohnen, seine Malsachen nehmen ja ein ganzes Zimmer ein, und außerdem wurde ich dort gerade erst bedroht oder was diese Kugel auch immer bedeuten sollte.«

»Weiß Lukas davon?«

»Nein.«

Lisa legte eine Hand auf Olivias Schulter.

»Ein bisschen viel an allen Fronten.«

»Ja … Ich fühle mich langsam ein bisschen platt.«

Das verstand Lisa gut. Sie selbst hätte sich vermutlich schon bei der Hälfte dessen, was Olivia in den letzten Monaten erlebt hatte, krankschreiben lassen, und sie schätzte sich eigentlich als ziemlich tough ein. Sie war beeindruckt, dass es Olivia gelang, sich so zusammenzureißen, aber sie war auch besorgt. Irgendwie wird sich das alles irgendwann bemerkbar machen, dachte sie. In diesem Augenblick gab eine Stimme über den Lautsprecher bekannt, dass das Flugzeug nach Stockholm bereit fürs Boarding war.

Olivia rief Lukas sofort an, als sie in Arlanda gelandet waren. Zu Hause war alles okay. Es ging ihm gut, er vermisste sie und hatte mit einem neuen Bild angefangen. Er war zufrieden, dass er das mit der Anzeige selbst in die Hand genommen hatte. Jetzt musste man nur noch auf das Kontaktverbot warten. Die SMS von Sara kamen immer noch, wenn auch in etwas größeren Abständen als zuvor.

»Du musst die Telefonnummer wechseln«, sagte Olivia.

»Ja, ich weiß. Das mach ich morgen.«

Warum nicht heute?, dachte sie, sagte aber nichts. Sie selbst hätte das an seiner Stelle schon lange erledigt. Aber sie war nicht an seiner Stelle, und sie wusste, dass es nichts brachte, ihm damit auf die Nerven zu gehen. Er musste die Dinge in seinem Rhythmus angehen. Und dieser Rhythmus war langsamer als ihrer. Auch wenn er mit der Anzeige schnell gewesen war, das musste sie ihm lassen.

»Wann kommst du nach Hause?«, wollte er wissen.

Da lief Lisa enthusiastisch gestikulierend auf Olivia zu und zeigte auf ihr Telefon.

»Warte kurz, Lukas«, sagte Olivia und ließ ihr Handy sinken.

»Die Jungs vom NFZ sind einfach Gold wert«, sagte Lisa. »Sie sind schon an der Kassette dran und haben Material darauf gefunden. Sie schicken es rüber, sobald sie mit dem Feinschliff fertig sind.«

»Super! Rufst du Mette an und sagst, dass wir zu ihr kommen, sobald wir es haben?«

»Klar.«

Olivia hob das Telefon wieder an ihr Ohr.

»Entschuldige, das war nur Lisa«, erklärte sie. »Ich komme jetzt nach Hause.«

»Du bist heiß ersehnt.«

Die Tonforensiker des Nationalen Forensischen Zentrums hatten schnell herausgefunden, dass sich auf der Kassette, die in Kaldmas Auto gefunden worden war, aufgezeichnetes Material befand. Es ließ sich auch abspielen. Die Aufnahme war nicht von bester Qualität und eierte hier und da etwas, aber mit technischer Bearbeitung völlig akzeptabel. Und gut hörbar. Alles war digitalisiert und in einer Datei an Olivia Rönning geschickt worden.

Diese Datei öffnete sie nun.

Sie saß im Arbeitszimmer bei Mette mit einem Laptop vor sich. Alle waren da bis auf Bosse.

»Auf der Kassette ist ein Gespräch«, erklärte sie. »Auf Spanisch, zwischen zwei Männern, laut den Forensikern. Ich werde es so machen: Ich spiele es ab, schreibe parallel die Übersetzung auf, und dann gehen wir es durch.«

Spanisch war ganz klar Olivias Domäne.

Sie startete die Audiodatei und machte sich bereit, simultan ihre Übersetzung in den Laptop zu tippen. Das Erste, was zu hören war, war eine Männerstimme. Sie sagte auf Schwedisch: *Donnerstag, 10. November. Gespräch mit Pedro Suarez.*

Olivia drückte auf Pause.

»Pedro Suarez?«, wiederholte sie.

»Könnte das der Whistleblower sein, von dem Sven Bergh gesprochen hat?«, fragte Mette.

»Das wäre ja unglaublich.«

Olivia startete die Datei wieder. Sie ließ sie ein wenig laufen, stoppte, schrieb und hörte weiter. Alle um den Tisch waren still und gespannt. Die knisternde und eiernde Aufnahme schuf eine eigenartige Stimmung. Die Stimme, die überwiegend zu hören war, war hell und heiser und sprach schnell. Es war deutlich zu spüren, dass der Mann unter Druck stand, auch wenn man nicht verstand, was er sagte. Alle versorgten sich immer wieder mit Kaffee und Mineralwasser, die Einzige, die nichts trank, war Olivia. Sie war völlig auf die Aufnahme und deren Übersetzung konzentriert. Zum Schluss schloss sie die Datei und lehnte sich zurück.

»Fertig?«, fragte Stilton.

»Ja.«

»Worum ging es?«, wollte Mette wissen.

»Ihr ahnt es nicht«, antwortete Olivia und griff sich eine Flasche Wasser.

Alle saßen wie auf Kohlen, während Olivia fast die ganze Flasche austrank. Dann beugte sie sich zum Laptop vor.

»Ich lese es genau so vor, wie es auf dem Band ist, dann können wir hinterher darüber diskutieren. Es fängt mit einer schwedischen Stimme an, die vermutlich Fredrik Kaldma gehört. Er bittet diesen Pedro Suarez zu erzählen, und das tut er.« Olivia räusperte sich und begann, vom Bildschirm abzulesen.

»Sie wissen nicht, wer ich bin, aber ich habe als erster Steuermann auf der Midas gearbeitet, ich glaube, Sie wissen, von welchem Schiff ich rede. Wir haben am 20. April dieses Jahres von San Sebastian in Richtung Südafrika abgelegt. Wir hatten 32 Container geladen, die Atommüll enthielten, der nach Kapstadt gebracht werden sollte. ETG hat eine Abmachung mit den Behörden dort, sie nehmen Abfälle an, das wissen Sie sicher auch.«

»Was war das für Abfall? Hoch radioaktiver?«

»Nein, mittel radioaktiver.«

»Kein Radium oder Plutonium?«

»Nein, hauptsächlich Festkomponenten. Sie kamen von Zorita, dem Kernkraftwerk in Guadalajara, und sollten ins Endlager Vaalputs, draußen in der Wüste bei Kapstadt. Vor der Küste von Gambia gerieten wir in einen heftigen Sturm, das Schiff kämpfte mit den Wellen, einige Container begannen zu rutschen, wir kriegten Schlagseite, zum Schluss beschloss der Kapitän, dass wir sechzehn Container ins Meer kippen sollten, um das Schiff wieder manövrierbar zu machen, sonst bestand das Risiko, dass wir kentern würden. Das war ein Stück vor Banjul, westlich von St. Joseph Island. Als wir in Kapstadt ankamen, wurde allen an Bord befohlen zu verschweigen, dass wir Container ins Wasser geworfen hatten.«

»Warum?«

»Ich nehme an, das Unternehmen wollte nicht riskieren, die Container bergen zu müssen, das würde enorme Summen verschlingen. Aber ich kann einfach nicht mehr schweigen, ich weiß, dass das Ganze eine riesige Umweltkatastrophe auslösen kann. Dieser Abfall ist Hunderte von Jahren aktiv, die Fugen der Container werden in fünfzehn, zwanzig Jahren durchgerostet sein, und dann läuft alles ins Meer, das wird schreckliche Konsequenzen haben, sowohl für das Meeresmilieu als auch für die Bevölkerung an der Küste dort.«

»Wissen Sie noch, wo Sie die Container genau abgeworfen haben?«

»Ich habe die Positionskoordinaten aufgeschrieben. Haben Sie einen Stift?«

»Ja.«

»13 Grad, 11,48 Minuten Nord, 17 Grad, 41,55 Minuten West.«

»Der Zettel aus dem Motorschlittenoverall«, unterbrach Stilton.

»Ja.«

»Da haben wir also die Antwort.«

Olivia las weiter vom Bildschirm ab.

»Danke, Pedro. Nur noch eine Frage: Warum haben Sie gerade mich kontaktiert?«

»Ich hab gehört, dass Sie ETG schon im Mai wegen dieser Sache angeklagt haben, aber alles vertuscht wurde. Sie hatten die ganze Zeit recht. Ich selbst traue mich nicht, damit an die Öffentlichkeit zu gehen, ich habe Frau und Kinder, und sie sind schon jetzt hinter mir her.«

»Wer?«

»Die von ETG. Ich hab gekündigt und versucht unterzutauchen, aber sie werden mich finden, sie wissen, dass es mir mit der ganzen Sache nicht gut geht, und haben Angst, dass ich den Mund nicht halten werde. Ich kann jetzt nicht mehr weiterreden. Alles, was ich gesagt habe, ist wahr. Dios sea contigo.«

Olivia klappte den Laptop zu. Um den Tisch war es still.

»Was bedeutet das Letzte?«, fragte Lisa.

»Gott sei mit dir.«

Olivia trank den Rest aus der Flasche und sank in ihren Stuhl zurück. Lange Zeit sagte niemand etwas.

»Auf dem Meeresboden vor Banjul sollen also sechzehn

Container mit Atommüll liegen?«, sagte Stilton schließlich. »Voller Festkomponenten? Von denen niemand weiß?«

»Einige wissen es sicher«, entgegnete Olivia.

»Die haben also zwanzig Jahre lang bewusst eine potenzielle Umweltkatastrophe totgeschwiegen?«, sagte Lisa.

»Was möglich wurde durch Kaldmas Ermordung«, erwiderte Olivia. »Ist das ein Zufall? Oder hat man ihn aus dem Weg geräumt?«

»Wir haben allerdings keine Ahnung, ob die Geschichte auch stimmt«, gab Mette zu bedenken. »Container voller Atommüll ins Meer werfen, das klingt ziemlich abenteuerlich.«

»Wie lässt sich das überprüfen?«, fragte Lisa.

»Wir haben ja den Namen des Whistleblowers«, antwortete Olivia. »Wir müssen versuchen, ihn zu finden.«

»Wie denn? Er hatte ja schon 1999 bei ETG aufgehört.«

»Ich wende mich an die spanische Polizei und bitte sie, ihn aufzuspüren«, sagte Mette. »Ich habe einige Kontakte dort.«

Mette hatte so gut wie überall in der Welt ihre Kontakte. Eine Zeit lang hatte sie ein großes internationales Projekt zur globalen Drogenfahndung geleitet. Außerdem war sie der Typ Mensch, der Kontakt hielt, auch wenn die direkte Arbeit beendet war. Das lohnte sich auf lange Sicht.

So wie jetzt.

*

Olivia und Lisa fuhren ins Polizeipräsidium auf Kungsholmen. Beide waren aufgewühlt von dem Gespräch, das sie gehört hatten. Von dessen Inhalt. Im Meer versenkte Container mit radioaktivem Abfall. Zwar nicht hoch radioaktiv, aber trotzdem, es klang so unglaublich. Als sie ihr Büro betraten, saß

Bosse an seinem Platz, den Kopf dicht vor dem Bildschirm. Olivia blickte Lisa vielsagend an. Beide hatten schon seit einer Weile den Eindruck, dass es mit Bosses Sehkraft nicht zum Besten stand.

»Hast du schon mal über eine PC-Brille nachgedacht?«, fragte Olivia und trat an Bosses Schreibtisch.

Er richtete sich eine Spur auf, ohne den Blick vom Bildschirm abzuwenden.

»Ja«, sagte er.

»Was liest du da?«

Jetzt wandte sich Bosse von seinem Computer ab und Olivia und Lisa zu.

»Ich hab gestern spätabends eine Mail vom NFZ bekommen, die DNA der dunklen Haare aus Kaldmas Schlafzimmer stimmt mit Karl-Oskar Hanssons DNA überein.«

»Dann hatte der Nerz recht«, sagte Olivia. »Hansson und Bostam hatten ein intimes Verhältnis.«

»Vermutlich, und da bin ich heute Nacht auf eine Idee gekommen, die ich nachverfolgen musste, deshalb war ich vorhin auch nicht dabei.«

»Und worum ging es?«

Olivia zog sich die Jacke aus und setzte sich Bosse gegenüber, Lisa blieb an der Wand stehen. Beide sahen, dass Bosse erregt war, seine Lippen waren dann immer etwas angespannt.

»Kaldma ist am 17. November aus seinem Haus verschwunden«, begann er. »Was er hinterher getan hat, wissen wir nicht. Seine Frau war auf Tournee mit dem Staatstheater, sie war am Abend davor abgereist. Wir, oder zumindest ich, sind immer von zwei Menschen an unterschiedlichen Orten ausgegangen. Er verschwindet von hier, sie ist irgendwo draußen im Land mit ihrer Theatergruppe. Aber nachdem wir nicht wissen, wo Kaldma nach seinem Verschwinden hin ist, und auch nicht, wann er ermordet wurde, dachte ich Folgendes: Wo war Bostam genau, als er verschwunden ist?«

Bosse holte tief Luft und nahm einen Zettel in die Hand.

»In der alten Ermittlungsakte war ihr Tourneeplan. Aus dem geht hervor, dass Bostam am 18. November in Arvidsjaur aufgetreten ist, eine Autostunde von Arjeplog entfernt. Am Tag danach hatte sie frei, bevor sie nach Umeå weitergezogen sind.«

»Du denkst, Kaldma könnte nach Arvidsjaur gefahren sein, um sie zu treffen?«, sagte Olivia.

»Ja, aber zuerst dachte ich an Karl-Oskar Hansson. Er und Bostam hatten zu diesem Zeitpunkt vermutlich eine Affäre. Wir wissen auch, dass Kaldma und sie am Abend vor ihrer Abfahrt einen Streit hatten. Womöglich ging es dabei um Hansson, Kaldma könnte von ihrem Verhältnis erfahren haben. Vielleicht war er ein sehr eifersüchtiger Mensch, das wissen wir nicht. Vielleicht ist er auf die Idee gekommen, dass Hansson Bostam auf der Tournee begleitet, und ist ihr nachgefahren, um die beiden in flagranti zu ertappen?«

»In Arvidsjaur?«

»Das war die erste Station der Tournee. Wenn wir hypothetisch davon ausgehen, dass Hansson wirklich mit Bostam dort war und Kaldma dann da aufgetaucht ist … das könnte ja alles Mögliche zur Folge gehabt haben. Mord, zum Beispiel. Wie in aller Welt er dann im Fjäll gelandet ist, ist wieder eine andere Sache.«

Olivia und Lisa saßen schweigend da und dachten nach.

»Ich hab herausgefunden, in welchem Hotel die Theaterleute in Arvidsjaur untergebracht waren«, fuhr Bosse fort. »Aber sie haben keine alten Reservierungsbücher mehr von 99.«

»Was wolltest du denn damit?«, fragte Lisa.

»Überprüfen, ob Bostam ein Doppelzimmer gebucht hatte, für sich und Hansson … aber das wissen wir jetzt nicht. Ich werde versuchen, andere Schauspieler zu finden, die mit auf der Tournee waren, und sehen, ob die irgendwelche Infos haben.«

»Gute Arbeit, Bosse!«, sagte Olivia und stand auf.

Innerlich unruhig.

Kurz zuvor schien das Motiv für den Mord an Kaldma mit illegalem Atommüll im Nordatlantik in Verbindung zu stehen, jetzt waren sie wieder bei der Dreiecksbeziehung gelandet.

Oder zumindest Bosse, rein hypothetisch.

Das konnte erklären, warum die Leiche dort oben gefunden wurde. Aber warum mitten in der Wildnis? Um sie für alle Ewigkeit zu verstecken?

»Wie läuft es bei euch?«

Alle drei wandten sich um. Klas Hjärne trat durch die Tür. Sein Jackett hing über seinem Arm, und die Krawatte war ein Stück nach unten gezogen. Die Brille saß auf der Stirn.

»Gut«, antwortete Olivia. »Sie meinen, mit der Ermittlung?«

»Ja. Ich habe vorhin Mette Olsäter angerufen, um mal nachzuhören, aber sie hat an Sie verwiesen.«

Warum ruft er Mette an?, dachte Olivia. Ich leite doch die Ermittlungen?

»Ich kann einen Bericht zusammenstellen, wenn Sie wollen«, sagte Olivia.

»Können Sie das nicht mündlich machen?«

Sie begriff nicht, worauf Hjärne aus war. Er hatte permanent aktuelle Informationen über die Entwicklung des Falles in schriftlicher Form bekommen, wieso jetzt mündlich?

»Was wollen Sie wissen?«

»Tja, ich bin vor allem neugierig. Wie ist es so, mit einem alten Fuchs wie Olsäter zusammenzuarbeiten?«

»Produktiv.«

Mehr sagte Olivia nicht, und Hjärne blickte von ihr zu Lisa und Bosse.

»Ich meine nur, es ist ja etwas unkonventionell, eine Mordermittlung im Haus einer Privatperson zu betreiben«, erwiderte er. »Auch wenn ich es genehmigt habe.«

»Wir arbeiten auch hier im Präsidium«, entgegnete Bosse.

»Wie schön. Nähern wir uns einem Ergebnis?«

»Einem Täter?«, fragte Lisa.

»Darum geht es doch wohl?«

Hjärne lächelte und zog sein Jackett an.

»Wir haben noch keinen Verdächtigen«, antwortete Olivia, »wenn es das ist, was Sie meinen ... aber wir sind schon ein Stück weit gekommen.«

»Gut.«

Hjärne zog seine Krawatte zusammen und öffnete die Tür.

»Wenn Sie mehr Mittel brauchen, geben Sie einfach Bescheid«, sagte er. »Meine Brieftasche steht offen. Mit dem Jahresbudget sieht es gut aus, und bei so günstigen Ermittlungsressourcen in Form ehemaliger Polizisten ...«

Hjärne lächelte und verschwand in den Flur. Die drei im Raum Verbliebenen sahen sich an. Lisa reagierte als Erste.

»Wir hätten vielleicht sagen sollen, dass wir gern im Atlantik nach sechzehn abgeworfenen Containern tauchen wollen«, sagte sie. »Wenn seine Brieftasche schon offen steht.«

»Container?«, fragte Bosse.

*

Stilton war noch in Kummelnäs geblieben, nachdem Lisa und Olivia gefahren waren. Er wollte sich ein bisschen mit Mårten unterhalten, dazu waren sie noch gar nicht gekommen. Mette saß im Afrikazimmer und arbeitete, also schlug Mårten den kleinen Salon daneben vor. Das gefiel Stilton. Er fühlte sich dort wohl. Ein paar Sessel vor einem Kamin und ein Tisch, auf dem ein Schachbrett mit aufgestellten Figuren stand. Er wusste, dass Mårten Schach liebte, ein Spiel, für das ihm selbst die Geduld fehlte. Backgammon ging schneller.

»Also, was denkst du?«, sagte Mårten, als jeder in seinen Sessel gesunken war.

»Über den Fall?«

»Über die Zukunft.«

Mårten war der Einzige, mit dem Stilton sich vorstellen konnte, ernsthaft darüber zu reden. Außer Luna. Deshalb war er auch noch geblieben. Mårten wusste Dinge über ihn, die nur wenige andere wussten, manchmal sogar kaum er selbst.

»Ich weiß nicht«, antwortete er. »Ich war auf einer Reise. Vielleicht ist sie jetzt zu Ende.«

»Reisen sind zu Ende, wenn man das Ziel erreicht. Hast du das?«

»Ich hab kein Ziel, ich irre nur herum.«

»Und wartest darauf zu sterben?«

»Das machen doch alle, mehr oder weniger, das ist ja wohl kein Ziel.«

Mårten verschränkte die Hände hinter dem Kopf. Stilton kannte die Geste, er ahnte, was kommen würde, und versetzte sich in Abwehrhaltung, doch er hatte es selbst herausgefordert.

»Es ist so, Tom, mal ganz unter uns. Du warst nicht nur auf einer Reise, du bist mehr gereist als die meisten von uns, und das weißt du. Du hast dein Leben mehrmals völlig umgekrempelt, bist abgehauen und zurückgekehrt, hast Menschen im Stich gelassen und dich ihnen wieder zur Seite gestellt, warst so weit unten, wie man nur sein kann. Warum ist das so, glaubst du?«

Stilton blickte die Schachfiguren an, schwarze und weiße aus Elfenbein.

»So bin ich wohl einfach.«

»Offenbar. Aber warum bist du so?«

»Das weiß ich nicht.«

Das war nicht ganz die Wahrheit, einiges wusste er schon, aber ihm war nicht danach, das jetzt auszugraben. Noch einmal.

»Ich glaube, du weißt es ganz gut«, sagte Mårten. »Du bist sehr viel analytischer, als du den Anschein geben willst. Du weißt, woher diese Unruhe kommt, du weißt, was dein Fundament zerschlagen hat, du weißt, warum du herumirrst. Du willst es nur nicht akzeptieren.«

»Mein Herumirren?«

»Dass dein Herumirren ein Resultat von Ereignissen ist, die du nicht mehr beeinflussen kannst. Ein Autor hat einmal geschrieben: *Es ist nie zu spät, eine glückliche Kindheit zu haben.*«

»Und was hat er damit gemeint?«

»Denk darüber nach. Ein Schlüssel dazu ist Versöhnung.«

Stilton hatte sich in Thailand ziemlich lange mit dem Thema Versöhnung auseinandergesetzt. Aber nicht im Hinblick auf seine Kindheit, es ging dabei um Traumata, die nicht so weit zurücklagen. Seine Kindheit hielt er auf Abstand. Mårten nahm einen weißen Bauern vom Brett und sah Stilton an.

»Du spielst immer noch nicht?«

»Nein.«

»Mårten!«

Mettes Stimme drang in den Salon. Mårten hob den Blick vom Schachbrett und hörte es an der Tür klingeln.

Olivia, Bosse und Lisa traten in die Küche. Stilton war Mårten aus dem Salon gefolgt und hatte sich an den Küchentisch gesetzt. Er war immer noch etwas abwesend. *Ein Schlüssel dazu ist Versöhnung.* Als die drei jungen Ermittler abwechselnd Bosses Hypothese über Bostams eventuelles Treffen mit Kaldma in Arvidsjaur vorstellten, wobei sie sich immer wieder ins Wort fielen, nahm er nur Fragmente davon wahr. Sein Blick glitt zu Mette ins Arbeitszimmer. Sie telefonierte, auf Englisch, und als sie aufstand und weiterredete, ohne sich zu bewegen, begriff er, wie sehr sie unter Spannung stand.

»Wann war das?«, fragte sie. »… Das ist ja absolut seltsam.«

Stilton riss seinen Blick von Mette los, als Olivia eine Hand auf seinen Arm legte.

»Was denkst du?«, fragte sie.

»Worüber?«

»Bosses Hypothese?«

Mettes scharfe Stimme durchschnitt den Raum und rettete Stilton.

»Könnt ihr mal reinkommen?«

Alle standen auf und gingen ins Afrikazimmer. Als sich jeder auf seinen Stammplatz gesetzt hatte, beugte sich Mette nach vorn. Sie blickte ein paar Sekunden auf ihre lackierten Fingernägel – heute in einem grünen Farbton, den Mårten hasste –, dann holte sie Luft.

»Nachdem ihr heute Morgen gefahren wart, hab ich mich drangemacht, das zu überprüfen, was Suarez auf dem Band gesagt hat. Die Angaben über Zorita stimmen, ein Kernkraftwerk in der Guadalajara-Region, dasselbe gilt für Vaalputs, ein Endlager in der Wüste bei Kapstadt, das niedrig und mittel radioaktive Kernabfälle aus dem Ausland annimmt. Dann hab ich meinen Kontakt in Spanien angerufen und ihn gebeten,

Informationen über Pedro Suarez selbst einzuholen. Währenddessen habe ich mich über das Schiff schlaugemacht, das er auf der Aufnahme erwähnt, die *Midas*. Es war ein Containerschiff, das in den Neunzigern von ETG genutzt wurde und Anfang der 2000er-Jahre die Flagge gewechselt hat. Wo es heute ist, weiß man nicht, eventuell ist es verschrottet worden. Ich hab auch mit Repräsentanten des Unternehmens gesprochen, die bestätigt haben, dass das Schiff damals für verschiedene Transporte zwischen Spanien und Südafrika eingesetzt wurde. Als ich versucht habe, herauszukriegen, wer der Kapitän des Transports war, der am 20. April 1999 in San Sebastian abgelegt hat, war es plötzlich vorbei. Dazu lägen ihnen keine Angaben vor, haben sie behauptet.«

Mette scheuchte Mårten weg, der mit einem Tablett voller belegter Brote in der Tür auftauchte. Bosse wäre sehr froh gewesen, wenn das Tablett den Tisch erreicht hätte, er hatte seit heute früh nichts mehr gegessen.

»Und dann hat gerade eben ein spanischer Polizist zurückgerufen«, fuhr sie fort. »Manuel Ortéga. Ein außerordentlich umtriebiger Kollege, muss ich sagen, auch wenn sein Englisch eine Qual ist. Er hatte eine Fülle von Informationen über Pedro Suarez. Die Recherche war, wie sich herausgestellt hatte, nicht sehr schwierig gewesen, er stand nämlich in ihrem Register.«

»Warum denn das?«, fragte Olivia.

»Weil er 1999 unter einem Hotelbalkon in Nerja tot aufgefunden wurde.«

»Bei Málaga?«

»Genau.«

»Selbstmord?«, fragte Stilton.

»Wohl kaum. Er war ziemlich schwer gefoltert worden. Sie

haben eine Weile an dem Fall gearbeitet, sind aber nicht weitergekommen.«

»Wann genau wurde er gefunden? Weißt du das Datum?«, wollte Olivia wissen.

»Am 13. November.«

»Dann haben wir jetzt folgenden Zeitstrahl.«

Olivia ging zu einem großen Block auf einem Holzstativ, das Mårten hereingestellt hatte. Sie nahm einen Stift, schrieb ein paar Daten auf und zog eine Linie zwischen ihnen.

»Am 10. November spricht Suarez mit Kaldma, das Gespräch auf der Kassette. Drei Tage später, am 13., wird er in Nerja tot aufgefunden. Am 15. November erzählt Kaldma Sven Bergh, dass er brisante Informationen von einem Spanier bekommen hat und sich unter Druck fühlt. Es ist ja durchaus auch möglich, dass Kaldma zu dem Zeitpunkt schon weiß, was Suarez zwei Tage vorher passiert ist, dass es das ist, was ihm Angst macht … und zwei Tage später, am 17. November, verschwindet Kaldma selbst.«

»Und was ist das Verbindende in dem Zeitstrahl?«, fragte Stilton.

»ETG … wie ich das sehe.«

»Eine Hypothese«, sagte Mette. »Solange wir nicht wissen, ob Suarez' Angaben über die Container stimmen. Wenn sie nicht der Wahrheit entsprechen, fällt alles in sich zusammen.«

»Wie machen wir also weiter?«, fragte Bosse.

Niemand hatte gleich eine Antwort parat, aus verständlichen Gründen. Stilton kratzte sich am Unterarm, er war mit seinen Gedanken schon weiter, wartete aber auf die anderen.

»Nicht ganz einfach«, meinte Olivia. »Kaldma hat es ja versucht und wurde von den Anwälten von ETG niedergebügelt. Laut Sven Bergh, weil er nicht genug Beweise hatte.«

»Die haben wir auch nicht«, konstatierte Mette. »Abgesehen von einem zwanzig Jahre alten Gespräch zwischen zwei Personen, die beide tot sind.«

»Dann müssen wir wohl herausbekommen, ob Suarez die Wahrheit gesagt hat«, schlug Stilton vor.

»Wie denn?«

»Wir haben ja die Positionskoordinaten des Containerabwurfs. In der Aufnahme. Und auf dem Zettel, den Kaldma dabeihatte, als er erschossen wurde.«

Alle sahen Stilton an.

Die Hitze auf dem spanischen Hochplateau hatte sich etwas gelegt, eine kühle Abendbrise wehte über die offene Dachterrasse des Wolkenkratzers. Ein Jackett brauchte man jedoch noch nicht. Enrico Moratín saß mit hochgekrempelten Hemdsärmeln da und blickte auf das Zentrum Madrids hinunter, in der Ferne konnte er die Berge erahnen. Die Sierra de Guadarrama. Er liebte diese Landschaft. Er hasste Katalonien. Oder zumindest dessen Versuche, unabhängig zu werden. Idioten und Separatisten, das waren für ihn Synonyme. Er schüttelte den Kopf und beugte sich über seinen Pincho, den kleinen Teller mit Angulas. Er war absolut verrückt nach Glasaal mit Knoblauch und einem Spritzer Zitrone. Den ersten Aal spülte er mit einem Schluck gut gekühltem Wermut hinunter.

Er war guter Stimmung.

Er strich sich über seinen perfekt barbierten Oberlippenbart. Als er aufschaute, um erneut das schöne Panorama zu genießen, schob sich eine schwarz gekleidete Frau in sein Blickfeld, die vom Aufzug hinter der Bar herkam. Eine Mitarbeiterin. Sie war auf dem Weg zu seinem Tisch. Er wischte sich rasch den Mund ab und sah sie an. Die meisten in diesem Unternehmen wussten, dass er nur ungern gestört wurde, wenn er hier oben seine Minisiesta hielt, diese Frau jedoch offensichtlich nicht. Er kannte sie, konnte sie aber keiner Abteilung zuordnen.

»Ja?«, sagte er.

»Entschuldigen Sie die Störung, aber mir wurde geraten, mit Ihnen zu sprechen.«

Ein leichter Glanz auf den dünnen, dunklen Härchen über ihrer Oberlippe offenbarte ihre Nervosität. Moratín wies auf den Stuhl gegenüber, und die Frau setzte sich. Sie war nicht unattraktiv.

»Mögen Sie Angulas?«, fragte er.

»Nein.«

»Nein, ich weiß, das mag nicht jeder. Womit kann ich Ihnen helfen?«

Die Frau schluckte und legte eine Hand auf die andere. Sie war nicht an die Dachterrasse gewöhnt, das merkte Moratín. Normalerweise war sie der Direktion vorbehalten, doch ein paarmal im Jahr wurden auch ausgewählte Teile der Mitarbeiterschaft zu einem ungezwungenen Beisammensein hierher eingeladen.

Dies war kein ungezwungenes Beisammensein.

»Also, ich habe vor Kurzem einen Anruf bekommen«, erklärte die Frau. »Von einer Schwedin, einer Polizistin, sie wollte etwas über ein Containerschiff wissen, die *Midas*. Ob es in den Neunzigerjahren Transporte für uns übernommen hat. Ich hab das Schiff in unserem Register gefunden und bestätigt, dass es so war.«

Bereits an diesem Punkt zog Moratín sein Wermutglas zu sich und bemerkte, dass es leer war. Er hielt es in Richtung Bar hoch.

»Aha?«, sagte er. »Und?«

»Dann ging sie sehr ins Detail und wollte wissen, wer an einem bestimmten Datum der Kapitän von genau diesem Schiff war, als es von San Sebastian aus losfuhr.«

»An welchem Datum?«

»Am 20. April 1999.«

»Und was haben Sie geantwortet?«

»Dass ich dazu gerade keine Informationen hätte, dass ich mich zurückmelden würde.«

»Was Sie nicht tun werden. Wir geben diese Art von Informationen nämlich nicht heraus. Vor allem nicht an eine unbekannte Schwedin am Telefon, auch wenn sie behauptet, von der Polizei zu sein.«

Moratín lächelte, und die Frau fühlte sich schlecht. Hatte sie etwas falsch gemacht? Zu viel gesagt? War sie naiv gewesen?

»Aber nehmen wir mal an, es war eine schwedische Polizistin«, fuhr er fort, »dann hatte es vermutlich etwas mit Schmuggel zu tun, die schwedische Polizei geht sicher auch in die Vergangenheit zurück, um den internationalen Schmuggelverkehr nachzuvollziehen, der bis in die heutige Zeit reicht.«

»Ja, vielleicht.«

»Aber wie gesagt, in Zukunft beantworten wir diese Art von Fragen nicht mehr, egal, woher sie kommen. Sie haben es sich nicht anders überlegt?«

Moratín schob der Frau den Teller mit den Glasaalen hin. Sie schüttelte den Kopf und stand auf. Als sie fast beim Aufzug angekommen war, zog Moratín sein Handy heraus und schickte eine SMS an eine Nummer in Gambia. *Seeku. Ruf mich an. Dringend.* Dann hob er seinen Teller, um auszudrücken, dass er noch einen Pincho wollte.

Schweden, dachte er, ihr werdet noch euer blaues Wunder erleben, wenn ihr so weitermacht.

*

Abbas mochte die Kleidung eigentlich nicht, die er als Croupier im Casino Cosmopol tragen musste. Eine Art Uniform, die anonym genug sein sollte, um nicht persönlich zu wirken. Er sollte eins mit dem Spieltisch sein.

Aber er fühlte sich bei seiner Arbeit wohl.

Sie war abwechslungsreich in der Hinsicht, dass sie ihm jeden Abend neue Gesichter brachte, neue Menschen mit mehr oder weniger interessanten Schicksalen, abhängig vom Alkoholpegel. Oder zumindest fast jeden Abend, den Stammkunden entkam er nicht. Heute waren Stammkunden wie auch neue Gäste dünn gesät. Das einzig Ungewöhnliche war ein Mann, den er nicht ausgerechnet direkt vor seinem frisch gemischten Kartenspiel sehen wollte. Tom. Er wusste, dass Tom ihn nie hier aufgesucht hätte, wenn es nicht dringend wäre. Tom spielte nicht um Geld.

Abbas nahm das Kartenspiel in die Hand und blickte Stilton an. Das hier war ein Black-Jack-Tisch, und momentan waren die Stühle leer, außer dem, auf den sich Stilton setzte.

»Sorry«, sagte Stilton. »Es ist etwas eilig.«

Abbas sah sich in dem schwach beleuchteten Salon um, dann glitt sein Blick zur Decke hinauf. Er wusste genau, wo die Kameras saßen und was sie jetzt zeigten. Einen Mann, der nicht spielte. Er hoffte, dass Tom die Lage begriff.

»Du kannst eine Karte ausspielen.« Stilton schob einen gelben Jeton nach vorn. Er kapierte. Er hatte sich vorbereitet.

Abbas legte eine Karte, eine Sechs.

»Noch eine«, sagte Stilton.

»Was willst du?«, fragte Abbas und legte eine Dame vor Stilton hin.

»Banjul«, antwortete Stilton.

»Gambia?«

»Ja. Ich bin zufrieden.« Stilton hielt eine Hand über seine beiden Karten. Achtzehn zusammen. Abbas zog eine Karte, eine Zwei.

»Kennst du dort jemanden?«, wollte Stilton wissen.

Er wusste, dass Abbas eine Vergangenheit als Verkäufer von gefälschten Produkten hatte. In der halben Welt. Taschen, Uhren, der ganze Mist. Er war viele Jahre lang Teil eines Rings gewesen, dessen Mitglieder sich zwischen Ländern und Städten auf mehreren Kontinenten bewegten, und hatte ein Netzwerk aufgebaut, das genauso beeindruckend wie illegal war.

»Vielleicht«, antwortete Abbas. »Die Menschen bewegen sich.«

Abbas zog eine weitere Karte. Einen Buben. Er war bei dreizehn. Den Regeln entsprechend musste er noch mindestens eine Karte ziehen.

»Ich muss dorthin und will dich dabeihaben«, erklärte Stilton und war ein wenig neugierig auf Abbas' nächste Karte.

»Wann würden wir fahren?«

»Sobald du wegkannst. Am liebsten Anfang nächster Woche.«

Abbas war nicht fest angestellt, was Stilton wusste. Das nutzte er jetzt aus. Abbas zog die nächste Karte. Eine Sieben. Stilton richtete seinen Blick darauf. Insgesamt zwanzig. Genau deshalb spielte er nicht um Geld.

»Worum geht es?«, fragte Abbas.

Das erfuhr er eine gute Stunde später auf dem Weg zum Kahn. Stilton erzählte ihm von dem Bericht des Whistleblowers und betonte, wie wichtig es war, zu überprüfen, ob dieser der Wahrheit entsprach. Einer Wahrheit, die vielleicht auf dem Grund des Nordatlantiks vor Banjul lag.

»Es ist ein absoluter Schuss ins Blaue«, sagte Stilton.

»Auf jeden Fall, und extrem aufwendig.«

»Ja, in der Tat. Aber so was mögen wir ja.«

»Du.«

»Wir. Ein Flug nach Banjul, ein Boot mieten, nachschauen, wieder nach Hause, wie kompliziert soll das schon sein? Wir wollen ja nicht zum Mond.«

Abbas hatte keine Einwände mehr. Er spürte, dass Tom sich entschieden hatte. Er würde hinfliegen, mit oder ohne Backup.

Sie gingen langsam über die Långholmsbrücke und über den Kai zum Kahn. Die Laterne an der Mauer war repariert worden, das Licht fiel über die dunkle Reling, ein paar Taue rieben sich knirschend an den Pollern. Abbas war lange nicht mehr hier gewesen, er hatte den Kahn nicht betreten, als der Nerz und Bettan hier wohnten.

»Und was ist mit Olivia?«, fragte er und stieg aufs Vordeck. »Mit der Drohung gegen sie?«

»Die Kugel in dem Kuvert, die sie bekommen hat, war von einer Luger 08.«

»Oh? Ziemlich ungewöhnliche Pistole.«

»Ja. Aber mit genau so einer wurde Kaldma erschossen«, erklärte Stilton.

»Also reden wir nicht mehr von den Jungs vom Night Light?«

»Nein, ich glaube nicht.«

»Macht das die Bedrohung kleiner, meinst du?«

»Eigentlich nicht, aber ich hab das Gefühl, es geht eher darum, ihr Angst einzujagen, als um eine ernsthafte Gefahr.«

»Und, hat sie Angst?«

»Ich glaub schon, aber sie schiebt es weg … du weißt, wie sie ist.«

»Wie du.«

Abbas öffnete die Tür zum Salon und ging hinunter, bevor Stilton ihn fragen konnte, was er damit meinte.

*

Mette saß an der Töpferscheibe im Keramikraum, dem Raum, auf dem Mårten einmal bestanden hatte, damit Mette abschalten und die Polizeiarbeit hinter sich lassen konnte. Er hatte sogar hinter ihrem Rücken einen Brennofen gekauft und ihn dort installiert. Jetzt war sie ihm auf ewig dankbar dafür. Hier konnte sie beim Töpfern die Dinge vergessen, an die sie gerade nicht denken wollte.

Momentan war das Tom.

Sie hatte sich eben in den Ton vertieft, als Mårten mit einem Zettel in der Tür auftauchte.

»Will er nach Gambia?«

Mette verlangsamte die Töpferscheibe und sah ein, dass sie nicht davonkommen würde. Mårten hatte in der Küche gesessen, zugehört und sich seine Gedanken gemacht.

Natürlich.

»Ja, offenbar«, sagte Mette. »Er meint, er könnte eine Umweltkatastrophe verhindern.«

»In Gambia?«

»Im Atlantik, ja … ich, oder wir alle, das hast du ja vermutlich auch gehört, haben versucht, ihn zur Vernunft zu bringen. Dass er einsieht, was für eine unglaublich dumme Idee das ist und welche Risiken es birgt.«

»Aber er hat darauf gepfiffen?«

»Er hatte sich entschieden.«

Mårten nickte und zog einen Hocker neben Mette.

»Er irrt gerade in seinem Leben herum«, sagte er.

»Und wann war das jemals anders?«

»Während der gut dreißig Jahre, in denen er laut dir einer der besten Kriminalpolizisten Schwedens war. Daran erinnerst du dich vielleicht?«

Mette nickte und setzte die Drehscheibe wieder in Gang.

Daran erinnerte sie sich sehr gut. Seitdem war ziemlich viel Wasser den Bach hinuntergeflossen. Viele Abstürze und Zusammenbrüche. Sie versuchte, sich auf den Tonklumpen vor sich zu konzentrieren. Mårten sah sie an. Er liebte sie.

»Noch was ganz anderes«, setzte er an und hielt den Zettel hoch. »Ich hab noch ein bisschen mehr über Kaldmas samischen Hintergrund geforscht. Du weißt doch noch, dass ich das erwähnt hatte, bevor du neulich eingeschlafen bist?«

Mette nickte. Sie hatte keinen blassen Schimmer, was Mårten damals gesagt hatte.

»Sein Großvater hieß Juhan Ruong«, fuhr Mårten fort. »Er war im Zweiten Weltkrieg eine Art Held, hat mehrfach norwegischen Flüchtlingen über die Grenze geholfen. Dann ist er offenbar bei einer solchen Operation selbst ums Leben gekommen.«

»Aha?«

Mette verstand nicht, worauf Mårten hinauswollte. Norwegische Flüchtlinge? Was hatte das mit Gambia zu tun?

*

Abbas verließ den Kahn kurz nach ein Uhr nachts.

Sie hatten die Zeit vor allem damit verbracht, praktische Dinge zu besprechen. Tickets, eine erste Übernachtung in Banjul, welche Art von Boot sie brauchten.

»Gibt es einen Direktflug dorthin?«, fragte Abbas.

»Nein, wir müssen in Brüssel umsteigen.«

»Was haben sie dort für eine Währung?«

»Dalasi, hundert Kronen sind 500 Dalasi, so ungefähr, aber darum kümmern wir uns dort.«

»Was ist mit einem Visum?«

»Braucht man nicht, wenn man nicht länger als neunzig Tage bleibt.«

»Gut«, sagte Abbas.

Ein wenig leichtfertig. Wäre er hellsichtig gewesen, hätte er sich vermutlich ein Visum besorgt.

Als alles Organisatorische geklärt und Abbas gegangen war, legte sich Stilton in seine Koje und rief Luna an. Er war sich nicht ganz sicher, was für eine Tageszeit bei ihr gerade war, aber nachdem es hier mitten in der Nacht war, war es das in Mae Phim jedenfalls nicht.

»Hallo«, sagte er.

»Wie schön, dass du anrufst! Hallo! Wie geht's dir?«

»Gut.«

Er hatte Luna ein paar Tage zuvor angerufen und erklärt, dass er noch etwas bleiben wollte, um Olivia zu helfen. Das hatte Luna schon vorhergesehen, bevor er selbst es beschlossen hatte.

So viel dazu.

»Wie läuft es?«, fragte Luna. »Kommt ihr voran?«

»Ja. Ich kann jetzt nicht alles erzählen, aber ich muss morgen nach Gambia.«

»Um was zu tun?«

Luna war völlig klar, dass es nicht um eine Urlaubsreise mit Tiefseefischen und Krokodilsafari ging.

»Weil wir dort was überprüfen müssen.«

»Wir? Heißt das, du und Abbas?«

»Ja.«

Es wurde still in der Leitung. Luna wusste ungefähr, was es bedeuten konnte, wenn Tom und Abbas gemeinsam wegfuhren, um irgendwelche Dinge zu erledigen. Wie beispielsweise damals in den Opiumbergen in Thailand. Es bedeutete, dass der Auftrag mutmaßlich Probleme mit sich brachte, die Abbas' besondere Kompetenz erforderten. Zusammengefasst: Gefahr. Im schlimmsten Fall Lebensgefahr.

»Du willst nicht sagen, worum es geht?«

»Wir wollen nachschauen, ob vor Banjul ein Haufen Atommüll ins Meer gekippt wurde.«

»Aha? Na dann, ich dachte schon, es wäre was Gefährliches.«

Stilton hörte, dass ihre Worte vor Ironie troffen. Aber was sollte er sagen? Darum ging es bei der Reise eben.

»Es ist gefährlich«, sagte er. »Wie sehr, weiß ich noch nicht, die größte Gefahr besteht wohl, wenn die, die den Müll ins Meer gekippt haben, herausfinden, dass wir danach suchen.«

»Und das musst du machen?«

»Was heißt müssen, irgendjemand muss es eben machen.«

»Und warum gerade du? Gibt es keine Behörden oder Polizisten vor Ort, die das überprüfen können?«

»Möglich, aber es ist alles sehr vage, wir können nicht wirklich den offiziellen Weg gehen, wir müssen mehr in der Hand haben, um …«

»Du *willst* das machen, oder?«, unterbrach ihn Luna.

Ein paar Sekunden war es still, dann fuhr sie fort:

»Ich weiß nicht … ich weiß nicht so richtig, wo du bist, du bist nicht hier, das ist mir klar, aber als du hier warst, warst du trotzdem nicht hier.«

»Was meinst du damit?«

»Du warst unterwegs. Du warst ruhig, hast trainiert, gelacht, aber du warst unterwegs.«

»Jedenfalls nicht nach Gambia.«

»Nein. Aber vielleicht weg von mir.«

Das schlug bei Stilton ein. Ihm wurde ganz kalt ums Herz, abwechselnd heiß und kalt, er musste sich das Handy auf die Brust legen.

»Tom?«

Stilton hob das Handy wieder, er versuchte, mit seiner Reaktion mitzukommen.

Er rang nach Luft und fragte: »Warum sagst du so was?«

»Ist es nicht so?«

»Nein. Wenn es in meinem Leben etwas gibt, das nicht verschwinden darf, dann bist du es. Glaubst du, ich bin auf dem Weg fort von dir? Nur, weil ich nach Gambia fahre?«

Stilton merkte, wie er sich aufregte.

»Nein«, erwiderte Luna. »Weil du dich Dingen aussetzt, von denen du weißt, dass sie lebensgefährlich sind, ohne dazu gezwungen zu sein. Als müsstest du alles aufs Spiel setzen. Warum tust du das?«

Stilton hatte keine Antwort auf diese Frage, genauso wenig wie bei dem Gespräch mit Mårten.

»Ich weiß es nicht«, antwortete er.

»Ich liebe dich«, sagte Luna. »Aber ich will keine Fernbeziehung haben.«

Sie legte auf und hinterließ einen Stilton, dem das Handy wieder auf die Brust sank. War er dabei, sie zu verlieren?

Banjul, Gambia

Tida stand am Bug das schmalen weißen Holzboots und hielt die Laterne. Der Motor am Heck knatterte unregelmäßig, aber das war sie gewohnt. Manchmal blieb er stehen, dann musste man ihn mit einem Hammer bearbeiten. Das war dann der Job von Moses, ihrem Bruder. Sie hatten in der Dunkelheit im Hafen von Banjul abgelegt, eine Stunde, bevor die Sonne aufgehen würde. Sie trug ein dünnes blaues Shirt und Jeans. Moses hatte eine dunkle Jacke an, er war verfrorener. Trotz der frühen Stunde hatte es sicher 24 Grad. Aber er rauchte illegales Zeug, was vermutlich zu seinem Frösteln beitrug. Sie hatte versucht, ihn zum Aufhören zu bewegen, aber es half nichts. »Alle rauchen«, sagte er, »du solltest es auch tun, das würde dich vielleicht ein bisschen beruhigen.«

Sie waren auf dem Weg zu ihren Netzen, um sie zu leeren. Sardinellen und Bonga-Heringe. Ein guter Fang lieferte Nahrung für sie selbst und ihre Großmutter. Ein schlechter Fang hatte noch mehr gestohlenen Kat in Moses' Mund zur Folge. Sie kreuzte die Finger ihrer einen Hand und hoffte auf einen guten Fang.

Die langen, weichen Meereswellen wiegten das Boot seitwärts, der Wind blies übers Deck. Tida löste ihr Haarband und ließ ihr schwarzes Haar über die Schultern fallen. Sie war stolz auf ihr Haar, es war viel glatter und länger als das von Moses. Seines war kurz und kraus.

»Da ist es!«

Tida zeigte schräg vor den Bug und schwenkte die Laterne in

Richtung der weißen Boje, an der das Netz befestigt war. Moses lenkte das Boot dorthin und schaltete den Motor ab. Er ließ das Boot zur Boje gleiten und fischte mit einem langen, schmalen Bootshaken danach. Mit routinierten Bewegungen löste er das Netz von der Boje und drehte sich zu Tida um. Sie befanden sich in tiefen Gewässern, und das Netz war schwer.

»Hilf mir!«

Tida stellte sich neben ihren Bruder. Zusammen begannen sie, das Netz heraufzuziehen. Beide reagierten etwa zur gleichen Zeit und sahen sich an.

»Richtig schwer«, sagte Moses.

»Guter Fang!« Tida hüpfte vor Erregung.

Nicht nur gut, sondern richtig gut, das würde für mehr als nur das Essen für Großmutter und sie reichen, vielleicht sogar für eine Rücklage in der kleinen Schublade. Dort lagen bereits ein paar Scheine. Wenn ein Bündel zusammengekommen war, würde sie auf den Markt gehen.

»Jetzt zieh schon!«, rief Moses.

Tida zog. Und Moses zog. Zusammen brachten sie das Netz über die Reling, und Tida richtete die Laterne darauf.

Im Netz waren weder Sardinellen noch Bonga-Heringe.

Banjul ist eine der kleinsten Hauptstädte der Welt, ungefähr 50.000 Einwohner im Stadtkern, gebaut auf einer flachen Insel mit der Mündung des Gambia-Flusses auf der einen und dem Oyster Creek auf der anderen Seite. Und dem Atlantik davor. Die Stadt trägt sichtbare Zeichen von Gambias schmerzvoller Vergangenheit: breite, von Bäumen gesäumte Alleen zwischen großen, verfallenen weißen Holzhäusern im Kolonialstil, früher einmal die Wohnstätten von Sklaventreibern und Imperialisten. Heute ist das Land zum größten Teil muslimisch, und überall in der Stadt ragen hohe Minarette auf. In regelmäßigen Abständen erinnern die Gebetsrufe daran, welche Religion hier dominiert. Und welche Regeln für die Rechtgläubigen gelten.

Seeku war keiner von ihnen.

Er blickte aus dem Fenster oder versuchte es zumindest. Die Scheibe war völlig verschmutzt, vermutlich seit der Jahrtausendwende nicht mehr geputzt worden. Aber er wusste, was draußen war, sein Blick war eher nach innen gerichtet. Er saß in einem engen Raum mit funktionierendem gelbem Deckenventilator und verscheuchte ein paar aufdringliche Mücken aus seinem Gesicht. An der Wand gegenüber hing ein Poster mit einem großen Bienenstock darauf. Seeku strich sich über den Mund und nahm einen Schluck lauwarmes Wasser aus dem Glas auf dem Tisch. Enrico Moratín war am Telefon sehr deutlich gewesen. Augen auf. Es bestand die Gefahr, dass Leute, Ausländer, eventuell Schweden, in Banjul auftauchen und sich für Dinge interessieren würden, die sie nichts angingen. Besonders Dinge draußen im Atlantik. Wenn das der Fall sein würde, sollte es verhindert werden. Er hatte nicht präzisiert, was er mit »verhindert werden« meinte, aber Seeku verstand es sehr gut.

Er war der Chef des ETG-Büros in Banjul. Ein kleines Büro in der Ndow Street, nicht weit vom Hafen entfernt, darauf spezialisiert, Güter aus Spanien weiter ins Land zu schleusen, und Erdnüsse in die andere Richtung. Über ein paar Zwischenhändler. Aber er nahm Moratíns Order ernst. Hier wurde nur äußerst selten jemand gebeten, jemanden aus dem Hauptsitz des Unternehmens in Madrid anzurufen, und noch seltener wurde man mit Vornamen angesprochen. Er würde also tun, was er konnte.

Er verbreitete die Botschaft sofort im engsten Kreis um das Büro und sah zu, dass sie weitergetragen wurde.

Das würde eine ganze Menge abdecken.

Nicht zuletzt den Flughafen und den Hafen.

*

Schon als sie aus dem Flugzeug stiegen und die Treppe zum Rollfeld hinuntergingen, schlug die Hitze zu. Im herbstlichen, windigen Arlanda hatte die Temperatur bei etwa zehn Grad gelegen, hier waren es um die vierzig. Die Differenz hüllte ihre Körper in eine klebrige Decke und brachte beide zum Schwitzen, bevor sie überhaupt die Ankunftshalle des Flughafens Banjul erreicht hatten. Abbas trug Sonnenbrille und T-Shirt, Stilton hatte eine graue Jacke an und musste seine Augen mit der Hand vor der brennenden Sonne schützen.

Willkommen in Gambia.

Beide waren nach den elf Stunden, die sie unterwegs gewesen waren, steif und leicht genervt. Es war zwar nur eine Stunde Zeitunterschied, aber die lange Reise hatte ihre Spuren hinterlassen. Abbas versuchte vergeblich, etwas zu trinken aufzutreiben, Stilton sank auf einen Plastikstuhl vor dem Gepäckband, das für ihren Flug ausgewiesen war.

Und wartete und wartete und schwitzte.

Gleichzeitig mit ihnen waren noch ein paar andere Maschinen gelandet, und die Logistik war, was das Gepäck anging, hier offensichtlich nicht ganz auf der Höhe. Als die Koffer endlich vor Stiltons Augen vorbeizufahren begannen, konnte er weder seine dunkelgrüne Tasche noch Abbas' grauen Samsonite-Koffer entdecken.

»Hast du was zu trinken gefunden?«, fragte er, als Abbas zu seinem Stuhl zurückkam.

»Nein. Hast du das Gepäck gefunden?«

»Nein ... doch! Da ist deins.«

Stilton zeigte darauf, Abbas machte ein paar schnelle Schritte nach vorn und bekam seinen Koffer zu fassen. Er zog den Griff heraus und blickte Stilton an.

»Wir sehen uns im Hotel.«

Das war als Scherz gemeint, doch Stilton war nicht in der Stimmung. Er stand auf und ging zum Band. Inzwischen waren die meisten Koffer mit neu angekommenen Passagieren verschwunden, überwiegend Gambier. Als das Band zum dritten Mal mit einem einsamen gelben Sack im Kreis lief, gab Stilton auf. Er hatte keine Wertsachen in der Tasche, nichts, das nicht ersetzbar war, aber gerade jetzt und gerade hier war der Gedanke, den ganzen Inhalt der Tasche neu kaufen zu müssen, unfassbar nervig. Er stapfte zu einem Informationsschalter mit einem leger gekleideten Mann dahinter und erklärte auf Englisch sein Problem.

»Haben Sie auf den anderen Bändern nachgesehen?«, fragte der Mann.

»Warum sollte ich? Unser Gepäck sollte auf Band 3 kommen.«

»Ja, aber man kann nie wissen.«

Stilton war kurz davor, einige Dinge zu sagen, die er hinterher sicher bereut hätte, als er Abbas' Stimme hörte: »Hier ist sie!«

Stilton wandte sich um und sah Abbas mit der dunkelgrünen Tasche an Band 1 stehen.

Auf dem Weg aus dem Terminal entdeckte Stilton einen Geldautomaten, bei dem er etwas lokale Währung abheben wollte. Das dauerte. Man durfte nur 2.000 Dalasi auf einmal abheben, Stilton wollte 10.000. Ungefähr 2.000 schwedische Kronen. Er wollte ein bisschen Betriebskapital für ihre Unternehmung. Als er die Karte zum fünften Mal einführte, verschwand sie auf Nimmerwiedersehen. Stilton wartete ein paar Minuten. Langsam lagen seine Nerven blank. Er spürte, wie die Flecken unter den Armen sich bis zu den Knien hinunter ausbreiteten. Als er sich umwandte, sah er, wie Abbas ein Stück entfernt einem schwarzen Vogel Brotstückchen zuwarf. Oder was auch immer es war. Der Vogel schoss blitzschnell auf den Zementboden herunter, sobald Abbas' Gaben dort landeten.

»Wie läuft es?«, fragte Abbas.

»Der Automat hat meine Karte gefressen.«

»Hast du Geld bekommen?«

»8.000.«

»Na dann.«

Abbas begann, seinen Koffer in Richtung Ausgang zu ziehen. Stilton überlegte. Er hatte seine Kartennummern im

Handy eingespeichert und konnte die, die gerade verschwunden war, sperren lassen, aber dann würde er nichts mehr damit anfangen können, selbst wenn er sie aus dem Automaten herausbekam. Er beugte sich vor. Auf dem Geldautomaten klebte ein kleiner, fast unleserlicher Plastikstreifen mit einer Telefonnummer, bei der man anrufen konnte, wenn es Probleme gab. Stilton wählte die Nummer und erklärte, was passiert war. Eine freundliche Frauenstimme lachte auf.

»Sie ist einfach verschwunden?«, fragte sie.

»Nein, sie ist nicht verschwunden, sie ist in die Maschine eingezogen worden, und da liegt sie jetzt. Ich brauche sie zurück.«

»Das verstehe ich. Wenn Sie unseren Hauptsitz in Serekunda aufsuchen, kann man Ihnen dort helfen.«

»Serekunda?«

Serekunda war die größte Stadt Gambias und lag an die zwanzig Kilometer von Banjul entfernt. Das wusste Stilton.

»Ich bin am Flughafen von Banjul«, sagte er und wischte sich den Schweiß von der Stirn. »Die Karte ist hier im Automaten, einen Meter vor mir. Was zur Hölle soll ich in Serekunda?«

»Dort können wir Ihnen helfen.«

Stilton legte auf, rief in Schweden an und ließ die Karte sperren. Er wusste, dass Abbas Karten hatte, die sie verwenden konnten.

Auf dem Weg aus der Halle kam er an einem jungen Mann vorbei, der rasch zu Boden blickte.

Zum günstigen Preis von 50 Kronen nahmen sie ein Taxi zum Hotel. Festpreis, wie der Chauffeur sagte. Beide saßen auf dem Rücksitz. Die Fahrt sollte zwanzig Minuten dauern, auf einer ungeteerten Straße. Stilton war die meiste Zeit still. Abbas spürte, dass gerade nicht der Augenblick für Konversation war, also wartete er ab. Schließlich sagte Stilton: »Was hast du dem Vogel da eigentlich hingeworfen?«

»Reiswaffel. Besser gesagt Krümel davon.«

»Wo hattest du die her?«

»Supermarkt in der Odengatan.«

Stilton blickte aus dem Fenster. Sie fuhren an niedrigen braunen Holzhäusern ohne Fenster vorbei, davor Frauen in schönen Batikkleidern und halb nackte Kinder. Durch dünne Lattenzäune konnte man Ziegen und Hühner erahnen, hier und da einen Esel, Haufen von Schrott säumten die Straße. Männer waren so gut wie keine zu sehen.

»Du hattest Reiswaffeln dabei?«, wunderte sich Stilton.

»Ja. Hab ich immer. Was ist wegen der Karte rausgekommen?«

»Wir müssen deine benutzen.«

»Okay.«

Sie hatten keine Möglichkeit zu beeinflussen, welchen Weg sie fuhren, aber im Hinblick auf den Preis spielte das eigentlich auch keine Rolle.

»Skandinavien?«

Die Frage kam vom Fahrer, der sich plötzlich zu Wort meldete, ohne in den Rückspiegel zu sehen. Er hatte einen kräftigen Goldring in seinem einen Ohr und eine gelbe Strickmütze auf dem Kopf. Die Hitze war für ihn offensichtlich kein Problem.

»Schweden«, antwortete Abbas.

Dumm, dachte Stilton. Wenn er wenigstens Finnland gesagt hätte. Stilton wollte möglichst wenig preisgeben und anonym bleiben, wo immer es ging.

»Habt ihr viele Bienen in Schweden?«, fragte der Taxifahrer.

»Bienen?«

»Bienenwachs?«

Abbas wusste nicht recht, was er darauf antworten sollte, er verstand nicht einmal die Frage.

»Warum wollen Sie das wissen?«, sagte er.

»Hier sind Bienen ganz groß«, erklärte der Fahrer. »Wir exportieren massenweise Bienenwachs.«

»Ach so?«

»Und Erdnüsse. Was produziert ihr?«

»Wir … na ja, alles Mögliche. Ist es noch weit?«

»Nein.«

Sie waren am Stadtrand von Banjul angekommen und fuhren einen Bogen Richtung Küste. Ums Zentrum herum.

»Hier ist es«, sagte der Taxifahrer und bremste.

Stilton bezahlte und stieg aus, so schnell er konnte. Er sehnte sich nach einer Dusche. Wasser. Kühle. Weg von völlig unnötigen Konversationen. Er nahm seine Tasche entgegen und sah das Hotel an.

Rainbow Beach Bar and Lodgings. Kein einzelnes großes Gebäude, sondern mehrere weiß gekalkte Bungalows ein Stück vom Strand entfernt, mit üppigen Palmen davor. Er hatte schon von zu Hause aus gebucht und sich da bereits die Bilder zur Unterkunft angesehen. Und den Hinweis gelesen: *Bieten haustierfreundliche Apartments.* Vor allem aber einfache, saubere Zimmer. WLAN. Ein gutes Restaurant, einen Billardtisch und einen Friseur, falls Abbas Lust auf einen Haarschnitt bekommen sollte, der Mann mit den Reiswaffeln. Und es war nicht so weit vom Hafen entfernt.

Ihrem vornehmlichen Ziel.

»Sieht schön aus«, sagte Abbas, als sie zu dem Haus mit dem Rezeptionsschild gingen.

»Ja. Und ist ein bisschen diskret. Es gibt ein Stück weiter

noch ein größeres Hotel, aber hier fühlt es sich gut an. Und übrigens …«

»Ja?«

»Ich glaube, wir sollten mit der Information, woher wir kommen, so zurückhaltend wie möglich sein.«

Abbas stutzte kurz. Er wusste nicht viel über den Hintergrund der ganzen Operation, nur das, was Tom erzählt hatte. Und Tom war nicht sehr ausführlich gewesen. Aber natürlich, er würde den Mund halten.

»Und was sagen wir an der Rezeption? Die wollen doch sicher unsere Pässe haben, wenn wir uns anmelden?«

»Klar. Ich dachte eher, wenn wir in der Stadt sind, du weißt schon.«

»Okay.«

Beim Einchecken fiel ihre Nationalität nicht weiter auf. Es gab öfter schwedische Touristen hier im Hotel. Problematisch war eher die Tatsache, dass sie zwei Männer waren und ein Doppelzimmer reserviert hatten. Der Grund dafür war gewesen, dass es nur noch ein freies Doppelzimmer gab, als Stilton gebucht hatte, und das hatte er genommen. Abbas und er hatten im Lauf der Jahre schon oft das Zimmer geteilt. Das war nichts Besonderes.

Hier schon.

Homosexualität war in Gambia verboten und konnte lebenslange Freiheitsstrafen nach sich ziehen. Dessen war sich die Frau hinter dem Tresen sehr bewusst, und das machte es schwierig für sie. Die Behörden hatten die Einwohner aufgefordert, Anzeige zu erstatten, wenn sie den Verdacht hatten, dass Personen sich »unsittlich« verhielten. Auch das wusste die Frau. Sie war sehr füllig, ihr langes, schwarzes Haar fiel über ein farbenfrohes, gelb-grünes Kleid, neben ihr saß eine wohlgenährte weiße Katze auf dem Tresen. Die Rezeptionistin sah Stilton und Abbas an. Zwei ausländische Männer in einem Doppelzimmer. Keiner von beiden trug einen Ehering. Konnte das Schwierigkeiten machen? Eine Razzia? Das hatte es schon mehrmals gegeben. Außerdem schwitzte einer der Männer kräftig. Der, auf den die Buchung lief.

»Wie lange bleiben Sie?«, fragte sie.

»Höchstens eine Woche«, antwortete der Schwitzende.

Die Frau griff zögernd nach dem Reservierungsbuch. Abbas beugte sich vor und lächelte sie an.

»Wir sind nicht homosexuell«, sagte er. »Wir wollen ein bisschen im Gambia-Fluss fischen und baden. Bekleidet. Sie können gern mitkommen, wenn Sie frei haben.«

Er hatte sich vorbereitet und lächelte erneut. Ein Lächeln, das die Zweifel der Frau hinwegfegte und sie zum Lachen brachte.

»Entschuldigen Sie, es ist … wir haben damit manchmal Probleme. Willkommen. Wollen Sie, dass wir das Doppelbett auseinanderschieben?«

»Gerne.«

»Sehen wir aus wie ein schwules Pärchen?«

Stilton stellte die Frage, während er seine Tasche auf eines der beiden Betten warf.

»Wir sehen aus wie zwei Männer, die sie nicht einschätzen konnte. Die ein Doppelzimmer gebucht haben. Machst du dir Sorgen deswegen?«

Stilton antwortete nicht. Er breitete seine wenigen Habseligkeiten auf dem Bettüberwurf aus, ein paar T-Shirts, den Waschbeutel, einige Unterhosen. Das, was er am Flughafen schon verloren geglaubt hatte. Abbas öffnete den Schrank und hängte deutlich mehr Sachen hinein.

Gut gebügelte.

»Ich geh unter die Dusche«, sagte Stilton.

Die eiskalte Dusche brachte vieles wieder ins Lot, das in der letzten Stunde ins Ungleichgewicht geraten war. Als er mit einem Handtuch um die Hüfte aus dem Bad kam, hatte er wieder einen klaren Kopf und fixierte Abbas mit den Augen.

»Prio eins ist, an ein Tauchboot heranzukommen, das technisch so gut ausgerüstet ist, dass wir zu der Position navigieren können, die Suarez angegeben hat. Am besten sollte es ein Sonargerät haben, damit wir den Meeresgrund scannen können. Wir kriegen wir das hin?«

»Eddie Barrow.«

Abbas saß an das Kopfteil des Bettes gelehnt und blickte auf sein Handy. Er hatte eigentlich selbst duschen wollen, aber das musste warten. Er litt nicht im selben Maß unter der Hitze.

»Und wer ist das?«, fragte Stilton.

Eddie Barrow war eine von Tausenden kleinen Spinnen in dem Netz, das die Verkäufer von Fake-Produkten über große Teile der Welt gesponnen hatten. Ein Gambier. Abbas hatte ein paarmal den Marktplatz mit ihm geteilt, in Kairo und in Edinburgh. Sie hatten zusammen einige Polizeirazzien erlebt und sich freigelogen, seitdem gab es ein Band zwischen ihnen.

Ein Band, das Abbas jetzt nutzte.

»El-Fassi!«

»Eddie.«

Beide begrüßten sich mit ein paar speziellen Handkontakten, die Stilton völlig fremd waren. Er hatte den Sinn dieser ausgeklügelten Handcodes noch nie verstanden. Er selbst schüttelte den Leuten die Hand, und das war's. Also streckte er die Hand aus, und Eddie nahm sie auf normale, zivilisierte Art.

»Tom.«

»Freund von Abbas?«

»Ja.«

»Du bist groß.«

Eddie war ein Stück kleiner als Abbas und deutlich kleiner als Stilton. Vor allem weniger gut gebaut. Beinahe ausgemergelt. Er trug ein dünnes, schwarzes Shirt und blaue Shorts. Und ging barfuß.

Sie hatten sich am Rand von Bakoteh getroffen, einer gigantischen Müllhalde ein Stück außerhalb von Banjul. Draußen auf der Müllkippe sah man Gruppen von erwachsenen, halb nackten Männern, die sich über dampfende Müllhaufen beugten, kleine Kinder zogen zwischen den Abfällen herum und sammelten allerlei gefährliche Gegenstände. Ein gelblicher, stickiger Qualm lag in der Luft, Stilton musste pausenlos husten. Am Rand des Müllbergs standen niedrige Zelte aus teils löchrigen Stofffetzen. Abbas war irritiert. Was machte Eddie hier?

»Du verkaufst nicht mehr?«, fragte er.

Eddie schüttelte den Kopf und wies auf eines der Zelte. Er klappte ein kaputtes Stoffstück nach oben und verschwand in der Öffnung. Stilton sah Abbas an.

»Sollen wir da rein?«

»Offenbar.«

Beide krochen ins Zelt. Es war eng, sie saßen direkt auf dem Boden, ihre Füße berührten sich beinahe.

»Der Qualm ist hier drin nicht ganz so krass«, erklärte Eddie.

»Wohnst du hier?«, fragte Abbas.

»Ja, zurzeit. Ich hab ein paar Leute, die für mich auf der Müllhalde arbeiten, ich muss sie im Auge behalten.«

»Was ist das für Arbeit?«

»Was man hier auf Müllkippen eben so arbeitet, sie versuchen, irgendwas Verwertbares aus dem Abfall zu wühlen, den der Rest der Welt hier abgeladen hat. Kupferdrähte, Batterien, Autoteile, du weißt schon.«

Abbas nickte. Er war ziemlich erschüttert über Eddies Situation. Eddie war ein Golden Boy in Fake-Produkt-Kreisen gewesen, ein Typ, der manchmal an einem Nachmittag mehr verkauft hatte als andere in einer Woche. Fröhlich, eloquent, charmant und großzügig. Mit schwereren Goldketten um den Hals als die meisten in dieser Branche. Jetzt saß er da wie ein magerer Schatten seiner selbst, mit kleinen Geschwüren an den Unterschenkeln, den Kopf unter ein kaputtes Zeltdach gebeugt.

»Wie bist du hier gelandet?«, fragte Abbas.

»Das ist eine lange Geschichte ... Man macht eine Reise, und dann ist sie zu Ende.«

An dieser Stelle spitzte Stilton die Ohren.

»Warum war sie zu Ende?«, wollte Abbas wissen.

»Dinge passieren, mit denen man nicht gerechnet hat ... du kannst einiges verdrängen, wenn du auf dieser Reise bist, wie wir es waren, wenn man kreuz und quer herumfährt und von der Hand in den Mund lebt, du weißt schon ...«

»Ja.«

»Zum Schluss holt es einen ein.«

»Was?«

»Die Vergangenheit. Vor der wir weggelaufen sind.«

Stilton spürte erneut ein Stechen in seinem Hals, der Qualm, er erstickte ein Husten in der Hand.

»Ich musste mich damit auseinandersetzen.« Eddie ließ den Kopf sinken.

Abbas wusste nicht, was er sagen sollte. Er hatte keine Ahnung, was Eddie für eine Last mit sich herumtrug, die ihn eingeholt hatte. Eigentlich wollte er es auch gar nicht wissen. Nicht in einem stickigen, klebrigen Zelt am Rand einer Müllkippe.

Also sagte er: »Wir brauchen ein Boot.«

Eddie hob den Kopf. Die Vergangenheit war vorbei. Sie war seine Sache.

»Welche Art von Boot?«

»Eins mit Tauch- und Navigationsausrüstung. Am besten mit Sonar.«

»Mariama.«

Der Name kam schnell. Stilton hustete.

»Ist das der Name des Bootes?«

»Nein. Der Besitzerin.«

»Kennst du sie?«, fragte Abbas.

»Ja.«

»Ist sie verlässlich?«

»Was wollt ihr machen? Fischen?«

»Ja. Unter anderem.«

Eddie blickte Abbas an, der blickte zurück, und Eddie verstand. Sie hatten früher häufig Blicke ausgetauscht.

»Sie ist verlässlich«, sagte Eddie. »Außerdem ist sie hübsch. Und hart.«

Ein sehr eigenartiges Urteil, das Stilton stutzen ließ.

»Wie, hart?«

»Ihr Vater wurde während der Unruhen hier vor ein paar Jahren zu Tode gefoltert, er war ein Gegner von Yahya Jammeh. Das hat sie geprägt.«

»Wo finden wir sie? Im Hafen?«

»Da oder im City Wharf, sie arbeitet dort abends als Bedienung.«

Stilton bekam einen neuerlichen Hustenanfall und zog sich aus dem Zelt zurück. Abbas wollte noch ein bisschen sitzen bleiben. Stilton ging auf der Rückseite in die Hocke, um dem Qualm zu entgehen, und holte sein Handy heraus. Er googelte Jammeh und las etwas über den früheren Präsidenten, der aus dem Amt gezwungen werden musste, nachdem er eine Wahl verloren hatte. Unter seiner Gewaltherrschaft waren viele Menschen geflohen und viele im Gefängnis gelandet und zu Tode gefoltert worden. Offenbar auch Mariamas Vater.

Als Abbas aus dem Zelt kam, ließ Stilton das Handy sinken.

»Er wird mir mit ein bisschen Ausrüstung helfen«, sagte Abbas als Antwort auf Stiltons fragenden Gesichtsausdruck.

Und Stilton verstand.

Sie gingen zur Straße vor der Müllhalde und hofften, auf jemanden zu treffen, der sie zum Hafen mitnehmen konnte. Es dauerte eine Weile. Der Einzige, der vorbeikam, war ein junger Mann auf einem Moped, der ein Stück entfernt anhielt.

*

Mariama war nicht am Hafen. Einem alten Mann zufolge, der dort angelte, war sie mit Touristen draußen und würde um ungefähr sechs Uhr zurückkommen. In zwei Stunden. Stilton wollte zurück ins Hotel und sich die Müllkippe abduschen, Abbas wollte am Hafen bleiben.

Also trennten sie sich.

Abbas ging auf einen Pier hinaus und betrachtete all die Leichen, die im Fluss lagen. Bootsleichen. Unmengen von verrosteten Booten, die unten am Grund des Flusses um ihre Anker trieben, versenkt. Ein maritimer Friedhof. Wahrscheinlich konnte sich niemand leisten, sich um sie zu kümmern, dachte er und begriff, wie unglaublich verschmutzt das Wasser sein musste. Er wandte sich um und ging zurück zu dem Alten mit der Angel. Ein weißer, länglicher Schwimmer schaukelte ein Stück vom Kai entfernt auf dem Wasser auf und ab. Plötzlich verschwand er unter der Oberfläche, und der Alte zog an der Angel. Der Fisch, der angebissen hatte, flog durch die Luft und landete vor Abbas' Füßen. Er beugte sich hinunter und wollte das zappelnde Tier festhalten, als der Alte unvermittelt rief: »Fass ihn nicht an!«

Abbas richtete sich auf. Glaubte der Alte, er wollte ihm den Fisch klauen?

»Das ist ein Anglerfisch«, sagte der Alte, trat den Fisch mit seinem Stiefel tot, riss den Haken los und schubste den Fisch wieder ins Wasser zurück.

»Ist er giftig?«, fragte Abbas.

»Der Schleim drumherum ist giftig, wenn man ihn in die Augen kriegt, wird man blind. Fass nie einen Anglerfisch an!«

Der Alte schüttelte ein wenig den Kopf und schlurfte zu einem länglichen Holzboot, das am Kai lag. Eine Piroge, hatte Abbas vor langer Zeit gelernt. Schlank und niedrig, aber funktionell in diesen Gewässern. Der Alte stieß sich ab und glitt auf den Fluss hinaus.

»Danke!«, rief Abbas ihm nach.

*

Sie hatten gerade eine Datei mit dem Überwachungsfilm aus dem Restaurant der Trabrennbahn bekommen, von dem Abend, an dem der Kumpel des Nerz dort angeblich Karl-Oskar Hansson zusammen mit einer Dame mit Lederjacke und dunkler Sonnenbrille gesehen hatte. Olivia saß vor dem Bildschirm, und Lisa hatte sich über ihre Schulter gebeugt. Beide waren aufmerksam, gespannt und erwartungsvoll. Olivia aus mehr als einem Grund. Es bestand die Chance, dass die Frau, die ihr schon Albträume beschert hatte, heute ein Gesicht bekam.

Leider war der Film keine große Hilfe. Was man sah, war Hansson weit hinten an einem Fensterplatz – und eine Frau, die sich ihm gegenüber hinsetzte, den Rücken zur Kamera gewandt. Sie unterhielten sich ein paar Minuten, Hansson gestikulierte ein paarmal, dann stand die Frau auf, während gleichzeitig ein paar fröhliche Gäste mitten im Restaurant stehen blieben und den Tisch am Fenster verdeckten. Als die Gruppe sich auflöste, saß Hansson allein am Tisch. Olivia konnte noch ganz kurz den Rücken der Frau erahnen, wie er am Bildrand verschwand. Das war alles. Nichts an der Frau rief irgendeine innere Reaktion bei Olivia hervor, keine besonderen Merkmale oder Eigenschaften. Enttäuscht blickte sie Lisa an.

»Das hat nicht viel gebracht …«

»Nein.«

Lisa umarmte sie kurz und ging zu ihrem Schreibtisch.

»Haben wir schon Antwort wegen der Fingerabdrücke auf der Tasse?«, fragte Olivia. »Aus der Hütte?«

»Ja. Kein Treffer im Register. Ich hab's auch mit Spanien gegengecheckt, aber bei denen gibt es auch keine Übereinstimmung. Aber was ganz anderes – was wir oben in Arjeplog erfahren haben: dass diese Verwandte von Kaldma noch am Leben ist. Wie hieß sie noch mal?«

»Nanna Ruong.«

»Sollten wir sie nicht kontaktieren?«, fragte Lisa.

»Doch, das sollten wir wohl. Kannst du versuchen, ihre Nummer rauszukriegen?«

»Okay. Hast du noch mal was vom Nerz gehört?«

»Über Hanssons Damenbekanntschaft?«

»Ja?«

»Ich hab ihn gestern angerufen, da wusste er nichts Neues«, sagte Olivia. »Es klang, als wollte er das Ganze auch gar nicht weiterverfolgen. Vielleicht hat er Angst vor diesen Typen vom Night Light.«

»Wie geht es dir damit eigentlich?«

»Ich glaube, Tom hat recht, das sind keine Leute, die eine Kugel von einer alten Luger schicken würden, um mir Angst einzujagen.«

»Aber irgendwer hat es getan.«

»Ja.«

»Hast du was aus Afrika gehört?«

»Ein paar kurze Nachrichten von Tom. Die Aktion scheint anzulaufen.«

»Wann fahren sie zum Tauchen raus?«

»Ich weiß es nicht, vermutlich will er so was nicht schreiben.«

Olivia wandte sich zum Bildschirm und sah sich noch einmal den Film aus dem Restaurant an. Diesmal konzentrierte sie sich auf den Mann am Tisch. Karl-Oskar Hansson. Er gestikulierte und lächelte. Sie stoppte den Film und nahm ihn ins Visier. Was hast du oben im Fjäll gemacht? Und warum hast du Spanisch gesprochen? Sie saß ein paar Sekunden still da, dann stand sie auf und nahm ihre Jacke.

»Wo willst du hin?«

»Zu Sven Bergh.«

*

Das große weiße Kunststoffboot glitt langsam in den Hafen und legte an ein paar abgewetzten Holzpollern an. Mariamas Boot. Abbas beobachtete es aus der Entfernung. Dass es ihr Boot war, sah er an der einen Seite des Bugs, an der in blauen Buchstaben »MARIAMAS FISHING TOURS« stand.

Mariama selbst schob eine kurze Leiter an den Kai und hob eine große Styroporkiste an Land. Ein weißer Mann mittleren Alters half ihr dabei. Einer ihrer Angelkunden, nahm Abbas an. Sie hatte ein langärmliges grünes Oberteil, eine schwarze Hose und niedrige gelbe Stiefel an. Abbas stellte sofort fest, dass zumindest eines von Eddies Urteilen über sie absolut zutraf. Sie war sehr hübsch. Sogar Abbas' Ansicht nach. Ihr Gesicht war von langen Dreadlocks umrahmt, und im Vergleich zu ihren Angelkunden war sie groß.

Ob sie »hart« war, würde sich noch zeigen.

Mariama öffnete die Styroporkiste und begann, den Fang des Tages an ihre Kunden zu verteilen. Er hörte sie mit gedämpfter Stimme erklären, welche Fische es waren. Cassava Croaker, Barracuda, Red Snapper, Butterfish, Thunfisch, Tarpun. Es war eine ordentliche Ausbeute für den Tag, und die Touristen waren guter Laune, als sie mit ihrem Anteil abzogen. Ein Anglerfisch war nicht dabei, stellte Abbas fest. Mariama ging wieder an Bord und fing an, das Vordeck mit einem Wasserschlauch abzuspritzen. Abbas hatte große Lust, sie anzusprechen, aber er hatte das Gefühl, er sollte auf Tom warten.

Es war trotz allem sein Auftrag.

Eine halbe Stunde später rief er Stilton an und wollte wissen, ob er bald kam.

»Sie ist mit dem Boot zurück, schon seit einer Weile.«

»Ich bin gleich da.«

Es dauerte nicht mehr als ein paar Minuten, bis Stilton auftauchte. Auf einem Fahrrad. Das Hotel hatte Mieträder, und er hatte ein rotes mit Korb am Lenker ergattert. Stilton auf dem Fahrrad zu sehen, war ein Anblick, den Abbas nicht so schnell vergessen würde. In Thailand ist viel passiert, dachte er und ging ihm entgegen.

»Es ist das da«, sagte Abbas und zeigte auf Mariamas Boot.

»Sieht gut aus.« Stilton klappte den Ständer an seinem Fahrrad herunter. »Ist sie noch auf dem Boot?«

»Ja.«

»Hast du schon mit ihr gesprochen?«

»Nein.«

»Gut. Ich hab mir überlegt, wie wir das Ganze aufziehen.«

»Und zu welchem Ergebnis bist du gekommen?«

»Ist sie das?«

Mariama war aus dem Führerhäuschen gekommen und ging gerade an Land. Sie hatte eine schwarze Jacke über der Schulter und trug eine große Sonnenbrille.

»Ja«, sagte Abbas, »ich denke schon.«

Stilton ging auf das Boot zu, und Abbas folgte ihm, neugierig, was Stilton sagen würde.

»Hallo, Tom Stilton mein Name.«

Er streckte Mariama die Hand hin. Sie nahm sie nicht, also wies er auf Abbas.

»Das ist Abbas el-Fassi, wir sind vor ein paar Stunden hier angekommen. In Banjul.«

Mariama zog sich die Jacke an.

»Wir wollten fragen, ob wir morgen eine Tour mit deinem Boot machen könnten, mit dir als Kapitän.«

»Es ist morgen schon reserviert«, antwortete Mariama und lief los, am Kai entlang.

Stilton ging hinterher.

»Morgen Abend auch?«

»Ich fahre abends nie raus.«

»Okay, und übermorgen? Ist es da auch reserviert?«

»Wollt ihr angeln?«

»Nein.«

Mariama blieb stehen und blickte aufs Meer hinaus. Abbas hatte sie eingeholt und versuchte auszumachen, was sie sah. Er sah nur endloses Wasser. Mariama drehte ihre Hand und warf einen Blick auf ihre Uhr.

»Wollt ihr tauchen?«, fragte sie.

»Ja, genau«, sagte Stilton. »Die Briten haben 1944 in diesen Gewässern ein deutsches Handelsschiff versenkt, und wir glauben, wir haben lokalisiert, wo das Wrack liegt. Aber die Sache ist noch nicht offiziell, wir wollen, dass es vorerst geheim bleibt, bis wir es untersucht haben.«

»Wo soll das liegen?«

»Wir haben die Koordinaten, willst du sie sehen?«

»Nein.«

Mariama setzte sich wieder in Bewegung, und die Herren folgten ihr.

»Was meinst du?«, nahm Stilton einen neuen Anlauf. »Würde es übermorgen gehen?«

»Nur ihr beide?«

»Ja.«

»Das wird teuer.«

»Geld ist kein Problem«, sagte Stilton und dachte plötzlich an die mageren 8.000 Dalasi, die er abgehoben hatte und die durch Taxi und Mietrad bereits dezimiert waren. Damit würden sie vermutlich nicht weit kommen, aber das würde sich lösen lassen. Abbas hatte ja noch eine Karte.

Sie kamen zu einem Parkplatz, und Mariama sperrte einen grauen Opel Corsa auf, der nicht im besten Zustand war.

»Habt ihr eigene Ausrüstung?«, fragte sie und öffnete die Autotür.

»Nein, aber vielleicht können wir die über dich mieten?«

Mariama setzte sich auf den Fahrersitz und ließ die Tür offen. Sie legte die Hände aufs Lenkrad, und Abbas registrierte, dass sie keine Ringe trug. Er hatte noch immer kein Wort gesagt, seit sie mit ihr ins Gespräch gekommen waren. Jetzt fand er die Situation passend: »Du hast eine Sonarausrüstung an Bord, hab ich gehört.«

Mariama zog die Sonnenbrille ein wenig nach unten und sah Abbas in die Augen.

»Wo hast du das gehört?«

»Auf der Müllhalde. Von Eddie Barrow… ein alter Freund von mir, aus längst vergangenen Tagen. Er hat dich empfohlen.«

Abbas hatte das Gefühl, dass diese Information jetzt vielleicht nützlich sein konnte. Mariama nickte und drehte den Zündschlüssel um.

»Wir legen um acht Uhr ab«, sagte sie. »Wegen der Gezeiten.«

»Das ist perfekt«, antwortete Stilton. »Sollen wir noch ausmachen, w…«

Mariama zog die Autotür zu und ließ Stiltons Satz in der Luft hängen. Sie fuhr rückwärts aus der Parklücke und rollte langsam über den Parkplatz davon.

»Übermorgen«, sagte Stilton mit einer gewissen Enttäuschung in der Stimme.

»Wenn diese Container zwanzig Jahre lang da draußen lagen, spielen ein oder zwei Tage doch jetzt auch keine Rolle mehr, oder?«

»Nein.«

Stilton blickte Mariamas Auto nach, das in Richtung Zentrum verschwand. Da fiel ihm das Fahrrad unten am Kai ein.

»Ich muss das Rad holen«, sagte er.

»Und ich bin hungrig. Es ist nicht weit bis zum City Wharf, einem Restaurant ein Stück weiter unten am Strand.«

»Klingt gut«, erwiderte Stilton und ging in Richtung Fahrrad.

Dass das City Wharf exakt das Restaurant war, in dem Mariama laut Eddie als Bedienung arbeitete, hatte Stilton völlig vergessen.

Abbas nicht.

*

Sven Bergh hatte Olivia gebeten, ihm Bescheid zu geben, wenn sie etwas über den Mann herausfanden, den sie als Whistleblower bezeichnet hatte. Auf den er sie hingewiesen hatte. Das war jetzt der Fall, und Olivia war der Meinung, sie sollte Sven darüber informieren. Er war ihr gegenüber sehr offen gewesen, und sie wollte sich dafür revanchieren.

Diesmal trafen sie sich nicht in der Operabaren oder in Svens Auto, sondern im Hauptbüro des Bergh-Konzerns in der Artillerigatan. Es war drei Uhr nachmittags, als Olivia den Lift im Erdgeschoss betrat. Der Lift passierte einige Stockwerke, auf denen sich die Türen kurz öffneten und etwas von der gedämpften Atmosphäre erahnen ließen, und erreichte schließlich das oberste Stockwerk. Sven Bergh empfing sie mit ausgestreckter Hand vor der Aufzugtür. Er hatte ein blaues Seidentuch etwas leger in seine Brusttasche gesteckt.

»Hallo. Willkommen«, begrüßte er sie.

Bis zu seinem Büro waren es nur ein paar Schritte über den weichen Teppich. Er gehörte noch immer zur Führungsetage und hatte weiterhin sein Büro im Haus. In vielerlei Hinsicht ein klassisches Direktorenzimmer, dachte Olivia, als sie eintrat. Genau die Art von schweren Möbeln, wie man sie erwartet, die Teppiche, die Ölbilder, das Ambiente. Sie streckte sich ein wenig, richtete sich auf, um nicht zu schrumpfen, und ging zu einer der Vitrinen voller Pokale und Statuetten.

»Hier war ursprünglich das Büro meines Vaters, das da ist seine kleine Sammlung«, erklärte Sven. »Wollen Sie etwas zu trinken?«

»Danke, nicht nötig.«

Olivia las die Aufschriften auf den Plaketten der Pokale, die meisten waren Auszeichnungen im Bereich Skifahren. An der Wand dahinter hing eine Urkunde. Sven erschien neben ihr und deutete darauf.

»Die hat er bekommen, als er 2005 am Vasalauf teilgenommen hat, er war damals der älteste Läufer.«

»Was für ein rüstiger alter Herr.«

»Tja, er hat beim Stockholm-Marathon mitgemacht, bis er fast neunzig war. Ich dagegen schaffe es kaum, um das Grundstück in Värmdö herumzujoggen.«

Olivia war verwundert. Sven sah aus wie das Idealbild eines trainierten Firmenchefs, der noch mit siebzig am Triathlon teilnimmt. Aber der Schein trog offenbar. Sie drehte den Kopf. Neben der Vitrine stand ein hoher Sockel mit einem ausgestopften Vogel.

»Was ist das?«

»Ein Rackelhahn, das ist eine Kreuzung zwischen Birkhuhn und Auerhahn, sehr selten, Vater hat ihn vor vielen Jahren in Lappland auf einer Jagd geschossen. Er ist steril.«

Sven lächelte fast unmerklich und wies auf einen großen, grünen Ledersessel.

»Aber nehmen Sie doch Platz. Ich habe meine Schwester gebeten dazuzukommen, Erika. Sie hat Global Environment Rescue übernommen, als Fredrik Kaldma … ja, als wir begriffen hatten, dass er vielleicht nicht zurückkommen würde. Sie leitet das Unternehmen seitdem. Ich möchte, dass sie Ihre Informationen auch bekommt, sie ist natürlich ebenfalls in hohem Maß von der Sache betroffen.«

Olivia setzte sich in den Sessel, an den Rand, um nicht völlig darin zu versinken. Sven ging zu einem Sideboard am Fenster und öffnete eine Flasche Mineralwasser.

»Sicher, dass Sie nichts …«

An dieser Stelle wurde er von der Tür unterbrochen, die aufgerissen wurde. Eine Frau mittleren Alters in einem geschmackvollen braunen Tweedkostüm trat ein und hob die Arme in Svens Richtung, merklich außer Atem. Ihre Lippen waren stark geschminkt.

»Ich bitte tausendmal um Entschuldigung! Ich war noch kurz in der Galerie Forsblom und war absolut fasziniert von einem Gemälde von Karin Broos, wir müssen unbedingt versuchen, es zu kriegen!«

Die Frau drehte sich zu Olivia um und streckte ihre Hand aus.

»Hallo! Erika Bergh.«

Olivia sprang fast aus dem Sessel, um Erikas Hand zu erreichen.

»Olivia Rönning.«

»Sven hat von Ihnen gesprochen, er ist ganz begeistert.« Erika lachte und setzte sich in den Sessel neben Olivia.

»Hab ich etwas verpasst?«, fragte sie.

»Die Ankunft«, sagte Sven und lächelte. »Aber nein, wir haben nur Vaters Pokale studiert.«

»Ja, das dauert ja einige Zeit.«

Erika sagte es mit einer Nuance von Säuerlichkeit. Sven trank einen Schluck direkt aus der Wasserflasche, lehnte sich gegen die Vitrine und blickte Olivia an.

»Sie haben Informationen über den Whistleblower?«, begann er.

»Ja, wir wissen, wer er war.«

Sowohl Sven als auch Erika waren sichtlich aufgeregt. Erika lehnte sich im Sessel nach vorn.

»Wer?«, fragte sie.

»Er war Spanier und starb am 13. November 1999. Er wurde unter einem Hotelbalkon in der Nähe von Málaga gefunden, schwer gefoltert.«

Erika schlug sich die Hand vor den Mund und sah Sven an.

»Wann haben Sie damals mit Fredrik gesprochen? Als er solche Angst hatte?«

Sven fingerte vorsichtig an seinem Seidentüchlein herum, mit kleinen, sanften Bewegungen.

»Ich weiß es nicht mehr genau«, antwortete er. »Aber es muss wenige Tage vor seinem Verschwinden gewesen sein.«

»Dann hatte er vielleicht deshalb Angst?«, sagte Erika. »Vielleicht wusste er, was mit diesem Mann passiert war, mit dem er gesprochen hatte?«

»Ja, das könnte sein.«

Erika wandte sich Olivia zu.

»Wie haben Sie herausgefunden, dass dieser Spanier der Whistleblower war?«

»Wir haben die Aufzeichnung eines Gesprächs zwischen ihm und Fredrik gefunden.«

»Und? Worum ging es dabei?«

»Darauf kann ich leider nicht näher eingehen. Ich kann nur

sagen, dass er Fredrik Dinge berichtet hat, die ziemlich brisant waren.«

Erika stand auf und begann, im Zimmer hin und her zu laufen.

»Spanier, sagten Sie?«

Olivia nickte.

»Aber dann muss es ja auf jeden Fall mit dem zu tun gehabt haben, was Fredrik damals ETG vorgeworfen hat? Diese Containergeschichte? Oder? Ein spanischer Whistleblower? Worum sollte es sonst gehen?«

Olivia wollte sich nicht weiter äußern. Sie hatte erzählt, dass sie den Whistleblower identifiziert hatten und dass er Kaldma Informationen gegeben hatte. Der Rest war vertraulich.

Sie stand auf.

»Und Sie können uns wirklich nicht verraten, was dieser Spanier zu Fredrik gesagt hat?«, wiederholte Erika.

»Nein.«

»Also, Sie müssen entschuldigen, dass ich so hartnäckig bin, aber unser Konzern wurde im Zusammenhang mit dieser Geschichte zu einem äußerst kostspieligen Vergleich gezwungen. Fredrik wurde beschuldigt, sich völlig grundlos in etwas einzumischen, aber wir wussten die ganze Zeit, dass er sich der Sache sicher war, die er ETG vorwarf. Verstehen Sie?«

»Absolut. Und ich werde Sie in dem Umfang, der mir möglich ist, über die Ermittlung auf dem Laufenden halten.«

»Danke.« Erika streckte ihre Hand aus. »Nur noch eine Frage: Kann das, was Fredrik erfahren hat, ein Motiv dafür sein, dass er umgebracht wurde?«

»Das wissen wir nicht. Aber man kann es nicht ausschließen.«

Sven machte ein paar Schritte nach vorn und hielt Olivia die Tür auf. Als sie an ihm vorbeiging, senkte er die Stimme.

»Sehen Sie Mette Olsäter manchmal?«

»Ja.«

»Grüßen Sie sie. Sie hat großen Eindruck bei mir hinterlassen.«

*

Das Restaurant City Wharf lag direkt oberhalb des Strandes, nicht sehr weit vom Hafen entfernt. Ein niedriges, weiß gekalktes Haus, umgeben von grünen Palmen. Im Haus standen einige Holztische vor einem geschwungenen Bartresen, an den Wänden hingen ein paar Bilder von Fischerbooten und eine Unmenge von bunten Tellern. Die einzige Beleuchtung war eine starke Deckenlampe ohne Schirm. Am Rand der Bar hingen handgefertigte Perlenketten in Reihen, würzige Düfte zogen durch den Raum, und auf dem Tresen stand ein schwarzer Lautsprecher, aus dem in ziemlicher Lautstärke einheimische Musik schallte. Vor allem Djembetrommeln und Bass, fast kein Gesang.

Als Abbas und Stilton eintraten, merkten sie, dass das Lokal sehr beliebt sein musste. Jeder Tisch war besetzt.

»Draußen war einer frei.« Abbas nickte zur Straße hin.

Sie setzten sich an den einzigen freien Tisch im Außenbereich und schnappten ihn ein paar jungen Leuten, die gerade ankamen, direkt vor der Nase weg.

»Schön«, sagte Stilton.

»Dass wir einen Tisch gekriegt haben?«

»Dass wir draußen sitzen. Hier ist wenigstens ein kleiner Luftzug.«

Eine leichte Meeresbrise war aufgezogen und verschaffte dem schwitzenden Schweden etwas Kühlung. Stilton war selbst etwas verwundert über seine heftige Reaktion auf die hiesigen

Temperaturen. Er hatte immerhin fast ein Jahr in Südthailand verbracht, doch das hier war eine andere Art von Hitze, fand er. Anstrengender. Sie trieb ihm den Schweiß auf eine Art aus den Poren, wie er es aus Mae Phim nicht kannte. Unter den Armen war er völlig durchnässt, obwohl er sich ein dünnes weißes Shirt gekauft und direkt angezogen hatte. Abbas trug einen grauen, maßgeschneiderten Anzug und cognacfarbene Loafer.

Sie waren in vielerlei Hinsicht verschieden.

»Hier ist die Speisekarte.«

Abbas reichte Stilton ein Stück Papier.

»Hast du sie schon angeschaut?«

»Ja.«

»Was gibt es?«

»Dies und das.«

Stilton studierte, was darauf aufgelistet war. Die Karte war nicht auf Touristen ausgelegt, aber ein paar Gerichte konnte er identifizieren. Chicken Yassa zum Beispiel, das musste ja in irgendeiner Form Hühnchen sein. Grilled Barracuda verstand er auch, aber es reizte ihn nicht.

»Ich nehme das Hühnchen«, sagte er. »Und du?«

»Shawarma.«

»Und was ist das?«

»Kebab.«

»Warum schreiben sie es dann nicht?«

»Wir sind in Gambia. Bier?«

»Unbedingt.«

Abbas stand auf, um zum Bestellen hineinzugehen, aber er hatte sich kaum aus dem Stuhl erhoben, als eine Kellnerin auftauchte. Mariama. Beinahe genauso gekleidet wie vorhin auf dem Parkplatz, abgesehen von einer roten Schürze um die Taille.

»Hallo?«, sagte Abbas und versuchte, erstaunt auszusehen.

»Wollt ihr bestellen?«

»Gern«, antwortete Stilton, während Abbas sich wieder setzte. »Ein Hühnchen und ein Kebab.«

»Shawarma«, korrigierte ihn Abbas und lächelte Mariama an. »Du arbeitest also hier?«

»Ja.«

»Was ist das für ein Hühnchen?«, fragte Stilton, als wäre es völlig selbstverständlich für ihn, dass Mariama hier als Kellnerin vor ihm stand.

»Es ist mit Zwiebeln, Limetten, Knoblauch und Chili mariniert«, erklärte Mariama. »Dazu Reis. Scharf.«

»Klingt gut. Und ein großes Bier, bitte.«

Mariama nickte und sah Abbas an.

»Willst du was zu trinken?«

»Kannst du was empfehlen?«

»Bier.«

»Okay … dann nehme ich das. Viel los hier?«

Mariama lächelte und ging ins Lokal zurück. Abbas blickte ihr nach, und Stilton registrierte es. Unerwartet, dachte er. Abbas offenbart sich sonst nie auf diese Art, er ist die reinste Muschel.

Meistens.

»Was hältst du von ihr?«, fragte Stilton, um Abbas ein bisschen auf den Zahn zu fühlen.

»Mariama? Ich glaube, sie weiß, was sie tut. Wieso?«

»Glaubst du, sie hat uns die Geschichte von dem versenkten deutschen Handelsschiff abgenommen?«

»Keine Sekunde«, meinte Abbas.

»Aber Eddie ist der Ansicht, sie ist verlässlich.«

»Dann stimmt es auch.«

»Und hübsch, hat er noch gesagt.«

»Ja.«

Die beiden sahen sich an. Es vergingen ein paar wortlose Sekunden, bis Stilton lächelte. Wenn es jemanden auf dieser Welt gab, dem er das gönnte, was er hier ahnte, dann war es Abbas.

»Das wird gut«, sagte er.

Abbas wusste nicht recht, worauf Tom sich bezog. Hoffentlich auf das Abenteuer draußen auf dem Atlantik, mit dem Rest hatte Tom nichts zu schaffen.

Sie bekamen ihr Bier, und es war schon fast leer, als Mariama die Teller vor sie hinstellte. Abbas versuchte, ein wenig Kontakt zu ihr aufzunehmen, aber andere Gäste kamen dazwischen. Das Restaurant war, wie gesagt, voll besetzt.

Sie aßen und stellten fest, dass es gut war.

»Und scharf«, bemerkte Stilton.

Er spürte, wie es im Mund und im Magen brannte.

»Noch ein Bier?«, schlug Abbas vor.

»Für mich ist es genug, langer Tag … ich bin ziemlich fertig.«

Stilton stand auf, und Abbas blieb sitzen.

»Ich zahle das dann mit der Karte«, sagte Abbas.

»Gut.«

»Du kannst gern schon vorgehen, ich brauche noch ein Bier.«

Ein neuerlicher Blickwechsel zwischen den Männern, diesmal kürzer, dann ein leichtes Nicken von Stilton. Er schob seinen Stuhl an den Tisch, warf einen Blick ins Innere des Restaurants und machte sich auf den Weg in Richtung Hotel. Er musste noch einmal duschen.

Und nachdenken.

Früher oder später würden sie Mariama erzählen müssen, worum es bei ihrer Bootstour eigentlich ging. Besonders, wenn sie fanden, worauf sie hofften. Dann war es wirklich wichtig, dass sie so verlässlich war, wie Eddie behauptet hatte.

Und vielleicht auch hart, falls die Situation brenzlig werden sollte.

Auf dem kurzen, im Dunkeln liegenden Weg zurück zum Hotel wurde Stilton von einer Traube Bumster umringt, junge Gambier, die davon lebten, Touristen bei all dem zu helfen, von dem sie nicht wussten, dass sie dabei Hilfe brauchten. Für ein geringes Entgelt. Stilton versuchte zu erklären, dass er keinen akuten Bedarf an Hilfe hatte, weder mit einer Wegbeschreibung noch mit Nachtclubs oder Frauen, die gut darin waren, Männer glücklich zu machen. Auch nicht mit stimulierenden Präparaten. Er kam wunderbar allein zurecht. Die Art, in der er das sagte, ließ die meisten Bumster aufgeben, aber einer heftete sich weiter an seine Fersen. Ein junger Mann mit ein paar Narben über der einen Wange und einer Windjacke am Oberkörper.

»Wie lange bleibst du?«, fragte er einen halben Meter hinter Stilton.

Der weiterging, ohne zu antworten.

»Es kann sehr gut sein, hier Kontakte zu haben«, fuhr der Bursche fort und holte Stilton ein.

»Vor allem, wenn man meint, dass man sie nicht braucht.«

Ein merkwürdiger Satz, der Stilton dazu brachte, seine Schritte zu verlangsamen und den jungen Mann anzusehen.

»Was meinst du damit?«

»Dass das hier ein dunkler Ort ist.«

»Banjul?«

»Einige Leute verschwinden hier.«

Stilton setzte sich wieder in Bewegung. Es war nicht mehr

weit bis zum Hotel. Der Halbstarke ging an seiner Seite, still. Als das Licht des Rezeptionshäuschens sichtbar wurde, berührte er leicht Stiltons Arm.

»Was ist?«, fragte Stilton.

»Hier.« Der Bursche hielt ihm einen Zettel hin.

»Was ist das?«

»Falls du verloren gehst.«

Der junge Mann machte kehrt und verschwand in der Dunkelheit. Stilton blickte auf den Zettel. »Sayomo« stand darauf. Er knüllte den Zettel zusammen und warf ihn in einen Busch.

Abbas hatte noch ein Bier bekommen, allein am Tisch, ein Bier, an dem er so lange nuckelte, dass nur noch ein weiteres nötig war, bis das Restaurant schloss. Kurz nach Mitternacht. Er hatte Mariama kaum gesehen, er saß ja draußen. Als er merkte, dass die große Lampe im Restaurant ausgeschaltet wurde, trank er sein Glas aus und blickte zum Meer hinüber. Es war eine sternklare Nacht, und die kompakte Dunkelheit ließ den Himmel besonders eindrucksvoll funkeln. In diesem Augenblick sah er eine blitzende Sternschnuppe zum dunklen Wasser hinabfallen und verglühen. Ein schöner und gleichzeitig trostloser Anblick, bei dem er fühlte, wie klein er war.

»Du bist noch da?«

Mariama hatte die rote Schürze abgenommen und ihre Dreadlocks in eine graue Strickmütze gehüllt.

»Ja«, antwortete Abbas. »Es ist der Wahnsinn, hier zu sitzen und aufs Meer zu schauen.«

»Wie war dein Shawarma?«

»Gut.«

Mariama zog Stiltons Stuhl heraus und setzte sich an den Tisch. Für Abbas war das ganz natürlich, als hätte er nur darauf gewartet. Warum, wusste er nicht. Er sah Mariama an, und sie sah ihn an. Ein paar Jugendliche auf Mopeds donnerten vorbei, dann wurde es still.

»Du hast in Venedig einen Typen niedergestochen«, sagte Mariama.

»Einen Faschisten … er hat Leute wie uns gehasst, Leute, die nicht hellhäutig genug waren.«

Mariama hatte natürlich mit Eddie gesprochen und sich nach Abbas erkundigt, und er hatte von Abbas' Vergangenheit erzählt. Die unter anderem einen Totschlag an der Rialtobrücke umfasste.

»Hast du schon viele getötet?«

»Nein. Du?«

»Ich bin Kellnerin.«

Abbas lächelte und drehte ein bisschen an seinem leeren Glas. Mariamas Hände lagen in ihrem Schoß.

»Dein Vater wurde zu Tode gefoltert, hat Eddie gesagt.«

»Ja. Wir haben die Leiche nie zu sehen bekommen, sie hatten den Kopf mit Sandsäcken zertrümmert.«

»Die Welt ist widerlich.«

»Nein, die Welt ist gut. Wir Menschen sind widerlich … Bist du verheiratet?«

»Nein.«

Abbas blickte wieder aufs Meer hinaus, und Mariama wartete ab. Sie registrierte, dass Abbas nicht schwitzte, anders als die meisten Ausländer, die hierherkamen. Sie registrierte auch, dass seine Hände sich eine Spur zusammenzogen, bevor er sagte: »Vor ein paar Jahren wurde meine große Liebe von einem Pornodarsteller in Marseille ermordet und zerstückelt. Sie hieß Samira.«

Abbas wandte sich wieder Mariama zu. Sie hatte eine Hand

auf den Tisch gelegt. Ihre Nägel waren rot und kurz geschnitten.

»Was ist mit dem Mann passiert?«, fragte sie.

»Ich hab ihn gefunden.«

Abbas streckte seine Hand aus und legte sie auf Mariamas. Sie ließ es zu.

»Woher kommst du?«, wollte sie wissen. »Ursprünglich?«

»Marseille. Aber ganz früher Marokko. Und du?«

»Aus dem Volk der Mandinka.«

Sie saßen weiter am Tisch, lange, redeten, schwiegen, sahen sich den schönen Sternenhimmel an. Schließlich brach Mariama das Schweigen.

»Sollen wir zum Wasser runtergehen?«

Sie bogen ein paar Palmenblätter beiseite und traten auf den Strand hinaus. Mariama hatte im Restaurant eine Decke und eine Flasche Rum besorgt. Abbas zog sich die Schuhe aus und spürte, wie warm der Sand war, trotz der späten Stunde. Mariama breitete die Decke aus, und sie setzten sich. Der helle, starke Mondschein hüllte den Strand in ein blaues Licht und schuf unscharfe Schatten um ihre Körper. Das Meer rollte mit weichen Wellen herein, fast kein Schaum floss auf den Sand hinaus. Mariama reichte Abbas ein kleines Plastikglas hinüber und füllte es. Als sie ihr eigenes gefüllt hatte, sahen sie einander an und tranken einen Schluck. Weicher, warmer Rum. Mariama zog ihre graue Mütze vom Kopf und schüttelte ihre Dreadlocks über die Schultern hinunter. Abbas betrachtete ihr scharfes Profil, ihre breiten, ungeschminkten Lippen. Mariama warf einen schnellen Blick zu ihm hinüber. Er fühlte sich nicht ertappt.

»Ihr wollt nicht nach einem alten Wrack suchen, oder?«, sagte sie.

»Nein.«

»Worum geht es dann?«

»Das soll Tom erzählen, wenn er will. Er hat die Verantwortung für die Sache.«

»Ist er Polizist?«

»Gewesen.«

»Das merkt man.«

»Woran denn?«

»An seinem Blick, wie er einen durchbohrt … du hast einen völlig anderen Blick.«

Mariama leerte ihr kleines Plastikglas, und Abbas leerte seines. Wenn beide aufs Meer hinausgeschaut hätten, hätten sie eine neue Sternschnuppe gesehen, die durch die Dunkelheit in Richtung Wasser schoss, aber das taten sie nicht. Mariama legte sich auf den Rücken, die Arme unter dem Kopf verschränkt, und Abbas beugte sich zu ihr hinunter.

»Küss mich«, sagte sie.

Und Abbas küsste sie.

In den Städten kamen die Gebetsrufe der Moscheen, die gläubige Muslime zu bestimmten Uhrzeiten zum Gebet aufforderten, vom Tonband. Für Nicht-Muslime wie Stilton waren es Weckrufe zu einem nicht selbstgewählten Zeitpunkt.

Häufig sehr früh, wie an diesem Morgen.

Es dauerte ein paar Augenblicke, bis Stilton begriff, wo er sich befand und was ihn geweckt hatte: das wenige hundert Meter entfernte Minarett.

Er drehte sich herum und versuchte, wieder einzuschlafen, doch das funktionierte nicht. Die Gebetsrufe waren nicht das Problem, denn die verhallten nach drei, vier Minuten. Aber die kleinen Krabbeltiere, die ihn ins Gesicht stachen, blieben. »Motomoto«, hatte die Frau an der Rezeption am Abend vorher erklärt, als sie sah, wie er sich auf die Wange schlug. Nach ein paar neuen Stichen warf Stilton die Decke von sich, um nachzusehen, ob Abbas auch so schlimm attackiert wurde.

Wurde er nicht.

Er war nicht einmal da.

Sein Bett stand noch genauso unberührt da wie gestern, als Stilton sich schlafen gelegt hatte. Stilton ließ den Kopf sinken. Muss das sein?, fragte er sich, dachte im nächsten Moment aber schon, dass es vielleicht ganz gut war. Es konnte den Auftrag draußen auf dem Meer ein wenig geschmeidiger machen, wenn Abbas diese Art von Beziehung zu Mariama pflegte. Er sah auf die Uhr. Halb neun. Mariama wollte um acht Uhr wieder mit ihrem Touristenboot rausfahren, also hätte Abbas inzwischen eigentlich wieder zurück sein müssen. Er zog sein Handy raus und rief ihn an.

»Einen wunderschönen guten Morgen, wo bist du?«

»Auf dem Meer.«

»Mit Mariama?«

»Ja. Ich dachte, ich könnte gleich mal checken, was für Ausrüstung sie so an Bord hat, Taucheranzüge und Sauerstoffflaschen, du weißt schon.«

»Und wie sieht es damit aus?«

»Gut. Nicht das Allerneueste, aber anständige Taucheranzüge, ich habe einen ausprobiert. Die technische Ausrüstung ist perfekt, das wird kein Problem sein. Und du? Grade aufgewacht?«

»Ja. Wann treffen wir uns?«

»Ich denke, um sechs Uhr müssten wir zurück sein. Da könntest du doch zum Hafen kommen.«

»Okay.«

Stilton ließ das Handy sinken und schlug eine Reihe Hautmarodeure auf seiner Wange tot. Was zum Teufel sollte er bis sechs Uhr abends tun? Bei dieser Hitze?

*

Mette saß allein in der Küche, und der Schweiß stand ihr auf der Oberlippe. Sie hatte erkannt, dass sie einen Fehler gemacht hatte. Einen großen Fehler. Das geschah nicht sonderlich oft, ihrer Ansicht nach so gut wie nie. Aber jetzt war es passiert. Der Anruf bei der ETG in Madrid. Da hatte sie nach dem Schiff gefragt, der *Midas*, und dazu noch, welcher Kapitän das Schiff am 22. April 1999, als es San Sebastian verließ, unter seinem Kommando gehabt hatte. Das war vorschnell und unüberlegt gewesen. Ungefähr so, als würde man hinausschreien: Wir sind den verklappten Containern auf der Spur! Wenn es denn so war, dass sie ins Meer geworfen wurden. Wenn nicht, war das alles kein Problem, aber das konnte sie nicht sicher wissen. Im umgekehrten Fall brannte jetzt die Hütte. Dann hatte sie Tom und Abbas dort in Banjul möglicherweise so richtig Probleme bereitet.

Ernsthafte Probleme.

Sie hatte Angst, als sie nach dem Handy griff.

Stilton saß zu diesem Zeitpunkt gerade vor einem Lokal unten am Barra Ferry Terminal, dem Pier, an dem die Fähren von Barra auf der anderen Seite des Flusses anlegten. Ein kühler, angenehmer Wind zog vom Meer herein und machte den Aufenthalt dort erträglich. Er hatte eine kalte Cola in der Hand und beobachtete die von dem übervollen Fährschiff strömenden Massen. Hunderte von Menschen, die mit Taschen, Tüten, Schubkarren und Paketen auf den Köpfen auf den Anleger quollen. Geschrei und Gelächter waren zu hören, und Rufe in Sprachen, die Stilton nicht erkannte. Er fasste sich ein wenig an den Bauch und nahm einen Schluck von der Cola.

Da klingelte das Handy.

»Hallo, hier ist Mette. Wie läuft's?«

»Ich habe Durchfall.«

»Sonst noch Probleme?«

»Danke. Was willst du?«

Mette brauchte nicht lange, um ihr Anliegen zu erklären und ihm deutlich zu machen, wie unglaublich ungeschickt sie gewesen war. Stilton pflichtete ihr bei. Der Anruf bei der ETG war keine gute Idee gewesen. Zwar hatte Mette dadurch die Angaben des Whistleblowers über die *Midas* bestätigt bekommen, doch die Folgefrage nach Kapitän und Datum war ein Fehler gewesen.

»Es tut mir furchtbar leid«, sagte Mette. »Im schlimmsten Fall haben die da unten Leute, die jetzt gewarnt sind und euch Probleme bereiten können.«

»Ja. Vielleicht haben sie aber auch keine Leute hier. Bisher ist alles ruhig. Wir fahren morgen früh raus und checken das Ganze mal, wir haben ein gutes Boot gefunden.«

»Okay. Seid vorsichtig.«

»Weißt du doch.«

»Hast du Imodium dabei?«

»Was ist das?«

»Tabletten gegen die Touristenkrankheit.«

»Grüß Mårten und Olivia.«

Stilton drückte das Gespräch weg und nahm noch einen Schluck. Eine Frau mit einer Schubkarre voller Früchte kam vorbei, sie lächelte ihm zu und zeigte auf eine Papaya.

»Wollen Sie kaufen?«

»Nein, vielen Dank.«

Die Frau zog weiter, und Stilton dachte an das Gespräch mit Mette und an die ETG. Ob die Leute hier in Banjul hatten? Dann wurde plötzlich ein anderes Problem drängender, und er schoss vom Stuhl hoch und verschwand in der Bar.

*

Mette war auf dem Weg aus der Tür hinaus. Sie brauchte einen Spaziergang, der Fersensporn war verschwunden, ohne dass sie sich weiter darum gekümmert hätte, und sie hatte das Bedürfnis nach frischer Luft. Das Gespräch mit Tom war erledigt, er war gewarnt, mehr konnte sie von hier aus nicht tun. Wenn Tom und Abbas unterwegs waren, machte sie sich immer am wenigsten Sorgen, denn sie kannte die Fähigkeiten der beiden.

Auch wenn sie auf zu detaillierte Berichte über deren Vorhaben und Aktivitäten ganz gerne verzichtete. In der Regel kriegten die zwei die Sache gut hin. Diesmal lagen die Dinge ein wenig anders. Sie selbst hatte ihren Auftrag in Gefahr gebracht, und das fühlte sich gar nicht gut an. Deshalb musste sie jetzt raus und sich ein wenig Bewegung verschaffen.

Das war der eine Grund, der andere war Mårten.

Er hatte den halben Tag am Küchentisch gesessen und war diverse Angebote durchgegangen. Die alte Holzvilla musste trockengelegt werden, in den Keller drang immer mehr Feuchtigkeit ein, und außerdem musste das Dach neu gedeckt werden.

»Und dann werden wir bald auch die komplette Fassade streichen lassen müssen«, hatte er gesagt.

Zusammengenommen ungeheure Kosten, mit denen sie sich nicht befassen wollte. Sie versuchte, sich auf diesem Ohr taub zu stellen und über andere Themen zu reden, aber Mårten blieb hartnäckig.

»Wir müssen der Frage ins Auge blicken«, sagte er. »Können wir uns das Haus weiterhin leisten?«

»Was willst du damit sagen? Sollen wir es verkaufen?«

»Früher oder später, und das weißt du. Es ist ein riesiges Haus, und jetzt wohnen nur noch wir beide hier.«

Mette wusste, dass Mårten recht hatte. Das Haus war perfekt gewesen, als es von Kindern und Enkeln darin wimmelte, zeitweise war hier ein großes, wunderbares Familienkollektiv daheim gewesen, doch diese Zeit war vorbei. Seit schließlich auch ihre Tochter Jolene eine eigene Wohnung bezogen hatte, waren nur noch sie und ihr alt gewordener Mann übrig. Und sie konnte nicht von ihm verlangen, dass er permanent all die handwerklichen Arbeiten erledigte, die zum Unterhalt des Hauses gehörten.

Trotzdem.

Das Haus verkaufen?

Sie schlug die Tür hinter sich zu und nahm Kurs aufs Gartentor.

*

Für den rastlosen Stilton wurde es ein langer Nachmittag. Er lief herum, schlängelte sich zwischen Autos, Eseln und vollbeladenen Pferdekarren hindurch und wollte doch am liebsten gleich seinen Auftrag hinter sich bringen. Es juckte ihn am ganzen Körper. Zwar war es seine Idee gewesen hierherzureisen, durchaus, aber er wollte die Sache aus der Welt schaffen und dann zurück zu Luna fahren und alles ins Reine bringen. Er hatte sie mehrmals angerufen und ihr Nachrichten geschickt, doch sie hatte nicht reagiert. Das musste nichts bedeuten, denn in Mae Phim war oft schlechter Empfang. Aber dennoch.

Fernbeziehung?

Was meinte sie damit?

Sie war diejenige gewesen, die im Retreat hatte bleiben wollen, und so war er auch geblieben. Länger als er eigentlich gewollt hatte, in seinem tiefsten Innern. Es war ihm dort gut gegangen, und er hatte mit einigem in sich Frieden geschlossen, doch die Rastlosigkeit hatte bereits eingesetzt, lange bevor Mette anrief und von Olivia berichtete. Das war letztendlich nur eine Ausrede gewesen, Thailand zu verlassen, das wurde ihm jetzt klar. Als er aufbrach, hatte er noch nicht so gedacht. *Ich weiß nicht… ich weiß nicht so richtig, wo du bist, du bist nicht hier, das ist mir klar, aber als du hier warst, warst du trotzdem nicht hier.* Lunas Stimme klang in seinem Innern nach, und es tat weh.

Er blieb beim Albert Market stehen, einem weitläufigen Handelsplatz im Zentrum von Banjul. Myriaden von Düften schlugen ihm entgegen, massenhaft Menschen drängten sich in den engen Gassen, die von Ständen gesäumt waren. Hier wurde alles verkauft, was er mit diesem Kontinent verband. Holzskulpturen, Masken, Perlenschmuck, farbenfrohe Batikstoffe, Kräuter, Gemüse, Obst und Piratenobjekte. Der Markt hatte sich den Touristen angepasst, war aber gleichzeitig auch voller Einheimischer auf der Suche nach Schnäppchen. Er selbst verspürte kein Verlangen, sich in das Gewühl zu stürzen.

»Sir.«

Stilton spürte eine Hand auf seinem Arm und drehte sich um. Die Hand gehörte einem jüngeren, uniformierten Mann. Hinter ihm standen zwei weitere Männer desselben Berufsstandes. Polizisten.

»Ja?«, erwiderte Stilton.

»Wir möchten mit Ihnen sprechen.«

»Warum?«

Der Mann machte eine Geste zur Straße hin. Stilton erwog, Widerstand zu leisten. Keine günstige Konstellation dafür. Also gab er nach und entfernte sich mit dem Polizisten ein Stück vom Markt. Dort stand ein großer schwarzer Einsatzwagen, verbeult und staubig, mit einem kleinen, vergitterten Fenster in der rückwärtigen Tür. Der Polizist an seiner Seite trat vor und öffnete die Tür.

»Steigen Sie ein«, sagte er.

»Warum sollte ich das tun?«

»Weil ich es sage.«

Stilton sah den jungen Polizisten an. Er war ungefähr so alt, wie Stilton gewesen war, als er vor einem Reihenhaus einen Menschen erschossen hatte. Im Dienst. Doch das half ihm jetzt nicht weiter. Er schaute durch die Türöffnung in den Wagen und sah einen älteren Mann auf einer Wandpritsche sitzen. Der Mann winkte leicht mit der einen Hand. Stilton stieg ein, und die Tür schlug hinter ihm zu.

»Bitte, setzen Sie sich.«

Der Mann deutete auf die Pritsche ihm gegenüber. Stilton ließ sich nieder und bemerkte die auf dem Boden festgeschweißten Fußfesseln.

»Warum sitze ich hier?«, fragte Stilton.

»Das können Sie sich nicht denken?«

»Nein.«

Der Wagen fuhr mit einem leichten Ruck an. Der Mann zog ein kleines schwarzes Buch aus einer Jacketttasche. Er war in Zivil, Jackett und Hosen dunkelgrün, unter den Hosenbeinen schaute ein Paar gut geputzter Lederschuhe heraus. Stilton bemerkte, dass er ein wenig vornübergebeugt saß, als hätte er einen krummen Rücken oder einen leichten Buckel unter dem Jackett.

Der Mann klappte sein Büchlein auf und las eine Weile darin. Stilton fragte sich, wohin der Wagen wohl fuhr. In seinem Kopf hatte er schon eine ganze Reihe von Szenarien durchgespielt, denkbare Erklärungen dafür, worum es hier ging, wartete aber, bis der Bucklige gegenüber sich regte.

»Tom Stilton«, sagte der Mann und sah von seinem Buch auf.

»Ja.«

»Schwede.«

»Ja.«

Informationen, die vom Hotel stammen müssen, dachte Stilton. Oder von der Fluglinie, doch das war ein bisschen weit hergeholt. Er merkte, wie ihm langsam die Geduld ausging.

»Können Sie mir mal erklären, warum ich hiersitze?«, fragte er.

»Wir suchen nach einem Drogenhändler, der hier in Banjul aufgetaucht ist«, antwortete der Mann. »Ein Ausländer.«

»Und das soll ich sein?«

»Sie sind Ausländer.«

»Nicht alle Ausländer sind Drogenhändler.«

»Aber alle Drogenhändler sind Ausländer, im Großen und Ganzen. Verstehen wir uns?«, fragte der Mann und lächelte zum ersten Mal.

»Haben Sie eine Personenbeschreibung von dem Typen, nach dem Sie suchen?«, erkundigte sich Stilton.

»Durchaus. Er sieht aus wie Sie.«

»Weiß, groß und Ausländer.«

»So ungefähr. Ihr Pass?«, fragte der Mann.

»Ist im Hotel.«

»Wohnen Sie allein da?«

»Nein.«

»Mit Ihrer Frau?«

»Nein.«

»Mit einem Freund?«

»Ja.«

Der Mann betrachtete Stilton.

»Sie wirken nervös«, sagte er.

»Tatsächlich?«

»Sie winden sich die ganze Zeit.«

»Ich habe Probleme mit dem Magen.«

Der Mann versuchte, sich aufzurichten, aber der Rücken spielte nicht mit. »Was haben Sie und Ihr Freund gestern auf der Müllkippe gemacht?«, fragte er.

Woher zum Teufel wusste er das? Hatte Eddie sie verpfiffen? Wohl kaum. Stilton beugte sich zu dem Mann vor.

»Mein Freund und ich fahren herum und versuchen, uns ein

Bild davon zu machen, welche Umweltprobleme der Müll der Industrienationen in der Dritten Welt verursacht. Unter anderem hier, in Bakoteh. Das ist wirklich erschreckend.«

Einige Augenblicke blieb es still. Der bucklige Mann klappte langsam sein Buch zu und sah Stilton an.

»Banjul kann ein gefährlicher Ort sein«, sagte er. »Für einige. Manch einer geht hier verloren.«

Wie ein Echo dieses aufdringlichen Bumsters, dachte Stilton. Hatten die das hier als Slogan? »Die Stadt, in der du verloren gehst«? Der Mann beugte sich zur Seite und klopfte an die Scheibe zum Fahrer. Der Wagen hielt mit einem Ruck an. Kurz darauf wurde die Hintertür aufgerissen, und der Mann gegenüber von Stilton machte eine Geste zur Straße hin.

»Wir finden Sie, wenn wir das wollen«, sagte er und lächelte wieder.

Stilton stieg aus dem Einsatzwagen, schlug die Tür zu und sah sich um. Der beißende Rauch zog ihm in den Hals, noch ehe er erkannte, wo er war.

Am Rand von Bakoteh. Bei der Müllhalde.

Er bekam einen heftigen Hustenanfall.

*

Pekka hatte Lisa und Olivia in der Bar in Arjeplog ein Foto von Nanna Ruong gezeigt, und beide waren erstaunt gewesen, denn sie hatten bis zu diesem Zeitpunkt nicht gewusst, dass dort oben noch Verwandte von Kaldma lebten. Das wollten sie nun weiterverfolgen. Lisa fand ohne Probleme eine Telefonnummer von Nanna, ein Festnetzanschluss in Harrok. Allerdings ging niemand ran. Olivia und sie probierten es abwechselnd mehrmals im Laufe des Tages, doch ohne Erfolg.

Schließlich rief Olivia Pekka an und erklärte ihm die Situation.

»Sie hebt nicht ab«, sagte Olivia.

»Nein, sie ist manchmal schwer zu erreichen, sie hat kein Handy, und um diese Zeit ist draußen im Fjäll viel zu tun. Warum willst du sie denn sprechen?«

»Ich bin nur ganz allgemein neugierig, sie ist die einzige Überlebende aus Kaldmas samischer Verwandtschaft und wohnt in dem Gebiet, wo er gefunden wurde. Mehr nicht.«

Was die Wahrheit war.

Olivia legte das Handy auf den Tisch und sah Lisa an. Es war lange her, dass sie nur zu zweit ein Bier trinken gewesen waren. Während dieser Ermittlung war eine Distanz zwischen ihnen entstanden. Die würden sie bestimmt wieder überbrücken können, aber trotzdem. Oder war Olivias Beziehung zu Lukas die Ursache? Dann würde es vermutlich schwieriger werden.

»Ich geh nach Hause«, kündigte Olivia an und erhob sich.

»Nach Hause oder zu Lukas?«

Es würde schwieriger werden.

*

Olivia ließ sich auf Lukas' Wohnzimmersofa sinken. Einen ganzen Abend würden sie heute für sich allein haben. Das konnten sie beide gebrauchen. Der Duft von frischem Popcorn zog aus der Küche ins Zimmer. Lukas bereitete einen Filmabend vor. Olivia zog die Beine hoch, legte den Kopf zurück und schloss die Augen. Da gab das Handy Laut. Unwillkürlich zuckte sie zusammen. War sie eingeschlafen? Innerhalb von zwei Sekunden? Sie griff nach dem Handy. SMS von Stilton. Sein täglicher Rapport: *Kleineres Gerangel mit der Polizei, ansonsten ruhig. Tauchausflug für morgen geplant.* Nicht mehr und nicht weniger. Aber sie kannte Tom. »Kleineres Gerangel« war wahrscheinlich die Untertreibung des Tages, aber es ging ihnen zumindest gut, und das war beruhigend. Sie schrieb zurück: *Gut. Und vermeide größeres Gerangel. Das zehrt so an einem :-)*

Sie legte das Telefon weg und dachte über das nach, was Stilton und Abbas da unten vorhatten. Eigentlich nicht übermäßig gefährlich. Sie würden versuchen, die Container zu lokalisieren, und wenn ihnen das gelang, würde die Information an die Behörden weitergeleitet werden. Was konnte da schon schiefgehen?

»Hallo? Wo bist du?«

Lukas stand vor ihr und schnippte mit den Fingern.

»Nur mal kurz in Gambia«, antwortete sie.

Er stellte eine Schale mit Popcorn auf den Tisch.

»Willst du ein Bier oder so eine Zitronenlimonade?«, fragte er und ging wieder zur Küche.

»Limonade«, antwortete sie.

Sie sah ihm nach.

»Übrigens sind die mit den Balkons jetzt fertig«, sagte sie.

Lukas kehrte mit einer Flasche Limonade in der Hand zurück.

»Ach ja?«

»Das heißt, ich werde zum Monatswechsel wohl wieder zurück in meine Wohnung ziehen.«

Lukas setzte sich neben sie aufs Sofa.

»Warum denn?«

»So hatten wir es doch vereinbart.«

»Ja, schon, aber es ist doch eigentlich unnötig, dass wir zwei Mieten zahlen.«

»Was wäre denn die Alternative? Meinst du, dass ich meine Wohnung vermieten soll?«

»Zum Beispiel. Das hat doch gut funktioniert hier, oder?«, fragte Lukas.

»Ja klar, aber das hier ist doch deine Wohnung. Ich möchte ja auch in meinen eigenen Sachen wohnen.«

»Das ist doch kein Problem. Hol einfach her, was du brauchst«

Mit einem Mal fühlte sich Olivia gedrängt. Sie war so gern mit Lukas zusammen, fand aber, dass nicht selbstverständlich sie diejenige sein musste, die umzog. Auch wenn ihr klar war, dass ihre Wohnung zu klein für sie beide wäre. Und tatsächlich verspürte sie jetzt manchmal sogar das Bedürfnis, für sich allein zu sein. Ganz allein. Zu Hause bei sich. Die letzte Zeit war so ereignisreich und intensiv gewesen.

»Ich weiß nicht, Lukas«, sagte sie. »Du musst doch hin und wieder auch ungestört arbeiten können, und …«

»Das ist kein Problem für mich«, unterbrach er sie. »Ich wünsche mir nichts mehr, als dass du hier wohnst.«

Olivia bereute, das Thema angesprochen zu haben. Sie war zu erschöpft, um zu diskutieren und Entscheidungen zu treffen. Zu erschöpft, um ihr Bedürfnis nach Alleinsein zu erklären, ohne dass er sie missverstehen würde. Sie war ganz einfach zu erschöpft für alles, außer möglicherweise auf dem Sofa zu liegen und einen Film zu sehen. So, wie es der ursprüngliche Plan gewesen war. Lukas' Handy rettete sie. Er nahm es und las. Sie sah ihn an. Versuchte, seine Miene zu deuten. Dieser Reflex, dass irgendwas nicht stimmte, wenn sein Handy sich meldete, steckte ihr noch in den Knochen.

»Ist sie das? Sara? Hat sie deine neue Nummer rausgekriegt?«

Er antwortete nicht, sondern ließ das Handy sinken und sah sie an. Sein Gesichtsausdruck war vollkommen neutral.

»Was ist denn? Jetzt sag schon!«

Langsam zogen sich Lukas' Mundwinkel hoch, bis das Lächeln die Augen erreichte, die jetzt zu strahlen begannen.

»Das war eine Galerie in Kopenhagen. Sie wollen, dass ich da eine Soloausstellung mache! Sie wollen, dass ich nächste Woche komme und mir die Räume ansehe. Verstehst du? Wie krass!«

Mit dieser glücklichen Nachricht war das Gespräch über mögliche Umzüge hierhin oder dorthin vom Tisch.

Für diesmal.

*

Endlich.

Stilton saß nun schon fast eine Stunde an die Wand einer Lagerhalle gelehnt. Um sechs Uhr wollten sie eigentlich reinkommen, jetzt war es fast sieben. Er sah Mariamas Boot auf den Kai zugleiten und anlegen. Der Erste, der an Land ging, war Abbas. Mit Sonnenbrille. Die Sonne war vor einer Stunde untergegangen, wahrscheinlich hatte die Brille andere Gründe. Stilton blieb an der Wand sitzen. Es dauerte ein paar Minuten, bis Abbas ihn entdeckte. Ein kurzes Nicken, dann half er Mariama dabei, die Styroporkiste über die Reling zu hieven. Als die Fischkäufer sich um die Kiste versammelten, kam Abbas zu Stilton.

»Hallo«, sagte er, »es hat ein bisschen länger gedauert, sorry.«

»Hattet ihr einen schönen Abend gestern?«

Abbas nahm die Sonnenbrille ab und sah Stilton an.

»Wir können ihr vertrauen«, sagte er. »Ich denke, du kannst ihr erzählen, worum es uns eigentlich geht.«

»Gut.«

Stilton stand auf.

»Und was hast du heute so gemacht?«, fragte Abbas und drehte sich gleichzeitig zum Boot um. Stiltons Antwort schien ihn nicht zu interessieren.

»Mette hat angerufen.«

»Ach ja? Was wollte sie?«

»Sie macht sich Sorgen, weil …«

»Abbas!«, rief Mariama. Sie winkte ihn herbei.

Er machte auf dem Absatz kehrt und eilte zum Boot. Stilton blieb zurück. Die Fischkäufer gingen über den Kai davon, und Mariama begann, das Boot abzuspritzen. Abbas hatte sich eine Scheuerbürste gegriffen und fing nun an, Fischschuppen von den Sitzen zu schrubben. Stilton schaute über den Hafen. Zum Meer hinaus. Zum Horizont. In diesem Moment fühlte er sich einsam. Es war, wie Mårten gesagt hatte: Er irrte herum. Er hustete etwas Müllhalde aus dem Hals und ging zum Boot.

»Wir haben überlegt, im King of Shawarma zu essen«, sagte Abbas und sah von der Scheuerbürste auf. »Drinnen in der Stadt.«

»Okay.«

»Die haben wohl ziemlich gutes Essen, laut Mariama. Hast du Hunger?«

»Ja«, erwiderte Stilton und drückte sich ein wenig auf den Magen.

Eine Viertelstunde später verließen Abbas und er den Hafen. Mariama würde nachkommen, sie wollte noch die Ausrüstung für morgen durchsehen. Als die zwei sich vom Kai entfernt hatten, glitt ein Mann aus einer der Lagerhallen. Er hatte fortlaufend Berichte über die beiden schwedischen Männer erhalten. Vom Flughafen, vom Hotel, von der Müllhalde, von der Barra

Ferry. Nun hatte er gesehen, wie die Schweden sich von Mariama verabschiedeten. Er trat zu ihrem Boot, als sie gerade dabei war, mit zwei Gasflaschen in den Händen über die Gangway zu steigen. Er wusste, wer sie war, und auch sie kannte ihn. Sie hatten beide Boote im Hafen liegen.

»Hallo, Mariama«, sagte er.

Mariama hielt auf dem Kai inne.

»Hallo, Seeku.«

»Was wollten die Ausländer?«

»Angeln.«

»Wann?«

»Wenn die Fische beißen.«

Mariama ging mit den hin- und herpendelnden Flaschen an Seeku vorbei.

»Wo wollen sie angeln?«

»Auf dem Müllplatz.«

Seeku sah Mariama nach, die auf dem Weg zu einer der Lagerhallen war. Er wusste, dass sie nicht mehr sagen würde.

Das störte ihn.

Stilton und Abbas saßen im King of Shawarma, hatten jeder ein kaltes Bier vor sich und warteten auf Mariama. Es war ein bedeutend größeres Restaurant als das, in dem sie am Abend zuvor gegessen hatten, aber keineswegs so voll. Die Atmosphäre war viel trister. Steifer. Aus einem gemeinsamen Instinkt heraus hatten sie sich an einen Fenstertisch gesetzt, zur Straße hin, der Nelson Mandela Street. Niemals mit dem Rücken zum Eingang sitzen. Stiltons Magen ging es besser, und Abbas war durchweg gut gelaunt. Er erzählte von der Bootstour und der Ausrüstung an Bord, und dass er sich aus mehreren Gründen auf die Tour am nächsten Tag freute.

Stilton wollte ihn nicht nach seiner Beziehung zu Mariama fragen, da es sowieso recht offensichtlich war. Ihm wurde warm ums Herz. Er kannte Abbas lange genug, um zu wissen, dass es ihm auf eine Weise gut ging, wie es nur selten der Fall war.

Da betrat die Ursache dafür das Lokal und kam zu ihrem Tisch. Mariama trug eine kleine, schwarze Handtasche über der Schulter und hatte schwarze Hosen angezogen.

»Habt ihr schon bestellt?«, fragte sie.

»Nein«, sagte Abbas, »wir finden, du solltest uns etwas empfehlen.«

»Domodah«, erwiderte Mariama und setzte sich zwischen die beiden Männer. »Das ist die Spezialität hier, ein Eintopf, den wir teilen können.«

»Und was ist drin?«, fragte Stilton, der an seinen Magen denken musste.

»Erdnüsse, Tomaten, Bohnen, und man kann zwischen Huhn und Rindfleisch wählen.«

»Dann Rindfleisch«, sagte Stilton, der den Verdacht hatte, dass das Huhn vom Vortag für seine Scheißerei verantwortlich war.

Mariama winkte einen schick gekleideten Kellner zu sich, bestellte das Essen für alle und ein Bier für sich. Als der Kellner weg war, wandte sie sich an Stilton.

»Das Boot ist klar, die Ausrüstung an Bord.«

»Gut.«

»Also. Wonach suchen wir?«

Stilton fühlte sich ein wenig in die Enge getrieben. Er wusste nicht, was Abbas erzählt hatte. Vielleicht gar nichts, vielleicht hatte Mariama ja selbst seine Verschleierungstaktik mit dem gesunkenen Handelsschiff durchschaut. Aber da die Sache früher oder später auf den Tisch kommen würde, konnte man sie genauso gut auch gleich klären. Er zog sein Bier zu sich heran, drehte das Glas zwischen den Händen und senkte die Stimme.

»Wir glauben, dass da draußen Dinge versenkt wurden. Von Leuten, die nicht wollen, dass es rauskommt.«

»Von wem?«

»Einem spanischen Unternehmen. ETG. Weißt du, wo die ihr Kontor haben?«

»Ja. Auf der Ndow Street. Ihr Chef, Seeku, war vorhin unten am Hafen. Er hatte euch gesehen, wie ihr mit mir geredet habt, und war neugierig.«

»Worauf?«

»Er wollte wissen, was wir vorhaben.«

»Und was hast du gesagt?«

»Dass wir zum Angeln rausfahren.«

»Sonst nichts?«

»Nein. Was sollen sie denn versenkt haben?«

Stilton zögerte erneut und sah Mariama an. War sie zuverlässig? Wer hatte das gesagt? Ein ausgemergelter Mann in einem zerrissenen Zelt auf einer Müllhalde. Er sah zu Abbas hinüber. Von dort war keine Hilfe zu erwarten. Abbas überließ alle Verantwortung ihm.

»Wir haben Informationen, wonach sie da draußen eine Reihe von Containern mit Atommüll versenkt haben«, sagte er.

Mariama sah zu Abbas, als sollte er das Ungeheuerliche bekräftigen, das sie eben gehört hatte. Was er mit einem leichten Nicken tat.

»Und wann soll das passiert sein?«, fragte sie.

»Vor zwanzig Jahren«, antwortete Stilton.

»Und niemand weiß davon?«

»Die dafür verantwortlich sind, wissen davon, aber sie haben dafür gesorgt, dass nicht darüber geredet wird.«

»Zwanzig Jahre lang?«

Stilton nickte. Mariama bekam ihr Bier und nahm einen großen Schluck.

»Was wollt ihr tun, wenn ihr das Zeug findet?«, fragte sie.

»Dokumentieren, dass es dort ist, und dafür sorgen, dass es geborgen wird. Früher oder später rosten die Container durch, und dann ...«

Stilton beendete seinen Satz mit einem Schulterzucken. Eine sehr moderate Reaktion, wenn man bedachte, was passieren würde, wenn es wirklich so war.

Eine schier unüberschaubare Umweltkatastrophe.

Der Eintopf war heiß, schmeckte gut und war eine halbe Stunde später aufgegessen. Keiner der drei wollte angesichts ihres Vorhabens am folgenden Tag länger im Restaurant sitzen bleiben. Sie traten auf die Straße hinaus. Es vergingen ein paar peinliche Momente, vor allem für Abbas, dann sagte Stilton: »Dann sehen wir uns um acht am Boot.«

Er umarmte Mariama leicht und ging davon. Abbas sah ihm nach. Drei Dinge kreisten in seinem Kopf. Tom fährt Fahrrad und umarmt Damen. Das waren zwei davon. Die dritte Sache, die ihn beschäftigte, hatte mit der Vergangenheit zu tun. War das hier Toms Art, sich diskret zurückzuziehen und damit Dankbarkeit für die Zeit zu zeigen, in der sich Abbas um ihn gekümmert hatte? Als Tom in dem ein oder anderen Müllraum lag und sich aufgegeben hatte?

Möglich.

»Ich mag ihn«, sagte Mariama und unterbrach damit Abbas' Gedanken. »Kann er tauchen?«

»Nein, das ist mein Job.«

Stilton war fast bis zum Hotel gekommen, als Sayomo aus der Dunkelheit hinter einem Busch raustauchte und zu ihm aufschloss. Stilton erkannte ihn, die Narbe auf der einen Wange war deutlich sichtbar.

»Bist du schon verloren gegangen?«, flüsterte Sayomo.

»Ich gehe nie verloren, ich bin mit einem Kompass im Kopf geboren.«

»Aber auf einem Seil kann man nicht in zwei Richtungen gleichzeitig gehen.«

Stilton konnte nicht anders, als zu lachen, woraufhin auch Sayomo lachen musste. Sie sahen einander an.

»Ndow Street«, sagte Stilton. »Findest du das?«

»Ja.«

Sayomo ging voraus, Stilton direkt dahinter. Sie gelangten in die etwas dichter bebauten Teile der Stadt. Sayomo glitt wie ein Schatten zwischen den Menschen auf den überfüllten Bürgersteigen hindurch. Ab und zu warf er einen raschen Blick über die Schulter, um zu sehen, ob Stilton nachkam. Er lotste hier immerhin einen alten Mann.

»Das hier ist die Ndow Street«, sagte Sayomo und blieb an einer Kreuzung stehen. »Warum wolltest du hierher?«

»Ich suche nach einem Büro. ETG, kennst du das?«

»Das liegt einen Block weiter.«

Sayomo nahm wieder Fahrt auf, und Stilton folgte. Als sie im nächsten Block ein Stück gegangen waren, zeigte Sayomo auf ein Gebäude auf der anderen Straßenseite.

»Da. Erster Stock. Da ist ihr Büro.«

Stilton sah hinüber und bemerkte, dass in einem der Fenster Licht brannte.

»Willst du rübergehen?«, fragte Sayomo.

»Nein. Hier.«

Stilton zog ein Bündel Dalasi heraus und streckte sie Sayomo hin. Er wusste nicht genau, wie viel das war, erkannte aber an der Miene des Jungen, dass es mehr als genug war.

»Danke für die Hilfe«, sagte er.

»Brauchst du morgen noch mehr Hilfe?«, fragte Sayomo.

»Nein.«

Sayomo nickte und glitt davon.

»Geh nicht verloren!«, rief Stilton ihm nach und wandte sich wieder dem Kontor zu. Über der Eingangstür des Hauses hing eine grelle gelbe Lampe. Rundherum lag alles im Schatten. Stilton lehnte sich an die Wand, er stand auf dem Gehsteig gegenüber der ETG und dachte an das, was Mette gesagt hatte. Ihre Befürchtungen hatten sich bewahrheitet. Die hatten hier unten Leute. Leute, die Mette leider gewarnt hatte.

Er stieß sich von der Wand ab und war gerade im Begriff zu gehen, als ein Moped vor der Tür hielt. Ein junger Mann stieg ab und zog den Helm vom Kopf. Das Licht der Lampe fiel auf sein Gesicht. Stilton wusste es sofort. Die Jahre als Polizist hatten sein Gedächtnis für Gesichter trainiert. Das war der Typ vom Flughafen. Der schnell den Blick auf den Boden gerichtet hatte. War es derselbe Typ, der an der Müllhalde mit seinem Moped stehen geblieben war? Da hatte er sein Gesicht nicht erkennen können, er hatte zu weit weg gestanden. Stilton beobachtete, wie der junge Mann durch die Tür schlüpfte. Er sah zu dem erleuchteten Büro im ersten Stock hinauf und wartete ab. Ein paar Minuten später tauchte ein Mann am Fenster auf und zog eine dunkle Jalousie herunter.

Stilton sah seine Silhouette verschwinden.

Seeku?, dachte er. Ist das nicht der Typ, den Mariama erwähnt hat?

Mariama wohnte einfach. Zwei Zimmer, von denen eines als Küche und Wohnzimmer diente, das andere als Schlafzimmer. Das Haus mit vier gleich großen oder, besser gesagt, gleich kleinen Wohnungen, lag am äußeren Rand von Banjul, eine halbe Stunde vom Hafen entfernt. Sie hatten in der Nacht zuvor dort geschlafen, und jetzt würden sie es wieder tun, Mariama und er. Wenn man bedachte, wie kurz sie sich kannten, nämlich knapp zwei Tage, dann erstaunte Abbas am meisten, wie natürlich es sich anfühlte, dass er hier schlief – und sie neben ihm. Vielleicht war das eine aus der Existenz herausgeschnittene Scherbe, ein paar Tage, die jetzt da waren und die verschwinden würden, doch das bekümmerte ihn nicht. Er war hier, und sie war real. Sie glitt vor ihm aus den Kleidern, und er sah ihren schönen Körper. Er sah nicht mehr Samira.

Er sah Mariama.

Und morgen würde er nach Atommüll tauchen.

*

»Erschieß sie. Sonst mache ich das.«

Olivia warf sich im Bett herum und schlug mit einem Arm aus, der Lukas direkt über der Brust traf. Er fuhr zusammen und sah sie an.

»Was ist los? Olivia?«

Olivia riss die Augen auf. Ihr Gesicht war schweißnass.

»Hattest du einen Albtraum?«

Olivia setzte sich auf und keuchte.

»Olivia?«

Sie sprang aus dem Bett und rannte in die Küche. Mit zitternden Händen schenkte sie sich ein Glas Wasser ein, das sie in einem einzigen Schluck leerte. Das brachte sie wieder auf die Erde.

Ein Albtraum.

Eine Stimme, die sie erschießen wollte.

Eine Stimme, von der sie nicht wusste, wem sie gehörte.

Ihr Herzschlag beruhigte sich langsam. Sie setzte sich auf die Arbeitsfläche und versuchte nachzudenken. Die Frau hatte an der Rentierhütte auf sie geschossen, aber trotzdem war nicht das die Szene aus dem Albtraum, sondern das Erlebte in der Hütte zuvor. Als sie gesagt hatte: »Erschieß sie.« Völlig eiskalt. Als Olivia gefesselt und mit einer Plastiktüte über dem Kopf auf dem Boden gelegen hatte. Wie ein Schlachtopfer.

Sie wollte diese Frau kriegen.

»Fühlst du dich besser?«

Lukas stand in der Tür, nackt. Olivia sah ihn an.

»Entschuldige, ich wollte dich nicht wecken… es macht mich nur so wahnsinnig fertig, diese Frau im Fjäll und die Situation, der sie mich ausgesetzt hat, dass ich die Kontrolle verliere.«

»Aber das ist ja wohl eine ganz natürliche Reaktion auf das, was sie dir angetan hat, oder?«

»Ja, absolut. Aber ich bin Polizistin. Ich muss in der Lage sein, meine Gefühle zu sortieren. Komm her.«

Olivia glitt von der Arbeitsfläche. Sie umarmten sich, und Olivia spürte, wie sehr sie ihn brauchte. Nah. Um sich. Herausgeschnitten aus der Wirklichkeit, in der man sie erschießen wollte.

Es war exakt acht Uhr morgens. Die Sonne war aufgegangen und breitete ihre gelbroten Strahlen über ein windstilles, ruhiges Meer aus. Der Atlantik. Nur ein langes, sanftes Heben und Senken verriet die Kraft der Wassermassen unter seiner Oberfläche.

Das weiße Boot, das aus dem Hafen von Banjul fuhr, hinterließ eine schäumende Wunde in der glatten Oberfläche. Mariama stand mit einem roten Bandana um die Haare am Ruder, Abbas mit Sonnenbrille wartete neben ihr im Ruderstand und sah auf das unendliche Meer hinaus. Es war in mehrerlei Hinsicht ein besonderes Erlebnis für ihn. Er war noch nie auf dem offenen Meer gewesen, seinen Tauchschein hatte er in der Bucht vor Marseille gemacht. Doch das hier war ein anderes Gewässer. Gewaltig. Gefährlich, wenn man ihren Auftrag bedachte. Es zog in seinem Bauch.

Stilton saß in einem weißen Hemd im Heck und hoffte, dass er nicht seekrank würde. Er war im äußeren Schärengarten aufgewachsen und hatte eine kabbelige See schon in allen möglichen Varianten erlebt, ohne dass es ihm etwas ausgemacht hätte. Aber eine lange, wiegende Dünung war nicht unbedingt sein Ding. Er kannte das von der Zeit, als er vor Norwegen auf einer Ölplattform gearbeitet hatte und zum Schichtwechsel an Land fahren musste. Die Dünung des Nordatlantiks hatte das Boot so lange auf und ab bewegt, bis er über die Reling speien musste.

Doch darüber schwieg er sich aus und drückte sich selbst die Daumen.

Im Hafen war er superangespannt gewesen, mit Augen im Hinterkopf. Waren da Personen, die ihre Abfahrt beobachteten? Er sah niemanden, doch das hatte nichts zu bedeuten. Der Küstenstreifen war lang, und ihr Boot wäre vom Land aus leicht auszumachen. Er hatte sich versichert, dass es ein Fernglas an Bord gab, denn er wollte die Umgebung kontrollieren können, wenn sie hinaus aufs offene Meer kamen.

Mariama hatte die exakten Koordinaten bekommen und ihr GPS eingeschaltet. Sie wusste, in welches Gebiet sie fahren mussten. Es lag weit draußen, und sie konnte immer noch kaum glauben, dass dort, wie Stilton erzählt hatte, mehrere Container mit Atommüll auf dem Meeresgrund liegen sollten. Sie war nicht sicher, wie tief es dort, wohin sie fuhren, sein würde, doch weit vor der Küste von Gambia gab es ein Bodenplateau, und wahrscheinlich ging es um diese Region. Noch weiter draußen würde man die Container unmöglich erreichen können, zumindest nicht als Taucher. Sie hatte St. Joseph Island als Richtmarke, das lag nach Westen, und die Position, zu der sie fuhren, befand sich diesseits davon.

Abbas sah übers Meer. Da draußen konnte er etwas erkennen und kniff die Augen zusammen.

»Wo hast du das Fernglas?«, fragte er.

Mariama zeigte auf ein Schapp unter dem Armaturenbrett. Abbas holte ein solides grünes Fernglas heraus und sah hindurch.

»Was ist das?«, fragte er. »Delfine?«

Er reichte Mariama das Fernglas. Sie schaute in die Richtung, in die er zeigte.

»Nein, das sind Orcas«, sagte sie. »Manchmal kommen kleine Herden von denen über das Plateau.«

Diese Information steigerte nicht gerade Abbas' Verlangen,

da draußen tauchen zu gehen. Er verließ den Ruderstand und setzte sich neben Stilton.

»Wie sieht's aus?«, fragte er.

»Gut. Spannend.«

»Nervös?«

»Ja.«

Abbas holte eine Kamera aus der Tasche, eine Nikon Coolpix W300, von der er wusste, dass sie bis circa dreißig Meter Wassertiefe fotografieren konnte. Er hoffte, dass er nicht tiefer würde tauchen müssen.

»Die habe ich vor unserer Abreise besorgt«, erklärte er.

»Gut.« Stilton selbst hatte nicht daran gedacht. »Sollten wir nicht auch etwas dabeihaben, um die Strahlung zu messen?«, fragte er.

»Ich habe versucht, ein Intensimeter zu bekommen, das in tiefem Wasser funktioniert, aber das gestaltete sich zu kompliziert und zu teuer. Das Entscheidende ist ja wohl zu sehen, ob da unten irgendwelche Container liegen. Wie viel Strahlung die möglicherweise abgeben, darum müssen sich dann andere kümmern.«

Stilton nickte. Es war ihre Aufgabe, die Existenz der Container zu bestätigen oder zu dementieren, der Rest lag in den Händen anderer. Sie schauten beide übers Meer, das verdächtig ruhig dalag. Abbas beugte sich über die Reling und streckte eine Hand ins Wasser. Es war nicht sonderlich kalt, zumindest nicht hier oben. Er blickte über die endlose, glitzernde Wasseroberfläche.

»Da draußen gibt es Orcas«, sagte er. »Wir haben welche durchs Fernglas gesehen.«

»Verdammt … überlegst du es dir gerade anders?«

»Nein.«

»Wir sind gleich an der Stelle!«

Mariama rief nach achtern. Sofort sprangen Stilton und Abbas auf. Sie stellten sich neben sie, und sie deutete auf den großen Bildschirm beim Ruder, auf dem ein Gittermuster mit verschiedenen Ziffern an den Rändern über das Wasser gelegt war. Weder Stilton noch Abbas wussten, wie sie die Darstellung exakt zu interpretieren hatten, aber Mariama kannte sich aus.

»Jetzt sind wir gleich an dem Punkt, der den Koordinaten entspricht. Er liegt in diesem Quadrat.«

Sie zeigte auf ein Kästchen auf dem Schirm.

»Da werden wir stoppen.«

Ein paar Minuten später schaltete sie den Motor aus, und das Boot wurde langsamer.

»Ist es hier?«, fragte Stilton.

»Das ist die Position, die ich von dir bekommen habe.«

»Okay. Gut. Und jetzt?«

»Ich aktiviere mein Sonar.«

»Das arbeitet mit Echolot?«

»Ja.«

Stilton hatte eine gewisse Erfahrung mit verschiedenen Sonarausrüstungen. Fischfinder, Echolot, Seitensichtsonar. Das Echolot sandte einen Schallpuls aus, der nach einem Echo suchte, einem Gegenstand, der den Schallpuls reflektierte. Die Zeit, die es brauchte, bis das Echo zurückkam, verriet dann, wie weit der Gegenstand entfernt war. Vorausgesetzt, es gab überhaupt einen Gegenstand.

Wie zum Beispiel einen Container.

Mariama startete den Motor wieder, und das Boot glitt nun über die Wasseroberfläche. Das Echolot schickte seinen Schallpuls in unterschiedliche Richtungen in dem Gebiet, das sie absuchen wollten.

Das dauerte.

Zu Anfang wandten Abbas und Stilton beide den Blick nicht von dem Messgerät, das ein Signal geben würde, sobald der Schallpuls reflektiert wurde.

Nichts geschah.

Nach einer halben Stunde trat Stilton mit Mariamas Fernglas in der Hand aus dem Ruderstand. Er hielt es vor die Augen und ließ den Blick übers Meer schweifen. Weit entfernt erblickte er die Silhouette von St. Joseph Island. Mariama hatte ihnen erzählt, dass die Insel verlassen sei, früher habe es dort einmal ein Fort gegeben, doch das liege jetzt in Ruinen, die manchmal von Touristengruppen besucht würden.

Er ließ das Fernglas sinken und lehnte sich gegen die Reling. Seltsamerweise schwitzte er heute nicht, obwohl die Sonne direkt herunterbrannte. Vielleicht lag das an dem kühlenden Wind, wer wusste das schon.

Zumindest sind wir hier, dachte er. Wir tun das, wovon ich gesagt habe, dass wir es tun würden: Wir überprüfen die Informationen des Whistleblowers. Stimmen sie nicht, dann reisen wir nach Hause. Da muss dann die Ermittlungsleitung ein anderes Motiv für den Mord an Kaldma finden, während ich runter zu Luna fliege. Wenn die Informationen jedoch stimmen, wird es etwas umständlicher. Dann muss das Ganze wahrscheinlich auf höheren Ebenen geklärt werden, die mit mir nichts zu tun haben; aber am Ende wird das Ergebnis dasselbe sein. Ich fliege zu Luna, mit stolz geschwellter Brust, wie der Nerz es ausdrücken würde.

»Wir wechseln das Quadrat!«

Abbas rief aus der Kajüte. Sie verließen nun den exakten Punkt, den die Koordinaten markierten, und suchten auf dem Schirm die Bereiche rundherum ab.

Stück für Stück, Quadrat für Quadrat.

Stundenlang.

Ohne auch nur den geringsten Ausschlag des Echolots.

Am Ende schaltete Mariama den Motor ab und ließ das Boot gleiten, bis es stehen blieb. Stilton trat in den Ruderstand und stellte sich neben Abbas.

»Da unten liegen keine Container«, sagte Mariama. »Sorry.«

Stilton nickte und schaute übers Meer. Abbas betrachtete ihn. Es war Toms Idee gewesen, von Anfang an etwas weit hergeholt, aber jetzt hatten sie es wenigstens probiert. Im Grunde mit einem guten Ergebnis. Wenn es keine versenkten Container gab, dann gab es auch keine drohende Umweltkatastrophe. Was positiv war. Aber Tom sah nicht so aus, als würde er das so sehen.

»Können wir nicht noch einen letzten Versuch unternehmen?«, bat Stilton Mariama. »Hast du alle benachbarten Quadrate abgesucht?«

»Ja.«

»Und wenn wir das Ganze noch ein wenig ausdehnen?«

»Wir können nicht den gesamten Atlantik absuchen.«

»Nein, nur … bitte noch ein Kästchen?«

Mariama lächelte und startete das Boot wieder. Sie machte einen kleinen Schwenk zum unteren Rand des Kästchenmusters.

Und startete das Echolot.

Kaum eine Minute später schlug das Messgerät an. Ein Echo. Stilton rief und zeigte darauf. Auch Mariama sah hin.

»Das ist nur ein Fischschwarm«, sagte sie, »die Signale sind viel zu unregelmäßig, um von einem festen Gegenstand zu stammen.«

»Bist du sicher?«

»Ja. Todsicher.«

Stilton sah Mariama in die Augen und erkannte, dass sie sich wirklich sicher war.

Todsicher.

Das Echo kam von einem Fischschwarm.

Auf der Fahrt zurück nach Banjul schwiegen alle drei. Stilton musste erst mal verarbeiten, dass seine wilde Idee misslungen war.

Das schmerzte.

Abbas musste feststellen, dass die Zeit in Banjul dabei war, zu Ende zu gehen. Die Zeit mit Mariama. Er wusste nicht, wie er damit umgehen sollte. Mariama dachte ungefähr dasselbe. Ihre Zeit in Banjul ging zwar nicht zu Ende, sie wohnte hier, aber die Zeit mit dem ersten Mann seit Langem, der es ihr angetan hatte, verrann. Sie drehte sich am Ruder um und sah zu Abbas. Ihre Blicke begegneten sich.

Als sie sich dem Hafen näherten, nahm Stilton noch einmal das Fernglas und schaute aufs Meer und zur St. Joseph Island hinaus. Diesmal sah er nicht nur unendliche Wassermassen, sondern auch ein dunkelblaues Boot, das in der Ferne durchs Wasser glitt. Wann war das aufgetaucht? Hatte es sie auch gesehen? Aber das spielte keine Rolle, ihr Auftrag war beendet. Morgen würden sie in einem Flugzeug sitzen. Nach Hause, zu Kälte und Enttäuschung.

Sie legten in der Dämmerung am Kai an. Neben einem der Lagerhäuser gab es eine kleine, einfache Bar, nur ein Tresen mit Palmblättern als Dach und einem großen Mann vor den Flaschen. Sie verabredeten, sich dort zu treffen, wenn Mariama die Sachen auf dem Boot aufgeräumt hätte. Stilton und Abbas gingen zur Bar, und Mariama sah die Ausrüstung durch, die sie nicht gebraucht hatten. Sie legte einen Taucheranzug auf den Kai und trug ein paar Sauerstoffflaschen hoch.

»Hallo, Mari! Brauchst du Hilfe?«

Die Frage kam von einem jungen Mädchen. Tida. Sie und ihr Bruder waren enge Freunde von Mariama, Bootsvolk, sie halfen einander, wenn es nötig war. Mariama war ein wenig älter und fühlte sich manchmal wie eine Mutter für die elternlosen Geschwister. Zumindest für Tida. Moses hing inzwischen immer häufiger mit einigen der älteren Jungs herum.

»Gern«, sagte Mariama. »Nimm die Flaschen.«

Tida hob die Sauerstoffflaschen hoch.

»Wart ihr angeln?«, fragte sie.

»Nein, wir waren draußen, um nach etwas zu tauchen, haben es aber nicht gefunden.«

»Mit denen da in der Bar?«

Tida nickte in Richtung Stilton und Abbas.

»Ja. Sie sind aus Schweden.«

Tida zog mit den Flaschen los, Mariama folgte ihr mit dem Taucheranzug und einigen anderen Sachen von der Ausrüstung,

tung,

»Wonach wolltet ihr denn tauchen?«, fragte Tida.

»Etwas, von dem sie glauben, dass jemand es dort versenkt hat.«

»Ach, echt? Aus Metall?«

»Wie kommst du darauf?«

»Na ja, wir waren vor einer Weile draußen, und als wir unser Netz rausziehen wollten, da hatten wir eine komische lange Metallstange drin, superschwer, wir hatten keine Ahnung, was das war.«

»Wo habt ihr die rausgezogen?«

»Das weiß ich nicht genau. Ich kann Moses holen, er weiß es.«

Tida stellte die Flaschen auf den Kai und rannte davon. Mariama blieb zurück und sah zur Bar hinüber. Da saßen die Schweden am Tresen mit ein paar Flaschen Bier vor sich. Haben wir an der falschen Stelle gesucht?, dachte sie. Aber sie hatten doch ziemlich exakte Koordinaten gehabt. Sie ließ sich auf einem Holzpoller nieder und wartete. Es dauerte nicht lange, da tauchte Moses mit einem Moped auf, Tida saß auf dem Rücksitz hinter ihm. Er hielt vor Mariama und schaltete den Motor aus.

»Das Metallding?«, fragte er, ohne vom Moped abzusteigen.

»Ja.«

»Echt komisch, schwer, wir haben kaum das Netz hochgekriegt. Rostig und verbogen. Wie das wohl dort gelandet ist.«

»Was habt ihr damit gemacht?«

»Wieder reingeschmissen.«

»Wo?«

»Draußen im Meer.«

Mariama stand auf. Sie wusste, dass Moses, wenn er Drogen genommen hatte, ziemlich ungenau sein konnte. Aber wenn er sich anstrengte, war er schlau. Sie stellte sich neben ihn.

»Ich meinte, wo im Meer habt ihr diese Metallstange rausgezogen?«, fragte sie. »Erinnerst du dich daran?«

»Bei unserer Boje, wo das Netz auslag.«

»Und wo war die Boje?«

»Weit draußen, Richtung St. Joseph Island.«

»Kannst du es mir zeigen?«

Mariama holte das Handy raus und klickte eine GPS-Karte an. Sie kalibrierte den Hafen ein und glitt dann mit dem Cursor nach draußen.

»Weiter raus«, sagte Moses, »mehr Richtung St. Joseph.«

Mariama lenkte das Kartenbild nach Westen, bis Moses sagte: »Da! Ungefähr … da liegt unsere Boje.«

»Die liegt noch dort?«

»Ja. Wir legen da ja Netze aus.«

»Verstehe. Warte kurz hier, sei so gut.«

Schnell ging Mariama zur Bar. Noch bevor sie bei ihnen ankam, sah Abbas, dass etwas passiert war. Sie bewegte sich auf eine so markant fokussierte Art. Er bereute, ein Bier getrunken zu haben.

»Was ist?«, fragte er, als Mariama da war.

Alle halfen dabei, die Taucherausrüstung, die Sauerstoffflaschen und alles andere wieder ins Boot zu holen. Sie wollten es zur Boje von Moses schaffen, ehe es zu dunkel wurde. Um die Stelle so schnell wie möglich zu finden, nahmen sie Moses mit. Tida wollte auch mitkommen, aber das lehnte Mariama ab.

»Du wirst hier im Hafen gebraucht, wenn etwas passiert«, sagte sie.

Sie fuhren mit fast vierzig Knoten hinaus. Mariama hatte starke Scheinwerfer auf dem oberen Rigg, doch sie hoffte, die würden nicht nötig sein. Auf dem Weg beschrieb Moses noch einmal, was für eine Metallstange sie mit dem Netz hochgezogen hatten, und Stilton und Abbas spekulierten. War das vielleicht eine der Stangen, mit denen man die Containertüren verschlossen hatte und die jetzt durchgerostet war?

»In dem Fall ist es wirklich eilig«, sagte Stilton.

»Oder es ist irgendein Schrott, der von einem Schiff versenkt worden ist, weil sie ihn nicht mehr brauchten.«

»Oder eben nicht.«

Stilton war besonders angespannt. Noch gab es Hoffnung,

dass sie etwas abwehren konnten, das ansonsten in einer Katastrophe enden würde.

Sie standen neben Mariama im Ruderstand, Moses saß im Heck und hielt grinsend die Arme ausgebreitet. Ihm gefiel die Fahrt.

»Wo ungefähr soll diese Boje denn liegen?«, fragte Stilton.

»Entschieden weiter westlich, als wir gesucht haben«, sagte Mariama, »sehr viel näher an St. Joseph.«

»In dem Fall waren die Koordinaten also verkehrt?«

»Ja. Aber nach allem, was du erzählt hast, war dieses Schiff auch in einen heftigen Sturm geraten und ist mehr oder weniger ohne Steuerung herumgetrieben, da war es vielleicht nicht ganz leicht, eine exakte Position abzugeben.«

»Möglich.«

Die Sonne war verschwunden, am Horizont hing noch ihr Widerschein, aber der Mond war schon im Begriff zu übernehmen. Mariama steuerte gen Westen auf die Insel zu, die ihre Richtmarke war. Sie vertraute Moses. Er würde seine Boje finden. Weder Stilton noch Abbas waren sich da so sicher. Stilton hatte Moses' Augen bemerkt und begriffen, was der Junge gerne einwarf. Da konnte alles passieren.

»Mari!«, rief Moses. Er hatte sich an die Reling gestellt.

»Ja?«

»Mach langsamer!«

Mariama nahm ein bisschen Fahrt raus.

»Kannst du die Scheinwerfer anmachen?«

Mariama schaltete die starken Scheinwerfer ein und drehte die Lampen vor dem Boot nach außen. Der Schein verbreitete sich in einem langen, weiten Winkel über die dunkle Meeresoberfläche.

»Mehr nach innen!«, rief Moses.

Mariama verstellte die Lampen nach innen. Es war nichts zu sehen. Moses lief nach vorn zum Ruderstand und übernahm die Ausrichtung der Scheinwerfer. Langsam begann er, sie über die Wasseroberfläche zu schwenken.

»Ein Stück zurück«, sagte er.

Mariama fuhr etwas rückwärts.

»Da ist sie!«

Moses streckte die Hand aus, und alle an Bord sahen die große weiße Plastikboje im Licht glänzen. Mariama schaltete sofort den Motor aus und ließ das Boot auf die Boje zugleiten. Moses ging nach achtern an die Reling.

»Hast du im Moment ein Netz unten?«, fragte Abbas.

»Nein.«

Mariama schaltete das Echolot ein, sowie sie an der Boje waren. Stilton und Abbas traten hinter sie. Alle schwiegen. Der lauwarme Wind vom Nachmittag war kühler geworden, die Dünung höher. Stilton spürte seinen Magen.

Die Stille so weit draußen auf dem Meer war besonders. Das Wasser, das an den Bootsrumpf schlug, gab kleine gluckernde Laute von sich, einzelne Vogelrufe verschwanden zum Horizont hin, ein leises Rauschen vom Wind umsäuselte den Ruderstand.

Da kam das Echo.

Stark und deutlich, fand Mariama.

»Kein Fischschwarm?«, flüsterte Stilton.

»Nein. Da unten liegt ein Objekt. Sechs Meter vor uns.«

Mariama sagte »Objekt«, weil Moses hinter ihr stand. Sie wollte nicht diejenige sein, die ihm erklären musste, wonach sie suchten. Das konnte Tom machen, wenn er wollte.

Wollte er nicht.

»Wie tief liegt es?«, erkundigte sich Abbas.

Mariama schaute auf ihr Echolot.

»Achtundzwanzig Meter. Schaffst du das?«

»Ja.«

»Hier gibt es starke Unterwasserströmungen.«

»Findest du, wir sollten abbrechen?«

Eigentlich wollte Mariama Ja sagen, doch sie nahm Abbas' Entschlossenheit wahr. Er wollte das hier durchziehen. Abbas griff sich einen Taucheranzug und zog ihn an. Moses hatte sich wieder nach achtern gesetzt, er hielt sich lieber raus. Früher oder später würde ihm Mari schon erzählen, was hier abging. Jetzt im Moment war es hauptsächlich spannend.

»Die Sauerstoffflaschen«, sagte Abbas und stopfte seine Kamera in eine der Brusttaschen des Anzugs.

Mariama half ihm mit den Flaschen und kontrollierte die Sicherheitsleine.

»Hier«, sagte sie und reichte ihm eine starke Gummilampe. »Falls die Stirnlampe nicht ausreicht.«

Abbas nahm die Lampe und trat an die Reling. Er zog die Tauchermaske über die Augen und reichte Stilton sein Handy.

»Pass du drauf auf. Und wenn irgendwelche Orcas auftauchen, sag mir bitte Bescheid.«

Stilton grinste und half Abbas auf die Reling. Dieser winkte Mariama und kippte rücklings ins Wasser.

Tauchte ein und war weg.

Stilton war für die Sicherheitsleine verantwortlich. Er spürte, wie sie ihm durch die Hände lief und schaute derweil übers Meer. Der blaue Mond war nach oben gestiegen, sein Licht, glitzernd und kalt, glänzte auf dem Meer, der ganze Himmel war wie von Sternen durchlöchert. Vielleicht haben wir es gefunden, dachte er, das wäre einfach unglaublich! In der Hand hielt er den physischen Kontakt zu Abbas, der auf dem Weg in eine unbekannte Tiefe war. Ich habe ihn da hinuntergeschickt. Was, wenn er dort verschwindet? Wenn er nicht wieder raufkommt? Festsitzt? Seine Lunge punktiert wird? Orcas ihn verschlingen?

»Wie weit ist er unten?«

Mariama riss Stilton aus den unheilvollen Gedanken. Auf der Leine waren die Meter markiert, er hatte es im Griff.

»Sechsundzwanzig, gleich unten«, antwortete er.

Mariama kam und stellte sich neben Stilton. Er nahm einen schwachen Duft wahr, den er nicht identifizieren konnte. Kein Parfüm, etwas anderes.

»Machst du dir Sorgen?«

»Ja. Du nicht?«

»Abbas kriegt das meiste hin, aber ...«

»Aber?«

»Aber vielleicht passieren Dinge, die zu lösen er nicht gewohnt ist. Da unten.«

»Wie lange kennt ihr euch?«

Stilton drehte sich um, Moses saß hinten und machte ein V-Zeichen.

»Lange«, sagte er.

»Er wird mit dir nach Hause fahren.«

»Das nehme ich an. Möchtest du, dass er bleibt?«

»Ja. Wenn er wieder raufkommt.«

Abbas war so weit getaucht, wie er sollte. Achtundzwanzig Meter, langsam und ohne Probleme. Er setzte die Schwimmflossen auf verhältnismäßig festen Boden und ließ den Schein der Stirnlampe herumwandern. Mehr als ein paar Meter konnte er nicht sehen. Mariama hatte gesagt, das »Objekt« läge irgendwo direkt vor dem Boot. Er schwamm langsam über den Meeresboden. Aus dem Augenwinkel sah er kleine Fische vorbeihuschen, die im Lampenschein aufleuchteten. Er näherte sich einem Korallenriff – und wurde fast weggerissen. Eine Unterwasserströmung. Schnell packte er einen Korallenvorsprung und kämpfte, sich zu halten, bis die Strömung ein wenig nachließ. Dann zog er die Gummilampe raus, die er dabeihatte. Sie war bedeutend stärker als die Stirnlampe und versammelte eine Menge Fische in ihrem Schein.

Doch er war nicht auf Fische aus.

Er stützte sich an dem Korallenriff ab und zog sich weiter vorwärts durchs Wasser. Der Schein der Lampe glitt über den Meeresboden, Sand, tote Korallen, hier und da eine Muräne, die sich zwischen das Lavagestein zurückzog. Er packte die Leine, um den Kontakt nach oben zu spüren. Sie war stramm. Plötzlich schwebte ein schwarz-weißes, sylphidenhaftes Wesen durch den Lichtschein. Abbas zuckte zusammen und richtete den Strahler dabei unwillkürlich auf einen gigantischen, rostig grünen Gegenstand ein paar Meter vor ihm. Einen Gegenstand aus Metall. In seiner Brust pochte es heftig. Er schwamm näher heran und über den Kasten, der sehr lang war. Vorwärtsgleitend folgte er der einen Seite des Objektes, bis er zu einer Kante an einer neuen, kürzeren Seite gelangte.

Ein Container.

Abbas holte die Kamera aus der Brusttasche, schaltete das Licht ein und begann zu filmen. Das Erste, worauf er das Objektiv richtete, war ein Symbol in der Mitte der kurzen Seite des Behälters, ein Dreieck mit schwarzen Rändern und einem stilisierten schwarzen Propeller auf gelbem Grund.

Stilton stand an der Reling und hielt die Leine fest. Er sah auf die Uhr. Wie lange konnte Abbas da unten bleiben?

»Ziemlich lange«, sagte Mariama, die erriet, was er dachte. »Die Flaschen reichen höchstens eine halbe Stunde.«

»Okay.«

»Mari!«

Moses rief und deutete dabei aufs Meer. Da war ein dunkelblaues Boot, das direkt auf sie zuraste. Stilton und Mariama warfen sich herum.

»Wer zum Teufel ist das?«, rief Stilton.

»Keine Ahnung!«, gab Mariama zurück und rannte zum Ruderstand.

Sie startete den Motor und schrie Stilton zu, er solle an der Leine ziehen, um Abbas zu signalisieren, dass er so schnell wie möglich raufkommen sollte! Stilton riss an der Leine, um Kontakt zu Abbas zu bekommen. Sekunden später kam die erste Schusssalve von dem blauen Boot. Sie traf Moses, der sich achtern hingestellt hatte und vom Kugelhagel in Brust und Gesicht getroffen wurde. Sein Körper flog über die Reling und landete im Wasser.

»MOSES!«

Mariama schrie auf. Stilton riss ein weiteres Mal an der Leine, als die nächste Salve über das Boot fuhr. Eine der Kugeln traf Mariama am Arm. Sie schwankte, ließ aber das Ruder nicht los.

»Hol Abbas rauf!«, schrie sie.

Stilton ging an der Reling in die Hocke und sah, wie sich das blaue Boot näherte. Ein erneuter Kugelhagel jagte über sie hinweg und sprengte die Seitenscheiben, der Kunststoff splitterte über den Ruderstand. Jetzt war es Stilton, der schrie: »GIB GAS! Wir müssen sie von Abbas weglocken!«

Mariama gelang es, mit dem unverletzten Arm den Gashebel ganz hinunterzudrücken, und das Boot schoss los. Stilton fiel durch die Beschleunigung nach hinten und verlor die Leine aus dem Griff, die langsam in die Tiefe sank.

Abbas bemerkte das kräftige Rucken an der Leine. Eben hatte er eine Markierung entlang der einen Seite des Containers fotografiert, ESPAÑA TRANSPORTE GLOBAL, und die Fugen an den Containertüren gefilmt. Die waren im Begriff auseinanderzufallen. Als er die Leine packte, merkte er, dass es keinen Widerstand mehr gab. Hatte Tom da oben etwa losgelassen? Er schob die Kamera zurück in die Tasche und begann nach oben aufzusteigen, sehr langsam und vorsichtig, um die Taucherkrankheit zu vermeiden.

Mariamas Boot war schnell, doch es hatte einen Treffer in den Rumpf bekommen, die Kugeln hatten ein Loch in die Seite gerissen und im schlimmsten Fall auch den Benzintank erwischt. Sie wusste nicht, wohin sie navigieren sollte, um zu entkommen – nach Banjul oder eher Richtung St. Joseph? Oder hinaus aufs offene Meer? Stilton rannte vor zum Ruderstand und sah, wie das Blut über Mariamas Arm lief.

»Ich kann übernehmen!«, rief er.

»Okay.«

Mariama trat beiseite. Stilton fasste einen raschen Entschluss. Die auf dem Boot hinter ihnen hatten irgendeine Automatikwaffe, und hier draußen auf dem offenen Meer würden sie binnen weniger Minuten kaputtgeschossen werden. Also hielt er in voller Fahrt auf St. Joseph zu. Bis zum Küstenstreifen war es nicht mehr so weit. Er hatte keine Ahnung, welche Riffe oder Felsen vor der Insel lagen, ebenso wenig, wie es in der Dunkelheit und bei der Geschwindigkeit eine Chance gab, den Grund zu sehen. Er hielt einfach geradewegs auf die Insel zu.

Abbas tauchte auf und zog sich die Maske ab. Mariamas Kahn war verschwunden. Er sah sich um und erblickte zwei Boote, die in voller Fahrt auf St. Joseph zurasten. Was ging hier vor? Er zog die Sauerstoffflaschen aus und ließ sie ins Wasser sinken. Nach ein paar Schwimmzügen stieß er an etwas Weiches, schrie erschrocken auf und schluckte ordentlich Wasser. Er hustete es aus und erkannte, was es war. Ein Körper. Moses. Er lag auf dem Rücken, und der stahlblaue Mond beleuchtete sein totes, blutiges Gesicht. Das Wasser um ihn herum war dunkel. Abbas wusste, was Blut im Wasser anlockte. So schnell wie möglich begann er in Richtung der Boote in der Ferne zu schwimmen.

Eines von ihnen hatte angefangen zu brennen.

Es war das Boot von Mariama.

Die Flammen schlugen aus dem Bug. Stilton hielt den Hebel unbeirrt fest und steuerte weiter auf die Insel zu. Das Boot hinter ihnen kam näher. Eine neue Kugelsalve hallte durch die Dunkelheit, und Stilton sah, wie Mariama herumgeworfen wurde und in die Plicht fiel. Er ging in die Hocke, um den Kugeln auszuweichen. Als er einen weißen Strand auf sich zukommen sah, zog er den Gashebel zurück, doch das Boot wurde nicht langsamer. Der Motor gehorchte nicht länger. Das Boot rauschte in voller Fahrt in das flachere Wasser und dann weiter den Strand hinauf. Der Kiel schnitt in den Sand und bremste ein wenig, doch der brennende Rumpf raste noch weit über den Strand und knickte ein paar niedrige Palmen um, ehe sie in der dichten, dunkelgrünen Dschungelvegetation zum Stehen kamen. Stilton riss die bewusstlose Mariama aus der Plicht und wälzte sich mit ihr über die Reling. Die Flammen schlugen schon über den Ruderstand. Stilton wusste, hier ging es um Sekunden. Er stolperte mit Mariama im Arm in den dichten Dschungel und warf sich mit ihr hinter ein paar Felsblöcke, die unvermittelt aus der Dunkelheit auftauchten.

Dann passierte es.

Die Explosion.

Mariamas Boot wurde in tausend Stücke gerissen, die Teile sausten über den Strand und regneten auf den Palmenwald nieder. Stilton duckte sich über Mariama, um die Splitter von ihr abzuhalten. Kurz darauf wurde es still, nur das Zischen der brennenden Bootsteile im Wasser war noch zu hören. Stilton spähte über die Felsen.

Das zweite Boot näherte sich dem Strand.

Keine günstige Situation.

Er zog Mariama ein Stück in den Schutz der Dunkelheit und versuchte herauszufinden, wie ernst sie verletzt war. Er sah Blut von ihrer Hose rinnen, befühlte ihren Hals und stellte fest, dass sie Puls hatte.

Es gab zwei Möglichkeiten.

Hier bei ihr bleiben und zum Schlachtopfer werden. Oder sie verstecken und versuchen, die Leute von dem blauen Boot auf das Innere der Insel zu locken.

Und es von dort aus anzugehen.

Er verbarg Mariama so gut es ging hinter einem Felsen und zog Palmblätter und Reisig über sie. Als er aufsah, bemerkte er zwei Männer, die in diesem Augenblick von dem blauen Boot an Land sprangen. Beide hatten Waffen in den Händen. Er stand auf und rannte ein Stück in den Dschungel hinein. Nach ein paar Minuten drehte er sich um und sah zurück zum Strand. Die beiden Männer bewegten sich leise um die Reste des Bootswracks. Er legte die Hände um den Mund und brüllte: »FUCK YOU!«

Sein Ruf hallte durch die Palmen zum Strand hinunter. Die

Männer am Boot fuhren zusammen und rannten los Richtung Dschungel. Stilton gab Gas. Er hatte keine Ahnung, wo er sich befand. Eine einsame Insel mit der Ruine eines alten Forts. Wo das jedoch lag, wusste er nicht. Was er wusste, war, dass er zwei Verfolger hatte, beide bewaffnet und beide darauf aus, ihn zu erschießen. Und er selbst war völlig unbewaffnet.

Nicht einmal ein Messer hatte er.

Er lief so schnell er konnte, um einen Ort zu finden, von dem aus er besser manövrieren konnte. Er wollte nicht, dass seine Verfolger ihn völlig aus dem Blick verloren und zum Strand zurückkehrten, um dort womöglich Mariama zu finden. Er wollte sie in eine Falle locken, dann Mariama einsammeln, das Boot der anderen nehmen und versuchen, draußen auf dem Meer Abbas zu finden.

In der Dunkelheit auf einer einsamen Insel doch ein einfacher Plan.

Der Mond kam ihm als Erster zu Hilfe. An einer Stelle, wo sich der Dschungel plötzlich auftat, sah Stilton, wie es ein Stück weiter glitzerte. Ein Reflex des Mondscheins. Was reflektierte da? Er lief auf das Glitzern zu und fand sich auf einer offenen Fläche wieder, einem großen Sandplatz. Ein Stück entfernt erblickte er eine lange Reihe von hohen Steinformationen. Konnte das die Ruine sein? Er rannte über den Sandplatz und in die Formationen hinein.

Es war die Ruine. Verwitterte Hinterlassenschaften. Reste einer Mauer.

Er blieb an der Mauer stehen und wandte sich zum Dschungel. Wenn er die Luft anhielt, hörte er Geräusche. Äste, die brachen, gedämpfte Stimmen. Die Verfolger. Sie waren nicht weit hinter ihm. Er tastete sich an der Mauer entlang, bis er eine schmale Öffnung entdeckte. Er schlüpfte hinein.

Und wartete.

Es dauerte einige Minuten, ehe die Männer den Sandplatz erreichten. Stilton konnte sie im Mondschein deutlich erkennen. Sie blieben stehen und sahen zur Mauer. Er hörte, wie sie leise miteinander sprachen, dann gaben sie einander Zeichen. Er zog sich noch ein Stück zurück und wartete ab. Als er vorsichtig hinausspähte, erkannte er, dass sich die beiden aufgeteilt hatten.

Natürlich.

Sie würden von zwei Seiten kommen.

Er schob sich durch die Öffnung auf die Innenseite der Mauer. Das Mondlicht floss wie der Strahl eines Scheinwerfers über den Innenhof. Vor ihm lagen die Reste eines großen, eingestürzten Steinhauses. Leise und schnell lief er zu dem Haus hinüber und kletterte durch eine Fensterhöhle. Das Dach war eingefallen, es gab hier also nicht viel Raum. Er überlegte. Wenn sie ihn beide gleichzeitig hier finden würden, hätte er keine Chance. Er versuchte, den Puls unter Kontrolle zu kriegen, möglichst geräuschlos zu atmen. Der Schweiß lief ihm über den Körper. Da vernahm er ein kurzes Rasseln, wie von einem Stein, der wegkullerte. Er drückte sich an die Reste des Fensterrahmens und sah hinaus. Der Innenhof auf dieser Seite war leer. Woher war das Geräusch gekommen? Ein Tier? Er nahm einen dicken Stein vom Boden. Keine großartige Waffe, aber immerhin.

Er horchte auf weitere Geräusche.

Wahrscheinlich wussten seine Verfolger, dass er sich bei oder in der Ruine befand. Sie waren ihm dicht auf den Fersen. Auch wenn er ihren Kugelhagel nicht beantwortet hatte, konnten sie nicht sicher sein, ob er bewaffnet war. Sie würden vorsichtig sein. Schleichen.

Keine weiteren Geräusche.

Stilton wartete. Er merkte, wie die Hand, die den Stein hielt, zu zittern begann. Wie lange sollte er hier stehen? Was waren seine Alternativen? Wenn er sich in den Mondschein auf dem Innenhof begab, wurde er zur Zielscheibe.

Er blieb so lange, wie seine Nerven es aushielten.

Entweder wissen sie, dass ich hier drinnen bin und hungern mich aus, oder sie suchen an anderen Stellen der Ruine.

Da – ein Geräusch.

Endlich.

Ein kurzes Husten, viel zu nah. So nah, dass Stilton sich herumwarf und gerade noch die Waffe blitzen sah, ehe er seinen Stein schleuderte. Der Schuss, der losging, streifte Stiltons Oberarm, doch der Stein hatte den Schützen überrumpelt und seine Waffe getroffen. Stilton nutzte den Moment, um vorwärtszustürzen und den Schützen zu Boden zu ringen. Das war mehr als bloß Wut hinter den Schlägen, mit denen Stilton dem Mann ins Gesicht drosch, er schlug zu für Moses und Mariama und Abbas und seinen blutenden Oberarm, und als er sich nach dem Stein streckte, der die Waffe getroffen hatte, war er bereit, den Schädel des Angreifers unter sich zu zertrümmern.

Wofür ihm keine Zeit mehr blieb.

Er hatte schon ausgeholt, da wurde Stilton von einem heftigen Tritt gegen das Kinn getroffen. Er hörte, wie es im Knochen knirschte und flog zur Seite. Der zweite Verfolger stand einen Meter neben ihm, die Maschinenpistole in Hüfthöhe und direkt auf Stilton gerichtet. Das Mondlicht beschien sein vollkommen ausdrucksloses Gesicht.

»Fuck you«, sagte er und hob das Gewehr.

Doch der Lauf schaffte es nur wenige Zentimeter nach oben, ehe eine glänzende Messerspitze dicht neben dem Kehlkopf des

Mannes herausdrang. Der Rest des Messers steckte im Nacken. Ein kräftiger Strahl Blut schoss ihm aus dem Mund, und der Mann fiel vornüber auf Stilton. Der sah aus dem Augenwinkel Abbas in einem Paar Boxershorts in der Fensteröffnung stehen.

»Wo ist Mariama?« Abbas sprang durchs Fenster herein.

»Unten beim Boot. Sie ist verletzt.«

Abbas machte einen schnellen Schritt nach vorn und zog das Messer aus dem Nacken von Moses' Mörder. Der andere Mann lag bewusstlos daneben. Stilton rappelte sich hoch und versuchte, sich das warme Blut aus dem Gesicht zu wischen.

»Aber sie lebt«, sagte er. »Glaube ich.«

Die beiden eilten durch den Dschungel zum Strand hinunter. Stilton wies den Weg zu dem Felsen, hinter dem er Mariama versteckt hatte. Abbas warf sich neben sie und tastete an ihrem Hals. Sie hatte Puls. Er hob sie hoch und ging auf das blaue Boot zu.

»Nimm du den Taucheranzug!«, rief er Stilton zu. »Da ist die Kamera drin!«

Stilton fand den Anzug im Sand, nahm die Kamera heraus und folgte Abbas. Ist er die ganze Strecke hierher geschwommen?, fragte er sich und sah ein, dass es wohl so gewesen sein musste, wenn er sich nicht von einem Orca hatte mitnehmen lassen.

Die Verfolger hatten den Schlüssel zum Motor stecken lassen – sie hatten wohl kaum damit gerechnet, dass der Abend so enden würde. Stilton bekam den Motor in Gang, und sie fuhren von der Insel weg.

Abbas untersuchte Mariama, schnitt ihre Kleider auf und versuchte festzustellen, wie schwer sie verletzt war. Keine Lebensgefahr, urteilte er, zumal sie die Augen öffnete und ansprechbar war.

»Das kriegen wir hin«, sagte Abbas so beherrscht, wie er konnte, »alles ist gut.«

»Moses …«, bekam Mariama über die Lippen.

»Ich weiß, das ist schrecklich, wir … es tut uns leid …«

Abbas strich ihr über die Stirn und sah Stilton an.

»Gib mir mal mein Handy zurück.«

Er rief Eddie Barrow an.

»Hallo, hier ist Abbas. Danke für die Ausrüstung, es ist alles zum Einsatz gekommen. Jetzt bräuchte ich dringend Hilfe und ein Auto am Hafen.«

»Okay. Was ist passiert?«

»Mariama hat eine Schussverletzung und muss versorgt werden. Kannst du das organisieren?«

»Natürlich. Krankenhaus?«

»Am liebsten eine private Notaufnahme.«

»Okay.«

Abbas legte auf und schaute zu Stilton, der hinterm Ruder stand. Er sah ein kleines Rinnsal Blut auf Stiltons Oberarm.

»Bist du auch angeschossen worden?«, fragte er.

»Nur ein Streifschuss. Wie geht es ihr?«

»Keine akute Gefahr, glaube ich. Sie hat an der Hüfte eine Kugel in die Weichteile bekommen. Eddie besorgt einen Arzt für sie.«

Stilton nickte und gab Gas. In weiter Entfernung konnte er den Hafen von Banjul erkennen. Abbas kam und stellte sich neben ihn.

»Du hattest recht«, sagte er.

»Recht?«

»Mit den Containern.«

Das hatte Stilton total verdrängt. Das, worum es bei all dem eigentlich gegangen war. Das Tauchen nach den Containern. Die Verfolgungsjagd draußen auf der Insel hatte ihn völlig meschugge gemacht.

»Hast du sie gefunden?«, fragte er.

»Ja. Sie liegen da unten, mit ETG-Logo drauf und Radioaktivitätssymbol.«

»Hast du sie fotografiert?«

»Ja. Und gefilmt.«

Stilton sah Abbas an. Lange. Sie hatten ihr Ziel erreicht, aber es hatte einen unschuldigen Menschen das Leben gekostet.

»Danke«, sagte Stilton und richtete den Blick wieder auf den Hafen von Banjul.

Abbas nahm die Unterwasserkamera und übertrug sämtliche Aufnahmen, die er am Meeresboden gemacht hatte, auf Stiltons Handy.

»Ich schicke das jetzt an Olivia«, sagte er.

*

Sie schliefen beide unruhig. Lukas, weil er nicht wusste, ob Olivia wieder einen Albtraum haben und schweißnass aus dem Bett stürzen würde. Olivia aus demselben Grund. Außerdem war sie gespannt zu erfahren, wie es Tom und Abbas ergangen war. Sie wusste, dass die beiden zum Tauchen rausgefahren waren. Als ihr Handy sich meldete, war sie also mehr oder weniger wach. Nicht hellwach, aber doch weit genug an der Oberfläche, um blitzschnell nach dem Smartphone zu greifen: eine WhatsApp-Nachricht von Stilton und Abbas. Leise stieg sie aus dem Bett, strich Lukas kurz über den Arm und begab sich ins Wohnzimmer.

Dort klickte sie die Nachricht an. Jede Menge Material und ein kleiner Kommentar: *Was hältst du davon?*

Sie sah alle Dateien durch, eine Mischung aus Bildern und Filmen. Als sie fertig war, rief sie Mette an. Es war fast drei Uhr nachts, aber Zeit existierte gerade nicht.

Und als Mette ihren leisen, aber aufgeregten Bericht vernommen hatte, existierte auch für sie keine Zeit mehr.

Da wurde sie die Person, die sie war.

»Komm her«, befahl sie.

*

Es war spät in der Nacht, als das blaue Boot in den Hafen von Banjul glitt. Die kleine Bar war noch geöffnet, am Tresen standen lokale Stammgäste. Auf dem Kai parkte ein großer Kastenwagen, an dem Eddie lehnte und das Boot beobachtete. Sowie es den Kai berührte, war er da, um zu helfen. Abbas und er trugen Mariama vorsichtig in den Kastenwagen, Eddie setzte sich hinters Steuer und Abbas neben ihn. Als der Wagen wegfuhr, blieb Stilton allein bei dem blauen Boot zurück und wusste, was er jetzt zu tun hatte. Er musste sich um ein junges Mädchen kümmern, das er nicht kannte. Tida. Sie kam aus der Dunkelheit der Lagerhalle und stellte die eine entscheidende Frage: »Wo ist Moses?«

Stilton sah in ihr junges Gesicht, die sanft geschwungenen Augen, sah ihre Schultern, die immer noch gerade und unwissend waren.

»Moses ist tot«, sagte er.

Er wusste nicht, wie er es anders ausdrücken sollte.

*

Mette saß in ihrem gelben Morgenmantel am Küchentisch und schaute die Filme an, die Stilton und Abbas geschickt hatten. Olivia hockte neben ihr und trommelte mit den Fingern auf die Tischdecke. Da betrat Mårten in einem grauen Flanellschlafanzug und mit einer Frisur, die der von Einstein glich, die Küche. Er sah augenblicklich, wie ungewöhnlich erregt seine Frau war, und das beunruhigte ihn.

»Was guckt ihr da an?«, fragte er.

»Eine potenzielle Umweltkatastrophe«, erwiderte Mette.

»Und im besten Fall das Motiv für den Mord an Fredrik Kaldma«, ergänzte Olivia.

»Das sieht aber alles ziemlich verschwommen aus.«

»Das ist auf dem Meeresgrund, was willst du da erwarten? Man sieht doch, dass es Container sind, dass sie markiert sind, España Transporte Global, und dass Risse in den Fugen sind. Oder?«

Im Grunde hat er recht, dachte Mette. Sie konnten nicht beurteilen, in welchem Zustand die Container genau waren, aber dass sie da lagen, wo sie lagen, von der ETG versenkt worden waren und möglicherweise Atommüll enthielten, reichte aus. Sie spürte ihren Puls rasen.

»Wie machen wir jetzt weiter?«, fragte Olivia.

Mette lehnte sich zurück und strich sich ein Haar aus dem Gesicht. Mårten sah, wie eines ihrer Beine unter dem Tisch zu hüpfen begann.

»Das ist nicht so einfach … diese Entdeckung ist ja ziemlich inoffiziell, die Filme sind unscharf, wir müssen die internationalen Polizeibehörden einschalten und versuchen, sie davon zu überzeugen, dass es sich um eine illegale Verklappung und eine Gefahr für die Umwelt handelt. Am liebsten, ohne dass die ETG davon erfährt.«

»Also?«

Mette schloss die Augen und begann, in ihrem mentalen Namensregister zu blättern. Das tat sie so lange, dass Olivia sich zwischendurch fragte, ob sie vielleicht wieder eingeschlafen war. Doch das war nicht der Fall.

»Jaan Kloven!«

Olivia hatte keine Ahnung, wer das war, dem Namen nach vermutlich ein Niederländer.

»Der hat mehrere Jahre lang am Internationalen Gerichtshof gearbeitet, inzwischen sitzt er bei der Europol. Er müsste wissen, was man in der Sache am besten tut«, verkündete Mette mit offenkundiger Begeisterung. »Definitiv. Er ist perfekt! Ich werde sofort Kontakt mit ihm aufnehmen.«

Olivia schaute Mette an und war noch von ihrem ungeheuren Netzwerk fasziniert, als Mårten einen Schritt näher trat.

»Einen Kamillentee vielleicht?«, fragte er.

Es galt, Mettes Herzaktivität zu dämpfen.

»Gern«, erwiderte Olivia.

Und während Mårten ging, um etwas Beruhigendes für das Herz seiner Frau zu bereiten, klappte Olivia den Bildschirm zu und beugte sich vor zu Mette. Ihre Blicke begegneten sich und drückten dasselbe aus.

»Sie haben es geschafft ...«, sagte Olivia.

»Ja, unglaublich ... hast du mit Tom gesprochen?«

»Nein, ich wollte dir erst das Material zeigen.«

Mette nickte und sah hinüber zum Rücken ihres gealterten Mannes, der über den Wasserkessel gebeugt am Herd stand.

»Grüß ihn von uns beiden«, sagte sie.

»Mach ich.«

*

Stilton betrat die Rezeption und hoffte, dass sie auch mitten in der Nacht geöffnet hatte. Das war nicht der Fall, aber nach hartnäckigem Betätigen der kleinen Alarmglocke auf dem Tresen tauchte ein verschlafener junger Mann auf, dem im Oberkiefer ein Vorderzahn fehlte. Stilton zeigte auf das Regal hinter dem Tresen, auf dem einige Flaschen ihm unbekannter Marken standen.

»Haben Sie einen Whisky?«, fragte er.

»Guten Whisky, wollen Sie Eis?«

»Nein.«

»Gut. Wir haben kein Eis. Diesen hier?«

Der Mann nahm eine Flasche vom Regal, und Stilton betrachtete das Etikett. Das Einzige, was er identifizieren konnte, war das Wort »Whisky« ganz unten.

»Der ist gut.«

Der Mann beugte sich hinunter nach einem Trinkglas. Er füllte es zur Hälfte, bis Stilton ihm bedeutete, dass es genug sei.

»Kann ich die Flasche mitnehmen?«, fragte er.

Stilton griff nach Flasche und Glas und ging durch den Eingang nach draußen. Direkt rechts neben der Tür standen in der Dunkelheit ein paar Plastikstühle an der Wand. Er setzte sich auf einen davon, stellte die Flasche auf den Boden und nahm einen Schluck aus dem Glas. Whisky war das nicht, aber das war egal. Er brauchte Alkohol. Die Ereignisse auf dem Meer, auf der Insel, der Mord an Moses, die angeschossene Mariama, das anstrengende Gespräch mit Tida, alles das verdichtete sich zu einer Tatsache: Er würde lange nicht schlafen können. Außerdem tat ihm der Unterkiefer weh von dem Tritt, den er in der Ruine kassiert hatte. Er nahm noch einen Schluck und sah tief in sein Glas.

»Die glauben, du bist vielleicht ein Dealer.«

Stilton fuhr zusammen. Sayomo saß auf dem Stuhl neben ihm. Lautlos in der Dunkelheit herangeglitten.

»Woher weißt du das?«

»Die haben mich gebeten, dich zu beaufsichtigen.«

Stilton lehnte sich zurück und nippte an seinem Getränk. Langsam war er diese Stadt richtig leid.

»Aber ich glaube nicht, dass du ein Drogenhändler bist«, erklärte Sayomo.

»Wie schön … und warum glaubst du das nicht?«

»Ich habe dich neulich auf dem Fahrrad gesehen, ein rotes Fahrrad mit Korb. Drogenhändler fahren nicht Fahrrad.«

Stilton wusste nicht, ob er lachen oder Sayomo bitten sollte, sich zum Teufel zu scheren. Er entschied sich für eine dritte Alternative und füllte sein Glas erneut.

Dann sagte er: »Du kannst deinen Auftraggebern einen Gruß bestellen. Ich werde morgen um Punkt elf Uhr auf dem Polizeirevier auftauchen, dann können wir das ein für alle Mal klären. Und jetzt hau ab.«

Sayomo zuckte kurz mit den Schultern, dann stand er auf und verschwand ebenso unbemerkt, wie er gekommen war. Stilton sah ihm nach und nahm noch einen Schluck. Der Schmerz im Kiefer ließ langsam nach. Noch ein halbes Glas, dann würde er verschwunden sein. Vielleicht auch der Schmerz darüber, Moses' Tod verursacht zu haben. Er blickte über die dunkle Einfahrt zur Lodge. Palmblätter bewegten sich leise im Wind, die Hitze war erträglich, die weiße Katze kam zu ihm geschlichen. Er beugte sich hinab und streichelte ihr über den Rücken. Gegen seine Gewohnheit, denn er mochte Tiere eigentlich nicht sonderlich gern.

Luna liebte Tiere.

Er vermisste sie.

Stilton nahm die Morgenmaschine um 6.45 Uhr über Amsterdam nach Stockholm, eine geraume Zeit vor dem angekündigten Treffen auf dem Polizeirevier in Banjul. Der Mann auf dem Sitz neben ihm hatte eine große Plastikdose mit kleinen roten Beeren dabei, die er auf der ganzen Strecke bis Schiphol eine nach der anderen aß.

Abbas war noch bei Mariama in der Privatklinik, man hatte ihr die Kugel herausoperiert, ihr Zustand war stabil, und er wollte bleiben.

Sowohl Stilton als auch Abbas wussten, dass die Polizei blitzschnell eingeschaltet werden würde. Vor allem, sobald die ETG entdeckte, dass ihr Schiff ohne Besatzung zurück im Hafen war.

Es würde Folgen haben.

Ein Toter im Meer, Moses, ein Toter und ein Verletzter auf St. Joseph und eine Frau mit Schussverletzung, Mariama. Und ein schwedischer Mann, der am darauffolgenden Morgen verdächtig schnell aus dem Land verschwunden war.

Doch Stilton machte sich keine Sorgen. Er wusste, dass Schweden ihn nicht an Gambia ausliefern würde. Da konnte der Bucklige so viel rumtricksen, wie er wollte.

Abbas würde wahrscheinlich in die Ermittlung zu den Vorkommnissen hineingezogen werden, aber auch er machte sich keine Sorgen. Er hatte eine Zeugin. Mariama. Sie konnte bezeugen, dass sie von einem fremden Boot mitten auf dem Meer überfallen und beschossen worden waren, als sie eine nächtliche Tauchtour mit gewöhnlichen Touristen unternahmen. Und dass Moses von Menschen auf dem fremden Boot erschossen worden war, die danach Mariamas Boot verfolgt und auch sie angeschossen hatten. Das tödliche Ende auf der Insel würde Abbas auf absolut glaubwürdige Weise als Selbstverteidigung darstellen können.

Zwei eiskalte Mörder, die den Kürzeren gezogen hatten.

Doch das alles lag noch ein paar Stunden entfernt.

In dem Augenblick, als Stilton gen Schweden abhob, saß Abbas neben einem Krankenbett, mit Mariamas Hand in seiner. Mariamas andere Hand hielt die von Tida, die mit verweintem Gesicht auf der anderen Seite des Bettes saß.

Die Krankenschwester, die eben durch das Fenster in der Tür sah, hielt sie wahrscheinlich für eine Familie.

In den Strahlen der Morgensonne tanzten ein paar Staubkörnchen.

*

Mette saß am Küchentisch und telefonierte übers Handy mit Jaan Kloven. Sie hatte ihm noch in der Nacht einen Bericht über die Ereignisse geschickt, zusammen mit Abbas' Fotos und Filmen vom Meeresgrund. Außerdem hatte sie das aufgezeichnete Gespräch zwischen Pedro Suarez und Fredrik Kaldma angehängt.

Kloven hatte wie erhofft reagiert: mit voller Kraft. Er wusste von dem alten Vorwurf gegen die ETG wegen versenkter Container, den Kaldma 1999 erhoben hatte und den man seitens der ETG ebenso hartnäckig wie erfolgreich geleugnet hatte.

»Dann hatte er also recht«, sagte Kloven.

»Ja, leider. Wie gehen wir damit um?«

»Ich habe hier mit Experten gesprochen, und unsere Einschätzung ist, dass wir die ETG mit diesem Material konfrontieren und abwarten sollten, wie sie reagieren. Wenn sie vernünftig sind, erkennen sie ihre Lage.«

»Und wenn sie weiterhin leugnen?«

»Dann gibt es ja Beweise in Form von Bildern, dazu kommt das aufgezeichnete Gespräch. Ich kann mir nicht vorstellen, dass sie es wagen würden, dagegen vorzugehen, schließlich können wir, falls erforderlich, ja auch weitere Tauchgänge zu den Containern veranlassen und so noch mehr Beweise erbringen. Das dürfte ihnen klar sein.«

»Gut. Allerdings möchte ich, dass wir uns bedeckt halten, wie dieses Material beschafft wurde. Keine Namen.«

»Okay, das sollte kein Problem sein. Wir lassen von uns hören. Und: vielen Dank dir!«

Mette legte auf und stützte die Arme auf den Tisch.

Zufrieden, so weit jedenfalls.

Doch irgendetwas störte sie noch.

*

Mitten auf dem zugefrorenen See stand ein einfacher Wohnwagen auf Kufen, ein sogenannter »Pimpelark«, der von einem Schneeskooter dorthin gezogen worden war. Um diese Jahreszeit ein vertrauter Anblick auf den Seen im Fjäll. Drinnen stand eine alte Samin, Nanna Ruong. Sie wohnte unten in Harrok, seit vielen Jahren allein, und ab und zu kam sie hierher, um mal etwas anderes zu sehen. Sie hatte eben das kleine ausgesägte Viereck im Boden des Arken herausgehoben und war jetzt dabei, in das Eis darunter ein Loch zu bohren. Das dauerte seine Zeit, das Eis war hart, und sie schwitzte in ihrer roten Fleecejacke. Als der lange Stahlbohrer schließlich einsank, musste sie gut zupacken, um ihn wieder hochzuziehen. Dann nahm sie eine Kelle und schöpfte den Eismatsch aus dem Wasserloch.

Jetzt war der erste Teil erledigt.

Sie zog die Jacke aus und goss sich aus einem Tetrapak etwas kalten Preiselbeersaft ein. In der Mitte des schmalen Holztisches stand eine runde Blechdose mit Pfefferkuchen darin. Sie nahm einen heraus und aß ihn, bald würde sie bereit zum Fischen sein. Es kribbelte immer ein wenig im Magen, wenn man den Köder zum ersten Mal absenkte, heute hatte sie weißen Mehlwurm gewählt. Sie prüfte, ob das Wasser auf der Heizplatte schon die richtige Temperatur hatte, ihr war nach einer Tasse Kochkaffee.

Richtig heiß war es noch nicht, aber das musste reichen.

Entlang der Seitenwände des Arken waren zwei schmale Pritschen angebracht, auf der einen übernachtete sie auch manchmal. Nun setzte sie sich mit der Tasse in der Hand auf die andere Seite. Rechts von ihr lag die kurze Pimpelrute aus Metall, der Köder saß fertig auf dem Haken und musste nur noch in das Loch unter dem Boden gesenkt werden. Sie nahm einen Schluck Kaffee und ließ den Blick über die gegenüberliegende Wand wandern. Da hing ein Leuchter mit zwei Teelichten, das war schön, die anzünden zu können, wenn es dunkel wurde. Neben dem Leuchter waren zwei Fotos angepinnt. Auf dem einen hielt sie selbst einen fetten Saibling mit schönen weißen Flossen hoch, der hatte über ein Kilo gewogen. Auf dem anderen, einem alten Schwarz-Weiß-Foto, hatte ihr großer Bruder Juhan einen Arm um ihre Schultern gelegt, und beide lächelten sie in die Kamera. Sie sah nach unten auf ihre Tasse. Jetzt war Juhan schon lange tot, und sein Enkel Fredrik war kürzlich ermordet aufgefunden worden. Kein schöner Gedanke. Das letzte Mal hatte sie Fredrik gesehen, als er zu ihr nach Harrok gekommen war, um ihr zu gratulieren. Das würde sie nie vergessen.

Sie wischte sich über die Augen und stellte die Tasse ab. Das Angeln würde sie auf angenehmere Gedanken bringen. Sie setzte ihre braune Lederkappe auf, nahm die Angelrute, senkte den Köder ins Eisloch und rollte die Schnur so lange aus, bis der Köder auf den Grund stieß. Dann begann sie, vorsichtig an der Leine zu rucken.

Es dauerte eine Weile, bis die Enthüllungen die Öffentlichkeit erreichten. Als Erstes kam am frühen Morgen eine Kurzmeldung der spanischen Firma ETG. Sie enthielt lediglich die Information, dass das Unternehmen eine Reihe von Containern, die im Frühjahr 1999 vor Gambia im Meer versenkt worden waren, bergen würde. Nichts über den Inhalt der Container. Das klärte jedoch Jaan Kloven im ersten Interview direkt nach der Kurzmeldung: Die Container enthielten mittel radioaktiven Atommüll.

Und so begann das Karussell, sich zu drehen.

Die Informationen über die Container verbreiteten sich wie ein Lauffeuer. Binnen weniger Stunden war die Geschichte von der illegalen Verklappung von Atommüll vor Gambia eine Weltnachricht. Sämtliche führenden Fernsehkanäle kommentierten das Ereignis.

Spaniens öffentlich-rechtlicher Sender RTVE hatte schon vor Mittag Druck gemacht und ein Interview mit einem Mann aus der Unternehmensleitung der ETG zustande gebracht. Enrico Moratín. Er stand vor dem Hauptsitz des Konzerns in Madrid in der Sonne und versuchte, Ruhe zu bewahren, während die Fragen immer beharrlicher wurden.

»Warum sind die Container versenkt worden?«

»Nach den Informationen, die mir vorliegen, ist unser Schiff in Seenot geraten und war gezwungen, einen Teil der Ladung abzuwerfen, um nicht unterzugehen.«

»Und dann haben Sie das alles einfach dort liegen lassen?«

»Nein, es sind mehrere Male Nachforschungen nach dem Verbleib der Ladung angestellt worden, jedoch ohne Erfolg. Das Schiff befand sich, wie gesagt, in Seenot, und wir hatten keine exakte Position, wo man sich der Ladung entledigt hatte.«

»Haben Sie Gambia darüber informiert?«

»Soweit ich weiß, nicht.«

»Warum nicht?«

»Man wollte die Behörden dort nicht beunruhigen.«

»Sie fanden, es sei besser, die Container dort vor der Küste liegen zu lassen, damit sie durchrosten können?«

»Wir sind zu der Einschätzung gekommen, dass sie nicht durchrosten würden, eine Einschätzung, die wir heute zutiefst bedauern. Das war ein Fehler.«

»Ist Ihnen bewusst, welches Ausmaß eine Umweltkatastrophe hätte, die dort möglicherweise droht?«

»Ja, und wir werden die Container mit unmittelbarer Wirkung bergen.«

»Was wäre geschehen, wenn sie nicht entdeckt worden wären?«

»Das ist eine hypothetische Frage.«

»Es hat sich herausgestellt, dass Ihnen bereits 1999 von dem schwedischen Unternehmen GER vorgeworfen wurde, diese Container versenkt zu haben. Damals haben sie das geleugnet und erzwangen einen Vergleich mit den Schweden. Obwohl Sie wussten, dass diese im Recht waren?«

»Das war vor meiner Zeit. Und jetzt beenden wir das hier.«

Der Schweiß lief Moratín übers Gesicht, als er wieder durch die Glastüren in die Hauptniederlassung schlüpfte.

Er wollte zurück auf die Dachterrasse.

Zu den Glasaalen.

Auch die schwedischen Nachrichtenkanäle widmeten dem Ereignis viel Raum – immerhin waren Schweden an der Entdeckung der Container beteiligt gewesen.

Olivia, Lisa und Bosse saßen in einem Zimmer im Polizeigebäude und verfolgten die Nachrichtensendung *Aktuellt*. Dort hatte man im Intro Ausschnitte aus Abbas' Bildmaterial vom Meeresgrund gezeigt, Fotos und kurze Filmsequenzen. Im Studio dann sah man Klas Hjärne. Er trug ein ordentliches dunkles Jackett und hatte die Brille auf die Stirn geschoben. Die Moderatorin wandte sich an ihn.

»Es heißt, die schwedische Polizei sei an der Entdeckung dieser Container beteiligt gewesen, ist das richtig?«

»Ja.«

»Inwiefern?«

»Im Zusammenhang mit einer Mordermittlung haben wir Informationen zusammengetragen, die zu dieser Entdeckung führten«, erwiderte Hjärne.

»Was für Informationen waren das?«

»Sie stammten von einem spanischen Whistleblower, der in Verbindung mit dem ETG-Konzern stand. Mehr kann ich dazu nicht sagen.«

»Warum nicht?«

»Der Mord ist nach wie vor nicht aufgeklärt.«

»Waren Sie denn dabei, als die Container auf dem Meeresgrund gefilmt wurden?«

»Nicht direkt.«

»Wie dürfen wir das verstehen?«

»Aus ermittlungstechnischen Gründen kann ich nicht näher darauf eingehen, wie wir arbeiten, aber das Filmmaterial erreichte tatsächlich zunächst uns.«

Bosse sah Olivia an.

»Die Klippe hat er gut umschifft.«

»Stimmt.«

Olivia spürte, wie es in ihrer Hosentasche vibrierte. Das Handy. Sie zog es heraus. Sven Bergh rief an.

Nicht wirklich unerwartet.

»Hallo, Herr Bergh. Ich nehme mal an, Sie haben die Nachrichten gesehen?«

»Ja, und nicht nur ich, die ganze Familie. Das ist einfach fantastisch!«

»Das finde ich auch.«

»Mein Vater hat vorgeschlagen, dass wir uns heute vielleicht auf ein kleines Mittagessen treffen, damit wir unserer Dankbarkeit in dieser Angelegenheit Ausdruck verleihen können. Hätten Sie dafür vielleicht Zeit?«

»Eine Einladung zu einem exklusiven Mittagessen anzunehmen, ist ein wenig heikel.«

»Sie können gerne für sich selbst bezahlen, wenn das die Sache erleichtert.«

Sie lachten beide.

»Wann und wo hätten Sie gedacht?«, fragte Olivia.

»Um eins im Operakällaren?«

»Das könnte klappen.«

»Gern pünktlich, wenn Sie entschuldigen wollen. Vater ist in dieser Hinsicht ein wenig empfindlich.«

»Ich auch«, erwiderte Olivia.

Wenn Familie Bergh auswärts essen geht, dann bewegt sie sich um das Opernhaus herum, dachte Olivia und legte auf.

»Wirst du mit ihm zu Mittag essen?«, fragte Lisa.

»Genau, mit ihm und seinem Vater Aron Bergh.«

»Warum denn das?«, erkundigte sich Bosse.

»Weil ich neugierig bin.«

Einer von Olivias typischen Charakterzügen, der sowohl Bosse als auch Lisa durchaus vertraut war.

*

Stilton schob ein weiteres Holzscheit in den Ofen. Er saß bei offener Tür in der Sauna auf Rödlöga und blickte über die kleine Hafeneinfahrt. Er hatte sein Schlauchbötchen von der Werft in Furusund geholt und war hierhergeflohen. Fast ganz nach draußen in den äußeren Schärengarten. So weit weg vom Großstadtleben, wie es im näheren Umkreis von Stockholm möglich war. Vor allem um diese Jahreszeit, wenn das Wasser eisig war und die Winde unbarmherzig kalt um die Hausecken zogen.

Aber hier fühlte er sich wohl.

Hier war er aufgewachsen.

Hier schwitzte er nicht, außer in der Sauna. Und das war selbstgewählt.

Nachdem er gelandet war, hatte er Mette einen Besuch abgestattet, mit Olivia telefoniert und dann noch kurz beim Hausboot vorbeigeschaut.

Danach direkt hierher.

Zur Sauna.

Auf dem Weg nach draußen hatte er Abbas angerufen, die Verbindung nach Banjul über den weiten Rödlöga-Fjord hinweg war knarzig gewesen, aber das Wesentliche hatte er verstanden. Abbas würde noch eine Weile bei Mariama bleiben.

Perfekt, hatte er gedacht.

Und dann musste er an Luna denken.

Deshalb rief er sie auch sofort an, nachdem er aus dem eiskalten Wasser am Steg gestiegen war und sich ein Handtuch um den Leib gewickelt hatte.

Und es gab sogar Netz.

»Hallo«, sagte er. »Ich bin zu Hause.«

»Von Gambia?«

»Ja. Ich bin draußen auf Rödlöga.«

»Echt? Da draußen? Wie ist es dort?«

»Entspannt.«

»Wie gut. Ich habe gesehen, dass ihr da unten gefunden habt, wonach ihr auf der Suche wart.«

»Ja.«

»Das war ja eine sensationelle Meldung!«

»Ja.«

Sie schwiegen ein wenig.

»Und jetzt seid ihr an welchem Punkt?«, fragte Luna. »Ist die Sache geklärt?«

»Was mich betrifft, glaube ich schon. Das spielt sich jetzt auf anderen Ebenen ab.«

»Das heißt, du bist fertig?«

Stilton ließ sich auf der Holzbank oberhalb des Stegs nieder und sah aufs Meer hinaus, auf ein ganz anderes Meer, als das, über das er von Mariamas Boot aus geschaut hatte.

»Ich hoffe es«, sagte er.

»Und?«

Es wurde still. Lunas »Und?« war ein einfaches Wort mit einer Flut von darunterliegenden Botschaften. Stilton erhob sich und verließ den Steg. Er ließ das Handy sinken und sah zu der roten, verwitterten Hütte auf, das Haus seiner Kindheit.

»Tom?«, hörte er von unten und nahm das Telefon wieder ans Ohr.

»Ich will keine Fernbeziehung«, sagte er.

»Ich auch nicht.«

»Ich weiß. Also bleibe ich ein paar Tage hier, dann gehe ich aufs Hausboot und packe zusammen und komme runter zu dir.«

»Das wäre blöd, denke ich.«

»Warum denn?«

Stilton spürte, wie es ihm den Magen umdrehte.

»Ich habe ein Ticket für Freitag gebucht«, sagte Luna. »Ich lande um 22.55 Uhr, falls du mich abholen willst.«

*

Schon als Olivia Sven Bergh die Hand schüttelte, spürte sie, dass irgendetwas nicht stimmte. Als er ihren Stuhl herauszog, merkte sie, was es war. Sven Bergh war ein wenig betrunken. An seinem Platz stand ein Whiskyglas, und daneben eine halb volle Flasche Wein. Sie setzte sich und sah sich um.

Aron Bergh war nicht zu sehen.

»Ja, bitte entschuldigen Sie«, sagte Sven. »Es ist so typisch, kaum spreche ich davon, welch großen Wert er auf Pünktlichkeit legt, verspätet er sich selbst. Er musste noch ins Büro, wird aber jeden Moment hier sein.«

»Ist er immer noch im Unternehmen aktiv?«

»Nein, aber er fährt einmal die Woche hin, wohl mehr, um sich zu zeigen und das Personal ein wenig zu erschrecken, glaube ich. Danach kehrt er kurz hier ein. Dieselben Routinen seit vielen Jahren; wenn man älter wird, sind Routinen wichtig.«

»Geht Ihnen das auch so?«

»Mein ganzes Leben hat aus Routinen bestanden. Die meisten davon gegen meinen Willen. Was möchten Sie gern?«

»Etwas Leichtes.«

»Sie haben hier eine ausgesuchte, auf dem Rost gebratene

Jakobsmuschel von Frøya mit Blumenkohlcreme und eingelegten Mairübchen, wie klingt das?«

»Lecker.«

»Dann nehmen wir das beide. Zu trinken?«

»Zitronenwasser.«

Sven Bergh winkte einen Kellner heran und gab die Bestellung auf. Als er sich umdrehte, konnte Olivia gerade noch sehen, wie er Haltung annahm, dann sagte er leise: »Da kommt Vater.«

Sven erhob sich, und Olivia drehte sich um. Bergh senior kam mit kerzengeradem Rücken zwischen den Tischen hindurch, ein paar Kellner verbeugten sich leicht, und Sven zog einen Stuhl gegenüber von Olivia heraus. Sie war sich unsicher, ob sie ebenfalls aufstehen sollte, doch Aron kam ihr zuvor.

»Bleiben Sie sitzen.«

Er streckte seine Hand zum Gruß aus.

»Wir haben uns auf Värmdö gesehen, wenn ich mich recht erinnere. Olivia Rönning. Sie trugen eine blaue Jacke.«

Mit seinem Gedächtnis ist alles in Ordnung, dachte Olivia und beobachtete ihn verstohlen, als er sich setzte. Sein scharf geschnittenes Gesicht war erstaunlich faltenfrei, die gerade Nase war von zwei braunen, tiefliegenden Augen flankiert, die Lippen wirkten ein wenig eingesunken. Er trug einen dunkelbraunen Anzug mit grauem Hemd und hellgrünem Schlips.

»Ich werde nicht lange bleiben«, erklärte Aron und schnippte nach einem Kellner. »Ich muss ins Büro zurück, es gibt Ärger mit der Produktion in Wuhan.«

Sven zuckte zusammen.

»Ich glaubte, das wäre geklärt.«

»Du glaubst ziemlich viel, Sven. In der Wirtschaft ist das nicht sonderlich fruchtbar. Haben Sie bestellt?«

Die Frage war direkt an Olivia gerichtet.

»Ja, Jakobsmuschel.«

»Und dazu?«

»Zitronenwasser.«

»Ausgezeichnet. Alkohol zum Mittagessen kann ich nicht empfehlen.«

Olivia sah, wie Sven sein Weinglas drehte. Der Kellner nahm Arons Bestellung auf, ein Stück leicht geräucherter Lachs und Mineralwasser.

»So, nun zu dem, warum wir hiersitzen«, begann Aron und lehnte sich vor zu Olivia. »Ihr Einsatz in Sachen ETG. Wir in der Familie sind sehr dankbar für alles, was Sie erreicht haben. Dankbar und beeindruckt. Sowohl, was die Rehabilitation der GER, als auch, was Fredrik angeht. Sein Verschwinden hat uns viele Jahre gequält. Mich am meisten. Ich hatte große Hoffnungen auf ihn gesetzt. Die Familie hat leider im nächsten Glied keinen männlichen Erben, Sven hat ja seine Perlen vor die Säue geworfen.«

»Vater, bitte …«

Aron sah Sven an, der den Kopf sinken ließ.

»Als Fredrik verschwand, habe ich mich deshalb lange mit Schuldgefühlen herumgeschlagen«, fuhr Aron fort. »Hatte ich zu viel Druck auf ihn ausgeübt? Hatten meine Erwartungen ihn verunsichert? Heute weiß ich, dass dem nicht so war. Dank Ihnen, Olivia.«

»Ich war nicht allein.«

»Natürlich nicht, aber Sie haben, wenn ich es recht verstehe, diese Ermittlung geleitet. Und uns eine Erklärung für Fredriks Verschwinden und den Mord an ihm gegeben. Dafür bin ich sehr dankbar. Wir können nun endlich mit der Sache abschließen. Leider war es Ihnen bislang nicht möglich, die Person zu finden, die es getan hat, oder?«

»Wenn es sich dabei um einen ausländischen Auftragsmörder handelt, dann könnte es schwierig werden.«

»Das verstehe ich.«

»Aber wir werden es natürlich versuchen.«

Der Kellner kam mit Arons Lachsgericht.

»Könnten Sie das bitte einpacken, dann nehme ich es mit ins Büro«, sagte Bergh senior.

»Sehr gern.«

Aron Bergh erhob sich und reichte Olivia die Hand. Sie spürte die Festigkeit seines Händedrucks.

»Sehr angenehm, Sie zu treffen«, sagte er. »Nochmals vielen Dank und viel Glück für Ihre weitere Polizeiarbeit.«

Er faltete seine Serviette zusammen und sah seinen Sohn an.

»Versuch bitte, dich jetzt nicht unmöglich zu machen.«

Aron Bergh verließ den Tisch und ging zum Ausgang. Olivia sah, wie Sven sein Glas noch einmal vollschenkte und es mit einem einzigen Schluck leerte. Er sah auf, begegnete Olivias Blick und machte eine Geste mit der Hand.

»Vater ist, wie er ist«, sagte er.

»Ziemlich hart, wenn Sie mich fragen. Ist er immer so?«

»Ja. Das gehört zu ihm. Aber ich lebe schon mein ganzes Leben lang damit, das meiste läuft an mir ab.«

»Aber nicht alles?«

»Nicht alles. Und in Gegenwart anderer Menschen kann es ein wenig anstrengend sein. Aber das kommt mit der Geburt, wie mein Großvater zu sagen pflegte; ist man Erstgeborener und Erbe, dann hat man keine große Wahl. Die Rolle wird einem mit der Muttermilch eingeflößt, das kann man nur akzeptieren.«

»Und das haben Sie?«

»Mit den Jahren ...«

Sven Bergh sah auf seine Hände. Olivia spürte, dass er noch mehr erzählen würde, und war sich nicht sicher, ob sie es hören wollte. Immerhin war er leicht betrunken. Doch die Neugier siegte, und sie wartete.

»Ich habe die Unternehmensleitung mit 44 Jahren übernommen«, fuhr Sven fort, »gegen meinen Willen, aber ich habe gekämpft, es blieb mir nichts anderes übrig … manchmal wäre ich am liebsten wie Marc Wallenberg in den Wald gegangen und hätte mich erschossen, aber ich war zu feige und hatte zu viel Angst vor Vater … und meine Neigung erleichterte die Situation auch nicht gerade …«

Sven nahm einen großen Schluck Wein und stellte das Glas ab.

»Doch mit der Zeit lernte ich, mein Leben in den Griff zu bekommen und mir kleine Freiräume zum Atmen zu verschaffen. Das Dasein wurde erträglich. Nicht glücklich, aber erträglich. Als ich Arbeitsstunden reduzierte, war es sogar über weite Strecken lustvoll, ich habe wieder aufgeatmet. Leider sind die Familienbande eng, sich mit der Verwandtschaft abzugeben, ist unerlässlich. Feiertage, Gedenktage, Konzernversammlungen, gewisse zeremonielle Traditionen, das alles kann man nicht vermeiden.«

»Empfinden Ihre Geschwister das genauso?«

»Meine jüngere Schwester hat sich losgemacht, sobald sie konnte. Sie versteckt sich in London und widmet sich philanthropischen Unternehmungen. ›Softie‹ nennt Vater solche Leute. Erika, die Sie ja schon kennengelernt haben, ist das komplette Gegenteil. Sie besteigt Berge und segelt beim Ocean Race, zumindest hat sie das getan, als sie jünger war. Sie hat die Überenergie von Vater geerbt. Eines Tages wird sie die Konzernchefin werden, davon bin ich überzeugt. Aber ich hoffe, dass ich dann schon auf einem anderen Kontinent sitzen und mein Leben genießen werde. Vielleicht in Mexiko.«

Sven lächelte, obwohl seine Augen traurig aussahen.

»Prost«, sagte er.

Olivia prostete ihm mit ihrem Wasserglas zu und war sehr dankbar, in einer anderen Art von Familie aufgewachsen zu sein.

»Lebt Ihr Vater noch?«, fragte Sven.

»Nein, er ist 2008 gestorben. Krebs. Meine Mutter lebt noch.«

»Passen Sie auf sie auf. Meine Mutter hat sich das Leben genommen. Oder besser gesagt, sie ist verkümmert, verschwand in sich selbst … am Ende saß nur noch ein kleiner grauer Schmetterling in einem Rollstuhl.«

Sven fuhr vorsichtig mit einem Finger über die Kante des Weinglases.

»Ich vermisse sie wirklich sehr.«

*

Pekka Karvonen hatte drei Tage frei, keine Helikopterflüge. Jetzt, da die Seen endlich zugefroren waren, wollte er sich dem Eisfischen widmen. Seine Lieblingstätigkeit um diese Jahreszeit.

Ohne Handynetz.

Er parkte den Skooter am Rand des Sees und blickte über die Eisfläche. Der Wind pfiff, fegte den Neuschnee weg und legte lange, glänzende Streifen frei. Die Sonne stand hoch und glitzerte in dem blauen Eis. Njarkalisjaure. Ein Fjällsee nördlich von Arjeplog gelegen, berüchtigt für seine fetten, guten Saiblinge.

Hier war er in diesem Jahr zum ersten Mal.

Er beschirmte die Augen mit der Hand und blinzelte.

Sie hat ihn also schon rausgefahren, dachte er.

Er meinte Nanna Ruong, und was sie bereits rausgefahren hatte, war ihr Pimpelark. Pekka wusste, dass dies hier nicht nur sein Lieblingsplatz zum Eisfischen war, sondern auch Nannas. Sie hatten schon einige Male hier zusammen geangelt.

Er stieg vom Schlitten und ging auf den Arken zu. Dass Nanna da war, erkannte er an der schmalen Rauchsäule, die sich aus dem Dach des Wohnwagens ringelte. Er machte eine große Runde, hin zu dem kleinen Fenster, er wollte sie nicht erschrecken. Schließlich war sie schon ziemlich alt. Als er sich dem Fenster näherte, sah er ihr Gesicht, und sie entdeckte ihn ebenfalls. Gut. Er trat näher, klopfte leicht, öffnete die Tür und zog die Stoffgardine beiseite. Nanna saß auf der einen Pritsche, die Pimpelrute in der Hand. Die Schnur verlief durch das kleine Viereck im Boden und weiter in das aufgebohrte Loch. Sie nickte zur Kochplatte mit dem Topf darauf. Kochkaffee. Pekka rührte sich eine Tasse zusammen und setzte sich dann auf die Pritsche gegenüber. Nanna trug ihre rote Fleecejacke, auf dem Kopf hatte sie die übliche Lederkappe. Sie ruckte ein wenig an der Angelrute. Pekka nahm einen Schluck. Er wusste, worauf es ankam.

Warten.

»Was dran?«, fragte er nach einer Weile.

»Nix.«

Pekka nickte. Eisfischen brauchte Geduld. Manchmal saß man stundenlang über dem Loch, ohne dass sich etwas rührte, und dann plötzlich schlug es zu. Ein Rucken, das man bis in den Arm hinauf spürte, ein kräftiger Zug, und im besten Fall ein fetter Saibling, der durch den Boden nach oben kam.

Er liebte das.

Nanna drehte sich um und griff nach ihrer Kaffeetasse. Vermutlich war der Kaffee kalt, aber das war nicht so wichtig. Sie nahm einen Schluck und sah wieder hinunter durch das Loch. Pekka beobachtete ihre Bewegungen mit der Angelrute.

»Du bist abgestürzt, hab ich gehört«, sagte sie.

»Ja. Hinten am Radtja. Unwetter, ein Blitz hat in den Helikopter eingeschlagen.«

»Du darfst bei Unwetter nicht fliegen, Pekka.«

»Ich weiß, aber es kam ziemlich überraschend… Wir waren auf dem Weg rauf zu der Stelle, wo sie Fredrik gefunden haben.«

Nanna ruckte kurz an der Schnur, Pekka betrachtete ihre krummen, faltigen Hände. Dass sie immer noch hiersitzt und Saibling pimpelt, in ihrem Alter, dachte er. Das fand er krass. Seine eigenen Großeltern waren seit vielen Jahren tot.

»Ich habe im Radio gehört, dass sie ihn im Fjäll gefunden haben«, sagte Nanna.

»Ja.«

»War das am Radtja?«

»Nein, ein Stück weiter, am Listivis.«

Nanna ließ die Angelrute ein wenig sinken.

»Ach dort?«

»Ja. In einer Schneewechte, direkt oberhalb der alten Rentierhütte.«

Nannas Bewegungen mit der Pimpelrute wurden langsamer, bis sie den Griff ganz still in der Hand hielt. Pekka merkte, wie sie in sich selbst versank und den Kopf hin- und herwiegte. Er wartete lange, dann sagte er: »Was ist?«

»Oberhalb der Rentierweide?«

»Ja. Ein Stück weit da rauf.«

Nanna legte sich die Pimpelrute über die Knie und verschränkte die Hände, ihr Blick wanderte durch das grau beschlagene Fenster hinaus.

»Woran denkst du?«, fragte Pekka.

»Er war damals bei mir, ehe er verschwand.«

»Fredrik?«

»In Harrok.«

»Ich wusste gar nicht, dass ihr Kontakt hattet.«

»Doch.«

»Und was hat er da gemacht?«

»Ich habe ihm von der Grube erzählt …«

»Von welcher Grube?«, fragte Pekka.

Nanna nahm die Rute wieder in die Hand und begann zu rucken. Ihr Blick war auf das Loch unter dem Fußboden konzentriert.

»Nanna, was ist das für …«

»Ich will mit der Polizei reden«, sagte sie.

»Ich bin Polizist.«

»Du bist Pilot, Pekka.«

Nanna ruckte jetzt schneller an der Schnur, und Pekka begriff, dass genug geredet war.

Das konnte er an ihrem fast zahnlosen Mund erkennen.

*

Bei Olivia hatte das Mittagessen einen schlechten Nachgeschmack hinterlassen. Sie war sehr unangenehm berührt. Die Art, wie Aron Bergh seinen Sohn behandelt hatte, war demütigend gewesen. Sie vertraute Sven, er hatte sich ihr geöffnet und ihr den Tipp mit dem Whistleblower gegeben, der Blick aus seinen grauen Augen war voller Wärme.

Trotz Aron Bergh.

Sie saß an ihrem Küchentisch und betrachtete das Hochglanzbuch, das sie von Sven bekommen hatte. Die Geschichte des Bergh-Konzerns. Eine Weile hatte sie darin geblättert und gelesen, wie das Unternehmen in den 1950er-Jahren von Aron Bergh gegründet worden war. »Er hat mit zwei leeren Händen angefangen«, war das Kapitel überschrieben. In Wirklichkeit hatte es im Hintergrund noch eine kleine Papierfabrik in Familienbesitz gegeben, doch das wollte Aron wohl wegfrisieren. Die Geschichte von dem einsamen, willensstarken Unternehmer war attraktiver. Nach und nach war die Firma gewachsen und hatte sich auf andere Wirtschaftszweige ausgedehnt. »Diversifizierung«, wie der Begriff dafür lautete. Ein paar Jahrzehnte später war Bergh auf einer Höhe mit Kamprad und Rausing. Das Unternehmen hatte sich zu einem multinationalen Konzern entwickelt, der in allen Teilen der Welt agierte. 1994 gründete Aron eine Stiftung unter seinem Namen, die fortlaufend erhebliche Summen für wohltätige Zwecke zur Verfügung stellte. Und schließlich wurde ihm auch die Seraphim-Medaille des Königlichen Seraphinenordens zuteil, die Menschen verliehen wird, die sich besonders um humanistische und gesellschaftsfördernde Ziele verdient gemacht haben.

Olivia sah den Mann im Operakällaren vor sich. Gerader Rücken, fester Handschlag, von Sarkasmus triefende Worte.

Vom König dekoriert.

Kaldmas Patenonkel.

Das letzte Kapitel des Buches handelte vom Einsatz des Konzerns für die Umwelt. Sie hatten früh in die Entwicklung erneuerbarer Energien investiert. Windkraft, Solarzellen, Kohlefaser, Wellenkraft, alle möglichen Innovationen zur alternativen Energiegewinnung. Parallel dazu wurde die Global Environment Rescue GER gegründet. Das Unternehmen, das

Fredrik Kaldma geführt hatte und dessen Aufgabe es war, negative Auswirkungen der Umweltverschmutzung weltweit aufzudecken und zu verfolgen.

Was ihn das Leben gekostet hat, dachte Olivia und schlug das Buch zu.

Sie goss sich Teewasser ein und wusste, sie würde nicht länger ausweichen können. Dem, was sie auf Abstand gehalten hatte, als der Fokus auf den versenkten Containern lag. Jetzt war diese Geschichte geklärt, und sie war gezwungen, sich dem Verdrängten zu widmen. Ihren Zweifeln. Ihren eigenen inneren Zweifeln. Sowohl, was das Motiv für den Mord an Kaldma anging, als auch, was den möglichen Täter betraf.

Sie ließ sich am Küchentisch nieder, versenkte einen Beutel grünen Tee im heißen Wasser und blies über das Getränk.

Warum sollte sich ein gedungener internationaler Auftragskiller Kaldmas ausgerechnet dort oben in einer extrem unzugänglichen Fjälllandschaft entledigen? Warum befand sich Karl-Oskar Hansson zwanzig Jahre später in Gesellschaft einer Spanisch sprechenden Frau an diesem Ort? Warum wurde Kaldma damals mit derselben Waffe erschossen, mit der man jetzt versucht hatte, sie zu töten? Eine alte Sammlerpistole? Was hatte das alles mit der ETG zu tun?

Das wollte irgendwie nicht zusammenpassen.

Sie nippte an ihrem Tee, das entspannte sie. Dann griff sie nach ihrem Handy und schrieb Abbas eine SMS, um die Gedanken noch einmal ein wenig rauszuschieben: »Wie geht es dir?« Es kam keine postwendende Antwort. Sie legte das Handy wieder hin und kehrte zu ihren Zweifeln zurück.

Kaldmas Auto wurde in einem versteckten Bereitschaftsdepot nahe der norwegischen Grenze gefunden, das seit den Fünfzigerjahren geschlossen war. Wie hätte ein Auftragskiller davon wissen sollen? Sogar Klarfors hatte alte Pläne der Armee heraussuchen müssen, um den Bunker zu finden.

Sie nahm wieder das Telefon zur Hand und klickte ihren Bildordner an. Ein paar der letzten Fotos stammten aus einer Maschinenhalle in Arjeplog und zeigten Kaldmas verrostetes Auto. Auf einer Detailaufnahme war das Kassettengerät zu sehen, das sie im Handschuhfach gefunden hatten.

Plötzlich wurde es ihr klar.

*

Auf derselben Seite von Stockholm, südlich des Stadtzentrums, aber etwas weiter Richtung Meer, lag Mette mit einer Schlafmaske über den Augen in ihrem Bett. Sie hatte die öffentliche und umfassende Niederlage der ETG genüsslich aufgesogen und war auf mehrere Dinge stolz. Vor allem auf ihre beiden Draufgänger und deren wilde Jagd in Gambia, aber auch auf Olivia. Das war ihre erste Ermittlung, und die war gelungen. Oder zumindest fast. Sie horchte auf Mårtens leichtes Schnarchen neben sich und überlegte, ob es wohl Zeit für Ohrenstöpsel war. Ich probiere es so, dachte sie, und drehte sich auf die andere Seite.

Das hätte sie besser nicht getan.

Das war nämlich die Seite, auf der die Gedanken angeflossen kamen und jede Chance auf Schlaf zunichtemachten. Die Gedanken darüber, worum es bei diesem Mord eigentlich ging.

Über das, was sie störte.

Über das, was aus der Tatsache erwuchs, dass sie keinen Täter hatten.

Und damit war die Nacht ruiniert.

An der norwegischen Grenze beim Sulitelma 1944

Der eisige Sturm kam von Norden und donnerte am Fjällmassiv entlang, fuhr durch die Täler und peitschte den Männern schmerzhaft in die Augen, als sie versuchten, sich bei Dunkelheit und Gegenwind vorwärtszukämpfen. Eben noch waren sie durch den schützenden Birkenwald gedrungen, jetzt mussten sie hinaus in die offene, nackte Berglandschaft. Sie wollten die Grenze nach Schweden überqueren und hatten noch ein gutes Stück zu gehen. Vier von ihnen trugen schwere Rucksäcke und sanken mit ihren Skiern in den Schnee ein. Der Mann ganz vorn war Juhan Ruong.

Ein Same, zu Hause in dem schwedischen Samendorf Luokta-Mávas.

Er war es, der die Männer zu dem Versteck führen sollte.

Früher schon hatte er Flüchtlingstrecks geführt, doch dieser hier war besonders. Es waren Männer des norwegischen Widerstands, neun Mann, und sie alle wurden von den Deutschen gejagt. Er wusste, dass Lawinengefahr bestand, wenn sie durch den Fjällhang steigen würden, doch er musste das Risiko eingehen. Weiter unten im Tal würden sie von den Verfolgern eingeholt werden.

Alle Männer trugen weiße Overalls mit schmalen schwarzen Riemen, an denen die Gewehre über den Rücken hingen, die Strickmützen hatten sie wie Kapuzen über die Köpfe gezogen. Juhan Ruong kannte nur einen von ihnen, Geir, die anderen stammten aus dem Süden Norwegens.

Eine gewaltsame Sturmbö fuhr über den Fjällhang und zwang alle in die Hocke, ein paar fielen um, einer der Rucksäcke ging auf, und ein paar Goldbarren rutschten in den Schnee. Geir war schnell zur Stelle und half, den Rucksack wieder zu packen. Ein dumpfes Grollen brach durch den Sturm. Juhan blieb stehen und wandte sich zum Fjällhang hinauf. Seine starke Stimme drang durch das Dröhnen des Windes. Er wandte sich an Geir: »Hier kann jederzeit eine Lawine losgehen, wir nehmen lieber den Weg über den Pieskehaure«, sagte er.

»Trägt das Eis dort?«, fragte Geir.

»Nicht überall, aber ich weiß, wo wir gehen müssen.«

Juhan hob seinen Wanderstab und deutete in den wirbelnden Schnee.

Dorthin.

Geir vertraute Juhan voll und ganz. Es wusste, dass der Same in dieser Gegend geboren und aufgewachsen war, dass er alles über das Gelände und die Wetterverhältnisse wusste. Man sagte ihm nach, er könne mit verbundenen Augen geradewegs durch das Fjällmassiv wandern. Viermal schon hatte er Flüchtlinge über die Grenze geführt und so viele Norweger vor den Nazis gerettet.

Geir wusste, dass sie sich in sicheren Händen befanden.

Juhan würde das Versteck finden, in dem die Kontaktperson wartete.

Es war kurz nach zehn am Vormittag. Olivia hatte alle aus der Gruppe gebeten, sich bei Mette zu versammeln – alle außer Stilton, der auf Rödlöga war und Probleme hatte, in die Stadt zu kommen. Behauptete er. Mårten hatte Kaffee gekocht, im Arbeitszimmer den Tisch gedeckt und selbstgebackene Zimtschnecken, die zu seinem Lieblingsgebäck gehörten, aufgefahren. Alle setzten sich um den Tisch, und Mårten nahm sich die Freiheit, sich auf einem dreibeinigen Hocker an der Wand niederzulassen.

Im Prinzip ist der Fall ja gelöst, dachte er.

Und so dachten wohl auch Lisa und Bosse und betrachteten das Treffen als einen Abschluss.

Doch Olivia war anderer Ansicht, und das machte sie in dem Moment klar, als sie den Mund öffnete.

»Gestern habe ich zu Hause gesessen und bin nicht mehr von der Frage nach dem Mordmotiv losgekommen«, begann sie. »Und von der nach dem Täter. Wir sind so auf diese Container fixiert gewesen, und das zu Recht, aber war die Sache mit dem versenkten Atommüll wirklich der Grund für den Mord an Kaldma? Ich finde, da gibt es eine Menge Fragezeichen. Und plötzlich musste ich an sein Auto denken, das da oben in dem alten Bereitschaftsdepot gefunden wurde.«

»Was ist damit?«, fragte Bosse.

»Irgendwas stimmt nicht.«

Olivia lehnte sich über die Tischkante, beinahe, als wollte sie ihnen zuflüstern.

»Wenn es irgendein gedungener Mörder von der ETG war, der Kaldma erschossen und sich dann hinterher seines Autos entledigt hat«, sagte sie, »warum hat er dann nicht die Kassette mit dem Gespräch mit dem Whistleblower mitgenommen? Das Motiv für den Mord selbst. Der Kassettenrecorder lag schließlich im Handschuhfach.«

Um den Tisch wurde es still. Lisa griff sich eine Zimtschnecke. Warum war sie nicht selbst darauf gekommen?

»Das kommt mir unwahrscheinlich dilettantisch vor«, fuhr Olivia fort.

»Sehe ich genauso«, ergänzte Mette.

Das war es, was sie die ganze Zeit gestört hatte, nur hatte sie es nicht greifen können.

»Du bist also der Ansicht, dass die Containergeschichte nicht das Motiv für den Mord an Kaldma ist?«, fragte Bosse nach einigem Schweigen.

»Genau«, erwiderte Olivia. »Ich glaube, es ging um etwas anderes. Etwas, das ...«

Noch ehe sie ihren Gedankengang fertig ausbreiten konnte, klingelte ihr Handy. Eine Nummer, die sie nicht sofort erkannte. Sie sah die anderen an und entschied sich ranzugehen.

»Olivia Rönning.«

»Hallo, hier ist Pekka, hast du einen Moment Zeit?«

»Natürlich. Warte kurz.«

Olivia stand auf und ging in die Küche.

»Ja?«, sagte sie.

»Du erinnerst dich doch, dass ich dir im Silverhatten ein Foto von Fredriks Großtante, Nanna Ruong, gezeigt habe, oder?«

»Ja?«

»Ich habe sie eben getroffen.«

»Ach ja?«

Pekka brauchte ein paar Minuten, um zu formulieren, was er sagen wollte, jetzt, da er endlich wieder Handynetz hatte. Als er fertig war, fragte Olivia: »Und sie will mit der Polizei reden?«

»Ja.«

»Und du weißt nicht, worum es dabei genau geht?«

»Nein, mehr hat sie nicht verlauten lassen. Sie ist ein bisschen schwierig. Ich habe mit Klarfors gesprochen, und der meinte, ich soll dich anrufen.«

»Gut. Ich rufe sie gleich an.«

Olivia drückte Pekka weg und wählte Nannas Nummer. Am anderen Ende der Leitung meldete sich niemand. Sie stand auf und stellte sich in die Tür zum Arbeitszimmer.

»Das war Pekka Karvonen aus Arjeplog. Juhan Ruongs Schwester Nanna Ruong behauptet, dass Kaldma kurz vor seinem Verschwinden bei ihr gewesen ist.«

»Wo wohnt sie?«, fragte Mette.

»In Harrok. Oben im Fjäll von Arjeplog.«

Alle sahen Olivia an und überdachten das Gehörte. Interessante Information.

»Was wollte er bei ihr?«, fragte Lisa. »Warum hat sie das nicht schon viel früher erzählt?«

»Keine Ahnung, anscheinend ist sie ein bisschen seltsam, meint Pekka. Sie sagt, sie will mit der Polizei darüber sprechen. Ich habe sie angerufen, aber sie geht nicht ran.«

»Das heißt, es gibt eine lebende Verwandte von Kaldma?«, fragte Bosse.

»Ja«, erwiderte Mårten. »Eine einzige. Von der samischen Seite. Nanna Ruong. Ich habe ein wenig geforscht. Sie ist inzwischen sehr alt. Möchtet ihr ein paar Informationen? Diese Familie blickt auf eine faszinierende Geschichte zurück.«

Ohne eine Antwort abzuwarten, erhob er sich mit einer für seinen Widerwillen gegen jede Form von sportlicher Betätigung erstaunlichen Geschmeidigkeit von dem dreibeinigen Hocker und eilte leichten Fußes in die Mitte des Raumes. Mette schloss die Augen.

»Die Familie Ruong gehört zum Samendorf Luokta-Mávas«, begann er.

»Ist da nicht Kaldmas Leiche gefunden worden?«, fragte Boss. »In Luokta-Mávas?«

Olivia sah Mårten an.

»Dann ist er auf dem Grund und Boden der Familie gefunden worden?«, fragte sie.

»Das könnte man so sagen, beziehungsweise auf dem Rentierland des Samendorfes, sie haben dort das Anrecht auf Rentierhaltung und Fischerei.«

»Okay, trotzdem. Er ist also auf dem alten Rentierland seiner Familie erschossen und begraben worden?«

»Offensichtlich«, verkündete Mårten, der spürte, dass seine Nachforschungen endlich Früchte trugen.

»Und was bedeutet das?«, erkundigte sich Bosse. »Kann der Mord mit seiner samischen Herkunft zu tun haben? Geht es hier vielleicht um einen alten Samenkonflikt?«

Natürlich hatte niemand aus der Runde eine Antwort darauf, also sagte Olivia, der nun klar war, wie sehr sich Mårten in diese Sache vertieft hatte: »Hast du sonst noch etwas herausgefunden?«

»Sehr viel.«

Mårten sah Mette an, die eben die Augen wieder geöffnet hatte. Sie lächelte, und er bekam das Gefühl von Rückenwind.

»Fredriks Großvater mütterlicherseits, Juhan Ruong, hat eine sehr spannende Geschichte. Während des Zweiten Weltkriegs arbeitete er mit norwegischen Widerständlern zusammen und führte etliche Male Flüchtlingsketten am Sulitelma, dem Berg, über den die norwegisch-schwedische Grenze verläuft, auf die andere Seite. Ich war in Kontakt mit dem Heimatfrontmuseum in Oslo, das ein umfangreiches Archiv zur Geschichte der Widerstandsbewegung betreibt, und ein Wissenschaftler dort beschrieb Juhan als einen Helden. Offensichtlich rettete er eine große Anzahl norwegischer Flüchtlinge vor den Nationalsozialisten. Leider kam er selbst bei einer dramatischen Aktion 1944 ums Leben.«

»Was ist passiert?«, fragte Bosse.

»Ein Lawinenunglück«, vermutete Olivia.

»Möglich«, erwiderte Mårten. »Das wurde nie ganz geklärt. Wollt ihr noch mehr hören?«

Lisa und Bosse wollten auf jeden Fall noch mehr hören, Olivia war ein wenig unsicher, wohin das führen würde. Mette schloss wieder die Augen. Mårten nahm an der Stirnseite des Tisches Platz, gegenüber von Olivia, und schenkte sich eine Tasse Kaffee ein, ehe er fortfuhr.

»Es fing damit an, dass die norwegischen Widerständler vor Fauske einen deutschen Transport kaperten, der eigentlich auf dem Weg nach Bodø war. Ihnen fielen mehr als 45 Kilo Gold in die Hände, das die Nazis konfisziert hatten. Der Plan war, mit diesem Gold die Sabotagetätigkeiten des Widerstands zu finanzieren – Waffen, Sprengstoff und verschiedene Aktionen. Neun Männer aus dem Widerstand flohen mit dem Gold zur schwedischen Grenze, die Deutschen waren ihnen auf den Fersen. Im Ort Sulitelma hatte man sich mit dem Samen Juhan Ruong verabredet, der die Norweger und das Gold über eine etablierte Flüchtlingsroute, die schon einige Male benutzt worden war, nach Schweden bringen sollte. Das Ziel war ein Versteck im Fjäll von Arjeplog, das Juhan kannte. Dort würden sie auf eine schwedische Kontaktperson treffen. Die Operation lief unter dem Namen ›Kaltes Gold‹.«

»Kaltes Gold?«, fragte Lisa.

»Das war offensichtlich auch die Bezeichnung der Deutschen dafür. Leider wurden die Flüchtlinge von einem schrecklichen Schneesturm überrascht und verschwanden. Man suchte sowohl von Schweden wie auch von Norwegen aus nach ihnen, doch man fand sie nie. Am Ende nahm man an, dass sie in einer Lawine umgekommen oder in einen See eingebrochen sind.«

»Vielleicht ist das der Ursprung der Legende, von der Pekka mir erzählt hat«, sagte Olivia, »dass nämlich auf dem Grund irgendeines Sees da oben eine Menge gestohlenes Gold läge.«

»Ja, vielleicht.«

»Und es war also Kaldmas Großvater, der die Gruppe führte?«, fragte Bosse.

»Ja, Juhan Ruong«, sagte Mårten.

»Was für eine Tragödie.«

»Ja.«

»Und dann wird Kaldma selbst da oben in derselben Gegend ermordet ... seltsamer Zufall.«

Mette öffnete wieder die Augen. Sie war kein Mensch, der an Zufälle glaubte, das hatte sie noch nie getan. Für sie war der Zufall fast immer das Ergebnis von Zusammenhängen, die nicht rechtzeitig erkannt worden waren.

»Wie fleißig du gewesen bist, Mårten«, sagte sie ohne den geringsten Unterton.

»Danke. Jetzt wisst ihr zumindest etwas mehr über Kaldmas Hintergrund.«

»Und vielleicht noch mehr als das«, sagte Mette und wandte sich an Olivia. »Probier doch noch mal, Nanna Ruong anzurufen.«

Was Olivia tat, jedoch ohne Erfolg. Als sie das Handy sinken ließ, sagte Mette: »Fahr rauf.«

Ein Vorschlag, den Olivia sofort aufgriff.

Auf dem Weg nach Hause in ihre Wohnung versuchte Olivia noch ein paarmal, Nanna Ruong anzurufen. Mit dem gleichen Ergebnis. Schließlich probierte sie es bei Pekka, der ihr erklärte, dass Nanna wahrscheinlich noch draußen in ihrem Pimpelark auf dem Njarkalisjaure saß.

»Ich komme rauf«, sagte Olivia. »Kannst du mich zu diesem See bringen?«

»Ja.«

»Müssen wir über irgendwelche Bergkämme?«

»Nicht solche wie letztes Mal.«

»Sicher?«

»Wir können auch den Skooter nehmen, wenn du willst, aber das dauert sehr viel länger.«

»Dann fliegen wir.«

*

Der Rummel um die versenkten Container war für sie zu einem idealen Zeitpunkt gekommen. Die gesamte Aufmerksamkeit im Fall Kaldma richtete sich aufs Ausland. Die Ereignisse im Fjäll waren aus den Medien verschwunden. Niemandem erschien es wahrscheinlich, dass die Polizei hier noch Nachforschungen anstellen würde.

Perfekt.

Jetzt konnte sie ihren Auftrag, den sie an der Rentierhütte

hatte abbrechen müssen, endlich abschließen. Es war Zeit, wieder dorthin aufzubrechen. Bald.

Und diesmal musste sie nicht durchs Fjäll schleichen.

Sie packte eine Handgranate zu der Luger.

*

Olivias Wohnung auf der Högalidsgatan war durch den neuen Balkon wirklich aufgewertet worden, das stellte sie fest, als sie jetzt mal bei Tageslicht dort war. Was sie außerdem feststellte, war, dass die Wohnung mal eine anständige Putzaktion gebrauchen konnte, der Baustaub lag wie eine dünne, weißliche Haut über dem Fußboden und den Schränken im Wohnzimmer. Zum Glück hatte sie Sofa und Bücherregal vorher abgedeckt, es drohte also kein Riesenjob. Und vor allem war es nichts, was sie jetzt tun würde. Sie wollte nur ein paar Kleider holen, die sie mit nach Arjeplog nehmen würde. Dort herrschte nicht das hässliche Stockholmer Wetter, ständig grau bei sieben Grad plus, sondern es war bedeutend kälter.

Sie ging ins Schlafzimmer und öffnete den Schrank. Holte einen dicken Pullover und warme Unterwäsche heraus, die sie sich vor ein paar Jahren fürs Skilaufen angeschafft hatte. Sie legte die Kleider aufs Bett. Auf ihr Bett mit dem schönen Überwurf, den ihre Großmutter vor sehr langer Zeit gehäkelt hatte.

Ihr Bett, das sie schon begleitete, seit sie aus ihrem Elternhaus in Rotebro ausgezogen war.

Sie setzte sich und strich behutsam mit der Hand über die sorgfältig gehäkelten kleinen Vierecke. Im Grunde sehnte sie sich doch sehr nach Hause in ihre Wohnung. Es war einfach so. Aus dem Koffer zu leben, war nicht ihr Ding, auch wenn sie dadurch mit einem Mann zusammen war, den sie wirklich liebte.

Wie würden sie das lösen?

Sie hatten nicht noch einmal darüber gesprochen. Natürlich war Lukas von dem Angebot aus Kopenhagen so in Beschlag genommen worden, dass er die Sache vergessen hatte, und sie schob es vor sich her. Ebenso, wie Lukas darüber zu informieren, dass sie in Arjeplog wieder Helikopter fliegen würde.

Musste er das überhaupt wissen?

Er war in Kopenhagen und würde noch drei weitere Tage dort bleiben. Er würde sich bestimmt nur Sorgen machen, und sie wollte schließlich nur kurz rauf, um mit Nanna Ruong zu sprechen. Nein, es wäre nur dumm, ihm das zu erzählen. Es war besser, wenn er sich auf seine Anliegen konzentrieren konnte.

Da rief Sven Bergh an. Er wollte um Entschuldigung für das Mittagessen bitten. Für das Verhalten seines Vaters und vielleicht auch dafür, dass er selbst ein wenig zu betrunken gewesen war und zu viel Privates erzählt hatte.

»Ich bin ein bisschen zu persönlich geworden«, sagte er.

»Ganz und gar nicht. Ich wusste zu schätzen, was Sie gesagt haben. Und Sie waren nicht derjenige, der anstrengend war.«

Sven lachte.

»Danke«, sagte er. »Störe ich Sie?«

»Ganz und gar nicht. Ich bin dabei zu packen, ich werde rauf nach Arjeplog fahren.«

»Ah, ein bisschen Skiferien?«

»Nein, ich werde Nanna Ruong treffen, die Schwester von Juhan.«

»Tatsächlich? Oh. Sie muss an die hundert Jahre alt sein, oder?«

»Nicht ganz, aber alt ist sie.«

»Warum fahren Sie zu ihr?«

»Es geht um den Mord an Fredrik.«

»Ach so. Hatten Sie den nicht schon zu den Akten gelegt?«

»Nein, noch nicht ganz. Wir sind nicht vollends überzeugt, dass diese versenkten Container das Motiv für den Mord waren.«

»Nicht? Was könnte es denn sonst sein?«

»Dazu kann ich nichts Näheres sagen.«

»Ich verstehe. Ja, geben Sie einfach Bescheid, wenn ich mit irgendetwas helfen kann.«

Olivia bereute es, sowie sie aufgelegt hatte. Es war nachlässig, von ihren Überlegungen zum Motiv zu plappern, das ging Sven Bergh in diesem Stadium der Ermittlungen wirklich nichts an.

Olivia setzte sich mit gemischten Gefühlen neben Pekka in den Polizeihelikopter. Er merkte, dass sie ein wenig unruhig war, und legte eine Hand auf ihren Arm.

»Wieder aufs Pferd.«

»Ich weiß. Flieg los.«

Dieses Mal war der Himmel wolkenlos und der Wind zahm, zumindest bisher, und sie kamen schnell nach Harrok hinauf. Nanna Ruongs Zuhause. Pekka landete den Hubschrauber am äußeren Rand des Dorfes und zeigte auf das kleine, dunkle Haus, in dem Nanna wohnte. Olivia lief hin und klopfte an. Nichts geschah. Sie schaute durch ein Fenster, konnte aber niemanden erkennen.

Als sie wieder den Helikopter bestieg, sagte Pekka: »Wahrscheinlich ist sie noch oben in Njarkalis.«

Sie flogen weiter. Diesmal konnte Olivia den Flug fast genießen, die Aussicht, die Weiten, die mächtigen, blauweißen Berggipfel in der Ferne. Alles sah bei Sonne und leichtem Wind ganz anders aus.

Sie versank in Gedanken. Sollte sie Pekka von dem gestohlenen Gold erzählen, das nach Schweden zu bringen Juhan Ruong geholfen hatte? Dass dies vielleicht die Geschichte hinter der hier oben kursierenden Legende vom im See versunkenen Gold war? Vielleicht später. Und dann dachte sie: Was, wenn dieses Gold ganz woanders gelandet ist als auf dem Grund eines Sees?

Ihre Gedanken wanderten weiter zu Tom draußen auf Rödlöga. Zu dem Mann, der das initiiert hatte, was eine Weltnachricht wurde. Und zu Abbas. Einem ihrer besten Freunde. Der gerade noch in Gambia war. Mit einer neuen Liebe, wie Tom sagte.

Und dann dachte sie an Lukas.

Allein in Kopenhagen.

Aber vermutlich glücklich in seiner Kunstblase.

Er fehlte ihr.

»Da ist es.«

Pekka zeigte auf den großen, vereisten See. Olivia folgte seinem Blick und sah weißen Schnee auf der Eisfläche, und im Schnee einen winzig kleinen Wohnwagen.

Nannas Pimpelark.

»Wie gesagt, sie ist ein bisschen schwierig«, sagte Pekka. »Es ist gut, geduldig zu sein, sie redet, wenn sie möchte.«

»Okay.«

Olivia war ziemlich erfahren im Umgang mit schwierigen Leuten, die nur redeten, wenn sie selbst Interesse daran hatten.

Pekka fand am Seeufer schnell einen guten Platz zum Landen. Dicht hintereinander gingen sie zu dem Wohnwagen hinaus, ungefähr in demselben großen Vorsichtsbogen, den Pekka ein paar Tage zuvor beschrieben hatte. Olivia hatte ihren Rucksack dabei, ihr Survival Kit.

Erfahrung machte klug.

Als sie sich von der Fensterseite näherten, ging die Tür auf. Nanna schaute heraus.

»Wer ist sie?«, fragte sie.

»Das ist Olivia Rönning«, erklärte Pekka. »Sie ist Polizistin und leitet die Ermittlungen zum Mord an Fredrik. Du wolltest mit einer richtigen Polizistin sprechen.«

Nanna verschwand im Wohnwagen. Pekka sah Olivia an, beide lächelten und folgten dann in den Arken.

»Ich habe Kochkaffee.«

Nanna wies auf die Kochplatte und setzte sich auf ihre Pritsche. Gegenüber gab es noch eine Pritsche. Olivia machte einen Schritt dorthin und setzte sich, während Pekka etwas Wasser in einen Topf goss. Nanna nahm ihre Pimpelrute, die Schnur verschwand unten im Loch. Olivia schwieg und registrierte den eigenartigen Geruch, eine Mischung aus Kaffee, Pfeifenrauch und saurem Leder.

»Du bist jung«, sagte Nanna, ohne den Blick vom Eisloch zu wenden.

»Und Sie sind alt.«

Pekka vermied es, sich umzudrehen, er war nicht sicher, ob das der richtige Zugang zu Nanna war, also sagte er: »Was dran?«

»Nix.«

Nanna ruckte ein wenig an der Rute. Olivia sah zu Pekka, der ihr eine Tasse Kaffee reichte. Sie war nicht so geduldig wie ihr Begleiter und wandte sich an Nanna.

»Sie wollten etwas von Fredrik erzählen«, sagte sie.

»Ja.«

Nanna sprach nicht weiter, also tat es Olivia.

»Er hat Sie in Harrok besucht, bevor er verschwand, stimmt das?«

Nanna lehnte sich an die Wohnwagenwand und schob die Lederkappe ein klein wenig hoch.

»Seine Frau war mit irgendeinem Theater unterwegs, deshalb ist er raufgekommen.«

»Können Sie sich erinnern, wann genau das war?«

»An meinem Geburtstag.«

»Und wann ist das?«

»Jedes Jahr am selben Tag, dem 18. November.«

Olivia war erstaunt. Kaldma war am 17. November aus Stockholm verschwunden. Also war er hierhergefahren? Warum? Ohne jemandem etwas zu sagen?

»Er wollte mir wohl gratulieren, ich wurde siebzig.«

Da bekam sie die Antwort. Kaldma war ins Fjäll gefahren, weil seine einzige noch lebende Verwandte siebzig wurde.

Irgendwie erstaunlich, aber rührend.

Und weit entfernt von einem Dreiecksdrama in Arvidsjaur.

»Wie ist er nach Harrok gekommen?«, fragte Olivia. »Mit dem Skooter?«

»Ja. Wieso fragst du das?«

»Weil wir sein Auto gefunden haben, aber wir wissen nicht, wie er nach Radtja raufgekommen ist, wo er ermordet wurde.«

»Weiter mit dem Motorschlitten«, sagte Nanna.

Sie senkte die Rute ein klein wenig und begann, an der Schnur zu rucken. Olivia wusste, dass es noch jede Menge Fragen gab, aber sie wartete. Mehrere Minuten. Pekka kratzte sich am Arm.

»Ich habe Fredrik von dem blauen Wolf erzählt«, sagte Nanna plötzlich, ohne die Schnur aus dem Blick zu lassen.

»Welcher blaue Wolf?«, fragte Pekka.

Jetzt war er perplex. Er wusste, dass Nanna so viel mythologisches Wissen wie wenige besaß, das meiste davon war mit ihrer Generation ausgestorben, und im Laufe der Jahre hatte er schon die ein oder andere seltsame Geschichte von ihr gehört. Aber ein blauer Wolf?

»Wenn die Sonne auf eiskalten Schnee scheint, dann wird er aus manchen Winkeln betrachtet blau«, sagte Nanna. »Das weißt du, Pekka.«

»Doch, das weiß ich.«

Ein Lichtphänomen, das er während seiner Flüge durchs Fjäll schon mehrmals beobachtet hatte.

»Eine der Felsklippen da oben sieht, wenn der blaue Schnee glitzert, wie ein großer Wolfskopf aus«, erklärte Nanna. »Deshalb haben wir in der Familie die Grube so genannt.«

Nanna ließ den Kopf wieder Richtung Eisloch sinken. Olivia sah Pekka an, und er signalisierte ihr, dass man versuchen musste, Nanna in ihrem Tempo zu folgen. Das dauerte. Am Ende konnte Olivia sich nicht mehr beherrschen.

»Von was für einer Grube sprechen Sie denn? Der blaue Wolf?«

Nanna klemmte die Angelrute zwischen die Knie, beugte sich hinab und zog eine Flasche unter dem Sitz hervor. Olivia sah, dass es Branntwein war. Nanna gab einen Schwung in den Kaffee und zeigte mit der Flasche auf Pekka. Der schüttelte den Kopf. Nanna nahm einen Schluck von dem Kaffee mit Schuss und zog eine Pfeife aus der Brusttasche, die einen fast platten Kopf hatte. Sie legte die Pfeife neben sich, griff wieder nach der Rute und begann zu erzählen.

»Es war unser Vater, der eine große Spalte im Berg entdeckte und ein wenig Gold fand«, sagte sie. »Damals hatten sie hier oben auch schon in anderen Spalten Gold gefunden, deshalb sprengte er was weg, aber dann starb er. Mein Bruder Juhan war fasziniert von dieser Grube, er und ein Freund von ihm dachten, sie würden darin Gold finden, und suchten eine Weile… aber dann kam der Krieg, und es wurde nichts daraus. Die Grube wurde vergessen, niemand erinnerte sich mehr daran. Aber Fredrik wurde sehr neugierig, als ich ihm davon erzählte.«

Olivia öffnete ihren Rucksack und holte die Karte heraus, dieselbe Karte, die ihr auch bei ihrem letzten Abenteuer hier oben schon geholfen hatte.

»Können Sie mir zeigen, wo diese Grube liegt?«, fragte sie und faltete die Karte auseinander.

Nanna sah darauf. Sie konnte sich ohne die Ortsnamen, die hier auf Schwedisch und Samisch standen, orientieren. Ihre rechte Hand ließ die Angelrute los, und ein gelbgrauer Fingernagel zeigte exakt auf einen Punkt.

»Da.«

»Da liegt die Grube?«

»Ja.«

Pekka bemerkte Olivias Reaktion.

»Aber das ist doch genau, wo ich … da steht aber nur eine alte Hütte, oder?«, sagte sie.

»Ja«, erwiderte Nanna. »Aber ein Stück aufwärts, an der Felskante, da ist der große Wolfsfels, und hinter dem soll der Eingang verborgen sein. Das hat Juhan gesagt. Ich bin nie da oben gewesen.«

Nanna schob die Karte weg, zündete sich die Pfeife an und begann wieder, an der Schnur zu rucken.

»Als ich letztes Mal hier oben war, als Pekka und ich abgestürzt sind, da bin ich auf dem Fjällhang herumgeirrt und in einer Grotte gelandet, mit Rentierfellen auf dem Boden und gehacktem Holz, das war …«

»Stahlolapo«, ergänzte Nanna. »Das ist eine Samengrotte, das ist nicht dasselbe wie die Grube, die Grotte liegt hier.«

Nanna zeigte auf die Karte.

»Okay.«

Olivia faltete die Karte zusammen. Sie wusste nicht, ob sie in irgendein Heiligtum eingedrungen war, aber die Grotte hatte ihr geholfen zu überleben. Sie schaute auf die Wand gegenüber, zu den beiden Bildern, die dort mit Reißzwecken aufgehängt waren. Auf einem von ihnen erkannte sie Nanna, sie stand neben einem etwas älteren Mann, beide trugen Samenkleidung.

»Neben wem stehen Sie da?«, fragte Olivia und zeigte auf das Foto. »Ist das Ihr Bruder?«

Olivia beugte sich zu dem Bild.

»Ich habe gehört, was mit ihm geschehen ist, von den Flüchtlingen, die im Sturm verloren gegangen sind … was für eine Tragödie.«

»Juhan wäre niemals in einem Sturm verloren gegangen«, entgegnete Nanna und ruckte an der Angelrute. »Er war im Fjäll geboren, er konnte bei jedem Wetter den Weg finden.«

»Aber es sind doch alle ums Leben gekommen, oder?«, fragte Olivia.

»Das sagt man, ja, und sie haben Juhan beschuldigt, es wäre seine Schuld gewesen, er hätte sie falsch geführt!«

Nanna hatte ihre Stimme entschieden erhoben. Pekka sah, dass sie empört war.

»Die ganze Familie musste darunter leiden«, fuhr sie fort. »Aber es ist nicht wahr. Es war nicht das Fjäll, das die Leute geholt hat.«

»Was ist dann passiert?«, fragte Olivia.

»Ich glaube, dass die Deutschen sie eingeholt haben, sie erschossen haben und dann in irgendeinem Eisloch versenkt haben … So haben sie es nämlich gemacht.«

»Aber hätte dann nicht …«

»Jetzt!«

Nanna ruckte kräftig zurück, die Rute wurde wieder nach unten gezogen, sie ließ Schnur raus, hielt gegen, fing an einzurollen und sah Pekka an.

»Über ein Kilo. Mindestens!«, sagte sie und grinste.

Olivia und Pekka stiegen aus dem Arken und gingen zum Helikopter am Seeufer zurück. Die Sonne schien noch, Olivia nahm ihren Rucksack ab und knöpfte die Jacke auf. Sie wollte Pekka eben fragen, wie glaubwürdig Nanna seiner Meinung nach war, als etwas angedonnert kam. Beide sahen hoch. Am Rand des Sees wischte ein Helikopter vorbei.

»Jemand, den du kennst?«, fragte Olivia.

»Nö, wahrscheinlich irgendeine Privatkiste.«

*

Zwei Menschen saßen in dem Helikopter, der über den Njarkalisjaure flog. Ein Pilot und eine Frau mit dunklen Haaren. Die Frau hatte ein Fernglas vor den Augen und sah den beiden Personen nach, die über das Eis gingen. Eine davon kannte sie und ließ das Fernglas sinken.

»Ist es noch weit?«, fragte sie.

»Nein, nur ein paar Minuten«, erwiderte der Pilot. »Soll ich dort warten?«

»Besser nicht, wir machen eine Zeit aus, wann Sie mich wieder abholen.«

»Okay.«

*

Als sie sich dem Helikopter näherten, stellte Olivia dann die Frage, inwieweit Nanna glaubwürdig war.

»Ich glaube nicht, dass sie so was einfach frei erfinden würde. Woran denkst du?«

»Wie das damals war mit Fredrik Kaldma. Er hat seine alte Verwandte besucht und dort von einer Grube mit einer alten Goldader gehört. Und wurde sehr neugierig. So hat sie es ja selbst beschrieben. Was, wenn er mit dem Motorschlitten dorthin ist? Anstatt zurück nach Stockholm zu fahren, wovon Nanna ausging. Und dann dort oben ermordet worden ist.«

»Von wem?«

»Keine Ahnung, aber die Frau und der Mann, die ich verfolgt habe und die auf mich geschossen haben, hatten auf ihrer Karte ein Kreuz bei der Rentierhütte gemacht. Sie müssen auf dem Weg zu dieser Grube gewesen sein, wenn es dort wirklich eine gibt.«

»Das können wir nachprüfen, dahin fliegt man nicht lange.«

Olivia und Pekka setzten sich in den Helikopter und starteten zu dem Ort, zu dem sie ursprünglich unterwegs gewesen waren, ehe sie abstürzten.

Zum Kreuz am Radtja.

Zum blauen Wolf.

*

Über der Rentierhütte standen sie eine Weile in der Luft. Zum einen, weil Pekka einen guten Landeplatz finden wollte, zum anderen aber auch, weil Olivia ihn bat, noch ein bisschen oben zu bleiben. Sie sah den Ort direkt unter sich, den Bretterstapel, in den sie nach dem Schuss geschleudert worden war. Die Angst drückte ihr heftig auf die Brust. Pekka sah sie an, er verstand.

»Du kannst jetzt runtergehen«, sagte sie.

Pekka landete zwanzig, dreißig Meter von der alten Hütte entfernt. Über Funkkontakt mit Arjeplog hatte er eben erfahren, dass von Norden ein Unwetter heraufzog. Deshalb wollte er nicht länger als unbedingt notwendig hierbleiben.

»Was wollte Arjeplog?«, fragte Olivia, als sie aufsetzten.

»Eine Unwetterwarnung. Wir haben ein gutes Stück zurück.«

Eine glasklare Information für Olivia.

Es war eilig.

»Okay, ich renne schnell zu diesen Felsen da hinauf und checke, ob es dort irgendeinen Eingang gibt, und wenn das so ist, dann können wir morgen wieder herkommen.«

Pekka drehte den Daumen nach oben, und Olivia sprang mit einer Taschenlampe in der Hand aus dem Helikopter. Sie lief zur Bergkante hinauf, das waren vielleicht fünfzig Meter, und erreichte die Felsklippen. Ob eine davon nun wie ein Wolfskopf geformt war, darum scherte sie sich nicht. Sie schob sich zwischen den scharfen Kanten hindurch und musste über ein paar große Steine klettern, die wie hingeworfen aussahen. Als sie die überwunden hatte, sah sie es: eine alte, verrostete Stahltür.

Die angelehnt war.

Jetzt wieder zurückgehen?

Das lag ihr irgendwie nicht in den Genen.

Vorsichtig drückte sie die Stahltür ein Stück auf, sie quietschte laut. Olivia schob sich durch die Tür und schaltete die Taschenlampe ein. Das Licht fiel in einen langen, engen Gang, aus dem ihr ein modriger Geruch entgegenschlug. Hier hätte sie in dem Wissen, dass es die Grube wirklich gab, kehrtmachen können, um sie später mit kriminaltechnischem Personal erneut aufzusuchen.

Doch das tat sie nicht.

Der Grund dafür war eine fast mumifizierte Leiche, die am unteren Rand des Lichtkreises lag. Sie richtete den Lichtkegel auf den Toten und erschauderte – ein kahlgekratzter Schädel grinste sie an. Sie hielt den Atem an und machte ein paar vorsichtige Schritte an der Leiche vorbei in den Gang. Er fiel nach unten ab, sodass sie sich an der Wand abstützen musste. Kaltes Wasser rieselte den Felsen herunter, ihr Atem strömte als schwacher, hellblauer Rauch aus ihrem Mund. Als sie ein Stück weit gekommen war, schwenkte sie den Lichtkegel nach rechts in einen Seitengang.

Was sie hier sah, würde sie noch lange verfolgen.

Nicht nur in ihren Albträumen.

In dem Gang lagen mehrere tote Menschen. Bündel mit Skelettteilen, die aus zerrissenen Stoffstücken herausragten. Sie leuchtete über eingetrocknete Körper, sah verdrehte Hände und eingerissene Nägel, und sie spürte, wie sich ihr der Magen umdrehte. Unwillkürlich beugte sie sich nach vorn. Da blitzte etwas auf dem Boden. Eine Münze. Sie hob sie auf und sah, dass es ein altes, norwegisches Ein-Kronen-Stück war. Etwas weiter lagen leere Konservendosen, und neben den Leichen erkannte sie zerfetzte Rucksäcke und alte, verrostete Gewehre.

Sie richtete sich auf und versuchte, ihren Atem zu beruhigen. Die Taschenlampe in ihrer Hand schwenkte über die Bergwand. Buchstaben wurden sichtbar, in die Wand eingeritzt. Sie ging einen Schritt vor und versuchte zu entziffern, was dort stand. Nachdem sie die Worte gelesen hatte, nahm sie ihr Handy und fotografierte mit zitternder Hand den Text.

Und ihre Hand hörte auch nicht auf zu zittern, als sie anfing, all die Leichen um sich herum zu filmen. Dabei hielt sie mit der anderen Hand die Lampe und fuhr mit dem Licht vor und zurück über die toten Körper. Der ganze Gang war wie ein dunkler Sarkophag.

Da vernahm sie ein Geräusch.

Ein kurzes, scharfes Kratzen, ein Stück tiefer im Gang. Instinktiv schaltete sie die Lampe aus. Waren hier drinnen Tiere? Ein Siebenschläfer? In der Dunkelheit hielt sie den Atem an.

Pekka stampfte mit den Füßen auf den Boden des Helikopters, um warm zu bleiben, aber vor allem, weil er nervös war. Die Zeit schnurrte zusammen. Sie mussten bald los. Er wollte nicht noch einmal in ein Unwetter geraten, wie voriges Mal am Bergkamm, er wollte Olivia und sich selbst in Ruhe und sicher nach Hause bringen. Es war ihm unverständlich, was sie da oben so lange machte. Sie hatte doch nur nachsehen wollen, ob es dort eine Grotte oder Grube gab. Er zog seine Kopfhörer ab.

Olivia schaltete die Taschenlampe wieder ein. Alles still. Sie blieb in dem Gang mit den Leichen stehen und wusste nicht, ob sie noch tiefer reingehen sollte. Sie hatte keine Ahnung, wie viele Gänge es gab.

Und wie viele Leichen.

Also beschloss sie, zum Helikopter zurückzukehren. Vorsichtig stieg sie entlang der Bergwände an den Leichen vorbei, hin zu dem ersten Gang, durch den sie hereingekommen war.

»Olivia.«

Die Stimme traf sie wie ein Schuss in den Rücken. Sie warf sich mit der Lampe in der Hand herum. Am anderen Ende des Ganges stand im Halbdunkel eine Frau, die eine Pistole direkt auf sie gerichtet hielt. Eine Frau, die sie sehr wohl wiedererkannte.

Olivia starrte die Gestalt dort hinten in der Dunkelheit an und versuchte, die Gedanken, die ihr durch den Kopf blitzten, zu ordnen.

Erika Bergh? Die Frau in der Hütte. Die Spanierin? Arons Tochter und Svens Schwester?

Da kam der erste Schuss. Er verfehlte sie und schlug dicht neben ihrem Gesicht in die Bergwand, Steinsplitter drangen ihr in die linke Wange. Sie warf sich zu Boden und schaltete die

Taschenlampe aus. Im Gang war es jetzt stockdunkel. Sie rollte sich an die Wand. Da kam der zweite Schuss, die Kugel sauste an ihrem Körper vorbei und schlug in einen Felsen ein Stück hinter ihr ein, das ohrenbetäubende Echo rollte durch den Gang vor und zurück. Olivia kam auf die Füße und rannte, so schnell sie konnte. Kurz vor dem ersten Schuss hatte sie einen Gang gesehen, der nach rechts abging. Sie hielt sich mit einer Hand an der Bergwand und fiel in genau dem Moment, als Erika ihre eigene Lampe einschaltete, durch eine seitliche Öffnung. Der Schein breitete sich in dem Gang aus, in dem Olivia eben noch gelegen hatte. Sie rannte weiter in den Seitengang hinein, wagte aber nicht, ihre eigene Lampe einzuschalten, und verfluchte sich dafür, dass sie ihre Pistole nicht dabeihatte, um das verdammte Aas hinter sich niederzuschießen. Sehr weit kam sie nicht, ehe der Lichtschein direkt in den Gang gerichtet wurde, dann folgte auch schon ein weiterer Schuss. An ihr vorbei. Olivia drückte sich an die Wand und nahm ein anderes Licht wahr, schwächer, durch einen Querspalt im Berg vor ihr. Das musste vom Eingang kommen! Sie versuchte, sich durch den Spalt zu schieben, er war schmal und zerriss ihr die Kleider, sie presste sich hinein, bis es nicht mehr weiterging. Da verlöschte das Licht im Gang hinter ihr, Erikas Licht. Es wurde dunkel.

Und still.

Olivia spürte, wie etwas über ihren Hals krabbelte, ihre Hände saßen fest, sie versuchte, ihren keuchenden Atem anzuhalten. Sie wusste nicht, wo sie war, hatte in den Grubengängen völlig die Orientierung verloren.

Als sich ihr Puls ein klein wenig beruhigt hatte, drückte sie sich weiter nach innen, Zentimeter für Zentimeter, der schwache Lichtschein musste von der Öffnung zur Grube kommen.

Und Erika?

Was tat sie?

Warum war es jetzt still und dunkel?

Olivia zwängte ihren Körper weiter zwischen die Felsenklippen, der Raum vergrößerte sich leicht, sie sah, wie das Licht zunahm, das Licht vom Eingang. Sie schob sich den letzten halben Meter hinaus, und da sah sie es.

Eine Handgranate, die über den Boden auf den Eingang zurollte.

Sie wandte das Gesicht ab und versuchte, sich ein Stück zurückzuschieben. Einen Meter, vielleicht zwei.

Es dauerte ein paar Sekunden.

Ihre Ohren waren sofort taub von der Explosion. Die Druckwelle presste sie in die Spalte zurück, auf dem Gang draußen flogen Steine vorbei, Staub wallte auf und drängte sich in ihren kleinen Raum, sie bekam einen heftigen Hustenanfall und musste sich übergeben.

Dann wurde es wieder still.

Pekka hörte die Explosion. Er starrte zu den Felsen hinauf. Was zum Teufel war das? Er griff hektisch nach dem Funkgerät und forderte Verstärkung an. In der Gegend nicht weit entfernt stand ein Rescue Hawk zur Verfügung. Pekka stürzte aus dem Helikopter und eilte zu den Felsen hinauf. Er entdeckte die Stahltür und ging hinein. Seine Taschenlampe leuchtete in eine Staubwolke. Er wedelte sich durch den Qualm, dann blieb er wie angewurzelt stehen. Der Eingang zur Grube war eingestürzt.

»OLIVIA!«

Er rief und fing zugleich an, so viele Steine wegzuzerren, wie er nur konnte.

Olivia trat einen Schritt aus der Spalte, in der sie stand, der Staub hatte sich ein wenig verzogen, aber sie wagte immer noch nicht, ihre Lampe einzuschalten. Vorsichtig setzte sie einen Fuß vor den anderen, bis sie in den Gang kam und die Zerstörung sah. Teile des Ganges waren durch die Explosion eingestürzt. Sie machte noch einen Schritt vorwärts und merkte, wie ihr Fuß an etwas stieß. Etwas Weiches. Sie schrie auf, riss den Fuß zurück und drückte sich an die Wand. Jetzt schaltete sie doch die Lampe ein. Der Schein floss über den Boden und erreicht das Weiche, an das sie gestoßen war.

Ein Körper.

Erika Bergh.

Sie lag am Boden, auf der Seite, den Kopf in einer Blutlache. Die Druckwelle hatte sie in die Bergwand geschleudert. Olivia warf sich auf die Erde und befühlte ihren Hals. Ein schwacher Puls. Vorsichtig drehte sie Erika auf den Rücken, riss sich die Jacke herunter und wickelte sie ihr um den Kopf.

Da bemerkte sie das Wasser. Die Explosion hatte einen Spalt im Berg auseinandergesprengt, kaltes Wasser strömte den Gang hinunter. Es reichte bereits über einen von Erikas Armen. Olivia nahm die Taschenlampe in den Mund, schob die Arme unter Erikas Körper und hob sie hoch, mühsam kroch sie ein Stück vorwärts und versuchte, mit Erika eine Steinplatte zu erreichen.

Pekka zerrte verzweifelt an den eingestürzten Steinen, er spürte nicht, wie seine Hände von den scharfen Kanten aufgerissen wurden. Als er sich umdrehte, um einen Stein wegzuschleudern, sah er drei Männer durch die Stahltür kommen. Die Besatzung des Militärhubschraubers.

»Bildet eine Kette!«, schrie er und fing an, dem ersten von ihnen Steine anzureichen.

Olivia hatte sich mit Erika in ihren Armen auf die Steinplatte vorgearbeitet. Das Wasser stieg weiter, jetzt aber langsamer. In einiger Entfernung konnte sie Stimmen hören und begriff, dass Pekka sich auf der anderen Seite der Einsturzstelle befand. Sie sah hinab und bemerkte, dass Erikas Augenlider zuckten.

»Gleich kommt Hilfe«, sagte sie. »Bleiben Sie wach, draußen steht ein Helikopter.«

Erikas Augen glitten auf, und sie sah Olivias Gesicht. Ihr Mund bewegte sich. Olivia beugte sich herunter und versuchte zu hören, was die andere flüsterte.

Es waren nur wenige Worte.

»Ich hätte dich in der Hütte … erschießen sollen …«

Es gelang Pekka und den drei Männern, ein erstes Loch in die Steinmassen zu graben, danach ging es schnell. Ein paar Minuten später konnte sich Pekka schon mit einer Taschenlampe in der Hand durch die Öffnung zwängen. Er landete im Wasser und leuchtete in den Gang.

»Olivia«

»Ich bin hier.«

Er richtete die Lampe in die Richtung, aus der die Stimme gekommen war, und sah Olivia mit einer Frau auf den Armen auf sich zuwaten.

»Wie geht es dir?«, fragte er.

»Alles okay.«

»Wer ist das?«

»Die Frau, die auf mich geschossen hat. Erika Bergh. Sie ist tot. Kannst du sie nehmen?«

Die norwegischen Männer vom Hubschrauber aus Bodø halfen Olivia durch das Loch. Pekka kam mit der toten Erika auf den

Armen hinterher. Einer der Männer holte eine Bahre, Pekka legte die Tote darauf. Olivia beugte sich hinab und sah ein kleines Buch aus Erikas Jacke ragen. Sie nahm es an sich und fing dann an, ihre nassen und zerrissenen Kleider auszuziehen.

»Ich hab in der Maschine einen Overall«, sagte Pekka.

Er lief los, holte einen anthrazitfarbenen Fliegeroverall und gab ihn Olivia.

Sie stieg hinein und sagte zu Pekka: »In einem der Gänge da drinnen muss eine Pistole liegen, kannst du versuchen, die zu finden? Und pass auf, dass du nicht auf all die Toten trittst.«

Pekka winkte einige der Norweger herbei und eilte zurück in die Grube. Olivia zog alle Reißverschlüsse am Overall zu, zwei auf jeder Seite, die über die ganze Länge gingen. Ein anderer Norweger kam mit einem Verbandskasten, aus dem er ein großes Pflaster nahm.

»Ihre Wange blutet. Soll ich?«

»Gern«, sagte Olivia.

Der Norweger wischte Olivias Wange mit einem Tupfer ab und klebte ein Pflaster darauf. Beide betrachteten die tote Frau auf der Bahre.

»Ich würde die Familie gern persönlich informieren«, sagte Olivia. »Umgehend. Können Sie mich so schnell wie möglich nach Stockholm fliegen? Nach Värmdö?«

»Das können wir einrichten.«

»Wie lange dauert das?«

»Knappe vier Stunden.«

*

Olivia saß angeschnallt auf einem der breiten Rücksitze. Im Rescue Hawk war viel mehr Platz als in dem engen Polizeihelikopter von Pekka. Einer der Piloten gab ihr zwei Wasserflaschen. Sie trank aus der einen und benutzte die andere, um sich notdürftig das Gesicht zu säubern. Dann lieh sie sich ein funktionierendes Telefon, rief Lisa an und versuchte, es so knapp wie möglich zu halten. Es ging ihr gut, sie war im Hubschrauber auf dem Weg nach Stockholm und brauchte schnell Unterstützung bei ein paar Dingen. Eins davon war die Pistole, die Erika in der Grube benutzt und die Pekka gefunden hatte. Sie hielt sie in der Hand, während sie mit Lisa sprach.

»Es ist eine Luger 08, ich habe die Produktionsnummer hier. Bitte sieh mal im Waffenregister nach, wem sie gehört.«

Lisa nahm die Nummer auf.

»Ich bin in ein paar Stunden da. Können wir uns draußen auf Värmdö an der Bergh'schen Residenz treffen?«

»Ja. Worum geht es denn?«

»Das erzähle ich dir, wenn ich da bin. Und du, geh doch mal eben bei Hjärne vorbei und erinnere ihn an die Sache mit dem offenen Geldbeutel, ich fliege nämlich grade mit dem Militärhelikopter runter.«

Sie legte auf und rief Sven Bergh an. Es klingelte ein paarmal, ehe er ranging.

»Bergh.«

»Hallo, hier ist Olivia Rönning. Sind Sie im Büro?«

»Ja.«

»Und Ihr Vater ist auf Värmdö?«

»Ja. Wieso?«

»Ich möchte, dass Sie sofort zu ihm fahren, ich bin mit dem Hubschrauber auf dem Weg dorthin.«

»Oje. Was ist ...«

»Ich habe eine Nachricht für Sie beide, die ich schnellstmöglich persönlich überbringen möchte.«

»Geht es um Fredrik?«

»Nein.«

Sie rief auch Mette und Mårten an, um eine Reihe von Informationen zu vervollständigen.

Und dann war sie im Begriff, Lukas anzurufen, überlegte es sich aber anders. Es würde zu kompliziert werden, jetzt alles zu erklären. Stattdessen nahm sie das kleine Buch heraus, das aus Erikas Jacke geschaut hatte, und begann darin zu lesen.

Die restliche Zeit ihres Fluges nach Stockholm nutzte sie, um alle Puzzleteile an ihren Platz zu legen.

Es war ein bedeutend größerer Hubschrauber als üblich, der auf dem Landeplatz neben dem Hauptgebäude niederging. Ein Riese. Der Druck der Rotorblätter bog die Büsche bis auf den Boden, und der Kies spritzte mehrere Meter weit. Als der Helikopter fest auf dem Boden stand, ging die Tür auf, und Olivia stieg in ihrem schicken Fliegeroverall aus. Sie sah zu dem großen Haus und verspürte eine gewisse Ruhe.

Das Puzzle war gelegt.

Sven Bergh und Lisa kamen vom Haus her auf sie zu. Lisa streckte ihr ein Blatt Papier entgegen. Olivia warf einen kurzen Blick darauf, während Sven ihren Overall kommentierte.

»Sieht ein bisschen groß aus«, sagte er und lächelte.

Als wolle er von Unbehaglichkeiten ablenken.

»Können wir reingehen?«, fragte Olivia.

Sven führte die beiden jungen Frauen durch eine große, dunkle Eingangshalle mit Jagdtrophäen und alten Porträts in Öl. Es war fast neunzehn Uhr, und die Wandlämpchen brannten. In der Luft hing ein schwacher Duft von Zigarillos.

»Hier hinein«, sagte Sven und wies ihr den Weg.

Sie traten in einen ovalen Raum mit Bücherregalen bis zur Decke. Ein dreigeteiltes Fenster mit handgearbeiteten Scheiben wies auf den See hinunter. Die Beleuchtung kam von gut verborgenen Lichtquellen, war aber warm und behaglich. Aus einer der Ecken strömte zarte Streichmusik. Mitten im Zimmer stand ein rechteckiger Holztisch mit schönen Elfenbeinintarsien. An seinem einen Ende saß Aron Bergh, gekleidet in einen hellblauen Jogginganzug.

Lisa wie auch Olivia waren über die legere Kleidung erstaunt, das war ein wenig unerwartet, doch ganz und gar seine Sache. Immerhin trug Olivia, nicht minder überraschend, einen Fliegeroverall.

»Willkommen«, sagte er, ohne eine Miene zu verziehen.

»Danke«, erwiderte Olivia. Da sie diejenige war, die Bergh senior bereits ein paarmal begegnet war, stellte sie ihre Kollegin vor. »Das hier ist Lisa Hedqvist, sie gehört zu meiner Ermittlergruppe.«

»Bitte, setzen Sie sich«, sagte Sven. »Möchten Sie etwas trinken?«

»Nein danke«, sagte Olivia, und Lisa schüttelte ebenfalls den Kopf.

Beide nahmen Platz, und Olivia legte den Bogen Papier, den sie von Lisa bekommen hatte, auf den Tisch vor sich. Sven ging und schaltete das Radio aus. Dann setzte er sich ein Stück von Aron entfernt hin. Olivia sah, wie nervös er war. Aber nüchtern, wie es schien.

Sie wandte sich direkt an Aron Bergh. Höchstwahrscheinlich hatte Sven ihm erzählt, dass Olivia im Hubschrauber auf dem Weg von Arjeplog hierher war und sie beide sofort treffen wollte. Es war nicht zu erkennen, was er darüber dachte. Sein Gesicht lag zum Teil im Schatten, möglicherweise eine bewusste Platzierung am Tisch. Olivia konzentrierte sich auf seine Augen.

»Ihre Tochter Erika, Svens jüngere Schwester, ist bedauerlicherweise tot«, sagte sie. »Sie starb vor wenigen Stunden in einer Grube im Fjäll.«

Arons Miene blieb unbeweglich. Sven zuckte zusammen und versuchte zu begreifen, was er da eben gehört hatte.

»Erika ist was? Tot?«

»Ja, es tut mir leid.«

Sven sah Olivia mit großen Augen an und stammelte: »Aber … was … wieso, welche Grube?«

»Das kann Ihnen sicher Ihr Vater erklären«, sagte Olivia, ohne den Blick von Aron zu wenden.

Sven sah Aron an. Von draußen hörte man den Lärm eines Hubschraubers, der vor dem Fenster abhob und davonflog. Arons Lippen bewegten sich nicht.

»Dann kann ich vielleicht aushelfen«, fuhr Olivia fort.

Sie zog den Reißverschluss des Overalls ein wenig herunter, es war warm, und sah Aron unverwandt in die Augen.

»Ihr Unternehmen hat ein sehr schönes Buch über die Geschichte des Bergh-Konzerns herausgegeben. Das erste Kapitel ist überschrieben mit: ›Er fing mit leeren Händen an‹. Das taten Sie nicht. Sie fingen mit 45 Kilo gestohlenem Gold an, das 1944 von Norwegen nach Schweden geschmuggelt wurde. An das Gold kamen Sie, indem Sie neun Männer des norwegischen Widerstands und einen schwedischen Samen in eine Grube einschlossen und dort verhungern ließen. Mit Hilfe des gestohlenen Goldes und auf den Leichen von zehn Männern legten sie den Grund Ihres Imperiums. Die Grube liegt nördlich von Arjeplog. Dort starb Erika heute.«

Mit der verbalen Steinschleuder traf Olivia direkt auf die Stirn. Von Sven. Arons Gesicht blieb ausdruckslos. Sven rang um eine irgendwie geartete Logik in dem, was er soeben gehört hatte, und am Ende brachte er das Unlogischste von allem vor: »Was machte sie da oben?«

»Wahrscheinlich sollte sie die Spuren der üblen Taten ihres Vaters beseitigen. Wollte die Relikte aus der Vergangenheit begraben, indem sie die Grube sprengte.«

Jetzt endlich kam eine Reaktion von dem Mann mit dem Gesicht im Dunkel.

»Woher haben Sie denn diese Fantasien?«, fragte Aron und lächelte.

»Von Ihrer Tochter. Sie konnte noch einiges erzählen, ehe sie in meinen Armen starb.«

Was nicht die Wahrheit war, aber das konnte Aron ja nicht wissen. Olivia spielte die Karten aus, die sie auf der Hand hatte.

»Wussten Sie, dass sie da oben war?«, fragte sie.

»Nein«, erwiderte Aron.

Sven war aufgestanden und an die Hausbar getreten. Lisa sah, wie er sich einen anständigen Whisky eingoss. Den wird er wohl brauchen, dachte sie. Olivia holte ihr Handy heraus, scrollte zu einem Videofilm und hielt Sven das Display hin, als er sich mit seinem Glas setzte.

»So sah das heute in der Grube aus, als ich dort war«, erklärte sie. »Die sterblichen Überreste der Widerstandskämpfer und des Samen Juhan Ruong. Großvater von Fredrik Kaldma und Jugendfreund Ihres Vaters.«

Sven betrachtete den Film und musste würgen, versuchte es aber mit dem Alkohol zu unterdrücken. Nach einem langen Schluck wandte er den Blick von dem Video. Olivia rief eine neue Sequenz auf und zeigte sie ihm. Sie konzentrierte sich jetzt auf Sven.

»Das hier steht in einem der Grubengänge in die Wand geritzt.«

Sven beugte sich zum Handy vor, kniff die Augen zusammen und murmelte leise, was er da las: »IN DER HÖLLE SOLLST DU BRENNEN, ARON BERGH«.

»Da dies auf Schwedisch geschrieben ist, gehe ich davon aus, dass es Juhan Ruong war, der es eingeritzt hat. Alle anderen in der Grube waren Norweger.«

Sven sah zu Aron, das Glas zitterte in seiner Hand.

»Ich begreife gar nichts, Vater, was ist das hier?«

Sven wandte sich Olivia zu. Sie sah seine Verzweiflung. Seine freundlichen grauen Augen waren tränenverschleiert. Es war nicht Sven, den sie treffen wollte, aber es kam, wie er es selbst ausgedrückt hatte, mit der Geburt.

Aron hatte sich ein paar Zentimeter vorgebeugt, und jetzt schien etwas Licht auf sein Gesicht. Er sah immer noch neugierig aus.

Olivia zog den Reißverschluss noch ein wenig weiter herunter und holte das kleine Buch heraus, das sie in Erikas Jacke gefunden hatte. Sie legte es vor sich auf den Tisch, ohne es aufzuschlagen.

»Das hier ist ein sehr altes Logbuch, ein Notizbuch, es gehörte Juhan Ruong. Es enthält kurze, informative Beschreibungen der geplanten Flucht vom Sulitelma zur Grube. Inklusive des Namens der Kontaktperson, die sie am blauen Wolf – so nannte Juhan die Grube – treffen würden. Die Kontaktperson hieß Aron Bergh. Juhans enger Freund. Wie er glaubte.«

Arons tiefliegender Blick bohrte sich fest in den von Olivia. Mehrere Sekunden lang. Ohne ihn abzuwenden, sagte er ruhig: »Was immer dort geschehen ist, ist verjährt.«

»Das stimmt. Aber ich glaube nicht, dass die Aktionäre des Bergh-Konzerns Freudensprünge machen werden, wenn die Wahrheit ans Licht kommt. Vor allem auch die Wahrheit über Fredrik Kaldma. Der Mord an ihm ist nicht verjährt.«

In der Runde wurde es still. Niemand rührte sich, nur Sven schob sein Whiskyglas vor und zurück über die schönen Intarsien. Er war im Begriff, die Kontrolle zu verlieren. Seine

Stimme klang gepresst, fast, als würde er gleich in Tränen ausbrechen.

»Was hat der Mord an Fredrik damit zu tun?«, stieß er hervor.

Olivia sah Aron an.

»Ich nehme an, dass Sie auch dazu schweigen wollen, deshalb fange ich einfach mal an, oder?«

Arons Gesicht war wieder ins Dunkel abgetaucht.

»Sie waren während des Krieges Gebirgsjäger, stimmt das?«

»Ja.«

»Somit kannten Sie die große Verteidigungsanlage oberhalb des Jutisdamms.«

»Alle im Jägerbataillon kannten die«, erwiderte Aron. »Warum fragen Sie das?«

»Weil dort vor einiger Zeit Fredrik Kaldmas Auto gefunden worden ist, und zwar in einem Bereitschaftsdepot, 1999 von seinem Mörder dort abgestellt. Da war die Anlage seit über vierzig Jahren geschlossen.«

Olivia ließ diese Information lange genug wirken, dass Sven verstehen würde, mit welcher Absicht sie die Frage gestellt hatte. Als sie erkannte, dass er den richtigen Schluss gezogen hatte, wandte sie sich wieder Aron zu: »Besitzen Sie eine Luger Po8?«, fragte sie.

»Ja«, erwiderte Aron, »das ist ein Sammlerobjekt.«

»Und eine Mordwaffe.«

Olivia schob die Hand in den Overall und zog die Pistole heraus, die Pekka aus der Grube geholt hatte.

»Ist es die hier?«

»Woher soll ich das wissen?«, gab Aron zurück.

»Stimmt, das ist vielleicht nicht so leicht. Aber es ist Ihre, zumindest nach dem Waffenregister. Das ist auch die Pistole, die Erika benutzte, als sie versucht hat, mich zu erschießen.«

»Was ihr leider nicht geglückt ist.«

»Vater!«, schrie Sven.

»Und das ist auch die Pistole, mit der vor zwanzig Jahren Fredrik erschossen wurde«, fuhr Olivia ungerührt fort. »Ich glaube nicht, dass Erika diejenige war, die sie damals benutzte, ich glaube, dass Sie es waren. Oder besser gesagt: Ich weiß, dass Sie es waren.«

Sven stand so abrupt auf, dass er dabei seinen Stuhl umwarf. Er ging zum Bartisch und schenkte sein Whiskyglas erneut randvoll, dann wandte er sich Olivia zu.

»Auch daran war Vater beteiligt?«, stieß er zwischen zusammengebissenen Zähnen hervor.

»Ja.«

Sven stellte seinen Stuhl wieder auf und nahm einen beträchtlichen Schluck aus dem Glas. Seine Hand zitterte, seine ganze Welt drohte auseinanderzubrechen.

Doch das war nicht seine Schuld.

Lisa sah Aron an, der im Schatten am Tischende saß, dann Olivia. Ihre Bewunderung für die Kollegin war in den letzten Minuten entschieden in die Höhe geschnellt. Wie hatte sie das geschafft?

Olivia schaffte es, zumindest noch eine Weile. Sie arbeitete sich aus dem Oberteil des Overalls, zog die Arme heraus und legte sie vor sich auf den Tisch.

Und sah Aron an. Er drehte schweigend seinen goldenen Siegelring um seinen kleinen Finger. Eine Umdrehung nach der anderen.

»Wir können das hier jetzt kurz und schnell abschließen«, sagte sie an Aron gewandt. »Sie müssen lediglich bestätigen, was ich über den Mord an Fredrik Kaldma gesagt habe. Wir können aber auch Ihre DNA mit den Hautfragmenten vergleichen, die wir unter Fredriks Fingernägeln gefunden haben. Sie müssen kurz vor seinem Tod dort hingekommen sein. Die DNA wird übereinstimmen, das wissen Sie genauso gut wie ich. Es dauert nur etwas länger.«

Aron zog die Lippen ein wenig nach innen und sah zu einem der Bücherregale. Vielleicht auf den Prachtband des Bergh-Konzerns. Olivia seufzte leicht. Sie war immer noch in derselben energiegeladenen Stimmung wie am Morgen, als sie den Helikopter von Pekka bestiegen hatte. Vielleicht sogar, seit sie ihn vor einer gefühlten Ewigkeit zum allerersten Mal bestiegen hatte.

Doch sie musste das hier zu Ende bringen.

Aron schwieg.

»Der Hintergrund ist schnell erzählt«, begann sie. »Im Herbst 1999 besuchte Ihr Patensohn Fredrik die Schwester seines Großvaters Nanna Ruong oben im Fjäll, um ihr zum 70. Geburtstag zu gratulieren. Das hat Nanna uns berichtet. Damals erzählte sie ihm von einer Grube, in der sein Großvater nach Gold gesucht hatte. Fredrik wurde neugierig, fuhr auf seinem Skooter dorthin und entdeckte, was auch ich heute entdeckt habe. Einen Sarkophag mit mumifizierten Leichen. Und eine Inschrift, die besagt, dass Aron Bergh in der Hölle brennen möge. Vermutlich war er sowohl schockiert als auch verwirrt. Was genau er dann tat, weiß ich nicht, aber …«

»Er rief mich an.«

Aron unterbrach Olivia, ohne sich zu bewegen. Ein paar Momente lang herrschte vollkommene Stille. Sven wagte nicht, sein Glas anzurühren. Langsam beugte sich Aron in den Lichtschein vor. Er hatte die Alternativen abgewogen. Es war vorbei.

Sein Blick suchte den von Olivia, und es schimmerte ein Funken Respekt darin.

»Ich war nicht weit entfernt an der norwegischen Grenze in meiner Jagdhütte, zum Skifahren«, begann er. »Fredrik war sehr verwirrt. Er kam gerade aus der Grube, war nach Tjärnberg hinuntergefahren, um Handynetz zu haben, und ich versuchte, ihn zu beruhigen. Wir fuhren gemeinsam zu der Grube hinauf, er zeigte mir die Leichen. Das war natürlich unangenehm, und ich versuchte, ihm klarzumachen, dass es wahrscheinlich am besten sei, die Geschichte auf sich beruhen zu lassen. Vielleicht handele es sich ja um Menschen, die während des Krieges ein tragisches Unglück erlitten hätten. Er zeigte mir die Inschrift. Die konnte ich ihm natürlich nicht erklären. Dann wollte er nach Arjeplog zur Polizei fahren und eine Aussage machen. Von der Grube erzählen. Die Idee fand ich nicht so gut. Wir gerieten aneinander, er war stärker als ich und lief hinaus. Ich folgte ihm und schoss ihm in den Rücken, als er sich auf den Schlitten setzte. Und in den Kopf. Dann grub ich ihn in der großen Schneewechte weiter oben ein, wo er seither unberührt gelegen hat.«

»Bis zu diesem Sommer«, warf Olivia ein.

»Ja.«

Aron verschwand wieder im Lichtschatten. Jetzt hörte man nur noch Svens Glas, das sich über den Tisch bewegte. Die Stille fühlte sich an wie eine Ewigkeit.

»Es stand zu viel auf dem Spiel«, sagte Aron schließlich und erhob sich. »Haben Sie draußen einen Wagen?«

»Ja«, sagte Olivia. »Eine letzte Frage noch: Warum haben Sie Erika das erste Mal raufgeschickt?«

»Haben Sie sich das noch nicht zusammengereimt? Wo Sie doch sonst alles wissen?«

Aron stützte sich mit den Fingerspitzen auf den Tisch, Olivia hielt seinem Blick stand.

»Ich hatte in den Nachrichten gesehen, dass sie die Leiche gefunden haben«, sagte er. »Das war gar nicht gut. Es bestand die Gefahr, dass sie auch die Grube finden würden.«

»Sie haben Erika gebeten raufzufahren, um dort aufzuräumen?«

»Sie ist die Einzige in der Familie, der ich vertraue«, sagte Aron. »Oder war.«

»War sie es auch, die mir einen Brief mit einer Pistolenkugel geschickt hat?«

»Vermutlich. Sie konnte sehr brutal sein. Sie war … sie war so … so … sie war …«

Zum ersten Mal brach Arons Stimme, die Worte stockten, er suchte Halt an der Rückenlehne von Olivias Stuhl.

»Sie war wie ich«, sagte er.

Aron räusperte sich gründlich und ging zur Tür. Sven sprang von seinem Stuhl auf.

»Seit ich klein bin, weiß ich, dass du ein unangenehmer Mensch bist! Aber dass du so verdammt ekelhaft bist, dass du deinen Patensohn ermordest, das ist …«

»Weichei«, spuckte Aron aus und verschwand durch die Tür.

Olivia nickte Lisa zu, dass sie ihm folgen solle. Sven sank wieder auf seinen Stuhl. Olivia sah ihn an. Er legte das Gesicht in die Hände und begann zu weinen. Sie ließ ihn. Nach einer Weile sammelte er sich wieder und sah Olivia mit blutunterlaufenen Augen an.

»Das ist alles so … völlig unbegreiflich … Vater soll Juhan und auch Fredrik ermordet haben? Das ist so krank …«

Sven sank wieder mit den Händen vorm Gesicht zusammen, Olivia konnte seine Stimme kaum mehr verstehen.

»Wie ist Erika gestorben?«, flüsterte er.

»Sie versuchte, alle Spuren auszulöschen, indem sie die Grube sprengte, nehme ich an, erlitt dabei aber eine Kopfverletzung und ist verblutet.«

»Wegen Vater …«

»Vielleicht nicht nur. Sie haben selbst gesagt, dass sie die nächste Konzernchefin werden würde. Daraus wäre wohl kaum etwas geworden, wenn das Geheimnis der Grube enthüllt worden wäre.«

»Wo ist sie jetzt?«, murmelte Sven.

»In der Gerichtsmedizin in Umeå … Dürfte ich Sie noch etwas fragen? Wenn Sie noch in der Lage sind …?«

Sven wischte sich die Tränen von den Wangen und sah Olivia an.

»Wissen Sie, in welcher Beziehung Erika zu Karl-Oskar Hansson stand?«, fragte sie.

»Warum wollen Sie das wissen?«

»Er war mit ihr zusammen oben im Fjäll, als ich auf sie stieß. Woher kannten sie sich?«

Sven schniefte und nahm einen Schluck aus seinem Glas.

»Er war so ein, wie nennt man die, ein Personal Trainer für sie. Seit ein paar Jahren, sie machten viel zusammen … ich kannte ihn nicht. Was wollte er denn da oben?«

»Das weiß ich nicht, vielleicht brauchte sie Hilfe für das, was sie in der Grube vorhatte … Und noch eine Sache. Haben Sie Erika erzählt, dass ich ins Fjäll fahren und Nanna Ruong treffen würde?«

»Ja, sie war hier, als ich Sie anrief.«

Und direkt im Anschluss daran ist sie rauf zu der Grube gefahren, um schneller zu sein, dachte Olivia. Und da starb sie dann.

Sven erhob sich langsam vom Stuhl.

»Vielleicht sollte ich Vater trotz allem begleiten«, sagte er und wischte sich die Augen.

»Tun Sie das«, sagte Olivia und dachte an die engen Familienbande.

Sven verließ den Raum. Nun, zum ersten Mal, sackte Olivia in sich zusammen. Sie zog das Handy heraus und merkte, wie sich in ihrem Kopf alles drehte; vor den Augen flimmerten kleine Flecken, und sie musste sich an der Tischkante festhalten. Nach ein paar Augenblicken waren die Flecken verschwunden. Olivia nahm das Handy und rief Nanna Ruong an. Diesmal ging die alte Frau sofort ran.

»Nanna.«

Offensichtlich war sie wieder zu Hause in Harrok.

»Hallo, hier ist Olivia Rönning, ich war heute Vormittag bei Ihnen oben, draußen auf dem Eis, und wir haben über Fredrik gesprochen.«

»Ja.«

»Ich wollte Ihnen nur sagen, dass Sie recht hatten. Ihr Bruder Juhan ist nicht mit den Flüchtlingen im Schneesturm verschwunden, er führte sie bis zur Grube und hat dort eine schwedische Kontaktperson getroffen. Aron Bergh. Sie wissen, wer das ist?«

»Ja. Er hat der Familie in all den Jahren geholfen. Er war Fredriks Patenonkel. Was ist dann geschehen?«

»Aron hat ihren Bruder und die Flüchtlinge betrogen, hat das Gold gestohlen und alle in der Grube sterben lassen.«

Sie hörte, wie Nanna kurz Atem holte, und wartete.

»Das heißt, Juhan liegt dort?«, fragte Nanna schließlich. »In der Grube?«

»Ja.«

»Dann kann ich ihn begraben?«

»Ja.«

Olivia trat hinaus auf die breite Steintreppe. Ein Polizeiwagen war auf dem Weg zur Ausfahrt des Grundstücks. Lisa saß ein Stück weiter unten auf einer Treppenstufe. Olivia setzte sich neben sie und sah zum Springbrunnen. Keine Fontäne mehr. Lisa betrachtete ihre verpflasterte Wange und legte einen Arm um sie.

»Du warst ganz schön krass da drinnen«, sagte sie.

»Aron war krass, ich habe nur meine Arbeit gemacht.«

Lisa lächelte, und Olivia holte ihr Handy raus. Jetzt würde sie Lukas anrufen, endlich, sollte er davon halten, was er wollte. Sie stand auf, schaute aufs Display, und wieder tanzten Flecken vor ihren Augen. Dann verschwanden sie langsam wieder. Sie hob das Handy, hielt es näher vors Gesicht. Lisa beobachtete sie. Olivia setzte einen Finger auf das Handy und nahm ihn wieder weg. Ein paar Augenblicke später sagte sie: »Wie geht das hier?«

»Mit dem Handy?«

»Ich habe vergessen, wie man das macht.«

Lisa bemerkte Olivias abwesenden Gesichtsausdruck und sah noch, wie ihre Beine zu zittern begannen, ehe sie zusammenbrach.

*

Das Flugzeug aus Bangkok hatte eine knappe Stunde Verspätung und würde gegen Mitternacht landen. Stilton fand einen ungemütlichen Ausschank und holte sich eine Tasse schwarzen Kaffee. Als er den ersten Schluck nahm, versuchte er, sich zu erinnern, ob es in Banjul eine Stunde früher oder später war. Eine Stunde zurück, riet er und rief Abbas an.

Er hatte recht.

»Du schläfst noch nicht?«, fragte er.

»Nein. Bist du in Thailand?«

»Nein, auf Arlanda. Luna landet in einer Stunde.«

»Zieht ihr wieder nach Hause?«

»Weiß nicht, nehme es mal an«, sagte Stilton. »Bleibst du da unten?«

»Fürs Erste.«

»Wie geht es Mariama?«

»Sie schläft, ansonsten ist sie wieder auf den Beinen«, erklärte Abbas.

»Schön. Und dieses junge Mädchen, Tida, wie geht es ihr?«

»Ganz okay, im Moment wohnt sie bei uns.«

»Und die Bullen?«, erkundigte sich Stilton.

»Alles ruhig. Als sie erfuhren, was hier draußen auf dem Meeresgrund liegt, da brannte die Hütte so richtig. Mariama hat von unserem Anteil an der Aufklärung erzählt, und dann haben sie sich diesen Seeku gegriffen. Ich stehe hier unten also derzeit ziemlich hoch im Kurs.«

»Und ich?«

»Deine Rolle habe ich etwas runtergespielt, du bist ja schließlich mit dem Schwanz zwischen den Beinen abgehauen.«

»Danke auch. Wir hören uns.«

Stilton schaute in die leere Kaffeetasse.

Die Welt war ungerecht.

*

Mette und Mårten waren noch lange auf gewesen. Sie hatten Olivias erschreckende Videos aus der Grube angesehen und über Aron Bergh diskutiert. Den Patenonkel. »Ein sehr unbehaglicher Mensch«, so hatte Mette sich ausgedrückt und an seinen Sohn Sven gedacht. Manchmal fiel der Apfel dann doch meilenweit vom Stamm. Mårten hatte von seiner Frau Anerkennung für seinen »samischen Forschungseinsatz« geerntet.

Jetzt lagen sie im Bett und starrten an die Decke. Mårten schloss die Augen und unternahm einen Versuch einzuschlafen, Mette hatte ihre Schlafmaske auf die Stirn geschoben. Nach einer Weile sagte sie: »Ich will, dass wir es tun … jetzt.«

Mårten schlug die Augen auf.

»Aber Liebling, du weißt doch, dass ich die Tablette mindestens eine Stunde vorher nehmen muss, bevor wir …«

»Das Haus verkaufen.«

Mette zog die Maske wieder über die Augen.

*

Olivia lag in einem schmalen Bett unter einer dünnen Decke. Es war spät in der Nacht. Lisa hatte sie hierhergebracht, und eine Ärztin und ein Arzt hatten der Patientin einige Zeit gewidmet. Sie hatten zugehört, als sie mit Lisas Hilfe berichtet hatte, was sie in den letzten 24 Stunden durchgemacht hatte, und sich die Krankenakte von der Operation nach der Schussverletzung angesehen. So brauchten sie nicht lange, um festzustellen, dass ihr Zustand als eine Form von posttraumatischem Stress einzuordnen war. Sie würde noch zur Beobachtung bleiben müssen, bis das Ergebnis der Blutproben da war, doch betrachtete man ihren Zustand nicht als beunruhigend.

Lisa blieb da, als die Ärzte das Zimmer verließen.

Sie blieb, bis Lukas, der direkt von Arlanda kam, in der Tür auftauchte. Olivia war inzwischen eingeschlafen. Lisa stand auf und ging mit Lukas vor die Tür. Er sah besorgt aus. Lisa hatte ihm geschrieben, als er gerade auf dem Weg zum Kopenhagener Flughafen war, er wusste also nicht mehr, als dass Olivia im Krankenhaus lag, weil sie mehr oder weniger zusammengebrochen war.

»Wie geht es ihr?«, flüsterte er, obwohl sie draußen im Flur standen.

»Keine akute Gefahr, sie schläft jetzt.«

»Kann ich zu ihr reingehen?«

»Natürlich«, sagte Lisa. »Ich gehe jetzt nach Hause, dann habt ihr eure Ruhe.«

Sie umarmte Lukas.

»Es wird alles gut, Lukas. Diesmal hat sie keine körperlichen Verletzungen.«

Als Lisa weg war, öffnete Lukas vorsichtig die Tür zu Olivias Zimmer, holte tief Luft und trat ein. In der Therapie bei Sanna hatten sie sich in der letzten Zeit stark auf seine Krankenhausphobie konzentriert. Wie er die überwinden konnte. Das hier war seine erste Herausforderung seither. Er musste sich erst einmal darauf konzentrieren, dass es Olivia war, die hierlag, und nicht er. Niemand zwang ihn, hier zu sein. Er war ihretwegen hier.

Das Zimmer war dunkel, bis auf eine kleine Lampe neben dem Bett, die mit einem angenehmen gelben Licht leuchtete. Behutsam zog er einen Stuhl heraus, legte seinen Schal ab, öffnete die Jacke und sah Olivia an. Seine schöne, toughe Freundin, die ihn in so vielem unterstützt hatte. Die ihn so viel stärker gemacht hatte. Jetzt lag sie wieder in einem Krankenhausbett. Und es schmerzte ihn zutiefst, sie so zerbrechlich zu sehen. Ihr Gesicht war schweißnass, und auf dem Pflaster auf der Wange waren ein paar Haarsträhnen festgeklebt. Keine körperlichen Verletzungen, hatte Lisa gesagt, aber irgendetwas war trotzdem passiert.

Lukas holte tief Luft und konzentrierte sich auf das, womit Sanna und er gearbeitet hatten. Die Umgebung entdramatisieren, eins nach dem anderen, ruhig atmen. Nicht zulassen, dass die Panik ihn überwältigte. Er würde es schaffen. Das musste er. Er beugte sich über Olivia und streichelte mit den Fingerspitzen vorsichtig ihre Hand. Wollte sie nicht wecken, nur ihre Haut spüren, behutsam. Dann lehnte er sich auf dem Stuhl zurück, öffnete seine Tasche, so leise er konnte, und nahm einen Skizzenblock und einen Stift heraus.

Zu Anfang nahm sie ihn ein wenig verschwommen wahr. Die Augen fokussierten nicht richtig, und das Gehirn begriff erst nicht, wo sie sich befand. Aber schließlich fiel das Bild an seinen Platz. Lukas saß neben ihr in einem Krankenzimmer. Sie wusste, was das bedeuten konnte.

»Du hättest nicht zu kommen brauchen«, flüsterte sie.

Er hob den Blick von seinem Block, sah sie mit klarem Blick an und lächelte.

»Das ist ja wohl selbstverständlich«, sagte er.

»Aber es geht mir gut, ich bin nur ziemlich müde, du kannst gehen, wenn du das Gefühl hast …«

»Ich bin hier«, unterbrach er sie. »Und ich gehe nicht, ehe mich jemand rauswirft.«

»Aber …«

»Kein Problem. Es geht mir gut.«

Er beugte sich vor, nahm ihre Hand und küsste sie.

»Aber wir müssen aufhören, uns immer nur so zu sehen«, sagte er.

Olivia lächelte ihn an.

»Wie ist es in Kopenhagen gelaufen?«

»Gut. Superschöne Galerie. Ich zeig dir nachher Bilder. Jetzt muss ich einfach eine Menge Material produzieren. Aber ich habe schon angefangen.«

Lukas nahm den Block, der auf seinem Schoß lag, und hielt ihn Olivia hin. Sie sah sich selbst, im Krankenbett liegend, mit Bleistift skizziert, und mit so sicherer Hand, dass ihr fast die Tränen in die Augen stiegen. Hatte er so lange hiergesessen? Wie war es ihm dabei ergangen?

»Wann findet sie statt, die Ausstellung?«, fragte sie.

»Im Sommer. Ich habe also noch ein bisschen Zeit.«

Er legte Block und Stift auf den Boden und sah sie an.

»Was hast du da an der Wange?«, fragte er.

»Nur eine Schürfwunde, erzähl ich später.«

»Ich würde deinen Job nie hinkriegen.«

»Ich wäre in deinem auch ziemlich schlecht, falls das ein Trost ist.«

Lukas beugte sich vor und küsste sie leicht auf den Mund.

»Ich liebe dich«, sagte er. »Was glaubst du, wie lange du hierbleiben musst?«

»Ich schätze mal, dass die bald das Bett brauchen. Sowie das Ergebnis der Proben kommt, werden sie mich wahrscheinlich nach Hause schicken.«

»Oh! Dann sollte ich vielleicht mal anfangen, die Party zu planen.«

Olivia erschrak.

»Das war ein Witz«, beeilte sich Lukas zu sagen. »Hast du das jetzt geglaubt?«

»Bei dir weiß man nie.«

»Und ist das anstrengend oder gut?«

»Beides«, antwortete sie und nahm seine Hand. »Es ist beides.«

*

Sie saß auf der Treppe und wartete auf ihren Geliebten. Musste ihm ein paar Dinge erklären. Dass er falsch gelandet war. Dass er sich verirrt hatte. Dass er nicht begriff, was das Beste für ihn war, aber sie. Sie wusste, dass sie beide zusammengehörten. Dass sie auf eine Weise füreinander bestimmt waren, die niemand sonst verstehen konnte. Sie waren erhaben. Auserwählt. Sie drehte die rote Baskenmütze in der Hand. Sie saß schon lange dort, doch sie hatte keine Eile, sie würde hier sitzen bleiben, bis er nach Hause kam. Dann würden sämtliche Missverständnisse ausgeräumt werden.

Ein für alle Mal.

Die schwedische Originalausgabe erschien 2020 unter dem Titel
»Fruset guld« bei Norstedts, Stockholm.

Dieses Buch ist auch als E-Book erhältlich.

Penguin Random House Verlagsgruppe FSC® N001967

1. Auflage

Umschlaggestaltung: semper smile, München
Umschlagmotiv: © Arcangel Images/Nestor Rodan,
Shutterstock/Nejron Photo; brickrena
Satz: Uhl + Massopust, Aalen
Druck und Einband: CPI books GmbH, Leck
Printed in Germany
ISBN 978-3-442-75852-4

www.btb-verlag.de